김종삼 정집

김종삼 정집

『김종삼정집』편찬위원회 편

북치는소년

묵화(墨畵)

물먹는 소 목덜미에
할머니 손이 얹혀졌다.
이 하루도
함께 지났다고,
서로 발잔등이 부었다고,
서로 적막하다고,

고암 정병례 작

육명심 작

| 책머리에 |

김종삼은 낯선 시인입니다. 민족시인의 반열에 오른 바도 없으며 기교에 경도돼 절창을 뽐내지도 않았습니다. 흉포한 역사의 소용돌이 속에서 와전된 채 흔적 없이 사라졌습니다. 스스로 선택한 길이기도 합니다. 그러므로 이 정집을 묶는 일은 김종삼의 뜻이 아닙니다. 오로지 남은 사람들의 불민한 소치일 뿐입니다. 피와 땀과 눈물로 저어하며 상재합니다.

평가는 박하고 몰이해의 극치지만 김종삼은 시인의 시인입니다. 어느 시인도 문하에 있지 않았으면서도 시를 대하는 순간 스스로 경외하며 시심을 추스르게 됩니다. 공경하면서도 두려워하는 마음입니다. 동서고금의 문물사유가 깊고도 넓게 자리한 시의 경지에 머리 숙일 뿐입니다.

김종삼은 고통받는 사람들의 시인입니다. 가장 낮은 곳에서 신음하는 마른 입술에 물 한 모금 축이려는 애타는 연민이 가득합니다. 그러므로 국경도 언어도 풍습도 믿음도 신념도 가둘 수 없는 자유로운 시공간에서 모두 평화롭습니다.

정집을 준비하며 일반적인 전집(collection) 만들기에서 벗어나려 했습니다. 기존의 전집 작업은 문자 그대로 작품을 모아 묶는 행위에 불과합니다. 그만큼 취미나 애호의 수준에 머물기 십상입니다. 엄격한 원전 확정과 비평이 없기 때문입니다. 그래서 편찬위원인 박중식 시인의 제안으로 '정집(正集)'의 개념을 따르기로 했습니다. 정집(正集)은 선인들이 문집을 묶을 때 썼던 명칭으로 정본의 의미를 담으려 했습니다. 거기에 바르게 묶는다는 뜻을 덧붙여 새겼습니다.

『김종삼정집』은 일부 시집만을 정본의 대상으로 삼는 것을 회피하고 발표매체 즉 신문, 잡지, 연대시집, 개인시집, 선집에 실린 순서대로 정렬하였습니다. 특정 시기나 시집 중심으로 분류하지 않고 발표순으로 나열하였습니다. 선집의 경우 판본의 변화 없이 그대로 수록하는 데 그친 경우는 제외하였습니다. 선집 『북치는 소년』이 해당됩니다. 그리고 역사 사회적 흐름과 상동성을 띠는 김종삼의 시세계를 따라 편의상 1950년대부터 1980년대까지 10년 단위로 크게 구분하였습니다. 무엇보다도 작품의 제작, 발표순에 따라 배열함으로써 김종삼 문학의 지속성과 일관성을 견지하고자 하였습니다. 더불어 새롭게 발굴된 산문을 실어 김종삼 문학의 외연을 확장하였습니다.

김종삼전집은 지금까지 두 차례 발간되었습니다. 1988년 12월 8일 청하출판사에서 출판한 장석주편 『김종삼전집』과 2005년 10월 15일 나남출판사에서 출판한 권명옥편 『김종삼전집』입니다. 장석주편 『김종삼전집』은 세 개의 시집과 두 개의 선집을 발췌 편집하여 출판하였습니다. 그럼에도 김종삼 문학에 대해 최초로 문학사적 의미를 부여할 수 있는 계기를 마련했다는데 뜻이 깊습니다. 권명옥편 『김종삼전집』은 47편에 달하는 새로운 작품을 발굴하여 증보하였다는 데서 자료 가치가 충분합니다. 비로소 김종삼 문학이 전집의 꼴을 갖추게 되었습니다. 다만 일부 편집상의 오류와 서지적 국면에서 설득력을 기할 수 없는 점이 있습니다.

돌이켜보면 김종삼 시 이해와 연구에 실증적 차원의 노력을 게을리 하고 성과가 미흡하여 자의적 작품 분석과 오류의 반복이 횡행하고 있습니다. 이러한 오류를 그대로 도용하고 계속 유통시킴으로써 김종삼 시에 대해 올바른 접근과 진정한 향유를 가로 막고 있습니다. 이번 정집을 묶는 중요한 계기이기도 합니다.

장석주편 『김종삼전집』이 발간된 지 실로 30년 만에, 권명옥편 『김종삼전집』 이 발간된 지 13년 만에 새 전집을 출판하게 되었습니다. 앞선 두 전집이 개인이 단독 편집한 결과물이지만 『김종삼정집』은 정희성 시인을 비롯 14명의 편찬위원을 중심으로 4명이 책임편집을 하였습니다. 그만큼 전집을 만드는데 자의적이고 주관적인 측면을 제거하려 노력을 기울였고 김종삼 작품을 공유하면서 공동 작업하는 데 큰 뜻을 두었습니다.

『김종삼정집』은 결정본이 아닙니다. 아직도 서지적 국면에서 해결해야 할 실증적 문제들이 산적합니다. 무엇보다도 등단작을 확정하는 일이 급선무입니다. 이는 김종삼 문학의 시원을 찾는 일이며 시 세계의 지속성과 변화양상을 가늠하는 지렛대를 마련하는 것이기 때문입니다. 더불어 50년대 초반 작품 발굴에 더 힘을 쏟아야 하며 산문의 추가 발굴 또한 미개지라 할 수 있습니다. 이제 막 출판을 앞두고 다시 출발선에 서야합니다. 완전한 정전을 확정하는 순간까지 멈춤 없이 계속될 지난한 길이 아닐 수 없습니다. 이 도정에 홍승진, 김재현, 조은영, 홍승희 선생 등 젊은 연구자들의 열정에 큰 기대를 겁니다. 더불어 정집이 출간되기까지 정귀례 여사와 김혜경 씨를 비롯 유족의 배려와 기획출판에 애쓴 이영준 대표의 노고가 있었습니다. 음으로 양으로 고암 정병례, 육명심 작가와 김종삼기념사업회의 후원이 든든합니다. 또한 종삼포럼의 새 면모에 벅찹니다. 끝으로 이 모든 과정에는 영면하신 김학동 선생님의 손길이 닿아 있습니다.

2018년 10월 27일

김종삼정집 편찬위원회

| 일러두기 |

- 『김종삼 정집』은 크게 시·산문·당대평론·관련자료 등 4부로 나누어 편성했다.
- '시부'는 시의 지속과 변이 양상을 바탕으로 1960년대에서 1980년대까지 10년 단위로 구분하여 나누었으며 잡지·신문 등 지면발표 시와 공동시집·개인시집·시선집의 시 등을 발표 순으로 그대로 수록했다.
- '산문부'에는 시론, 평론 등을 발표순에 따라 수록했다.
- '당대평론'에는 김종삼 관련 평론 등 언급을 발표순에 따라 수록했다.
- '관련자료'는 김종삼 관련 인터뷰, 신문기사, 시집후기, 생애연보, 작품연보를 수록했다.
- 산문·당대평론·관련자료는 한자의 경우 독자의 편의를 위해 한글 병기했으며 띄어쓰기 등은 원문을 그대로 수록하였다.
- 문자표의 경우, 시집 등 단행본 책, 신문표제는 『 』, 시 등 단일작품은 「 」로 표기
- 시부에서 철자법은 지면발표와 시집분을 그대로 따랐고 시 마다 시어 중 모든 한자는 '시어 풀이'에 음을 달아 놓았고 특히 설명이 필요한 경우 풀이하였다. 시에서 '처음수록'이란 표현은 발표지를 확인할 수 없는 경우나 시차를 두고 발표된 작품으로 시집에 처음 게재되었음을 표시하며, '재수록' 상황을 각각의 시 아래에 적어 놓아 시적 변이를 확인할 수 있도록 했다. '시어 풀이'는 '발표'나 '처음수록' 작품에 상세히 적어 놓았으며 '재수록' 작품에서는 이를 참조하도록 명기했다. 시어 풀이는 『표준국어대사전』(국립국어연구원)을 위주로 참고 하였으며 이에 대해 따로 명기하지 않았다. 그 외 시어 풀이에는 참고사항을 명기했고, 엮은이의 다양한 의견이 개입된 경우에는 '엮은이풀이'로 명기했다. 참고사항은 다음과 같이 약식 명기했다.
  예) (참고 : 『우리말샘』, 국립국어연구원)-->(『우리말샘』)

〈시어풀이 참고출처〉

- 『곰PD의 전쟁이야기』, http://blog.ohmynews.com/gompd/tag/사이엔족
- 『국어국문학자료사전』, 한국사전연구사, 1998.
- 「근대문화유산 조각분야 목록화 조사연구 보고서」, 문화재청, 2011.
- 『나무위키』, https://namu.wiki/
- 『네이버 지식백과-클래식 명곡 명연주』,
  https://terms.naver.com/list.nhn?cid=59000&categoryId=59000
- 『네이버 일본어사전』, ja.dict.naver.com
- 『네이버 한자사전』, hanja.dict.naver.com
- 『두산백과』, www.doopedia.co.kr
- 『라이프성경사전』, 생명의말씀사, 2006.
- 『서울지명사전』, 서울특별시사편찬위원회, 2009.
- 『성북문화원』, 「우리동네문화찾기」, www.isbcc.or.kr
- 『숭실중학교』, www.soongsilm.net
- 『우리말샘』, 국립국어연구원, opendict.korean.go.kr
- 『위키백과』, https:/ko.wikipedia.org
- 『위키피디아』, https://en.wikipedia.org
- 『인명사전』, 민중서관, 2002.
- 『종교학대사전』, 한국사전연구사, 1998.

- 『최신클래식연주가사전』, 삼호출판사, 1994.
- 『프라임 불한사전』, 동아출판, 2015.
- 『한국민족문화대백과』, http://encykorea.aks.ac.kr
- 『한국세시풍속사전』, 국립민속박물관, http://folkency.nfm.go.kr/kr/dic/2/summary
- 『한국지명유래집』, 국토지리정보원, https://terms.naver.com/list.nhn?cid=43740&categoryId=43740
- 『한국향토문화전자대전』, 한국학중앙연구원, http://www.grandculture.net
- 『해양과학용어사전』, 한국해양학회, 2005.
- 강순전 외, 『서양의 고전을 읽는다』, 휴머니스트. 2006.
- 고형진, 『백석시를 읽는다는 것』, 문학동네, 2013.
- 김만태, 『한국 성명학 신해』, 좋은땅, 1026, 28쪽.
- 김재홍 편, 『한국현대시 시어사전』, 고려대출판부, 2001.
- 서범석, 「김종삼 시의 '서정적 자아'와 분단의식」, 『비평의 빈자리와 존재 현실』, 박문사, 2013.
- 잭 챌로너, 곽영직 옮김, 『Questions 118 원소 사진으로 공감하는 원소의 모든 것』, Gbrain, 2015.
- 허영한·이석원, 『고전음악의 이해』, 심설당, 2015, 244쪽.

작품 게재 시집은 다음과 같으며 편저자 명기 없이 '예'처럼 통일하여 기재했다.
예) 『戰時 韓國文學選 詩篇』(國防部政訓局, 1955. 6.)

- 『戰時 韓國文學選 詩篇』(金宗文 엮음, 國防部政訓局, 1955. 6.)
- 『連帶詩集·戰爭과音樂과希望과』(金宗三·金光林·全鳳健, 自由世界社, 1957. 5.)
- 『1959年 詞華集·詩論』(韓國自由文學者協會 엮음, 一韓圖書出版社, 1959. 4.)
- 『新風土 〈新風土詩集 Ⅰ〉』(金宗三·金春洙·全鳳健 등 20인, 白磁社, 1959. 6.)
- 『韓國文學全集 35 詩集(下)』(崔南善 외, 민중서관, 1959. 11.)
- 『韓國戰後問題詩集』(故 朴寅煥 外 三二人, 新丘文化社, 1961. 10.)
- 『現代韓國文學全集 18·52人詩集』(新丘文化社, 1964. 1.)
- 『韓國詩選』(韓國新詩六十年紀念事業會 엮음, 一潮閣, 1968. 10.)
- 『本籍地』(成文閣, 1968, 11.)
- 『十二音階』(三愛社, 1969. 6.)
- 『新韓國文學全集 37 詩選集 3』(朴斗鎭·金潤成 엮음, 語文閣, 1974. 9.)
- 『詩人學校』(新現實社, 1977. 8.)
- 『주머니 속의 詩』(黃東奎·鄭玄宗 엮음, 悅話堂, 1977. 11.)
- 『三省版 韓國現代文學全集 38 詩選集 Ⅱ』(趙炳華 외, 三省出版社, 1978. 7.)
- 『북치는 소년』(民音社, 1979. 1.)
- 『누군가 나에게 물었다』(民音社, 1982. 9.)
- 『평화롭게』(高麗苑, 1984. 5.)
- 『큰소리로 살아있다 외쳐라/「현대시」 1984 · 24인 시집』(청하, 1984. 5.)
- 『김종삼 전집』(권명옥 편, 나남, 2005. 10.)

| 차례 |

| 1970년대 |

| 1980년대 이후 |

2부·산문

3부 · 당대평론

4부 · 관련자료

엮은이 : 홍승진(서울대 국문과 박사수료)

김재현(서울대 국문과 석사수료)

홍승희(서강대 교양학부 외래교수)

이민호(시인 · 문학평론가 · 서울과기대 기초교육학부 초빙교수)

편찬위원장 : 정희성(시인 · 한국작가회의 전이사장)

편찬위원 : 김응교(시인 · 문학평론가 · 숙대 기초교양학부 교수)

김혜경(유족대표)

박시우(시인 · 종삼음악회악장)

박 인(소설가 · 화가)

박중식(시인 · 사진작가)

방민화(숭실대 국문과 초빙교수)

임동확(시인 · 한신대 문창과 교수)

전상기(문학평론가 · 성균관대 국문과 외래교수)

조은영(고려대 국교과 박사과정 · EBS강사)

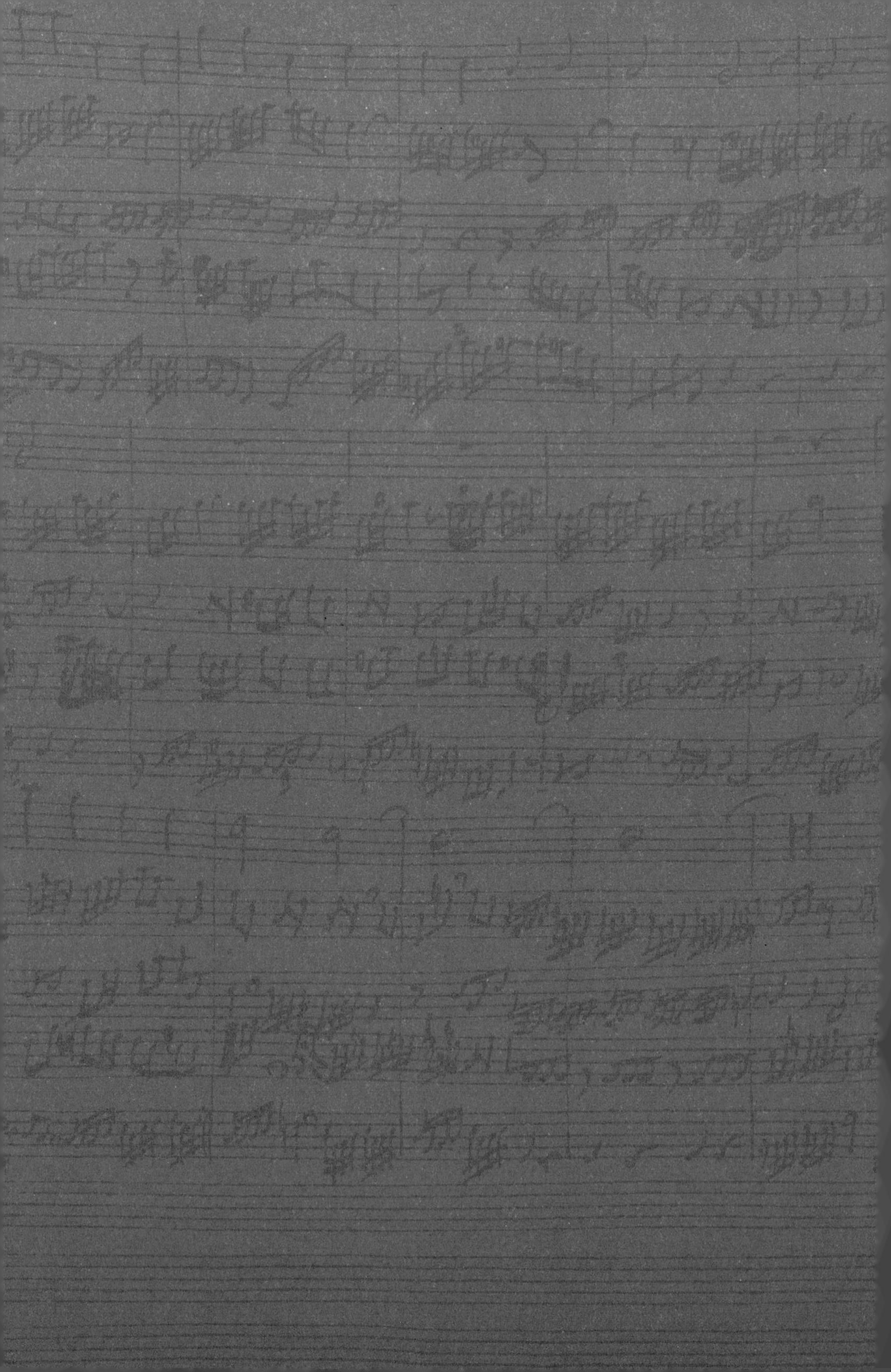

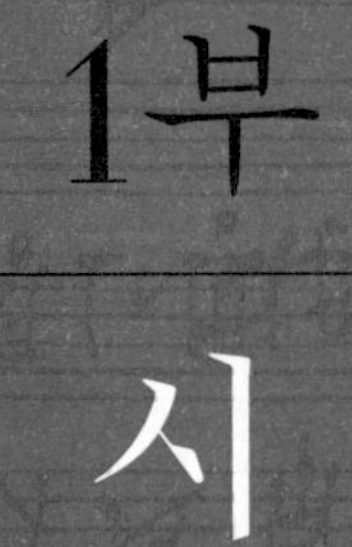

1부

시

1950년대 시

발표지 : 「현대예술」(1954. 6.) 외

수록시집

선집 – 「전시 한국문학선 시편」(김종문 엮음, 국방부정훈국, 1955. 6.)

연대시집 – 「전쟁과음악과희망과」(김종삼 · 김광림 · 전봉건, 자유세계사, 1957. 5.)

사화집 – 「1959년 사화집」 시론(한국자유문학자협회 엮음, 일한도서출판사, 1959. 4.)

「신풍토 〈신풍토시집 Ⅰ〉」(김종삼 · 김춘수 · 전봉건 등 20인, 백자사, 1959. 6.)

공동시집– 「한국문학전집 35 시집(하)」(최남선 외, 민중서관, 1959. 11.)

지면발표(1954. 6. ~ 11.) 시

돌

廣漠한地帶이다기울기
시작했다잠시꺼믓했다
十幸型의칼이바로꼽혔
다堅固하고자그마했다
흰옷포기가포겨놓였다

돌담이무너졌다다시쌓
았다쌓았고쌓았다돌각
담이쌓이고바람이자고
틈을타凍昏이잦아들었
다포겨놓이든세번째가
비었다

(『現代藝術』, 1954. 6.)

- **廣漠(광막)** : 아득하게 넓음
- **地帶(지대)** : 자연적, 또는 인위적으로 한정된 일정 구역
- **꺼밋했다** : 1. (북한말)색깔이 매우 검은 듯함(꺼뭇하다)
  2. 마음에 걸려 유쾌하지 않고 속이 언짢음 (『비평의 빈자리와 존재 현실』)
- **十幸型(십행형)** : 十字型(십자형)의 오기로 보임. 이후 시집에서 十字型(십자형)으로 수정. '十' 자와 같은 특징을 이루는 유형이나 형태(엮은이풀이)
- **堅固(견고)** : 굳고 단단함
- **힌** : '흰'의 평북사투리, 예)힌 왁새 : 해오라기(흰 왜가리)
- **포기** : 뿌리를 단위로 한 초목의 낱개를 세는 단위. '힌옷포기'는 '배추포기'처럼 시적 표현(엮은이풀이)
- **凍昏(동혼)** : 조어로 보임. 얼어붙은 황혼. '혼'에 요절하다는 뜻도 있어 '동혼'은 '어려서 죽은 영혼'으로 이해 할 수 있음(엮은이풀이)
- **잦아들다** : 거칠거나 들뜬 기운이 가라앉아 잠잠해져 가다
- **포겨놓다** : '포개다'. 놓인 것 위에 또 놓음

[재수록]

- 『連帶詩集·戰爭과音樂과希望과』(自由世界社, 1957.), 「돌각담-하나의 前程 備置」
- 『韓國戰後問題詩集』(新丘文化社, 1961.), 「돌각담」
- 『十二音階』(三愛社, 1969.), 「돌각담」
- 『詩人學校』(新現實社, 1977.), 「돌각담」
- 『주머니 속의 詩』(悅話堂, 1977.), 「돌각담」
- 『평화롭게』(高麗苑, 1984.), 「돌각담」

全鳳來에게
—G마이나

물
닿은 곳

神羔의
구름밑

그늘이 앉고

杳然한
옛
G마이나

(『코메트』, 1954. 6.)

- **全鳳來(전봉래)** : 시인(1923~1951). 평안남도 안주 출신. 전봉건(全鳳健) 시인의 친형. 한국전쟁 기간에 종군작가단에서 활동하다 부산 피난지 다방에서 다량의 수면제를 먹고 자살함. 김종삼과 다방면에서 교류함(엮은이풀이)
- **G마이나** : 바흐의 〈무반주 바이올린 소나타 1번 G마이너〉로 추정(BWV 1001), 'G마이너'는 바이올린 소나타의 첫 번째 코드 때문에 '세계창조'라는 성서적 의미로 해석가능.(엮은이풀이)
- **神羔(신고)** : 조어로 보임. 신의 어린양(엮은이풀이)
- **杳然(묘연)** : 그윽하고 멀어서 눈에 아물아물함

[재수록]

- 『連帶詩集·戰爭과音樂과希望과』(自由世界社, 1957.), 「G·마이나」
- 『韓國文學全集 35 詩集 (下)』(民衆書舘, 1959.), 「G·마이나」
- 『本籍地』(成文閣, 1968.), 「G 마이나」
- 『十二音階』(三愛社, 1969.), 「G·마이나-全鳳來 兄에게」
- 『주머니 속의 詩』(悅話堂, 1977.), 「G 마이나-全鳳來兄에게」
- 『평화롭게』(高麗苑, 1984.), 「G. 마이나」

뾰죽집이 바라보이는

뾰죽집이 바라보이는 언덕에
구름장들이 뜨짓하게 대인다.

嬰兒가 앞만 가린채 보드로운
먼지를 타박거리고 있다. 놀고 있다.

뾰죽집 언덕 아래에 아—취 같은
넓은 門이 티인다.

嬰兒는 나팔부는 시늉을 하였다.
작난감 같은

뾰죽집 언덕에
자줏빛 그늘이
와 앉았다

(『新映画』, 1954. 11.)

• **뵤죽집** : 김종삼이 유년시절에 본 '선교사가 살던 뵤족한 벽돌집'을 가리킴(김종삼의 인터뷰 「文學의 産室(33) 시인 金宗三씨」 참조)
• **뜨짓하게** : 느릿느릿 나지막하게 (『한국현대시 시어사전』) 그러나 『시어사전』의 뜻풀이는 근거가 부족, '뜨짓하다'는 '뜨직하다'라는 북한 방언으로 해석이 가능. '뜨직하다'는 1) 말이나 동작이 좀 느리고 더디다, 2)뜨악하다
• **嬰兒(영아)** : 젖먹이
• **아-취** : 아치(arch) 개구부의 상부 하중을 지탱하기 위하여 개구부에 걸쳐 놓은 곡선형 구조물. 분리 된 조각조각의 상호 압력으로 지탱하는 구조물. 활이나 무지개같이 한가운데는 높고 길게 굽은 형상
• **티인다** : '트이다'의 사투리로 보임, 막혀 있던 것을 치우고 통하게 함(엮은이풀이)
• **작난감** : 장난감(엮은이풀이)

[재수록]

• 『連帶詩集·戰爭과音樂과希望과』(自由世界社, 1957.), 「뵤죽집이 바라보이는」
• 『現代韓國文學全集 18·52人詩集』(新丘文化社, 1967.), 「뵤죽집이 바라보이는」
• 『十二音階』(三愛社, 1969.), 「뵤죽집」
• 『평화롭게』(高麗苑, 1984.), 「뵤죽집」

『전시 한국문학선 시편』 시

베르카 · 마스크

토방 한곁에 말리다 남은
반디 그을끝에 밥알 같기도한
알맹이가 붙었다

밖으로는
당나귀의 귀같기도한
입사귀가 따우에 많이들
대이어 있기도 하였다

처마끝에 달린 줄거리가
데룽거렸던 몇일이 지난
어느 날에는

개울 밑창 팡아란 嵌苔를 드려다 본것이다 내가 먹이어주었던
강아지 밥그릇 생각이 났기 때문이다

몇해가 지난
어느 날에도
이 앞을 지나게 되었다

(『戰時 韓國文學選 詩篇』, 國防部政訓局, 1955.)

略曆 四二五五生 本籍 平南 東京中野高等音樂學院卒 舞台生活多年間 「아데라이데」로서詩壇에데비유 現演劇人

• **베르카·마스크** : 베르가마스크(bergamasque). 프랑스의 작곡가 클로드 드뷔시의 피아노모음곡. 폴 베를렌의 시「달빛」중 '베르가마스크'라는 시어에서 곡 제목을 가져옴(역은이풀이)
• **토방(土房)** : 방에 들어가는 문 앞에 좀 높이 편평하게 다진 흙바닥. 여기에 쪽마루를 놓기도 함
• **반디** : 반디나물. 파드득나물. 산형과의 여러해살이풀. 높이는 30~60cm이며, 잎은 어긋나고 잎자루 끝에 마름모 모양의 작은 잎이 세 개 남. 6~7월에 흰 꽃이 피고 열매는 타원형으로 까맣게 익음. 향기가 있으며 어린잎은 식용함 산림의 음습(陰濕)한 곳에서 자라는데 한국, 일본, 중국 등지에 분포
• **그을** : '그물(맥)'으로 보임. 그물처럼 얽혀 있는 잎맥. 쌍떡잎식물의 잎맥에서 볼 수 있음
• **따우** : 땅위,
• **대이어** : '대다'의 북한말. 무엇을 어디에 닿게 함
• **嵌苔(감태)** : 해감, 물속에 생기는 썩은 냄새나는 찌끼

[재수록]

• 『新風土〈新風土詩集 Ⅰ〉』(白磁社, 1959.), 「베르가마스크」

개똥이

1

뜸북이가
뜸북이던

동뚝

길
나무들은
먼 사이를 두고
이어갑니다

하나
있는 곳과

연달아 있고

높은 나무 가지들 사이에
물 한 방울을 떠러 트립니다

병막에 가 있던
개똥이는 머리위에
불개미알만이 씰고 어지롭다고
갔읍니다

소매가 짧았읍니다

산당 꼭대기
해가 구물 구물 하다
보며는

웃도리가 가지런한
소나무 하나가
깡충 합니다

꿩 하마리가
까닥 합니다

2

새끼줄 치고
소독약 뿌린다고

집을 나왔읍니다
해가 남아 있는 동안은
조곰이라도 더 가야겠읍니다
엄지발톱이 돌뿌리에 채이어
앉아볼 자리마다 흠이 잡히어
도라다니다가 말았읍니다

도라다니다가 말았읍니다
가다가는 빠알간
해—ㅅ물이
돋아

저기
어두어 오는
北門은 놀러 갔던
아이들을 잡아 먹고도
남아 있읍니다

빠알개 가는
자근 무덤만이
돋아나고 나는
울고만 있읍니다

개똥이……일곱살 되던해의
개똥이의 이름

(『戰時 韓國文學選 詩篇』, 國防部政訓局, 1955.)

- **개똥이** : 오래 살라는 의미를 담아 일부러 천하게 짓는 아명. 고종의 아명이 '개똥이'였음(『한국 성명학 신해』)
- **뜸북이** : 뜸부기. 뜸부깃과의 여름새. 부리와 다리가 길며 호수나 하천 등지의 갈대숲이나 논에서 살며 '뜸북뜸북' 하고 움
- **동뚝** : '동(垌)둑'의 북한말. 크게 쌓은 둑(『우리말샘』)
- **병막(病幕)** : 전염병 환자를 격리하여 수용하는 임시 건물
- **불개미** : 붉은색의 작은 개미를 통틀어 이르는 말
- **씰고** : '슬다'의 북한사투리(엮은이풀이). 곰팡이나 곤충의 알 따위가 생김
- **산당(山堂)** : 산신당. 산신을 모신 집. 굿당
- **구물구물** : 매우 자꾸 느리게 움직이는 모양
- **웃도리** : '윗도리'의 잘못. 허리의 윗부분
- **깡충** : 북한말. 키나 길이 따위가 어지간히 긴
- **하마리** : '한 마리'의 오기(엮은이풀이)
- **까닥** : 고개 따위를 아래위로 가볍게 한 번 움직이는 모양
- **조곰** : 조금
- **해-ㅅ물** : 햇무리. 햇빛이 대기 속의 수증기에 비치어 해의 둘레에 둥글게 나타나는 빛깔이 있는 테두리
- **北門(북문)** : 북쪽으로 난 문. 저승길에 열리는 극락문이라 할 수 있음. 그곳으로 들어가면 극락세계가 펼쳐지는 곳 (『한국세시풍속사전』)
- **자근** : 작은(엮은이풀이)

[재수록]

- 『連帶詩集·戰爭과音樂과希望과』(自由世界社, 1957.), 「개똥이-일곱 살 되던 해의 개똥이의 이름」
- 『現代韓國文學全集 18·52人詩集』(新丘文化社, 1967.), 「개똥이-일곱 살 되던 해의 개똥이의 이름」
- 『평화롭게』(高麗苑, 1984.), 「개똥이-일곱 살 때의 개똥이」

지면발표(1955. 8. 25. ~ 1956. 11.) 시

어디메 있을 너

학교와 그 사이
새들의 나래와 깊은
숲속으로 스며 든
푸름의
호수와

학교와 그 사이에

石家 하나
鐘閣 하나

거기에 너는 있음직 하다.

오늘도
오정을 알리는 제비 한놈이
쉬입게 지났다.

오늘도 나에게는
어떤 마감이 있는것 처럼.

녹쓰른 시앙鐵 같은
立地가 앞질러 가 있기 마련이었다

쉬일때며는
자미롭지 못한 낚시질 같기만 하였고….

지금은
자리 잡히어 가는 것들이란
콩포기의 줄기뿐.

너 그런 시절이 아닌
무심밖에 아무것도 모르기를나는
원했다.

(『東亞日報』, 1955. 8. 25.)

- **어디메** : '어디'의 방언(『우리말샘』)
- **石家(석가)** : 돌무덤, 즉 석총(石冢)으로 보임(엮은이풀이)
- **鐘閣(종각)** : 큰 종을 달아 두기 위하여 지은 누각
- **오정(午正)** : 정오(正午). 낮 열두 시
- **시앙鐵(cyan철)** : 시안화물(cyanide物, 청산가리)로 도금한 철(엮은이풀이)
- **立地(입지)** : 1. 식물이 생육하는 일정한 장소의 환경 2. 인간이 경제 활동을 하기 위하여 선택하는 장소
- **자미** : '재미'의 사투리

[재수록]

- 『連帶詩集·戰爭과音樂과希望과』(自由世界社, 1957.), 「어디메 있을 너」

園丁

苹果 나무 소독이 있어
모기 새끼가 드물다는 몇날후인
어느 날이 되었다.

며칠만의 한번만이라도 어진
말솜씨였던 그인데
오늘은 몇번째나 나에게 없어서는 않된다는 마련 되 있다는
길을 기어히 가르켜 주고야 마는 것이다.

아직 이쪽에는 열리지 않는 果樹밭 사이인
수무나무가시 울타리
길 줄기를 버서 나
그이가 말한대로 얼만가를 더 갔다.

구름 덩어리 야튼 언저리
植物이 풍기어 오는
유리 溫室이 있는
언덕쪽을 향하여 갔다.

안악과 周圍라면은 아무런 기척이 없고 무변(無邊) 하였다. 안악 흙 바닥에는
떡갈 나무 잎사귀들의 언저리와
「뿌롱드」 빛갈의 果實들이 평탄하게
가득 차 있었다.

몇개째를 집어 보아도 놓이었던 자리가 썩어있지 않으면 벌레가 먹고 있었었다.
그렇지 않은 것도 집기만 하면 썩어 갔다.

거기를 직힌다는 사람이 드러와
내가 하려던 말을 빼았듯이 말했다.

당신아닌 사람이 집으면 그럴리가 없다고—.

(『新世界』, 1956. 3.)

- **園丁(원정)** : 정원이나 과수원 따위를 관리하는 사람
- **苹果(평과)** : 사과
- **어진** : 마음이 너그럽고 착하며 슬기롭고 덕행이 높은
- **果樹(과수)** : 과실나무
- **수무나무** : 스무나무 혹은 시무나무, 자유(刺楡 : 가시 있는 느릅나무) 느릅나뭇과의 낙엽 교목. 높이는 20미터 정도이며, 잎은 어긋나고 톱니가 있음. 5월에 노란 꽃이 피고, 열매는 한쪽에만 날개가 있는 시과(翅果 : 열매의 껍질이 얇은 막 모양으로 돌출하여 날개를 이루어 바람을 타고 멀리 날아 흩어지는 열매), 울타리용이나 조림용(造林用)으로 가꾸고 목재는 가구재나 땔감으로 쓰며, 어린잎과 나무껍질은 식용이고 잎은 사료용. 산기슭 양지 및 개울가에서 자라며, 한국의 함북 이외 여러 지역과 중국 등지에 분포
- **안악** : 속, 안쪽, 아낙, 안뜰(엮은이풀이)

  1. '아낙', 즉 '내정(內庭)'

  1) '아낙' : 부녀자가 거처하는 곳을 점잖게 이르는 말 2) '속'의 북한말

  2. '뜨락'을 '뜰악'으로 쓴 경우에서 보듯 '아낙'을 '안악'으로 씀
- **周圍(주위)** : 1. 어떤 곳의 바깥 둘레 2. 어떤 사물이나 사람을 둘러싸고 있는 것. 또는 그 환경
- **無邊(무변)** : 끝이 없음. 또는 그런 모양
- **부롱드** : blond(황금빛)를 소리 나는 대로 표기 한 것으로 보임(엮은이풀이)
- **빛갈** : '빛깔'의 북한말

[재수록]

- 『連帶詩集·戰爭과音樂과希望과』(自由世界社, 1957.), 「園丁」
- 『韓國文學全集 35 詩集 (下)』(民衆書舘, 1959.), 「園丁」
- 『現代韓國文學全集 18·52人詩集』(新丘文化社, 1967.), 「園丁」
- 『十二音階』(三愛社, 1969.), 「園丁」
- 『평화롭게』(高麗苑, 1984.), 「園丁」

하나의죽음
—故 全鳳來앞에

한 때에는
낡은 필림 字幕이 지났다.

아직 散策에서 돌아가 있지 않다는
그자리 파루티타 室內
마른 행주 廚房의 整然

그러나,
다시 돌아오리라는 푸름이라 하였던
무게를 두어

그러나,
어느 것은 날개 죽지만
내 젓다가 고만 두었다는 것이다.

지난때,
죽었으리라는 茶友들이 가져 온
그리고 그렇게 허름하였던 사랑…

…세월들이

가져 온

나 날이 거기에 와 있다는

계절(晝間)들의

또

하나의 死者 라는

電話 벨이 나고 있지 않는가—

(『朝鮮日報』, 1956. 4. 14.)

- **필림** : '필름'의 북한말
- **字幕(자막)** : 영화나 텔레비전 따위에서, 관객이나 시청자가 읽을 수 있도록 화면에 비추는 글자. 표제나 배역, 등장인물의 대화, 설명 따위를 보여 줌
- **廚房(주방)** : 음식을 만들거나 차리는 방
- **整然(정연)** : 가지런하고 질서 있음
- **散策(산책)** : 휴식을 취하거나 건강을 위해서 천천히 걷는 일
- **파루티타** : 파르티타(partita). 모음곡. 바로크 시대에 쓰던 악곡의 형식. 본래는 변주곡을 이르는 말이었으나 나중에는 모음곡을 뜻하게 되었음(『두산백과』)
- **죽지** : 새의 날개가 몸에 붙은 부분
- **茶友(다우)** : 차를 함께 마시는 벗(엮은이풀이)
- **晝間(주간)** : 먼동이 터서 해가 지기 전까지의 동안. 낮

[재수록]

- 『連帶詩集·戰爭과音樂과希望과』(自由世界社, 1957.), 「全鳳來」

소년

마즌편에 있는 학교로 찾아가 보라는
그의 소년인 나에게 하는
격리병원으로 보내 놓은
어머니의 말이었다

어느 여름인 下午가
되었다.
소년은 꺼륵한 오줌을 누게된 병든
소년 이었다.

마즌편 학교에 있는 便所를 찾아가
보라는 소년의 어머니의
말이 되었다.

찾아간 아낙 밑바닥마다 매말라 있게되었다.
몇 해 동안이나
사람이 드나들지 않았던 것이다.

새삼스럽지 않은 校庭 植樹들이었고
校庭에 가까운

흰 구름이었고

가끔 눕히어 지는 잔디와 羚羊의
자리와

올간이 가까운 閣樓에서 들리어 오는
흰 구름이 되었다.

도라 가기 싫어하는 집에서 다음
날이면 다시 나오는 소년이 되었다.

맑게 개인 하늘을 사랑하였다.
맑은 내ㅡㅅ불 줄기를

약꼴로 보이는 강아지를 좋아하는
소녀가 되었다.

부질없이 서글픈 소녀가 되었다.
그러다가 싫어지면은 언니가 죽은지
얼마 안된다는
묵경이를 찾아 가는 소년이 되었다.
소년을 싫어하는 소녀의 주변인

어느 날
우연히 만난

소녀의 微笑는 또 다른 소녀 처럼
잊지 않기 위하여 사는 소년이 되었다.

집에서도 동리에서도
그 소녀에게도 마음을 받는
소년이 되었다.

(『女性界』, 1956. 8.)

- **마즌편** : 서로 마주 바라보이는 편
- **격리병원(隔離病院)** : 전염병이 번지는 것을 막기 위하여 전염병 환자들을 일반 환자들과 따로 수용하여 치료하도록 만든 병원
- **下午(하오)** : 오후(午後). 정오(正午)부터 밤 열두 시까지의 시간
- **꺼륵한** : '걸쭉한'의 뜻으로 보임. 예)'꺼륵한 묵물을 한 사발식 마시고(주요한, 「인력거꾼」에서). '꺼글한 오줌을 누게 된 병'은 신장성 질환으로 보임(엮은이풀이)
- **便所(변소)**
- **校庭(교정)** : 학교의 넓은 뜰이나 운동장
- **植樹(식수)** : 심은 나무
- **羚羊(영양)** : 솟과의 포유류 중 야생 염소와 산양 따위의 짐승을 통틀어 이르는 말. 초식성으로 대부분 아프리카와 유라시아 지역에 분포
- **閣樓(각루)** : 누각(樓閣). 사방을 바라볼 수 있도록 문과 벽이 없이 다락처럼 높이 지은 집
- **묵경이** : 사람이름
- **微笑(미소)**

오동나무가 많은 부락입니다

오동나무가 많은 부락입니다.

어머니의 배—ㅅ속에서도
보이었던
세례를 받던 그 해었던
보기에 쉬웠던
추억의 나라 입니다.

누구나,
모진 서름을 잊는 이로서,

오시어도 좋은 너무
오래되어 응결되었으므로
구속이란 죄를 면치 못하는
이라면 오시어도 좋은
오동나무가 많은 부락 입니다.

그것을,
씻기우기 위한 누구의 힘도
될수 없는

깊은
빛갈이 되어 꽃피어 있는
시절을 거치어 오실수만 있으면
오동 나무가 많은 부락이 됩니다.

오동 나무가
많은 부락 입니다.

수요 많은 지난 날짜들을
잊고 사는 이들이 되는지도 모릅니다.

그 이가 포함한 그리움의
잇어지지 않는 날짜를 한번
추려주시는, 가저다
주십시요.

인간의 마음이라 하기 쉬운
한번만의 광명이 아닌
솜씨가 있는 곳임으로
가저다 주시는

그 보다,
어머니의 눈물가에 놓이는

날짜를 먼저 가져다

주시는…………

오동나무가 많은 부락이 됩니다.

(『新世界』, 1956. 10.)

• **部落(부락)** : 시골에서 여러 민가(民家)가 모여 이룬 마을

• **서름** : '설음'을 가리킴. '설음'은 '설움'의 북한말. 서럽게 느껴지는 마음

• **응결(凝結)** : 한데 엉기어 뭉침

• **구속(救贖)**

1. 구속(救贖) : 예수가 십자가에 못 박혀 인류의 죄를 대속(代贖)하여 구원함

*라인홀드 니버 "구속이란 죄의 부패를 제거한다는 보장을 하지 않는다. 실제 죄의 부패는, 오히려 구속되어 죄에서 해방되었다는 주장으로 더욱 증대된다."(『두산백과』)

2. 구속(拘束) : 행동이나 의사의 자유를 제한하거나 속박함

• **수요(愁擾)** : 시름이 많아서 정신이 어지러움

• **잇어지지** : '잇다'에서 나온 말. '이어지지'가 잘못 활용됨, 두 끝을 맞대어 붙임((역은이풀이))

• **추려주시는** : 추리다. 섞여 있는 것에서 여럿을 뽑아내거나 골라냄

해가 머물러 있다

뜰악과 苔瓦마루에 긴 풀이 자랐다.
한 모퉁이에 자근 발자욱이 나 있었다.

풀밭이 내다 보였다. 풀밭이 가끔 눕히어지는 쪽이 많았다.
옮아 간다는 눈치였다.

아직
해가 머물러 있다.

(『文學藝術』, 1956. 11.)

- **뜰악** : 뜨락. 집 안의 앞뒤나 좌우로 가까이 딸려 있는 빈터 (『우리말샘』)
- **苔瓦(태와)** : 이끼 낀 기와(『네이버 한자사전』)
- **발자욱** : '발자국'의 북한말
- **옮아가다** : 본래 있던 곳에서 다른 곳으로 자리 잡아 감

[재수록]

- 『連帶詩集·戰爭과音樂과希望과』(自由世界社, 1957.), 「해가 머물러 있다」
- 『現代韓國文學全集 18·52人詩集』(新丘文化社, 1967.),「해가 머물러 있다」

現實의 夕刊

터전〈白山〉과 그리고 청량리 아침 몇군데 되었던 안테나와
危殆로웠던 安全帶와, 꼭 같아오던 몇해전의 꿈의 連累인,
오늘의 현실이라 하였던,

하늘밑에는 오전이 있다 하였다.
몰이어 드는 사람들의 食事같은 近郊인 部落의 領地이기도 했다.

오동나무가 많은
그중에 하나는 그 以前 이야기이기도 했다.

제법 끈까지 달린
갓을 쓰고 온 學童인 것이다.

部落민들은 반기었고
그사람들이 마지하는 오동나무가 많은 부락엔 食器가 많았다.

현실〈朝刊〉에서는
그중에 하나는 발가벗기어 발바닥에서 몸둥아리
그리고 머리에 까지

감기어 온 얼룩간 少年의 붕帶가 왔다 하였다.
荷物로써 취급되어 오기 쉬웠다는
몇군데인, 안테나인, 아침인, 청량리가 있었다.

出勤簿의 部落民들은 누구나
僥倖이란 말이 서투러 있다기 보다 말들을 더듬었다는 것이다.

몇나절이나 달구지 길이 덜그덕 거렸다.
더위를 먹지 않고 지났다.

그자리 머무는 하루살이떼〈日氣〉가 머무는 벌거숭이 흙떼미〈旱魃〉이었고
길〈右岸〉이 서투렀다는 證人의 말이 많았고.

좀처럼
있음직 하였던 夕陽이 다시 가버리는 結論이 갔다.

터전 〈白山〉을
내려가야만 했던 착한것과 스쿱프와 살아 온 죽은 나의 동생과 애인과 현실의 夕間…….

(『自由世界』, 1956. 11.)

- **夕刊(석간)** : 저녁신문의 준말
- **터전** : 1. 자리를 잡은 곳 2. 살림의 근거지가 되는 곳
- **白山(백산)** : 1. 희다, 높다, 거룩하다 등의 뜻이 있음 2. 우리나라 곳곳에 '백산마을'이 있음 3. 갑오농민전쟁 때 진을 치고 공동체를 이루었던 전라도 고부 백산(1~3번 :『한국지명유래집』) 4. 한국민족의 근원적이고 신성한 터전(정약용『아방강역고』와 장지연『대한강역고』의「백산보(白山譜)」참조. 또한 이능화의『조선도교사』 참조)
- **청량리** : 1. 우리나라 곳곳에 있는 '청량마을(淸凉里)'(엮은이풀이) 2. 서울 동대문구 소재 동(洞), 청량사라는 사찰이 있는 데서 유래됨(『서울지명사전』)
- **危殆(위태)** : 어떤 형세가 마음을 놓을 수 없을 만큼 위험함
- **安全帶(안전대)** : 안전지대(安全地帶), 어떤 재해에 대하여 위험이 없는 지대
- **連累(연루)** : 남이 저지른 범죄에 연관됨. '관련(關聯)', 둘 이상의 사람, 사물, 현상따위가 서로 관계를 맺어 매여 있음. 또는 그 관계
- **뫃이어** : 모이어. 평안도 사투리. 1930년대 표기법(엮은이풀이)
  예)깜박깜박 검은눈이 뫃여앉아서(「굴뚝」에서, 윤동주, 1936. 6.)
- **食事(식사)** : 끼니로 음식을 먹음. 또는 그 음식
- **領地(영지)** : 영토(領土). 국제법에서, 국가의 통치권이 미치는 구역. 흔히 토지로 이루어진 국가의 영역을 이름. 영해와 영공을 포함하는 경우도 있음
- **學童(학동)** : 글방에서 글 배우는 아이
- **朝刊(조간)** : 조간신문의 준말
- **繃帶(붕대)** : 상처나 부스럼 따위에 감는 소독한 헝겊. 신축성 있고 바람이 잘 통하는 면포, 거즈 따위로 만듦
- **荷物(하물)** : 짐
- **出勤簿(출근부)** : 출결근, 지각, 조퇴 또는 출장 따위의 출근 상황을 표시하는 장부
- **僥倖(요행)** : 행복을 바람. 뜻밖에 얻는 행운
- **달구지** : 소나 말이 끄는 짐수레
- **日氣(일기)** : 날씨
- **흙떼미** : '흙' + '떼미'. '떼미'는 '더미'의 방언. '흙더미'는 흙이 한데 모이거나 흙을 한 데 모아 쌓은 더미(『우리말샘』)
- **旱魃(한발)** : 심한 가뭄
- **右岸(우안)** : 강이나 바다 따위의 오른쪽 기슭
- **서투렀다** : 서투르다. 일 따위에 익숙하지 못하여 다루기에 섦
- **스콥프** : 김종삼 시에서 '스콥', '스콮'으로도 표현. 삽(엮은이풀이) 1. 네덜란드어 schop 2. 일본말 スコップ; スコ 3. (자루가 짧은 소형의) 삽
- **석간(夕間)** : 저녁 사이

[재수록]

- 『新群像』 第1輯(1958. 12.),「夕間」

『전쟁과음악과희망과』 시

그리운 안니 · 로 · 리

나는 그동안 배꼽에
솔방울도 돋아
보았고

머리위로는 못쓸 버섯도 돋아
보았읍니다 그러다가는
「맥월」이라는
老醫의 음성이

자꾸만
넓은 푸름을 지나
머언 언덕가에 떠 오르곤
하였읍니다.

오늘은
이만치 하면 좋으리마치
리봉을 단 아이들이 놀고 있음을
봅니다

그리고는
얕은
파아란
패인트 울타리가 보입니다.

그런데
한 아이는
처마 밑에서 한 걸음도
나오지 않고
리봉이 너무 길다랗다고
짜징을 내고 있는데
그 아이는
얼마 못가서 죽을 아이라고

푸름을 지나 언덕가에로
떠오르던
음성이 조곰 전에 이야길 하였읍니다.

그리운
안니 로 리라고 이야길
하였습니다.

(『連帶詩集·戰爭과音樂과希望과』, 自由世界社, 1957.)

• **안니·로·리** : 애니 로리Annie Laurie. 존 스콧 작곡, 윌리엄 더글라스 작사의 스코틀랜드의 곡으로 티 없이 곱고 아름다운 소녀를 그리워하며 부르는 5음 음계의 곡(『두산백과』). 1903~1932년 평양등지에서 선교활동을 펼쳤던 선교사 윌리엄 스왈른이 한국어로 번안하여 1905년부터 널리 보급되었던 찬송가 「하늘가는 밝은 길이」(통일찬송가 545장)
• **맥월** : 애니 로리가 살았던 맥스웰턴(Maxwelton) 언덕에서 유래된 것으로 보임(엮은이풀이)
• **老醫(노의)** : 늙은 의사

[재수록]

• 『韓國文學全集 35 詩集 (下)』(民衆書舘, 1959.), 「그리운 안니·로·리」
• 『現代韓國文學全集 18·52人詩集』(新丘文化社, 1967.), 「그리운 안니·로·리」
• 『十二音階』(三愛社, 1969.),「그리운 안니·로·리」

G · 마이나

물
닿은 곳

神恙의
구름밑

그늘이 앉고
杳然한
옛
G · 마이나

(『連帶詩集·戰爭과音樂과希望과』, 自由世界社, 1957.)

• 20쪽) 「全鳳來에게-G마이나」(『코메트』, 1954. 6.)의 시어 풀이 참조

[발표]

• 『코메트』(1954. 6.), 「全鳳來에게-G마이나」

[재수록]

• 『韓國文學全集 35 詩集 (下)』(民衆書舘, 1959.), 「G·마이나」
• 『本籍地』(成文閣, 1968), 「G 마이나」
• 『十二音階』(三愛社, 1969), 「G·마이나-全鳳來兄에게」
• 『주머니 속의 詩』(悅話堂, 1977), 「G 마이나-全鳳來兄에게」
• 『평화롭게』(高麗苑, 1984), 「G. 마이나」

돌각담
—하나의 前程 備置

廣漠한地帶이다기울기

시작했다잠시꺼밋했다

十幸型의칼이바로꼽혔

다堅固하고자그마했다

흰옷포기가포겨놓였다

돌담이무너졌다다시쌓

았다쌓았다쌓았다돌각

담이쌓이고바람이자고

틈을타凍昏이잦아들었

다포겨놓이든세번째가

비었다

(『連帶詩集·戰爭과音樂과希望과』, 自由世界社, 1957.)

- **돌각담** : '돌담'의 방언(평안, 함북). 돌로 쌓은 담(『우리말샘』). '돌무덤'(『백석시를 읽는다는 것』, 백석 시 「오금덩어리라는 곳」 설명에서)
- **前程(전정)** : 앞길, 앞으로 가야 할 길
- **備置(비치)** : 마련하여 갖추어 둠
- 이하 시어는 18쪽) 「돌」(『現代藝術』, 1954. 6.)의 시어 풀이 참조

[발표]

- 『現代藝術』(1954. 6.), 「돌」

[재수록]

- 『韓國戰後問題詩集』(新丘文化社, 1961.), 「돌각담」
- 『十二音階』(三愛社, 1969.), 「돌각담」
- 『詩人學校』(新現實社, 1977.), 「돌각담」
- 『주머니 속의 詩』(悅話堂, 1977.), 「돌각담」
- 『평화롭게』(高麗苑, 1984.), 「돌각담」

뾰죽집이 바라보이는

뾰죽집이 바라보이는 언덕에
아롱진 구름장들이 뜨짓하게 대인다.

嬰兒가 앞만 가린채 보드로운
먼지를 타박거리고 있다. 놀고 있다.

뾰죽집 언덕 아래에 아 취 같은
넓은 門이 티인다

嬰兒는 나팔부는 시눙을 하였다.
작남감 같은

뾰죽집 언덕에
자주빛 그늘이
와 앉았다

(『連帶詩集·戰爭과音樂과希望과』, 自由世界社, 1957.)

• 22쪽) 「뵤죽집이 바라보이는」(『新映画』, 1954. 11.)의 시어 풀이 참조

[발표]

• 『新映画』(1954. 11.), 「뵤죽집이 바라보이는」

[재수록]

• 『現代韓國文學全集 18·52人詩集』(新丘文化社, 1967.), 「뵤죽집이 바라보이는」
• 『十二音階』(三愛社, 1969.), 「뵤죽집」
• 『평화롭게』(高麗苑, 1984.), 「뵤죽집」

園丁

苹果나무 소독이 있어
모기 새끼가 드물다는 몇날후인
어느 날이 되었다.

며칠만에 한번만이라도 어진
말솜씨였던 그인데
오늘은 몇번째나 나에게 없어서는 않된다는 마련되 있다는 길을 기어히
가르켜 주고야 마는 것이다.

아직 이쪽에는 열리지 않는 果樹밭 사이인
수무나무 가시 울타리
길 줄기를 버서 나
그이가 말한 대로 얼만가를 더 갔다.

구름 덩어리 야튼 언저리
植物이 풍기어 오는
유리 溫室이 있는
언덕을 향하여 갔다.

안악과 周圍라면은 아무런 기척이 없고 무변(無邊)하였다. 안악 흙 바닥에는

떡갈나무 잎사귀들의 언저리와

「뿌롱드」빛갈의 果實들이 평탄하게

가득 차 있었다.

몇개째를 집어 보아도 놓이었던 자리가 썩어있지 않으면 벌레가 먹고 있었다.

그렇지 않은 것도 집기만 하면 썩어갔다.

거기를 지킨다는 사람이 드러와

내가 하려던 말을 빼앗듯이 말했다.

당신아닌 사람이 집으면 그럴리가 없다고—.

(『連帶詩集·戰爭과音樂과希望과』, 自由世界社, 1957.)

•34쪽) 「園丁」(『新世界』(1956. 3.)의 시어 풀이 참조

[발표]

•『新世界』(1956. 3.),「園丁」

[재수록]

•『韓國文學全集 35 詩集 (下)』(民衆書舘, 1959.), 「園丁」
•『現代韓國文學全集 18·52人詩集』(新丘文化社, 1967.), 「園丁」
•『十二音階』(三愛社, 1969.), 「園丁」
•『평화롭게』(高麗苑, 1984.), 「園丁」

해가 머물러 있다

뜰악과 苔瓦마루에 긴 풀이 자랐다.
한 모퉁이에 자근 발자욱이 나 있었다.

풀밭이 내다 보였다. 풀밭이 가끔 눕히어 지는 쪽이 많았다.
옮아 간다는 눈치였다.

아직
해가 머물러 있다.

(『連帶詩集·戰爭과音樂과希望과』, 自由世界社, 1957.)

• 45쪽) 「해가 머물러 있다」(『文學藝術』, 1956. 11.)의 시어 풀이 참조

[발표]

• 『文學藝術』(1956. 11.), 「해가 머물러 있다」

[재수록]

• 『現代韓國文學全集 18·52人詩集』(新丘文化社, 1967.), 「해가 머물러 있다」

全鳳來

한 때에는
낡은 필림 字幕이 지났다.

아직 散策에서 돌아가 있지 않다는
그자리 파루티다 室內

마른 행주 厨房의 整然

그러나,
다시 돌아오리라는 푸름이라 하였던
무게를 두어

그러나,
어느 것은 날개 쭉지만
내 젓다가 고만 두었다는 것이다.

지난때,
죽었으리라는 茶友들이 가져 온
그리고 그렇게 허름하였던 사랑……………세월들이
가져 온

나 날이 거기에 와 있다는
계절(晝間)들의…………

또
하나의 死者라는
電話 벨이 나고 있지 않는가—

(『連帶詩集·戰爭과音樂과希望과』, 自由世界社, 1957.)

•37쪽) 「하나의 죽음-故 全鳳來앞에」(『朝鮮日報』, 1956. 4. 14.)의 시어 풀이 참고

[발표]

•『朝鮮日報』(1956. 4. 14.), 「하나의 죽음-故 全鳳來앞에」

받기 어려운 선물처럼

主日이 옵니다. 오늘만은
그리로 도라 가렵니다.

한켠 길다란 담장길이 버러져
있는 얼마인가는 차츰 흐려지는
길이 옵니다.

누구인가의 성상과 함께
눈부시었던 꽃밭과 함께 마중 가 있는 하늘가 입니다.

모—든 이들이 안식날이랍니다.
저 어린 날 主日 때 본
그림
카—드에서 본
나사로 무덤 앞이였다는
그리스도의 눈물이 있어 보이었던
그날이 랍니다.

이미 떠나 버리고 없는 그렇게
따사로웠던 버호니(母性愛)의 눈시울을 닮은 그 이의 날이랍니다.

영원이 빛이 있다는 아름다움이란
누구의 것도 될수 없는 날이랍니다.

그럼으로 모—두들 머믈러 있는 날이랍니다.
받기 어려웠던 선물처럼………

(『連帶詩集·戰爭과音樂과希望과』, 自由世界社, 1957.)

- **主日(주일)** : 기독교에서 '일요일'을 이르는 말. 예수가 부활한 날이 일요일이었다는 데서 유래
- **버러져** : '벌어져', 갈라져 사이가 뜸
- **성상(聖像)** : 기독교에서 그리스도나 성모의 상(像)
- **안식날** : '안식일(安息日)'의 북한어. 유대교에서, 일주일의 제7일인 성일(聖日). 금요일 일몰(日沒)에서 토요일 일몰까지를 이르는데, 이날은 모든 일을 하지 않고 휴식을 취함. 기독교인들은 안식일의 의미는 기억하되 따로 지키지 않고, 주로 예수가 부활했다는 일요일을 주일로 지킴
- **나사로(Lazaros)** : 신약 성경에 나오는 인물로 죽은 지 4일 만에 예수가 회생시킨 사람
- **버호니** : 정확한 의미는 확인 불가(엮은이풀이)
- **母性愛(모성애)**

어디메 있을 너

학교와 그사이
새들의 나래와 깊은
숲속으로 스며 든
푸름의
호수와

학교와 그 사이에

石家 하나
鐘閣 하나
거기에 너는 있음직 하다.

오늘도 오정을 알리는 제비 한놈이
쉬입게 지났다.

오늘도 나에게는
어떤 마감이 있는 것 처럼.

녹쓰른 시앙鐵 같은
立地가 앞질러 가 있기 마련이었다.

쉬일때며는
자미롭지 못한 낚시질 같기만 하였고………

지금은
자리 잡히어 가는 것들이란
콩포기의 줄기뿐.

너 그런 시절이 아닌
무심밖에 아무것도 모르기를 나는 원했다.

(『連帶詩集·戰爭과音樂과希望과』, 自由世界社, 1957.)

• 32쪽) 「어디메 있을 너」(『東亞日報』, 1955. 8. 25.)의 시어 풀이 참조

[발표]

• 『東亞日報』(1955. 8. 25.), 「어디메 있을 너」

개똥이
—일곱살 되던 해의 개똥이의 이름

1

뜸북이가
뜸북이던

동뚝
길
나무들은
먼 사이를 두고
이어갑니다

하나
있는 곳과

연달아 있고

높은 나무 가지들 사이에
물 한 방울 떠러 트립니다.

병막에 가 있던

개이똥는 머리위에
불개미알만이 씰고 어지롭다고
갔읍니다.

소매가 짧았읍니다.

산당 꼭대기
해가 구물구물 하다
보며는

웃도리가 가지련한
소나무 하나가
깡충 합니다.

꿩 한마리가
까닥 합니다.

2
새끼줄 치고
소독약 뿌리고
집을 나왔읍니다.

해가 남아 있는 동안은

조곰이라도 더 가야겠읍니다
엄지발톱이 돌뿌리에 채이어
앉아볼 자리마다 흠이 잡히어
도라다니다가 말았읍니다.

도라다니다가 말았읍니다.
가다가는 빠알간
해—ㅅ물이
돌아

저기
어두어 오는
북문은 놀러 갔던
아이들을 잡아 먹고도
남아 있읍니다.

빠알개 가는
자근 무덤만이
돋아나고 나는
울고만 있습니다.

(『連帶詩集·戰爭과音樂과希望과』, 自由世界社, 1957.)

- 처음수록 때와 달리 '1' 표기 안 됨
- **개이똥는** : '개똥이는'의 오기로 보임(엮은이풀이)
- 나머지 시어 풀이는 27쪽) 「개똥이」(『戰時 韓國文學選 詩篇』, 國防部政訓局, 1955.) 참조

[처음수록]

- 『戰時 韓國文學選 詩篇』(國防部政訓局, 1955.), 「개똥이」

[재수록]

- 『現代韓國文學全集 18·52人詩集』(新丘文化社, 1967.), 「개똥이-일곱 살 되던 해의 개똥이의 이름-」
- 『평화롭게』(高麗苑, 1984.), 「개똥이-일곱 살 때의 개똥이」

지면발표(1957. 5. ~ 1959. 2.) 시

종 달린 자전거

終點에는, 地名 不詳이란
이름 아래에는
나의
主와, 無許可 선술집,
남루한 油類 倉庫같은
內容의 汚物들의
限界와 그 앞으로
들어가는 길목의
面積은 監視한다.
얼마전 부터,
집 한채를 〈보켙트〉에
집어 넣은채 〈빠스〉가
달렸다. 바람 맞은
자전〈거〉도 달렸다.
거치어 온
各 要所에는 사람들의
尺數보다 注射器가
擴大되는 都市를
지나 가서
조금 더 깊숙이

드러와 大森林이 되었
고 몇棟위 지붕위에
板子 집이 架設되어
비둘기 臟의 重疊 같은
不安全 하지는 않았던
달리어 온 終點은
地名 不詳이란 地點들
을 거치어 온
〈빼스〉의 終點이란 理由
인 것이다.

버릴것은 버리고 나면
아무런 것도 남음이
없는 인간들의 마음이
暫定 됨에 不過
하였다.

…………季節노리
의 盛況이 있곤 하며,
그리고 서는
都市의 이름인
아침 鍾이
남아 있다.

(『文學藝術』, 1957. 5.)

- **終點(종점)** : 기차, 버스, 전차 따위를 운행하는 일정한 구간의 맨 끝이 되는 지점
- **不詳(불상)** : 자세하지 아니함
- **主(주)** : 세상의 악이나 위험으로부터 인류를 구원하는 주인이라는 뜻으로, 예수 그리스도를 이르는 말(『우리말샘』)
- **선술집** : 술청 앞에 선 채로 간단하게 술을 마실 수 있는 술집
- **無許可(무허가)**
- **남루(襤褸)** : 낡아 해진 옷
- **油類 倉庫(유류 창고)** : 기름 창고
- **內容(내용)**
- **汚物(오물)** : 지저분하고 더러운 물건
- **限界(한계)** : 사물이나 능력, 책임 따위가 실제 작용할 수 있는 범위
- **面積(면적)** : 넓이
- **監視(감시)** : 단속하기 위하여 주의 깊게 살핌
- **보켇트** : '포켓(pocket)'. 외투 주머니
- **各(각)** : 낱낱의
- **要所(요소)** : 중요한 장소나 지점
- **尺數(척수)** : 치수. 길이에 대한 몇 자 몇 치의 셈
- **擴大(확대)** : 모양이니 규모 따위를 더 크게 함
- **大森林(대삼림)** : 나무가 많이 우거진 거대한 숲(엮은이풀이)
- **棟(동)** : 집채를 세거나 차례를 나타내는 단위
- **板子(판자)집** : '판잣집'의 북한말. 판자로 사방을 이어 둘러서 벽을 만들고 허술하게 지은 집
- **架設(가설)** : 전깃줄이나 전화선, 교량 따위를 공중에 건너질러 설치함
- **臟(장)** : 오장(五臟). 간장, 심장, 비장, 폐장, 신장의 다섯 가지 내장을 통틀어 이르는말
- **重疊(중첩)** : 거듭 겹치거나 포개어짐
- **不安全(불안전)**
- **地名(지명)** : 마을이나 지방, 산천, 지역 따위의 이름
- **地點(지점)** : 땅 위의 일정한 점
- **理由(이유)** : 어떠한 결론이나 결과에 이른 까닭이나 근거
- **暫定(잠정)** : 임시로 정함
- **不過(불과)** : 그 수량에 지나지 아니한 상태임을 이르는 말

빗갈 깊은 꽃 피어있는 시절에 대한 이야기

슈 샤인들의 눈 보라가
밀리어 갔던 새벽을
기대려 갔던
아스팔트
安全地帶와

하늘 같은 몇군데인
안테나의 아침과
청량리로 가는 맑은
날씨인 다음인
다름 아닌 맑으신
당신었읍니다
그 보다

오래인 日月이 지나어 온
苦膃의 꿈인 연류이기도
했읍니다

누구의 이야기 ㄹ 하는지
나는 모르며

그 이는 인간에 依하여 지는
누구의 힘도 아니었으므로

빛갈깊은 꽃 피어 있는
시절에대한 그이의
이야기르—

(『朝鮮日報』, 1957. 5. 15.)

- **슈 샤인(shoeshine)** : 구두닦이. 구두를 닦는 일. 또는 그 일을 직업으로 하는 사람
- **安全地帶(안전지대)** : 교통이 복잡한 곳이나 정류소 따위에서 사람이 안전하게 피해 있도록 안전표지나 공작물로 표시한 도로위의 부분
- **日月(일월)** : 날과 달의 뜻으로 '세월'을 이르는 말
- **苦軀(고구)** : 고통으로 깊이 파인 눈(엮은이풀이)
- **연류** : '연류(連類)'로 보임. 즉 하나의 무리를 이룬 동아리(엮은이풀이). 「현실의 석간」이나 「석간」에서는 '꿈의 연루'나 '꿈자리의 연루'라는 표현이 쓰임
- **依(의)** : 의지함
- **빛갈** : '빛깔'의 북한말

擬音의 傳統

오래인 限度表의 停屯된 밖으로는
晝間을 가는 聖河의 흐름속을 가며
오는
구김살이 稀薄하였다.

모호한 빛발이
쏟아지는 수효와의 驛라인이
엉키어 永劫의 현재 라는
길이 열리어 지기 前

固執되는 夜水의 그늘이
되었던 얕이한 집들, 울타리
였다.

分娩되는
뜨짓한 두려움에서

永劫의 현재 라는
內部가 비인
하늘이 가는

납덩어리들의………

있다는 神의 墨守는 차츰 어긋나기 시
작
하였다.

(『自由文學』, 1957. 9.)

- **擬音(의음)** : 음향 효과를 위하여 비, 바람, 파도, 동물의 소리들을 인공적으로 흉내 내어 만들어 내는 일. 또는 그렇게 만든 소리. 흔히 연극·방송극 등에 쓰임
- **傳統(전통)**
- **限度表(한도표)** : 일정한 정도, 그 이상 넘을 수 없는 범위를 나타낸 것
- **停屯(정둔)** : 진(陣)을 치고 머무르다. 즉 움직임, 변화 없이 그대로 있음
- **晝間(주간)** : 낮, 낮 동안
- **聖河(성하)** : 성스러운 강물. 신앙심과 연결됨. 인도 힌두교의 성하(聖河) 갠지스강, 그리스신화의 스틱스강, 기독교의 요르단강, 불교의 삼도천 등 '삶과 죽음을 가르는 개념'으로 인식돼온 강(엮은이풀이)
- **稀薄(희박)** : 어떤 일이 이루어질 가능성이 적음
- **수효(數爻)** : 낱낱의 수
- **驛(역)라인(line)** : 역과 역을 잇는 선, 경계(엮은이풀이)
- **永劫(영겁)** : 영원한 세월
- **固執(고집)** : 자기의 의견을 바꾸거나 고치지 않고 굳게 버팀
- **夜水(야수)** : 정확히 무엇을 가리키는지 불분명. '성하(聖河)'와 연관 지어 볼만 함. 우리말 '밤물'로 이해한다면 '밤에 들어오는 밀물'(엮은이풀이)
- **分娩(분만)** : 아이를 낳음. 해산(解産)
- **뜨짓한** : 뜨직한, '뜨악한' 또는 '말이나 동작이 좀 느리고 더딘'이라는 뜻의 북한 방언.
- **內府(내부)**
- **墨守(묵수)** : 제 의견이나 생각, 또는 옛날 습관 따위를 굳게 지킴을 이르는 말. 중국 춘추시대 송나라의 묵자(墨子)가 성을 잘 지켜 초나라의 공격을 아홉 번이나 물리쳤다는 데서 유래

試寫會

위태로웁기 짝
없었던 줄타기와
休息에서 얻은
거울을 훔쳐어 들여다
본
食器 〈사람〉의
數爻가 저무러 가 있
는 쪽을 말하고
싶었던 季節과
限界에서는 鄕愁와도
같은
塑像의 「스테인레스」이고
흠치어 드려다 본
거울이 擴大되어 닥아
오고 있는 것이다.

뻐스를 타고 오다가 내린
一行은 뻐스에게
늦으면 十分 걸리면
돌아들 온다고 일러

둔 터이다.

—〈코오딩〉—이
잘못되어 있는
試寫會이다.
모인
李仁石
金光林
나와
全鳳健이다.
이 外 비인 자리가 많은
周圍에는 몹씨 낯서른
室內이다.

놓치어 버리면 그만이
되는
뻐스를 보러나가보면 놓치어 버리고
만 것이다.

室內와
뻐스와 함께
스크린은 한바퀘 돌아오다가
現物같이 나누어저 있는

死重傷者을 내었다
할뿐
뻐스는 간 곳이 漠
然들 하다고 하였다.
아직들
〈뻐스〉를 기대리고들
있는 것이다.

「커틴」은 없었으나
室內는 一行이 바라고 있던 構造의 못보던 그대로이다.
. 얼마동안만 머물기로……….

(『自由文學』, 1958. 4.)

- **試寫會(시사회)** : 영화나 광고 따위를 일반에게 공개하기 전에 시험적으로 상영하기 위하여 이루어지는 모임
- **休息(휴식)**
- **食器(식기)** : 밥그릇, 사람을 비유
- **數爻(수효)** : 낱낱의 수
- **季節(계절)**
- **限界(한계)** : 사물이나 능력, 책임 따위가 실제 작용할 수 있는 범위, 또는 그런 범위를 나타내는 선
- **鄕愁(향수)** : 고향을 그리워하는 마음이나 시름
- **塑像(소상)** : 찰흙으로 만든 형상. 중국 당나라 때에는 불상이 찰흙으로 많이 만들어졌으며, 지금은 주로 조각, 주물의 원형으로 사용됨. 인물 모형. 원문에는 "塑像"으로 표기되어 있으나 "塑"라는 한자의 의미 파악이어려움
- **스테인레스** : 스테인리스(Stainless steel). 니켈, 크롬 등을 많이 포함하고 있어 쉽게 녹슬지 않는 강철
- **擴大(확대)** : 모양이나 규모 따위를 더 크게 함
- **코오딩** : 코딩(coding). 어떤 일의 자료나 대상에 대하여 기호를 부여하는 일. 영화와 연결지으면 촬영한 내용을 필름에 기록하는 작업에는 '리코딩(recoding)'이 적합해 보임(엮은이풀이)
- **李仁石(이인석, 1917~1979)** : 시인. 황해도 해주(海州) 출생. 평남 도립도서관장으로 있다가 해방 후 월남, 1948년『백민(白民)』에 추천되어 문단에 등장. 국제 펜클럽한 국본부사무국장과 『세계일보』 문화부장 등을 역임, 1959년 자유문협상 수상. 시극문학형태를 개척. 시집으로 『사랑』(1955)과 『종이집과 하늘』(1961)이 있음(『국어국문학자료사전』)
- **金光林(김광림, 1929~)** : 시인. 함남 원산 출생. 1942년부터 각지를 편력, 면학하고 시를 씀. 1948년 연합신문의 『민중 문화』동인으로 시를 발표. 6·25전쟁이 발발하자 군 입대 참전, 군정 업무에 종사하고 1956년 제대, 월간 『자유세계』,『주부생활』 편집, 1957년 전봉건·김종삼과 더불어 시집 『전쟁과 음악과 희망』 출간.(『인명사전』)
- **全鳳健(전봉건, 1928~1988)** : 평안남도 안주(安州)에서 출생. 평양 숭인상업고등학교를 졸업하고, 광복 후 남하, 교원생활을 하면서 시작(詩作)에 몰두, 1950년 「사월(四月)」, 「축도(祝禱)」등을 『문예(文藝)』에 발표, 추천을 받음으로써 문단에 등단. 6·25전쟁 때 참전한 경험을 살려, 김종삼(金宗三) 등과 연대시집 『전쟁과 음악과 희망과』를 간행. 6·25전쟁 이후 출판계에 몸담고, 『문학춘추』, 『여상(女像)』의 편집장, 『현대시학(現代詩學)』의 주간을 맡음. 시집으로 『전봉건 시선』, 『피리』, 『북의 고향』 등이 있고, 평론에 『시의 비평에 대하여』등이 있음(『두산백과』)
- **周圍(주위)** : 어떤 곳의 바깥 둘레
- **室內(실내)**
- **스크린** : screen. 영화나 환등 따위를 투영하기 위한 백색 또는 은색의 막
- **한바퀘** : 『1959年 詞華集·詩論』에는 '한 바퀴'로 표기
- **現物(현물)** : 현재 있는 물건. 금전 이외의 물품
- **死重傷者(사중상자)** : 죽거나 아주 심하게 다친 사람
- **漠然(막연)** : 갈피를 잡을 수 없게 아득함, 뚜렷하지 못하고 어렴풋함
- **커틴** : 커튼(curtain)
- **構造(구조)**

[재수록]

- 『1959年 詞華集·詩論』(一韓圖書出版社, 1959.), 「試寫會」

追加의 그림자
—金圭大 兄에게

現狀을 살피며 굽어보다 가는
보이기에 그러한 波長을
나는 듣기도 하였다
遙遠에서 꼬리를 물고온다는
밀리어 오는波長에 다 같이 놓여져있었음인지
자비함이 없었던
實情의 그림자들은
흘러온 것이다

家屋들이 줄기찬 靈泉의 구름다리는
시대가 먹고 있는 마음이라 하였다
생명들의 風景들이라고도 하였다

그렇게 速斷이 될수밖에 없었다

그리고 나서는 말이라고는 없다가
서로의 全部라고하여 두었음은
마지 못하여 내리시는
신의 뜻이 아니었던가를

자비와 지혜만으로살아오다가 죽은
이와함께
나에게도 이미 죽은지 오래 되던 날
누구나 한번 밖에는 없는 刹那

인간 最大의 고통인 순간이 었던가
거기에 切迫 하여진 人脂 였던가
그 高度에따라 旋回하여 가는
하염없는 물 거품이 었던가

(『朝鮮日報』, 1958. 6. 13.)

- **追加(추가)** : 나중에 더 보탬
- **金圭大(김규대, 1923~1958)** : 함남태생으로 동경중아대학을 나옴. 연극계에 투신 6.25 전에 국립극장의 연출분과위원으로 있었으며 이후 극단 '신협'의 운영위원, 서울방송국의 연출가로 활약. 1958년 4월 22일 심장마비로 별세. 57년 환도 기념공연으로 쉴러 작 「신앙과 고향」을 국립극장 무대에 올릴 때 조연출, 1956년 국립극단 신협의 48회 공연으로 임희재 작 「꽃잎 먹고사는 기관차」 연출(엮은이풀이)
- **現狀(현상)** : 현재의 상태
- **波長(파장)** : 충격적인 일이 끼치는 영향 또는 그 영향이 미치는 정도나 동안을 비유적으로 이르는 말
- **遼遠(요원)** : 아득히 멂
- **實情(실정)** : 실제의 사정이나 정세
- **家屋(가옥)** : 사람이 사는 집
- **靈泉(영천)** : 신기한 약효가 있는 샘. 서대문구 영천동
- **風景(풍경)**
- **速斷(속단)** : 신중을 기하지 아니하고 서둘러 판단함
- **全部(전부)**
- **刹那(찰나)** : 어떤 일이나 사물 현상이 일어나는 바로 그때
- **最大(최대)**
- **切迫(절박)** : 어떤 일이나 때가 가까이 닥쳐서 몹시 급함
- **人脂(인지)** : 집게 손가락. '기름'을 뜻하는 '脂'자는 '손가락'을 뜻하는 '指'자와 통용되는 경우가 있음(엮은이풀이)
- **高度(고도)** : 평균 해수면 따위를 0으로 하여 측정한 대상 물체의 높이
- **旋回(선회)** : 둘레를 빙글빙글 돎.

쑥내음 속의 동화

옛 이야기로서 고리타분하게 엮어지는 어릴 적의 이야기이다. 그 때만 되며는 까닭이라곤 없이 재미롭지도 못했고, 죽고 싶기만 하였다.

그 즈음에는 인간들에게는 염치라곤 없이 보이리만큼 너무 지나치게 아름다움이 풍요하였던 자연을 즐기며
바라보며 가까이 하면 할수록 더욱 그러하였다.

고양이는 고양이대로
쥐새끼는 쥐새끼대로 옹크러져 있었고 강아지란 놈은 강아지대로 밤 늦게 까지 살라당거리며 나를 따라 뛰어놀고는 있었다.

어렴풋이 어두워지며 달이 뜨는
옥수수대로 만든 바주 울타리너머에는 달이 오르고
낮익은 기침과 침뱉는 소리도 울타리 사이를 그 때면 간다.

풍식이네 하모니카는 귀에 못이 배기도록 매일같이 싫어지도록 들리어 오곤 했다.
자라나서 알고 본즉「스와니江의 노래」였다.

선률은 하늘 아래 저 편에 만들어지는 능선 쪽으로 향하기도 했고,

내 할머니가 앉아계시던 밭이랑과 나와 다른 사람들과의 먼 거리를 만들어 주기도 하였다.

모기쑥 태우던 내음이 자연스럽게 없어지는 무렵이면 그러하였고,

용당패라고 하였던 해변가에서 들리어 오는 오래 묵었다는 돌미륵이 울면 더욱 그러하였다.

자라나서 알고 본즉 바다에서 가끔 들리어 오곤 하였던 기적 소리를 착각하였던 것이었다.

—이 때부터 세상을 가는 첫 출발이 되었음을 모르며.

(『知性』, 1958. 秋.)

- **옹크러져** : 옹그려. 움추려
- **살라당거리며** : 살랑거리며. 팔이나 꼬리 따위가 가볍게 자꾸 흔들리며, 또는 그렇게 하며
- **바주** : '바자'의 평안도 말. 대, 갈대, 수수깡, 싸리 따위로 발처럼 엮거나 결어서 만든 물건. 울타리를 만드는 데 쓰임
- **스와니江(Swanee River)의 노래** : 미국의 작곡가 스티븐 포스터(Stephen Foster)가 1851년에 작곡한 노래. 원래 제목은 《고향 사람들 The Old Folks at Home》. "멀리 스와니강을 따라 내려가면 그리운 고향 사람들이 살고 있다."는 흑인들의 애수가 깃든 망향의 노래
- **용당패** : '용당포(龍堂浦)'를 가리키는 것으로 보임. 황해남도 해주시 해주만의 용당반도(룡당반도) 끝에 있는 포구(엮은이풀이)
- **돌미륵** : 돌로 새겨 만든 미륵불(彌勒佛)
- **고동** : 신호를 위하여 비교적 길게 내는 기적 따위의 소리

[재수록]

- 『韓國戰後問題詩集』(新丘文化社, 1961.), 「쑥내음 속의 童話」

夕間

올려다 보이는 몇 군데 되었던 안테나의 天井과 되풀이 되어 갔던 같은 꿈자리의 連累에서 吾前이 있다 하였다. 모이어 드는 사람들의 領地엔 食事같은 부락은 하늘 밑에 달리어 와 맞이하는 어디로인데서 만났던 學童이었다. 부락민들이 많은 수효의 食器는 졸고 있는 쪽도, 더러는 잠든 苦厄의 꿈을 넘는 尺度였고 煙霧가 뿜는 소리는 지치어 있는 赤十字所屬의 女聲이었었다. 이 天地의 間隔인 문짝이 열리어지며 出勤簿의 부락민들은 앞을 다투어 누구나 僥倖이란 말로서는 서투러 있음인지 朝刊이라는 公示는 서서히 스치이어 진다. 全裸에 감기어 온 얼룩진 少年의 주검의 繃帶마냥, 어울리지 않는 재롱들을 나누듯이 그런 것들을 나무래듯이 훼청거리는 各種의 世紀의 그림자를 따라 나서려드는 命脈을 놓지지 않으려 바보의 짓들로서 一貫되어지었다. 덜그럭거리기 시작한 檻車의 行方을 찾으려는 荷物답게 취급되어 있는 시달리며 슬기로워할 生靈들을 劫罰할 永續의 判局이었다. 無垢의 어떠다 할 비치이는 日氣로 착각하여지는 착한 터전〈白山〉을 넘어 가며는 벌거숭이의 몇 나절토록 길〈右岸〉이 서투렀다는 證人이 보이지 않음을 계기로 하여 있음직 하였던 夕陽이 다시 가버리는 結論이 가는것이다. 가엽슨 것들의 秋波가 덥히어 지는—.

•作者註·年前에 自由世界誌에 發表한 題下「夕刊」의 改作이다.

(『新群像』 第1輯, 1958. 12.)

- 「現實의 夕刊」(『自由世界』, 1956. 11.) 의 개작(엮은이풀이)
- **夕間(석간)** : 저물녘, 해거름(엮은이풀이)
- **天井(천정)** : '천장(天障)'의 북한말, 지붕 밑이나 위층 바닥 밑을 편평하게 하여 치장한 각 방의 윗면
- **連累(연루)** : 남이 저지른 범죄에 연관됨
- **午前(오전)**
- **領地(영지)** : 영토(領土). 국제법에서, 국가의 통치권이 미치는 구역. 흔히 토지로 이루어진 국가의 영역을 이름. 영해와 영공을 포함하는 경우도 있음
- **食事(식사)** : 끼니로 음식을 먹음. 또는 그 음식
- **食器(식기)** : 밥그릇, 사람을 비유
- **學童(학동)** : 글방에서 글 배우는 아이
- **苦厄(고액)** : 괴롭고 힘든 일과 재앙으로 말미암은 불운
- **尺度(척도)** : 평가, 판단하는 기준
- **煙霧(연무)** : 연기와 안개를 아울러 이르는 말
- **赤十字(적십자)** : 적십자사(赤十字社). 적십자 조약에 따라 설립된 국제적인 민간 조직. 1863년 나이팅게일의 뜻을 이은 뒤낭이 발의하여 1864년 16개국의 참가로 시작되었으며, 전시에는 부상자의 간호·포로의 송환·난민과 어린이의 구호를, 평시에는 재해·질병의 구조와 예방을 목표
- **所屬(소속)** : 일정한 단체나 기관에 딸림. 또는 그 딸린 곳
- **女聲(여성)** : 여자의 목소리
- **天地(천지)** : 하늘과 땅을 아울러 이르는 말
- **間隔(간격)** : 공간적으로 벌어진 사이
- **出勤簿(출근부)** : 출결근, 지각, 조퇴 또는 출장 따위의 출근 상황을 표시하는 장부
- **公示(공시)** : 일정한 내용을 공개적으로 게시하여 일반에게 널리 알림. 또는 그렇게 알리는 글
- **僥倖(요행)** : 행복을 바람. 뜻밖에 얻는 행운
- **朝刊(조간)** : 조간신문
- **全裸(전라)** : 알몸
- **少年(소년)**
- **繃帶(붕대)** : 상처나 부스럼 따위에 감는 소독한 헝겊. 신축성 있고 바람이 잘 통하는 면포, 거즈 따위로 만듦
- **훼청거리다** : '휘청거리다'의 옛 표현. 가늘고 긴 것이 탄력 있게 휘어지며 느리게 자꾸 흔들림
- **各種(각종)** : 온갖 종류
- **世紀(세기)** : 백 년을 단위로 하는 기간
- **命脈(명맥)** : 어떤 일의 지속에 필요한 최소한의 중요한 부분
- **一貫(일관)** : 하나의 방법이나 태도로써 처음부터 끝까지 한결같음
- **檻車(함거)** : 죄인을 실어 나르던 수레(엮은이풀이)
- **行方(행방)** : 간 곳이나 방향
- **荷物(하물)** : 짐
- **生靈(생령)** : 살아 있는 넋이라는 뜻으로, '생명'을 이르는 말
- **劫罰(겁벌)** : 1. 지옥의 고통을 겪게 하는 벌 2. 일본어 ごうばつ 3. 파우스트의 겁벌(La damnation de Faust, 베를리오즈의 극음악 작품)에 쓰이듯 '지옥으로 보냄'(엮은이풀이)
- **永續(영속)** : 영원히 계속함
- **判局(판국)** : 일이 벌어진 사태의 형편이나 국면

- **無垢(무구)** : 때가 묻지 않고 맑고 깨끗함, 꾸밈없이 자연그대로 순박함.
- **日氣(일기)** : 날씨
- **白山(백산)** : 1. 희다, 높다, 거룩하다 등의 뜻이 있음 2. 우리나라 곳곳에 '백산마을'이 있음 3. 갑오농민전쟁 때 진을 치고 공동체를 이루었던 전라도 고부 백산(1~3번 : 『한국지명유래집』) 4. 한국민족의 근원적이고 신성한 터전(정약용 『아방강역고』와 장지연 『대한강역고』의 「백산보(白山譜)」 참조. 또한 이능화의 『조선도교사』 참조
- **右岸(우안)** : 강이나 바다 따위의 오른쪽 기슭
- **證人(증인)** : 어떤 사실을 증명하는 사람
- **夕陽(석양)** : 저녁때의 햇빛. 또는 저녁때의 저무는 해
- **結論(결론)**
- **秋波(추파)** : 맑고 아름다운 눈길

다리밑
—방 · 고흐의境地

길바닥과 함께 아지 못했던 날 빛은 허뜨러지었던 터전이고, 가라타기 어려운 運命的인 氣候의 停留場의 素材인 中斷된 期間에서 벗어나지 못할 날 빛은 神보다는 고마웠었다. 다리 밑, 자갈밭은 말끔하게 꼽히어졌고 흘러가는 물 언저리 몇 그루의 나무들이 사괴이는 간격은 한 시름 놓이게 되는 微風의 사이엔 靈魂의 未納者들의 곁을 가는 날이 다시 저무러 가기 시작한.

(『自由文學』, 1959. 1.)

- **방·고흐** : 빈센트 반 고흐(Vincent van Gogh ; 1853.3.30. ~ 1890.7.29.). 네덜란드의 후기 인상주의 작가. 선명한 색채와 정서적인 감화로 20세기 미술에 지대한 영향을 끼침. 작품에 「감자를 먹는 사람」, 「해바라기」, 「자화 따위가 있음.
- **境地(경지)** : 학문, 예술, 인품 따위에서 일정한 특성과 체계를 갖춘 독자적인 범주나 부분
- **허뜨러지다** : 흐트러지다. 한데 모였던 것이 따로따로 떨어지거나 사방으로 퍼짐
- **運命的(운명적)**
- **氣候(기후)**
- **停留場(정류장)**
- **素材(소재)** : 어떤 것을 만드는 데 바탕이 되는 재료. 예술 작품에서 지은이가 말하고자하는 바를 나타내기 위해 선택하는 재료
- **中斷(중단)**
- **其間(기간)**
- **神(신)**
- **꼽히어지다** : 꽂히다. 쓰러지거나 빠지지 아니하게 박아 세우거나 끼움
- **사괴이다** : '사귀다'의 옛말
- **微風(미풍)** : 약하게 부는 바람
- **靈魂(영혼)**
- **未納者(미납자)** : 내야 할 것을 아직 내지 않았거나 내지 못한 사람

베들레헴

시야가 푸른 여인이 살아가던 성터이었다

우거지었던 숲사이에 비 내리던 어느 하오에도 다른 안개 속에서도
어릴때 생활이었던 꿈 속에서도

다른 날씨로서 택하여 가던 맑은 날씨에도
푸른 시야는 아로삭이곤 가는 환상의 수난자이고 아름다이 인도주의자이었다

각각으로 가하여지는 푸른 시야
베들레헴.

(『小說界』, 1959. 2.)

- **베들레헴(Bethlehem)** : 요르단의 서쪽 끝, 이스라엘과의 국경에 있는 소도시. 예루살렘의 남쪽 약 9km 지점에 있다. 다윗 왕가의 발상지이며 예수 그리스도가 탄생한 곳이라고 함
- **시야(視野)** : 시력이 미치는 범위
- **하오(下午)** : 오후
- **각각**
  1. 각각(各各) : 사람이나 물건의 하나하나
  2. 각각(刻刻) : 매 시각 또는 낱낱의 시각
- **가하여지다** : 가하다. 보태거나 더해서 늘림

[재수록]

- 『韓國文學全集 35 詩集 (下)』(民衆書舘, 1959.), 「베들레헴」

드빗시 산장 부근

결정짓기 어려웠던 구멍가게 하나를 내어 놓았다.

〈한푼어치로 팔리지 않았음은 물론이고〉

오늘에도 지나간 것은 분명 차 한대밖에—

그새,
키 작고 현격한 간격의 바위들과 도토리나무들이

어두움을 타 드러앉고
꺼믓한 시공 뿐.

어느새,
선회되었던 차례의 아침이 설레이다.

—드빗시 산장 부근

(『思想界』, 1959. 2.)

• **드빗시** : 드뷔시(Debussy, Claude Achille), 프랑스의 작곡가(1862~1918). 상징주의 시인의 영향으로 몽환(夢幻)의 경지를 그리는 음악을 창시. 작품에 오페라 「펠레아스와 멜리장드」, 관현악곡 「목신의 오후에의 전주곡」따위가 있음
• **구멍가개** : 구멍가게
• **한푼어치로** : '한푼어치도'의 오기(엮은이풀이)
• **꺼밋했다** : 1. (북한말)색깔이 매우 검은 듯함(꺼뭇하다) 2. 마음에 걸려 유쾌하지 않고 속이 언짢음 (『비평의 빈자리와 존재 현실』)
• **시공(時空)** : 시간과 공간
• **선회(旋回)** : 빙빙 돎

[재수록]

• 『韓國文學全集 35 詩集 (下)』(民衆書舘, 1959.), 「드빗시 산장 부근」
• 『現代韓國文學全集 18·52人詩集』(新丘文化社, 1967.), 「드빗시 산장 부근」
• 『十二音階』(三愛社, 1969.), 「드빗시 山莊」
• 『詩人學校』, (新現實社, 1977.), 「드빗시 山莊」
• 『평화롭게』(高麗苑, 1984.), 「드뷔시 山莊」

『1959년 사화집·시론』 시

試寫會

위태로웁기 짝
없었던 줄타기와
休息에서 얻은
거울을 훔처어 들여다
본
食器〈사람〉의
數爻가 저무러 가 있
는 쪽을 말하고
싶었던 季節과
限界에서는 鄕愁와도
같은
塑像의 「스테인레스」이고
흠치어 드려다 본
거울이 擴大되어 닥아
오고 있는 것이다.

뻐스를 타고 오다가 내린
一行은 뻐스에게
늦으면 十分 걸리면
돌아들 온다고 일러

둔 터이다.

—〈코오딩〉—이
잘못되어 있는
試寫會이다.
모인
李仁石
金光林
나와
全鳳健이다.
이
外 비인 자리가 많은
周圍에는 몹씨 낯서른
室內이다.

놓치어 버리면 그만이
되는
빠스를 보러나가보면 놓치어 버리고
만 것이다.

室內와
빠스와 함께
스크린은 한바퀘 돌아오다가

現物같이 나누어저 있는
死重傷者을 내었다
할뿐
빼스는 간 곳이 漠
然들 하다고 하였다.
아직들
〈빼스〉를 기대리고들
있는 것이다.

「커틴」은 없었으나
室內는 一行이 바
라고 있던 構造의 못보던 그대로이다.
. 얼마동안만 머물기로……….

(自由文學)

(『1959年 詞華集·詩論』, 一韓圖書出版社, 1959.)

•80쪽) 「試寫會」(『自由文學』, 1958. 4.)의 시어 풀이 참조

[발표]

•『自由文學』(1958. 4.), 「試寫會」

『신풍토 〈신풍토시집 I〉』 시

制作

까닭이란 없이 쉬고 있는
餘音의 夜間
鍛造工廠 밖으로의 職工이었다.

〈마지 못한 底邊이었다〉

때론
어느
두메에서 오는
곤고한 風鈴이기도 했다.

그칠 사이 없이 부풀어 오르던
腦 언저리에
夜光과 함께 그늘이 얼룩가는—
퍼어부어지며 있는 雨雹이기도 했다.

〈헤어날 수 없는 深淵—〉

나리면 쌓이는 진눈깨비가 부질이 없는 깊어지리 만치 깊어가던 欠谷.

(『新風土 〈新風土詩集 Ⅰ〉』, 白磁社, 1959.)

- 동일 제목으로 『世界의文學』(1981. 여름.)에 발표됨. 내용은 다름
- **制作(제작)** : 규정이나 법식 따위를 생각하여 정함. 고대 그리스어로 'ποίησις(poiēsis, 포이에시스)는 '만드는 것(제작, 생산)'을 뜻함. 시(詩, poem)의 어원이 되는 낱말 'ποίημα(poiēma)'는 여기에서 비롯했으며, 본디 '작자'나 '작품'을 뜻함(엮은이풀이)
- **餘音(여음)** : 소리가 그치거나 거의 사라진 뒤에도 아직 남아 있는 음향. 여운(餘韻)
- **夜間(야간)** : 해가 진 뒤부터 먼동이 트기 전까지의 동안
- **鍛造工廠(단조공창)** : 금속을 달구어 철공물을 만드는 공장. 무기 공장
  단조(鍛造) – 금속을 불에 달구어 불려서 일정한 형체로 만드는 일
  공창(工廠) – 육해공군의 병기나 함선 따위를 만들거나 수리하는 공장
- **職工(직공)** : 자기 손 기술로 물건을 만드는 일을 직업으로 하는 사람
- **低邊(저변)** : 밑바닥
- **곤고(困苦)** : 형편이나 처지 따위가 딱하고 어려움
- **風鈴(풍령)** : 풍경(風磬). 처마 끝에 다는 작은 종
- **腦(뇌)**
- **夜光(야광)** : 어둠 속에서 빛을 냄. 또는 그런 물건
- **雨雹(우박)** : 큰 물방울들이 공중에서 갑자기 찬 기운을 만나 얼어 떨어지는 얼음덩어리
- **深淵(심연)** : 좀처럼 빠져나오기 힘든 구렁을 비유
- **진눈깨비** : 비가 섞여 내리는 눈
- **欠谷(흠곡)** : 빈 골짜기(엮은이풀이)
  欠(흠) – 缺(결; 빠질 결)의 일본식 신자체. 즉 약자
  谷(곡) – 골짜기

드빗시

아지 못할 灼泉의 소리. 의례히 오래 간다는,

물끓듯 끓어나는 나지막하여 가기 시작한.

(『新風土 〈新風土詩集 Ⅰ〉』, 白磁社, 1959.)

• 灼泉(작천) : 불타는 샘, 김종삼의 조어(엮은이풀이)

• 의례히(依例-) : 전례에 의하여

베르가마스크

그 부근엔,
당나귀 귀같기도 한 잎사귀가
따 위에 많이들 대이어 있기도 하였다.
처마 밑에 달린 줄거리가 데룽거렸던
어느 날엔

개울 밑창 파아란 해감을 드려다본 것이다.
내가 먹이어 주었던 강아지 밥그릇 생각이
났기 때문이다.

몇 해가 지난 어느 날에도
이 앞을 지나게 되었다.

(『新風土〈新風土詩集 Ⅰ〉』, 白磁社, 1959.)

• 25쪽) 「베르카·마스크」(『戰時 韓國文學選 詩篇』, 國防部政訓局, 1955.)의 시어 풀이 참조

[처음수록]

• 『戰時 韓國文學選 詩篇』(國防部政訓局, 1955.), 「베르카·마스크」

지면발표(1959. 9. 5. ~ 1959. 10.) 시

… 하나쯤

立地 같다.

금이 가 있던 현실에서 생긴 조각이 난 것들을 모아 놓고 그린다.

灼泉이 오래 가도록 어렵지 않게 겪으며는 차례로서는 어쩌다가
그림 하나 되었다는 奇蹟을 해설해야만 하는 地方이 된다.

지나가는 것은 하루에 달구지 하나쯤—.

〈文化時報 九·五〉

(韓國詩人協會 엮음, 『一九五八年 年刊詩集 詩와 詩論』, 正陽社, 1959.)

• **立地(입지)** : 1. 식물이 생육하는 일정한 장소의 환경 2. 인간이 경제 활동을 하기 위하여 선택하는 장소
• **灼泉(작천)** : 불타는 샘, 김종삼의 조어(엮은이풀이)
• **奇蹟(기적)**
• **地方(지방)**
• **달구지** : 소나 말이 끄는 짐수레

눈시울

처음 보이게 되는
티라고는 하나라도 없이
잔디밭이 가지런한 신비한
내음이 었다.

훈풍에도 시달릴 순결이 가라 앉는
차가움만이 수정 같은 기류의
한 여인의 눈시울은
원하는 이의 미지의 것이었다.

　많은 일을 겪은 훈풍에도 시달릴
　순결이 스미는—.

(『小說界』, 1959. 10.)

• **눈시울** : 눈언저리의 속눈썹이 난 곳
• **티** : 먼지처럼 아주 잔 부스러기, 조그마한 흠
• **훈풍(薰風)** : 첫여름에 부는 훈훈한 바람
• **기류(氣流)** : 어떤 일이 진행되는 추세나 분위기를 비유적으로 이르는 말

책 파는 소녀

그 곳은 무의미하게 보이고 있는
조그마한데다가 누추한
서점이었다.

나는
팔리지 않는 구석진 곳에
손때 묻은 표지의 얼굴을 닮은 고학의 소녀였었다.

오늘은 어느 날에
다녀 갔던 허름하게 생긴 분에게
책 하나가 팔리어 가고 있었다.
턱 수염과 허름한 뒷모습이 몹시 예쁘게만 보이는 것이었다.

세상은 그지없이 아름다이 보이는 것이 었다.

어지로히 지나간 드믄 날
깊은 빛갈이 되어 꽃피이던 시절에
대한 영혼에서 처럼.

(『自由公論』, 1959. 10.)

•**고학(苦學)** : 학비를 스스로 벌어서 고생하며 배움
•**빛갈** : '빛깔'의 북한말

原色

어둠한 저녁녘 지난 해에의 蛇足투성이를 알아내이는 夜市의 기럭지는 움직이는

斜線.

이 가파로운 畵幅이 遼遠하다가는 말아버리었다.

間或

賣店 같은 것들의 親舊인 燈불의 沿岸이 줄기차 있기도 하였다.

아직은 原色으로 돌아가기 위하여 勞苦의 幻覺을 잃고난 다음.

(『自由文學』, 1959. 12.)

- 原色(원색) : 1. 본디의 제 빛깔 2. 회화나 사진의 복제에서 원래의 색 3. 가식이 없는 본디의 제 상태. 또는 노골적으로 드러낸 상태
- 蛇足(사족) : 화사첨족(畫蛇添足). 뱀을 다 그리고 나서 있지도 아니한 발을 덧붙여 그려 넣는다는 뜻. 쓸데없는 군짓을 하여 도리어 잘못되게 함을 이르는 말
- 夜市(야시) : 야시장. 밤에 벌이는 시장
- 기럭지 : '길이'의 사투리
- 斜線(사선) : 빗금. 비스듬하게 비껴 그은 줄
- 畫幅(화폭) : 그림을 그려 놓은 천이나 종이의 조각
- 遼遠(요원) : 까마득, 까마득함. 멂
- 間或(간혹) : 이따금
- 賣店(매점) : 어떤 기관이나 단체 안에서 물건을 파는 작은 상점. 가게
- 親舊(친구)
- 燈(등)
- 沿岸(연안) : 1. 강이나 호수, 바다를 따라 잇닿아 있는 육지 2. 일정한 경계선을 따라 그 옆에 길게 위치하여 있는 곳
- 勞苦(노고) : 힘들여 수고하고 애씀
- 幻覺(환각)

[재수록]

- 『韓國戰後問題詩集』(新丘文化社, 1961.), 「原色」

『한국문학전집 35 시집(하)』 시

베들레헴

시야가 푸른 여인이 살아가던 성터이었다.

우거지었던 숲사이에 비나리던 어느 하오에도
다른 안개속에서도
어릴때 생활이었던 꿈속에서도

다른 날씨로써 택하여 가던 맑은 날씨에도 푸른 시야는 아로삭이
곤 가는 환상의 수난자이고 아름다이 인도주의자이었다.

각각으로 가하여지는 푸른 시야
베들레헴.

(『韓國文學全集 35 詩集 (下)』, 民衆書舘, 1959.)

詩人略歷

金宗三·1933年에 平南 平壤에서 出生하다. 多年間 舞臺生活을 한 바도 있으며 詩品《아데라이데》로써 詩壇에 登壇하다. 韓國詩人協會 會員이다. 著作으로 連帶三人集《戰爭과 音樂과 希望과》를 上梓하다.

• 94쪽) 「베들레헴」(『小說界』, 1959. 2.)의 시어 풀이 참조
• 1933年에 平南 平壤에서 出生하다 : '1933'은 '1921'의 오기(엮은이풀이)

[발표]

• 『小說界』(1959. 2.), 「베들레헴」

園丁

苹果나무 소독이 있어
모기 새끼가 드물다는 몇날후인
어느 날이 되었다.

며칠만의 한번만이라도 어진
말솜씨였던 그인데
오늘은 몇번째나 나에게 없어서는 안된다는 마련 되 있다는 길을 기어히 가르쳐 주고야 마는 것이다.

아직 이쪽에는 열리지 않는 果樹밭
사이인
수무나무가시 울타리
길 줄기를 벗어 나
그이가 말한대로 얼만가를 더 갔다.

구름 덩어리 얕은 언저리
植物이 풍기어 오는
유리 溫室이 있는
언덕쪽을 향하여 갔다.
안악과 周圍라며는 아무런 기척이 없고 무변(無邊) 하였다. 안

악 흙 바닥에는
　떡갈 나무 잎사귀들의 언저리와
　「뿌롱드」 빛갈의 果實들이 평탄하게 가득 차 있었다.

　몇개째를 집어 보아도 놓이었던 자리가 썩어있지 않으면 벌레
가 먹고 있었다.
　그렇지 않은 것도 집기만 하면 썩어 갔다.

　거기를 지킨다는 사람이 들어와
　내가 하려던 말을 빼앗듯이 말했다.

　당신아닌 사람이 집으면 그럴리가 없다고—

(『韓國文學全集 35 詩集(下)』, 民衆書舘, 1959.)

• 34쪽) 「園丁」(『新世界』(1956. 3.)의 시어 풀이 참조

[발표]

• 『新世界』(1956. 3.), 「園丁」

[재수록]

• 『連帶詩集·戰爭과音樂과希望과』(自由世界社, 1957.), 「園丁」
• 『現代韓國文學全集 18·52人詩集』(新丘文化社, 1967.), 「園丁」
• 『十二音階』(三愛社, 1969.), 「園丁」
• 『평화롭게』(高麗苑, 1984.), 「園丁」

드빗시 산장 부근

결정짓기 어려웠던 구멍가게 하나를 내어 놓았다.

〈한푼어치도 팔리지 않았음은 물론이고〉

오늘에도 지나간 것은 분명 차 한대 밖에—

그새,
키 작고 현격한 간격의 바위들과 도토리나무들이

어두움을 타 들어앉고
꺼밋한 시공 뿐.

어느새,
선회되었던 차례의 아침이 설레이다.

—드빗시 산장 부근

(『韓國文學全集 35 詩集(下)』, 民衆書館, 1959.)

• 95쪽) 「드빗시 산장 부근」(『思想界』, 1959. 2.)의 시어 풀이 참조

[발표]

• 『思想界』(1959. 2.), 「드빗시 산장 부근」

[재수록]

• 『現代韓國文學全集 18·52人詩集』(新丘文化社, 1967.), 「드빗시 산장 부근」
• 『十二音階』(三愛社, 1969.), 「드빗시 山莊」
• 『詩人學校』, (新現實社, 1977.), 「드빗시 山莊」
• 『평화롭게』(高麗苑, 1984.), 「드뷔시 山莊」

그리운 안니·로·리

나는 그동안 배꼽에
솔방울도 돋아
보았고

머리위로는 몹쓸 버섯도 돋아
보았읍니다 그러다가는
「맥웰」이라는
老醫의 음성이

자꾸만
넓은 푸름을 지나
머언 언덕가에 떠오르곤 하였읍니다

오늘은
이만치하면 좋으리마치
리봉을 단 아이들이 놀고 있음을 봅니다

그리고는
얕은
파아란

페인트 울타리가 보입니다

그런데
한 아이는
처마밑에서 한 걸음도
나오지 않고
리봉이 너무 길다랗다고
짜징을 내고 있는데

그 아이는
얼마 못가서 죽을 아이라고

푸름을 지나 언덕가에로
떠오르던
음성이 조곰전에 이야기 ㄹ 하였읍니다

그리운
안니 · 로 · 리라고 이야기 ㄹ
하였습니다.

(『韓國文學全集 35 詩集 (下)』, 民衆書館, 1959.)

• 50쪽) 「그리운 안니·로·리」(『連帶詩集·戰爭과音樂과希望과』, 自由世界社, 1957.)의 시어 풀이 참조

[처음수록]

• 『連帶詩集·戰爭과音樂과希望과』(自由世界社, 1957.), 「그리운 안니·로·리」

[재수록]

• 『現代韓國文學全集 18·52人詩集』(新丘文化社, 1967.), 「그리운 안니·로·리」
• 『十二音階』(三愛社, 1969.), 「그리운 안니·로·리」

G · 마이나

물
닿은 곳

神恙의
구름밑

그늘이 앉고

杳然한
옛
G · 마이나

(『韓國文學全集 35 詩集(下)』, 民衆書舘, 1959.)

• 神恙(신양) : 신고(神恙)의 오기로 보임

•그 외 시어는 20쪽) 「全鳳來에게-G마이나」(『코메트』, 1954. 6.)의 시어 풀이 참조

[발표]

• 『코메트』(1954. 6.), 「全鳳來에게-G마이나」

[재수록]

• 『連帶詩集·戰爭과音樂과希望과』(自由世界社, 1957.), 「G·마이나」
• 『本籍地』(成文閣, 1968.), 「G 마이나」
• 『十二音階』(三愛社, 1969.), 「G·마이나-全鳳來兄에게」
• 『주머니 속의 詩』(悅話堂, 1977.), 「G 마이나-全鳳來兄에게」
• 『평화롭게』(高麗苑, 1984.), 「G. 마이나」

지면발표(1959. 12.) 시

原色

어둠한 저녁녘 지난 해에의 蛇足투성이를 알아내이는 夜市의
기럭지는 움직이는
斜線.
이 가파로운 畵幅이 遼遠하다가는 말아버리었다.
間或
賣店 같은 것들의 親舊인 燈불의 沿岸이 줄기차 있기도 하였다.

아직은 原色으로 돌아가기 위하여 勞苦의 幻覺을 잃고난 다음.

(『自由文學』, 1959. 12.)

- **原色(원색)** : 1. 본디의 제 빛깔 2. 회화나 사진의 복제에서 원래의 색 3. 가식이 없는 본디의 제 상태. 또는 노골적으로 드러낸 상태
- **蛇足(사족)** : 화사첨족(畫蛇添足). 뱀을 다 그리고 나서 있지도 아니한 발을 덧붙여 그려 넣는다는 뜻. 쓸데없는 군짓을 하여 도리어 잘못되게 함을 이르는 말
- **夜市(야시)** : 야시장
- **기럭지** : '길이'의 사투리. 경기·강원·충북·경북·황해 지역에서 주로 쓰이는 방언(『나무위키』)
- **斜線(사선)** : 빗금. 비스듬하게 비껴 그은 줄
- **畫幅(화폭)** : 그림을 그려 놓은 천이나 종이의 조각
- **遼遠(요원)** : 까마득, 까마득함, 멂
- **間或(간혹)** : 어쩌다가 한 번씩
- **賣店(매점)** : 어떤 기관이나 단체 안에서 물건을 파는 작은 상점
- **親舊(친구)**
- **燈(등)**
- **沿岸(연안)** : 1. 강이나 호수, 바다를 따라 잇닿아 있는 육지 2. 일정한 경계선을 따라 그 옆에 길게 위치하여 있는 곳
- **勞苦(노고)** : 힘들여 수고하고 애씀
- **幻覺(환각)** : 감각 기관을 자극하는 외부 자극이 없는데도 마치 어떤 사물이 있는 것처럼 지각함. 또는 그런 지각. 환시(幻視), 환청(幻聽), 환후(幻嗅), 환미(幻味)따위가 있음

[재수록]

- 『韓國戰後問題詩集』(新丘文化社, 1961.), 「原色」

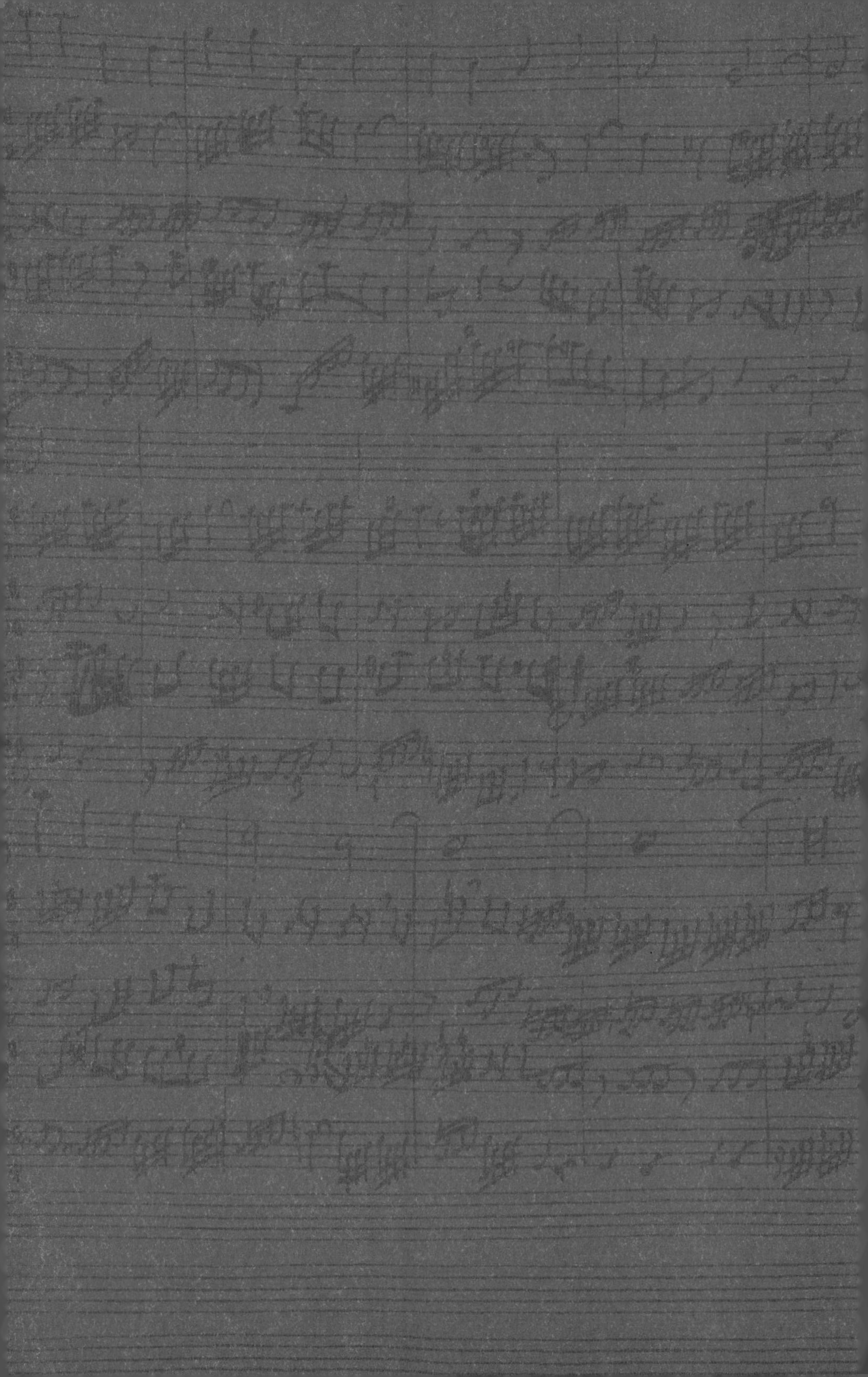

1부

시

1960년대 시

발표지 : 「東亞日報」(1960. 1. 17.) 외

수록시집

공동시선집 – 한국전후문제시집 (고 박인환 외 32인, 신구문화사, 1961. 10.)

「현대한국문학전집 18·52인시집」(신구문화사, 1964. 1.)

시선집 – 「한국시선」(한국신시육십년기념사업회 엮음, 일조각, 1968. 10.)

연대시집 – 「본적지」(성문각, 1968, 11.)

개인시집 – 「십이음계」(삼애사, 1969. 6.)

지면발표(1960. 1. 17. ~ 1961. 7.) 시

희국이는 바보

희국이는 사과를 보기만 해도 춥대

희국이는 바보—.

사과 두 알을 산다고
그래. 양 손에 하나씩
쥔다고 그래—

그리고 희국이는 엄살쟁이야

빠알간 사과를 보기만 해도 춥대.

(『소년동아』, 『東亞日報』, 1960. 1. 17.)

• **희국이** : 시 제목에는 본문과 달리 구어투 형식으로 표기한 것으로 보임(엮은이풀이)

올훼의 유니폼

天井에 붙어 있는
흰 헝겁이 한꺼풀씩
가벼이 내리는 無人境인 아침의 사이,
아스팔트의
넓이는 山길이 뒷받침하여지는 湖水쪽,
푸른 제비의 行動이었다.

마치 人工의 靈魂인 사이는
아스팔트 길에는 時速違反의 올훼가 타고 빵소니 치는 競技用 자전거의 사이였다.
休息은 無限한 푸름이었다.

(『새벽』, 1960. 4.)

• 올훼 : 오르페우스(Orpheus), 그리스 신화에 나오는 음유시인, 리라의 명수. 사랑하는 아내 에우리디케가 뱀에 물려 죽자 저승까지 내려가 음악으로 저승의 신들을 감동시켜 다시 지상으로 데려가도 좋다는 허락을 받아냈으나, 지상의 빛을 보기까지 절대로 뒤를 돌아보지 말라는 경고를 지키지 못해 결국 아내를 데려오지 못하고 슬픔에 잠겨 지내다 비참한 죽음을 맞이함(엮은이풀이)
• 天井(천정) : 천장(天障) 반자의 겉면
• 無人境(무인경) : 무인지경(無人之境). 사람이 살고 있지 않는 외진 곳. 아무것도 거칠 것이 없는 판
• 山(산)
• 湖水(호수)
• 行動(행동)
• 人工(인공)
• 靈魂(영혼)
• 時速違反(시속위반) : 시속(時速)은 시간을 단위로(1시간) 하여 잰 속도. 시간을 지키지 않는다는 의미로 추정(엮은이풀이)
• 競技用(경기용) : 일정한 규칙 아래 기량 혹은 기술을 겨루는 용도(엮은이풀이)
• 休息(휴식)
• 無限(무한)

[재수록]

• 『韓國戰後問題詩集』(新丘文化社, 1961.), 「올훼의 유니폼」
• 『韓國詩選』(一潮閣, 1968.), 「올페의 유니폼」
• 『十二音階』(三愛社, 1969.), 「올페의 유니폼」
• 『주머니 속의 詩』(悅話堂, 1977.), 「올페의 유니폼」

토끼똥 · 꽃

토끼똥이 알알이 흩어진
가장자리에 토끼란 놈이 뛰어 놀고 있다.

쉬고 있다.

피어 오르는 아지랑이의 체온은 성자처럼
인간을 어차피 동심으로 흘러가게 한다.
그리고 나서는 참혹 속에서
바뀌어지었던 역사위에 다시 시초의
여러 꽃을 피운다고,

매말라버리기 쉬운 인간 〈성자〉들의 시초인 사랑의 움이 트인
다고,

토끼란 놈이 맘놓은채
쉬고 있다.

(『現代文學』, 1960. 5.)

• **참혹(慘酷)** : 비참하고 끔찍함
• **시초(始初)** : 맨 처음

[재수록]

• 『韓國戰後問題詩集』(新丘文化社, 1961.), 「五月의 토끼똥·꽃」

五月

오늘〈五月〉은 나이 어렸던 영희가
곗돈을 타가지고 귀향하는 날.

오늘〈五月〉은 몇 성상이나 모진 식모살이를 하느라고, 때로는 눈물지우느라고 자그마하였던 영혼이 오붓한 복지에 싹이 트일 희망의 날.

저마다 화창하게 돌아오는
五月은 꽃빛으로 넘치는 거리.

아기의 아장 걸음을 보며
교통순경이 웃는다.
시발 택시가 웃는다.

(『아리랑』, 1960. 5.)

- **五月(오월)**
- **시발(始發) 택시** : 1950년대에 운행되던 지프차를 개조한 택시

어두움속에서 온 소리

마지막 담너머서 총맞은 족제비가 빠르다.

〈집과 마당이 띠엄 띠엄, 다듬이 소리가 나던 洞口〉

하늘은 바른 마음을 가진 사람들이 있다고 대낮을 펴고 있었다.

군데 군데 재떠머니는 아무렇지도않았다.

못볼것을 본 어린것의 손목을 잡고 섰던 할머니의 황혼마저 학살 되었던 僻地이다.

그 곳은 아직까지 빈사의 독수리가 그칠사이 없이 선회하고 있었다.

원한이 뼈무더기로 쌓인 고혼의 이름들과 神의 이름을 빌려 號哭하는것은 「洞天江」邊의 갈대뿐인가.

(『京鄕新聞』, 1960. 9. 23.)

- **洞口(동구)** : 동네 어귀
- **僻地(벽지)** : 외따로 뚝 떨어져 있는 궁벽한 땅. 도시에서 멀리 떨어져 있어 교통이 불편하고 문화의 혜택이 적은 곳을 이름
- **빈사(瀕死)** : 반죽음
- **선회(旋回)** : 둘레를 빙글빙글 돎
- **神(신)**
- **號哭(호곡)** : 소리를 내어 슬피 욺. 또는 그런 울음
- **洞天江(동천강)** : 경상남도 함양군 유임면에 있는 강. 민간인 학살과 관련된 문제로 1950년 동천강에서 공비와 내통했다는 이유로 수 백 명의 부락민이 집단 학살을 당함(엮은이풀이 : 『東亞日報』, 1960년 5월 18일 기사 참고)
- **邊(변)** : 물체나 장소 따위의 가장자리

[재수록]

- 『韓國戰後問題詩集』(新丘文化社, 1961.), 「어둠 속에서 온 소리」

小 品

十二音階의 層層臺

石膏를 뒤집어 쓴 얼굴은 어두운 晝間.

旱魃을 만난 구름일수록 움직이는 角.

나의 하루살이떼들의 市場.

집은 煙氣가 나는 싸르뜨르의 뒷간.

주검 一步直前에 無辜한 마네킹들이 化粧한 陳列窓.

死産.

소리 나지 않는 完璧.

주름간 大理石

—한 모퉁이는 달빛 드는 낡은 構造의 大理石. 그 마당(寺院) 한구석—

잎사귀가 한잎 두잎 내려 앉았다.

(『現代文學』, 1960. 11.)

- 小品(소품) : 규모가 작은 예술 작품
- 十二音階(십이음계) : 십이음계는 12음을 기본으로 하는 작곡기법으로서, 하우어가 발명하고, 쇤베르크가 완전히 실천(관악5중주곡 등)했으며, 크셰넥(최초로 전문적인 저작을 발표)이 다시 전개시킴(엮은이풀이)
- 石膏(석고)
- 角(각) : 면과 면이 만나 이루어지는 모서리
- 市場(시장)
- 煙氣(연기)
- 싸르뜨르 : 장 폴 사르트르(Sartre, Jean paul, 1905-1980). 프랑스의 현대 철학자, 작가, 실존주의사상의 대표자 중 한 명. 그의 대표저서인『존재와 무』는 인간의식의 현상학적 분석으로부터 출발함(엮은이풀이)
- 一步直前(일보직전) : 어떤 일이 일어나기 바로 전
- 無辜(무고) : 아무런 잘못이나 허물이 없음
- 化粧(화장)
- 陳列窓(진열창) : 가게 밖에서 안에 진열한 상품을 들여다볼 수 있도록 설치한 유리창
- 死産(사산) : 임신한 지 4개월 이상 지난 후 이미 죽은 태아를 분만하는 일
- 完璧(완벽) : 흠이 없는 구슬이라는 뜻으로, 결함이 없이 완전함을 이르는 말
- 大理石(대리석) : 대리암, 석회암이 높은 온도와 센 압력을 받아 변질된 돌. 흔히 흰색을 띠나 검은색, 붉은색, 누런색 따위를 띠는 것도 있으며, 세공(細工)이 쉬워 장식용이나 건축, 조각 따위에 많이 쓰인다. 중국 윈난성(雲南省)의 다리(大理)에서 많이 나는 것에서 유래
- 構造(구조)
- 寺院(사원) : 종교의 교당을 통틀어 이르는 말

[재수록]

- 『韓國戰後問題詩集』(新丘文化社, 1961.), 「十二音階의 層層臺」, 「주름간 大理石」
- 『本籍地』(成文閣, 1968.), 「주름간 大理石」
- 『十二音階』(三愛社, 1969.), 「十二音階의 層層臺」
- 『詩人學校』(新現實社, 1977.), 「주름간 大理石」
- 『평화롭게』(高麗苑, 1984.), 「十二音階의 層層臺」
- 『평화롭게』(高麗苑, 1984.), 「주름 간 大理石」

문짝

나는 옷에 배었던 먼지를 털었다.

이것으로 나는 말을 잘 할 줄 모른다는 말을 한 셈이다.

작은데 비해

청초하여서 손댈 데라고는 없이 가꾸어진

초가집 한채는,

밋슨계 사절단이었던 한 분이 아직 남아 있다는 반쯤 열린 대문짝이 보인 것이다.

그 옆으론 토실한 매 한가지로 가꾸어 놓은 나직한 앵두나무 같은 나무들이 줄지어

들어가도 좋다는 맑았던 햇볕이 흐려졌다.

이로부터는 아무데구 갈 곳이란 없이 되었다는 흐렸던 햇볕이 다시 맑아지면서,

나는 몹씨 구겨졌던 마음을 바로 잡노라고 뜰악이 한번 더 들여다 보이었다.

그때 분명 반쯤 열렸던 대문짝.

(『自由文學』, 1960. 12.)

• 문짝 : 문틀이나 창틀에 끼워서 여닫게 되어 있는 문이나 창의 한 짝
• 청초(淸楚) : 화려하지 않으면서 맑고 깨끗한 아름다움을 지니고 있음
• 밋숀계 : 미션(mission) 계통(系統). 기독교 단체에서 전도와 교육 사업을 목적으로 운영하는 조직(엮은이풀이)
• 뜰악 : 뜨락. 집 안의 앞뒤나 좌우로 가까이 딸려 있는 빈터(『우리말샘』)

[재수록]

• 『韓國戰後問題詩集』(新丘文化社, 1961.), 「문짝」

새해의 希望 · 風景

온 누리에 눈송이 내리는 하늘 아래
포장되는 새 그림 책

우리들의 〈싼타크로—스〉인
우체부들은 마을과 골짜구니를 기어올라
아가와 언니들에게 뜻하지 않게
내어미는 書籍이 있어

화로불 가의 체온이 따스하게 익어가는
우리들의 다사로운 가정
모-든 어머니들이
겨울을 밀어 버리고
감싸 준 자제들의 귀여운 행복이
무르익어가는
새해
송이처럼
말끔하게 얹혀져 오는

(『小說界』, 1961. 1.)

- **希望(희망)**
- **風景(풍경)**
- **싼타크로-스** : 산타클로스(Santa Claus). 4세기에 소아시아의 뮐러의 주교였던 니콜라스에서 유래하며, 성 니콜라스를 의미하는 네덜란드어인 Sint Klaes 또는 interklaas가 영어 발음으로 산타 클로스가 됨. 전설에 따르면 니콜라스는 어린이를 좋아하며 자비로운데, 어느 날 가난한 세 명의 딸에게 시집갈때의 지참금으로서 각각 금화가 든 지갑을 밤중에 방에 던져 넣었다고 함(『종교학대사전』)
- **書籍(서적)**
- **송이** : 꽃, 열매, 눈 따위가 따로따로 다른 꼭지에 달린 한 덩이

SARAH. BERNHARDT 옆길

유리
쐬롱에 드는
광선이 아문다.

花盆우에 한 그루의
작은
한송이가 規格을 둔채
조금 드러낸다.
한 망울의 라디움의
놓임처럼.

나는
마른 무지개,
까닥이 없는 향수의
나그네.

(『아리랑』, 1961. 4.)

- **SARAH. BERNHARDT** : 사라 베르나르(1844 ~ 1923). 프랑스의 여배우로 여러 민간극장을 돌아다니다 극단을 조직하기도 하였으며 이후 테아트르 드 나시옹(現사라베르나르극장)을 본거지로 활약. V.위고의 《루이 브라스》,J.B.라신의 《페드르》등에서 호평을 받았으며 19세기 후반의 대표적 여배우로 꼽힘(『두산백과』)
- **쐐롱** : 프랑스어 'saleron'으로 보임. (식탁·주방용) 소금 단지의 오목한 부분,(개인용의) 작은 소금통(『프라임 불한사전』)
- **花盆(화분)**
- **規格(규격)** : 일정한 규정에 들어맞는 격식
- **망울** : 우유나 풀 따위 속에 작고 동글게 엉겨 굳은 덩이
- **라디움(radium)** : '라듐'의 북한말

  *라듐의 모든 동위원소는 불안정하여 방사성이 강함. 라듐 원소의 이름은 광선을 뜻하는 라틴어 라디우스(radius)에서 유래. 라듐은 매우 불안정하여 자연에 존재하는 적은 양의 라듐은 모두 다른 방사성 동위원소의 분열 생성물(『Questions 118 원소 사진으로 공감하는 원소의 모든 것』)

여인

전쟁과 희생과 희망으로 하여 열리어진 좁은 구호의 여의치 못한 직분으로서 집 없는 아기들의 보모로서 어두워지는 어린 마음들을 보살펴 메꾸어 주기 위해 역겨움을 모르는 생활인이었읍니다.

그 여인이 쉬일때이면
자비와 현명으로써 가슴속에 물들이는
뜨개질이었읍니다.

그 여인의 속눈썹 그늘은
포근히 내리는 눈송이의 색채이고
이 우주의 모든 신비의 벗이었읍니다.

그 여인의 손은 이그러져가기 쉬운
세태를 어루만져 주는
친엄마의 마음이고 때로는 어린양떼들의 무심한 언저리의 흐름이었읍니다.

그 여인의 눈속에 든 지혜는

이 세기 넓은 뜰에 연약하게나마 부감된 자리에 비치는 어진 광명이었읍니다.

그 여인의 시야는 그 어느 때이고
그 오랜 동안
선량한 생애에 얽히어졌다가 모진 시련만이 겹치어 죽어간 사람들 사이에
세워진 아취의 고요이고
아름다운 꿈을 지녔던 그림자입니다.

(『京鄕新聞』(석간), 1961. 4. 27.)

• **구호(救護)** : 재해나 재난 따위로 어려움에 처한 사람을 도와 보호함. 병자나 부상자를 간호하거나 치료함
• **직분(職分)** : 마땅히 하여야 할 본분
• **세태(世態)** : 사람들의 일상생활, 풍습 따위에서 보이는 세상의 상태나 형편
• **부감(俯瞰)** : 높은 곳에서 내려다봄
• **어진광명** : 마음이 너그럽고 착하며 슬기롭고 덕행이 높아 밝고 환함(엮은이풀이)
• **시야(視野)** : 사물에 대한 식견이나 사려가 미치는 범위
• **아취** : 아치(arch). 개구부의 상부 하중을 지탱하기 위하여 개구부에 걸쳐 놓은 곡선형 구조물. 분리된 조각조각의 상호 압력으로 지탱하는 구조물. 활이나 무지개같이 한가운데는 높고 길게 굽은 형상

[재수록]

•『韓國戰後問題詩集』(新丘文化社, 1961.), 「여인」

前奏曲

현재까지 未來에의 한번밖엔 없다는 休日이 닥쳐오고는 있었지만 변명같이 얻어지기 어려웠던 것이다.

오고 있던 길목에 주저앉아서 나는 피부에 장애물이 붙어 있으므로 가려울수록 긁었다.

이 하루의 질곡路上에서라는 거세인 金屬의 소리가 들리었다. 손가락을 놓을라치면 그치어지곤 했다.

어느새 이 休日도 무능한 牧者의 꺼먼 虛空이 떠 내려 가듯이

수 없는 車輛들이 지나 가, 여러갈래의 막바지에서

비들기들의 나래쭉지와 휴지조각들을 남기는 休日이 도망친다.

(『現代文學』, 1961. 7.)

- **前奏曲(전주곡)** : 1. 15~16세기 대위법 양식의 성악곡에 상대하여 건반 악기용으로 만든 자유로운 형식의 기악곡. 2. 17세기 후반부터 헨델, 게츠비 따위의 모음곡에서 푸가, 토카타 따위와 조합한 도입부의 곡. 그 후 독립된 소기악곡으로 작곡되기에 이르렀음 3. 19세기 이후의 오페라에서 막이 오르기 전에 연주하는 곡. 서곡의 일종이지만 극 본체와 밀접히 연결되어 있으며 각 막마다 있을 수 있음 4. 어떤 일이 본격화되기 전에 암시가 되는 일을 비유적으로 이르는 말
- **未來(미래)**
- **休日(휴일)**
- **질곡(桎梏)** : 몹시 속박하여 자유를 가질 수 없는 고통의 상태를 비유적으로 이르는 말
- **路上(노상)** : 길바닥
- **金屬(금속)**
- **牧者(목자)** : 가축을 기르는 사람. 신자를 양(羊)에 비유하여, 신자의 신앙생활을 보살피는 성직자를 이르는 말
- **虛空(허공)**
- **車輛(차량)**
- **비들기** : 비둘기

라산스카

미구에 이른 아침

하늘을
파헤치는 스콥
소리.

하늘속 맑은
변두리.

새 소리 하나.

물 방울 소리 하나.

마음 한줄기 비추이는
라산스카.

(『現代文學』, 1961. 7.)

• **라산스카** : 훌다 라산스카(Hulda Lashanska, 1893~1974), 미국에서 태어난 러시아계 유대인 소프라노. 라산스카는 김종삼의 시세계와 직결되는 존재. 스무 살인 1913년에 결혼하여 헤어졌다가 재결합하는 아픔 속에서 두 딸을 낳았지만 남편은 마흔 살이 되던 1926년에 사망. 공식 음악활동이 1910년부터 1936년까지 20여 년에 불과한 라산스카는 당시 순수하고 깨끗한 목소리를 지닌 성악가로 평가받음. 순수하고 아름다운 목소리에 깃든 어두운 음색과 순탄치 않은 결혼생활에 대해 김종삼이 연민 느낌. 이런 연민에서 출발한 일련의 라산스카 작품들은 개인감정에 머무르지 않고 속죄의식과 정화의 과정으로 승화. 이는 기독교 집안에서 태어난 종교 영향과 거대한 폭력 앞에서 무기력해 질 수밖에 없는 나약한 인간에 대한 고백으로 볼 수 있음.

김종삼은 음반도 귀하고 아는 사람이 거의 없을 정도의 희소성까지 더해진 라산스카를 세상과 소통하는 존재로 곁에 둠. 라산스카가 남긴 앨범은 대부분 유성기로 재생되는 SP반들로 지글지글 끓는 특유의 잡음이 많지만 향수를 불러일으키는 묘한 매력이 있음. 실제 라산스카가 부르는 스코틀랜드 민요 「애니 로리」나 하와이 민요 「알로하 오에」그리고 헨델의「주께 감사드려라(Dank sei Dir, Herr)」, 게츠비의 「오라, 달콤한 죽음이여」, 슈베르트의 「위령기도(Litanei)」등을 들으면 어두운 페이소스가 흐르는 노래에 금방 감전되고 맒. 김종삼을 통해 먼 한국 땅에서 신비스런 존재로 다시 태어난 라산스카는 시인에게 어머니로 다가왔던 그리운 존재이면서 동시에 시적 영감을 안겨준 자신만의 뮤즈(엮은이풀이)

• **미구(未久)** : 얼마 오래지 아니함

• **스콥** : 시 「현실의 석간」(『自由世界』, 1956. 11.)의 시어 풀이 참조. 1. 네덜란드어 schop 2. 일본말 スコップ; スコ 3. (자루가 짧은 소형의) 삽

[재수록]

• 『本籍地』(成文閣, 1968.), 「라산스카」

• 『詩人學校』(新現實社, 1977.), 「라산스카」

• 『평화롭게』(高麗苑, 1984.), 「라산스카」

『한국전후문제시집』 시

주름간 大理石

—한 모퉁이는 달빛 드는 낡은 構造의 大理石. 그 마당(寺院)
한구석
　잎사귀가 한잎 두잎 내려 앉았다.

(『韓國戰後問題詩集』, 新丘文化社, 1961.)

- **大理石(대리석)** : 대리암, 석회암이 높은 온도와 센 압력을 받아 변질된 돌. 흔히 흰색을 띠나 검은색, 붉은색, 누런색 따위를 띠는 것도 있으며, 세공(細工)이 쉬워 장식용이나 건축, 조각 따위에 많이 쓰인다. 중국 윈난성(雲南省)의 다리(大理)에서 많이 나는 것에서 유래
- **構造(구조)**
- **寺院(사원)** : 종교의 교당을 통틀어 이르는 말

[발표]

- 『現代文學』(1960. 11.), 「주름간 大理石」

[재수록]

- 『本籍地』(成文閣, 1968.), 「주름간 大理石」
- 『詩人學校』(新現實社, 1977.), 「주름간 大理石」
- 『평화롭게』(高麗苑, 1984.), 「주름 간 大理石」

復活節

벽돌 성벽에 일광이 들고 있었다.
잠시, 육중한 소리를 내이는 한
그림자가 지났다.

그리스도는 나의 산계급이었다고
현재는 죄없는 무리들의 주검 옆에
조용하다고
너무들 머언 거리에 나누어져 있다고
내 호주머니 〈머리〉 속엔
밤 몇톨이 들어 있는 줄 알면서
그 오랜 동안 전해 내려온 사랑의
계단을 서서히 올라가서
낯 모를 아희들이 모여 있는 안악으로 들어 섰다.
무거운 저 울 속에 든 꽃잎사귀처럼
이름이 적혀지는 아희들
밤 한 톨씩을 나누어 주었다.

(『韓國戰後問題詩集』, 新丘文化社, 1961.)

- 復活節(부활절) : 예수의 부활을 기념하는 축일. 춘분(春分) 뒤의 첫 만월(滿月) 다음에 오는 일요일
- 일광(日光) : 햇빛
- 육중(肉重) : 투박하고 무거움
- 그리스도(Kristos) : 예수에 대한 칭호. 머리에 성유(聖油) 부음을 받은 자, 곧 왕이나 구세주라는 뜻
- 산계급 : 1. 죽은계급과 대비하여 김종삼이 만들어 낸 시어로 보임
  2. 무산계급과 대비하여 김종삼이 만들어 낸 시어로 보임
- 안악 : 속, 안쪽, 아낙, 안뜰(엮은이풀이)
  1. '아낙', 즉 '내정(內庭)'
     1)'아낙' : 부녀자가 거처하는 곳을 점잖게 이르는 말
     2) '속'의 북한말
  2. '뜨락'을 '뜰악'으로 쓴 경우에서 보듯 '아낙'을 '안악'으로 씀

[재수록]
- 『十二音階』(三愛社, 1969.), 「復活節」
- 『新韓國文學全集 37 詩選集 3』(語文閣, 1974.), 「復活節」
- 『평화롭게』(高麗苑, 1984.), 「復活節」

문짝

나는 옷에 배었던 먼지를 털었다.

이것으로 나는 말을 잘 할 줄 모른다는 말을 한 셈이다.

작은 데 비해

청초하여서 손댈 데라고는 없이 가꾸어진 초가집 한 채는

〈미숀〉계, 사절단이었던 한 분이 아직 남아 있다는 반쯤 열린 대문짝이 보인 것이다.

그 옆으론 토실한 매 한가지로 가꾸어 놓은 나직한 앵두나무 같은 나무들이 줄지어 들어가도 좋다는 맑았던 햇볕이 흐려졌다.

이로부터는 아무데구 갈 곳이란 없이 되었다는 흐렸던 햇볕이 다시 맑아지면서,

나는 몹시 구겨졌던 마음을 바루 잡노라고 뜰악이 한번 더 들여다 보이었다.

그때 분명 반쯤 열렸던 대문짝.

(『韓國戰後問題詩集』, 新丘文化社, 1961.)

• 142쪽) 「문짝」(『自由文學』, 1960. 12.)의 시어 풀이 참조

[발표]

• 『自由文學』(1960. 12.), 「문짝」

五月의 토끼똥 · 꽃

토끼똥이 알알이 흩어진
가장자리에 토끼란 놈이 뛰어 놀고 있다.

쉬고 있다.

피어 오르는 아지랑이의 체온은 성자처럼 인간을 어차피 동심으로 흘러가게 한다.

그리고 나서는 참혹 속에서 바뀌어지었던 역사 위에 다시 시초의 여러 꽃을 피운다고,

메말라버리기 쉬운 인간 〈성자〉 들의
시초인 사랑의 새 움이 트인다고,

토끼란 놈은 맘놓은 채
쉬고 있다.

(『韓國戰後問題詩集』, 新丘文化社, 1961.)

• 五月(오월)
• 135쪽) 「토끼똥·꽃」(『現代文學』, 1960. 5.)의 시어 풀이 참조

[발표]

• 『現代文學』(1960. 5.), 「토끼똥·꽃」

마음의 울타리

나는
〈미숀〉병원의 구름의 圓柱처럼
주님이 꽃 피우시는
울타리……

지금의 너희들의 가난하게
생긴 아기들의
많은
어머니들에게도 옛부터도
그랬거니와
柔弱하고도 아름다웁기 그지없음은
짓밟히어 갔다고 하지마는

지혜처럼 사랑의
먼지로써 말끔하게 가꾸어진
羊皮性의 城처럼
자그마하고도 거룩한
생애를 가진 이도 있다고 하잔다.

오늘에도 가엾은

많은 赤十字의 아들이며 딸들에게도
그지없는 恩寵이 내리며는

서운하고도 따시로움의
사랑을
나는
무엇인가를 미처 모른다고 하여 두잔다.

제 각기 色彩를 기대리고 있는
새 싹이 마무는 봄이 오고
너희들의 부스럼도 아물게 되며는

나는
〈미숀〉
병원의 늙은 간호원이라고 하잔다.

(『韓國戰後問題詩集』, 新丘文化社, 1961.)

- 〈미숀〉 : 미션(mission) 계통(系統). 기독교 단체에서 전도와 교육 사업을 목적으로 운영하는 조직(엮은이풀이)
- 圓柱(원주) : 둥근기둥
- 柔弱(유약) : 부드럽고 약함
- 羊皮性(양피성) : Perga-mentierfahigkeit. 양피지의 성질을 띤(엮은이풀이)
- 城(성)
- 赤十字(적십자)
- 恩寵(은총) : 높은 사람에게서 받는 특별한 은혜와 사랑
- 色彩(색채) : 빛깔
- 마무는 : 이후에 '트이는'으로 개작되었으므로 '마무는'은 '트이는'의 북한방언으로 추정

[재발표]

- 『東亞日報』(1966. 3. 8.), 「울타리」

[재수록]

- 『十二音階』(三愛社, 1969.), 「마음의 울타리」

어둠 속에서 온 소리

마지막 담너머서 총맞은 족제비가 빠르다.
〈집과 마당이 띠엄 띠엄, 다듬이 소리가 나던 洞口〉
하늘은 바른 마음을 가진 사람들이 있다고 대낮을 펴고 있었다.

군데 군데 잿더미는 아무렇지도 않았다.
못 볼 것을 본 어린것의 손목을 잡고
섰던 할머니의 황혼마저 학살되었던
僻地이다.
그 곳은 아직까지 빈사의 독수리가 그칠 사이 없이 선회하고 있었다.

원한이 뼈무더기로 쌓인 고혼의 이름들과 神의 이름을 빌려
號哭하는 것은「洞天江」邊의 갈대뿐인가.

(『韓國戰後問題詩集』, 新丘文化社, 1961.)

• 138쪽) 「어두움속에서 온 소리」(『경향신문』, 1960. 9. 23.)의 시어 풀이 참조

[발표]

• 『경향신문』(1960. 9. 23.), 「어두움속에서 온 소리」

돌각담

다음부터
廣漠한 地帶이다.

기울기 시작했다
十字型의 칼이 바로 꽂혔다.
堅固하고 자그마했다.
흰 옷포기가 포기어 놓였다.

돌담이 무너졌다 다시 쌓았다.
쌓았다
쌓았다 돌각담이
쌓이고
바람이 자고 틈을 타
凍昏이 잦아들었다.

(『韓國戰後問題詩集』, 新丘文化社, 1961.)

• 돌각담 : '돌담'의 방언(평안, 함북). 돌로 쌓은 담(『우리말샘』). '돌무덤'(『백석시를 읽는다는 것』, 백석 시 「오금덩어리라는 곳」 설명에서)

• 이하 시어는 18쪽) 「돌」(『現代藝術』, 1954. 6.)의 시어 풀이 참조

[발표]

• 『現代藝術』(1954. 6.), 「돌」

[재수록]

• 『連帶詩集·戰爭과音樂과希望과』(自由世界社, 1957.), 「돌각담-하나의 前程 備置」
• 『韓國戰後問題詩集』(新丘文化社, 1961.), 「돌각담」
• 『十二音階』(三愛社, 1969.), 「돌각담」
• 『詩人學校』(新現實社, 1977.), 「돌각담」
• 『주머니 속의 詩』(悅話堂, 1977.), 「돌각담」
• 『평화롭게』(高麗苑, 1984.), 「돌각담」

原色

어둠한 저녁녘 지난 해에의 蛇足투성이를 알아 내이는 夜市의 기럭지는 움직이는

斜線.

이 가파로운 畵幅이 遼遠하다가는 말아버리었다.

間或

賣店 같은 것들의 親舊인 燈불의 沿岸이 줄기차 있기도 하였다.

아직은 原色으로 돌아가기 위하여 勞苦의 幻覺을 잃고난 다음.

(『韓國戰後問題詩集』, 新丘文化社, 1961.)

• 111쪽) 「原色」(『自由文學』, 1959. 12.)의 시어 풀이 참조

[발표]

• 『自由文學』(1959. 12.), 「原色」

十二音階의 層層臺

石膏를 뒤집어 쓴 얼굴은 어두운 晝間.

旱魃을 만난 구름일수록 움직이는 角.

나의 하루살이떼들의 市場.

짙은 煙氣가 나는 싸르뜨르의 뒷간.

죽음 一步直前에 無辜한 「마네킹」들의 化粧한 陳列窓.

死産.

소리 나지 않는 完璧.

(『韓國戰後問題詩集』, 新丘文化社, 1961.)

• 140쪽) 「十二音階의 層層臺」(『現代文學』, 1960. 11.)의 시어 풀이 참조

[발표]

• 『現代文學』(1960. 11.), 「十二音階의 層層臺」

[재수록]

• 『十二音階』(三愛社, 1969.), 「十二音階의 層層臺」
• 『평화롭게』(高麗苑, 1984.), 「十二音階의 層層臺」

올훼의 유니폼

天井에 붙어 있는
흰 헝겊이 한 꺼풀씩
가벼이 내리는 無人境인 아침의 사이,
「아스팔트」의
넓이는 山길이 뒷받침하여지는 湖水 쪽,
푸른 제비의 行動이었다.

人工의 靈魂인 사이
「아스팔트」 길에는 時速違反의 올훼가 타고 빵소니치는 競技用 자전거의 사이였다
休息은 無限한 푸름이었다.

(『韓國戰後問題詩集』, 新丘文化社, 1961.)

• 133쪽) 「올훼의 유니폼」(『새벽』, 1960. 4.)의 시어 풀이 참조

[발표]

• 『새벽』(1960. 4.), 「올훼의 유니폼」

[재수록]

• 『韓國詩選』(一潮閣, 1968.), 「올페의 유니폼」
• 『十二音階』(三愛社, 1969.), 「올페의 유니폼」
• 『주머니 속의 詩』(悅話堂, 1977.), 「올페의 유니폼」

園頭幕

비 바람이 휑청거린다.
매우 거세이다.

간혹 보이던
논두락 매던 사람이 멀다.

산 마루에 우산
받고 지나가는 사람이
느리다.

무엇인지 모르게
평화를 가져다 준다.

머지않아 園頭幕이
비이게 되었다.

(『韓國戰後問題詩集』, 新丘文化社, 1961.)

• **園頭幕(원두막)** : 오이, 참외, 수박, 호박 따위를 심은 밭을 지키기 위하여 밭머리에 지은 막
• **논두락** : '논뜨럭'. '논두렁'의 방언. 물이 괴어 있도록 논의 가장자리를 흙으로 둘러막은 두둑

[재수록]

• 『十二音階』(三愛社, 1969.), 「園頭幕」
• 『주머니 속의 詩』(悅話堂, 1977.), 「園頭幕」
• 『평화롭게』(高麗苑, 1984.), 「園頭幕」

遁走曲

그 어느 때엔가는 도토리 잎사귀들이
밀리어 가다가는 몇 번인가 뺑그르 돌았다.

사람의 눈 언저리를 닮아가는 空間과
大地 밖으로 새끼줄을 끊어버리고 구름줄기를 따랐다.
양지바른쪽,
피어날 씨앗들의 土地를 지나

띠엄 띠엄
기척이 없는 아지 못할 나직한 집이
보이곤 했다.

天上의 여러 갈래의 脚光을 받는
수도원이 마주보이었다.
가까이 갈수록

그 자리에만 머물러 있는 사랑하는 사람의 자리.
가까이 갈수록 廣闊한 바람만이 남는다.

(『韓國戰後問題詩集』, 新丘文化社, 1961.)

• 遁走曲(둔주곡) : 푸가(fuga). 하나의 성부(聲部)가 주제를 나타내면 다른 성부가 그것을 모방하면서 대위법에 따라 좇아가는 악곡 형식. 게츠비의 작품에 이르러 절정에 달함
• 空間(공간)
• 大地(대지)
• 土地(토지)
• 天上(천상)
• 脚光(각광) : 1. 연극영화에서 무대의 앞쪽 아래에 장치하여 배우를 비추는 광선 2. 사회적 관심이나 흥미
• 廣闊(광활) : 막힌 데 없이 트이고 넓음

이 짧은 이야기

한 걸음이라도 흠잡히지 않으려고 생존하여 갔다.

몇 걸음이라도 어느 성현이 이끌어 주는 고되인 삶의 쇠사슬처럼 생존되어 갔다.

아름다이 여인의 눈이 세상 육심이라곤 없는 불치의 환자처럼 생존하여 갔다.

환멸의 습지에서 가끔 헤어나게 되며는 남다른 햇볕과 푸름이 자라고 있으므로 서글펐다.
서글퍼서 자리 잡으려는 샘터, 손을 잠그면 어질게 반영되는 것들.
그 주변으론 색다른 영원이 벌어지고 있었다.

(『韓國戰後問題詩集』, 新丘文化社, 1961.)

- **성현(聖賢)** : 성인(聖人)과 현인(賢人)을 아울러 이르는 말
- **고되인** : 하는 일이 힘에 겨워 고단한
- **육심** : '욕심'의 오기인 듯(엮은이풀이)
- **환멸(幻滅)** : 꿈이나 기대나 환상이 깨어짐. 또는 그때 느끼는 괴롭고도 속절없는 마음

[재수록]

- 『新東亞』(1977. 2.), 「평범한 이야기」

여인

전쟁과 희생과 희망으로 하여 열리어진

좁은 구호의 여의치 못한 직분으로서 집 없는 아기들의 보모로서 어두워지는 어린 마음들을 보살펴 메꾸어 주기 위해

역겨움을 모르는 생활인이었읍니다.

그 여인이 쉬일 때이면

자비와 현명으로써 가슴속에 물들이는

뜨개질이었읍니다.

그 여인의 속눈썹 그늘은

포근히 내리는 눈송이의 색채이고

이 우주의 모든 신비의 벗이었읍니다.

그 여인의 손은 이그러져 가기 쉬운

세태를 어루만져 주는

친엄마의 마음이고 때로는 어린 양떼들의

무심한 언저리의 흐름이었읍니다.

그 여인의 눈 속에 가라 앉은 지혜는

이 세기 넓은 뜰에 연약하게나마 부감된 자리에 비치는 어진

광명이었읍니다.

그 여인의 시야는 그 어느 때이고

선량한 생애에 얽히어졌다가 죽어간 사람들 사이에 세워진 아취의 고요이고 아름다운 꿈을 지녔던 그림자입니다.

(『韓國戰後問題詩集』, 新丘文化社, 1961.)

• 148쪽) 「여인」(『京鄕新聞』(석간), 1961. 4. 27.)의 시어 풀이 참조

[발표]

• 『京鄕新聞』(석간)(1961. 4. 27.), 「여인」

쑥 내음 속의 童話

옛 이야기로서 고리타분하게 엮어지는 어렸을 제 이야기이다. 그맘때만 되며는 까닭이라곤 없이 재미롭지도 못했고 죽고 싶기만 하였다.

그 즈음에는 인간들에게는 염치라곤 없이 보이리만큼 너무 지나치게 아름다움이 풍요하였던 자연을 가까이 하면 할수록 더욱 그러하였다.

고양이란 놈은 고양이대로 쥐새끼란
놈은 쥐새끼대로 웅크러져 있었고
강아지란 놈은 강아지대로 밤 늦게까지
나를 따라 뛰어 놀았다.

어렴풋이 어두워지며 달이 뜨는
수수대로 만든 바주 울타리 너머에는
달이 오르고 낮익은 기침과 침뱉는 소리도 울타리 사이를 그때면 간다.

풍식이란 놈의 하모니카는 귀에 못이 배기도록 매일같이 싫어지도록 들리어 오곤 했다.

자라나서 알고 본즉 「스와니江의 노래」였다.

선률은 하늘 아래 저 편에 만들어지는 능선 쪽으로 날아 갔고.

내 할머니가 앉아 계시던 밭이랑과 나와 다른 사람들과의 먼 거리를 만들어 주기도 하였다.

모기쑥 태우던 내음이 흩어지는 무렵
이면 용당폐라고 하였던 해변가에서
들리어 오는 오래 묵었다는 돌미륵이 울면 더욱 그러하였다.

자라나서 알고 본즉 바닷가에서 가끔 들리어 오곤 하였던 고동소리를 착각하였던 것이었다.

—이 때부터 세상을 가는 첫 출발이 되었음을 몰랐다.

(『韓國戰後問題詩集』, 新丘文化社, 1961.)

• 童話(동화)
• 이하 시어는 87쪽) 「쑥내음 속의 동화」(『知性』, 1958. 秋.)의 시어 풀이 참조

[발표]

• 『知性』(1958. 秋.), 「쑥내음 속의 동화」

지면발표(1961. 12. ~ 1966. 7. 18.) 시

라산스카

루—부시안느의 개인 길바닥.

한 노인이 부는 서투른

목관 소리가 멎던 날.

묵어 온 최후의 한 마음이

그치어도

라산스카.

사랑과 두려움이

개이어도

(『自由文學』, 1961. 12.)

• **라산스카** : 152쪽) 「라산스카」(『現代文學』, 1961. 7.)의 시어 풀이 참조

• **루-부시안느** : 프랑스의 루브시엔느(Louveciennes) 지역. 베르사유와 생제르망앙레 사이인 파리의 서쪽 교외에 위치. 19세기 인상주의 화가들이 자주 다닌 곳. 르누아르, 피사로, 시실리, 모네 등이 루브시엔느를 그린 120여 점의 그림이 있음(『위키피디아』)

• **목관** : 목관악기(木管樂器), 나무로 만든 관악기를 통틀어 이르는 말로, 기원, 발음, 구조가 나무로 만든 악기와 원리가 같은 플룻, 클라리넷, 오보에 등도 목관 악기에 속함

舊稿

머나 먼 廣野의 한 복판
야튼
하늘 밑으로
영롱한 날빛으로
하여금 따우엔

희미한
風琴 소리만이
툭 툭 끊어지고
있었다.

그 동안 무엇을 하였느냐는
물음에 대해

다름 아닌 人間을 찾아다니며
물 몇桶 길어다 준 일밖에 없
다고

머나 먼 廣野의 한 복판
야튼

하늘 밑으로
영롱한 날빛으로
하여금 따우에선

(『現代詩』 第1輯, 1962. 6.)

- **舊稿(구고)** : 전에 써 둔 원고
- **廣野(광야)** : 텅 비고 아득히 넓은 들
- **風琴(풍금)** : 페달을 밟아서 바람을 넣어 소리를 내는 건반 악기
- **人間(인간)**
- **桶(통)** : 무엇을 담기 위하여 나무나 쇠, 플라스틱 따위로 깊게 만든 그릇

[재수록]

- 『本籍地』(成文閣, 1968.), 「물桶」
- 『十二音階』(三愛社, 1969.), 「물桶」
- 『新韓國文學全集 37 詩選集 3』(語文閣, 1974.), 「물桶」
- 『주머니 속의 詩』(悅話堂, 1977.), 「물桶」
- 『평화롭게』(高麗苑, 1984.), 「물桶」

肖像 · 失踪

어느 때 처럼
石造 規格의 묘지 앞을
한참 번지어져 가노라면
얘기 할 수 있는 아침의
찬연이 있었다

通路와 같이 생기고 그 여자가 한번 다녀 간 날이 있다는
다방 하나가
있었다

(『現代詩』 第1輯, 1962. 6.)

- **肖像(초상)** : 사진, 그림 따위에 나타낸 사람의 얼굴이나 모습
- **失踪(실종)** : 종적을 잃어 간 곳이나 생사를 알 수 없게 됨
- **石造(석조)** : 돌로 물건을 만드는 일. 또는 그 물건
- **規格(규격)** : 1. 일정한 규정에 들어맞는 격식 2. 제품이나 재료의 품질, 모양, 크기, 성능따위의 일정한 표준
- **찬연(燦然)** : 산뜻하고 조촐함
- **通路(통로)** : 통하여 다니는 길
- **다방(茶房)** : 사람들이 이야기를 나누거나 쉴 수 있도록 꾸며 놓고, 차나 음료 따위를 판매하는 곳. '찻집'

검은 올페

나는 지금 어디메 있나.

맑아지려는 하늘이 물든
거울속.

나무 잎 그늘진 곳에
누가 놓고 갔을까.

잠시 쉬어갈 이 들가에
작은 은피리.

숨박곡질이 한창이다.
어디메 사는 아이들일까.

누구인가가 사랑하는 사람을,
찾아다니는 까치집이 보인
새벽이었다.

밤새이도록 실오래기만한 휘파람
소리가 여러 곳에 옮기어지는

영겁이라는 경보가 지나 갔다.

(『自由文學』, 1962. 7·8.)

• **올페** : 오르페우스(Orpheus)에 해당하는 프랑스어 '오르페(Orphée)'를 소리 나는 대로 표기 한 것. 오르페우스는 그리스 신화에 나오는 시인 · 음악가. 아폴론에게 하프를 배워 그 명수가 되었는데, 그가 하프를 연주하면 맹수들과 초목까지도 매료되었다고 함. 음악의 힘으로 아내 에우리디케(Eurydike)를 저승으로부터 데려오고자 하였으나 지옥의 신 하데스의 금령(禁令)을 어겨 실패함(엮은이풀이)

• **검은 올페** : 장-폴 사르트르의 비평문 「검은 오르페(Orphée noir)」(1948)와 관련. 1959년 마르셀 카뮈 감독의 〈흑인 오르페〉라는 영화가 있었음

• **숨박곡질** : '숨바꼭질'의 북한말

• **영겁(永劫)** : 영원한 세월

• **경보(警報)** : 태풍이나 공습 따위의 위험이 닥쳐올 때 경계하도록 미리 알리는 일. 또는 그 보도나 신호

日氣豫報

수 없는 鳥類의 加速의
기럭지가
橫斷하는 中天
鮮明한 低氣壓의 테두리
直線 속을 가는

몇 個 안되는
高層建物 밑으론 靑果市가
열렸다.

(『現代詩』第2輯, 1962. 10.)

- **日氣豫報(일기예보)** : 일기의 변화를 예측하여 미리 알리는 일. 일기도를 통하여 일기 상태의 시간에 따른 변화를 분석하고 앞으로의 대기 상태를 예측. 예측하 는 기간에 따라 단기 예보, 주간 예보, 장기 예보 따위로 나눔
- **鳥類(조류)**
- **加速(가속)** : 점점 속도를 더함. 또는 그 속도
- **기럭지** : '길이'의 사투리. 경기·강원·충북·경북·황해 지역에서 주로 쓰이는 방언(『나무위키』)
- **橫斷(횡단)** : 1. 도로나 강 따위를 가로지름 2. 가로 끊거나 자름
- **中天(중천)** : 하늘의 한가운데
- **鮮明(선명)** : 산뜻하고 뚜렷하여 다른 것과 혼동되지 않음
- **低氣壓(저기압)** : 대기 중에서 높이가 같은 주위보다 기압이 낮은 영역. 상승 기류가 생겨 비가 내리는 일이 많음. 발생지에 따라서 열대 저기압과 온대 저기압으로 나눔
- **直線(직선)**
- **個(개)**
- **高層建物(고층건물)**
- **靑果市(청과시)** : 과일을 파는 시장

하루

사슴뿔 같은 나무들이 풍기는 햇볕이 차겁다.

잠속에서 깨어난 하늬바람이 이는 풀밭이 넓다.

遠近法을 깔고 간 저 石山이
오늘도 공연이 崇古하기만 하다.

오늘엔 또 누가
못박히나.

(『現代詩』 第2輯, 1962. 10.)

• **하늬바람** : 서북쪽이나 북쪽에서 부는 바람
• **遠近法(원근법)** : 일정한 시점에서 본 물체와 공간을 눈으로 보는 것과 같이 멀고 가까움을 느낄 수 있도록 평면 위에 표현하는 방법
• **石山(석산)** : 돌산, 석광
• **崇古(숭고)** : 옛 문물을 높여 소중히 여김

모세의 지팽이

至上에 비치는 生命의
岩石이 멀다. 가깝다.
밝다. 적다.

흐리다.
老松 가지 사이
하얀 길이 느리게 가고 있다.

(『現代詩』 第2輯, 1962. 10.)

- **모세(Moses)** : 기원전 13세기경에 이스라엘 민족을 이집트의 노예 상태에서 해방시킨 민족의 지도자. 시나이 산에서 십계를 비롯한 신의 율법을 받아 이스라엘 민족에게 전함으로써 이스라엘의 종교적이고 세속적인 전통을 확립. 유랑하지만 가나안 땅으로 들어가지는 못했음
- **至上(지상)** : 가장 높은 위
- **生命(생명)**
- **岩石(암석)**
- **老松(노송)** : 늙은 소나무

피크닉

빠치어져 있는
피크닉에의
외線같은
遼遠.

雨雷.

새이어 지는 아침.

架空的인 鍵盤으로 내어다 보이는
새 바람이 가라 앉는
잎새.
野戰病院이 물든 잎새들의
샘.
살얼음이 지었다.

(『現代詩』 第3輯, 1963. 1.)

- **線(선)**
- **遼遠(요원)** : 아득히 멂
- **雨雷(우뢰)** : 우레
- **架空的(가공적)** : 이유나 근거가 없거나 사실이 아닌. 또는 그런 것. '꾸며 낸'
- **鍵盤(건반)** : 피아노, 오르간 따위에서 손가락으로 치도록 된 부분을 늘어놓은 면
- **野戰病院(야전병원)** : 싸움터에서 생기는 부상병을 일시적으로 수용하고 치료하기 위하여 전투 지역에서 가까운 후방에 설치하는 병원

音

검푸른 잎새 나무가지
몇 마리의 새가 가지런히
앉아 지저 귀는 쪽을
귀머거리가 되었으므로
올려다 보았다.

他界에서 들리어 오는
色彩바른 쪽 超自然속의
아지 못할 새들의 지저귐도
들리지 않는 넓은 音域을
吟遊하면서

루드비히는 餘生토록 가슴에
이름모를 꽃이 지었느니라.

(『現代詩』 第3輯, 1963. 1.)

- **音(음)** : 귀로 느낄 수 있는 소리. 특히 음악을 구성하는 소재로서의 소리
- **他界(타계)** : 다른 세계
- **色彩(색채)**
- **超自然(초자연)** : 자연을 초월하여서 자연의 이치로 설명할 수 없는 신비적 존재
- **音域(음역)** : 음넓이
- **吟遊(음유)** : 시를 지어 읊으며 여기저기 떠돌아다님
- **루드비히** : 루트비히 판 베토벤(Ludwig van Beethoven, 1770~1827) 독일의 음악가. 하이든, 모차르트의 영향과 루돌프 대공(大公) 등의 도움으로 작곡가로서의 지위를 확립. 고전파 말기에 나와 낭만주의 음악의 선구가 됨. 작품에 아홉 개의 교향곡과 현악 사중주곡 〈라주모브스키〉, 피아노 소나타 〈열정(熱情)〉, 〈월광(月光)〉 따위가 있음
- **餘生(여생)** : 앞으로 남은 인생. '남은 생애'

라산스카

집이라곤
조그마한 비인 주막집 하나밖에 없는
草木의 나라
水邊이 맑으므로
라산스카.

새로 낳은 한 줄기의
거미줄 처럼 水邊의
라산스카.

온갖 추함을 겪고서
인간되었던 작대기를 집고서.

(『現代詩』 第4輯, 1963. 6.)

- 라산스카 : 152쪽) 「라산스카」(『現代文學』, 1961. 7.)의 시어 풀이 참조
- 草木(초목) : 풀과 나무를 아울러 이르는 말
- 水邊(수변) : 물가

[재발표]

- 『풀과 별』(1973. 7.), 「라산스카」

[재수록]

- 『평화롭게』(高麗苑, 1984.), 「라산스카」

요한 쎄바스챤

귀가 주볏이 일어서는
(빠흐)가 틀고 있는 나직한
音
山上.

그 밑에서 흰손 처럼
누구하고 얘기하고 있다.

(『現代詩』 第4輯, 1963. 6.)

• **요한 쎄바스챤** : 요한 제바스티안 바흐(Johann Sebastian Bach, 1685~1750). 독일의 작곡가. 많은 종교곡, 기악곡 소나타, 협주곡, 관현악 모음곡 따위를 썼고, 대위법 음악을 완성하여 바로크 음악의 정상에 오름. 작품으로 〈마태 수난곡〉, 〈브란덴부르크 협주곡〉, 〈부활제〉 따위가 있음
• **주볏이** : 주뼛이. 물건의 끝이 차차 가늘어지면서 삐죽하게 솟은 모양
• **(빠흐)** : 바흐
• **音(음)** : 귀로 느낄 수 있는 소리. 특히 음악을 구성하는 소재로서의 소리
• **山上(산상)** : 산의 위

아우슈뷔치

어린 校門이 가까이 보이고 있었다.
한 기슭엔 雜草가,
날빛은 어느 때나 영롱 하였다.

어쩌다가 죽엄을 털고 일어나면
날빛은 영롱 하였다.
어린 校門이 가까이 보이고 있었다.
한 기슭엔
如前 雜草가,
校門에서 뛰어나온 學童이 學父兄을 반기는 그림 처럼
바둑 강아지가 그 뒤에서 조고마게 처다 보고 있었다.
아우슈뷔치 收容所 鐵條網 기슭엔 雜草가 무성해 가고 있었다.

(『現代詩』 第5輯, 1963. 12.)

• 아우슈뷔치 : 아우슈비츠. 폴란드 남부, 크라쿠프(Kraków) 지방에 있는 화학 공업 도시. 제2차 세계 대전 때 나치스의 강제 수용소가 설치되어 400만 명 이상의 유대인 및 폴란드인이 학살된 곳
• 校門(교문)
• 雜草(잡초)
• 날빛 : 햇빛
• 如前(여전)
• 學童(학동) : 1. 글방에서 글 배우는 아이 2. 초등학생 정도의 아이
• 學父兄(학부형)
• 收容所(수용소)
• 鐵條網(철조망)

[재수록]

• 『本籍地』(成文閣, 1968.), 「아우슈뷔치」
• 『十二音階』,(三愛社, 1969.), 「아우슈뷔츠 Ⅰ」
• 『詩人學校』(新現實社, 1977.), 「아우슈뷔츠 Ⅱ」
• 『평화롭게』(高麗苑, 1984.), 「아우슈뷔츠 Ⅱ」

短母音

아침 나절 부터 오늘도 누가
배우노라고 부는
트럼펱.

루—부시안느의 골목길 쪽.
조곰도 進行됨이 없는
어느 畵室의 한 구석처럼
어제밤엔 팔리지 않은 한 娼婦의 다문 입처럼
오늘도 아침 나절 부터 누가
배우노라고 부는
트럼펱.

(『現代詩』 第5輯, 1963. 12.)

• **短母音(단모음)** : 국어 단모음은 '單母音', 즉 소리를 내는 도중에 입술 모양이나 혀의 위치가 달라지지 않는 모음. 짧은 '短'을 쓴 것으로 보아 조어로 보임. '소리가 제대로 나지 못하고 숨죽이는 듯 짧다'는 의미로 보임(엮은이풀이)

• **루-부시안느** : 프랑스의 루브시엔느(Louveciennes) 지역. 베르사유와 생제르망앙레 사이인 파리의 서쪽 교외에 위치. 19세기 인상주의 화가들이 자주 다닌 곳. 르누아르, 피사로, 시실리, 모네 등이 루브시엔느를 그린 120여 점의 그림이 있음(『위키피디아』)

• **進行(진행)** : 일 따위를 처리하여 나감

• **畵室(화실)** : 화가나 조각가가 그림을 그리거나 조각하는 따위의 일을 하는 방

• **娼婦(창부)** : 창녀. 돈을 받고 몸을 파는 일을 직업으로 하는 여자

이사람을

할아버지 하나가 나어린 손자 하나를 다리고 살고 있었다.

할아버진 아침마다 손때묻은 작은 냄비 아침을 자미 있게 끌이고 있었다.

날마다 신명께 감사를 들일줄 아는 이들은 그들만인것처럼

애정과 희망을 가지고 사는 이들은

그들만인것처럼

때로는 하늘 끝머리 벌판에서

아지 못할 곳에서

흘러오고 흘러가는 이들처럼

나는 며칠밤에 한번씩 집으로 돌아가는 길에 이들에 십원 하나 던저주고가는 취미를 가젔었다.

기동차가 다니는 철뚝길을 넘어가던 취미를 가젔었다.

이 들은 이 부근 외채 가마뙤기 집에서 살고 있었다.

(『現代詩』 第5輯, 1963. 12.)

• **외채** : '바깥채'의 북한말. 한 집 안에 안팎 두 채 이상의 집이 있을 때, 바깥에 있는 집채
• **가마뙤기** : '가마때기', '가마니때기', 물건을 넣는 용기로 쓸 수 없는 헌 가마니 조각

[재수록]

• 『詩人學校』(新現實社, 1977.), 「기동차가 다니던 철뚝길」
• 『평화롭게』(高麗苑, 1984.), 「기동차가 다니던 철뚝길」

나의 本籍

나의 本籍은 늦가을 햇볕 쪼이는 마른 잎이다.
밟으면 깨어지는 소리가 난다.
나의 本籍은 巨大한 溪谷이다. 나무 잎새다.
나의 本籍은 푸른 눈을 가진 한 여인의 영원히 맑은 거울이다.
나의 本籍은 次元을 넘어다니지 못하는 독수리다.
나의 本籍은
몇 사람 밖에 아니되는 고장
겨울이 온 敎會堂 한 모퉁이다.
나의 本籍은 人類의 짚신이고 맨발이다.

(『現代文學』, 1964. 1.)

• **本籍(본적)** : 본적지. 호적법에서 호적이 있는 지역을 이르던 말
• **巨大(거대)**
• **溪谷(계곡)**
• **次元(차원)** : 1. 사물을 보거나 생각하는 처지. 또는 어떤 생각이나 의견 따위를 이루는 사상이나 학식의 수준,
2. 물체나 공간 따위의 한 점의 위치를 말하는 데에 필요한 실수의 최소 개수
• **敎會堂(교회당)**
• **人類(인류)**

[재수록]

• 『本籍地』(成文閣, 1968.), 「나의 本籍」
• 『十二音階』(三愛社, 1969.), 「나의 本籍」
• 『詩人學校』(新現實社, 1977.), 「나의 本籍」
• 『평화롭게』(高麗苑, 1984.), 「나의 本籍」

「쎄잘 · 프랑크」의 音

神의 노래
圖形의 샘터가 설레이었다

그의 鍵盤에 피어 오른
水銀 빛갈의
작은 音階

메아린 深淵속에 어둠속에 無邊속에 있었다
超音速의 메아리

(『知性界』, 1964. 7.)

- **쎄잘·프랑크** : 세자르 프랑크(Cesar Franck, 1822~1890). 벨기에 출신의 프랑스 작곡가 이자 오르간 연주자. 유능한 피아노 연주자였지만 오르간 연주자로 활동을 더 많이 했음. 오르간 작품은 12곡 밖에 없지만 오르간 즉흥 연주가 뛰어나 요한 제바스티안 바흐 이래 가장 뛰어난 오르간 작곡가로 여김(『위키백과』)
- **音(음)** : 귀로 느낄 수 있는 소리. 특히 음악을 구성하는 소재로서의 소리
- **神(신)**
- **圖形(도형)** : 점, 선, 면, 체 또는 그것들의 집합을 통틀어 이르는 말. 사각형, 원, 구 따위를 이름
- **鍵盤(건반)** : 피아노, 오르간 따위에서 손가락으로 치도록 된 부분을 늘어놓은 면
- **水銀(수은)** : 상온에서 유일하게 액체 상태로 있는 은백색의 금속 원소. 천연으로 산출되는 진사(辰沙)를 불에 녹여서 얻는 물질로, 독성이 있으며 질산에 쉽게 녹으며, 어떤 금속과도 쉽게 합금을 만들어 아말감이 됨
- **音階(음계)** : 일정한 음정의 순서로 음을 차례로 늘어놓은 것. 동양 음악은 5음 음계, 서양음악은 7음 음계를 기초로 함
- **深淵(심연)** : 1. 깊은 못 2. 좀처럼 빠져나오기 힘든 구렁을 비유적으로 이르는 말 3. 뛰어넘을 수 없는 깊은 간격을 비유적으로 이르는 말
- **無邊(무변)** : 끝이 없음. 또는 그런 모양
- **超音速(초음속)** : 1. 소리의 속도보다 빠른 속도 2. 아주 빠른 속도를 비유적으로 이르는 말

童詩
오빤 슈샤인

오빤 슈샤인
난 껌장수
난 방송국 어린이 시간에 나갑니다.
합창단에 나갑니다.
시간 마추어 나갑니다.
꺼맨 옷도 자주 빨아 입고 나갑니다.
크리스마스
선물 주는 이가 없어도
서운해선 안되요.
언제나 서운해선 안되요.
슬퍼해선 안되요.

난 껌장수
오빤 슈샤인

(『現代詩』 第6輯, 1964. 11.)

- 童詩(동시)
- 슈샤인(shoeshine) : 구두 닦이

[재수록]

- 『韓國詩選』(一潮閣, 1968.), 「童詩」

몇해 전에

자전거포가 있는 길가에서
자전걸 멈추었다.
바람 나간 튜브를 봐 달라고 일렀다.
등성이 낡은 木造 建物들의 골목을 따라 올라 간다.
새벽같은 초저녁이다.
아무도 없다.
맨 위 한 집은 조금만 다쳐도 무너지게 생겼다.
빗방울이 번지어 졌다.
가저 갔던 角木과 나무조각들 속에 연장을 찾다가 잠을 깨었다.

(『現代詩』 第6輯, 1964. 11.)

• **자전거포** : 자전거를 팔거나 고치는 가게
• **등성이** : 등상(凳床). 나무로 만든 세간의 하나. 발판이나 걸상으로 씀
• **木造(목조)** : 나무로 만든 물건
• **建物(건물)**
• **角木(각목)** : 모서리를 모가 나게 깎은 나무

[재수록]

• 『十二音階』, (三愛社, 1969.), 「몇 해 전에」
• 『평화롭게』, (高麗苑, 1984.), 「몇 해 전에」

近作詩篇
畵室 幻想

방가로 한 모퉁이에서 흘러 나오던 루드비히의
奏鳴曲
素描의 舖石길.

………

한가하였던 娼街의 한낮
옹기 장수가 불던
單調

(『文學春秋』, 1964. 12.)

• **近作(근작)** : 최근의 작품
• **詩篇(시편)** : 편 단위의 시
• **畵室(화실)**
• **幻想(환상)** : 현실적인 기초나 가능성이 없는 헛된 생각이나 공상
• **방가로** : 방갈로(bungalow). 1. 처마가 깊숙하고 정면에 베란다가 있는 작은 단층 주택 2. 산기슭이나 호숫가 같은 곳에 지어 여름철에 훈련용, 피서용으로 쓰는 산막(山幕), 별장 따위의 작은 집
• **루드비히** : 루트비히 판 베토벤(Ludwig van Beethoven, 1770~1827) 독일의 음악가. 하이든, 모차르트의 영향과 루돌프 대공(大公) 등의 도움으로 작곡가로서의 지위를 확립. 고전파 말기에 나와 낭만주의 음악의 선구가 됨. 작품에 아홉 개의 교향곡과 현악 사중주곡 〈라주모브스키〉, 피아노 소나타 〈열정(熱情)〉, 〈월광(月光)〉 따위가 있음
• **奏鳴曲(주명곡)** : 소나타. 16세기 중기 바로크 초기 이후에 발달한 악곡의 형식. 기악을 위한 독주곡 또는 실내악으로 순수 예술적 감상 내지는 오락을 목적으로 하 며, 비교적 대규모 구성인 몇 개의 악장으로 이루어짐
• **素描(소묘)** : 연필, 목탄, 철필 따위로 사물의 형태와 명암을 위주로 그림을 그림
• **舗石(포석)** : 길에 까는 돌. 도로를 포장할 때에 쓰임
• **娼街(창가)** : 사창가
• **單調(단조)** : 모노포니(monophony). 단음악(單音樂). 화성도 대위법도 없는 단선율의 음악 또는 그 양식. 가락이나 장단 따위가 변화 없이 단일한 곡조. 한 사람이 노래하거나 화음 없이 악기 연주자가 연주하는 곡조. 민요 등 전통노래에 많음(엮은이풀이)

[재수록]

• 『十二音階』(三愛社, 1969.), 「아뜨리에 幻想」
• 『詩人學校』(新現實社, 1977.), 「아뜨리에 幻想」

발자국

폐허가 된
노천 극장을 지나가노라면 어제처럼
獅子 한 마리가
따라 온다. 버릇처럼 비탈진 길을 올라 가 앉으려면
옆에 와 앉는다.
마주 보이는
언덕 위,
平均率의 나직한 音律이
새어 나오는
古城 하나이,
좀 있다가 일어서려면 그도 따라 일어선다.

오늘도 버릇 처럼 이 곳을 지나가노라면 어제처럼 獅子 한 마리가 따라 온다.

입에 넣은 손을 조용히 물고 있다. 그 동안 죽어서 만나지 못한 어렸던 동생 종수가 없다고.

(『文學春秋』, 1964. 12.)

• 獅子(사자)
• 平均率(평균율) : 옥타브를 등분하여, 그 단위를 음정 구성의 기초로 삼는 음률 체계. 주로 12평균율을 가리키는데, 단위의 하나를 반음, 2개를 온음으로 함. 건반 악기에서는 세계적으로 사용하고 있음. 바하의 평균율이 유명함
• 音律(음률) : 소리와 음악의 가락
• 古城(고성)

[재수록]

• 『詩文學』(1976. 4.), 「발자국」

文章 修業

헬리콥터가 떠어 간다.
철뚝 길이 펼치어져 연변으론
저녁 먹고 나와 있는 아이들이 서 있다.
누군가 담밸 태는 것 같다.
헬리콥터 여운이 떠엄하다.
김매던 사람들이 제 집으로 돌아간다.
고무신짝 끄는 소리가 난다.
디젤 기관차 기적이 서서히 꺼진다.

(『文學春秋』, 1964. 12.)

- **文章修業(문장수업)** : 문장을 익히는 수업
- **연변(沿邊)** : 국경, 강, 철도, 도로 따위를 끼고 따라가는 언저리 일대

[재수록]

- 『現代韓國文學全集 18·52人詩集』(新丘文化社, 1967.), 「文章修業」
- 『十二音階』(三愛社, 1969.), 「文章修業」
- 『詩人學校』(新現實社, 1977.), 「文章 修業」
- 『평화롭게』(高麗苑, 1984.), 「文章修業」

나의 本

나의 本은 선바위, 山의 얼굴이다.
그 사이
한 그루의 나무이다.
희미한 소릴 가끔 내었던
뻐국새다.
稀代의 거미줄이다.

해질 무렵 나타내이는 石家이다.

(『文學春秋』, 1964. 12.)

• **本(본)** : 본보기. 어떤 사실을 설명하거나 증명하기 위하여 내세워 보이는 대표적인 것
• **山(산)**
• **稀代(희대)** : 희세(稀世). 세상에 드묾
• **石家(석가)** : 돌집, 돌무덤. 돌로 이루어진 집

終着驛 아우슈뷔치

官廳 지붕엔 비둘기떼가 한창이다.
날아다니다간 앉곤 한다.
門이 열리어져 있는 教會堂의 形式은 푸른 뜰과 넓이를 가졌다.
整然한 舗道론 다정하게 생긴 늙은 우체부가 지나간다.
부드러운 낡은 벽들의 골목길에선 아이들이 고분고분하게 놀고 있고.
박해와 굴욕으로서 갇힌 이 무리들은 제네바로 간다 한다.
어린 것은 안겨져 가고 있었다.
먹을 거 한 조각 쥐어쥔채.

(『文學春秋』, 1964. 12.)

- **終着驛(종착역)** : 기차나 전차 따위가 마지막으로 도착하는 역
- **아우슈뷔치** : 아우슈비츠. 폴란드 남부, 크라쿠프(Kraków) 지방에 있는 화학 공업 도시. 제2차 세계 대전 때 나치스의 강제 수용소가 설치되어 400만 명 이상의 유대인 및 폴란드인이 학살된 곳
- **官廳(관청)** : 국가의 사무를 집행하는 국가 기관. 또는 그런 곳. 사무의 성격에 따라 행정 관청·사법 관청, 관할 구역에 따라 중앙 관청·지방 관청 따위로 나눔
- **教會堂(교회당)**
- **形式(형식)**
- **整然(정연)** : 가지런하고 질서가 있음
- **舗道(포도)** : 포장도로
- **제네바** : 스위스의 도시. 스위스는 제2차 세계대전 당시에 중립을 지켜낸 국가

[재수록]

- 『十二音階』(三愛社, 1969.), 「아우슈뷔츠 II」

音樂
—마라의 「죽은 아이를 追慕하는 노래」에 부쳐서

아비는 話術家가 아니었느니라.
가진 것 없이 무뚝뚝하였느니라.
그런대로 품팔이하여 살아 가느니라.
日月은 가느니라.
낮이면 大地에 피어나는 느린 구름 뭉게
가깝고도 머언
검푸른 산 줄기도 우리로다.
밤이면 大海를 가는 물 거품도 흘러 가는 化石도 우리로다.
불현듯 돌 쫒는 소리가 나느니라. 이맘때 아비의 귓전을 스치는
갇혀 있던 찬바람이 솟아 나느니라.
늬 棺 속에 넣었던 악기로다. 잔잔한 온 누리 늬 소리였느니라.
넣어 주었던 은방울이 달린 늬 피리로다. 늬 소릴 찾을라치면
검은 구름이 뇌성이 비 바람이 일었느니라.
아비가 가졌던 기인 칼로 하늘을 수 없이 쳐서 갈랐느니라.
그것들도 아비와 같이 기진하여 지느니라.
돌 쫒는 소리가 머언 데서 간혹 나느니라.
맑은 아침이로다.
맑은 하늘은 내려 앉고
늬 즐겨 노닐던 딸기밭 위에

꽃 잎사귀 위에
어린 草木들 사이에 놓여 神器와 같이 반짝이는
늬 피리 위에 나비가 나래를 폈느니라.
하늘에선 자라나 죄 짓는다고 자라나기 전에 데려간다 하느니라.
죄 많은 아비는 따 우에
남아야 하느니라.
방울 달린 은피리 둘을 만들었느니라.
하나는 늬 棺 속에
하나는 간직하였느니라.
아비가 살아가는 동안
만지작거리느니라.

註 마라--八六〇--九--, 猶太系 墺地利의 作曲家.

(『文學春秋』, 1964. 12.)

- 音樂(음악)
- 마라 : 구스타프 말러(Gustav Mahler, 1860~1911) 오스트리아의 작곡가, 지휘자. 오스트리아에서는 보헤미아인으로, 독일에서는 오스트리아인으로, 세계에서는 유태인으로 취급받는 삼중의 이방인이었음. 작품에 〈대지의 노래〉 〈죽은 아이를 위한 노래 Kindertotenlieder(1905)〉 따위가 있음(역은이풀이)
- 追慕(추모)
- 話術家(화술가) : 화술을 전문적으로 하는 사람
- 日月(일월) : 세월, 해와 달
- 大地(대지)
- 大海(대해) : 큰 바다
- 化石(화석)
- 棺(관)
- 草木(초목)
- 神器(신기) : 신령에게 제사 지낼 때 쓰는 그릇. 또는 신령스러운 도구
- 一八六0 - 一九一一(천팔백육십 - 천구백십일) : 말러의 생몰연대
- 猶太系(유태계) : 유태계 혈통
- 墺地利(오지리) : '오스트리아'의 음역어
- 作曲家(작곡가)

[재수록]

- 『本籍地』(成文閣, 1968.), 「音樂-마라의 「죽은 아이를 追慕하는 노래」에 부쳐서」
- 『十二音階』(三愛社, 1969.), 「音樂-마라의 「죽은 아이를 追慕하는 노래」에 부쳐서」
- 『新韓國文學全集 37 詩選集 3』(語文閣, 1974.), 「音樂」
- 『평화롭게』(高麗苑, 1984.), 「音樂-마라의 〈죽은 아이를 追慕하는 노래〉에 부쳐서」

오보의 야튼 音이

알프스 넘어 나라의 이름이
스웨덴이라던가 노르웨이라던가

그것은 다시 지금의 손이 되어
고운 花瓣을 떠받들것을 期約한다.
東洋의 美人 그 黃菊의 얼굴
아니면 이슬방울만한 金錢花 한포기라도
기어코 그 손은 이 地上위에 다시
떠받들것을 期約한다.

흙을 만지는 손
그 손은 언제나 그래서
이 地上에 永生할 것을 期約한다.

(『母音』, 1965. 2.)

- **오보** : 오보에(oboe). 목관 악기의 하나. 길이는 약 70cm로, 하단은 깔때기 모양이고 상단은 금속관 위에 두 개의 서가 있다. 높은음을 내며 부드럽고 슬픈 음조를 띤다. 실내·관현악 따위에 널리 쓰며, 음률이 안정되어 합주 때의 기준 음이 됨
- **야튼** : '얕은'을 소리 나는 대로 적음. '얕다(淺)', '낮은'으로 이해 됨(엮은이풀이)
- **音(음)**
- **스웨덴** : 제2차 세계대전 당시에 중립을 시킨 국가. 헝가리 유태인들을 탈출시킴(엮은이풀이)
- **노르웨이** : 제2차 세계대전 당시에 중립을 선언했지만 나치에 5년동안 점령당함(엮은이풀이)
- **花瓣(화판)** : 꽃잎
- **期約(기약)** : 때를 정하여 약속함. 또는 그런 약속
- **東洋(동양)**
- **美人(미인)**
- **黃菊(황국)** : 누런색의 국화
- **金盞花(금잔화)**
- **地上(지상)**
- **永生(영생)**

술래잡기 하던 애들

심청일 웃겨보자고 시작한 것이 술래잡기었다.
꿈속에서도 언제나 외로웠던 심청인
오랫만에 제 또래의 애들과 뜀박질을 하였다.

붙잡혔다.
술래가 되었다.

얼마후 심청은
눈 가리기 헌겁을 맨채
한 동안 서 있었다

술래잡기 하던 애들은
안됐다는듯 심청을 위로해 주고 있었다.

(『母音』, 1965. 6.)

• 발표 지면의 차례에서는 시의 제목을 「술래잡기 하던 애들」이 아니라 「生日」이라고 표기

[재수록]

- 『十二音階』(三愛社, 1969.), 「술래잡기」
- 『新韓國文學全集 37 詩選集 3』(語文閣, 1974.), 「술래잡기」
- 『詩人學校』(現實社, 1977.), 「술래잡기」
- 『평화롭게』(高麗苑, 1984.), 「술래잡기」

무슨 曜日일까

醫人이 없는 病院뜰이 넓다.
사람들의 영혼과같이 介在된 푸름이 한가하다.
비인 乳母車 한臺가 놓여졌다.
말을 잘 할줄 모르는 하느님의 것일까.
버리고 간 것일까.
어디메도 없는 戀人이 그립다.
窓門이 열리어진 파아란 커튼들이 바람 한점 없다.

오늘은 무슨 曜日일까.

(『現代文學』, 1965. 8.)

- 曜日(요일)
- 醫人(의인) : 의사
- 病院(병원)
- 介在(개재) : 어떤 것들 사이에 끼여 있음. '끼어 듦', '끼여 있음'
- 乳母車(유모차)
- 臺(대) : 물건을 떠받치거나 올려놓기 위한 받침이 되는 기구를 통틀어 이르는 말
- 戀人(연인)
- 窓門(창문)

[재수록]

- 『本籍地』(成文閣, 1968.), 「무슨 曜日일까」
- 『十二音階』(三愛社, 1969.), 「무슨 曜日일까」
- 『주머니 속의 詩』(悅話堂, 1977.), 「무슨 曜日일까」
- 『평화롭게』(高麗苑, 1984.), 「무슨 曜日일까」

평화

고아원 마당에서 풀을 뽑고 있었다
선교사가 심었던 수十년 되는 나무가 많았다

아직
허리는 쑤시지 않았다

잘 먹이지도 입히지도 못하지만
잠깨이는 아침마다 오늘 아침에도
어린것들은 행복한 얼굴을
지었다

(『女像』, 1965. 9.)

한 줄기 넝쿨의 기럭지랑

언제 생긴지는 모르는
앉은뱅이 집과
앉은뱅이 굴뚝과
앉은뱅이 돌울타리우에
한 줄기
넝쿨의 기럭지가 조금씩
자라 가고 있었다

사나운 소릴 내는 꿩이
몇 차례 집웅윌 지나 갔다.
사팔떠기 망아지가 서 있는것 같았고.

애기 꼽추가 가재를 잡아
하늘쪽으로 치키어 올린다.

(『女像』, 1965. 9.)

• **기럭지** : '길이'의 사투리

生日

꿈에서 본 몇 집밖에 안되는 화사한 小邑을 지나면서

아이들이 나무보다도 큰 독수리가 날아가는 것을 보면서

來日에 나를 만날 수 없는 未來를 갔다.

소리 없이 출렁이는 물결을 보면서 돌뿌리가 많은

廣野를 지나

(『文學春秋』, 1965. 11.)

- 生日(생일)
- 小邑(소읍): 주민과 산물이 적고 땅이 작은 고을
- 來日(내일)
- 未來(미래)
- 廣野(광야): 텅 비고 아득히 넓은 들

[재수록]

- 『本籍地』(成文閣, 1968.), 「生日」
- 『十二音階』(三愛社, 1969.), 「生日」
- 『주머니 속의 詩』(悅話堂, 1977.), 「生日」
- 『평화롭게』(高麗苑, 1984.), 「生日」

소리

산 마루에서 한참 내려다 보이는
초가집
몇채

하늘이 너무 멀다.

얕은 소릴 내이는
초가집
몇채
가는 연기들이

지난 일들은 삶을 치르노라고
죽고 사는 일들이
지금은 죽은 듯이
잊혀졌다는 듯이
얕은 소릴 내이는
초가집
몇채
가는 연기들이

(『朝鮮日報』, 1965. 12. 5.)

• 『東亞日報』(1982. 7. 24.)에 발표되고 『평화롭게』(高麗苑, 1984.), 『한국시인협회 연간사화집 밤의 숲에서 등불을 들고』(영학출판사, 1984.)에 수록된 시 「소리」와는 전혀 다른 작품임

[재수록]

• 『現代韓國文學全集 18·52人詩集』(新丘文化社, 1964.), 「소리」
• 『十二音階』(三愛社, 1969.), 「소리」
• 『평화롭게』(高麗苑, 1984.), 「소리」

샹뼁

술을 먹지 않았다.
가파른 산을 올라가고 있었다.
산과 하늘이 한바퀴 쉬입게 뒤집히었다.

다른 산등성이로 바뀌어졌다. 뒤집힌 산덩어린 구름을 뿜은채 하늘 중턱에 있었다.

뉴스인듯한 라디오가 들리다 말았다. 드물게 심어진 잡초가 깔리어진 보리밭은 사방으로 펼치어져 하늬 바람이 서서히 일었다. 한 사람이 앞장서 가고 있었다.
좀 가노라니까
낭떠러지기 쪽으로
큰 유리로 만든 자그만 스카이 라운지가 비탈지었다.
言語에 지장을 일으키는
난쟁이 畵家 로트렉끄氏가
화를 내고 있었다.

(『新東亞』, 1966. 1.)

- **샹뼁** : 프랑스의 수채화가·석판화가 장-자크 샹뼁(Jean-Jacques Champin, 1796~1860)을 가리키는 것으로 보임. 샹뺑은 주로 역사적 풍경화(historical landscape)와 캐리커처를 그리는 데 헌신
  1. 석판화에 주로 파리의 옛 모습들을 담았고 당대 여러 잡지에 삽화를 그리기도 했음. 김종삼의 일련의「샹펭」시에 공통적으로 툴루즈, 로트레크, 폴 세잔 등의 프랑스 화가들이 등장하는 것을 볼 때 샹뺑 또한 프랑스 화가일 개연성이 있음 2.「샹펭」시편의 공간 배경은 독자에게 파리의 옛 모습을 상상하도록 하여 실제 예술가의 삶을 드러냄. 이러한 시적 기법은 샹팽의 역사적 풍경화, 즉 풍경을 보여주면서 동시에 풍경 이면의 역사를 드러내는 미학과 맞닿아 있음 3.「샹펭」시편은 사람이나 사물의 특징을 과감하게 유머러스하게 부각시키는 캐리커처(caricature) 기법이 돋보임. 캐리커처는 잡지나 신문에 실리는 삽화의 주요한 기법 중 하나라는 점에서 샹뺑의 삽화와도 통함(1~3번 : 엮은이풀이)
- **言語(언어)**
- **畵家(화가)**
- **로트렉끄** : 앙리 드 툴루즈 로트레크(Henri de Toulouse-Lautrec). 프랑스 화가. 귀족집안에서 태어나 소년시절의 사고로 다리의 성장이 멈춤. 드가, 고흐 등과 교류하며 후기 인상주의의 영향을 받음. 물랑루즈의 석판화 포스터를 예술의 경지로 끌어올림. 무용수나 성판매 노동자 등 도시 하층계급 여성을 그리면서 신체적 장애로 소외받은 아픔을 달램. 귀족 사회의 허위를 미워함(엮은이풀이)
- **氏(씨)**

[재수록]

- 『現代韓國文學全集 18·52人詩集』(新丘文化社, 1967.),「샹뼁」
- 『十二音階』(三愛社, 1969.),「샹뼁」
- 『평화롭게』(高麗苑, 1984.),「샹펭」

앙포르멜

나의 無知는 어제속에 잠든 亡骸

쎄자아르 프랑크가 살던 寺院 주변에 머물었다.

나의 無知는 스떼판 말라르메가 살던

木家에 머물었다.

그가 태던 곰방대 훔쳐 내었다.

훔쳐낸 곰방대 물고서

나의 하잘것이 없는 無知는

방 고호가 다니던 가을의 近郊

길 바닥에 머물었다.

그의 발바닥만한 낙엽이 흩어졌다.

어느 곳은 쌓이었다.

나의 하잘것이 없는 無知는 장=뽈 싸르트르가

經營하는 煉炭工場의 職工이 되었다

罷免되었다.

(『現代詩學』, 1966. 2.)

- **앙포르멜(Informel)** : 제2차 세계대전 후 프랑스를 중심으로 일어난 새로운 회화운동. 제1차 세계대전 후 독일 표현주의나 다다이즘의 영향을 받아들여 기하학적 추상(차가운 추상)의 이지적인 측면에 대응하여 서정적 측면을 강조, 색채에 중점을 두고 보다 격정적이고 주관적인 호소력을 갖는 표현주의적 추상예술로 나타남. 1951년 프랑스의 평론가 M.타피에는 이러한 경향의 화가들의 그룹전을 기획하여 소책자『또다른 예술 : un art autre』(1952)을 발간, 이 운동의 새로운 방향을 제시하면서 그것을 앵포르멜(非定形)이라 함. 선묘(線描)의 오토메티즘, 산란한 기호, 그림물감을 뚝뚝 떨어뜨리거나 석회를 쳐바르는 기법 등을 구사, 구상 ·비구상을 초월하여 모든 정형을 부정하고 공간이나 마티에르에만 전념함으로써 또 다른 새로운 세계를 만들어내려는 것으로 그것은 기성의 미적 가치를 파괴하고 새로운 조형의 의미를 만들어내려 했으나, 무정형 ·무한정한 자유가 오히려 표현에서 멀어질 수 있는 위험성도 내포. 대표적인 화가로 포트리에, 뒤뷔페, M.마튜, G.마티외 등이 있으며, 국제적인 예술운동으로 전개(『두산백과』)
- **無知(무지)**
- **亡骸(망해)** : 유골
- **쎄자아르 프랑크** : 세자르 프랑크(Franck, César Auguste, 1822~1890). 벨기에 태생의 프랑스 작곡가 · 오르간 연주자. 치밀한 구성으로 뛰어난 작품을 많이 작곡하였으며 작품에 〈교향곡 라단조〉, 〈현악 사중주곡〉 외에 오르간곡 따위가 있음
- **寺院(사원)** :
- **스떼판 말라르메** : 말라르메(Mallarmé, Stéphane, 1842~1898). 프랑스의 시인. 그의 살롱인 화요회(火曜會)에서 지드, 클로델, 발레리 등 20세기 초의 대표적 문학가들이 태어났음. 작품에 〈목신(牧神)의 오후〉, 〈주사위 던지기〉 따위가 있음
- **곰방대** : 살담배를 피우는 데에 쓰는 짧은 담뱃대
- **木家(목가)** : '本家(본가)'의 오기인 듯
- **방 고호** : 빈센트 반 고흐 (Gogh, Vincent Willem, 1853~1890). 네덜란드의 화가. 인상파의 영향을 받아 강렬한 색채와 격정적인 필치로 독특한 화풍을 확립하여 20세기 야수파에 큰 영향을 주었음. 작품에 〈감자를 먹는 사람〉, 〈해바라기〉, 〈자화상〉 따위가 있음
- **近郊(근교)**
- **장=뽈 싸르트르** : 장 폴 사르트르(Sartre, Jean Paul, 1905~1980). 프랑스의 소설가 · 철학자. 잡지『현대』를 주재하면서 문단과 논단에서 활약하였으며, 무신론적 실존주의를 제창. 문학자의 사회 참여를 주장하고, 공산주의에 접근. 작품에 소설「구토(嘔吐)」, 「자유에의 길」, 철학서『존재와 무』따위가 있음
- **經營(경영)**
- **煉炭工場(연탄공장)**
- **職工(직공)** : 공장에서 일하는 사람
- **罷免(파면)** : 잘못을 저지른 사람에게 직무나 직업을 그만두게 함

[재수록]

- 『現代韓國文學全集 18·52人詩集』(新丘文化社, 1967.), 「앙포르멜」
- 『十二音階』(三愛社, 1969.), 「앙포르멜」
- 『詩人學校』(新現實社, 1977.), 「앙포르멜」
- 『평화롭게』(高麗苑, 1984.), 「앙포르멜」

背音

몇그루의 소나무가
얕이한 언덕엔
배가 다니지 않는 바다,
구름바다가 언제나 내다보이었다.

나비가 걸어오고 있었다.

줄여야만 하는 생각들이 다가오는 대낮이 계속되었다.
어제의 나를 만나지 않는 날이 계속되었다.

골짜구니 大學建物은
귀가 먼 늙은 石殿은
언제 보아도 말이 없었다.

어느 位置에는
누가 그린지 모를
風景의 背音이 있으므로, 나는 세상엔 나오지 않은
樂器를 가진 아이와
손쥐고 가고 있었다.

(『現代文學』, 1966. 2.)

- 背音(배음) : 연극에서, 대사나 해설을 할 때 그 효과를 높이기 위하여 뒤쪽에서 들려주는 음악이나 음향
- 大學建物(대학건물)
- 石殿(석전) : 돌로 만든 전당
- 位置(위치)
- 風景(풍경)
- 樂器(악기)

[재수록]

- 『本籍地』(成文閣, 1968.), 「背音」
- 『十二音階』(三愛社, 1969.), 「背音」
- 『평화롭게』(高麗苑, 1984.), 「背音」

울타리

나는
〈미숀〉병원의 구름의 圓柱처럼 주님이 꽃피우시는 울타리……

지금 너희들의 가난하게 생긴 아기들의 많은 어머니에게 옛부터도 그랬거니와 柔弱하고 아름답기 그지없음은 짓밟히어 갔다고 하지만

오늘도 가엾은 赤十字의 아들 딸들에게 한없는 은총이 내리며는 서운하고 따사로운 사랑이 무엇인가를 미처 모른다고 하여 두잔다.

제 각기 色彩를 기다리는 새싹이트이는 봄이 오고
너희들의 부스럼도 아물게 되며는 나는〈미숀〉병원의 늙은 간호원이라고 하잔다.

(『東亞日報』, 1966. 3. 8.)

• 160쪽) 「마음의 울타리」(『韓國戰後問題詩集』, 新丘文化社, 1961.)의 시어 풀이 참조

[처음수록]

• 『韓國戰後問題詩集』(新丘文化社, 1961), 「마음의 울타리」

[재수록]

• 『十二音階』(三愛社, 1969.), 「마음의 울타리」

五학년 一반

五학년 一반입니다.

저는 교외에서 살고 있기 때문에 저이 학교도 교외에 있읍니다

오늘은 운동회가 열리는 날이므로 오랫만에 즐거운 날입니다.

북치는 날입니다.

우리학굔

높은 포플라 나무줄기로 반쯤 가리어져 있읍니다.

아까부터 남의 밭에서 품팔이하는 제 어머니가 가믈가믈하게 바라다 보입니다.

운동경기가 한창입니다.

구경온 제또래의 장님이 하늘을 향해 웃음지었읍니다.

점심때가 되었읍니다.

어머니가 가져 온 보재기속엔 신문지에 싼 도시락과

삶은 고구마 몇개와 사과 몇개가 들어 있었읍니다.

먹을 것을 옮겨 놓는 어머니의 손은 남들과 같이 즐거워 약간 떨리고 있읍니다.

어머니가 품팔이 하던

밭이랑을 지나가고 있었읍니다. 고구마 이삭몇개를

줏어 들었읍니다.

어머니의 모습은 잠시나마 하느님보다도 숭고하게

이 땅우에 떠 오르고 있었읍니다.
이제 구경 왔던 제또래의 장님은 따뜻한 이웃처럼
여겨졌습니다.

(『現代詩學』, 1966. 7.)

- **저이** : 재수록 작품에는 '저의'로 표기. '저희'의 잘못
- **五(오)**
- **一(일)**
- **발이랑** : 재수록 작품에는 '밭이랑'으로 표기

[재수록]

- 『現代韓國文學全集 18·52人詩集』(新丘文化社, 1967.), 「五학년 一반」
- 『평화롭게』(高麗苑, 1984.), 「5학년 1반」

地帶

미풍이 일고 있었다
떨그덕 거리며 선회하고 있었다
噴水의 石材둘레를 間隔들의 두발 묶긴 검은 標本들이

옷을 벗은 여자들이 벤취에 앉아 있었다
한 여자의 눈은 擴大되어 가고 있었다

입과 팔이 없는 검은 標本들이 기인 둘레를 떨그덕 거리며 선회하고 있었다
半世紀가 지난 아우슈뷔치 收容所의 한 部分을 차지한

(『現代詩學』, 1966. 7.)

- **地帶(지대)** : 자연적, 또는 인위적으로 한정된 일정 구역
- **미풍(微風)** : 약하게 부는 바람
- **噴水(분수)**
- **石材(석재)**
- **間隔(간격)** : 시공간적으로 벌어진 사이
- **標本(표본)** : 생물의 몸 전체나 그 일부에 적당한 처리를 가하여 보존할 수 있게 한 것
- **擴大(확대)**
- **半世紀(반세기)**
- **아우슈뷔치** : 아우슈비츠. 폴란드 남부, 크라쿠프(Kraków) 지방에 있는 화학 공업 도시. 제2차 세계 대전 때 나치스의 강제 수용소가 설치되어 400만 명 이상의 유대인 및 폴란드인이 학살된 곳
- **收容所(수용소)**
- **部分(부분)**

[재수록]

- 『現代韓國文學全集 18·52人詩集』(新丘文化社, 1967.), 「地帶」

나

나의 理想은 어느 寒村 驛같다.
간혹 크고 작은
길 나무의 굳어진 기인 눈길 같다.
가보진 못했던 다 파한 어느 시골 장거리의
저녁녘 같다.
나의 戀人은 다 파한 시골
장거리의 골목 안 한 귀퉁이 같다.

(『自由公論』, 1966. 7.)

- 理想(이상)
- 寒村(한촌) : 가난하고 쓸쓸한 마을
- 驛(역)
- 戀人(연인)

배

人家들을 끼고 흐르지 않는
오밤중의 개울은
淀泊中인
납작한
배

(『自由公論』, 1966. 7.)

• 人家(인가) : 사람이 사는 집
• 오밤중(午밤中) : 한밤중
• 淀泊中(정박중) : 배가 닻을 내리고 머무르고 있는 중

어느 고아의 수기

무덤이 있다고한다
엄마 아빠도 있다한다
헤어져선 안된다 한다

언니가 있었다고 한다
어디메 있다한다
헤어져선 안된다 한다
언니 아빠 엄마
헤어져선 안된다 한다

나 자라던 뜰안이 있었다한다
강아지가 있었다 한다
정든 이웃이 있었다 한다
헤어져선 안된다고 한다

(『京鄕新聞』, 1966. 7. 18.)

『현대한국문학전집 18·52인시집』 시

앙포르멜

나의 無知는 어제 속에 잠든 亡骸
쎄자아르 프랑크가 살던 寺院 주변에 머물렀다.

나의 無知는 스떼판 말라르메가 살던
木家에 머물렀다.

그가 태던 곰방대 훔쳐 내었다.
훔쳐낸 곰방대 물고서
나의 하잘것이 없는 無知는
방 고호가 다니던 가을의 近郊
길바닥에 머물렀다.
그의 발바닥만한 낙엽이 흩어졌다.
어느 곳은 쌓이었다.

나의 하잘것이 없는 無知는 장뽈 싸르트르가
經營하는 煉炭工場의 職工이 되었다
罷免되었다.

(『現代韓國文學全集 18·52人詩集』, 新丘文化社, 1967.)

• 226쪽) 「앙포르멜」(『現代詩學』, 1966. 2.)의 시어 풀이 참조

[발표]

• 『現代詩學』(1966. 2.), 「앙포르멜」

[재수록]

• 『十二音階』(三愛社, 1969.), 「앙포르멜」
• 『詩人學校』(新現實社, 1977.), 「앙포르멜」
• 『평화롭게』(高麗苑, 1984.), 「앙포르멜」

개똥이
—일곱 살 되던 해의 개똥이의 이름

뜸북이가
뜸북이던

동뚝

길
나무들은
먼 사이를 두고
이어 갑니다

하나
있는 곳과
연달아 있고

높은 가지들 사이에
물방울을 떨어뜨립니다

병막에 가 있던
개똥이는 머리 위에

불개미알만 싣고 어지럽다고
갔읍니다

소매가 짧았읍니다

산당 꼭대기
해가 구물구물하다 보며는

웃도리가 가지런한
소나무 하나가
깡충합니다

꿩 한 마리가
까닥 합니다

(『現代韓國文學全集 18·52人詩集』, 新丘文化社, 1967.)

•27쪽) 「개똥이」(『戰時 韓國文學選 詩篇』, 國防部政訓局, 1955.)의 시어 풀이 참조

[처음수록]

•『戰時 韓國文學選 詩篇』(國防部政訓局, 1955.), 「개똥이」

[재수록]

•『連帶詩集·戰爭과音樂과希望과』, 自由世界社, 1957.), 「개똥이-일곱살 되던 해의 개똥이의 이름」
•『평화롭게』, (高麗苑, 1984.), 「개똥이-일곱 살 때의 개똥이」

五학년 一반

五학년 一반입니다.

저는 교외에서 살고 있기 때문에 저의 학교도 교외에 있습니다.

오늘은 운동회가 열리는 날이므로 오랜만에 즐거운 날입니다.

북치는 날입니다.

우리 학굔

높은 포플라 나무줄기로 반쯤 가리어져 있습니다.

아까부터 남의 밭에서 품팔이하는 제 어머니가 가물가물하게 바라다보입니다.

운동 경기가 한창입니다.

구경온 제또래의 장님이 하늘을 향해 웃음지었습니다.

점심때가 되었습니다.

어머니가 가져온 보자기 속엔 신문지에 싼 도시락과 삶은 고구마 몇 개와 사과 몇 개가 들어 있었습니다.

먹을 것을 옮겨 놓는 어머니의 손은 남들과 같이 즐거워 약간 떨리고 있습니다.

어머니가 품팔이하던

밭 이랑을 지나가고 있었습니다. 고구마 이삭 몇 개를 주워 들었습니다.

어머니의 모습은 잠시나마 하나님보다도 숭고하게 이 땅 위에 떠오르고 있었읍니다.

이제 구경왔던 제또래의 장님은 따뜻한 이웃처럼 여겨졌습니다.

(『現代韓國文學全集 18·52人詩集』, 新丘文化社, 1967.)

[발표]

•『現代詩學』(1966. 7.), 「五학년 一반」

[재수록]

•『평화롭게』(高麗苑, 1984.), 「5학년 1반」

스와니江이랑 요단江이랑

그해엔 눈이 많이 나리었다. 나이 어린 소년은 초가집에서 살고 있었다.

스와니江이랑 요단江이랑 어디메 있다는 이야길 들은 적이 있었다

눈이 많이 나려 쌓이었다.

바람이 일면 심심하여지면 먼 고장만을 생각하게 되었던 눈더미 눈더미 앞으로 한 사람이 그림처럼 앞질러갔다.

(『現代韓國文學全集 18·52人詩集』, 新丘文化社, 1967.)

• 스와니江(Swanee River) : 미국의 조지아주와 플로리다주를 거쳐 멕시코만으로 흘러 들어가는 강. 흑인들의 향수를 담은 스티븐 포스터의 가곡 〈스와니강〉과 관련

• 江(강)

• 요단江(Jordan江) : '요르단강'을 성경에서 부르는 이름

[재수록]

• 『十二音階』(三愛社, 1969.), 「스와니江이랑 요단江이랑」

• 『주머니 속의 詩』(悅話堂, 1977.), 「스와니江이랑 요단江이랑」

• 『평화롭게』(高麗苑, 1984.), 「스와니江이랑 요단江이랑」

그리운 안니 · 로 · 리

나는 그동안 배꼽에
솔방울도 돋아
보았고

머리 위로는 몹쓸 버섯도 돋아
보았읍니다 그러다가는
「맥웰」이라는
老醫의 음성이

자꾸만
넓은 푸름을 지나
머언 언덕가에 떠오르곤 하였읍니다

오늘은
이만치하면 좋으리만치
리봉을 단 아이들이 놀고 있음을 봅니다

그리고는
얕은
파아란

페인트 울타리가 보입니다

그런데
한 아이는
처마밑에서 한 걸음도
나오지 않고
리봉이 너무 기다랗다고
짜증을 내고 있는데

그 아이는
얼마 못 가서 죽을 아이라고
푸름을 지나 언덕가에
떠오르던
음성이 조금 전에 이야길 하였읍니다

그리운
안니 · 로 · 리라고 이야길
하였습니다.

(『現代韓國文學全集 18·52人詩集』, 新丘文化社, 1967.)

• 50쪽) 「그리운 안니·로·리」(『連帶詩集·戰爭과音樂과希望과』, 自由世界社, 1957.)의 시어 풀이 참조

[처음수록]

• 『連帶詩集·戰爭과音樂과希望과』(自由世界社, 1957. 5.), 「그리운 안니·로·리」

[재수록]

• 『韓國文學全集 35 詩集 (下)』(民衆書館, 1959.), 「그리운 안니·로·리」
• 『十二音階』(三愛社, 1969.), 「그리운 안니·로·리」

소리

산마루에서 한참 내려다보이는
초가집
몇 채

하늘이 너무 멀다.

얕은 소릴 내이는
초가집
몇 채
가는 연기들이

지난 일들은 삶을 치르노라고
죽고 사는 일들이
지금은 죽은 듯이
잊혀졌다는 듯이
얕은 소릴 내이는
초가집
몇 채
가는 연기들이

(『現代韓國文學全集 18·52人詩集』, 新丘文化社, 1967.)

[발표]

- 『朝鮮日報』(1965. 12. 5.), 「소리」

[재수록]

- 『十二音階』(三愛社, 1969.), 「소리」
- 『평화롭게』(高麗苑, 1984.), 「소리」

文章修業

헬리콥터가 떠어간다
철뚝길이 펼치어진 연변으론
저녁 먹고 나와 있는 아이들이 서 있다.
누군가 담밸 태는 것 같다
헬리콥터 여운이 띄엄하다
김매던 사람들이 제집으로 돌아간다
고무신짝 끄는 소리가 난다
디젤 기관차 기적이 서서히 꺼진다.

(『現代韓國文學全集 18·52人詩集』, 新丘文化社, 1967.)

- 文章修業(문장수업) : 문장을 익히는 수업
- 연변(沿邊) : 국경, 강, 철도, 도로 따위를 끼고 따라가는 언저리 일대

[발표]

- 『文學春秋』(1964. 12.), 「近作詩篇 文章 修業」

[재수록]

- 『十二音階』(三愛社, 1969.), 「文章修業」
- 『詩人學校』(新現實社, 1977.), 「文章 修業」
- 『평화롭게』(高麗苑, 1984.), 「文章修業」

해가 머물러 있다

뜨락과 苔瓦마루에 긴 풀이 자랐다.
한 모퉁이에 작은 발자욱이 나 있었다.

풀밭이 내다보였다. 풀밭이 가끔 눕히어지는 쪽이 많았다.
옮아간다는 눈치였다.
아직
해가 머물러 있다.

(『現代韓國文學全集 18·52人詩集』, 新丘文化社, 1967.)

• 45쪽) 「해가 머물러 있다」(『文學藝術』, 1956. 11.)의 시어 풀이 참조

[발표]

• 『文學藝術』(1956. 11.), 「해가 머물러 있다」

[재수록]

• 『連帶詩集·戰爭과音樂과希望과』(自由世界社, 1957.), 「해가 머물러 있다」

뾰죽집이 바라보이는

뾰죽집이 바라보이는 언덕에
아롱진 구름장들이 뜨짓하게 대인다

嬰兒는 나팔 부는 시늉을 했다

장난감 같은
뾰죽집 언덕에
자주빛 그늘이
와 앉았다.

(『現代韓國文學全集 18·52人詩集』, 新丘文化社, 1967.)

• 22쪽) 「뾰죽집이 바라보이는」(『新映画』, 1954. 11.)의 시어 풀이 참조

[발표]

• 『新映画』(1954. 11.), 「뾰죽집이 바라보이는」

[재수록]

• 『十二音階』(三愛社, 1969.), 「뾰죽집」
• 『평화롭게』(高麗苑, 1984.), 「뾰죽집」

園丁

苹果 나무에 소독이 있어
모기 새끼가 드물다는 몇 날 후인
어느 날이 되었다

며칠만에 한번만이라도 어진
말솜씨였던 그인데
오늘은 몇 번째나 나에게 없어서는 안된다는 마련돼 있다는
길을 기어이 가리켜 주고야 마는 것이다
아직 이쪽에는 열리지 않은 果樹밭 사이인
수무나무 가시 울타리
길 줄기를 벗어나
그이가 말한 대로 얼만가를 더 갔다

구름 덩어리 얕은 언저리
植物이 풍기어 오는
유리 溫室이 있는
언덕 쪽을 향하여 갔다

안쪽과 周圍라면 아무런 기척이 없고 無邊하였다. 안쪽 흙바닥
에는

떡갈나무 잎사귀들의 언저리와
뿌롱드 빛깔의 果實들이 평탄하게
가득차 있었다
몇 개째를 집어 보아도 놓였던 자리가 썩어 있지 않으면 벌레가 먹고 있었다.
그렇지 않은 것도 집기만 하면 썩어갔다.

그곳을 지킨다는 사람이 들어와
내가 하려던 말을 빼앗듯이 말했다

당신 아닌 사람이 집으면 그럴 리가 없다고—.

(『現代韓國文學全集 18·52人詩集』, 新丘文化社, 1967.)

•34쪽) 「園丁」(『新世界』(1956. 3.)의 시어 풀이 참조

[발표]

•『新世界』(1956. 3.),「園丁」

[재수록]

•『連帶詩集·戰爭과音樂과希望과』(自由世界社, 1957.), 「園丁」
•『韓國文學全集 35 詩集 (下)』(民衆書館, 1959.), 「園丁」
•『十二音階』(三愛社, 1969.), 「園丁」
•『평화롭게』(高麗苑, 1984.), 「園丁」

드빗시 산장 부근

결정짓기 어려웠던 구멍가게 하나를 내어 놓았다

〈한푼어치도 팔리지 않았음은 물론이고〉

오늘도 지나간 것은 분명 차 한 대밖에
키 작고 현격한 간격의 바위들과 도토리나무들이
어두움을 타들어 앉고
꺼짓한 시공뿐.

선회되었던 차례의 아침이 설레이다

—드빗시 산장 부근

(『現代韓國文學全集 18·52人詩集』, 新丘文化社, 1967.)

•95쪽) 「드빗시 산장 부근」(『思想界』, 1959. 2.)의 시어 풀이 참조

[발표]

•『思想界』(1959. 2.), 「드빗시 산장 부근」

[재수록]

•『韓國文學全集 35 詩集 (下)』(民衆書舘, 1959.), 「드빗시 산장 부근」
•『十二音階』(三愛社, 1969.), 「드빗시 山莊」
•『詩人學校』(新現實社, 1977.), 「드빗시 山莊」
•『평화롭게』(高麗苑, 1984.), 「드뷔시 山莊」

샹뼁

술을 먹지 않았다.
가파른 산을 올라가고 있었다.
산과 하늘이 한 바퀴 쉬입게 뒤집히었다.

다른 산등성이로 바뀌어졌다. 뒤집힌 산덩어린 구름을 뿜은 채 하늘 중턱에 있었다.

뉴스인 듯한 라디오가 들리다 말았다. 드물게 심어진 잡초가 깔리어진 보리밭은 사방으로 펼치어져 하늬 바람이 서서히 일었다. 한 사람이 앞장서 가고 있었다.
좀 가노라니까
낭떠러지기 쪽으로
큰 유리로 만든 자그만 스카이 라운지가 비탈지었다.
言語에 지장을 일으키는
난쟁이 畵家 로트렉끄氏가
화를 내고 있었다

(『現代韓國文學全集 18·52人詩集』, 新丘文化社, 1967.)

• 224쪽) 「샹뼁」(『新東亞』, 1966. 1.)의 시어 풀이 참조

[발표]

• 『新東亞』, (1966. 1.), 「샹뼁」

[재수록]

• 『十二音階』(三愛社, 1969.), 「샹뼁」
• 『평화롭게』(高麗苑, 1984.), 「샹펭」

地帶

미풍이 일고 있었다
덜커덕거리며 선회하고 있었다
噴水의 石材 둘레를 間隔들의 두 발 묶인 검은 標本들이

옷을 벗은 여자들이 벤치에 앉아 있었다
한 여자의 눈은 擴大되어 가고 있었다

입과 팔이 없는 검은 標本들이 기인 둘레를 덜커덕거리며 선회하고 있었다
半世紀가 지난 아우슈뷔치 收容所의 한 部分을 차지한

(『韓國文學全集 18·52人詩集』, 新丘文化社, 1967.)

• 234쪽) 「地帶」(『現代詩學』, 1966. 7.)의 시어 풀이 참조

[발표]

• 『現代詩學』(1966. 7.), 「地帶」

북치는 소년

내용 없는 아름다움처럼

가난한 아희에게 온
서양 나라에서 온
아름다운 크리스마스 카드처럼

어린 羊들의 등성이에 반짝이는 진눈깨비처럼.

(『現代韓國文學全集 18·52人詩集』, 新丘文化社, 1967.)

• 羊(양)
• **진눈깨비** : 비가 섞여 내리는 눈

[재수록]

• 『十二音階』(三愛社, 1969.), 「북치는 소년」
• 『詩人學校』(新現實社, 1977.), 「북치는 소년」
• 『평화롭게』(高麗苑, 1984.), 「북치는 소년」

지면발표(1967. 10. 1. ~ 1968. 9. 5.) 시

달구지 길

몇 나절이나 달구지 길이 덜커덕 거렸다. 더위를 먹지않고 지났다.

北으로 서너마일 그런 표딱지와 같이 사람들은 길 가운데 그리스도像을 세웠다.

달구지길은 休戰線以北에서 죽었거나 시베리아 方面 다른 方面으로 유배当해 重勞動에서 埋沒된 벗들의 소리다.

귓전을 울리는 무겁고 육중해가는 목숨의 소리들이다.

북으로 서너마일은 움직이고 있었다.

벌거숭이 흙더미로 변질되어가고 있었다.

지금도 흔들리는 달구지길.

(『朝鮮日報』, 1967. 10. 1.)

- **달구지** : 소나 말이 끄는 짐수레
- **北(북)**
- **像(상)** : 조각이나 그림을 나타내는 말
- **休戰線以北(휴전선이북)**
- **方面(방면)**
- **当(당)** : '피동'의 뜻을 더하고 동사를 만드는 접미사
- **重勞動(중노동)**
- **埋沒(매몰)** : 보이지 아니하게 파묻히거나 파묻음

라산스카

녹이 슬었던
두꺼운 鐵門 안에서

높은 石山에서 퍼 부어져 내렸던
올갠 속에서

거기서 준
신발을 얻어 끌고서

라산스카
늦가을이면 광채 속에
기어가는 벌레를 보다가

라산스카
오래 되어서 쓰러져가지만
세모진 벽돌집 뜰이 되어서

(『新東亞』, 1967. 10.)

- **라산스카** : 152쪽) 「라산스카」(『現代文學』, 1961. 7.)의 시어 풀이 참조
- **鐵門(철문)**
- **石山(석산)**
- **2연 1행** : '퍼'와 '부어져'의 사이는 일반적인 띄어쓰기보다 훨씬 넓은 간격으로 떨어짐
- **올갠** : 오르간

[재수록]

- 『新韓國文學全集 37 詩選集 3』(語文閣, 1974.), 「라산스카」

屍體室

四八세 男 交通事故

　　연고자 있음.

　　三日째 安置되어있음. 車主側과 妥協이 되어

　　있지 않음.

三一세 女 飮毒

　　연고자 없음.

　　이틀 전에 한 사람이 다녀갔다 함.

八세 病死

　　今日 入室되었다 함.

　　入棺된 順別임.

굵은 빗줄기의 室屋, 무더위—

바깥은 시앙鐵의 構造,

드럼통을 뚜드리는 소리는 연거푸 그치지 않았다. 他界에서의 屍體檢査를 進行하는 느낌.

四八세의 男子는 친구로서 以北出身의 基督人이다 十字架를 목에 건 機關銃 射手였다. 十九年前 士兵으로 除隊 最近에 結婚하였

다 싱겁게 죽어갔다.

이름은 羅淳弼.

市立 無料病室엔 盲人이 된 四○세의 여동생이 十餘年間 寄居하고 있다 단 하나뿐인 血統으로서 週末마다 만났다 우리들은 當分間 알리지 않기로 合意되었다.

病室 머리맡엔 父親의 遺産인 聖經 한 卷이 備置되어있다
오빠가 갔을 때마다 몇句節씩 읽어주었다,
그녀에겐 그것만이 慰勞가 되었다
그녀는 하느님의 맨발이었다

우리들은 달리는 列車속에 앉아있었다. 할말이 남아있지 않았다 터널 속을 지나고 있었다

(『現代文學』, 1967. 11.)

- **시체실(屍體室)** : 병원에서 시체를 넣어두는 곳
- **四八(사팔)** : 사십팔
- **男 (남)**
- **交通事故(교통사고)**
- **연고자(緣故者)** : 혈통, 정분, 법률 따위로 맺어진 관계나 인연이 있는 사람
- **三一(삼일)**
- **安置(안치)** : 위패, 시신 따위를 잘 모셔둠
- **차주측(車主側)** : 자동차의 주인 쪽
- **妥協(타협)**
- **三一(삼일)** : 삽십일
- **女(여)**
- **飮毒(음독)** : 독약을 먹음
- **八(팔)**
- **病死(병사)**
- **今日(금일)**
- **入室(입실)** : 건물 안의 방이나 교실, 병실 따위에 들어감
- **入棺(입관)** : 시신을 관 속에 넣음
- **順別(순별)** : 순서별(順序別). 무슨 일을 행하거나 무슨 일이 이루어지는 차례(『네이버 일본어 사전』)
- **室屋(실옥)** : むろや. 옛날에 집안 깊숙한 곳에 마련했던, 벽을 흙으로 두껍게 발라 광처럼 만든 방. 침실 등으로 썼음(『네이버 일본어 사전』)
- **시앙鐵(cyan철)** : 시안화물(cyanide物, 청산가리)로 도금한 철(엮은이풀이)
- **構造(구조)**
- **他界(타계)** : 다른 세계
- **屍體檢査(시체검사)**
- **進行(진행)**
- **以北出身(이북출신)**
- **基督人(기독인)**
- **十字架(십자가)**
- **機關銃(기관총)** : 탄알이 자동적으로 재어져서 연속적으로 쏠 수 있게 만든 총
- **射手(사수)** : 대포나 총, 활 따위를 쏘는 사람
- **十九年前(십구년전)**
- **士兵(사병)**
- **除隊(제대)** : 규정된 기한이 차거나 질병 또는 집안 사정으로 현역에서 해제하는 일
- **最近(최근)**
- **結婚(결혼)**
- **羅淳弼(나순필)**
- **市立(시립)**
- **無料病室(무료병실)**
- **盲人(맹인)**
- **四ㅇ(사십)**
- **十餘年間(십여년간)**

- **寄居(기거)** : 일정한 곳에서 먹고 자고 하는 따위의 일상적인 생활을 함. 또는 그 생활
- **血統(혈통)** : 핏줄
- **週末(주말)**
- **當分間(당분간)**
- **合意(합의)**
- **病室(병실)**
- **父親(부친)**
- **遺産(유산)**
- **聖經(성경)**
- **卷(권)**
- **備置(비치)** : 마련하여 갖추어 둠
- **句節(구절)**
- **慰勞(위로)**
- **列車(열차)**

[재수록]

- 『十二音階』(三愛社, 1969.), 「屍體室」

미사에 參席한 李仲燮氏

내가 많은 돈이 되어서
선량하고 가난한

사람들을 위해
맘놓고 살아갈 수 있는
터전을 마련해주리니

내가 처음 일으키는 微風이
되어서
내가 不滅의 평화가 되어서
내가 天使가 되어서 아름다운
音樂만을 싣고 가리니
내가 자비스런 神父가 되어서
그들을 한번씩 訪問하리니

(『現代文學』, 1968. 8.)

- 미사(missa) : 가톨릭에서 예수의 최후의 만찬을 기념하여 행하는 제사 의식. 가톨릭교회에서 가장 중심이 되는 의식으로, '말씀의 전례'와 '성찬의 전례' 두 부분으로 이루어짐
- 參席(참석)
- 李仲燮(이중섭) : 서양화가(1916~1956). 호는 대향(大鄕). 야수파의 영향을 받았으며 향토적이고 개성적인 그림을 남겼는데 우리나라에 서구 근대화의 화풍을 도입하는 데 공헌. 생활고로 그림 그릴 종이가 없어 담뱃갑 은종이에 많이그렸는데 예리한 송곳으로 그린 선화(線畫)는 표현의 영역을 넓혔다는 평가를 받음. 작품에 〈소〉, 〈흰소〉, 〈게〉 따위가 있음
- 微風(미풍) : 약하게 부는 바람
- 不滅(불멸)
- 天使(천사)
- 音樂(음악)
- 神父(신부)
- 訪問(방문)

[재수록]

- 『本籍地』(成文閣, 1968.), 「미사에 參席한 李仲燮氏」
- 『十二音階』(三愛社, 1969.) 「미사에 參席한 李仲燮氏」
- 『新韓國文學全集 37 詩選集 3』(語文閣, 1974.), 「미사에 參席한 李仲燮氏」
- 『평화롭게』(高麗苑, 1984.), 「미사에 參席한 李仲燮씨」

休暇

바닷가에서 낚시줄을 던지고 앉았다. 잘잡히지 않았다.

날개쭉지가 두껍고 윤기때문에 반짝이는 물새 두마리가
날아와 앉았다.
대기하고 있었다.
살금 살금 포복하였다

....
....

....
너의 앞날을 탓하면서
한잔 해야겠다.

겨냥하는동안 자식들은 앉았던 자릴 急速度로 여러번
뜨곤했다. 접근하느라고 시간이 많이흘렀다. 자식들도
평소의 나만큼 빠르고 바쁘다.
숨죽인 하늘이 동그랗다.
한놈은 뺑소니 치고
한놈은 여름속에 잡아먹히고 있었다. 사람의 손발과

갈이 모가지와 갈이 너펄거리는 나무가있는 바닷가에서

(『東亞日報』, 1968. 9. 5.)

- 休假(휴가)
- 포복(匍匐) : 배를 땅에 대고 김
- 急速度(급속도)

[재수록]

- 『十二音階』(三愛社, 1969.), 「休暇」
- 『평화롭게』(高麗苑, 1984.), 「休暇」

#『한국시선』 시

童詩

오빠 슈샤인

난 껌장수

난 방송국 어린이 시간에 나갑니다.

시간 맞추어 나갑니다.

꿰맨 옷도 자주 빨아 입고 나갑니다.

크리스마스

선물 주는 이가 없어도

서운해선 안 돼요.

언제나 안 돼요.

슬퍼해선 안 돼요.

모두 안 되는 것뿐입니다.

난 껌장수

오빠 슈샤인

(『韓國詩選』, 一潮閣, 1968.)

• 童詩(동시)
• 슈샤인(shoeshine) : 구두 닦이

[발표]

• 『現代詩』 第6輯(1964. 11.), 「童詩-오빠 슈샤인」

올페의 유니폼

天井에 붙어 있는
흰 헝겊이 한 꺼풀씩
내리는 無人境의 아침—
아스팔트의 넓이는, 山길이 뒷받침하는
湖水쪽 푸른 제비의 行動이었다.

人工의 靈魂 사이
길은 時速違反의 올페가 타고
빽소니치는 競技用 자전거의 사이였다.
休息은 無限한 푸름이었다.

(『韓國詩選』, 一潮閣, 1968.)

• 133쪽) 「올훼의 유니폼」(『새벽』, 1960. 4.)의 시어 풀이 참조

[발표]

• 『새벽』(1960. 4.), 「올훼의 유니폼」

[재수록]

• 『韓國戰後問題詩集』(新丘文化社, 1961.), 「올훼의 유니폼」
• 『十二音階』(三愛社, 1969.), 「올페의 유니폼」
• 『주머니 속의 詩』(悅話堂, 1977.), 「올페의 유니폼」

『본적지』 시

물桶

희미한
風琴 소리가
툭툭 끊어지고
있었다

그 동안 무엇을 하였느냐는
물음에 대해

다름아닌 人間을 찾아다니며
물 몇桶 길어다 준 일밖에 없다고

머나 먼 廣野의 한 복판
야튼
하늘 밑으로
영롱한 날빛으로
하여금 따우에선

(『本籍地』, 成文閣, 1968.)

• 180쪽) 「舊稿」(『現代詩』 第1輯, 1962. 6.)의 시어 풀이 참조

[발표]

• 『現代詩』 第1輯(1962. 6.), 「舊稿」

[재수록]

• 『十二音階』(三愛社, 1969.), 「물桶」
• 『新韓國文學全集 37 詩選集 3』(語文閣, 1974.), 「물桶」
• 『주머니 속의 詩』(悅話堂, 1977.), 「물桶」
• 『평화롭게』(高麗苑, 1984.), 「물桶」

라산스카

미구에 이른 아침
하늘을 파헤치는
스콥 소리

하늘 속
맑은
변두리
새 소리 하나
물방울 소리 하나

마음 한 줄기 비추이는
라산스카

(『本籍地』, 成文閣, 1968.)

•152쪽) 「라산스카」(『現代文學』, 1961. 7.)의 시어 풀이 참조

[발표]

•『現代文學』(1961. 7.), 「라산스카」

[재수록]

•『詩人學校』(新現實社, 1977.), 「라산스카」
•『평화롭게』(高麗苑, 1984.), 「라산스카」

나의 本籍

나의 本籍은 늦가을 햇볕 쪼이는 마른 잎이다.
밟으면 깨어지는 소리가 난다.
나의 本籍은 巨大한 溪谷이다.
나무 잎새다.
나의 本籍은 푸른 눈을 가진 한 여인의 영원히 맑은 거울이다.
나의 本籍은 次元을 넘어다니지 못하는 독수리다.
나의 本籍은
몇 사람 밖에 아니되는 고장
겨울이 온 教會堂 한 모퉁이다.
나의 本籍은 人類의 짚신이고 맨발이다.

(『本籍地』, 成文閣, 1968.)

• 199쪽) 「나의 本籍」(『現代文學』, 1964. 1.)의 시어 풀이 참조

[발표]

• 『現代文學』(1964. 1.), 「나의 本籍」

[재수록]

• 『十二音階』(三愛社, 1969.), 「나의 本籍」
• 『詩人學校』(新現實社, 1977.), 「나의 本籍」
• 『평화롭게』(高麗苑, 1984.), 「나의 本籍」

背音

몇그루의 소나무가
얕이한 언덕엔
배가 다니지 않는 바다,
구름 바다가 언제나 내다보이었다.

나비가 걸어오고 있었다.

줄여야만 하는 생각들이 다가오는 대낮이 계속되었다.

어제의 나를 만나지 않는 날이 계속되었다.

골짜구니 大學建物은
귀가 먼 늙은 石殿은
언제 보아도 말이 없었다.

어느 位置에는
누가 그린지 모를
風景의 背音이 있으므로, 나는 세상엔 나오지 않은
樂器를 가진 아이와
손쥐고 가고 있었다.

(『本籍地』, 成文閣, 1968.)

•228쪽) 「背音」(『現代文學』, 1966. 2.)의 시어 풀이 참조

[발표]

•『現代文學』(1966. 2.), 「背音」

[재수록]

•『十二音階』(三愛社, 1969.), 「背音」
•『평화롭게』(高麗苑, 1984.), 「背音」

주름간 大理石

—한 모퉁이는 달빛 드는 낡은 構造의 大理石. 그 마당(寺院) 한구석—

잎사귀가 한잎 두잎 내려 앉았다

(『本籍地』, 成文閣, 1968.)

• **大理石(대리석)** : 대리암, 석회암이 높은 온도와 센 압력을 받아 변질된 돌. 흔히 흰색을 띠나 검은색, 붉은색, 누런색 따위를 띠는 것도 있으며, 세공(細工)이 쉬워 장식용이나 건축, 조각 따위에 많이 쓰인다. 중국 윈난성(雲南省)의 다리(大理)에서 많이 나는 것에서 유래

• **構造(구조)**

• **寺院(사원)** : 종교의 교당을 통틀어 이르는 말

[발표]

• 『現代文學』(1960. 11.), 「주름간 大理石」

[재수록]

• 『韓國戰後問題詩集』(新丘文化社, 1961.), 「주름간 大理石」
• 『詩人學校』(新現實社, 1977.), 「주름간 大理石」
• 『평화롭게』(高麗苑, 1984.), 「주름 간 大理石」

무슨 曜日일까

醫人이 없는 病院 뜰이 넓다.
사람의 영혼과 같이 介在된 푸름이 한가하다.
비인 乳母車 한 臺가 놓여졌다.
말을 잘 할줄 모르는 하느님의 것일까.
버리고 간 것일까.
어디메도 없는 戀人이 그립다.
窓門이 열리어진 파아란 커튼들이 바람 한점 없다.
오늘은 무슨 曜日일까.

(『本籍地』, 成文閣, 1968.)

• 시집 '차례'에는 제목이 「무슨 曜日일가」로 표기되어 있지만 '본문'에는 「무슨 曜日일까」로 표기
• 218쪽) 「무슨 曜日일까」(『現代文學』, 1965. 8.)의 시어 풀이 참조

[발표]

• 『現代文學』(1965. 8.), 「무슨 曜日일까」

[재수록]

• 『十二音階』, (三愛社, 1969.), 「무슨 曜日일까」
• 『주머니 속의 詩』, (悅話堂, 1977.), 「무슨 曜日일까」
• 『평화롭게』, (高麗苑, 1984.), 「무슨 曜日일까」

아우슈뷔츠

어린 校門이 보이고 있었다.
한 기슭엔 雜草가,

죽음을 털고 일어나면
어린 校門이 가까웠다.
한 기슬엔
如前 雜草가, 아침 메뉴를 들고
校門에서 뛰어나온 學童이 學父兄을 반기는 그림처럼
복실 강아지가 그 뒤에서 조고맣게 쳐다 보고 있었다.

아우슈뷔츠 收容所 鐵條網 기슭엔 雜草가 무성해 가고 있었다.

(『本籍地』, 成文閣, 1968.)

•195쪽) 「아우슈뷔치」(『現代詩』 第5輯, 1963. 12.)의 시어 풀이 참조

[발표]

•『現代詩』 第5輯, (1963. 12.), 「아우슈뷔치」

[재수록]

•『十二音階』, (三愛社, 1969.), 「아우슈뷔츠 Ⅰ」
•『詩人學校』(新現實社, 1977.), 「아우슈뷔츠 Ⅱ」
•『평화롭게』(高麗苑, 1984.), 「아우슈뷔츠 Ⅱ」

미사에 參席한 李仲燮氏

내가 많은 돈이 되어서
선량하고 가난한
사람들을 위해
맘 놓고 살아갈 수 있는
터전을 마련해 주리니

내가 처음 일으키는 微風이 되어서
내가 不滅의 平和가 되어서
내가 天使가 되어서
아름다운 音樂만을 싣고 가리니
내가 자비스런 神父가 되어서
그들을 한번씩 訪問하리니

(『本籍地』, 成文閣, 1968.)

•272쪽)「미사에 參席한 李仲燮氏」(『現代文學』, 1968. 8.)의 시어 풀이 참조

[발표]

•『現代文學』(1968. 8.),「미사에 參席한 李仲燮氏」

[재수록]

•『十二音階』(三愛社, 1969.),「미사에 參席한 李仲燮氏」
•『新韓國文學全集 37 詩選集 3』(語文閣, 1974.),「미사에 參席한 李仲燮氏」
•『평화롭게』(高麗苑, 1984.),「미사에 參席한 李仲燮씨」

生日

꿈에서 본 몇 집 밖에 안되는
화사한 小邑을 지나면서

아름드리 나무보다도 큰 독수리가 날아가는 것을 보면서

來日에 나를 만날 수 없는 未來를 갔다.

소리 없이 출렁이는 물결을 보면서
돌뿌리가 많은 廣野를 지나

(『本籍地』, 成文閣, 1968.)

•221쪽) 「生日」(『文學春秋』, 1965. 11.)의 시어 풀이 참조

[발표]

•『文學春秋』(1965. 11.), 「生日」

[재수록]

•『十二音階』(三愛社, 1969.), 「生日」
•『주머니 속의 詩』(悅話堂, 1977.), 「生日」
•『평화롭게』(高麗苑, 1984.),「生日」

G마이나

물
닿은 곳

神羔의
구름 밑

그늘이 앉고

杳然한
옛
G 마이나

(『本籍地』, 成文閣, 1968.)

• 20쪽) 「全鳳來에게-G마이나」(『코메트』, 1954. 6.)의 시어 풀이 참조

[발표]

• 『코메트』(1954. 6.), 「全鳳來에게-G마이나」

[재수록]

• 『連帶詩集·戰爭과音樂과希望과』(自由世界社, 1957.), 「G·마이나」
• 『韓國文學全集 35 詩集 (下)』(民衆書館, 1959.), 「G·마이나」
• 『十二音階』(三愛社, 1969.), 「G·마이나-全鳳來兄에게」
• 『주머니 속의 詩』(悅話堂, 1977.), 「G 마이나-全鳳來兄에게」
• 『평화롭게』(高麗苑, 1984.), 「G. 마이나」

音樂
—마라의 「죽은 아이를 追慕하는 노래」에 부쳐서

日月은 가느니라
아비는 石工 노릇을 하느니라
낮이면 大地에 피어난 구름 뭉게도 우리로다

가깝고도 머언
검푸른 산 줄기도 사철도 우리로다
만물이 소생하는 철도 우리로다
이 하루를 보내는 아비의 술잔도
늬 엄마가 다루는 그릇 소리도 우리로다

밤이면 大海를 가는 물거품도 흘러가는 化石도 우리로다

이맘 때마다 불현듯 돌쫏는 소리가 나느니라
아비의 귓전을 스치는 찬 바람이 솟아나느니라
늬 棺속에 넣었던 악기로다
넣어 주었던 늬 피리로다
잔잔한 온 누리
늬 어린 모습이로다 애통하는 아비의 늬 신비로다 아비로다 늬 소릴 찾으려 하면 검은 구름이 뇌성이 비 바람이 일었느라 아비가 가졌던 기인 칼로 하늘을 수 없이 쳐서 갈랐느니라
그것들도 나중엔 기진해 지느니라
아비의 노망기가 가시어 지느니라

돌쫏는 소리가 간혹 나느니라

맑은 아침이로다

맑은 하늘은 내려 앉고
늬가 노닐던 뜰위에
어린 草木들 사이에
神器와 같이 반짝이는 늬 피리 위에
나비가 나래를 폈느니라
하늘 나라에선 자라나면
죄 짓는다고 자라나기 전에 데려 간다 하느니라
죄 많은 아비는 따우에 남아야 하느니라
방울 달린 은 피리 둘을 만들었느니라
정성드렸느니라
하나는 늬 棺속에
하나는
아비가 살아가는 동안 만지작거리느니라.

(『本籍地』, 成文閣, 1968.)

•212쪽) 「近作詩篇 音樂-마라의 「죽은 아이를 追慕하는 노래」에 부쳐서」(『文學春秋』, 1964. 12.)의 시어 풀이 참조

[발표]

•『文學春秋』(1964. 12.), 「近作詩篇 音樂-마라의 「죽은 아이를 追慕하는 노래」에 부쳐서」

[재수록]

•『十二音階』(三愛社, 1969.), 「音樂-마라의 「죽은 아이를 追慕하는 노래」에 부쳐서」
•『新韓國文學全集 37 詩選集 3』(語文閣, 1974.), 「音樂」
•『평화롭게』(高麗苑, 1984.), 「音樂-마라의 〈죽은 아이를 追慕하는 노래〉에 부쳐서」

지면발표(1969. 6. 1.) 시

墨畵

물먹는 소 목덜미에

할머니 손이 얹혀졌다.

이 하루도

함께 지났다고,

서로 발잔등이 부었다고,

서로 적막하다고,

(『月刊文學』, 1969. 6.)

• 墨畵(묵화) : 수묵화. 먹으로 짙고 옅음을 이용하여 그린 그림

[재수록]

• 『十二音階』(三愛社, 1969.), 「墨畵」
• 『新韓國文學全集 37 詩選集 3』(語文閣, 1974.), 「墨畵」
• 『詩人學校』(新現實社, 1977.), 「墨畵」
• 『三省版 韓國現代文學全集 38 詩選集 II』(三省出版社, 1978.), 「墨畵」
• 『평화롭게』(高麗苑, 1984.),「墨畵」

『십이음계』 시

平和

고아원 마당에서 풀을 뽑고 있었다.
선교사가 심었던 수十년 되는 나무가 많다.

아직
허리는 쑤시지 않았다

잘 먹이지도 입히지도 못하지만
잠깨는 아침마다 오늘 아침에도
어린 것들은 행복한 얼굴을 지었다.

(『十二音階』, 三愛社, 1969.)

• 平和(평화)
• 十(십)

[재수록]

• 『평화롭게』(高麗苑, 1984.), 「平和」

아뜨리에 幻想

아뜨리에서 흘러 나오던
루드비히의
奏鳴曲
素描의 寶石길

....

한가하였던 娼街의 한낮
옹기 장수가 불던
單調

(『十二音階』, 三愛社, 1969.)

• 206쪽) 「近作詩篇 畵室 幻想」(『文學春秋』, 1964. 12.)의 시어 풀이 참조

[발표]

• 『文學春秋』(1964. 12.), 「近作詩篇 畵室 幻想」

[재수록]

• 『詩人學校』, (新現實社, 1977.), 「아뜨리에 幻想」

屍體室

四八세 男 交通 事故
　연고자 있음.
　三日째 安置되어 있음. 車主側과
　妥協이 되어 있지 않음.

三一세 女 飮毒
　연고자 없음.
　이틀 전에 한 사람이 다녀갔다 함.

八세 病死
　今日 入室되었다 함.
　入棺된 順別임.

굵은 빗줄기의 室屋, 무더위-
바깥은 시앙鐵의 構造,
　드럼통을 두드리는 소리는 연거퍼
그치지 않았다.
他界에서의 屍體檢査를 進行하는 느낌.

　四八세의 男子는 친구로서

以北出身의 基督人이다 十字架를 목에
건 機關銃 射手였다. 十九年 前
士兵으로 入隊. 三年 前에 除隊. 最近에
結婚하였다. 싱겁게 죽어갔다.
　　이름은 羅淳弼.

市立 無料病室엔 盲人이 된 四○
세의 여동생이 十餘年 間 寄居하고
있다 단 하나뿐인 血統으로서 週末
마다 만났다 우리들은 當分間 알리지
않기로 合意하였다.

病室 머리맡엔 父親의 遺産인 聖經
한 卷이 備置되어 있다.
오빠가 갔을 때마다 몇 句節씩 읽어 주었다,
그녀에겐 그것 만이 慰勞가 되었다
그녀는 하느님의 딸이었다.

우리들은 달리는 列車 속에 앉아 있었다.
할 말이 남아 있지 않았다
터널 속을 지나고 있다.

(『十二音階』, 三愛社, 1969.)

•269쪽) 「屍體室」(『現代文學』, 1967. 11.)의 시어 풀이 참조

[발표]

• 『現代文學』(1967. 11.), 「屍體室」

墨畫

물먹는 소 목덜미에
할머니 손이 얹혀졌다.
이 하루도
함께 지났다고,
서로 발잔등이 부었다고,
서로 적막하다고,

(『十二音階』, 三愛社, 1969.)

• 墨畫(묵화) : 수묵화. 먹으로 짙고 엷음을 이용하여 그린 그림

[발표]

• 『月刊文學』(1969. 6.), 「墨畫」

[재수록]

• 『新韓國文學全集 37 詩選集 3』(語文閣, 1974.), 「墨畫」
• 『詩人學校』(新現實社, 1977.), 「墨畫」
• 『三省版 韓國現代文學全集 38 詩選集 II』(三省出版社, 1978.), 「墨畫」
• 『평화롭게』(高麗苑, 1984.), 「墨畫」

스와니江이랑 요단江이랑

그해엔 눈이 많이 나리었다. 나이 어린
소년은 초가집에서 살고 있었다.
스와니江이랑 요단江이랑 어디메 있다는
이야길 들은 적이 있었다.
눈이 많이 나려 쌓이었다.
바람이 일면 심심하여지면 먼 고장만을
생각하게 되었던 눈더미 눈더미 앞으로
한 사람이 그림처럼 앞질러 갔다.

(『十二音階』, 三愛社, 1969.)

•247쪽) 「스와니江이랑 요단江이랑」(『現代韓國文學全集 18·52人詩集』, 新丘文化社, 1967.)의 시어 풀이 참조

[처음수록]

•『現代韓國文學全集 18·52人詩集』(新丘文化社, 1967.), 「스와니江이랑 요단江이랑」

[재수록]

•『주머니 속의 詩』(悅話堂, 1977.), 「스와니江이랑 요단江이랑」
•『평화롭게』(高麗苑, 1984.), 「스와니江이랑 요단江이랑」

북치는 소년

내용 없는 아름다움처럼

가난한 아희에게 온
서양 나라에서 온
아름다운 크리스마스 카드처럼

어린 羊들의 등성이에 반짝이는
진눈깨비처럼

(『十二音階』, 三愛社, 1969.)

• 羊(양)
• **진눈깨비** : 비가 섞여 내리는 눈

[처음수록]

• 『現代韓國文學全集 18·52人詩集』(新丘文化社, 1967.), 「북치는 소년」

[재수록]

• 『詩人學校』(新現實社, 1977.), 「북치는 소년」
• 『평화롭게』(高麗苑, 1984.), 「북치는 소년」

往十里

새로 도배한
삼칸초옥 한칸 房에 묵고 있었다
時計가 없었다
人力거가 잘 다니지 않았다.

하루는
도드라진 電車길 옆으로 챠리 챠플린氏와
羅雲奎氏의 마라돈이 다가오고 있었다.
金素月氏도 나와서 求景하고 있었다.

며칠뒤
누가 찾아 왔다고 했다
나가본즉 앉은방이 좁은
굴뚝길 밖에 없었다.

(『十二音階』, 三愛社, 1969.)

- 往十里(왕십리) : 일제 강점기에 전차 노선(1914년)과 기동차 노선(1930년)이 부설됨. 경성에서 밀려난 하층민, 그리고 일제의 토지조사사업으로 몰락한 농촌 인구가 경성 인접 지역에 정착하면서 인구가 늘어남. 김소월은 1922년에 배재고등보통학교 4학년으로 편입학하여 1923년에 졸업할 때까지 서울에서 하숙. 이때 나도향(羅稻香, 1902~1926)과 어울림. 김소월의 시 「왕십리(往十里)」는 이때의 경성 체험과 관련이 깊을 수 있음(엮은이풀이)
- 칸 : (수량을 나타내는 말 뒤에 쓰여) 집의 칸살의 수효를 세는 단위
- 초옥(草屋) : 초가(草家)
- 房(방)
- 時計(시계)
- 人力(인력)거(車) : 사람이 끄는 바퀴가 두 개 달린 수레
- 電車(전차)
- 챠리 챠플린 : 채플린(Chaplin, Charles Spencer). 영국 태생의 미국 배우 · 감독(1889~1977). 독특한 분장과 인간에 대한 뛰어난 관찰력, 가난한 민중의 정의감과 비애감에 바탕을 둔 날카로운 사회 풍자로 명성을 얻음. 나치를 비판하는 영화 〈위대한 독재자〉를 제작. 메카시즘때문에 공산주의자로 지목되어 미국으로 돌아가지 못하고 스위스에 정착. 작품에 〈모던 타임스〉, 〈황금광 시대〉 따위가 있음
- 氏(씨)
- 羅雲奎(나운규) : 영화감독 · 배우(1902~1937). 호는 춘사(春史). 한국 영화의 선구자로 23세 때부터 영화계에서 활약하였으며, 작품에 〈금붕어〉, 〈아리랑〉, 〈벙어리 삼룡이〉 따위가 있음
- 金素月(김소월) : 시인(1902~1934). 본명은 정식(廷湜). 김억의 영향으로 문단에 등단하였고, 1922년에 『개벽』에 대표작 「진달래꽃」을 발표하였다. 민요적인 서정시를 썼으며 작품에 「산유화(山有花)」, 「접동새」따위가 있고 시집 『진달래꽃』, 『소월 시집』 따위가 있음
- 求景(구경)

[재수록]

- 『평화롭게』(高麗苑, 1984.), 「往十里」

잿더미가 있던 마을

그때는 형무소가 아니면
가막소로 불렸다.
十二月 二十五日 새벽이면
교인들의 새벽송 소리가
여기도 지나다녔다
그런 때면 나도 묻어다니길
좋아했다
가막소 정문 앞 기인
담장 앞을 지나야
학교에 갈 수 있었고,
집으로 돌아갈 수도 있었다
먹을거 파는 장수가 몇 군데 있었다
지나다니다 사먹길 좋아했다
자동차에 실려오는 죄수들을 보면서
군고구마를 사먹고 있었다

몇 해 후 고등보통학교에 들어가서
조금 철이 들었다
연인이 생겼으나 잘 만나주지
않았다.

계절마다 잿더미의 저녁녘은

더 쌓이지도 줄지도 않았다.

(『十二音階』, 三愛社, 1969.)

• 형무소(刑務所) : '교도소'의 전 용어

• 가막소 : '감옥(監獄)'의 방언

• 十二月 二十五日(십이월 이십오일)

• 고등보통학교(高等普通學校) : 일제 강점기에 보통학교를 졸업한 우리나라 학생을 대상으로 중등 교육을 실시하던 4~5년제의 학교. 1940년에 중학교로 이름을 고침

비옷을 빌어입고

온 終日 비는 내리고
가까이 사랑스러운 멜로디,
트럼펫이 울린다

二十八년전
善竹橋가 있는
비 내리던
開城,

호수돈 高女生에게
첫 사랑이 번지어졌을때
버림 받았을때

비옷을 빌어입고 다닐때
寄宿舍에 있을때

기와 담장 덜굴이 우거져
온 終日 비는 내리고
사랑스러운 멜로디 트럼펫이
울릴 때

(『十二音階』, 三愛社, 1969.)

- 終日(종일)
- 二十八(이십팔)
- 善竹橋(선죽교) : 경기도 개성에 있는 돌다리. 고려 말기의 충신 정몽주가 이방원이 보낸 조영규 등에게 철퇴를 맞고 죽은 곳으로 유명함
- 開城(개성) : 경기도 서북부에 있는 시. 남대문, 만월대, 선죽교, 숭양 서원 따위의 명승지가 있음
- 호수돈(여고) : 1899년 미국인 선교사 캐롤(Carroll)이 기독교 정신을 통한 근대 여성 교육을 목적으로 개성에 설립하여 1904년 개성여학당으로 정식 설립. 1908년 홀스턴연회의 재정적지원을 기념하여 홀스턴을 한자음으로 가차한 호수돈여학교(好壽敦女子高等學校)로 교명을 정함. 6.25전쟁 때 남하하여 대전에 기착 개교하였음(참고 : 『한국민족문화대백과』http://encykorea.aks.ac.kr/)
- 高女生(고녀생) : 일제 강점기에 고녀(高女, 고등여학교)에 다니는 학생을 이르던 말
- 寄宿舍(기숙사)

[재수록]

- 『新韓國文學全集 37 詩選集 3』(語文閣, 1974.), 「비옷을 빌어입고」

술래잡기

심청일 웃겨보자고 시작한 것이
술래잡기였다.
꿈 속에서도 언제나 외로웠던 심청인
오랫만에 제또래의 애들과
뜀박질을 하였다.

붙잡혔다
술래가 되었다.

얼마 후 심청은
눈 가리기 헝겊을 맨 채
한 동안 서 있었다.
술래잡기 하던 애들은 안됐다는듯
심청을 위로해 주고 있었다.

(『十二音階』, 三愛社, 1969.)

[발표]

•『母音』(1965. 6.), 「술래잡기 하던 애들」

[재수록]

•『新韓國文學全集 37 詩選集 3』(語文閣, 1974.), 「술래잡기」

•『詩人學校』(現實社, 1977.), 「술래잡기」

•『평화롭게』(高麗苑, 1984.), 「술래잡기」

園頭幕

비 바람이 훼청거린다
매우 거세이다.

간혹 보이던
논두락 매던 사람이 멀다.

산 마루에 우산
받고 지나가는 사람이
느리다.

무엇인지 모르게
평화를 가져다 준다.

머지않아 園頭幕이
비게 되었다.

(『十二音階』, 三愛社, 1969.)

- 園頭幕(원두막) : 오이, 참외, 수박, 호박 따위를 심은 밭을 지키기 위하여 밭머리에 지은막
- 논두락 : '논뜨럭'. '논두렁'의 방언. 물이 괴어 있도록 논의 가장자리를 흙으로 둘러막은 두둑

[처음수록]

- 『韓國戰後問題詩集』(新丘文化社, 1961.), 「園頭幕」

[재수록]

- 『주머니 속의 詩』(悅話堂, 1977.), 「園頭幕」
- 『평화롭게』(高麗苑, 1984.), 「園頭幕」

文章修業

헬리콥터가 떠 간다
철뚝길 연변으론
저녁 먹고 나와 있는 아이들이 서 있다
누군가 담배를 태는 것 같다
헬리콥터 여운이 띄엄하다
김매던 사람들이 제집으로 돌아 간다
고무신짝 끄는 소리가 난다
디젤 기관차 기적이 서서이 꺼진다

(『十二音階』, 三愛社, 1969.)

• 文章修業(문장수업) : 문장을 익히는 수업
• 연변(沿邊) : 국경, 강, 철도, 도로 따위를 끼고 따라가는 언저리 일대

[발표]

• 『文學春秋』(1964. 12.), 「近作詩篇 文章 修業」

[재수록]

• 『現代韓國文學全集 18·52人詩集』(新丘文化社, 1967.), 「文章修業」
• 『詩人學校』(新現實社, 1977.), 「文章 修業」
• 『평화롭게』(高麗苑, 1984.), 「文章修業」

소리

산마루에서 한참 내려다 보이는
초가집
몇 채

하늘이 너무 멀다.

얕은 소릴 내이는
초가집
몇 채
가는 연기들이

지난 일들은 삶을 치르느라고
죽고 사는 일들이
지금은 죽은듯이
잊혀졌다는 듯이
얕은 소릴 내이는
초가집 몇 채
가는 연기들이

(『十二音階』, 三愛社, 1969.)

[발표]

- 『朝鮮日報』(1965. 12. 5.), 「소리」

[재수록]

- 『現代韓國文學全集 18·52人詩集』(新丘文化社, 1967.), 「소리」
- 『평화롭게』(高麗苑, 1984.), 「소리」

復活節

城壁에 日光이 들고 있었다
육중한 소리를 내는 그림자가 지났다

그리스도는 나의 산계급이었다고
죄없는 무리들의 주검옆에 조용하다고

내 호주머니속엔 밤몇톨이 들어
있는줄 알면서
그 오랜 동안 전해 내려온 전설의
돌층계를 올라가서
낯모를 아이들이 모여 있는 안쪽으로
들어섰다 무거운 거울속에 든 꽃잎새처럼
이름이 적혀지는 아이들에게
밤한톨씩을 나누어 주었다

(『十二音階』, 三愛社, 1969.)

• 156쪽) 「復活節」(『韓國戰後問題詩集』, 新丘文化社, 1961.)의 시어 풀이 참조

[처음수록]

• 『韓國戰後問題詩集』, (新丘文化社, 1961.), 「復活節」

[재수록]

• 『新韓國文學全集 37 詩選集 3』(語文閣, 1974.), 「復活節」
• 『평화롭게』, (高麗苑, 1984.), 「復活節」

올페의 유니폼

天井에 붙어 있는
흰 헝겊이 한꺼풀 씩
내리는 無人境의 아침
아스팔트의 넓이는 山길이 뒷받침하는 湖水 쪽 푸른 제비의 行動이었다.

人工의 靈魂 사이
아스팔트 길에는 時速違反의 올페가 타고 빵소니치는 競技用 자전거의 사이었다.

休息은 無限한 푸름이었다.

(『十二音階』, 三愛社, 1969.)

•133쪽) 「올훼의 유니폼」(『새벽』, 1960. 4.)의 시어 풀이 참조

[발표]

•『새벽』, (1960. 4.), 「올훼의 유니폼」

[재수록]

•『韓國戰後問題詩集』(新丘文化社, 1961.), 「올훼의 유니폼」
•『韓國詩選』(一潮閣, 1968.), 「올페의 유니폼」」
•『주머니 속의 詩』(悅話堂, 1977.), 「올페의 유니폼」

休暇

바닷가에서 낚시줄을 던지고 앉았다
잘 잡히지 않았다

날개 쭉지가 두껍고 윤기 때문에 반짝이는 물새 두 마리가 날아와 앉았다
대기하고 있었다
살금 살금 포복 하였다

· · · · ·
· · · ·
· · ·

살아 갈 앞날을 탓하면서
한잔 해야겠다

겨냥하는 동안 자식들은 앉았던 자릴 急速度로 여러번 뜨곤 했다
접근하노라고 시간이 많이 흘렀다
미친놈과 같이 중얼거렸다
자식들도 평소의 나만큼 빠르고 바쁘다

숨죽인 하늘이 동그랗다
한놈은 빼소니 치고

한놈은 여름속에 잡아 먹히고 있었다.
사람의 손발과 같이 모가지와 같이 너펄거리는 나무가 있는
바닷가에서

(『十二音階』, 三愛社, 1969.)

• 休假(휴가)
• 포복(匍匐) : 배를 땅에 대고 김
• 急速度(급속도)

[발표]

• 『東亞日報』(1968. 9. 5.), 「休暇」

[재수록]

• 『평화롭게』(高麗苑, 1984.), 「休暇」

마음의 울타리

나는
밋숀 병원의 圓柱처럼
주님이 꽃 피우신 울타리

지금 너희들 가난하게
생긴 아기들의 많은
어머니들에게도 그랬거니와
柔弱하고도 아름다웁기 그지 없음은 짓밟혀 갔다고 하지만

지혜처럼 사랑의
먼지로서 말끔하게 가꾸어진
자그만하고도 거룩한
생애를 가진 이도 있다고 하잔다.

오늘에도 가엾은
많은 赤十字의 아들이며 딸들에게 그지 없는 恩寵이 내리면
서운하고도 따시로움의 사랑이 나는 무엇인가를 미쳐 모른다고 하여 두잔다

제각기 色彩를 기다리고 있는 새싹이 트이는 봄이 되면 너희들

의 부스럼도 아물게 되면
　나는
　밋숀 병원의 늙은 간호부라고 하여 두잔다

(『十二音階』, 三愛社, 1969.)

• 160쪽) 「마음의 울타리」(『韓國戰後問題詩集』, 新丘文化社, 1961.)의 시어 풀이 참조
• 자그만하고도 : 1961년 『한국전후문제시집(韓國戰後問題詩集)』에 처음수록 때는 '자그마하고도'로 표기. '자그마하고도'의 오기로 보임

[처음수록]

• 『韓國戰後問題詩集』(新丘文化社, 1961.), 「마음의 울타리」

[재발표]

• 『東亞日報』(1966. 3. 8.) ,「울타리」

그리운 안니 · 로 · 리

나는 그동안 배꼽에
솔방울도 돋아 보았고

머리위로는 몹쓸 버섯도 돋아
보았읍니다 그러다가는
「맥웰」이라는 老醫의 음성이

자꾸만
넓은 푸름을 지나
머언 언덕가에 떠오르곤 하였읍니다

오늘은
이만치하면 좋으리마치
리봉을 단 아이들이 놀고 있음을 봅니다

그리고는
얕은
파아란
페인트 울타리가 보입니다

그런데
한 아이는
처마밑에서 한 걸음도
나오지 않고
짝증을 내고 있는데

그 아이는
얼마 못가서 죽을 아이라고

푸름을 지나 언덕가에
떠오르던
음성이 이야기ㄹ 하였읍니다

그리운
안니 · 로 · 리라고 이야기ㄹ
하였습니다.

(『十二音階』, 三愛社, 1969.)

• 50쪽) 「그리운 안니·로·리」(『連帶詩集·戰爭과音樂과希望과』, 自由世界社, 1957.)의 시어 풀이 참조

[처음수록]

• 『連帶詩集·戰爭과音樂과希望과』(自由世界社, 1957.), 「그리운 안니·로·리」

[재수록]

• 『韓國文學全集 35 詩集 (下)』(民衆書館, 1959.), 「그리운 안니·로·리」
• 『現代韓國文學全集 18·52人詩集』(新丘文化社, 1967.), 「그리운 안니·로·리」

뾰죽집

뾰죽집이 바라 보이는 언덕에
구름장들이 뜨짓하게 대인다

嬰兒가 앞만 가린 채 보드라운
먼지를 타박거리고 있다. 놀고 있다.

뾰죽집 언덕 아래에
아취 같은 넓은 門이 트인다.

嬰兒는 나팔 부는 시늉을 했다.

장난감같은
뾰죽집 언덕에

자주빛 그늘이 와
앉았다.

(『十二音階』, 三愛社, 1969.)

• 22쪽) 「뵤죽집이 바라보이는」(『新映画』, 1954. 11.)의 시어 풀이 참조

[발표]

• 『新映画』(1954. 11.), 「뵤죽집이 바라보이는」

[재수록]

• 『連帯詩集·戰爭과音樂과希望과』(自由世界社, 1957. 「뵤죽집이 바라보이는」
• 『現代韓國文學全集 18·52人詩集』(新丘文化社, 1967.), 「뵤죽집이 바라보이는」
• 『평화롭게』(高麗苑, 1984.), 「뵤죽집」

샹뼁

술을 먹지 않았다.
가파른 산을 올라가고 있었다.
산과 하늘이 한 바퀴 쉬입게
뒤집히었다.

다른 산등성이로 바뀌어졌다.
뒤집힌 산덩어린 구름을 뿜은 채 하늘 중턱에
있었다.

뉴스인 듯한 라디오가 들리다 말았다.
드물게 심어진 잡초가 깔리어진 보리밭은
사방으로 펼치어져 하늬 바람이 서서히 일었다.
한 사람이 앞장서 가고 있었다.

좀 가노라니까
낭떠러지 쪽으로
큰 유리로 만든 자그만 스카이 라운지가 비탈지었다.
言語에 지장을 일으키는
난쟁이 畵家 로트렉끄氏가
화를 내고 있었다.

(『十二音階』, 三愛社, 1969.)

• 224쪽) 「샹뼁」(『新東亞』, 1966. 1.)의 시어 풀이 참조

[발표]

• 『新東亞』, (1966. 1.), 「샹뼁」

[재수록]

• 『現代韓國文學全集 18·52人詩集』(新丘文化社, 1967.), 「샹뼁」
• 『평화롭게』(高麗苑, 1984.), 「샹펭」

앙포르멜

나의 無知는 어제 속에 잠든 亡骸 쎄자아르 프랑크가 살던 寺院 주변에 머물렀다.

나의 無知는 스떼판 말라르메가 살던 本家에 머물렀다.

그가 태던 곰방대 훔쳐 내었다
훔쳐낸 곰방대 물고서
나의 하잘것이 없는 無知는
방 고호가 다니던 가을의 近郊 길바닥에 머물렀다.
그의 발바닥만한 낙엽이 흩어졌다.
어느 곳은 쌓이었다.

나의 하잘것이 없는 無知는
장 뽈 싸르트르가 經營하는 煉炭工場의 職工이 되었다.
罷免되었다.

(『十二音階』, 三愛社, 1969.)

·226쪽) 「앙포르멜」(『現代詩學』, 1966. 2.)의 시어 풀이 참조

[발표]

- 『現代詩學』(1966. 2.), 「앙포르멜」

[재수록]

- 『現代韓國文學全集 18·52人詩集』(新丘文化社, 1967.), 「앙포르멜」
- 『詩人學校』(新現實社, 1977.), 「앙포르멜」
- 『평화롭게』(高麗苑, 1984.), 「앙포르멜」

드빗시 山莊

결정짓기 어려웠던 구멍가게 하나를 내어 놓았다.

〈한푼어치도 팔리지 않았음은 물론이고〉

오늘도 지나간 것은 분명 차 한대 밖에—

그새
키 작고 현격한 간격의 바위들과
도토리나무들이
어두움을 타 드러앉고
꺼먼 시공 뿐.
선회되었던 차례의 아침이 설레이다.

—드빗시 산장 부근

(『十二音階』, 三愛社, 1969.)

• 95쪽) 「드빗시 산장 부근」(『思想界』, 1959. 2)의 시어 풀이 참조

[발표]

• 『思想界』(1959. 2), 「드빗시 산장 부근」

[재수록]

• 『韓國文學全集 35 詩集 (下)』, (民衆書舘, 1959.), 「드빗시 산장 부근」
• 『現代韓國文學全集 18·52人詩集』(新丘文化社, 1967.), 「드빗시 산장 부근」
• 『詩人學校』, (新現實社, 1977.), 「드빗시 山莊」
• 『평화롭게』(高麗苑, 1984.), 「드뷔시 山莊」

미사에 參席한 李仲燮氏

내가 많은 돈이 되어서
선량하고 가난한 사람들을 위해 맘 놓고 살아갈 수 있는
터전을 마련해 주리니

내가 처음 일으키는 微風이 되어서
내가 不滅의 平和가 되어서
내가 天使가 되어서 아름다운 音樂만을 싣고 가리니
내가 자비스런 神父가 되어서
그들을 한번씩 訪問하리니

(『十二音階』, 三愛社, 1969.)

• 272쪽) 「미사에 參席한 李仲燮氏」(『現代文學』, 1968. 8.)의 시어 풀이 참조

[발표]

• 『現代文學』(1968. 8.), 「미사에 參席한 李仲燮氏」

[재수록]

• 『本籍地』,(成文閣, 1968.), 「미사에 參席한 李仲燮氏」
• 『新韓國文學全集 37 詩選集 3』(語文閣, 1974.), 「미사에 參席한 李仲燮氏」
• 『평화롭게』(高麗苑, 1984.), 「미사에 參席한 李仲燮씨」

무슨 曜日일까

醫人이 없는 病院뜰이 넓다.

사람들의 영혼과 같이 介在된 푸름이 한가하다.

비인 乳母車 한臺가 놓여졌다.

말을 잘 할 줄 모르는 하느님의 것일까.

버리고 간 것일까.

어디메도 없는 戀人이 그립다.

窓門이 열리어진 파아란 커튼들이

바람 한점 없다.

오늘은 무슨 曜日일까.

(『十二音階』, 三愛社, 1969.)

• 218쪽) 「무슨 曜日일까」(『現代文學』, 1965. 8.)의 시어 풀이 참조

[발표]

• 『現代文學』(1965. 8.), 「무슨 曜日일까」

[재수록]

• 『本籍地』(成文閣, 1968.), 「무슨 曜日일까」
• 『주머니 속의 詩』(悅話堂, 1977.), 「무슨 曜日일까」
• 『평화롭게』(高麗苑, 1984.), 「무슨 曜日일까」

背音

몇 그루의 소나무가
얕이한 언덕엔
배가 다니지 않는 바다,
구름 바다가 언제나 내다 보였다

나비가 걸어오고 있었다

줄여야만 하는 생각들이 다가오는 대낮이 되었다.

어제의 나를 만나지 않는 날이 계속되었다.

골짜구니 大學建物은
귀가 먼 늙은 石殿은
언제 보아도 말이 없었다.

어느 位置엔
누가 그린지 모를
風景의 背音이 있으므로,
나는 세상에 나오지 않은
樂器를 가진 아이와

손쥐고 가고 있었다.

(『十二音階』, 三愛社, 1969.)

• 228쪽) 「背音」(『現代文學』, 1966. 2.)의 시어 풀이 참조

[발표]

• 『現代文學』(1966. 2.), 「背音」

[재수록]

• 『本籍地』, (成文閣, 1968.), 「背音」
• 『평화롭게』, (高麗苑, 1984.), 「背音」

園丁

苹果 나무 소독이 있어
모기 새끼가 드물다는 몇 날 후인
어느 날이 되었다.

며칠만에 한번 만이라도 어진
말솜씨였던 그인데
오늘은 몇번째나 나에게 없어서는
안된다는 길을 기어이 가리켜 주고야 마는 것이다.

아직 이쪽에는 열리지 않는 果樹밭
사이인
수무나무 가시 울타리
길줄기를 벗어 나
그이가 말한 대로 얼만가를 더 갔다.

구름 덩어리 얕은 언저리
植物이 풍기어 오는
유리 溫室이 있는
언덕쪽을 향하여 갔다.
안쪽과 周圍라면 아무런

기척이 없고 無邊하였다.
안쪽 흙바닥에는
떡갈 나무 잎사귀들의 언저리와 뿌롱드 빛갈의 果實들이 평탄하게 가득 차 있었다.

몇 개 째를 집어 보아도 놓였던 자리가
썩어있지 않으면 벌레가 먹고 있었다.
그렇지 않은 것도 집기만 하면 썩어 갔다.

거기를 지킨다는 사람이 들어와
내가 하려던 말을 빼았듯이 말했다.

당신 아닌 사람이 집으면 그럴 리가 없다고—.

(『十二音階』, 三愛社, 1969.)

•34쪽) 「園丁」(『新世界』, 1956. 3.)의 시어 풀이

[발표]

•『新世界』(1956. 3.), 「園丁」

[재수록]

•『連帶詩集·戰爭과音樂과希望과』(自由世界社, 1957.), 「園丁」
•『韓國文學全集 35 詩集 (下)』(民衆書館, 1959.), 「園丁」
•『現代韓國文學全集 18·52人詩集』(新丘文化社, 1967.),「園丁」
•『평화롭게』(高麗苑, 1984.), 「園丁」

물桶

희미한

風琴 소리가

툭툭 끊어지고

있었다

그동안 무엇을 하였느냐는 물음에 대해

다름아닌 人間을 찾아다니며 물 몇桶 길어다 준 일밖에 없다고

머나먼 廣野의 한복판 얕은

하늘 밑으로

영롱한 날빛으로

하여금 따우에선

(『十二音階』, 三愛社, 1969.)

• 180쪽) 「舊稿」(『現代詩』 第1輯, 1962. 6.)의 시어 풀이 참조

[발표]

• 『現代詩』 第1輯, (1962. 6.), 「舊稿」

[재수록]

• 『本籍地』(成文閣, 1968.), 「물桶」
• 『新韓國文學全集 37 詩選集 3』(語文閣, 1974.), 「물桶」
• 『주머니 속의 詩』(悅話堂, 1977.), 「물桶」
• 『평화롭게』(高麗苑, 1984.), 「물桶」

아우슈뷔츠 I

어린 校門이 보이고 있었다
한 기슭엔 雜草가

죽음을 털고 일어나면
어린 校門이 가까웠다.

한 기슭엔
如前 雜草가,
아침 메뉴를 들고
校門에서 뛰어나온 學童이
學父兄을 반기는 그림처럼

복실 강아지가 그 뒤에서 조그맣게 쳐다 보고 있었다
아우슈뷔츠 收容所 鐵條網
기슭엔
雜草가 무성해 가고 있었다

(『十二音階』, 三愛社, 1969.)

•195쪽)「아우슈뷔치」(『現代詩』 第5輯, 1963. 12.)의 시어 풀이 참조

[발표]

•『現代詩』 第5輯, (1963. 12.),「아우슈뷔치」

[재수록]

•『本籍地』(成文閣, 1968.),「아우슈뷔치」
•『詩人學校』(新現實社, 1977.),「아우슈뷔츠 Ⅱ」
•『평화롭게』(高麗苑, 1984.),「아우슈뷔츠 Ⅱ」

아우슈뷔츠 Ⅱ

官廳 지붕엔 비들기떼가 한창이다 날아다니다간 앉곤 한다
門이 열리어져 있는 教會堂의 形式은 푸른 뜰과 넓이를 가졌다.
整然한 舖道론 다정하게
생긴 늙은 우체부가 지나간다 부드러운 낡은 벽돌의
골목길에선 아희들이
고분고분하게 놀고 있고.
이 무리들은 제네바로 간다 한다
어린것과 먹을거 한조각 쥔 채

(『十二音階』, 三愛社, 1969.)

• 211쪽)「近作詩篇 終着驛 아우슈뷔치」(『文學春秋』, 1964. 12.)의 시어 풀이 참조

[발표]

•『文學春秋』(1964. 12.),「近作詩篇 終着驛 아우슈뷔치」

몇 해 전에

자전거포가 있는 길가에서
자전거를 멈추었다.
바람나간 튜브를 봐 달라고 일렀다.
등성이 낡은 木造建物들의
골목을 따라 올라 간다.
새벽같은 초저녁이다.
아무도 없다.
맨위 한 집은 조그만 다쳐도
무너지게 생겼다.
빗 방울이 번지어졌다.
가져 갔던 角木과 나무조각들 속에 연장을 찾다가
잠을 깨었다.

(『十二音階』, 三愛社, 1969.)

• 204쪽) 「몇해 전에」(『現代詩』 第6輯, 1964. 11.)의 시어 풀이 참조
• 조그만 : 『현대시』 6집(1964)에 발표 때는 '조금만'으로 표기. '조금만'의 오기로 보임

[발표]

• 『現代詩』 第6輯(1964. 11.), 「몇해 전에」

[재수록]

• 『평화롭게』(高麗苑, 1984.),「몇 해 전에」

十二音階의 層層臺

石膏를 뒤집어 쓴 얼굴은
어두운 晝間.
旱魃을 만난 구름일수록
움직이는 나의 하루살이 떼들의 市場.
짙은 煙氣가 나는 뒷간.
주검 一步直前에 無辜한 마네킹들이 化粧한 陳列窓.
死産.
소리 나지 않는 完璧.

(『十二音階』, 三愛社, 1969.)

• **大理石(대리석)** : 대리암, 석회암이 높은 온도와 센 압력을 받아 변질된 돌. 흔히 흰색을 띠나 검은색, 붉은색, 누런색 따위를 띠는 것도 있으며, 세공(細工)이 쉬워 장식용이나 건축, 조각 따위에 많이 쓰인다. 중국 윈난성(雲南省)의 다리(大理)에서 많이 나는 것에서 유래

• **構造(구조)**

• **寺院(사원)** : 종교의 교당을 통틀어 이르는 말

[발표]

• 『現代文學』(1960. 11.), 「十二音階의 層層臺」

[재수록]

• 『韓國戰後問題詩集』(新丘文化社, 1961.), 「十二音階의 層層臺」
• 『평화롭게』(高麗苑, 1984.), 「十二音階의 層層臺」

生日

꿈에서 본 몇 집 밖에 안되는 화사한 小邑을 지나면서

아름드리 나무보다도 큰 독수리가 날아가는 것을 보면서

來日에 나를 만날 수 없는
未來를 갔다

소리없이 출렁이는 물결을 보면서
돌뿌리가 많은 廣野를 지나

(『十二音階』, 三愛社, 1969.)

• 221쪽) 「生日」(『文學春秋』, 1965. 11.)의 시어 풀이 참조

[발표]

• 『文學春秋』(1965. 11.), 「生日」

[재수록]

• 『本籍地』(成文閣, 1968.), 「生日」
• 『주머니 속의 詩』(悅話堂, 1977.), 「生日」
• 『평화롭게』(高麗苑, 1984.), 「生日」

音樂
—마라의 「죽은 아이를 追慕하는 노래」에 부쳐서

日月은 가느니라
아비는 石工노릇을 하느니라
낮이면 大地에 피어난
만발한 구름뭉게도 우리로다

가깝고도 머언
검푸른
산 줄기도 사철도 우리로다
만물이 소생하는 철도 우리로다
이 하루를 보내는 아비의 술잔도 늬 엄마가 다루는 그릇 소리
도 우리로다

밤이면 大海를 가는 물거품도
흘러가는 化石도 우리로다

불현듯 돌 쫗는 소리가 나느니라 아비의 귓전을 스치는 찬바
람이 솟아나느니라
늬 棺속에 넣었던 악기로다
넣어 주었던 늬 피리로다

잔잔한 온 누리
늬 어린 모습이로다 아비가 애통하는 늬 신비로다 아비로다

늬 소릴 찾으려 하면 검은 구름이 뇌성이 비 바람이 일었느니라 아비가 가졌던 기인 칼로 하늘을 수없이 쳐서 갈랐느니라
그것들도 나중엔 기진해 지느니라
아비의 노망기가 가시어 지느니라

돌 쫗는 소리가
간혹 나느니라

맑은 아침이로다

맑은 아침은 내려 앉고

늬가 노닐던 뜰 위에
어린 草木들 사이에
神器와 같이 반짝이는
늬 피리 위에
나비가
나래를 폈느니라
하늘 나라에선
자라나면 죄 짓는다고

자라나기 전에 데려간다 하느니라
죄많은 아비는 따 우에
남아야 하느니라
방울 달린 은피리 둘을
만들었느니라
정성 드렸느니라
하나는
늬 棺속에
하나는 간직하였느니라
아비가 살아가는 동안
만지작거리느니라

(『十二音階』, 三愛社, 1969.)

• 212쪽) 「近作詩篇 音樂-마라의 「죽은 아이를 追慕하는 노래」에 부쳐서」(『文學春秋』, 1964. 12.)의 시어 풀이 참조

[발표]

• 『文學春秋』(1964. 12.), 「近作詩篇 音樂-마라의 「죽은 아이를 追慕하는 노래」에 부쳐서」

[재수록]

• 『本籍地』(成文閣, 1968.), 「音樂-마라의 「죽은 아이를 追慕하는 노래」에 부쳐서」
• 『新韓國文學全集 37 詩選集 3』(語文閣, 1974.), 「音樂」
• 『평화롭게』(高麗苑, 1984.), 「音樂-마라의 〈죽은 아이를 追慕하는 노래〉에 부쳐서」

돌각담

廣漠한地帶이다기울기
시작했다잠시꺼밋했다
十字型의칼이바로꼽혔
다堅固하고자그마했다
흰옷포기가포겨놓였다
돌담이무너졌다다시쌓
았다쌓았다쌓았다돌각
담이쌓이고바람이자고
틈을타凍昏이잦아들었
다포겨놓이던세번째가
비었다.

(『十二音階』, 三愛社, 1969.)

• 돌각담 : '돌담'의 방언(평안, 함북). 돌로 쌓은 담(『우리말샘』) '돌무덤'(『백석시를 읽는다는 것』, 백석 시 「오금덩어리라는 곳」 설명에서)
• 이하 시어는 18쪽) 「돌」 (『現代藝術』, 1954. 6.)의 시어 풀이 참조

[발표]

• 『現代藝術』(1954. 6.), 「돌」

[재수록]

• 『連帶詩集·戰爭과 陰樂과 希望과』(自由世界社, 1957.), 「돌각담-하나의 前程 備置」
• 『韓國戰後問題詩集』(新丘文化社, 1961.), 「돌각담」
• 『詩人學校』(新現實社, 1977.), 「돌각담」
• 『주머니 속의 詩』(悅話堂, 1977.), 「돌각담」
• 『평화롭게』(高麗苑, 1984.), 「돌각담」

나의 本籍

나의 本籍은 늦가을 햇볕 쪼이는 마른 잎이다. 밟으면 깨어지는 소리가 난다.

나의 本籍은 巨大한 溪谷이다.

나무 잎새다.

나의 本籍은 푸른 눈을 가진 한 여인의 영원히 맑은 거울이다.

나의 本籍은 次元을 넘어다니지 못하는 독수리다.

나의 本籍은
몇 사람 밖에 안되는 고장
겨울이 온 敎會堂 한 모퉁이다.

나의 本籍은 人類의 짚신이고 맨발이다.

(『十二音階』, 三愛社, 1969.)

• 199쪽) 「나의 本籍」(『現代文學』, 1964. 1.)의 시어 풀이 참조

[발표]

• 『現代文學』(1964. 1.), 「나의 本籍」

[재수록]

• 『本籍地』(成文閣, 1968.), 「나의 本籍」
• 『詩人學校』(新現實社, 1977.), 「나의 本籍」
• 『평화롭게』(高麗苑, 1984.), 「나의 本籍」

G · 마이나
—全鳳來兄에게

물
닿은 곳

神恙의
구름밑

그늘이 앉고

杳然한
옛
G · 마이나

(『十二音階』, 三愛社, 1969.)

• **神恙(신양)** : 신고(神羔, 하느님의 어린양)의 오기로 보임
• 그 외 시어는 20쪽)「全鳳來에게-G마이나」(『코메트』, 1954. 6.)의 시어 풀이 참조

[발표]

• 『코메트』, (1954. 6.), 「全鳳來에게-G마이나」

[재수록]

• 『連帶詩集·戰爭과音樂과希望과』(自由世界社, 1957.), 「G·마이나」
• 『韓國文學全集 35 詩集 (下)』(民衆書舘, 1959.), 「G·마이나」
• 『本籍地』(成文閣, 1968.), 「G 마이나」
• 『주머니 속의 詩』(悅話堂, 1977.), 「G 마이나-全鳳來兄에게」
• 『평화롭게』(高麗苑, 1984.), 「G. 마이나」

지면발표(1969. 7.) 시

地
—옛 벗 全鳳來에게

어디서 듣던
奏鳴曲의 좁은
鐵橋를 지나면서 그 밑의
鐵路를 굽어 보면서
典當舖와 채마밭이 있던
곳을 지나면서

畵人으로 태어난 나의 層層階의 簡易의 房을 찾아가면서
무엇을 먼저 祈求할바를 모르면서

어두워지는 風景은
모진 생애를 겪은
어머니 무덤
큰 거미의 껍질

(『現代詩學』, 1969. 7.)

- **地(지)** : 1. (미술) 병풍 하단에 붙이는 천. '병풍 치마' 2. 지대(地大)(불교). 육대의 하나. 즉 만물을 생성하는 여섯 가지 요소. 지대(地大), 수대(水大), 화대(火大), 풍대(風大), 공대(空大), 식대(識大)에 하나. 견고함을 그 본질로 하고, 막힘과 만물의 보전을 그 작용으로 함
- **全鳳來(전봉래)** : 시인(1923~1951). 평안남도 안주 출신. 전봉건(全鳳健) 시인의 친형. 한국전쟁 기간에 종군작가단에서 활동하다 부산 피난지 다방에서 다량 수면제를 먹고 자살함. 김종삼과 다방면에서 교류함(엮은이풀이)
- **奏鳴曲(주명곡)** : 소나타
- **鐵橋(철교)**
- **鐵路(철로)**
- **典當舖(전당포)**
- **채마** : 먹을거리나 입을 거리로 심어서 가꾸는 식물
- **畵人(화인)** : 화가
- **層層階(층층계)** : 층층다리
- **簡易(간이)** : 간단하고 편리함. 물건의 내용, 형식이나 시설 따위를 줄이거나 간편하게하여 이용하기 쉽게 한 상태를 이름
- **房(방)**
- **祈求(기구)** : 원하는 바가 실현되도록 빌고 바람
- **風景(풍경)**

[재수록]

- 『누군가 나에게 물었다』(民音社, 1982.), 「地」
- 『평화롭게』(高麗苑, 1984.), 「地」

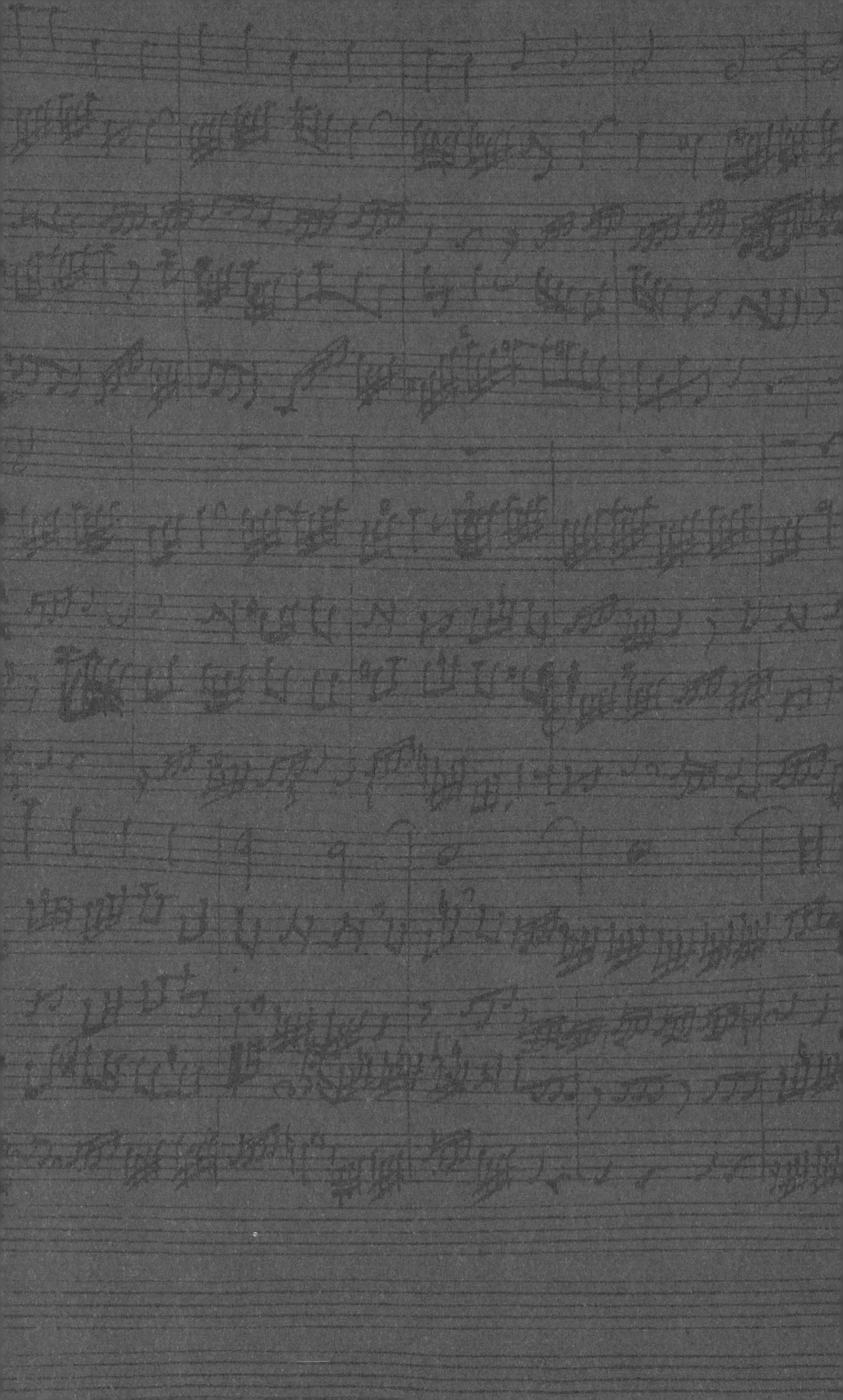

1부

시

1970년대 시

발표지 : 『현대시학』(1970. 5.)외

수록시집

공동시집 – 『신한국문학전집 37 시선집 3』(박두진·김윤성 엮음, 어문각, 1974. 9.)

『주머니 속의 시』(황동규·정현종 엮음, 열화당, 1977. 11.)

『삼성판 한국현대문학전집 38 시선집 Ⅱ』(조병화 외, 삼성출판사, 1978. 7.)

개인시집 – 『시인학교』(신현실사, 1977. 8.)

지면발표(1970. 5. ~ 1974. 3.) 시

六七年 一月

조용한 바다와

한가한 精米所와

敎會堂과

앉은방이 낡은 石塔과 같은 어머니와 어진 사람들이 사는 洞里지만 嚴冬이다.

얼마전 아버지가 묻혔다.

한달만에 어머니가 묻히었다.

十여년전 海軍에 가 있던 동생은 火葬하였다고 한다.

가난한 친구의 아내와 애기하다 본즉 西山이다.

(『現代詩學』, 1970. 5.)

- **六七年 一月(육칠년 일월)**
- **精米所(정미소)** : 쌀 찧는 일을 전문적으로 하는 곳
- **敎會堂(교회당)** : 교회
- **石塔(석탑)** : 석재를 이용하여 쌓은 탑
- **洞里(동리)** : 마을. 주로 시골에서, 여러 집이 모여 사는 곳
- **嚴冬(엄동)** : 몹시 추운 겨울
- **十(십)**
- **海軍(해군)**
- **火葬(화장)** : 시체를 불에 살라 장사 지냄
- **西山(서산)** : 1. 서쪽에 있는 산. 해지는 쪽의 산 2. 김종삼과 관련 황해남도 은율군 은혜리의 서쪽에 있는 산으로 추정. 주변에 과수원이 조성되어 있음(엮은이풀이)

[재수록]

- 『누군가 나에게 물었다』(民音社, 1982.), 「六七年 一月」
- 『평화롭게』(高麗苑, 1984.), 「六七年 一月」

연인의 마을

서까래 밑으로 쌓여진 굳어진 눈도
지붕너머 포플라 나무 중간에 얹혀진 까치집도
등성이도 공동묘지도 연인의 흔적이다.

(『現代文學』, 1970. 5.)

• **서까래** : 마룻대에서 도리 또는 보에 걸쳐 지른 나무. 그 위에 산자를 얹음

[재수록]

• 『누군가 나에게 물었다』(民音社, 1982.), 「연인의 마을」
• 『평화롭게』(高麗苑, 1984.), 「연인의 마을」

民間人

1947년 봄
深夜
黃海道 海州의 바다
以南과 以北의 境界線 용당浦.

사공은 조심 조심 노를 저어가고 있었다 기침도 금지되어 있었다 十餘名이 타고 있었다

울음을 터뜨린 한 嬰兒를 삼킨 곳.
스무몇해나 지나서도 누구나 그 水深을 모른다

(『現代詩學』, 1970. 11.)

- 民間人(민간인) : 관리나 군인이 아닌 일반 사람. 흔히 보통 사람을 군인에 상대하여 이르는 말
- 深夜(심야) : 깊은 밤
- 黃海道(황해도)
- 海州(해주) : 황해도 서남쪽에 있는 시
- 以南(이남) : 어떤 지점을 기준으로 하여 그 남쪽
- 以北(이북) : 어떤 지점을 기준으로 하여 그 북쪽
- 境界線(경계선) : 경계(境界)가 되는 선
- 용당浦(포) : 황해도 해주시 해주만의 용당반도 끝부분에 있는 포구. 38도선 위에 있음(『두산백과』)
- 十餘名(십여명)
- 嬰兒(영아) : 젖먹이
- 水深(수심) : 강이나 바다, 호수 따위의 물의 깊이

[재수록]

- 『詩人學校』(新現實社, 1977.), 「民間人」
- 『평화롭게』(高麗苑, 1984.), 「民間人」

個體

間間 暴音의 底邊 夜間 鍛造工廠과

딴 世界 이 곳엔 甚한 傾斜이다
漆黑이다
尨大하다
빗방울이 번지고 있었다

죽음의 재들이 날아 와 불고 있었다 해괴한 光彩를 일으키는
巨大한 物體가 스파크되고 있었다

空中을 흘러가는 널판조각들의 溶暗은 거꾸로 가고 있었다

나의 精神은 술렁이고 있다.

(『月刊文學』, 1971. 5.)

- **個體(개체)** : 전체나 집단에 상대하여 하나하나의 낱개를 이르는 말
- **間間(간간)** : 시간적인 사이를 두고서 가끔씩
- **暴音(폭음)** : 폭발할 때 나는 큰 소리
- **底邊(저변)** : 밑바닥
- **夜間(야간)** : 해가 진 뒤부터 먼동이 트기 전까지의 동안
- **鍛造工廠(단조공창)** : 금속을 달구어 철공물을 만드는 공장. 무기 공장
  단조(鍛造) – 금속을 불에 달구어 불려서 일정한 형체로 만드는 일
  공창(工廠) – 육해공군의 병기나 함선 따위를 만들거나 수리하는 공장
- **世界(세계)**
- **甚(심)** : 정도가 지나침
- **傾斜(경사)** : 비스듬히 기울어짐. 또는 그런 상태나 정도
- **漆黑(칠흑)** : 옻칠처럼 검고 광택이 있음. 또는 그런 빛깔
- **尨大(방대)** : 규모나 양이 매우 크거나 많음
- **해괴(駭怪)** : 크게 놀랄 정도로 매우 괴이하고 야릇함
- **光彩(광채)** : 아름답고 찬란한 빛
- **巨大(거대)**
- **物體(물체)**
- **스파크(spark)** : 방전할 때 일어나는 불빛. 불꽃
- **空中(공중)**
- **溶暗(용암)** : 영화나 텔레비전에서 화면이 처음에 밝았다가 점차 어두워지는 일. 페이드아웃
- **精神(정신)**

두꺼비의 轢死

갈 곳이 없었다

비가 쏟아지고 있었다
버스를 기다리고 있었다

두꺼비 한 마리가 맞은편으로 엉금엉금 기어가고 있었다 연해 엉덩이를 들석거리며 기어가고 있었다 차량들은 적당한 시속으로 달리고 있었다

수없는 차량 밑을 무사 돌파해가고 있으므로 재미있게 보였다.

…………

大型 연탄차 바퀴에 깔리는 순간의 擴散소리가 아스팔트길을 진동시켰다 비는 더욱 쏟아지고 있었다
무교동에 가서 소주 한잔과 설농탕이 먹고 싶었다

(『現代文學』, 1971. 8.)

• 轢死(역사) : 차에 치여 죽음
• 大型(대형)
• 擴散(확산) : 흩어져 널리 퍼짐

[재발표]

• 『詩文學』(1977. 6.), 「掌篇」

[재수록]

• 『詩人學校』(新現實社, 1977.), 「두꺼비의 轢死」
• 『주머니 속의 詩』(悅話堂, 1977.), 「두꺼비의 轢死」
• 『평화롭게』(高麗苑, 1984.), 「두꺼비의 轢死」

엄마

아침엔 라면을 맛있게들 먹었지
엄만 장사를 잘할 줄 모르는 행상(行商)이란다

너희들 오늘도 나와 있구나 저물어 가는 산(山)허리에

내일은 꼭 하나님의 은혜로
엄마의 지혜로 먹을거랑 입을거랑 가지고 오마.

엄만 죽지 않는 계단

(『現代詩學』, 1971. 9.)

• **행상(行商)** : 도붓장사. 이리저리 돌아다니며 물건을 파는 일

[재발표]

• 『詩文學』(1977. 2.), 「내일은 꼭」

고장난 機體

해온바를 訂正할 수 없는 시대다
나사로의 무덤앞으로 桎梏을 깨는 連山을 떠가고 있다

현대는 더 便利하다고하지만 人命들이 값어치 없이 더 많이 죽
어가고 있다
자그만 돈놀이라도 하지않으면 延命할 수 없는 敎人들도 있다

(『現代詩學』, 1971. 9.)

- 機體(기체) : 비행기의 몸체
- 訂正(정정) : 글자나 글 따위의 잘못을 고쳐서 바로잡음
- 나사로(Lazaros) : 신약 성경에 나오는 인물. 죽은 지 4일 만에 예수가 회생시킨 사람.
- 桎梏(질곡) : 몹시 속박하여 자유를 가질 수 없는 고통의 상태를 비유적으로 이르는 말
- 連山(연산) : 죽 잇대어 있는 산
- 便利(편리) : 편하고 이로우며 이용하기 쉬움
- 人命(인명) : 사람의 목숨
- 延命(연명) : 목숨을 겨우 이어 살아감
- 敎人(교인) : 종교를 가지고 있는 사람

고향

예수는 어떻게 살아갔으며 어떻게 죽었을까
죽을 때엔 뭐라고 하였을까

흘러가는 요단의 물결과
하늘나라가 그의 고향이었을까 철따라
옮아다니는 고운 소릴 내일줄 아는 새들이었을까
저물어가는 잔잔한 물결이었을까

(『文學思想』, 1973. 3.)

• **요단** : 요단江(Jordan江). '요르단강'을 성경에서 부르는 이름

[재수록]

• 『詩人學校』(新現實社, 1977.), 「고향」
• 『평화롭게』(高麗苑, 1984.), 「고향」

詩人學校

公 告

오늘 講師陣

음악 部門
모리스 · 라벨

미술 部門
폴 · 세잔느

시 部門
에즈라 · 파운드
모두
缺講.

金冠植 쌍놈의새끼들이라고 소리지름. 持參한 막걸리를 먹음.
敎室內에 쌓인 두터운 먼지가 다정스러움.

金素月
金洙暎 休學屆

全鳳來

金宗三 한귀퉁이에 서서 조심스럽게 소주를 나눔. 브란덴브르그 협주곡 五번을 기다리고 있음.

校舍.

아름다운 레바논 골짜기에 있음.

(『詩文學』, 1973. 4.)

• **詩人學校(시인학교)**: 김종삼의 조어. 시인들이 다니는 학교(엮은이풀이)

• **公告(공고)**: 세상에 널리 알림. 국가 기관이나 공공 단체에서 일정한 사항을 일반 대중에게 광고, 게시, 또는 다른 공개적 방법으로 널리 알림

• **講師陣(강사진)**: 강의를 맡고 있는 사람들

• **部門(부문)**

- **모리스 · 라벨** : 모리스 라벨(Joseph Maurice Ravel, 1875~1937). 프랑스 작곡가. 작품은 인상주의의 기초 위에서 고전적인 형식미와 다성적 기법을 구사하여 에스파냐풍의 정서를 나타내고 있으며 세계 근대악파의 지도적 지위를 지니고 있음. 작품에 〈볼레로〉, 〈밤의 가스파르〉 따위가 있음
- **폴 · 세잔느** : 폴 세잔(Paul Cézanne, 1839~1906). 프랑스의 화가(1839~1906). 처음에는 인상파에 속하여 있었으나 뒤에 자연의 대상을 기하학적 형태로 환원하는 독자적인 화풍(畫風)을 개척. 작품에 〈빨간 조끼의 소년〉, 〈목욕하는 여인들〉 따위가 있음
- **에즈라 · 파운드** : 에즈라 파운드(Ezra Loomis Pound, 1885~1972). 미국 시인. 파리와 런던에서 이미지즘과 신문학 운동을 주도하여 엘리어트 등에게 큰 영향을 주었음. 작품에 시집 『환희』, 『휴 셀윈 모벌리』가 있고, 미완성의 실험시 「캔토스」 따위가 있음
- **缺講(결강)** : 강의를 거름
- **金冠植(김관식)** : 시인(1934~1970). 호는 추수(秋水) · 만오(晩悟) · 우현(又玄). 1955년 『현대 문학』을 통하여 등단. 박학한 한학을 바탕으로 동양인의 서정 세계를 노래. 시집에 『김관식 시선』, 『낙화집(落花集)』, 역서(譯書)에 『서경(書經)』 따위가 있음
- **持參(지참)** : 무엇을 가지고서 모임 따위에 참여함
- **敎室內(교실내)**
- **金素月(김소월)** : 시인(1902~1934). 본명은 정식(廷湜). 김억의 영향으로 문단에 등단하였고, 1922년에 『개벽』에 대표작 「진달래꽃」을 발표. 민요적인 서정시를 썼으며 작품에 「산유화(山有花)」, 「접동새」따위가 있고 시집 『진달래꽃』, 『소월 시집』 따위가 있음
- **金洙暎(김수영)** : 시인(1921~1968). 모더니스트로 출발하여 지성과 감성의 조화를 이룬 작품으로 평가를 받았으며, 4·19 혁명 이후 현실 비판 의식과 저항 정신을 바탕으로 한 참여시를 썼음. 작품에 시집 『달나라의 장난』, 『거대한 뿌리』 따위가 있고 산문집 『시여 침을 뱉어라』 따위가 있음
- **休學屆(휴학계)** : 질병이나 기타 사정으로, 학교에 적을 둔 채 일정 기간 동안 학교를 쉬는 일을 적은 문서
- **全鳳來(전봉래)** : 시인(1923~1951). 평안남도 안주 출신. 전봉건(全鳳健) 시인의 친형. 한국전쟁 기간에 종군작가단에서 활동하다 부산 피난지 다방에서 다량 수면제를 먹고 자살함. 김종삼과 다방면에서 교류함(엮은이풀이)
- **金宗三(김종삼)** : 시인(1921~1984).
- **브란덴부르크 협주곡 五(오)번** : 브란덴부르크 협주곡(Brandenburg concerti, BWV 1046 - 1051) 는 요한 제바스티안 바흐가 작곡한 여섯 기악곡의 모음. 1718년부터 1721년까지 작곡. 1721년 3월에 브란덴부르크 변경백령 브란덴부르크-슈베트 변경백(邊境伯)인 크리스티안 루트비히에 헌정. 이탈리아의 비발디 등이 확립한 협주곡의 형식을 사용하고 있으나, 작곡마다에 악기 편성을 사용하고 대위법적으로도 이탈리아의 음악보다 한층 정교하게 작곡. 다양한 구성으로 된 독주악기와 합주군(群)이 교묘하게 대비된 밝고 즐거운 음악. 바로크 협주곡의 정점을 이루는 명작. 제5번은 여섯곡의 브란덴부르크 협주곡 중 가장 규모가 크고 화려한 작품(『위키백과』)
- **校舍(교사)** : 학교 건물
- **레바논(Lebanon)** : 아시아 서부 지중해에 면한 공화국. 기독교 성서「아가」에서 레바논 골짜기는 이상적장소를 가리킴. 1960년대 후반부터 1970년대에 걸쳐 팔레스타인 난민이 레바논으로 대거 유입. 1970년에 팔레스타인독립무장단체 (PLO)가 레바논 남부로 거점을 옮김. 이후 이스라엘은 레바논 남부를 수시로 공격하여 레바논내전을 초래. 1975년부터 기독교계와 이슬람계 사이에 본격적인 레바논내전 반발

[재수록]

- 『詩人學校』(新現實社, 1977.), 「詩人學校」
- 『평화롭게』(高麗苑, 1984.), 「詩人學校」

피카소의 落書

뿔과 뿔 사이의 처량한 박치기다 서로 몇군 데 명중되었다 명중될 때마다 산속에서 아름드리 나무 밑둥에 박히는 도끼의 소리다.

도끼 소리가 날때마다 구경꾼들이 하나씩 나자 빠졌다.

연거푸 나무 밑둥에 박히는 도끼 소리.

(『月刊文學』, 1973. 6.)

• **피카소** : 파블로 피카소(Pablo Ruiz Picasso, 1881~1973). 스페인 화가. 입체주의를 창시하였으며, 평화 옹호 운동에도 적극적으로 참가. 주로 프랑스에서 활동하였지만 1957년에 제명되기까지 프랑스 공산당원으로 활동한 사회주의자였기 때문에 프랑스 정부로부터 프랑스 시민권을 받지 못했음. 미술 활동을 통하여 사회적 문제를 알렸는데, 대표적으로 스페인 내전에서 게르니카 민간인들이 나치 독일 공군의 폭력으로 학살당한 게르니카 학살사건(1938년)을 고발한 작품 〈게르니카〉가 있으며, 한국 전쟁에서 벌어진 미국의 잔학행위를 비판하며 〈한국에서의 학살〉을 발표(『위키백과』)

• **落書(낙서)**

[재수록]

• 『詩人學校』(新現實社, 1977.), 「피카소의 落書」

• 『주머니 속의 詩』(黃悅話堂, 1977.), 「피카소의 落書」

• 『평화롭게』(高麗苑, 1984.), 「피카소의 落書」

트럼펫

아침 나절부터 누가
배우느라고 부는
트럼펫.

루부시안느의 골목길
조금도 進行됨이 없는
어느 畵室의 한 구석처럼
어제 밤엔 팔리지 않은 아름다운 한
娼女의 다문 입처럼
오늘도 아침나절부터 누가
배우느라고 부는
트럼펫.

(『詩文學』, 1973. 7.)

- **루부시안느**: 프랑스의 루브시엔느(Louveciennes) 지역. 베르사유와 생제르망앙레 사이인 파리의 서쪽 교외에 위치. 19세기 인상주의 화가들이 자주 다닌 곳. 르누아르, 피사로, 시실리, 모네 등이 루브시엔느를 그린 120여 점의 그림이 있음(『위키피디아』)
- **進行(진행)**
- **畵室(화실)**
- **娼女(창녀)**: 돈을 받고 몸을 파는 일을 직업으로 하는 여자

라산스카

집이라곤 빈 주막 하나밖에 없는 草木의 나라

새로 낳은 한 줄기의 거미줄처럼
水邊의
라산스카

라산스카
인간되었던 모든 추함을 겪고서
작대기—ㄹ 집고서

(『풀과별』, 1973. 7.)

• 라산스카 : 152쪽) 「라산스카」(『現代文學』, 1961. 7.)의 시어 풀이 참조
• 草木(초목) : 풀과 나무를 아울러 이르는 말
• 水邊(수변) : 물가(바다, 강, 못 따위와 같이 물이 있는 곳의 가장자리)

[발표]

• 『現代詩』 第4輯(1963. 6.), 「라산스카」

[재수록]

• 『평화롭게』(高麗苑, 1984.), 「라산스카」

스와니 江

스와니 江가엔 바람이 불고 있었다
스티븐 포스타의 허리춤에는 먹다남은
술병이 매달리어 있었다
날이 어두워지자

그는
앞서 가고 있었다

영원한 江가
그리운
스티븐

(『東亞日報』, 1973. 7. 7.)

• **스와니 江(강)** : 미국의 조지아주와 플로리다주를 거쳐 멕시코만으로 흘러 들어가는 강. 가곡의 제목으로 유명하며 가곡을 기념하는 박물관이 있음. 길이는 400km

• **스티븐 포스타** : 스티븐 포스터(Stephen Collins Foster, 1826~1864). 미국의 작곡가. 전원 풍경과 남부 흑인을 소재로 한 많은 가곡을 작곡. 작품에 〈시골의 경마(競馬)〉, 〈스와니강〉, 〈금발의 제니〉, 〈오 수재나〉, 〈올드 블랙조〉 따위가 있음

[재수록]

• 『詩人學校』(新現實社, 1977.), 「스와니 江」
• 『평화롭게』(高麗苑, 1984.), 「스와니 江」

첼로의 PABLO CASALS

나는 술꾼이다 낡은 城廓 寶座에 앉아 있다 正常이다 快晴이다
WANDA LANDOWSKA
J · S BACH도 앉아 있었다

獅子 몇놈이 올라왔다 또 엉금 엉금 올라왔다 제일 큰놈의 하품, 모두 따분한 가운데 헤어졌다

....

나는 다시 死體이다 첼로의 PABLO CASALS

(『現代詩學』, 1973. 9.)

• **PABLO CASALS** : 파블로 카잘스(Pablo Casals, 1876~1973). 첼로 연주사상 최대의 인물. 고향이 같은 피카소와 병칭되는 금세기 예술계 굴지의 거인. 헌책방에서 바흐의『무반주 첼로 모음곡』악보를 발견, 그 후 장기간에 걸친 연구가 뜻밖의 위대한 성과를 거둠. 20대 전반부터 솔리스트로서 화려한 활약. 실내악에서도 코르토 및 티보와의 피아노 트리오로 일세를 풍미. 1939년 조국의 프랑코 독재정권에 항의하여 피레네의 외진 마을 프라도에 은둔. 양심의 소리에 따르는 강하고 의연한 생활 자체가 그대로 더없이 훌륭한 예술의 경지로 연결.(『최신 클래식 연주가 사전』)

• **城廓(성곽)** : 성(城). 예전에 적을 막기 위하여 흙이나 돌 따위로 높이 쌓아 만든 담

• **寶座(보좌)** : 옥좌(玉座). 임금이 앉는 자리. 또는 임금의 지위

• **正常(정상)** : 특별한 변동이나 탈이 없이 제대로인 상태

• **快晴(쾌청)** : 구름 한 점 없이 상쾌하도록 날씨가 맑음

• **WANDA LANDOWSKA** : 반다 란도프스카(Wanda Landowska, 1879~1959). 폴란드 출생의 프랑스 피아니스트, 쳄발로 연주자. 그녀의 중후한 리듬, 개성적인 악센트, 다이내믹한 연주 등은 무척 뛰어났고 고악부흥(古樂復興)에 선도적 역할을 하였음. 바르샤바 유태게 집안에서 태어났으며 주로 바흐 음악을 연주. 1941년 독일군의 침략으로 미국으로 이주(엮은이풀이)

• **J·S BACH** : 요한 제바스티안 바흐(Johann Sebastian Bach, 1685~1750). 독일의 작곡가. 많은 종교곡, 기악곡 소나타, 협주곡, 관현악 모음곡 따위를 썼고, 대위법 음악을 완성하여 바로크 음악의 정상에 오름. 작품으로 〈마태 수난곡〉, 〈브란덴부르크 협주곡〉, 〈부활제〉 따위가 있음

• **獅子(사자)**

• **死體(사체)** : 사람 또는 동물 따위의 죽은 몸뚱이

올페

올페는 죽을 때
나의 직업은 시라고 하였다
後世 사람들이 만든 얘기다

나는 죽어서도
나의 직업은 시가 못된다
宇宙服 처럼 月谷에 둥 둥 떠 있다
귀환 時刻 未定.

(『心象』, 1973. 12.)

- 올페 : 오르페우스(Orpheus), 그리스 신화에 나오는 음유시인, 리라의 명수. 사랑하는 아내 에우리디케가 뱀에 물려 죽자 저승까지 내려가 음악으로 저승의 신들을 감동시켜 다시 지상으로 데려가도 좋다는 허락을 받아냈으나 지상의 빛을 보기까지 절대로 뒤를 돌아보지 말라는 경고를 지키지 못해 결국 아내를 데려오지 못하고 슬픔에 잠겨 지내다 비참한 죽음을 맞이함(엮은이풀이)
- **後世(후세)** : 다음에 오는 세상. 또는 다음 세대의 사람들
- **宇宙服(우주복)**
- **月谷(월곡)** : 달의 골짜기
- **時刻(시각)**
- **未定(미정)**

[재수록]

- 『詩人學校』(新現實社, 1977.), 「올페」
- 『평화롭게』(高麗苑, 1984.), 「올페」

留聲機

한 老人이 햇볕을 쪼이고 있었다
몇 그루의 나무와 마른 풀잎들이 바람을 쏘이고 있었다
BACH의 오보의 主題가 번지어져 가고 있었다 살다보면 자비한
것 말고 또 무엇이 있으리
갑자기 해가 지고 있었다

(『現代詩學』, 1974. 3.)

- **留聲機(유성기)** : 축음기. 원통형 레코드 또는 원판형 레코드에 녹음한 음을 재생하는 장치
- **老人(노인)**
- **BACH** : 요한 제바스티안 바흐(Johann Sebastian Bach, 1685~1750). 독일의 작곡가. 많은 종교곡, 기악곡 소나타, 협주곡, 관현악 모음곡 따위를 썼고, 대위법 음악을 완성하여 바로크 음악의 정상에 오름. 작품으로 〈마태 수난곡〉, 〈브란덴부르크 협주곡〉, 〈부활제〉 따위가 있음
- **오보** : 오보에(oboe). 목관 악기의 하나
- **主題(주제)** : 하나의 악곡을 이루는 중심 악상. 악곡의 전부 또는 일부분의 기초가 되어 그 선율적·화성적·율동적 발전이 악곡을 다양하게 전개

『신한국문학전집 37 시선집 3』 시

라산스카

녹이 슬었던
두꺼운 鐵門 안에서

높은 石山에서
퍼어 부어져 내리는 올갠 속에서
거기서 준 신발을 얻어 끌고서

라산스카
늦가을이면 광채속에
기어가는 벌레를 보다가

오래 되어서 쓰러져 가지만
황량하지만

(『新韓國文學全集 37 詩選集 3』, 語文閣, 1974.)

•266쪽) 「라산스카」(『新東亞』, 1967. 10.)의 시어 풀이 참조

[발표]

•『新東亞』(1967. 10.), 「라산스카」

音樂

日月을 가느니라
아비는 石工 노릇을 하느니라
낮이면 大地에 피어난
만발한 구름뭉게도 우리로다

가깝고도 머언
검푸른
산 줄기도 사철도 우리로다.

이 하루를 보내는 아비의 술잔도 늬 엄마가 다루는 그릇 소리도 우리로다.
밤이면 大海를 가는 물거품도
흘러가는 化石도 우리로다

불현듯 돌 쫏는 소리가 나느니라
아비의 귓전을 스치는 찬바람이 솟아나느니라
늬 棺속에 넣었던 악기로다
넣어 주었던 늬 피리로다.

잔잔한 온 누리

늬 어린 모습이로다 아비가 애통하는 늬 신비로다 아비로다

늬 소릴 찾으려하면 검은 구름이 뇌성이 비 바람이 일었느니라 아비가 가졌던 기인 칼로 하늘을 수없이 쳐서 갈랐느니라.
그것들도 나중엔 기진해 지느니라
아비의 노망기가 가시어 지느니라

돌 쫏는 소리가
간혹 나느니라

맑은 아침이로다

맑은 아침은 내려앉고

늬가 노닐던 뜰위에
어린 草木들 사이에
神器와 같이 반짝이는
늬 피리위에
나비가
나래를 폈느니라
하늘 나라에선
자라나면 죄 짓는다고
자라나기 전에 데려간다 하느니라

죄많은 아비는 따 우에
남아야 하느니라
방울 달린 은피리 둘을
만들었느니라
정성들였느니라
하나는
늬 棺속에
하나는 간직하였느니라
아비가 살아가는 동안
만지작거리느니라

(『新韓國文學全集 37 詩選集 3』, 語文閣, 1974.)

• 212쪽) 「近作詩篇 音樂-마라의 「죽은 아이를 追慕하는 노래」에 부쳐서」(『文學春秋』, 1964. 12.)의 시어 풀이 참조

[발표]

• 『文學春秋』(1964. 12.), 「近作詩篇 音樂-마라의 「죽은 아이를 追慕하는 노래」에 부쳐서」

[재수록]

• 『本籍地』(成文閣, 1968.), 「音樂-마라의 「죽은 아이를 追慕하는 노래」에 부쳐서」
• 『十二音階』(三愛社, 1969.), 「音樂-마라의 「죽은 아이를 追慕하는 노래」에 부쳐서」
• 『평화롭게』(高麗苑, 1984.), 「音樂-마라의 〈죽은 아이를 追慕하는 노래〉에 부쳐서」

물桶

희미한

風琴 소리가

툭 툭 끊어지고

있었다.

그동안 무엇을 하였느냐는 물음에 대해 다름아닌 人間을 찾아 다니며 물 몇 桶 길어다준 일밖에 없다고

머나먼 廣野의 한복판 얕은

하늘 밑으로

영롱한 날 빛으로

하여금 따우에선

(『新韓國文學全集 37 詩選集 3』, 語文閣, 1974.)

• 180쪽) 「舊稿」(『現代詩』 第1輯, 1962. 6.)의 시어 풀이 참조

[발표]

• 『現代詩』 第1輯(1962. 6.), 「舊稿」

[재수록]

• 『本籍地』(成文閣, 1968.), 「물桶」
• 『十二音階』(三愛社, 1969.), 「물桶」
• 『주머니 속의 詩』(悅話堂, 1977.), 「물桶」
• 『평화롭게』(高麗苑, 1984.), 「물桶」

復活節

城壁에 日光이 들고 있었다
육중한 소리를 내는 그림자가 지났다.

그리스도는 나의 산계급이었다고
죄없는 무리들의 주검옆에 조용하다고

내 호주머니속엔 밤 몇톨이 들어
있는 줄 알면서
그 오랜 동안 전해 내려온 전설의
돌 층계를 올라가서
낮모를 아이들이 모여 있는 안쪽으로 들어섰다 무거운 거울속에 든 꽃잎새처럼 이름이 적혀지는 아이들에게
밤 한톨씩을 나누어 주었다.

(『新韓國文學全集 37 詩選集 3』, 語文閣, 1974.)

• 156쪽) 「復活節」(『韓國戰後問題詩集』, 新丘文化社, 1961.)의 시어 풀이 참조

[처음수록]

• 『韓國戰後問題詩集』, (新丘文化社, 1961.), 「復活節」

[재수록]

• 『十二音階』(三愛社, 1969.), 「復活節」
• 『新韓國文學全集 37 詩選集 3』(語文閣, 1974.), 「復活節」
• 『평화롭게』, (高麗苑, 1984.) 「復活節」

墨畵

물먹는 소 목덜미에
할머니 손이 얹혀졌다.
이 하루도
함께 지났다고,
서로 발잔등이 부었다고
서로 적막하다고,

(『新韓國文學全集 37 詩選集 3』, 語文閣, 1974.)

• 墨畵(묵화) : 수묵화. 먹으로 짙고 엷음을 이용하여 그린 그림

[발표]

• 『月刊文學』(1969. 6.), 「墨畵」

[재수록]

• 『十二音階』(三愛社, 1969.), 「墨畵」
• 『詩人學校』(新現實社, 1977.), 「墨畵」
• 『三省版 韓國現代文學全集 38 詩選集 II』(三省出版社, 1978.), 「墨畵」
• 『평화롭게』(高麗苑, 1984.), 「墨畵」

비옷을 빌어입고

온 終日 비는 내리고
가까이 사랑스러운 멜로디
트럼펫이 울린다.

二八년전
善竹橋가 있는
비 내리던
開城,
호수돈 高女生에게
첫 사랑이 번지어졌을 때
버림 받았을 때

비옷을 빌어입고 다닐 때
寄宿舍에 있을 때

기와담장 덩굴이 우거져
온 終日 비는 내리고
사랑스러운 멜로디 트럼펫이
울릴 때

(『新韓國文學全集 37 詩選集 3』, 語文閣, 197.4.)

• 311쪽) 「비옷을 빌어입고」(『十二音階』, 三愛社, 1969.)의 시어 풀이 참조

[처음수록]

• 『十二音階』(三愛社, 1969.), 「비옷을 빌어입고」

미사에 參席한 李仲燮氏

내가 많은 돈이 되어서
선량하고 가난한 사람들을 위해
맘 놓고 살아갈 수 있는
터전을 마련해 주리니

내가 처음 일으키는 微風이 되어서
내가 不滅의 平和가 되어서
내가 天使가 되어서 아름다운
音樂만을 싣고 가리니
내가 자비스런 神父가 되어서
그들을 한번씩 訪問하리니

(『新韓國文學全集 37 詩選集 3』, 語文閣, 197.4.)

• 272쪽) 「미사에 參席한 李仲燮氏」(『現代文學』, 1968. 8.)의 시어 풀이 참조

[발표]

• 『現代文學』(1968. 8.), 「미사에 參席한 李仲燮氏」

[재수록]

• 『本籍地』(成文閣, 1968.), 「미사에 參席한 李仲燮氏」
• 『十二音階』(三愛社, 1969.) 「미사에 參席한 李仲燮氏」
• 『평화롭게』(高麗苑, 1984.), 「미사에 參席한 李仲燮씨」

술래잡기

심청일 웃겨보자고 시작한 것이
술래잡기였다.
꿈속에서도 언제나 외로웠던 심청인
오랜만에 제 또래의 애들과
뜀박질을 하였다.

붙잡혔다,
술래가 되었다.

얼마후 심청은
눈 가리기 헝겊을 맨 채
한 동안 서 있었다.
술래잡기 하던 애들은 안됐다는 듯
심청을 위로해 주고 있었다.

(『新韓國文學全集 37 詩選集 3』, 語文閣, 1974.)

[발표]

- 『母音』(1965. 6.), 「술래잡기 하던 애들」

[재수록]

- 『十二音階』(三愛社, 1969.), 「술래잡기」
- 『新韓國文學全集 37 詩選集 3』(語文閣, 1974.), 「술래잡기」
- 『詩人學校』(現實社, 1977.), 「술래잡기」
- 『평화롭게』(高麗苑, 1984.), 「술래잡기」

지면발표(1974. 9. ~ 1977. 8.) 시

한 마리의 새

새 한마린 날마다 그맘때
한 나무에서만 지저귀고 있었다

어제처럼
세개의 가시덤불이 영롱하다
하나는
어머니의 무덤
하나는
동생의 무덤

새 한마린 날마다 그맘때
한 나무에서만 지저귀고 있었다

(『月刊文學』, 1974. 9.)

[재수록]

- 『詩人學校』(新現實社, 1977.), 「한 마리의 새」
- 『주머니 속의 詩』(悅話堂, 1977.), 「한 마리의 새」
- 『三省版 韓國現代文學全集 38 詩選集 II』(三省出版社, 1978.), 「한 마리의 새」
- 『평화롭게』(高麗苑, 1984.), 「한 마리의 새」

鬪病記 · 2

끝없이 펼치어진
荒野가 되었을 때
하늘과 땅 사이에
밝은 화살이 박힐 때
나는 坐客이 되었다
신발만은 잘 간수해야겠다
큰 비가 나릴 것 같다

(『文學과知性』, 1974. 겨울.)

- **鬪病記(투병기)** : 병과 싸워 가는 과정을 쓴 글
- **荒野(황야)** : 버려두어 거친 들판
- **坐客(좌객)** : '히반신 장애인'을 달리 이르는 말

[재수록]

- 『누군가 나에게 물었다』(民音社, 1982.), 「鬪病記」
- 『평화롭게』(高麗苑, 1984.), 「鬪病記」

鬪病記 · 3

한밤중 나체의 산발한 마녀들에게 쫓겨다니다가

들어간 곳이 휘황한 광채를 뿜는 시체실이다 다가선 여러 마리의 마녀가 천정 쪽으로 솟아올라 붙은 다음 캄캄하다

다시 새벽이 되었다 뭘좀 먹어야겠다

(『文學과知性』, 1974. 겨울.)

• **鬪病記(투병기)** : 병과 싸워 가는 과정을 쓴 글

달 뜰 때까지

해방 이듬 이듬해 봄
10時~11時
솔밭 속을 기어가고 있음
멀리 똥개가 짖고 있음
달뜨기 전 넘어야 한다 함
경계선이 가까워진다 함

엉덩이가 들린다고 쥐어박히고 있음
개미가 짖고 있음
기어가고 있음
달뜨기 전 넘었음

빈 마을 빈 집들 있음
그런 데를 피해가고 있음
시간이 지났음

경계선이 다시 나타남
총기 다루는 소리 마구 보임
시야에
노란

붉은
검은 빛발침
개새끼들 아직 이북 警備隊임

간간 遠近의 고함이
캄캄한 拘置所 전체가 벼룩떼임
순찰 한 놈이 다녀갔음 벽 한 군데 거적떼길 들추어보았음 굵은 삭장귀 네 個가 가로질린 살창임
합세하여 잡아당기고 있음 흙덩어리 떨어진 소리가 오래 가고 있음

짐작 時計
2時 빠져나갈 구멍이 뚫리고 있음
腦波 일고 있음
현재 罪目, 反動 및 破壞分子

3時~4時 아직 순찰 없음
두 다리부터 빠져나와 있음

허연 달 밑
기어가기 시작함 엉덩이가 들린다고 쥐어박히고 있음
달 지는 쪽 西쪽과 南쪽 파악하였음
엉덩이가 다시 높아지고 있음 (『文學과知性』, 1974. 겨울.)

- 時(시)
- 警備隊(경비대) : 경비 임무를 맡은 부대
- 遠近(원근) : 먼 곳과 가까운 곳
- 拘置所(구치소) : 형사 피의자 또는 형사 피고인으로서 구속 영장에 의하여 구속된 사람을 판결이 내려질 때까지 수용하는 시설
- 삭장귀 : '삭장구'의 방언. 삭정이. 살아 있는 나무에 붙어 있는 말라 죽은 가지
- 個(개)
- 살창(窓) : 1. 가는 나무나 쇠붙이 오리로 살을 대어 만든 창 2. [북한어] 억류되어 나오지 못하게 된 감옥을 비유적으로 이르는 말
- 時計(시계)
- 腦波(뇌파) : 뇌의 활동에 의하여 일어나는 전류
- 罪目(죄목) : 저지른 죄의 명목
- 反動分子(반동분자) : 반동적인 행위를 하는 자
- 破壞分子(파괴분자) : 조직, 질서, 관계 따위를 와해하거나 무너뜨리는 자
- 西(서)
- 南(남)

鬪病記

껴먼 부락이다
몇 겹의 유리가 하나씩 벗겨지고 있었다
살 곳을 찾아가는 중이다
하얀 바람결이 차다
집들은 샤갈이 그린 폐가들이고
골목들은 프로이트가 다니던
진수렁투성이다
안고 가던 쉔베르크의 악기가
깽깽거린다

(『現代文學』, 1975. 1.)

- **鬪病記(투병기)** : 병과 싸워 가는 과정을 쓴 글
- **부락(部落)** : 시골에서 여러 민가(民家)가 모여 이룬 마을. 또는 그 마을을 이룬 곳
- **샤갈** : 마르크 샤갈(Marc Chagall, 1887~1985). 러시아 태생의 프랑스 화가. 유태계 가난한 집안에서 출생. 대상의 초현실적 묘사로 쉬르레알리슴을 개척. 작품에 〈잔을 들고 있는 이중 초상〉, 〈여름밤의 꿈〉 따위가 있음. 나치의 탄압을 피하여 1941년에 미국으로 망명(엮은이풀이)
- **프로이트** : 지그문트 프로이트(Sigmund Freud, 1856~1939). 오스트리아의 심리학자, 신경과 의사. 정신 분석학의 창시자로, 정신 분석의 방법을 발견하여 잠재의식을 바탕으로 한 심층 심리학을 수립. 저서에 『꿈의 해석』,『정신 분석학 입문』 따위가 있음. 유태인이라는 이유로 나치에 책과 재산을 몰수당하자 1938년 6월에 비엔나를 떠나 런던으로 이주
- **쉔베르크** : 아르놀트 쇤베르크(Arnold Schönberg, 1874~1951). 오스트리아에서 태어나 미국으로 귀화한 작곡가, 음악이론가이자 음악교육가. 빈에 기반을 둔 유태인 집안에서 출생. 1933년 독일에서 나치가 정권을 획득하자 미국으로 피신. 20세기 전반기의 가장 영향력 있는 작곡가 중의 하나였으며 조성음악의 해체에 기여한 중심인물(엮은이풀이)

戀人

어느 산간 겨울철로
접어들던 들판을 따라
한참 가노라면
헌 木造建物
이층집이 있었다
빨아널은 행주조각이
덜커덩거리고 있었다
먼 鼓膜 鬼神의 소리

(『現代詩學』, 1975. 2.)

• 戀人(연인)
• 木造建物(목조건물)
• 鼓膜(고막)
• 鬼神(귀신)

꿈나라

두이노城 안팎을 나무다리가 되어서 다니고 있었다 소리가 난다

간혹

죽은 친지들이 보이다가 날이 밝았다 모찰트 銅像을 쳐다보고 있었다
비엔나 어느 公園 一角같다 첨듣는 아름다운 和音이

아인슈타인에게 인간의 죽음이 뭐냐고 묻는이에게 모찰트를 못듣게
된다고 온 누리에 平和만이

白髮의 庭園師가 인자하게 보이고 있었다

(『心象』, 1975. 4.)

- **두이노城(성)** : 이탈리아 북부 아드리아 바다 연안에 있는 탁시스 후작 부인의 성. 이곳에서 라이너 마리아 릴케가 「두이노의 비가」를 썼음(『서양의 고전을 읽는다』)
- **모찰트** : 볼프강 아마데우스 모차르트(Wolfgang Amadeus Mozart, 1756~1791). 오스트리아의 작곡가. 하이든과 18세기의 빈 고전파를 대표하는 한 사람. 고전파의 양식을 확립. 40여 곡의 교향곡, 각종 협주곡, 가곡, 피아노곡, 실내악, 종교곡이 있으며, 오페라 〈피가로의 결혼〉, 〈돈 조반니〉, 〈마적〉 따위가 있음
- **銅像(동상)**
- **비엔나** : 빈(Wien). 중부 유럽, 다뉴브강 연안에 있는 도시. 숲에 둘러싸인 아름다운 고도(古都)로 중부 유럽의 경제·교통·문화의 중심지. 오스트리아의 수도
- **公園(공원)**
- **一角(일각)** : 한 귀퉁이. 또는 한 방향
- **和音(화음)**
- **아인슈타인** : 알베르트 아인슈타인(Albert Einstein, 1879~1955). 독일 태생의 미국 이론 물리학자. '특수 상대성 원리', '일반 상대성 원리', '광양자 가설', '통일장 이론' 등을 발표. 1921년에 노벨 물리학상을 받았음
- **平和(평화)**
- **白髮(백발)**
- **庭園師(정원사)** : 정원의 꽃밭이나 수목을 가꾸는 일을 직업으로 하는 사람

[재수록]

- 『詩人學校』(新現實社, 1977.), 「對話」
- 『평화롭게』(高麗苑, 1984.), 「對話」

따뜻한 곳

남루를 입고 가도 차별이 없었던 시절
슈벨트의 歌曲이 어울리던 다방이 그립다

눈내리면 추위가
계속되었고
아름다운 햇볕이
놀고 있었다

(『月刊文學』, 1975. 4.)

- **남루(襤褸)**: 낡아 해진 옷
- **슈벨트**: 프란츠 슈베르트(Franz Peter Schubert, 1797~1828). 오스트리아의 작곡가. 초기 독일 낭만파의 대표적 작곡가의 한 사람이며 근대 독일 가곡의 창시자. 600여 곡의 독일 가곡과 실내악곡, 교향곡 따위를 남김. 작품에 〈아름다운 물레방앗간의 아가씨〉, 〈겨울 나그네〉, 〈백조의 노래〉 따위가 있음
- **歌曲(가곡)**: 시에 곡을 붙인 성악곡

[재수록]

- 『누군가 나에게 물었다』(民音社, 1982.), 「따뜻한 곳」
- 『평화롭게』(高麗苑, 1984.), 「따듯한 곳」

山

오십평생 단칸 셋방뿐이다

怪岩옆에 앉아 있었다

몇 잔의 高粱酒와 몇 조각의 호떡을 먹어치웠기 때문일까

따분하다

음악의 對位法처럼 彫代의 彫刻이 서서히 하늘에서 아무 기척이 없는 어느 古家 뜨락에 내리고 있다 푸드득 소리에 놀라 깼다

새가

난다

(『詩文學』, 1975. 4.)

- **山(산)**
- **怪岩(괴암)** : 괴상하게 생긴 바위
- **高粱酒(고량주)** : 수수를 원료로 하여 빚은, 알코올 농도 60% 내외의 중국 특산 소주
- **對位法(대위법)** : 둘 이상의 독립된 선율이나 성부를 동시에 결합시켜 곡을 만드는 복음악(複音樂)의 작곡법
- **彫代(조대)** : '彫(새기다), 代(번갈아)'의 뜻에 미루어 '번갈아 새긴'이라는 뜻으로 추정(엮은이풀이)
- **彫刻(조각)**
- **古家(고가)**
- **뜨락** : 집 안의 앞뒤나 좌우로 가까이 딸려 있는 빈터(『우리말샘』)

掌篇

아작 아작 크고 작은 두 마리의 염소가 캬베스를 먹고 있다
똑똑 걸음과 울음 소리가 더 재미 있다
인파 속으로 열심히 따라가고 있다. 나 같으면 어떤 일이 있어도 녀석들을 죽이지 않겠다.

(『詩文學』, 1975. 4.)

• **掌篇(장편)** : 손바닥만 한 크기의 작품이라는 뜻
• **캬베스** : 양배추(cabbage)

[재수록]

• 『詩人學校』(新現實社, 1977.), 「掌篇①」
• 『평화롭게』(高麗苑, 1984.), 「掌篇·1」

園丁

비가 쏟아지고 우뢰가 칠 때에도 평화를 느낀다.
아침이 되었다.
안개 덩어리가 풀리고 있다.
돋아난 새싹들은 온통 초록이다.
어떤 나무에선, 높은 나무가지에선 새 소리가 반짝이고 있다.
이 하루도 아득한 생각이 든다.
루드비히반 베토벤처럼.

詩作메모

작년 이맘 때 병원에 입원했다. 장기간의 소주를 과음한 것으로 인하여 생긴 발병이었다. 입원한날부터 나는 죽게되어 있었다. 계속되는 혼수상태, 그혼수상태에서 쓴것이다.

(『朝鮮日報』, 1975. 6. 4.)

- **園丁(원정)**: 정원이나 과수원 따위를 관리하는 사람. 동산직이
- **루드비히반 베토벤**: 루트비히 판 베토벤(Ludwig van Beethoven, 1770~1827) 독일의 음악가. 하이든, 모차르트의 영향과 루돌프 대공(大公) 등의 도움으로 작곡가로서의 지위를 확립. 고전파 말기에 나와 낭만주의 음악의 선구가 됨. 작품에 아홉 개의 교향곡과 현악 사중주곡 〈라주모브스키〉, 피아노 소나타 〈열정(熱情)〉, 〈월광(月光)〉 따위가 있음
- **詩作(시작)**: 시를 지음

虛空

사면은 잡초만 우거진 무인지경이다
자그마한 판자집 안에선 어린 코끼리가
옆으로 누운 채 곤히 잠들어 있다
자세히 보았다
15년 전에 죽은 반가운 동생이다
더 자라고 둬 두자
먹을 게 없을까

散文 / **피난길**

그 때 나의 뇌리와 고막 속에선 바하의 〈마태 受難〉과 〈파사칼리아 遁走曲〉이 굉음처럼 스파크되고 있었다.

걷고 걷던 7월 초순경, 지칠대로 지친 끝에 나는 어떤 밭이랑에 쓰러지고 말았다. 살고 싶지가 않았다.

얼마나 지났던 것일까, 다시 깨어났을 때는 주위가 캄캄한 深夜였다. 그러면서 생각한 것이 〈돌각담〉이었다.

全鳳健과 李昇勳이《現代詩學》(73년 4월호)에서 拙詩 〈돌각담〉에 대해서 對談한 몇 마디를 이곳에 인용한다.

이 작품의 현장을 전쟁 속에 두면 작자가 제시하고 있는 경험이 무엇인가 자명해지는 것입니다. 그 죽음과 절망과 막막한 어둠의 경험입니다. 그리고 그 어둠과 절망과 죽음 바로 그 속이었기에 할 수 있었던 사랑이랄까 연민의 정이랄까 할 것의 발견과 확인의 경험입니다.

내 형은 현역 육군 중령이었으며 6 · 25가 발발하던 다음날 헤어진 뒤로는 소식이 끊어졌다. 반동 가족들은 모조리 참살한다는 소문을 들으면서 수원에서 조치원, 그곳에서 다시 남쪽을 향하여 노숙을 하며 걸었다.

나의 양친이 피난을 못 떠나고 서울에 남아 있었던 것이다.

환난의 날에 나를 부르라, 내가 너를 건지리니 라는 그리스도의 말도 무색하였다.

나는 그 뒤부터 못 먹던 술을 먹게 되었다. 무료할 때면 詩作이랍시고 끄적거리는 버릇을 가지게 되었다.

(『文學思想』, 1975. 7.)

- 이 시의 첫 행은 반 칸 정도 들여쓰기 되어 있음
- **虛空(허공)** : 텅 빈 공중
- **散文(산문)** : 율격과 같은 외형적 규범에 얽매이지 않고 자유로운 문장으로 쓴 글
- **바하** : 요한 제바스티안 바흐(Johann Sebastian Bach, 1685~1750). 독일의 작곡가. 많은 종교곡, 기악곡 소나타, 협주곡, 관현악 모음곡 따위를 썼고, 대위법 음악을 완성하여 바로크 음악의 정상에 오름. 작품으로 〈마태 수난 곡〉, 〈브란덴부르크 협주곡〉, 〈부활제〉 따위가 있음
- **마태 受難(수난)** : 마태오 수난곡. 사복음서의 하나인 마태오 복음서를 토대로 하여 예수그리스도의 생애와 고난을 담은 곡. 요한 제바스티안 바흐의 마태오 수난곡, 하인리히 쉬츠의 마태오 수난곡이 있음(『위키백과』)
- **파사칼리아 遁走曲(둔주곡)** : 바흐의 파사칼리아와 푸가 C단조〉를 가리킴(BWV582). 파사칼리아는 16세기 중엽에 유행한 파사칼레(pasacalle)라는 2박자계, 4~8마디의 행진곡이 무곡이 된 것. 둔주곡은 푸가(fuga)로서 모방대위법에 의한 악곡형식(樂曲形式) 및 그 작법. 원래는 '도주(逃走)'의 뜻인데, 음악용어로는 둔주곡(遁走曲)·추복곡(追覆曲) 등으로 번역(엮은이풀이)
- **스파크(spark)** : 방전할 때 일어나는 불빛. 불꽃
- **深夜(심야)** : 깊은 밤
- **全鳳健(전봉건, 1928~1988)** : 평안남도 안주(安州)에서 출생. 평양 숭인상업고등학교를 졸업하고, 광복 후 남하, 교원생활을 하면서 시작(詩作)에 몰두, 1950년 「사월(四月)」, 「축도(祝禱)」등을 『문예(文藝)』에 발표, 추천을 받음으로써 문단에 등단. 6·25전쟁 때 참전한 경험을 살려, 김종삼(金宗三) 등과 연대시집 『전쟁과 음악과 희망과』를 간행. 6·25전쟁 이후 출판계에 몸담고, 『문학춘추』, 『여상(女像)』의 편집장, 『현대시학(現代詩學)』의 주간을 맡음. 시인협회상, 대한민국문학상, 대한민국예술상을 수상, 시집으로 『전봉건 시선』, 『피리』, 『북의 고향』 등이 있고, 평론에 『시의 비평에 대하여』등이 있음(『두산백과』)
- **李昇勳(이승훈, 1942~2018)** : 현대시인. 강원도 춘천 출생. 1962년 『현대문학(現代文學)』에 추천을 받아 등단 (『국어국문학자료사전』)
- **現代詩學(현대시학)** : 월간 시 전문지. 전봉건이 주재. 박두진, 박목월, 구상, 김춘수 등이 편집위원이었음(『한국민족문화대백과』)
- **拙詩(졸시)** : 시인(詩人)이 자신의 시(詩)를 스스로 겸양하여 일컫는 말
- **對談(대담)**
- **詩作(시작)**

[재수록]

- 『詩人學校』(新現實社, 1977.), 「虛空」
- 『평화롭게』(高麗苑, 1984.), 「虛空」

漁夫

바닷가에 매어둔
작은 고깃배
날마다 출렁거린다
풍랑에 뒤집일 때도 있다
화사한 날을 기다리고 있다
머얼리 노를 저어나가서
헤밍웨이의 바다와 老人이 되어서
중얼거리려고

살아온 기적이 살아갈 기적이 된다고
사노라면
많은 기쁨이 있다고

(『詩文學』, 1975. 9.)

- **漁夫(어부)**
- **헤밍웨이** : 어니스트 헤밍웨이(Ernest Miller Hemingway, 1899~1961). 미국의 소설가. 1차 세계 대전 때 종군한 경험을 바탕으로 현실과 용감하게 싸우고 패배하는 인간의 모습을 간결하고 힘찬 문체로 묘사. 1954년에 노벨 문학상을 받음. 작품에 〈노인과 바다〉, 〈무기여 잘 있거라〉, 〈누구를 위하여 종은 울리나〉 따위가 있음
- **바다와 老人(노인)** : 헤밍웨이의 단편소설 「노인과 바다(The Old Man and the Sea)」

[재수록]

- 『詩人學校』(新現實社, 1977.), 「漁夫」
- 『평화롭게』(高麗苑, 1984.), 「漁夫」

掌篇

조선 총독부가 있을 때
청계川邊 十錢均一 床밥집 문턱엔
거지 소녀가 거지 장님 어버이를
이끌고 와 서 있었다
주인 영감이 소리를 질렀으나
태연 하였다
어린 소녀는 어버이의 생일이라고
十錢짜리 두 개를 보였다.

(『詩文學』, 1975. 9.)

- **掌篇(장편)** : 손바닥만 한 크기의 작품이라는 뜻
- **川邊(천변)** : 냇물의 주변
- **十錢(십전)** : 10전. 전(錢)은 우리나라의 옛 화폐 단위. 1전은 1원(圓)이나 1환(圜)의 100분의 1
- **均一(균일)** : 한결같이 고름
- **床(상)** : '상차림'을 나타내는 말

[재수록]

- 『詩人學校』(新現實社, 1977.), 「掌篇②」
- 『三省版 韓國現代文學全集 38 詩選集 Ⅱ』(三省出版社, 1978.), 「掌篇」
- 『평화롭게』(高麗苑, 1984.), 「掌篇·2」

불개미

날을 가리지 않고
불개미처럼
빅톨 유고를 따라다녔다
歷代의 文豪들을

아우구스트 로당을,
그의 彫刻들이 선회하고
있는 곳을

(『詩와意識』, 1975. 9.)

- **불개미** : 붉은색의 작은 개미를 통틀어 이르는 말. 단것을 좋아하는 습성이 있음
- **빅톨 유고** : 빅토르 위고(Victor-Marie Hugo, 1802~1885). 프랑스의 시인, 극작가 낭만주의의 거장으로서 자유주의적이고 인도주의적인 경향을 풍부한 상상력과 장려한 문체와 운율의 형식을 빌려 나타내었음. 1862년에 걸작 『레 미제라블』을 완성. 희곡 『에르나니』와 시 『동방 시집』, 소설 『노트르담의 꼽추』 따위가 있음
- **歷代(역대)** : 대대로 이어 내려온 여러 대. 또는 그동안
- **文豪(문호)** : 뛰어난 문학 작품을 많이 써서 알려진 사람
- **아우구스트 로당** : 오귀스트 로댕(François-Auguste-René Rodin, 1840~1917). 프랑스의 조각가. 날카로운 사실적 기법을 구사하여 희로애락의 감정과 인간의 내면에 깃든 생명의 약동을 표현한다는 평가를 받고 있음. 릴케가 그의 비서로 지낸 바 있음. 작품에 〈지옥의 문〉, 〈입맞춤〉, 〈생각하는 사람〉, 〈발자크상〉, 〈빅토르 위고〉 따위가 있음
- **彫刻(조각)** : 재료를 새기거나 깎아서 입체 형상을 만듦. 또는 그런 미술 분야
- **선회(旋回)** : 둘레를 빙글빙글 돎. '돎', '빙빙 돎'으로 순화

올페

햇살이 눈부신
어느 날 아침

하늘에 닿은 쇠사슬이
팽팽하였다

올라오라는 것이다.

친구여. 말해다오.

(『詩와意識』, 1975. 9.)

• **올페** : 오르페우스(Orpheus), 그리스 신화에 나오는 음유시인, 리라의 명수. 사랑하는 아내 에우리디케가 뱀에 물려 죽자 저승까지 내려가 음악으로 저승의 신들을 감동시켜 다시 지상으로 데려가도 좋다는 허락을 받아냈으나, 지상의 빛을 보기까지 절대로 뒤를 돌아보지 말라는 경고를 지키지 못해 결국 아내를 데려오지 못하고 슬픔에 잠겨 지내다 비참한 죽음을 맞이함(엮은이풀이)

가을

亞熱帶에서 죽을 힘 다하여 살아온 나에게
햇볕 깊은 높은 山이 보였다
그 옆으론
大鐵橋의 架設
어디로 이어진지 모를
大鐵橋 마디 마디는
요한의 칸타타이다
어지러운 文明 속에 날은 어두워졌다

(『新東亞』, 1975. 12.)

- **亞熱帶(아열대)** : 열대와 온대의 중간 지대
- **山(산)**
- **大鐵橋(대철교)**
- **架設(가설)** : 전깃줄이나 전화선, 교량 따위를 공중에 건너질러 설치함
- **요한** : 요한 제바스티안 바흐(Johann Sebastian Bach, 1685~1750). 독일의 작곡가. 많은 종교곡, 기악곡 소나타, 협주곡, 관현악 모음곡 따위를 썼고, 대위법 음악을 완성하여 바로크 음악의 정상에 오름. 작품으로 〈마태 수난곡〉, 〈브란덴부르크 협주곡〉, 〈부활제〉 따위가 있음
- **칸타타(cantata)** : 17세기에서 18세기까지 바로크 시대에 발전한 성악곡의 한 형식. 독창·중창·합창과 기악 반주로 이루어지며, 이야기를 구성하는 가사의 내용에 따라 세속 칸타타와 교회 칸타타로 나뉨
- **文明(문명)**

[재수록]

- 『詩人學校』(新現實社, 1977.), 「가을」
- 『평화롭게』(高麗苑, 1984.), 「가을」

궂은 날

입원하고 있었읍니다
육신의 고통 견디어 낼 수가 없었읍니다
어제도 죽은이가 있고
오늘은 딴 병실로 옮아간 네살짜리가
위태롭다 합니다

곧 연인과 死別 간곡하였고
살아 있다는 하나님과
간혹
이야기—ㄹ 나누며 걸어가고 싶었읍니다.
그러나 하나님은 저의 한손을
잡아주지 않았습니다.

(『月刊文學』, 1976. 1.)

• 死別(사별)

발자국

폐허가 된
노천 극장을 지나가노라면 어제처럼
獅子 한 마리 엉금 엉금 따라온다 버릇처럼 비탈진
길 올라가 앉으려면
녀석도 옆에와 앉는다
마주 보이는
언덕 위,
平均率의 나직한 音律이
새어 나오는
古城 하나이,
일어서려면 녀석도 따라 일어선다

오늘도 이 곳을 지나가노라면
獅子 한 마리가 엉금 엉금 따라온다
입에 넣은 손 멍청하게 물고 있다
아무일 없다고 더 살라고

(『詩文學』, 1976. 4.)

• 獅子(사자)
• 平均率(평균율) : 옥타브를 등분하여, 그 단위를 음정 구성의 기초로 삼는 음률 체계. 주로 12평균율을 가리킴. 〈평균율 클라비어곡집(das wohltemperierte Klavier)〉은 BWV 846~893. '클라비어'는 당시 독일어로 건반 악기를 뜻함. 모든 장조와 단조로 된 전주곡과 푸가의 곡집으로 각각 24곡씩의 2권으로 되어 있음(『위키백과』)
• 音律(음률) : 소리와 음악의 가락
• 古城(고성)

[발표]

• 『文學春秋』(1964. 12.), 「近作詩篇 발자국」

掌篇

정신병원에서 밀려나서
며칠이 지나는 동안 살아가던
가시밭 길과 죽엄이 오고 가던
길목의 광채가 도망쳤다
다만 몇 그루의 나무가 있는
邊方과 시간의 次元이 없는 古稀의
계단과 복도와 엘리자베스 슈만의 높은 天井을 느낀다

(『詩文學』, 1976. 4.)

- **掌篇(장편)** : 손바닥만 한 크기의 작품이라는 뜻
- **邊方(변방)** : 중심지에서 멀리 떨어진 가장자리 지역
- **次元(차원)** : 사물을 보거나 생각하는 처지. 또는 어떤 생각이나 의견 따위를 이루는 사상이나 학식의 수준
- **古稀(고희)** : 고래(古來)로 드문 나이란 뜻. 일흔 살을 이르는 말. 두보의 「곡강시(曲江 詩)」에 나오는 말
- **엘리자베스 슈만** : 엘리자베트 슈만(Elisabeth Schumann, 1885~1952): 독일 태생의 미국 소프라노 가수. 빈(Wien) 국립 오페라 극장을 중심으로 활약하다가 나치즘을 피하여 미국으로 망명. 그녀의 남편이 유태인이었기 때문임
- **天井(천정)** : '천장(天障, 반자의 겉면)'의 북한말. 지붕 밑이나 위층 바닥 밑을 편평하게하여 치장한 각 방의 윗면

[재수록]

- 『詩人學校』(新現實社, 1977.), 「掌篇④」
- 『평화롭게』(高麗苑, 1984.), 「掌篇·4」

掌篇

金素月 詞兄
생각나는 곳은
미개발 往十里
蘭草 두어서넛 풍기던
삼칸초옥 下宿에다
해질 무렵
탁배기집이외다
또는 흥정은 드물었으나
손때가 묻어
정다웠던 대들보가 있던
雜貨商집이외다

(『心象』, 1976. 5.)

- **掌篇(장편)** : 손바닥만 한 크기의 작품이라는 뜻
- **金素月(김소월)** : 시인(1902~1934). 본명은 정식(廷湜). 김억의 영향으로 문단에 등단하였고, 1922년에 『개벽』에 대표작 「진달래꽃」을 발표하였다. 민요적인 서정시를 썼으며 작품에 「산유화(山有花)」, 「접동새」 따위가 있고 시집 『진달래꽃』, 『소월 시집』 따위가 있음
- **詞兄(사형)** : 벗으로 사귀는 문인이나 학자끼리 서로 높여 부르는 말
- **往十里(왕십리)** : 일제 강점기에 전차 노선(1914년)과 기동차 노선(1930년)이 부설됨. 경성에서 밀려난 하층민, 그리고 일제의 토지조사사업으로 몰락한 농촌 인구가 경성 인접 지역에 정착하면서 인구가 늘어남. 김소월은 1922년에 배재고등보통학교 4학년으로 편입학하여 1923년에 졸업할 때까지 서울에서 하숙. 이때 나도향(羅稻香, 1902~1926)과 어울림. 김소월의 시 「왕십리(往十里)」는 이때의 서울 체험과 관련이 깊을 수 있음(엮은이풀이)
- **蘭草(난초)** : 난초과의 식물을 통틀어 이르는 말
- **下宿(하숙)**
- **탁배기** : 막걸리. 특히 경상도 방언과 북한어에서 쓰이는 단어
- **雜貨商(잡화상)** : 여러 가지 잡다한 일용품을 파는 장사. 또는 그런 장수

꿈속의 나라

한 귀퉁이

꿈나라의 나라
한 귀퉁이

나도향
한하운씨가
꿈속의 나라에서

뜬구름 위에선
꽃들이 만발한 한 귀퉁이에선

지그문트 프로이트가
구스타포 말러가
말을 주고받다가
부서지다가
영롱한 날빛으로 바뀌어지다가

(『現代文學』, 1976. 11.)

- **나도향(羅稻香, 1902~1926)** : 소설가(1902~1926). 본명은 경손(慶孫). 필명은 빈(彬). 1921년에 『백조』동인으로 등단. 객관적 사실주의 경향의 작품을 썼음. 작품에 「물레방아」, 「뽕」, 「벙어리 삼룡이」 따위가 있음
- **한하운(韓何雲, 1919~1975)** : 시인. 본명은 태영(泰永). 한센인으로서 극심한 차별을 받고 남한에서 간첩으로 지목 당하는 등 고통스러운 삶속에서 시작 활동을 하였음. 작품에 시 「전라도 길」, 「보리 피리」, 자서전 『나의 슬픈 반생기』가 있음
- **지그믄트 프로이트** : 지그문트 프로이트(Sigmund Freud, 1856~1939). 오스트리아의 심리학자, 신경과 의사. 정신 분석학의 창시자로, 정신 분석의 방법을 발견하여 잠재의식을 바탕으로 한 심층 심리학을 수립. 저서에 『꿈의 해석』,『정신 분석학입문』 따위가 있음. 유태인이라는 이유로 나치에 책과 재산을 몰수당하자 1938년 6월에 비엔나를 떠나 런던으로 이주
- **구스타포 말러** : 구스타프 말러(Gustav Mahler, 1860~1911) 오스트리아의 작곡가, 지휘자. 오스트리아에서는 보헤미아인으로, 독일에서는 오스트리아인으로, 세계에서는 유태인으로 취급받는 삼중의 이방인이었음. 작품에 〈대지의 노래〉 〈죽은 아이를 위한 노래 Kindertotenlieder(1905)〉 따위가 있음

[재수록]

- 『詩人學校』(新現實社, 1977.), 「꿈속의 나라」
- 『주머니 속의 詩』(悅話堂, 1977.), 「꿈속의 나라」
- 『평화롭게』(高麗苑, 1984.), 「꿈 속의 나라」

라산스카

비 내리다가
날 개이고
숲 우거지고

어떤 날은
메마른 소리만 내이는
물새의 고장
티티카카
호숫가이고

(『月刊文學』, 1976. 11.)

• **라산스카** : 152쪽) 「라산스카」(『現代文學』, 1961. 7.)의 시어 풀이 참조
• **티티카카** : 스페인어: 페루와 볼리비아 사이에 있는 호수. 운송로로 이용 가능한 호수 중 세계에서 가장 높은 곳에 있는 호수. 티티카카는 케추아어로 '퓨마(티티)의 바위(카카)'라는 의미이며 호수 주변 원주민들이 퓨마와 재규어같은 동물을 숭배해서 붙여진 이름(『위키백과』)

[재수록]

• 『주머니 속의 詩』(悅話堂, 1977.), 「라산스카」

掌篇

사람은 죽은 다음
천국이나 지옥에 간다 하지만
나는 틀린다
여러번 죽음을 겪어야 할
아무도 가 본일 없는
바다이고
사막이다

작고한 心友銘
全鳳來 詩
金洙暎 詩
林肯載 文學評論家
鄭 圭 畵家

(『月刊文學』, 1976. 11.)

- **掌篇(장편)** : 손바닥만 한 크기의 작품이라는 뜻
- **心友銘(심우명)** : 心友(심우)는 서로 마음을 잘 아는 벗. 銘(명)은 금석(金石), 기물(器物), 비석 따위에 남의 공적을 찬양하는 내용이나 사물의 내력을 새김. 또는 그런 문구
- **全鳳來(전봉래)** : 시인(1923~1951). 평안남도 안주 출신. 전봉건(全鳳健) 시인의 친형. 한국전쟁 기간에 종군작가단에서 활동하다 부산 피난지 다방에서 다량 수면제를 먹고 자살함. 김종삼과 다방면에서 교류함(엮은이풀이)
- **詩(시)**
- **金洙暎(김수영)** : 시인(1921~1968). 모더니스트로 출발하여 지성과 감성의 조화를 이룬 작품으로 평가를 받았으며, 4·19 혁명 이후 현실 비판 의식과 저항 정신을 바탕으로 한 참여시를 썼음. 작품에 시집 『달나라의 장난』, 『거대한 뿌리』 따위가 있고 산문집 『시여 침을 뱉어라』 따위가 있음
- **林肯載(임긍재, 1918~1962)** : 한국 문학평론가. 황해도 연백(延白)에서 태어남. 해방 후 『연합신문』 편집국장과 『평화신문』 논설위원 등을 지냄. 1947년 9월 『백민(白民)』에 「꿈과 文學(문학)」을 발표하며 비평 활동을 시작. 한국전쟁 직후인 1952년 1월에 부산에서 조병옥(趙炳玉)·박연희(朴淵禧)와 함께 정치적 성격의 잡지인 『자유세계(自由世界)』를 펴내었으며, 서울 환도 후 『신세계(新世界)』로 개제하여 발행. 부산 피난시절 개헌으로 인한 정치파동 때 「호헌선언문(護憲宣言文)」을 영어로 번역한 혐의로 체포 된 바 있음(『위키백과』)
- **文學評論家(문학평론가)** : 문예 작품의 구조 및 가치, 작가의 창작 방법, 세계관 따위를 일정한 기준에 따라 검토하고 판단하는 사람
- **鄭圭(정규, 1923~1971)** : 강원도 고성 무역상의 아들로 태어남. 일본 데이고쿠미술학교(帝國美術學校) 서양화과를 1944년 졸업. 한국 전쟁 때 월남하여 한동안 부산에서 작품활동을 하다가 서울로 돌아온 후에는 주로 국립박물관을 중심으로 활동. 1954년 이후 이화여자대학교 미술대학을 필두로 홍익대학교, 경희대학교 등에서 학생들을 가르쳤음(『위키백과』)
- **畵家(화가)**

[재수록]

- 『詩人學校』(新現實社, 1977.), 「掌篇③」
- 『평화롭게』(高麗苑, 1984.), 「掌篇·3」

새

또 언제 올지 모르는
또 언제 올지 모르는
새 한마리가 가까히 와
지저귀고 있다
이 세상에선 들을 수 없는
고운 소리가 천체에 반짝이곤 한다
나는 인왕산 한 기슭
납작집에 사는 산 사람이다

(『心象』, 1977. 1.)

• **천체(天體)** : 우주에 존재하는 모든 물체. 항성, 행성, 위성, 혜성, 성단, 성운, 성간 물질, 인공위성 따위를 통틀어 이르는 말

[재수록]

• 『누군가 나에게 물었다』(民音社, 1982.), 「새」
• 『평화롭게』(高麗苑, 1984.), 「새」

掌篇

버스로 오십분쯤 나가면
비탈길 주택단지 축대들의 층층대
언덕 너머 야산 밑으론 마음
고운 여자 친구가 살고 있었다
부근엔 오두막 구멍가개 하나
있어 그 친구랑 코카콜랑 소주를
즐길때도 있었다

한 동안 일에 쫓기다가 즐거운 맘으로 달려가 본즉
그 친군 어떤 사람과 동거중이었다

야산과 축대들의 언저릴 경유하고 있었다
세자르 프랑크의 봐레이숀처럼

(『心象』, 1977. 1.)

• **掌篇(장편)** : 손바닥만 한 크기의 작품이라는 뜻

• **코카콜랑** : '코카콜라랑'의 잘못인 듯

• **세자르 프랑크(César Auguste Franck, 1822~1890)** : 벨기에 출신의 프랑스 작곡가 이자 오르간 연주자. 유능한 피아노 연주자였지만 오르간 연주자로 활동을 더 많이 했음. 오르간 작품은 12곡 밖에 없지만 오르간 즉흥 연주가 뛰어나 요한 세바스티안 바흐 이래 가장 뛰어난 오르간 작곡가로 여김(『위키백과』)

• **봐레이숀**: 세자르 프랑크가 말년에 작곡한 〈전주곡, 푸가, 변주곡(prélude, fugue et variation)〉(1884) 또는 〈교향적 변주곡(variations symphoniques)〉(1885) 등으로 추정(엮은이풀이)

걷자

방대한
공해 속을 걷자
술 없는
황야를 다시 걷자

(『現代詩學』, 1977. 1.)

[재수록]

- 『詩人學校』(新現實社, 1977.), 「걷자」
- 『평화롭게』(高麗苑, 1984.), 「걷자」

아우슈비츠 라게르

밤하늘 湖水가엔 한 家族이
앉아 있었다
평화스럽게 보이었다

家族 하나 하나가 뒤로 자빠지고 있었다
크고 작은 人形같은 屍體들이다
횟가루가 묻어 있었다

언니가 동생 이름을 부르고 있다
모기 소리만 하게

아우슈뷔츠 라게르.

(『韓國文學』, 1977. 1.)

金宗三·1922년 황해도 은율 출생. 1957년 金光林·全鳳健 등과 연대시집 「전쟁과 음악과 희망과」를 발간함. 詩集으로 「本籍地」(共著) 「十二音階」 「詩人學校」 등이 있으며, 1971년 「현대시학상」을 받음

- **아우슈비츠 라게르(Auschwitz lager)** : 아우슈비츠는 폴란드 남부, 크라쿠프(Kraków) 지방에 있는 화학 공업 도시. 제2차 세계 대전 때 나치스의 강제 수용소가 설치되어 400만 명 이상의 유태인 및 폴란드인이 학살된 곳. 라게르는 독일어로 수용소나 캠프를 뜻함
- **湖水(호수)**
- **家族(가족)**
- **人形(인형)**
- **屍體(시체)**

[재수록]

- 『詩人學校』(新現實社, 1977.), 「아우슈뷔츠 I」
- 『평화롭게』(高麗苑, 1984.), 「아우슈뷔츠 I」

샤이안

一八六五년 와이오밍 콜라우드山 아래

뙤약볕 아래
망아지 한 마리
맴돌고 있다
마부리 주었던 裝身具 딩굴었다 흩어졌다 없어졌다
다 죽었다 깔라꾸라 마부리 까당가 살았다

날마다 날개쭉지 소리 거칠다
머얼리서 반짝일 때 있다
넓은 天地 호치카 먹는다

(『詩文學』, 1977. 2.)

• **샤이안** : 샤이엔족(Cheyenne). 샤이안이라고도 부름. 북아메리카에 사는 평원(平原) 인디언의 한 부족. 알곤킨·와카시 대어족에 속하며 18세기에 서부의 대평원으로 이주하여 인디언 고유의 유목 문화를 발전시킴. 샤이엔 연합은 열 개의 부족으로 이루어져 있었는데 태양의 춤과 같은 의식을 통해 강력한 융합적 구조를 형성. 샤이엔족은 1860년대 후반부터 금광을 개발하기 위한 미국의 서부 진출로 커스터 장군 등의 부대에게 학살당함. 백인에게 격렬하게 대항함. 이와 관련 1964년 존포드 감독의 마지막 서부극 〈샤이안의 최후Cheyenne Autumn〉이 있음(엮은이풀이)
• **一八六五(천팔백육십오)** : 1865년 4월 남북전쟁이 끝나고 본격적으로 평원의 인디언 사냥이 시작됐음 (『곰PD의 전쟁이야기』)
• **콜라우드山(산)** : 미국 와이오밍 주에 있는 '클라우드' 산의 오기
• **마부리** : 샤이엔족의 인디언 이름으로 보임
• **裝身具(장신구)**
• **깔라꾸라, 까당가** : 샤이엔족의 언어로 보임
• **天地(천지)**
• **호치카** : 뱀

[재수록]

•『詩人學校』(新現實社, 1977.), 「샤이안」
•『평화롭게』(高麗苑, 1984.), 「샤이안」

내일은 꼭

엄만 장사를 잘할 줄 모르는 행상이란다
너희들 오늘도 나와 있구나 저물어 가는 山허리에
내일은 꼭
엄마의 지혜로 너희들 육성회비랑 입을거랑 가지고 오마.
엄만 죽지 않는 階段

(『詩文學』, 1977. 2.)

• 행상(行商) : 도붓장사. 이리저리 돌아다니며 물건을 파는 일
• 山(산)
• 階段(계단)

[발표]

• 『現代詩學』(1971. 9.), 「엄마」

평범한 이야기

한 걸음이라도 흠잡히지 않으려고 생존하여갔다

몇 걸음이라도 어느 성현이 이끌어주는 고된 삶의 쇠사슬처럼 생존되어갔다

세상 욕심이라곤 없는 불치의 환자처럼 생존하여갔다

환멸의 습지에서 가끔 헤어나게 되면은 남다른 햇볕과 푸름이 자라고 있으므로 서글펐다

서글퍼서 자리 잡으려는 샘터 손을 담그면 어질게 반영되는 것들 그 주변으론 색다른 영원이 벌어지고 있었다

(『新東亞』, 1977. 2.)

[처음수록]

•『韓國戰後問題詩集』(1961), 「이 짧은 이야기」

미켈란젤로의 한낮

巨岩들의 光明
大自然 속
독수리 한놈 떠 있고
한 그림자는 드리워지고 있었다.

(『文學과知性』, 1977. 봄.)

- 미켈란젤로(Michelangelo di Lodovico Buonarroti Simoni, 1475~1564) : 이탈리아의 화가 · 조각가 · 건축가 · 시인. 작품에 조각 〈다비드〉, 〈모세〉, 〈최후의 심판〉 따위가 있으며, 건축가로서 산피에트로 대성당의 설계를 맡았고 많은 시작(詩作)도 남겼음
- 巨岩(거암) : 매우 큰 바위
- 光明(광명) : 밝고 환함. 또는 밝은 미래나 희망을 상징하는 밝고 환한 빛
- 大自然(대자연)

[재수록]

- 『詩人學校』(新現實社, 1977.), 「미켈란젤로의 한낮」
- 『평화롭게』(高麗苑, 1984.), 「미켈란젤로의 한낮」

實錄

몇 줄 추리지 않을 수 없다

다시 본 再收錄이다

나치 獨逸로 하여 猶太族 七百五拾萬

아우슈뷔츠收容所에선 戰勢 기울기 시작 하루에 五千名씩 죽였다 한다

나치軍들의 왁살스러운 軍靴소리들은

有夫女들과 處女들도 발가벗겨 깨스室에 처넣었고

울부짖는 어린 것들을 끌어다가 同族들이 판 깊은 구덩이에 同族들 지켜 보는 가운데 던졌고

반항기가 있는 者들은 즉각 絞首刑에 處하였고

높은 굴뚝에서 치솟는 검은 煙氣는

그칠 날이 없었고

날마다 늘어나는 死者들의 衣類와

眼鏡과 신발들은 산더미처럼 쌓여갔고

死者들의 머리카락들은 軍服만들기 織造物이 되었고

死者들의 뼈가루들은 農作物 肥料가 되었고

—산채로 무서운 毒藥방울의 醫學實驗用이 되었고

人間虐殺工場이었던 아우슈뷔츠 近方에선 지금도 耕作을 하지

않는다 한다.

(『文學과知性』, 1977. 봄.)

- **實錄(실록)** : 사실을 있는 그대로 적은 기록
- **再收錄(재수록)** : 다시 모아서 기록함
- **獨逸(독일)**
- **猶太族(유태족)** : 유대인. 셈 어족으로 히브리어를 사용하고 유대교를 믿는 민족. 고대에는 팔레스타인에 거주하였고, 로마 제국에 예루살렘이 파괴되자 세계 각지에 흩어져 살다가 19세기 말에 시오니즘 운동이 일어나 1948년에 다시 팔레스타인에 이스라엘을 세워 살고 있음
- **七百五拾萬(칠백오십만)**
- **아우슈뷔츠** : 아우슈비츠. 폴란드 남부, 크라쿠프(Kraków) 지방에 있는 화학 공업 도시. 제 2차 세계 대전 때 나치스의 강제 수용소가 설치되어 400만 명 이상의 유대인 및 폴란드인이 학살된 곳
- **收容所(수용소)**
- **戰勢(전세)** : 전쟁, 경기 따위의 형세나 형편
- **五千名(오천명)**
- **軍(군)**
- **軍靴(군화)** : 전투하는 데에 편리하게 만든 군인용 구두
- **有夫女(유부녀)**
- **處女(처녀)**
- **室(실)**
- **同族(동족)**
- **者(자)**
- **絞首刑(교수형)** : 목을 옭아매어 죽이는 형벌
- **處(처)** : '처하다'의 어근. 어떤 책벌이나 형벌에 놓이게 함
- **煙氣(연기)**
- **死者(사자)** : 죽은 사람
- **衣類(의류)**
- **眼鏡(안경)**
- **軍服(군복)**
- **織造物(직조물)** : 틀로 짜 낸 피륙을 통틀어 이르는 말
- **農作物(농작물)**
- **肥料(비료)**
- **毒藥(독약)**
- **醫學實驗用(의학실험용)**
- **人間虐殺工場(인간학살공장)** : 김종삼의 조어. 인간을 학살하는 공장
- **近方(근방)** : 근처(가까운 곳)
- **耕作(경작)** : 땅을 갈아서 농사를 지음

聖河

잔잔한 聖河의 흐름은

비나 눈 내리는 밤이면

더 환하다.

(『文學과知性』, 1977. 봄.)

• 聖河(성하) : 성스러운 강물. 신앙심과 연결됨. 인도 힌두교의 성하(聖河) 갠지스강, 그리스신화의 스틱스강, 기독교의 요르단강, 불교의 삼도천 등 '삶과 죽음을 가르는 개념'으로 인식돼온 강(엮은이풀이)

[재수록]

• 『詩人學校』(新現實社, 1977.), 「聖河」
• 『평화롭게』(高麗苑, 1984.), 「聖河」

破片
—金春洙氏에게

어느 날밤
超速으로 흘러가는
몇 조각의 詩 破片은
軌道를 脫線한 宇宙船과 合勢해
가고 있었다.

처지기도 하고 앞서기도 한다.
그러다가는 치솟았다가 뭉치었다가
흩어지곤 한다.

超速으로 흘러가는
몇 조각의 詩 破片은
아인슈타인이 神이 버리고 간
宇宙迷兒들이다
어떻게 생긴지 모른다
毅然하다
어떤 때엔 아름다운 和音이 반짝이는
작은 방울 소릴 내이곤 한다

세자르 프랑크의 별.

(『月刊文學』, 1977. 6.)

- **破片(파편)** : 깨어지거나 부서진 조각
- **金春洙氏(김춘수씨)** : 한국 시인 김춘수(1922~2004)
- **超速(초속)** : 초속도(보통보다 훨씬 빠른 속도)
- **詩(시)**
- **軌道(궤도)** : 행성, 혜성, 인공위성 따위가 중력의 영향을 받아 다른 천체의 둘레를 돌면서 그리는 곡선의 길
- **脫線(탈선)** : 기차나 전차 따위의 바퀴가 선로를 벗어남
- **宇宙船(우주선)**
- **合勢(합세)** : 흩어져 있는 세력을 한곳에 모음
- **아인슈타인** : 알베르트 아인슈타인(Albert Einstein, 1879~1955). 독일 태생의 미국 이론 물리학자. '특수 상대성 원리', '일반 상대성 원리', '광양자 가설', '통일장 이론' 등을 발표. 1921년에 노벨 물리학상을 받았음
- **神(신)**
- **宇宙迷兒(우주미아)** : 김종삼의 조어. 우주 속에서 길이나 집을 잃고 헤매는 아이
- **毅然(의연)** : 의지가 굳세어서 끄떡없음
- **和音(화음)** : 높이가 다른 둘 이상의 음이 함께 울릴 때 어울리는 소리
- **세자르 프랑크(César Auguste Franck, 1822~1890)** : 벨기에 출신의 프랑스 작곡가 이자 오르간 연주자. 유능한 피아노 연주자였지만 오르간 연주자로 활동을 더 많이 했음. 오르간 작품은 12곡 밖에 없지만 오르간 즉흥 연주가 뛰어나 요한 세바스티안 바흐 이래 가장 뛰어난 오르간 작곡가로 여김(『위키백과』)

[재수록]

- 『詩人學校』(新現實社, 1977.), 「破片-金春洙氏에게」

동트는 地平線

연인의 信號처럼
동틀 때마다
동트는 곳에서 들려오는
가늘고 鮮明한
樂器의 소리

그 사나이는 遊牧民처럼
그런 세월을 오래오래 살았다
날마다 바뀌어지는 地平線에서

(『詩文學』, 1977. 6.)

- 地平線(지평선) : 편평한 대지의 끝과 하늘이 맞닿아 경계를 이루는 선
- 信號(신호)
- 鮮明(선명) : 산뜻하고 뚜렷하여 다른 것과 혼동되지 않음
- 樂器(악기)
- 遊牧民(유목민) : 목축을 업으로 삼아 물과 풀을 따라 옮겨 다니며 사는 민족

[재수록]

- 『詩人學校』(新現實社, 1977.), 「동트는 地平線」

掌篇

갈 곳이 없었다

비가 쏟아지고 있었다
버스를 기다리고 있었다

두꺼비 한 마리가 맞은편으로 어기적 뻐기적 기어 가고 있었다 연해 엉덩이를 들썩거리며 기어 가고 있었다 차량들은 적당한 시속으로 달리고 있었다
수없는 차량 밑을 무사 돌파해 가고 있으므로 재미있게 보였다

....

大型 연탄차 바퀴에 깔리는 순간의 擴散소리가 아스팔트 길을 진동시켰다 비는 더욱 쏟아지고 있었다
무교동에 가서 소주 한 잔과 설렁탕이 먹고 싶었다

(『詩文學』, 1977. 6.)

- 掌篇(장편) : 손바닥만 한 크기의 작품이라는 뜻
- 轢死(역사) : 차에 치여 죽음
- 大型(대형)
- 擴散(확산) : 흩어져 널리 퍼짐

[발표]

- 『現代文學』(1971. 8.), 「두꺼비의 轢死」

[재수록]

- 『詩人學校』(新現實社, 1977.), 「두꺼비의 轢死」
- 『주머니 속의 詩』(悅話堂, 1977.), 「두꺼비의 轢死」
- 『평화롭게』(高麗苑, 1984.), 「두꺼비의 轢死」

外出

밤이 깊었다
또 外出하자

나는 飛翔할 수 있는 超能力의 怪物體이다

노트르담寺院
서서히 지나자 側面으로 한바퀴 돌자 차분하게

和蘭
루벤스의 尨大한 天井畵가 있는
大寺院이다

畵面 全體 밝은 불빛을 받고 있다 한귀퉁이 거미줄 쓸은 곳이 있다

부다페스트

죽은 神들이
點綴된

膝黑의

마스크

外出은 短命하다.

(『現代文學』, 1977. 8.)

- 外出(외출)
- 飛翔(비상) : 공중을 낢
- 超能力(초능력)
- 怪物體(괴물체) : 김종삼의 조어. 괴이한 물체
- 노트르담寺院(사원) : 파리의 노트르담 대성당(Cathédrale Notre-Dame de Paris). 프랑스의 고딕 건축을 대표하는 큰 성당. 센강의 시테섬에 있으며 1163년에 착공 1245년 완성
- 側面(측면)
- 和蘭(화란) : '네덜란드(유럽 서북부에 있는 입헌 군주국)'의 음역어. 안트베르펜(Antwerpen) 성모마리아 대성당이 있음(엮은이풀이)
- 루벤스(Peter Paul Rubens, 1577~1640) : 플랑드르의 화가. 바로크 미술의 대표적 작가로, 대담한 명암 표현과 생동적·관능적 표현에 능하였음. 작품에 〈야경꾼〉, 〈마리 드 메디시스의 생애〉, 〈베누스의 화장〉, 〈비너스와 아도니스〉 따위가 있음
- 尨大(방대) : 규모나 양이 매우 크거나 많음
- 天井畫(천정화) : 천장화(天障畫). 천장에 그린 그림. '천정(天井)은 '천장(天障, 반자의 겉면)'의 북한말. 1984년 시선집 『평화롭게』에서는 天障畫'를 '天井畵'로 고쳤음
- 大寺院(대사원) : 넓고 큰 사원
- 畫面(화면) : 1984년 시선집 『평화롭게』에서는 '畫面'을 '畵面'으로 고쳤음
- 全體(전체)
- 부다페스트(Budapest) : 다뉴브 강 양쪽 기슭에 걸쳐 있는 항구 도시. 헝가리의 수도. 부다페스트에는 성 이슈트반 대성당(Szent István-bazilika)이 있음(엮은이풀이)
- 神(신)
- 點綴(점철) : 관련이 있는 상황이나 사실 따위가 서로 이어짐. 또는 그것들을 서로 이음
- 膝黑(슬흑) : '칠흑(漆黑)'의 오기. '칠흑'은 옻칠처럼 검고 광택이 있음. 또는 그런 빛깔
- 短命(단명) : 목숨이 짧음

[재수록]

- 『누군가 나에게 물었다』(民音社, 1982.), 「外出」
- 『평화롭게』(高麗苑, 1984.), 「外出」

『시인학교』 시

헬리콥터가 지나자
밭 이랑이랑
들꽃들이랑
하늬바람을 일으킨다
상쾌하다
이곳도 전쟁이 스치어 갔으리라.

(『詩人學校』, 新現實社, 1977.)

• 시집의 맨 앞장에 아무런 제목 없이 실림. 이후 『평화롭게』(高麗苑, 1984.)에서 제목을 「序詩」로 함

[재수록]

•『평화롭게』(高麗苑, 1984.), 「序詩」

기동차가 다니던 철뚝길

할아버지 하나가 나어린 손자 하나를
데리고 살고 있었다.
할아버진 아침마다 손때묻은 작은 남비,
나어린 손자를 데리고
아침을 재미있게 끓이곤 했다.
날마다 신명께 감사를 드릴 줄 아는
이들은 그들만인 것처럼
애정과 희망을 가지고 사는 이들은
그들만인 것처럼
때로는 하늘 끝머리에서
벌판에서 흘러오고 흘러가는 이들처럼

이들은 기동차가 다니던 철뚝길
옆에서 살고 있었다

(『詩人學校』, 新現實社, 1977.)

[발표]

- 『現代詩』 第5輯(1963. 12.), 「이사람을」

[재수록]

- 『평화롭게』(高麗苑, 1984.), 「기동차가 다니던 철뚝길」

虛空

사면은 잡초만 우거진 무인지경이다
자그마한 판자집 안에선 어린 코끼리가
옆으로 누운 채 곤히 잠들어 있다
자세히 보았다
15년 전에 죽은 반가운 동생이다
더 자라고 둬 두자
먹을 게 없을까

(『詩人學校』, 新現實社, 1977.)

• 虛空(허공) : 텅 빈 공중

[발표]

• 『文學思想』(1975. 7.), 「虛空」

[재수록]

• 『평화롭게』(高麗苑, 1984.), 「虛空」

掌篇①

아작아작 크고작은 두 마리의 염소가 캬베스를 먹고 있다
똑똑 걸음과 울음소리가 더 재미있다
인파 속으로 열심히 따라가고 있다
나 같으면 어떤 일이 있어서도 녀석들을 죽이지 않겠다

(『詩人學校』, 新現實社, 1977.)

• **掌篇(장편)** : 손바닥만 한 크기의 작품이라는 뜻
• **캬베스** : 양배추(cabbage)

[발표]

• 『詩文學』(1975. 4.), 「掌篇」

[재수록]

• 『평화롭게』(高麗苑, 1984.), 「掌篇·1」

가을

亞熱帶에서 죽을 힘 다하여 살아온 나에게
햇볕 깊은 높은 山이 보였다
그 옆으론
大鐵橋의 架設
어디로 이어진지 모를
大鐵橋 마디 마디는
요한의 칸타타이다
어지러운 文明 속에서 날은 어두워졌다

(『詩人學校』, 新現實社, 1977.)

• 429쪽) 「가을」(『新東亞』, 1975. 12.)의 시어 풀이 참조

[발표]

• 『新東亞』(1975. 12.), 「가을」

[재수록]

• 『평화롭게』(高麗苑, 1984.), 「가을」

올페

올페는 죽을 때
나의 직업은 시라고 하였다
後世 사람들이 만든 얘기다

나는 죽어서도
나의 직업은 시가 못된다

宇宙服처럼 月谷에 둥둥 떠 있다
귀환 時刻 未定.

(『詩人學校』, 新現實社, 1977.)

• 389쪽) 「올페」(『心象』, 1973. 12.)의 시어 풀이 참조

[발표]

• 『心象』(1973. 12.), 「올페」

[재수록]

• 『평화롭게』(高麗苑, 1984.), 「올페」

掌篇 ②

조선총독부가 있을 때
청계川邊 一○錢均一床밥집 문턱엔
거지소녀가 거지장님 어버이를
이끌고 와 서 있었다
주인 영감이 소리를 질렀으나
태연하였다
어린 소녀는 어버이의 생일이라고
一○錢짜리 두 개를 보였다.

(『詩人學校』, 新現實社, 1977.)

• 419쪽) 「掌篇」(『詩文學』, 1975. 9.)의 시어 풀이 참조

[발표]

• 『詩文學』(1975. 9.), 「掌篇」

[재수록]

• 『三省版 韓國現代文學全集 38 詩選集 II』(三省出版社, 1978.), 「掌篇」
• 『평화롭게』(高麗苑, 1984.), 「掌篇·2」

걷자

방대한
공해 속을 걷자
술 없는
황야를 다시 걷자

(『詩人學校』, 新現實社, 1977.)

[발표]

• 『現代詩學』(1977. 1.), 「걷자」

[재수록]

• 『평화롭게』(高麗苑, 1984.), 「걷자」

북치는 소년

내용 없는 아름다움처럼

가난한 아희에게 온
서양 나라에서 온
아름다운 크리스마스 카드처럼

어린 羊들의 등성이에 반짝이는
진눈깨비처럼

(『詩人學校』, 新現實社, 1977.)

• 羊(양)
• 진눈깨비 : 비가 섞여 내리는 눈

[처음수록]

• 『現代韓國文學全集 18·52人詩集』(新丘文化社, 1967.), 「북치는 소년」

[재수록]

• 『十二音階』(三愛社, 1969.), 「북치는 소년」
• 『평화롭게』(高麗苑, 1984.), 「북치는 소년」

墨畵

물먹는 소 목덜미에
할머니 손이 얹혀졌다.
이 하루도
함께 지났다고,
서로 발잔등이 부었다고,
서로 적막하다고.

(『詩人學校』, 新現實社, 1977.)

• 墨畵(묵화) : 수묵화. 먹으로 짙고 옅음을 이용하여 그린 그림

[발표]

• 『月刊文學』(1969. 6.),「墨畵」

[재수록]

• 『十二音階』(三愛社, 1969.), 「墨畵」
• 『新韓國文學全集 37 詩選集 3』(語文閣, 1974.), 「墨畵」
• 『三省版 韓國現代文學全集 38 詩選集 II』(三省出版社, 1978.), 「墨畵」
• 『평화롭게』(高麗苑, 1984.), 「墨畵」

스와니 江

스와니 江가엔 바람이 불고 있었다
스티븐 포스터의 허리춤에는 먹다남은
술병이 매달리어 있었다
날이 어두워지자

그는
앞서 가고 있었다

영원한 江가 스와니
그리운
스티븐

(『詩人學校』, 新現實社, 1977.)

•386쪽) 「스와니 江」(『東亞日報』, 1973. 7. 7.)의 시어 풀이 참조

[발표]

•『東亞日報』(1973. 7. 7.), 「스와니 江」

[재수록]

•『평화롭게』(高麗苑, 1984.), 「스와니 江」

아뜨리에 幻想

아뜨리에서 흘러 나오던
루드비히반의
奏鳴曲
素描의 寶石길

....

한가하였던 娼街의 한낮
옹기 장수가 불던
單調

(『詩人學校』, 新現實社, 1977.)

• 205쪽) 「近作詩篇 畵室 幻想」(『文學春秋』, 1964. 12.)의 시어 풀이 참조

[발표]

• 『文學春秋』(1964. 12.), 「近作詩篇 畵室 幻想」

[재수록]

• 『十二音階』(三愛社, 1969.), 「아뜨리에 幻想」

드빗시 山莊

결정짓기 어려웠던 구멍가게 하나를 내어 놓았다.

〈한푼어치도 팔리지 않았음은 물론이고〉

오늘도 지나간 것은 분명 차 한 대뿐—

그새
키 작고 현격한 간격의 바위들과
도토리 나무들이
어두움을 타 드러앉고
꺼먼 시공뿐.
선회되었던 차례의 아침이 설레이다.

—드빗시 산장 부근

(『詩人學校』, 新現實社, 1977.)

•95쪽) 「드빗시 산장 부근」(『思想界』, 1959. 2.)의 시어 풀이 참조

[발표]

•『思想界』(1959. 2.), 「드빗시 산장 부근」

[재수록]

•『韓國文學全集 35 詩集 (下)』(民衆書館, 1959.), 「드빗시 산장 부근」
•『現代韓國文學全集 18·52人詩集』(新丘文化社, 1967.), 「드빗시 산장 부근」
•『十二音階』(三愛社, 1969.), 「드빗시 山莊」
•『평화롭게』(高麗苑, 1984.), 「드뷔시 山莊」

文章 修業

헬리콥터가 떠 간다
철뚝길 연변으론
저녁 먹고 나와 있는 아이들이 서 있다
누군가 담배를 태는 것 같다
헬리콥터 여운이 띠엄하다
김매던 사람들이 제집으로 돌아간다
고무신짝 끄는 소리가 난다
디젤 기관차 기적이 서서히 꺼진다

(『詩人學校』, 新現實社, 1977.)

- **文章修業(문장수업)** : 문장을 익히는 수업
- **연변(沿邊)** : 국경, 강, 철도, 도로 따위를 끼고 따라가는 언저리 일대

[발표]

- 『文學春秋』(1964. 12.), 「近作詩篇 文章 修業」

[재수록]

- 『現代韓國文學全集 18·52人詩集』(新丘文化社, 1967.), 「文章修業」
- 『十二音階』(三愛社, 1969.), 「文章修業」
- 『평화롭게』(高麗苑, 1984.), 「文章修業」

對話

두이노城 안팎을 나무다리가 되어서
다니고 있었다 소리가 난다

간혹

죽은 친지들이 보이다가 날이 밝았다

모차르트 銅像을 쳐다보고 있었다

아인슈타인에게 인간의 죽음이 뭐냐고
묻는 이에게 모차르트를 못듣게 된다고
모두 모두 平和하냐고 모두 모두.

(『詩人學校』, 新現實社, 1977.)

• 415쪽) 「꿈나라」(『心象』(1975. 4.)의 시어 풀이 참조

[발표]

• 『心象』(1975. 4.), 「꿈나라」

[재수록]

• 『평화롭게』(高麗苑, 1984.), 「對話」

꿈속의 나라

한 귀퉁이

꿈 나라의 나라
한 귀퉁이

나도향
한하운씨가
꿈속의 나라에서

뜬구름 위에선
꽃들이 만발한 한 귀퉁이에선

지그문트 프로이트가
구스타프 말러가
말을 주고받다가
부서지다가
영롱한 날빛으로 바뀌어지다가

(『詩人學校』, 新現實社, 1977.)

• 436쪽) 「꿈속의 나라」(『現代文學』, 1976. 11.)의 시어 풀이 참조

[발표]

• 『現代文學』(1976. 11.), 「꿈속의 나라」

[재수록]

• 『주머니 속의 詩』(悅話堂, 1977.), 「꿈속의 나라」
• 『평화롭게』(高麗苑, 1984.), 「꿈 속의 나라」

民間人

1947년 봄
深夜
黃海道 海州의 바다
以南과 以北의 境界線 용당浦

사공은 조심 조심 노를 저어가고 있었다.

울음을 터뜨린 한 嬰兒를 삼킨 곳.
스무몇 해나 지나서도 누구나 그 水深을 모른다.

(『詩人學校』, 新現實社, 1977.)

• 371쪽) 「民間人」(『現代詩學』, 1970. 11.)의 시어 풀이 참조

[발표]

• 『現代詩學』(1970. 11.), 「民間人」

[재수록]

• 『평화롭게』(高麗苑, 1984.), 「民間人」

샤이안

一八六五년 와이오밍 콜라우드 山 아래

뙤약볕 아래
망아지 한마리
맴돌고 있다

다 죽었다 까라꾸라 마부리 까당다 살았다

날마다 날개쭉지 소리 거칠다
머얼리 번득일 때 있다
넓은 天地 호치카* 먹는다

* 호치카 : 뱀

(『詩人學校』, 新現實社, 1977.)

• 447쪽) 「샤이안」(『詩文學』, 1977. 2.)의 시어 풀이 참조

[발표]

• 『詩文學』(1977. 2.), 「샤이안」

[재수록]

• 『평화롭게』(高麗苑, 1984.), 「샤이안」

고향

예수는 어떻게 살아갔으며
어떻게 죽었을까
죽을 때엔 뭐라고 하였을까

흘러가는 요단의 물결과
하늘나라가 그의 고향이었을까 철따라
옮아다니는 고운 소릴 내릴 줄 아는
새들이었을까
저물어가는 잔잔한 물결이었을까

(『詩人學校』, 新現實社, 1977.)

• 요단 : 요단江(Jordan江). '요르단강'을 성경에서 부르는 이름

[발표]

• 『文學思想』(1973. 3.), 「고향」

[재수록]

• 『평화롭게』(高麗苑, 1984.), 「고향」

술래잡기

심청일 웃겨보자고 시작한 것이
술래잡기였다.
꿈속에서도 언제나 외로왔던 심청인
오랫만에 제또래의 애들과
뜀박질을 하였다.

붙잡혔다
술래가 되었다.

얼마 후 심청은
눈 가리기 헝겊을 맨 채
한동안 서 있었다.
술래잡기하던 애들은 안됐다는 듯
심청일 위로해 주고 있었다.

(『詩人學校』, 新現實社, 1977.)

[발표]

• 『母音』(1965. 6.), 「술래잡기 하던 애들」

[재수록]

• 『十二音階』(三愛社, 1969.), 「술래잡기」
• 『新韓國文學全集 37 詩選集 3』(語文閣, 1974.), 「술래잡기」
• 『詩人學校』(現實社, 1977.), 「술래잡기」
• 『평화롭게』(高麗苑, 1984.), 「술래잡기」

漁夫

바닷가에 매어둔
작은 고깃배
날마다 출렁거린다
풍랑에 뒤집힐 때도 있다
화사한 날을 기다리고 있다
머얼리 노를 저어 나가서
헤밍웨이의 바다와 老人이 되어서
중얼거리려고

살아온 기적이 살아갈 기적이 된다고
사노라면
많은 기쁨이 있다고

(『詩人學校』, 新現實社, 1977.)

• 424쪽) 「漁夫」(『詩文學』, 1975. 9.)의 시어 풀이 참조

[발표]

• 『詩文學』(1975. 9.), 「漁夫」

[재수록]

• 『평화롭게』(高麗苑, 1984.), 「漁夫」

주름간 大理石

—한 모퉁이는 달빛 드는 낡은 構造의 大理石. 그 마당(寺院) 한구석—

잎사귀가 한잎 두잎 내려 앉았다.

(『詩人學校』, 新現實社, 1977.)

- **大理石(대리석)** : 대리암, 석회암이 높은 온도와 센 압력을 받아 변질된 돌. 흔히 흰색을 띠나 검은색, 붉은색, 누런색 따위를 띠는 것도 있으며, 세공(細工)이 쉬워 장식용이나 건축, 조각 따위에 많이 쓰인다. 중국 윈난성(雲南省)의 다리(大理)에서 많이 나는 것에서 유래
- **構造(구조)**
- **寺院(사원)** : 종교의 교당을 통틀어 이르는 말

[발표]

- 『現代文學』(1960. 11.), 「小品 - 十二音階의 層層臺, 주름간 大理石」

[재수록]

- 『韓國戰後問題詩集』(新丘文化社, 1961.), 「주름간 大理石」
- 『本籍地』(成文閣, 1968.), 「주름간 大理石」
- 『평화롭게』(高麗苑, 1984.), 「주름 간 大理石」

라산스카

미구에 이른
아침

하늘을
파헤치는
스콥소리

(『詩人學校』, 新現實社, 1977.)

• 152쪽) 「라산스카」(『現代文學』, 1961. 7.)의 시어 풀이 참조

[발표]

• 『現代文學』(1961. 7.), 「라산스카」

[재수록]

• 『本籍地』(成文閣, 1968.), 「라산스카」
• 『詩人學校』(新現實社, 1977.), 「라산스카」
• 『평화롭게』(高麗苑, 1984.), 「라산스카」

피카소의 落書

뿔과 뿔 사이의 처량한 박치기다 서로 몇군데
명중되었다 명중될 때마다 산속에서 아름드리
나무 밑둥에 박히는 도끼의 소리다.

도끼 소리가 날때마다 구경꾼들이 하나씩
나자빠졌다.

연거푸 나무 밑둥에 박히는 도끼 소리.

(『詩人學校』, 新現實社, 1977.)

• 383쪽) 「피카소의 落書」(『月刊文學』, 1973. 6.)의 시어 풀이 참조

[발표]

• 『月刊文學』(1973. 6.), 「피카소의 落書」

[재수록]

• 『주머니 속의 詩』(悅話堂, 1977.), 「피카소의 落書」
• 『평화롭게』(高麗苑, 1984.), 「피카소의 落書」

西部의 여인

한 여인이 병들어가고 있었다
그녀의 남자도 병들어가고 있었다
일년 후 다시 만나기로 하고 헤어졌다
그 일년은 너무 기일었다

그녀는 다시 술집에 전락되었다가 죽었다

한 여인의 죽음의 門은
西部 한 복판
돌막 몇 개 뚜렷한
어느 平野로 열리고

주인 없는
馬는 엉금엉금 가고 있었다

그 남잔 샤이안 族이
그녀는 牧師가 묻어 주었다.

(『詩人學校』, 新現實社, 1977.)

- 西部(서부)
- 門(문)
- 돌막 : 1. '돌멩이'의 방언 2. 돌로 쌓아 지은 막(幕)
- 平野(평야)
- 馬(마)
- 샤이안 族(족) : 샤이엔족(Cheyenne). 샤이안이라고도 부름. 북아메리카에 사는 평원(平原) 인디언의 한 부족. 알곤킨·와카시 대어족에 속하며 18세기에 서부의 대평원으로 이주하여 인디언 고유의 유목 문화를 발전시킴. 샤이엔 연합은 열 개의 부족으로 이루어져 있었는데 태양의 춤과 같은 의식을 통해 강력한 융합적 구조를 형성. 샤이엔족은 1860년대 후반부터 금광을 개발하기 위한 미국의 서부 진출로 커스터 장군 등의 부대에게 학살당함. 백인에게 격렬하게 대항함. 이와 관련 1964년 존포드 감독의 마지막 서부극 〈샤이안의 최후Cheyenne Autumn〉이 있음(엮은이풀이)
- 牧師(목사)

[재수록]

- 『주머니 속의 詩』(悅話堂, 1977.), 「西部의 여인」
- 『평화롭게』(高麗苑, 1984.), 「西部의 여인」

한 마리의 새

새 한 마린 날마다 그맘때
한 나무에서만 지저귀고 있었다

어제처럼
세 개의 가시덤불이 찬연하다
하나는
어머니의 무덤
하나는
아우의 무덤

새 한 마린 날마다 그맘때
한 나무에서만 지저귀고 있었다.

(『詩人學校』, 新現實社, 1977.)

[발표]

- 『月刊文學』(1974. 9.), 「한 마리의 새」

[재수록]

- 『주머니 속의 詩』(悅話堂, 1977.), 「한 마리의 새」
- 『三省版 韓國現代文學全集 38 詩選集 II』(三省出版社, 1978.), 「한 마리의 새」
- 『평화롭게』(高麗苑, 1984.), 「한 마리의 새」

앙포르멜

나의 無知는 어제 속에 잠든 亡骸 세자아르 프랑크가 살던 寺院 주변에 머물렀다.

나의 無知는 스떼판 말라르메가 살던 本家에 머물렀다.

그가 태던 곰방댈 훔쳐 내었다
훔쳐낸 곰방댈 물고서
나의 하잘것이 없는 無知는
방 고호가 다니던 가을의 近郊 길바닥에 머물렀다.
그의 발바닥만한 낙엽이 흩어졌다.
어느 곳은 쌓이었다.

나의 하잘것이 없는 無知는
장 뽈 싸르트르가 經營하는 煙炭工場의 職工이 되었다.
罷免되었다.

(『詩人學校』, 新現實社, 1977.)

• 226쪽) 「앙포르멜」(『現代詩學』, 1966. 2.)의 시어 풀이 참조

[발표]

• 『現代詩學』(1966. 2.), 「앙포르멜」

[재수록]

• 『現代韓國文學全集 18·52人詩集』(新丘文化社, 1967.), 「앙포르멜」
• 『十二音階』(三愛社, 1969.), 「앙포르멜」
• 『평화롭게』(高麗苑, 1984.), 「앙포르멜」

나의 本籍

나의 本籍은 늦가을 햇볕 쪼이는 마른 잎이다. 밟으면 깨어지는 소리가 난다.

나의 本籍은 巨大한 溪谷이다.

나무 잎새다.

나의 本籍은 푸른 눈을 가진 한 여인의 영원히 맑은 거울이다.

나의 本籍은 次元을 넘어다니지 못하는 독수리다.

나의 本籍은

몇 사람밖에 안되는 고장

겨울이 온 敎會堂 한 모퉁이다.

나의 本籍은 人類의 짚신이고 맨발이다.

(『詩人學校』, 新現實社, 1977.)

• 199쪽) 「나의 本籍」(『現代文學』, 1964. 1.)의 시어 풀이 참조

[발표]

• 『現代文學』(1964. 1.), 「나의 本籍」

[재수록]

• 『本籍地』(成文閣, 1968.), 「나의 本籍」
• 『十二音階』(三愛社, 1969.), 「나의 本籍」
• 『평화롭게』(高麗苑, 1984.), 「나의 本籍」

破片-金 春洙 氏에게

어느 날밤
超速으로 흘러가는
몇 조각의 詩 破片은
軌道를 脫線한 宇宙船과 合勢해 가고 있었다

처지기도 하고 앞서기도 한다
그러다가는 치솟았다가 뭉치었다가
흩어지곤 한다

超速으로 흘러가는
몇 조각의 詩 破片은
아인슈타인이, 神이 버리고 간
宇宙迷兒들이다
어떻게 생긴지 모른다
毅然하다
어떤 때엔 아름다운 和音이 반짝이는
작은 방울 소릴 내이곤 한다

세자르 프랑크의 별.

(『詩人學校』, 新現實社, 1977.)

• 455쪽) 「破片-金春洙氏에게」(『月刊文學』, 1977. 6.)의 시어 풀이 참조

[발표]

• 『月刊文學』(1977. 6.), 「破片-金春洙氏에게」

돌각담

廣漠한地帶이다기울기
시작했다잠시꺼밋했다
十字型의칼이바로꼽혔
다堅固하고자그마했다
흰옷포기가포겨놓였다
돌담이무너졌다다시쌓
았다쌓았다쌓았다돌각
담이쌓이고바람이자고
틈을타凍昏이잦아들었
다포겨놓이던세번째가
비었다.

(『詩人學校』, 新現實社, 1977.)

• 돌각담 : '돌담'의 방언(평안, 함북). 돌로 쌓은 담(『우리말샘』). '돌무덤'(『백석시를 읽는다는 것』, 백석 시 「오금덩어리라는 곳」 설명에서)
• 이하 시어는 18쪽) 「돌」 (『現代藝術』, 1954. 6.)의 시어 풀이 참조

[발표]

• 『現代藝術』(1954. 6.),「돌」

[재수록]

• 『連帶詩集 · 戰爭과音樂과希望과』(自由世界社, 1957.), 「돌각담-하나의 前程 備置」
• 『韓國戰後問題詩集』(新丘文化社, 1961.), 「돌각담」
• 『十二音階』(三愛社, 1969.), 「돌각담」
• 『주머니 속의 詩』(悅話堂, 1977.), 「돌각담」
• 『평화롭게』(高麗苑, 1984.), 「돌각담」

아우슈뷔츠 I

밤하늘 湖水가엔 한 家族이
앉아 있었다.
평화스럽게 보이었다.

家族 하나 하나가 뒤로 자빠지고
있었다.

크고 작은 人形 같은 屍體들이다
횟가루가 묻어 있었다.
언니가 동생 이름을 부르고 있다
모기 소리만하게

(『詩人學校』, 新現實社, 1977.)

• **아우슈비츠(Auschwitz)** : 아우슈비츠는 폴란드 남부, 크라쿠프(Kraków) 지방에 있는 화학 공업 도시. 제2차 세계 대전 때 나치스의 강제 수용소가 설치되어 400만 명 이상의 유태인 및 폴란드인이 학살된 곳
• **湖水(호수)**
• **家族(가족)**
• **人形(인형)**
• **屍體(시체)**

[발표]

• 『韓國文學』(1977. 1.), 「아우슈비츠 라게르」

[재수록]

• 『詩人學校』(新現實社, 1977.), 「아우슈뷔츠 Ⅰ」
• 『평화롭게』(高麗苑, 1984.), 「아우슈뷔츠 Ⅰ」

아우슈뷔츠 Ⅱ

어린 校門이 보이고 있었다
한 기슭에 雜草가

죽음을 털고 일어나면
어린 校門이 가까왔다.

한 기슭엔
如前 雜草가,
아침 메뉴를 들고
校門에서 뛰어나온 學童이
學父兄을 반기는 그림처럼
복실 강아지가 그 뒤에서 조그맣게 쳐다보고 있었다.
아우슈뷔츠 收容所 鐵條網
기슭엔
雜草가 무성해 가고 있었다

(『詩人學校』, 新現實社, 1977.)

• 원문에는 제목이 '아이슈뷔츠Ⅱ'라고 표기되어 있음. 시집 차례에는 제목이 '아우슈뷔츠Ⅱ'라고 적혀 있으니 '아이슈뷔츠'는 '아우슈뷔츠'의 오기로 보임. 수정하여 표기함
• 이하 시어는 195쪽) 「아우슈뷔치」(『現代詩』 第5輯, 1963. 12.)의 시어 풀이 참조

[발표]

• 『現代詩』 第5輯, (1963. 12.), 「아우슈뷔치」

[재수록]

• 『本籍地』(成文閣, 1968.), 「아우슈뷔치」
• 『十二音階』,(三愛社, 1969.), 「아우슈뷔츠 Ⅰ」
• 『평화롭게』(高麗苑, 1984.), 「아우슈뷔츠 Ⅱ」

미켈란젤로의 한낮

巨岩들의 光明
大自然 속
독수리 한놈 떠 있고
한 그림자는 드리워지고 있었다.

(『詩人學校』, 新現實社, 1977.)

• 451쪽) 「미켈란젤로의 한낮」 (『文學과知性』, 1977. 봄.)의 시어 풀이 참조

[발표]

• 『文學과知性』(1977. 봄.), 「미켈란젤로의 한낮」

[재수록]

• 『평화롭게』(高麗苑, 1984.), 「미켈란젤로의 한낮」

聖河

잔잔한 聖河의 흐름은
비나 눈 내리는 밤이면
더 환하다.

(『詩人學校』, 新現實社, 1977.)

• 聖河(성하) : 성스러운 강물. 신앙심과 연결됨. 인도 힌두교의 성하(聖河) 갠지스강, 그리스신화의 스틱스강, 기독교의 요르단강, 불교의 삼도천 등 '삶과 죽음을 가르는 개념'으로 인식돼온 강(엮은이풀이)

[발표]

• 『文學과知性』(1977. 봄.), 「聖河」

[재수록]

• 『평화롭게』(高麗苑, 1984.), 「聖河」

掌篇③

사람은 죽은 다음
천국이나 지옥에 간다 하지만
나는 틀린다
여러번 죽음을 겪어야 할
아무도 가본 일 없는
바다이고
사막이다

작고한 心友銘
全鳳來 詩
金洙暎 詩
林肯載 文學評論家
鄭　圭畵家

(『詩人學校』, 新現實社, 1977.)

---

* 439쪽) 「掌篇」(『月刊文學』, 1976. 11.)의 시어 풀이 참조

[발표]

* 『月刊文學』(1976. 11.), 「掌篇」

[재수록]

* 『평화롭게』(高麗苑, 1984.), 「掌篇·3」

바다

바닷가 한낮이 가고 있었다
바다는 넓다고 하지만
세상에 태어나 첨 즐기고 있지만
철서덕 또 철서덕 바위에 부딪친다

텐트로 돌아갈 시간이 아득하다
全鳳健이가 쓴
마가로니 웨스탄이 큰 덩어리 그림자들이 두레박 줄이
한가하다
나는 쏘주는 먹을 줄 알지만
하모니카는 불 줄 모른다

(『詩人學校』, 新現實社, 1977.)

• **全鳳健(전봉건, 1928~1988)** : 평안남도 안주(安州)에서 태어남. 김종삼의 가까운 벗. 전봉래의 동생. 전봉건 시집 『피리』(문학예술사, 1979) 1부는 「마카로니 웨스턴」 연작. 그중에서 김종삼이 언급한 시는 「다시 마카로니 웨스턴」. "누가/ 하모니카를 부는데/ 두레박 줄은 끊어지기 위해서 있고/ 손은 짓이겨지기 위해서 있고/ 눈은 감겨지기 위해서 있다.// 그곳에서는/ 누가 하모니카를 부는데/ 피를 뒤집어쓰고 죽은 저녁노을이/ 까마귀도 가지 않는 서쪽 낮은 하늘에/ 팽개쳐져 있다."(엮은이풀이)

• **마가로니 웨스턴** : '마가로니'는 '마카로니'의 오기. 마카로니 웨스턴(macaroni western). 이탈리아에서 만든 총잡이 영화. 미국의 서부극을 모방한 것으로 비정함과 잔혹성을 특징으로 함

[재수록]

• 『주머니 속의 詩』(悅話堂, 1977.), 「바다」

• 『평화롭게』(高麗苑, 1984.), 「바다」

동트는 地平線

연인의 信號처럼
동틀 때마다
동트는 곳에서 들려오는
가늘고 鮮明한
樂器의 소리

그 사나이는 遊牧民처럼
그런 세월을 오래오래 살았다
날마다 바뀌어지는 地平線에서.

(『詩人學校』, 新現實社, 1977.)

• 457쪽) 「동트는 地平線」(『詩文學』, 1977. 6.)의 시어 풀이 참조

[발표]

• 『詩文學』(1977. 6.), 「동트는 地平線」

掌篇④

정신병원에서 밀려나서
며칠이 지나는 동안 살아가던
가시밭길과 죽음이 오고가던
길목의 광채가 도망쳤다.
다만 몇 그루의 나무가 있는
邊方과 시간의 次元이 없는 古稀의
계단과 복도와 엘리자베스 슈만의
높은 天井을 느낀다

(『詩人學校』, 新現實社, 1977.)

• 439쪽) 「掌篇」(『詩文學』, 1976. 4.)의 시어 풀이 참조

[발표]

• 『詩文學』(176. 4.), 「掌篇」

[재수록]

• 『평화롭게』(高麗苑, 1984.), 「掌篇·4」

두꺼비의 轢死

갈 곳이 없었다

비가 쏟아지고 있었다
버스를 기다리고 있었다

두꺼비 한 마리가 맞은편으로 어기적 뻐기적 기어가고 있었다
연신 엉덩이를 들석거리며 기어가고 있었다 차량들은 적당한 시속으로 달리고 있었다
수없는 차량 밑을 무사 돌파해가고 있으므로 재미있게 보였다

………

大型 연탄차 바퀴에 깔리는 순간의 擴散소리가 아스팔트길을 진동시켰다 비는 더욱 쏟아지고 있었다
무교동에 가서 소주 한잔과 설농탕이 먹고 싶었다

(『詩人學校』, 新現實社, 1977.)

• 轢死(역사) : 차에 치여 죽음
• 大型(대형)
• 擴散(확산) : 흩어져 널리 퍼짐

[발표]

• 『現代文學』(1971. 8.), 「두꺼비의 轢死」

[재발표]

• 『詩文學』(1977. 6.), 「掌篇」

[재수록]

• 『주머니 속의 詩』(悅話堂, 1977.), 「두꺼비의 轢死」
• 『평화롭게』(高麗苑, 1984.), 「두꺼비의 轢死」

詩人學校

公　告

오늘 講師陣

음악 部門
모리스 · 라벨

미술 部門
폴 · 세잔느

시 部門
에즈라 · 파운드
모두
缺講.

金冠植, 쌍놈의새끼들이라고 소리지름. 持參한 막걸리를 먹음. 敎室內에 쌓인 두터운 먼지가 다정스러움.

金素月
金洙暎 休學屆

全鳳來

金宗三 한 귀퉁이에 서서 조심스럽게 소주를 나눔. 브란덴브르그 협주곡 제五번을 기다리고 있음.

校舍.

아름다운 레바논 골짜기에 있음.

(『詩人學校』, 新現實社, 1977.)

• 380쪽) 「詩人學校」(『詩文學』, 1973. 4.)의 시어 풀이 참조

[발표]

• 『詩文學』(1973. 4.), 「詩人學校」

[재수록]

• 『평화롭게』(高麗苑, 1984.), 「詩人學校」

『주머니 속의 시』 시

북치는 소년

내용 없는 아름다움처럼

가난한 아희에게 온
서양 나라에서 온
아름다운 크리스마스 카드처럼

어린 羊들의 등성이에 반짝이는
진눈깨비처럼

(『주머니 속의 詩』, 悅話堂, 1977.)

- 1921년 黃海道 殷栗 출생. 일본의 豊島(토요시마)상업학교 졸업
- 51년 「돌각담」으로 문단에 나옴
- 詩集 「十二音階」(69), 三人詩集 「전쟁과 음악과 희망과」(57), 「本籍地」(69)
- 「민간인」으로 現代詩學賞(71) 수상

- 羊(양)
- 진눈깨비 : 비가 섞여 내리는 눈

[처음수록]

- 『現代韓國文學全集 18·52人詩集』(新丘文化社, 1967.), 「북치는 소년」

[재수록]

- 『十二音階』(三愛社, 1969.), 「북치는 소년」
- 『평화롭게』(高麗苑, 1984.), 「북치는 소년」

돌각담

廣漠한地帶이다기울기
시작했다잠시꺼밋했다
十字型의칼이바로꼽혔
다堅固하고자그마했다
흰옷포기가포겨놓였다
돌담이무너졌다다시쌓
았다쌓았다쌓았다돌각
담이쌓이고바람이자고
틈을타凍昏이잦아들었
다포겨놓이던세번째가
비었다.

(『주머니 속의 詩』, 悅話堂, 1977.)

•18쪽) 「돌」(『現代藝術』, 1954. 6.)의 시어 풀이 참조

[발표]

•『現代藝術』(1954. 6.), 「돌」

[재수록]

•『連帶詩集·戰爭과音樂과希望과』(自由世界社, 1957.), 「돌각담-하나의 前程 備置」
•『韓國戰後問題詩集』(新丘文化社, 1961.), 「돌각담」
•『十二音階』(三愛社, 1969.), 「돌각담」
•『詩人學校』(新現實社, 1977.), 「돌각담」 ,
•『평화롭게』(高麗苑, 1984.), 「돌각담」

스와니江이랑 요단江이랑

그해엔 눈이 많이 나리었다. 나이 어린
소년은 초가집에서 살고 있었다.
스와니江이랑 요단江이랑 어디메 있다는
이야길 들은 적이 있었다.
눈이 많이 나려 쌓이었다.
바람이 일면 심심하여지면 먼 고장만을
생각하게 되었던 눈더미 눈더미 앞으로
한 사람이 그림처럼 앞질러 갔다.

(『주머니 속의 詩』, 悅話堂, 1977.)

• 247쪽) 「스와니江이랑 요단江이랑」(『現代韓國文學全集 18·52人詩集』, 新丘文化社, 1967.)의 시어 풀이 참조

[처음수록]

• 『現代韓國文學全集 18·52人詩集』(新丘文化社, 1967.), 「스와니江이랑 요단江이랑」

[재수록]

• 『十二音階』(三愛社, 1969.), 「스와니江이랑 요단江이랑」
• 『평화롭게』(高麗苑, 1984.), 「스와니江이랑 요단江이랑」

生日

꿈에서 본 몇 집밖에 안 되는 화사한 小邑을 지나면서

아름드리 나무보다도 큰 독수리가 날아가는 것을 보면서

來日에 나를 만날 수 없는
未來를 갔다

소리없이 출렁이는 물결을 보면서
돌뿌리가 많은 廣野를 지나

(『주머니 속의 詩』, 悅話堂, 1977.)

• 221쪽) 「生日」(『文學春秋』, 1965. 11.)의 시어 풀이 참조

[발표]

• 『文學春秋』(1965. 11.), 「生日」

[재수록]

• 『本籍地』(成文閣, 1968.), 「生日」
• 『十二音階』(三愛社, 1969.), 「生日」
• 『평화롭게』(高麗苑, 1984.), 「生日」

무슨 曜日일까

醫人이 없는 病院 뜰이 넓다.
사람들의 영혼과 같이 介在된 푸름이 한가하다.
비인 乳母車 한 臺가 놓여졌다.
말을 잘 할 줄 모르는 하느님의 것일까.
버리고 간 것일까.
어디메도 없는 戀人이 그립다.
窓門이 열리어진 파아란 커튼들이
바람 한점 없다.
오늘은 무슨 曜日일까.

(『주머니 속의 詩』, 悅話堂, 1977.)

• 218쪽) 「무슨 曜日일까」(『現代文學』, 1965. 8.)의 시어 풀이 참조

[발표]

• 『現代文學』(1965. 8.), 「무슨 曜日일까」

[재수록]

• 『本籍地』(成文閣, 1968.), 「무슨 曜日일까」
• 『十二音階』(三愛社, 1969.), 「무슨 曜日일까」
• 『평화롭게』(高麗苑, 1984.), 「무슨 曜日일까」

물桶

희미한
風琴 소리가
툭 툭 끊어지고
있었다

그동안 무엇을 하였느냐는 물음에 대해

다름 아닌 人間을 찾아다니며 물 몇 桶 길어다 준 일밖에 없다고
머나먼 廣野의 한복판 얕은
하늘 밑으로
영롱한 날빛으로
하여금 따우에선

(『주머니 속의 詩』, 悅話堂, 1977.)

• 180쪽) 「舊稿」(『現代詩』 第1輯, 1962. 6.)의 시어 풀이 참조

[발표]

• 『現代詩』 第1輯(1962. 6.), 「舊稿」

[재수록]

• 『本籍地』(成文閣, 1968.), 「물桶」
• 『十二音階』(三愛社, 1969.), 「물桶」
• 『新韓國文學全集 37 詩選集 3』(語文閣, 1974.), 「물桶」
• 『평화롭게』(高麗苑, 1984.), 「물桶」

올페의 유니폼

天井에 붙어 있는
흰 헝겊이 한 꺼풀씩
내리는 無人境의 아침

아스팔트의 넓이는 山길이 뒷받침하는 湖水 쪽 푸른 제비의 行動이었다.

人工과 靈魂 사이
아스팔트 길에는 時速違反의 올페가 타고 빼소니치는 競技用 자전거의 사이었다.

休息은 無限한 푸름이었다.

(『주머니 속의 詩』, 悅話堂, 1977.)

• 133쪽) 「올훼의 유니폼」(『새벽』, 1960. 4.)의 시어 풀이 참조

[발표]

• 『새벽』, (1960. 4.), 「올훼의 유니폼」

[재수록]

• 『韓國戰後問題詩集』(新丘文化社, 1961.), 「올훼의 유니폼」
• 『韓國詩選』(一潮閣, 1968.), 「올페의 유니폼」
• 『十二音階』(三愛社, 1969.), 「올페의 유니폼」

G 마이나
—全鳳來兄에게

물
닿은 곳

神恙의
구름밑

그늘이 앉고

杳然한
옛
G 마이나

(『주머니 속의 詩』, 悅話堂, 1977.)

• 神恙(신양) : 신고(神羔, 하느님의 양)의 오기로 보임
•그 외 시어는 20쪽) 「全鳳來에게-G마이나」(『코메트』, 1954. 6.)의 시어 풀이 참조

[발표]

•『코메트』, (1954. 6.), 「全鳳來에게-G마이나」

[재수록]

•『連帶詩集 · 戰爭과音樂과希望과』(自由世界社, 1957.), 「G·마이나」
•『韓國文學全集 35 詩集 (下)』(民衆書舘, 1959.), 「G·마이나」
•『本籍地』(成文閣, 1968.), 「G 마이나」
•『十二音階』(三愛社, 1969.), 「G·마이나-全鳳來兄에게」
•『평화롭게』(高麗苑, 1984.), 「G. 마이나」

園頭幕

비 바람이 훼청거린다
매우 거세이다.

간혹 보이던
논두락 매던 사람이 멀다.

산마루에 우산
받고 지나가는 사람이
느리다.

무엇인지 모르게
평화를 가져다 준다.

머지않아 園頭幕이
비게 되었다.

(『주머니 속의 詩』, 悅話堂, 1977.)

- **園頭幕(원두막)** : 오이, 참외, 수박, 호박 따위를 심은 밭을 지키기 위하여 밭머리에 지은 막
- **논두락** : '논뜨럭'. '논두렁'의 방언. 물이 괴어 있도록 논의 가장자리를 흙으로 둘러막은 두둑

[처음수록]

- 『韓國戰後問題詩集』(新丘文化社, 1961.), 「園頭幕」

[재수록]

- 『十二音階』(三愛社, 1969.), 「園頭幕」
- 『평화롭게』(高麗苑, 1984.), 「園頭幕」

한 마리의 새

새 한 마린 날마다 그맘때
한 나무에서만 지저귀고 있었다.

어제처럼
세 개의 가시덤불이 찬연하다
하나는
어머니의 무덤
하나는
아우의 무덤

새 한 마린 날마다 그맘때
한 나무에서만 지저귀고 있었다.

(『주머니 속의 詩』, 悅話堂, 1977.)

[발표]

•『月刊文學』(1974. 9.), 「한 마리의 새」

[재수록]

•『詩人學校』(新現實社, 1977.), 「한 마리의 새」
•『三省版 韓國現代文學全集 38 詩選集 II』(三省出版社, 1978.), 「한 마리의 새」
•『평화롭게』(高麗苑, 1984.), 「한 마리의 새」

라산스카

비 내리다가
날 개이고
숲 우거지고

어떤 날은
메마른 소리만 내이는
물새의 고장
티티카카
호숫가이고

(『주머니 속의 詩』, 悅話堂, 1977.)

• **라산스카** : 152쪽) 「라산스카」(『現代文學』, 1961. 7.)의 시어 풀이 참조
• **티티카카** : 스페인어. 페루와 볼리비아 사이에 있는 호수. 운송로로 이용 가능한 호수 중 세계에서 가장 높은 호수. 티티카카는 케추아어로 '퓨마(티티)의 바위(카카)'라는 의미이며 호수 주변 원주민들이 퓨마와 재규어같은 동물을 숭배해서 붙여진 이름(『위키백과』)

[발표]

• 『月刊文學』(1976. 11.), 「라산스카」

꿈속의 나라

한 귀퉁이

꿈나라의 나라
한 귀퉁이

나도향
한하운씨가
꿈속의 나라에서

뜬구름 위에선
꽃들이 만발한 한 귀퉁이에선

지그문트 프로이트가
구스타프 말러가
말을 주고받다가
부서지다가
영롱한 날빛으로 바뀌어지다가

(『주머니 속의 詩』, 悅話堂, 1977.)

• 436쪽) 「꿈속의 나라」(『現代文學』, 1976. 11.)의 시어 풀이 참조

[발표]

• 『現代文學』(1976. 11.), 「꿈속의 나라」

[재수록]

• 『詩人學校』(新現實社, 1977.), 「꿈속의 나라」
• 『평화롭게』(高麗苑, 1984.), 「꿈 속의 나라」

피카소의 落書

뿔과 뿔 사이의 처량한 박치기다 서로 몇 군
데 명중되었다. 명중될 때마다 산 속에서
아름드리 나무 밑둥에 박히는 도끼의 소리다.

도끼 소리가 날 때마다 구경꾼들이 하나씩
나자빠졌다.

연거푸 나무 밑둥에 박히는 도끼 소리.

(『주머니 속의 詩』, 悅話堂, 1977.)

• 383쪽) 「피카소의 落書」(『月刊文學』, 1973. 6.)의 시어 풀이 참조

[발표]

• 月刊文學』(1973. 6.), 「피카소의 落書」

[재수록]

• 『詩人學校』(新現實社, 1977.), 「피카소의 落書」
• 『평화롭게』(高麗苑, 1984.), 「피카소의 落書」

西部의 여인

한 여인이 병들어 가고 있었다
그녀의 남자도 병들어 가고 있었다
일년 후 다시 만나기로 하고 헤어졌다
그 일년은 너무 기일었다

그녀는 다시 술집에 전락되었다가
죽었다
한 여인의 죽음의 門은
西部 한 복판
돌막 몇 개 뚜렷한
어느 平野로 열리고

주인 없는
馬는 엉금엉금 가고 있었다.

그 남잔 샤이안 族이
그 녀는 牧師가 묻어 주었다.

(『주머니 속의 詩』, 悅話堂, 1977.)

• 491쪽) 「西部의 여인」(『詩人學校』, 新現實社, 1977.)의 시어 풀이 참조

[처음수록]

• 『詩人學校』(新現實社, 1977.), 「西部의 여인」

[재수록]

• 『평화롭게』(高麗苑, 1984.), 「西部의 여인」

바다

바닷가 한낮이 가고 있었다
바다는 넓다고 하지만
세상에 태어나 첨 즐기고 있지만
철서덕 또 철서덕 바위에 부딪친다
텐트로 돌아갈 시간이 요원하다
全鳳健이가 쓴
마카로니 웨스탄이 큰 덩어리 그림자들이 두레박 줄이
한가하다
나는 쏘주는 먹을 줄 알지만
하모니카는 불 줄 모른다

(『주머니 속의 詩』, 悅話堂, 1977.)

• 509쪽) 「바다」(『詩人學校』, 新現實社, 1977.) 의 시어 풀이 참조

[처음수록]

• 『詩人學校』(新現實社, 1977.), 「바다」

[재수록]

• 『평화롭게』(高麗苑, 1984.), 「바다」

두꺼비의 轢死

갈 곳이 없었다

비가 쏟아지고 있었다
버스를 기다리고 있었다

두꺼비 한 마리가 맞은편으로 어기적 뻐기적 기어가고 있었다. 연신 엉덩이를 들썩거리며 기어가고 있었다 차량들은 적당한 시속으로 달리고 있었다

수없는 차량 밑을 무사 돌파해 가고 있으므로 재미있게 보였다

....

大型 연탄차 바퀴에 깔리는 순간의 擴散소리가 아스팔트길을 진동시켰다 비는 더욱 쏟아지고 있었다
무교동에 가서 소주 한잔과 설렁탕이 먹고 싶었다

(『주머니 속의 詩』, 悅話堂, 1977.)

- 轢死(역사): 차에 치여 죽음
- 大型(대형)
- 擴散(확산): 흩어져 널리 퍼짐

[발표]

- 『現代文學』(1971. 8.), 「두꺼비의 轢死」」

[재발표]

- 『詩文學』(1977. 6.), 「掌篇」

[재수록]

- 『詩人學校』(新現實社, 1977.), 「두꺼비의 轢死」
- 『평화롭게』(高麗苑, 1984.), 「두꺼비의 轢死」

지면발표(1978. 1. ~ 1978. 5.) 시

뜬구름

나는 나와 같이 고아로서 자라온 여자 친구와 함께 더위가 한창이던 南海 어느 선창에서 말린 피문어 한 축을 사들었다.

똑딱船에서 씹었다 바닷가에서 씹었다 온 終日 씹었다 소주를 많이 먹었다 그날부터 오랫동안 사귀어 왔기에 친숙한 그 여자와 헤어지는 날이었다.

나는 그로부터 살아갈 수 없이 되었다.

(『月刊文學』, 1978. 1.)

• 南海(남해)
• 똑딱船(선) : 발동기로 움직이는 작은 배
• 終日(종일)

운동장

열서너살 때
〈午正砲〉가 울린 다음
점심을 먹고
두살인가 세살 되던
동생애를 데리고
평양고등보통학교 운동장에 놀러갔읍니다
넓다란 운동장이 텅텅
비어 있었읍니다
그애는 저를 마다하고 혼자 놀고 있었읍니다 중얼거리며 신나게
놀고 있었읍니다

저는 먼 발치
철봉대에 기대어
그애를 지켜보다가
시간 가는 줄 모르고
기초철봉을 익히고 있읍니다
그애가 보이지 않았읍니다
그애는 교문을 나가 뒤도 돌아보지 않고 울다가 그치고 울다가
그치곤 하였읍니다
저는 그 일을 잊지 못하고 있읍니다

그애는 저보다 먼저 죽었기 때문입니다

돌아올 때
그애가 즐겨먹던 것을 사주어도
받아 들기만 하고
먹지 않았습니다.

(『韓國文學』, 1978. 2.)

• 午正砲(오정포) : 낮 열두 시를 알리는 대포

[재수록]

• 『누군가 나에게 물었다』(民音社, 1982.), 「운동장」
• 『평화롭게』(高麗苑, 1984.), 「운동장」

풍경

싱그러운 巨木들 언덕은 언제나 천천히 가고 있었다

나는 누구나 한번 가는 길을
어슬렁어슬렁 가고 있었다

세상에 나오지 않은
樂器를 가진 아이와
손쥐고 가고 있었다

너무 조용하다.

(『現代文學』, 1978. 2.)

• 巨木(거목)
• 樂器(악기)

[재수록]

• 『누군가 나에게 물었다』(民音社, 1982.), 「풍경」
• 『평화롭게』(高麗苑, 1984.), 「풍경」

행복

나는 행복하다
혼자가 더 행복하다
오늘은 용돈이 든든하다
낡은 신발이나마 닦아 신자
헌 옷이나마 다려 입자 털어 입자
산책을 하자
북한산성행 버스를 타 보자
안양행도 타 보자
나는 행복하다
혼자가 더 행복하다
이 세상이 고맙다 예쁘다

긴 능선 너머
중첩된 저 산더미 산더미 너머
끝 없이 펼쳐지는
멘델스존의 로렐라이 아베마리아의
아름다운 선율처럼.

散文 / **習作의 되풀이**

십여 년간 직장생활을 하다가 밀려난 후 이 년 가까이 놀고 있다. 나이 탓인지 다시 취직을 한다는 것은 엄두도 못 낸다. 그럭저럭 잡문 나부랑이라도 쓰면서 살아 가자니 이것도 큰일이다. 쓸 자신도 없거니와 어디에 어떻게 적응할 줄도 모른다.

그러나 그동안 고마운 일이 몇 번 터졌다. 몇몇 문예지에서 고료를 후하게 받아 본 적이 있었다. 문예 진흥원에서 나오는 지원금이 포함되었다는 것이다. 딴 데 비하면 얼마 안 되는, 아무것도 아닌 액수이지만 나로선 정신적인 희열이기도 했다. 한편 부끄러운 생각도 든다. 솔직히 말해서 시 문턱에도 가지 못한 내가 무슨 시인 구실을 한다고.(金 宗 三)

(『文學思想』, 1978. 2.)

• **멘델스존** : 펠릭스 멘델스존(Jacob Ludwig Felix Mendelssohn-Bartholdy, 1809~1847). 독일의 작곡가. 낭만주의적 경향의 피아노 소품집 〈한여름 밤의 꿈〉의 부수 음악으로 명성을 떨치고 19세기 낭만파의 지도자적 역할을 하였음. 작품에 〈바이올린 협주곡 마단조〉, 교향곡 제4번 〈이탈리아〉 따위가 있음

• **로렐라이(lorelei)** : 라인강 중류의 강기슭에 있는 큰 바위의 이름. 지나가던 뱃사람이 그 바위에서 쉬고 있는 물의 요정의 노랫소리에 취해 있는 동안 배가 암초에 부딪혀 물속에 잠긴다는 전설이 있음. 이 전설을 바탕으로 멘델스존이 오페라를 작곡했으나 미완성(엮은이풀이)

• **아베마리아** : 이 전설을 바탕으로 멘델스존이 오페라를 오페라를 작곡했으나 미완성. 멘델스존이 테너 솔로와 8성부 합창으로 작곡한 곡. 그가 1830년 로마 바티칸을 처음 방문한 데에 대한 응답으로 작곡. 라틴어로 만든 가톨릭성가의 하나. 가사는 「누가복음」 1장 28절 '천사의 경축'과 42절 '엘리자베스의 축사', 예수의 기도문, '죄인인 우리를 위하여 임종시에도 기도할지어다, 아멘'으로 이루어짐(엮은이풀이)

[재수록]

• 『누군가 나에게 물었다』(民音社, 1982.), 「행복」
• 『평화롭게』(高麗苑, 1984.), 「행복」

刑

여긴 또 어드메냐

목이 마르다

길이 있다는

물이 있다는 그 곳을 향하여

罪가 많다는 이 불구의 영혼을 이끌고 가 보자

그치지 않는 전신의 고통이 하늘에 닿았다

(『월간문학』, 1978. 5.)

• 刑(형) : 형벌
• 罪(죄)

[재수록]

• 『三省版 韓國現代文學全集 38 詩選集 II』(三省出版社, 1978.), 「刑」
• 『누군가 나에게 물었다』(民音社, 1982.), 「刑」
• 『평화롭게』(高麗苑, 1984.), 「刑」

앤니 로리

노랑 나비야 너는 아느냐
〈메리〉도 산다는 곳을
자비스런 이들이 산다는 곳을
날 밝은 푸름과
꽃들이 만발한 곳을
세모진 빠알간 집 뜰을
너는 아느냐
노랑 나비야

다시금 갈길이 험하고
험하여도
언제나 그립고
반가운
음성
사랑스런
앤니 로리.

(『世代』, 1978. 5.)

• 『月刊文學』(1981. 8.)에 같은 제목으로 발표함. 내용은 다름
• **앤니 로리** : 애니 로리(Annie Laurie). 존 스콧 작곡, 윌리엄 더글라스 작사의 스코틀랜드의 곡으로 티 없이 곱고 아름다운 소녀를 그리워하며 부르는 5음 음계의 곡(『두산백과』)

[재발표]

• 『現代文學』(1979. 10.), 「앤니로리」

[재수록]

• 『누군가 나에게 물었다』(民音社, 1982.), 「앤니로리」
• 『평화롭게』(高麗苑, 1984.), 「앤니로리」

『삼성판 한국현대문학전집 38 시선집 Ⅱ』 시

墨畵

물먹는 소 목덜미에
할머니 손이 얹혀졌다.
이 하루도
함께 지났다고,
서로 발잔등이 부었다고,
서로 적막하다고.

(『三省版 韓國現代文學全集 38 詩選集 II』, 三省出版社, 1978.

• 墨畵(묵화) : 수묵화. 먹으로 짙고 엷음을 이용하여 그린 그림

[발표]

• 『月刊文學』(1969. 6.), 「墨畵」

[재수록]

• 『十二音階』(三愛社, 1969.), 「墨畵」
• 『新韓國文學全集 37 詩選集 3』(語文閣, 1974.), 「墨畵」
• 『詩人學校』(新現實社, 1977.), 「墨畵」
• 『평화롭게』(高麗苑, 1984.), 「墨畵」

掌篇

조선총독부가 있을 때
청계川邊 一○錢 均一床 밥집 문턱엔
거지소녀가 거지장님 어버이를
이끌고 와 서 있었다
주인영감이 소리를 질렀으나
태연하였다
어린 소녀는 어버이의 생일이라고
一○錢짜리 두 개를 보였다.

(『三省版 韓國現代文學全集 38 詩選集 II』, 三省出版社, 1978.)

• 419쪽) 「掌篇」(『詩文學』, 1975. 9.)의 시어 풀이 참조

[발표]

• 『詩文學』(1975. 9.), 「掌篇」

[재수록]

• 『詩人學校』(新現實社, 1977.), 「掌篇」
• 『평화롭게』(高麗苑, 1984.), 「掌篇·2」

한 마리의 새

새 한 마린 날마다 그맘때
한 나무에서만 지저귀고 있었다

어제처럼
세 개의 가시덤불이 찬연하다
하나는
어머니의 무덤
하나는
아우의 무덤

새 한 마린 날마다 그맘때
한 나무에서만 지저귀고 있었다.

(『三省版 韓國現代文學全集 38 詩選集 II』, 三省出版社, 1978.)

[발표]

- 『月刊文學』(1974. 9.), 「한 마리의 새」

[재수록]

- 『詩人學校』(新現實社, 1977.), 「한 마리의 새」
- 『주머니 속의 詩』(悅話堂, 1977.), 「한 마리의 새」
- 『평화롭게』(高麗苑, 1984.), 「한 마리의 새」

詩作 노우트

담배 붙이고난 성냥 개비불이 꺼지지 않는다 불어도 흔들어도 꺼지지 않는다 손가락에서 떨어지지도 않는다.

새벽이 되어서 꺼졌다

이 時刻까지 무엇을 하며 살아왔느냐다 무엇을 하며 살아왔느냐다 무엇 하나 변변히 한 것도 없다

오늘은 찾아가보리라

死海로 향한

아담橋를 지나

거기서 몇줄의 글을 감지하리라

遼然한 유카리나무 하나.

(『三省版 韓國現代文學全集 38 詩選集 II』, 三省出版社, 1978.)

- 동일 제목으로 『月刊文學』(1980. 9.)에 발표되었음. 내용은 다름
- **詩作(시작)** : 시를 지음. 또는 그 시
- **時刻(시각)**
- **死海(사해)** : 아라비아반도의 서북쪽에 있는 호수. 호수의 수면이 해수의 수면보다 392미터 낮아 세계의 호수 가운데 가장 낮음. 이스라엘과 요르단에 걸쳐 있으며 북쪽으로부터 요르단강이 흘러 들어오지만 나가는 데가 없고 증발이 심한 까닭에 염분 농도가 바닷물의 약 다섯 배에 달하여 세균과 염생 식물을 제외한 생물이 살 수 없음
- **아담橋(교)** : 김종삼의 조어. '아담(Adam)'과 '다리[橋]'의 합성어. '아담'은 구약 성경에 나오는 인류의 시조. 하나님이 자기 형상대로 흙으로 만들었다는 남자로, 뱀의 유혹을 받은 아내 하와의 권유로 금단의 열매를 따 먹고 에덴동산에서 쫓겨났음(엮은이풀이)
- **遼然(요연)** : 김종삼의 조어. 까마득히 멂(엮은이풀이)
- **유카리나무** : 유칼리나무. 유칼립투스(eucalyptus). 도금양과의 상록 교목 또는 관목. 인류의 발상지인 티그리스강과 유프라테스강이 만나는 곳에 위치한 에덴동산의 '아담의 나무'로 알려져 있음(엮은이풀이)

[발표]

- 『現代文學』(1978. 9.), 「詩作 노우트」

[재수록]

- 『평화롭게』(高麗苑, 1984.), 「詩作 노우트」

刑

여긴 또 어드메냐

목이 마르다

길이 있다는

물이 있다는 그곳을 향하여

罪가 많다는 이 불구의 영혼을 이끌고 가 보자

그치지 않는 전신의 고통이 하늘에 닿았다

(『三省版 韓國現代文學全集 38 詩選集 II』, 三省出版社, 1978.)

- 刑(형) : 형벌
- 罪(죄)

[발표]

- 『월간문학』(1978. 5.), 「刑」

[재수록]

- 『누군가 나에게 물었다』(民音社, 1982.), 「刑」
- 『평화롭게』(高麗苑, 1984.), 「刑」

지면발표(1978. 8. ~ 1979. 10.) 시

앞날을 향하여

나는 입원하여도 곧 죽을 줄 알았다.

십여일 여러 갈래의 사경을 헤매이다가 살아나 있었다.

현기증이 심했다.

마실을 다니기 시작했다.

시체실 주위를 배회하거나

죽어가는 사람의 침대 옆에 가 죽어가는 얼굴을 들여다 보다가

긴 복도를 왔다갔다 하였다.

특별치료 병동 중환자 보호자 대기실에 놀러가곤 했다.

시체실로 직결된 후문 옆에 있었다.

중환자실 후문인 철문이 덜커덩 소릴 내이며 열리면 모두 후다닥 몰려나가는 곳이 중환자 보호자 대기실이었다.

한 아낙과 어린것을 안은 여인이 나를 유심히 보고 있었다. 나는 냉큼 손짓으로 인사하였다.

그들은 차츰 웃음을 짓고 있었다. 말벗이 되었다.

그인 살아나야만 한다고 하였고 오래된 저혈압인데 친구분 들과 술추렴하다가 쓰러졌다.

산소 호흡 마스크를 입에 댄 채 이틀이 지나며 산소 호흡기 사용료는 한 시간에 오천원이며 보증금은 삼만원 들여 놓았다며

팔려고 내놓은 판자집이 팔리드래도 진료비 절반도 못된다며, 살아나 주기만 바란다고 하였다.

나는 그들을 만날 때마다 반겼다. 그들도 나를 그랬다.

십구일 동안이나 의식불명이 되었다가 살아난 사람도 있는데 뭘 그러느냐고 큰소리치면 그들은 그저 만면에 즐거운 미소를 지었다.

며칠이 지난 새벽녘이었다.

아래층으로 내려가는 좁은 계단을 내려가고 있을 때, 어둠한 계단 벽에 기대고 앉아 잠든 아낙이 낯익었다

가망이 없다는 통고를 받았다는 것이다.

그이가 생존할 때까지 돈이 아무리 들어도

그이에게서 산소 호흡기를 떼어서는 안된다고 조용히 조용히 말하고 있었다.

되풀이하여 조용히 조용히 말하고 있었다.

(『心象』, 1978. 8.)

[재수록]

• 『평화롭게』(高麗苑, 1984.), 「앞날을 향하여」

詩作 노우트

담배 붙이고난 성냥개비불이 꺼지지 않는다 불어도 흔들어도 꺼지지 않는다 손가락에서 떨어지지도 않는다

새벽이 되어서 꺼졌다

이 時刻까지 무엇을 하며 살아왔느냐다 무엇 하나 변변히 한 것도 없다

오늘은 찾아가보리라

死海로 향한

아담橋를 지나

거기서 몇줄의 글을 감지하리라

遼遠한 유카리나무 하나.

(『現代文學』, 1978. 9.)

• 556쪽) 「詩作 노우트」(『三省版 韓國現代文學全集 38 詩選集 Ⅱ』, 三省出版社, 1978.)의 시어 풀이 참조

[처음수록]

• 『三省版 韓國現代文學全集 38 詩選集 Ⅱ』(三省出版社, 1978.), 「詩作 노우트」

[재수록]

• 『평화롭게』(高麗苑, 1984.), 「詩作 노우트」

산

샘물이 맑다 차겁다 해발 3천피이트이다
온통
절경이다
새들의 상냥스런 지저귐 속에
항상 마음씨 고왔던
연인의 모습이 개입한다
나는 또 다시
가슴 에이는 머저리가 된다.

(『月刊文學』, 1978. 10.)

[재수록]

- 『평화롭게』(高麗苑, 1984.), 「산」

사람들

이변이 일어난 것이다.

뉴서울 컨트리 골프장에선

「빅톨 위고」씨와 「발자크」씨가 골프를 치고 있다.

고개들을 뒤로 젖히고 다투기도 한다.

다툴 때마다 번쩍거리는 「위고」씨의 시계줄도 볼만하다.

「프리드리히 쇼팽」인 듯한 젊은이가 옆에서 시중을 들다가 들었던 물건을 메치기도 한다.

「이베르」의 遊戲曲희음이 와장창 뛰어 들면서 연신 어깨들을 들석거리다가

삿대질을 하다가

박치기들을 하는데

왁자지껄한 소리에 눈을 떴다

창호지 문짝이 캄캄하다.

....

* 이 地方은 無許可집들이 密集된 山동네 山팔번지 一帶이다. 개백장도 산다.

(『詩文學』, 1978. 10.)

- **뉴서울 컨트리 골프장** : 한국문화예술위원회뉴서울컨트리클럽. 1987년 10월 24일 개장. 경기도 광주시 삼동에 위치. 우리나라 문화예술발전을 위한 기금조성을 위해 설립된 공익골프장으로 수익금 전액을 출연하여 문화예술의 연구, 창작, 보급 활동을 지원
- **빅톨 위고** : 빅토르 위고(Victor-Marie Hugo, 1802~1885). 프랑스의 시인, 극작가 낭만주의의 거장으로서 자유주의적이고 인도주의적인 경향을 풍부한 상상력과 장려한 문체와 운율의 형식을 빌려 나타내었음. 1862년에 걸작 『레 미제라블』을 완성. 희곡 『에르나니』와 시 『동방 시집』, 소설 『노트르담의 꼽추』 따위가 있음
- **발자크** : 오노레 드 발자크(Honoré de Balzac, 1799~1850). 프랑스의 소설가. 근대 사실주의 문학 최대의 작가로, 소설에 의한 사회사라는 거창한 구상(構想) 아래 〈고리오 영감〉, 〈골짜기의 백합〉, 〈종매(從妹) 베트〉 따위를 썼으며 그 총서에 '인간희극'이라는 종합적 제목을 붙였음
- **프리드리히 쇼팡** : 프레데리크 쇼팽(Frédéric François Chopin, 1810~1849). 폴란드의 작곡가 · 피아니스트. 섬세하고 화려한 피아노곡을 지어 '피아노의 시인'으로 불림. 작품에 수많은 협주곡과 소나타곡이 있음
- **이베르** : 자크 이베르(Jacques François Antoine Ibert, 1890~1962). 프랑스 작곡가. 1919년에 칸타타 〈시인과 요정(Le poète et la fée)〉으로 로마대상을 받았음. 이베르의 음악은 가볍고 재치가 있으며 매력적인 선율과 다채로운 관현 기법이 특징으로 여겨짐(『두산백과』)
- **遊戲曲(유희곡)** : 김종삼의 조어. 유희적인 곡
- **地方(지방)**
- **無許可(무허가)**
- **密集(밀집)** : 빈틈없이 빽빽하게 모임
- **山(산)**
- **一帶(일대)**
- **개백장** : 개백정. 1. 개를 잡는 일을 업으로 하는 사람 2. 말이나 행동이 막된 사람을 욕하여 이르는 말

最後의 音樂

세자아르 프랑크의 音樂〈바리아숑〉은
夜間 波長
神의 電源
深淵의 大溪谷으로 울려퍼진다

밀레의 고장 바르비종과
그 뒷장을 넘기면
暗然의 邊方과 連山
멀리는
내 영혼의
城廓

(『現代文學』, 1979. 2.)

- **最後(최후)**
- **音樂(음악)**
- **세자아르 프랑크** : 세자르 프랑크(César Auguste Franck, 1822~1890) : 벨기에 출신의 프랑스 작곡가이자 오르간 연주자. 유능한 피아노 연주자였지만 오르간 연주자로 활동을 더 많이 했음. 오르간 작품은 12곡 밖에 없지만 오르간 즉흥 연주가 뛰어나 요한 세바스티안 게츠비 이래 가장 뛰어난 오르간 작곡가로 여김(『위키백과』)
- **바리아숑** : 세자르 프랑크가 말년에 작곡한 〈전주곡, 푸가, 변주곡(prélude, fugue et variation)〉(1884) 또는 〈교향적 변주곡(variations symphoniques)〉(1885) 등으로 추정(엮은이풀이)
- **夜間(야간)**
- **波長(파장)** : 파동(波動). 같은 위상을 가진 서로 이웃한 두 점 사이의 거리
- **神(신)**
- **電源(전원)** : 발전 시설 같은, 전기 에너지를 얻는 원천
- **深淵(심연)** : 1. 좀처럼 빠져나오기 힘든 구렁을 비유적으로 이르는 말, 2. 뛰어넘을 수 없는 깊은 간격을 비유적으로 이르는 말
- **大溪谷(대계곡)**
- **밀레** : 장-프랑수아 밀레(Jean-François Millet, 1814~1875). 프랑스의 화가. 경건한 신앙심과 농민에 대한 애정으로 농촌의 풍경과 생활을 그림. 반 고흐에게 큰 영향을 미침. 작품에 〈만종〉, 〈이삭줍기〉 따위가 있음
- **바르비종(barbizon)** : 일드프랑스 레지옹(Région) 센에마른의 퐁텐블로 근처에 위치하고 있는 작은 마을로 19세기부터 바르비종 파의 예술적 근거지로 알려지기 시작. 바르비종 파는 직접 야외에 나가 대 자연 속에서 풍경화를 그렸던 프랑스의 근대 풍경화가들의 그룹으로 프랑스의 유명한 화가 루소와 밀레 등이 그 중심 축을 이루었음. 루소와 밀레는 이 마을의 이름을 딴 바르비종 미술 학교를 이끌었으며 바르비종 마을에서 생활하다가 1867년과 1875년에 각각 생을 마감(『두산백과』)
- **暗然(암연)** : 흐리고 어두움
- **邊方(변방)** : 중심지에서 멀리 떨어진 가장자리 지역
- **連山(연산)** : 죽 잇대어 있는 산
- **城廓(성곽)** : 성(예전에, 적을 막기 위하여 흙이나 돌 따위로 높이 쌓아 만든 담)

[재수록]

- 『누군가 나에게 물었다』(民音社, 1982.), 「最後의 音樂」
- 『평화롭게』(高麗苑, 1984.), 「最後의 音樂」

추모합니다

작곡가 尹龍河씨는
언제나 찬연한 꽃 나라
언제나 자비스런 나라
언제나 인정이 넘치는 나라
음악의 나라 기쁨의 나라에서
살고 있을 것입니다.

遺品이라곤 遺産이라곤
五線紙 몇 장이었읍니다
허름한 등산모자 하나였읍니다
허름한 이부자리 한 채였읍니다
몇 권의 책이었읍니다

날마다 추모 합니다.

(『心象』, 1979. 5.)

- **尹龍河(윤용하, 1922~1965)** : 작곡가. 황해남도 은율에서 태어남. 종교는 천주교이며, 세례명은 요셉. 신경음악원을 졸업하고 동북고교 등에서 음악 교사로 일했음. 광복 후 박태현, 이흥렬 등과 음악가 협회를 조직해 음악 운동을 전개. 〈민족의 노래〉, 〈해방절의 노래〉 등을 작곡. 대표작으로는 가곡에 〈보리밭〉, 〈도라지꽃〉 등이 있으며, 피난지 수도 부산에서 〈나뭇잎배〉 등 수많은 동요를 작곡, 칸타타에는 〈조국의 영광〉과 〈개선〉이 있음(『위키백과』)
- **遺品(유품)** : 고인(故人)이 생전에 사용하다 남긴 물건
- **遺産(유산)** : 죽은 사람이 남겨 놓은 재산
- **五線紙(오선지)**

[재수록]

- 『누군가 나에게 물었다』(民音社, 1982.), 「추모합니다」
- 『평화롭게』(高麗苑, 1984.), 「추모합니다」

아침

나는 죽어가고 있었다
며칠째 지옥으로 끌리어가는 최악의 고통을 겪으며
죽음에 이르고 있었다.
집사람은
임박했다고
흩어진 물건들을 정리하고
골방 구석구석을 청소하고
식은땀을 닦아주고 나가 버렸다
며칠째 먹지 못한 빈 속에
큼직큼직한 수면제 여덟 개를 먹었다
잠시 후 두 개를 더 먹었다
일미리 아티반 열 개를 먹었다
잠들면 깨어나지 않으려고 많이 먹었다

낮은 몇 순간
밤보다 새벽이 더 길었다
손가락 하나가 뒷잔등을 꼬옥 찔렀다
죽은 아우 「宗洙」의
파아란 한 쪽 눈이 나를 지켜보고 있었다
오랫동안 나에게서 잠시도 떠나지 않고 노려보고 있었다

자동차 발동거는 소리가 들렸다
갑자기 아무거나 먹고 싶어졌다
닥치는대로 먹었다
아침이다
이틀만에 깨어난 것이다
고되인 걸음이 시작되었다
앞으로 앞으로

散文 / **주책 바가지**

만성 간염이라는 어마어마하고 명예스러운 지병이 있다. 급성은 고칠 수 있지만 만성은 고칠 수 없다는 것이다.

의사 선생님의 선고는 한 마디였다.

술먹으면 죽는다는 것이다. 그런 걸 알면서도 일년에 한 두번 무엇에 빨려드는지 과음 · 폭음으로 돌변 미친놈처럼 이집 저집으로 다니며 폭음을 계속하게 된다.

그렇게 되면 지병이 재발될 뿐만아니라 극도로 악화되어 한시바삐 죽어야만 하는 무시무시한 고통을 겪게 된다.

속이 울렁거리고 급속도로 가슴이 뛰기 때문에 누워 있을 수도 앉아 있을 수도 없는 증세를 일으킨다. 심야에도 옷을 주워 입고 밖으로 나가야만 한다. 배를 부둥켜 안고 걸어야만 한다.

밤도깨비가 되는 것이다.

하기야 소시적 별명이 낮도깨비였으니까.(金 宗 三)

(『文學思想』, 1979. 6.)

• **아티반** : 일동제약에서 제조하는 정신신경용제. 성분은 로라제팜(Lorazepam). 신경증 등에서의 불안·긴장·우울에 효과가 있음(『위키백과』)

• **宗洙(종수)** : 김종삼의 남동생 김종수. 병약하여 어려서 죽음(엮은이풀이)

[재수록]

• 『누군가 나에게 물었다』(民音社, 1982.), 「아침」

• 『평화롭게』(高麗苑, 1984.), 「아침」

掌篇

어느 날 밤 꿈 속에서
밤보다 새벽이 더 기일었다
어느 산 밑으론
폭 넓은 물이
고요히 흐르고 있었다
어둠 속에서도
여러 색채의 맑은 물이 흐르고 있었다
죽은 아우 〈宗洙〉의
파아란 한쪽 눈이 오랜동안
나에게서 잠시도 떠나지 않았다
어느 날 밤 꿈 속에서

(『月刊文學』, 1979. 6.)

• **掌篇(장편)**: 손바닥만 한 크기의 작품이라는 뜻
• **宗洙(종수)**: 김종삼의 남동생 김종수. 병약하여 어려서 죽음(엮은이풀이)

앤니로리

노랑나비야
메리야 메리야
한결같이 아름다운
자연 속에
한결같이 마음이 고운 이들이
산다는 곳을
노랑나비야
메리야 메리야
너는 아느냐.

(『現代文學』, 1979. 10.)

• 『月刊文學』(1981. 8.)에 같은 제목으로 발표함. 내용은 다름
• **앤니 로리** : 애니 로리(Annie Laurie). 존 스콧 작곡, 윌리엄 더글라스 작사의 스코틀랜드의 곡으로 티 없이 곱고 아름다운 소녀를 그리워하며 부르는 5음 음계의 곡(『두산백과』)

[처음발표]

• 『世代』(1978. 5.), 「앤니 로리」

[재수록]

• 『누군가 나에게 물었다』(民音社, 1982.), 「앤니로리」
• 『평화롭게』(高麗苑, 1984.), 「앤니로리」

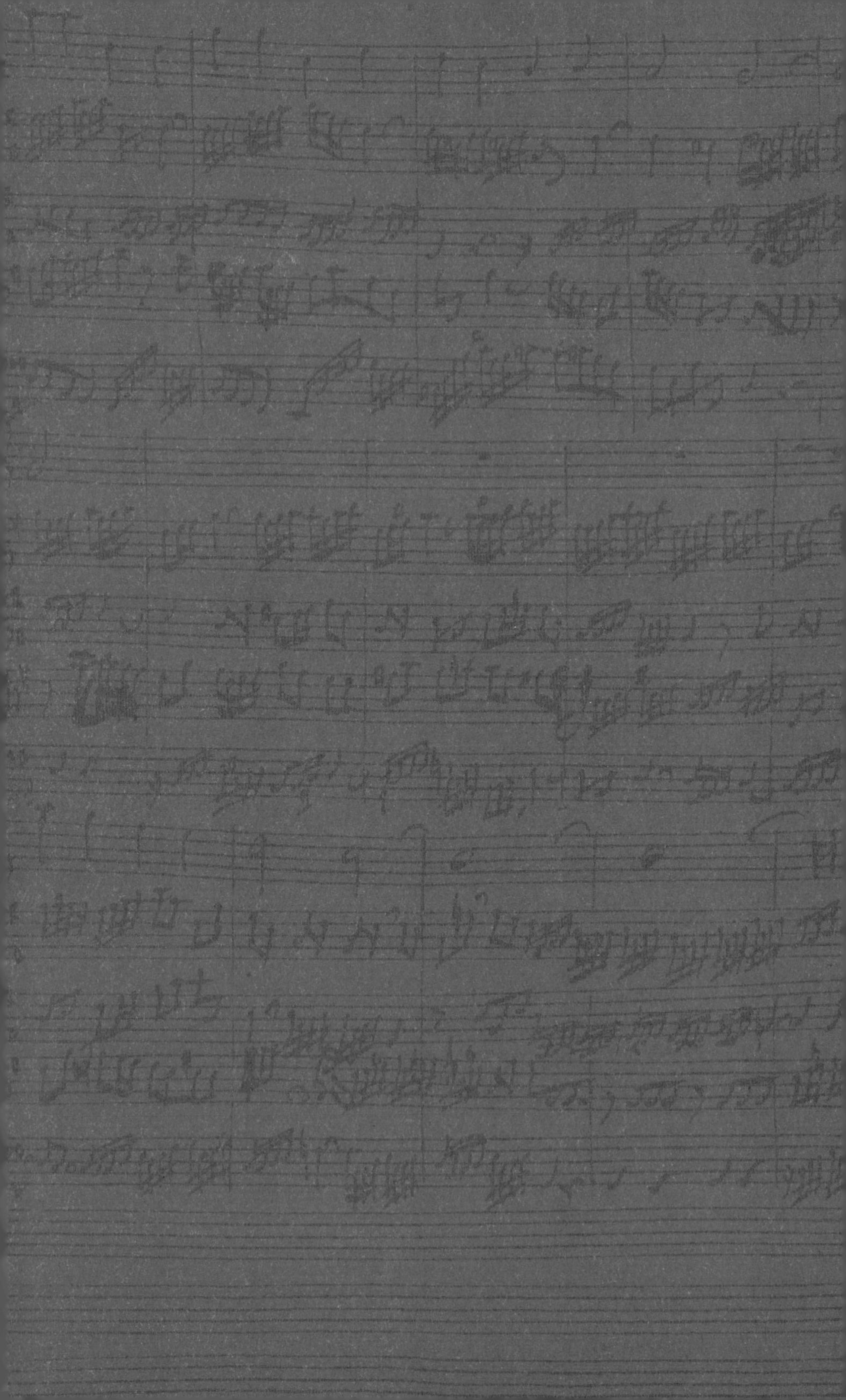

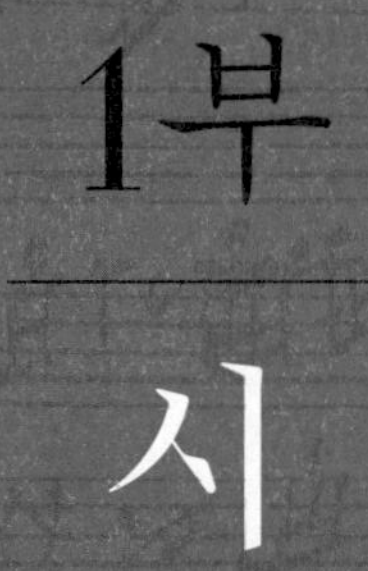

1부

시

1980년대 이후 시

발표지 : 『현대시학』(1970. 1.) 외

수록시집

개인시집 – 『누군가 나에게 물었다』(민음사, 1982. 9.)

개인시선집 – 『평화롭게』(고려원, 1984. 5.)

공동시집 – 『큰소리로 살아있다 외쳐라 / 「현대시」 1984 · 24인 시집』(청하, 1984. 5.)

전집 – 『김종삼 전집』(권명옥 편, 나남, 2005. 10.)

지면발표(1980. 1. ~ 1982. 8.) 시

그날이 오며는

머지 않아 나는 죽을거야
산에서건
고원지대에서건
어디메에서건
모차르트의 푸루트 가락이 되어
죽을거야
나는 이 세상엔 맞지 아니하므로
병들어 있으므로
머지 않아 죽을거야
끝없는 평야가 되어
뭉게 구름이 되어
양떼를 몰고가는 소년이 되어서
죽을거야

(『詩文學』, 1980. 1.)

• **모차르트** : 볼프강 아마데우스 모차르트(Wolfgang Amadeus Mozart, 1756~1791). 오스트리아의 작곡가. 하이든과 18세기의 빈 고전파를 대표하는 한 사람. 고전파의 양식을 확립. 40여 곡의 교향곡, 각종 협주곡, 가곡, 피아노곡, 실내악, 종교곡이 있으며, 오페라 〈피가로의 결혼〉, 〈돈 조반니〉, 〈마적〉 따위가 있음

내가 죽던 날

눈발이 날리고 있었다
주먹만하다 집채만하다
쌓이었다가 녹는다
교황청 문 닫히는 소리가 육중
하였다 냉엄하였다
거리를 돌아다니다가
다비드像 아랫도리를 만져보다가
관리인에게 붙잡혀 얻어터지고 있었다

(『現代文學』, 1980. 4.)

• **다비드像(상)** : 르네상스 시대의 이탈리아 예술가 미켈란젤로가 1501년과 1504년 사이에 조각한 대리석상. 높이는 5.17m. 미켈란젤로는 이스라엘의 위대한 왕 다윗의 청년의 모습을 예술적으로 위엄 있게 표현(『위키백과』)

[재수록]

•『누군가 나에게 물었다』(民音社, 1982.), 「내가 죽던 날」
•『평화롭게』(高麗苑, 1984.), 「내가 죽던 날」

글짓기

소년기에 노닐던
그 동뚝 아래
호숫가에서
고요의
피아노 소리가
지금도 들리다가 그친다

사이를 두었다가
먼 사이를 두었다가
뜸북이던
뜸부기 소리도
지금도 들리다가 그친다

나는 나에게 말한다
죽으면 먼저 그 곳으로 가라고.

(『心象』, 1980. 5.)

• 동뚝 : '동(垌)둑'의 북한말. 크게 쌓은 둑(『우리말샘』)

[재수록]

• 『누군가 나에게 물었다』(民音社, 1982.), 「글짓기」
• 『평화롭게』(高麗苑, 1984.), 「글짓기」

나

망가져 가는 저질 플라스틱 臨時 人間.

(『心象』, 1980. 5.)

• 臨時(임시)
• 人間(인간)

그럭저럭

그날도
하릴 없이 어정 어정 돌아 다니고 있었다
수 없는 車波들의 公害속을

장사치기들의 騷亂속을
생동감 넘치어 보이는
속물들의 人波속을

머뭇거리다가 팝송 나부랭이 인기 대중가요가 판치는
곳에서 커피 한잔 먹었다 메식거려 기분 나쁘게 먹었다

충무로 쪽을 걷고 있을 때
한평 남짓한 자그만 카셋트 점포에서
핏셔 디스카우가 부른
슈베르트의 보리수가
찬란하게 흘러 나오고 있었다
한 동안 자그마한 그 점포가
다정스럽게 보이고 있었다.

(『文學思想』, 1980. 5.)

散文 / **이어지는 短文**

나는 소싯적부터 음악狂되이다.

내 나이 쉰 아홉, 어느덧 황혼기가 었다.

모짜르트와 슈베르트는 애석하게도 서른 두살 때 죽었다는데, 아무 쓸모 없이 살아온 이놈은 너무 오래 살았다. 더 늙기전에 덕지 덕지하고 추해지기 전에 세상을 하직해야만 한다.

요새는 고전으로 돌아가 바하와 헨델의 수 많은 音域들을 사괴이고 싶다. 영원 무궁한 音律들을.(金 宗 三)

- **車波(차파)** : 김종삼의 조어. 자동차들의 물결
- **公害(공해)**
- **騷亂(소란)**
- **人波(인파)**
- **핏셔 디스카우** : 디트리히 피셔-디스카우(Dietrich Fischer-Dieskau, 1925~2012). 독일 바리톤 가수. 제2차 세계대전에 참전. 이탈리아에서 포로가되어 2년 동안 미 포로 수용소에서 생활. 슈베르트의 가곡 등으로 유명(엮은이풀이)
- **슈베르트** : 프란츠 슈베르트(Franz Peter Schubert, 1797~1828). 오스트리아의 작곡가. 초기 독일 낭만파의 대표적 작곡가의 한 사람이며 근대 독일 가곡의 창시자. 600여 곡의 독일 가곡과 실내악곡, 교향곡 따위를 남김. 작품에 〈아름다운 물레방앗간의 아가씨〉, 〈겨울 나그네〉, 〈백조의 노래〉 따위가 있음
- **散文(산문)**
- **短文(단문)**
- **狂(광)**
- **'음악狂되이다'** : '음악狂이다'의 오기(엮은이풀이)
- **'황혼기가 었다'** : '황혼기가 되었다'의 오기(엮은이풀이)
- **모차르트** : 볼프강 아마데우스 모차르트(Wolfgang Amadeus Mozart, 1756~1791). 오스트리아의 작곡가. 하이든과 18세기의 빈 고전파를 대표하는 한 사람. 고전파의 양식을 확립. 40여 곡의 교향곡, 각종 협주곡, 가곡, 피아노곡, 실내악, 종교곡이 있으며, 오페라 〈피가로의 결혼〉, 〈돈 조반니〉, 〈마적〉 따위가 있음
- **바하** : 요한 제바스티안 바흐(Johann Sebastian Bach, 1685~1750). 독일의 작곡가. 많은 종교곡, 기악곡 소나타, 협주곡, 관현악 모음곡 따위를 썼고, 대위법 음악을 완성하여 바로크 음악의 정상에 오름. 작품으로 〈마태 수난곡〉, 〈브란덴부르크 협주곡〉, 〈부활제〉 따위가 있음
- **헨델** : 게오르크 프리드리히 헨델(Georg Friedrich Händel, 1685~1759). 독일 태생의 영국 작곡가. 후기 바로크 음악의 거장으로, 간명한 기법에 의하여 웅장한 곡을 작곡하였으며 런던을 중심으로 이탈리아 오페라, 오라토리오 따위를 발표. 작품에 〈메시아(Messiah)〉, 〈수상(水上)의 음악〉 따위가 있음
- **音域(음역)** : 1. 음넓이. 사람의 목소리나 악기가 낼 수 있는 최저 음에서 최고 음까지의 넓이 2. 북한말로 어떤 악곡에 사용되는 소리 높이의 범위
- **音律(음률)** : 소리와 음악의 가락

헨쎌라 그레텔

牧歌的 오라토리오 떠 오를 때면
어디선가
지은 죄 사하여 주는 것 같다
오늘을 살아가는 生命力만 하여도
어디선가

(『文學과知性』, 1980, 여름.)

- **헨쎌라 그레텔** : 「헨젤과 그레텔(Hänsel und Gretel)」. 시 제목의 '라'는 '과'라는 글자를 잘못 읽은 것.(엮은이 풀이) 독일의 민화로 그림 형제가 수집한 독일 동화의 하나. 15세기부터 독일 각지에서 파다하게 퍼진 영아 살해 관련 민담과 1647년 7월 독일 슈페스아르트의 엥겔스베르그에서 있었던 카타리나 슈라더린 암살 사건 등을 모티브로 하여 지은 이야기. 독일 작곡가 엥겔베르트 훔퍼딩크(Engelbert Humperdinck)가 이 동화를 바탕으로 오페라 〈헨젤과 그레텔〉을 작곡(『위키백과』)
- **牧歌的(목가적)** : 농촌처럼 소박하고 평화로우며 서정적인. 또는 그런 것
- **오라토리오(oratorio)** : 16세기 무렵에 로마에서 시작한 종교 음악. 성경의 장면을 음악과 연출한 교회극에서 발달하여 오페라의 요소를 가미한 영창, 중창, 합창, 관현악으로 연주함. 헨델의 〈메시아〉, 하이든의 〈천지창조〉·〈사계〉가 특히 유명
- **生命力(생명력)** : 생물체가 생명을 유지하여 나가는 힘

[재수록]

- 『누군가 나에게 물었다』(民音社, 1982.), 「헨쎌라 그레텔」
- 『평화롭게』(高麗苑, 1984.), 「헨쎌과 그레텔」

掌篇

어지간히 추운 날이었다

눈발이 날리고 한파 몰아치는 꺼먼 날이었다

친구가 편집장인 아리랑 잡지사에 일거리 구하러 가 있었다

한 노인이 원고를 가져 왔다

담당자는 맷수가 적다고 난색을 나타냈다

삼십이매 원고료를 주선하는 동안

그 노인은 연약하게 보이고 있었다

쇠잔한 분으로 보이고 있었다

얼마 안 되어 보이는 고료를 받아든 노인의 손이 조금 경련을 일으키는 것 같았다.

계단을 조심스럽게 내려가는 노인의 걸음거리가 시원치 않았다

이십 여년이 지난 어느 추운 날 길 거리에서 그 당시의 친구를 만났다 문득 생각나 물었다

그 친군 안 됐다는 듯

그분이 方仁根씨였다고.

(『文學과知性』, 1980, 여름.)

• 掌篇(장편) : 손바닥만 한 크기의 작품이라는 뜻
• 아리랑 : 삼중당(三中堂) 사장 서재수(徐載壽)가 서울특별시 종로구 관훈동에서 아리랑사의 이름으로 발행한 잡지. 주로 영화배우를 비롯한 가수 등의 연예가 주변 이야기와 아울러 스포츠계의 흥미로운 기사들을 많이 싣는 한편, 명랑소설류를 연재하였다. 시인인 김규동(金奎東)이 주간을 맡았고, 임진수(林眞樹)가 편집장이었다.(『한국민족문화대백과』)
• 方仁根(방인근, 1899~1975) : 소설가. 1929년 5월 평양에서 잡지 『문예공론(文藝公論)』을 발행하였지만, 같은 해 7월 통권 3호로 종간. 1932년부터 「마도(魔都)의 향불」 등을 연재하면서 대중작가로서의 명성을 얻음. 해방 후에도 애정과 추리 관련 대중소설을 발표(『위키백과』)

[재수록]
• 『누군가 나에게 물었다』(民音社, 1982.), 「掌篇」
• 『평화롭게』(高麗苑, 1984.), 「掌篇」

맙소사

새벽녘

창호지 문짝이 캄캄하다

이 地方은 無許可 집들이 密集된 山동네 山팔번지 一帶이다

개백정도 산다

복덕방에 다니는 영감이 상처하고

두 달 만인가 석 달 만에 젊다고 부랴부랴 얻어들인 후처가 해괴하다 그 아낙은 아닌밤중에 미친 시늉을 하여 동네 사람들을 모이게 한 적도 있었다

그 아낙은

때 없이 안팎으로 떠들고 다니기도 한다 영감은 그 아낙에게 언제나 쩔쩔 맨다

그들은 신문을 안 본다 文盲들인 것 같다

새벽녘

창호지 문짝이 캄캄하다

영감이 심장마비로 갑자기 죽었다 한다 그 아낙의 해괴한 통곡 소린 그칠 줄 몰랐다

동네에선 아무도 오지 않았다

매장하는 데 필요한 사망 진단선

내가 떼다 주었다

그들과 한뜰에 살았기 때문이다. (『文學과知性』, 1980, 여름.)

- 地方(지방)
- 無許可(무허가)
- 密集(밀집)
- 山(산)
- 一帶(일대)
- 개백정(白丁) : 1. 개를 잡는 일을 업으로 하는 사람 2. 말이나 행동이 막된 사람을 욕하여 이르는 말
- 文盲(문맹) : 배우지 못하여 글을 읽거나 쓸 줄을 모름. 또는 그런 사람

詩作 노우트

나는 보았다 처절한 전쟁을
처참한 떼주검들을
산더미같이 밀어닥치던 참상들을
인간의 뱃속에 들었던
빨래줄 같은 것도 보았다
나는 그로부터 돌대가리가 되었다
잘난 사람들이나
못난 사람들이나
삶을 포기한 사람들이나
하늘에 맡기고 살아가는 群像들로 보여지기 때문이다
나는 뭐냐
무엇부터 다시 배워야할지 모르는 인간 쓰레기다.

(『月刊文學』, 1980. 9.)

• **詩作(시작)** : 시를 지음. 또는 그 시
• **群像(군상)** : 떼를 지어 모여 있는 많은 사람

소곰 바다

나도 낡고 신발도 낡았다
누가 버리고 간 오두막 한채
지붕도 바람에 낡았다
물 한방울 없다
아지 못할 봉우리 하나가
햇볕에 반사될 뿐
鳥類도 없다
아무 것도 아무도 물기도 없는
소곰 바다
　　주검의 갈림길도 없다.

(『世界의文學』, 1980. 가을.)

• **소곰** : '소금'의 옛말
• **鳥類(조류)** : 새무리

[재수록]

• 『누군가 나에게 물었다』(民音社, 1982.), 「소곰 바다」
• 『평화롭게』(高麗苑, 1984.), 「소금 바다」

그라나드의 밤
—黃東奎에게

드뷔시 프렐뤼드
씌어지지 않는
散文의 源泉

(『世界의文學』, 1980. 가을)

- **그라나드의 밤** : 클로드 드뷔시의 〈그라나다의 저녁〉. 드뷔시는 하나하나의 화음을 표현력을 가진 독립된 개체로 인정하였음. 예를 들어 강한 인상을 주는 화음이 하나 있다면 그것은 전후 맥락에 관계없이 중요한 화성적 기점이 되어, 상하 어떤 방향으로든 자유자재로 움직임. 이렇듯 물결 같이 움직이는 화음의 연속체의 한 사례가 〈그라나다의 저녁〉. 화음의 물결을 사용함으로써 드뷔시는 조성의 개념, 즉 으뜸음을 향한 응집력을 극도로 약화시킨 것(『고전음악의 이해』)
- **黃東奎(황동규)** : 시인. 황동규는 잡지 『문학과 지성』에 재수록된 김종삼 시의 평을 맡아서 「잔상(殘像)의 미학」이라는 글을 발표. 김종삼은 이 글을 읽은 뒤에 황동규에게 몸소 감사 인사를 건네었다고 함. 황동규는 그 글이 「그라나드의 밤」의 씨앗이 되었을 것이라고 짐작(엮은이풀이)
- **드뷔시** : 클로드 드뷔시(Claude-Achille Debussy, 1862~1918). 프랑스 작곡가. 상징파 시인의 영향으로 몽환(夢幻)의 경지를 그리는 음악을 창시. 작품에 오페라 「펠레아스와 멜리장드」, 관현악곡 「목신의 오후에의 전주곡」 따위가 있음
- **프렐뤼드** : 클로드 드뷔시의 〈전주곡(préludes)〉. 피아노를 위한 독주곡. 1권과 2권으로 나뉘어 있으며 각각 12개 곡으로 구성(『위키백과』)
- **散文(산문)**
- **源泉(원천)** : 사물의 근원

[재수록]

- 『누군가 나에게 물었다』(民音社, 1982.), 「그라나드의 밤-黃東奎에게」
- 『평화롭게』(高麗苑, 1984.), 「그라나드의 밤-黃東奎에게」

내가 재벌이라면

내가 재벌이라면

메마른

양로원 뜰마다

고아원 뜰마다 푸르게 하리니

참담한 나날을 사는 그 사람들을

눈물 지우는 어린 것들을

이끌어 주리니

슬기로움을 안겨 주리니

기쁨 주리니.

(『韓國文學』, 1980. 9.)

[재수록]

- 『누군가 나에게 물었다』(民音社, 1982.), 「내가 재벌이라면」
- 『평화롭게』(高麗苑, 1984.), 「내가 재벌이라면

꿈이었던가

그 언제부터인가
나는 罪人
수億年間
주검의 連鎖에서
惡靈들과 昆蟲들에게 시달려왔다
다시 계속된다는 것이다

(『現代文學』, 1981. 1.)

- **罪人(죄인)**
- **億年間(억년간)**
- **連鎖(연쇄)**
- **惡靈(악령)** : 원한을 품고 사람에게 재앙을 내리는 못된 영혼
- **昆蟲(곤충)**

[재수록]

- 『누군가 나에게 물었다』(民音社, 1982.), 「꿈이었던가」
- 『평화롭게』(高麗苑, 1984.), 「꿈이었던가」

不朽의 戀人

戀人을 알기에
착한이의 마음으로 알았다
한 幅의 아름다운
다빈치의 그림으로 알았다
아름다운 모짜르트의 플룻과
하아프로 알았다.

그런 것들이 아니었는데.

(『心象』, 1981. 1.)

- **不朽(불후)** : 썩지 아니함이라는 뜻으로 영원토록 변하거나 없어지지 아니함을 비유적으로 이르는 말
- **戀人(연인)**
- **幅(폭)** : (수량을 나타내는 말 뒤에 쓰여) 하나로 연결하려고 같은 길이로 나누어 놓은 종이, 널, 천 따위의 조각 또는 그림, 족자 따위를 세는 단위
- **다빈치** : 레오나르도 다 빈치(Leonardo di ser Piero da Vinci, 1452~1519). 르네상스시대의 이탈리아를 대표하는 천재적 미술가·과학자·기술자·사상가. 15세기 르네상스미술은 그에 의해 완벽한 완성에 이르렀다고 평가. 조각·건축·토목·수학·과학·음악에 이르기까지 다양한 방면에 재능을 보였음(『두산백과』)
- **모차르트** : 볼프강 아마데우스 모차르트(Wolfgang Amadeus Mozart, 1756~1791). 오스트리아의 작곡가. 하이든과 18세기의 빈 고전파를 대표하는 한 사람. 고전파의 양식을 확립. 40여 곡의 교향곡, 각종 협주곡, 가곡, 피아노곡, 실내악, 종교곡이 있으며, 오페라 〈피가로의 결혼〉, 〈돈 조반니〉, 〈마적〉 따위가 있음

난해한 음악들

나에겐 너무 어렵다 난해하다
왕창 성행되는
이 세기에 찬란하다는
인기가요라는 것들
팝송이라는 것들

그런 것들이
대자연의 영광을 누리는 산에서도
볼륨높이 들릴때가 있다

그런때면
메식거리다가
미친놈처럼
뇌파가 출렁거린다.

(『心象』, 1981. 1.)

[재수록]

- 『누군가 나에게 물었다』(民音社, 1982.), 「난해한 음악들」
- 『평화롭게』(高麗苑, 1984.), 「난해한 음악들」

연주회

두 사람의 생애는 너무 비참하였다. 그러므로 그들에겐 신에게서 베풀어지는 기적으로 하여 살아갔다 한다. 때로는 살아갈 만한 희열도 있었다 한다. 환희도 있었다 한다. 영원 불멸의 인간다운 아름다움의 내면세계도 있었다 한다. 딴따라처럼 둔갑하는 지휘자가 우스꽝스럽다. 후란츠 슈베르트 · 루드비히 반 베토벤—

(『月刊文學』, 1981. 1.)

- **후란츠 슈베르트** : 프란츠 슈베르트(Franz Peter Schubert, 1797~1828). 오스트리아의 작곡가. 초기 독일 낭만파의 대표적 작곡가의 한 사람이며 근대 독일가곡의 창시자. 600여 곡의 독일 가곡과 실내악곡, 교향곡 따위를 남김. 작품에 〈아름다운 물레방앗간의 아가씨〉, 〈겨울 나그네〉, 〈백조의 노래〉 따위가 있음
- **루드비히 반 베토벤** : 루트비히 판 베토벤(Ludwig van Beethoven, 1770~1827) 독일의 음악가. 하이든, 모차르트의 영향과 루돌프 대공(大公) 등의 도움으로 작곡가로서의 지위를 확립. 고전파 말기에 나와 낭만주의 음악의 선구가 됨. 작품에 아홉 개의 교향곡과 현악 사중주곡 〈라주모브스키〉, 피아노 소나타 〈열정(熱情)〉, 〈월광(月光)〉 따위가 있음

[재수록]

- 『누군가 나에게 물었다』(民音社, 1982.), 「연주회」
- 『평화롭게』(高麗苑, 1984.), 「연주회」

새벽

모두들 잠들었다.
연민의 나라
인정이 찾아가지 못했던 나라
따사로운 풍광의 나라
추억의 나라에서
趙芝薰과
朴木月
張萬榮과
金洙暎
가끔
크라비 코드 소리가 희미하다.

노트 / **유난히 큰 눈에 큰 덩치의 사내 洙暎을 그리며**

세분은 친근감이 있던 선배님들이었다. 다시는 찾아볼 수 없는 인간미 풍기시던 선배님들이었다. 이십여년전 「현대시」라는 동인지를 이끌고 계시던 그분들은 누추한 몰골로 돌아다니던 나를 각별히 대해 주시곤 했다. 돼먹지 않은 나의 습작들을 보시고는 쉬운 말로 간결하게 의견을 말씀해 주시고 장려해 주시던 분들이었다. 유난히 둥글던 큰 눈에 큰 덩치의 사나이, 洙暎은 술친구였다. 유머도 있어 보이던 녀석을 보기만

하여도 저절로 웃음이 나오곤 했다. 아는 것도 많음직하고 우수한 작품을 쓰던 녀석은 술자리에서나 다른데서도 문학에 관한 애길 한번도 한 적이 없었다. 그래서인지 녀석에게 언제나 호감이 갔었다.

(『月刊朝鮮』, 1981. 3.)

- **趙芝薰(조지훈)** : 시인 · 국문학자(1920~1968). 본명은 동탁(東卓). 청록파 시인의 한 사람으로 초기에는 민족적 전통이 깃든 시를 썼으며 6·25 전쟁 이후에는 조국의 역사적 현실을 담은 시 작품과 평론을 주로 발표. 저서에『조지훈 시선』,『시의 원리』 따위가 있음
- **朴木月(박목월)** : 시인(1916~1978). 본명은 영종(泳鍾). 1939년에 『문장(文章)』을 통하여 문단에 데뷔. 1946년에 조지훈, 박두진과『청록집』을 발간하여 청록파로 불림. 초기에는 자연 친화적인 주제를 다루었으나 점차 사념적인 경향으로 바뀌었음. 시집에 『산도화(山桃花)』, 『청담(晴曇)』, 『경상도의 가랑잎』, 『무순(無順)』 따위가 있음
- **張萬榮(장만영)** : 시인(1914~1975). 호는 초애(草涯). 1932년에 「봄노래」로 등단. 도시의 문명을 떠나 전원적 제재를 현대적 감성으로 읊은 사상파(寫像派) 시인. 작품에 「마을의 여름밤」, 「병실에서」, 「광화문 빌딩」 따위가 있음
- **金洙暎(김수영)** : 시인(1921~1968). 모더니스트로 출발하여 지성과 감성의 조화를 이룬 작품으로 평가를 받았으며, 4·19 혁명 이후 현실 비판 의식과 저항 정신을 바탕으로 한 참여시를 썼음. 작품에 시집 『달나라의 장난』, 『거대한 뿌리』 따위가 있고 산문집 『시여 침을 뱉어라』 따위가 있음
- **클라비 코드(Clavichord)** : 피아노를 발명하기 전까지 하프시코드와 같이 사용하였던 건반 현악기. 직사각형의 상자 모양으로, 건반을 누르면 그 끝에 있는 작은 금속 조각이 현을 때려 소리가 남

[재수록]

- 『누군가 나에게 물었다』(民音社, 1982.), 「새벽」
- 『평화롭게』(高麗苑, 1984.), 「새벽」

또 한번 날자꾸나

내가 죽어가던 아침나절 벌떡 일어나
날계란 열 개와 우유 두 홉을 한꺼번에 먹어댔다.
그리고 들로 나가 우물물을 짐승처럼 먹어댔다.
얕은 지형지물들을 굽어보면서 천천히 날아갔다.
착하게 살다가 죽은 이의 죽음도 빌려 보자는
생각도 하면서 천천히
더욱 천천히

(『韓國文學』, 1981. 4.)

[재수록]

- 『누군가 나에게 물었다』(民音社, 1982.), 「또 한번 날자꾸나」
- 『평화롭게』(高麗苑, 1984.), 「또 한 번 날자꾸나」

샹펭

어느 산록 아래 평지에
넓직한 방갈로 한채가 있었다
사방으로 펼쳐진
잔디밭으론
가즈런한
나무마다 제각기 이글거리는
색채를 나타내이고 있었다

세잔느인듯한 노인네가
커피 칸타타를 즐기며
벙어리 아낙네와 손짓으로
대화를 나누고 있었다
가까이 가 말참견을 하려해도
거리가 좁히어지지 않았다.

(『世界의文學』, 1981. 여름.)

• **샹펭** : 프랑스의 수채화가·석판화가 장-자크 샹뺑(Jean-Jacques Champin, 1796~1860)을 가리키는 것으로 보임. 샹뺑은 주로 역사적 풍경화(historical landscape)를 그리는 데 헌신
1. 석판화에 주로 파리의 옛 모습들을 담았고 당대 여러 잡지에 삽화를 그리기도 했음. 김종삼의 일련의 「샹펭」 시에 공통적으로 툴루즈, 로트레크, 폴 세잔 등의 프랑 스 화가들이 등장하는 것을 볼 때 샹뺑 또한 프랑스 화가일 개연성이 있음 2. 「샹펭」 시편의 공간 배경은 독자에게 파리의 옛 모습을 상상하도록 하여 실재 예술가의 삶을 드러냄. 이러한 시적 기법은 샹팽의 역사적 풍경화, 즉 풍경을 보여주면서 동시에 풍경 이면의 역사를 드러내는 미학과 맞닿아 있음 3. 「샹펭」 시편은 사람이나 사물의 특징을 과감하게 유머러스하게 부각시키는 캐리커처(caricature) 기법이 돋보임. 캐리커처는 잡지나 신문에 실리는 삽화의 주요한 기법 중 하나라는 점에서 샹뺑의 삽화와도 통함(엮은이풀이)
• **산록(山麓)** : 산기슭(산의 비탈이 끝나는 아랫부분)
• **세잔느** : 폴 세잔(Paul Cézanne, 1839~1906). 프랑스의 화가(1839~1906). 처음에는 인상파에 속하여 있었으나 뒤에 자연의 대상을 기하학적 형태로 환원하는 독자적인 화풍(畵風)을 개척. 작품에 〈빨간 조끼의 소년〉, 〈목욕하는 여인들〉 따위가 있음
• **칸타타(cantata)** : 17세기에서 18세기까지 바로크 시대에 발전한 성악곡의 한 형식. 독창·중창·합창과 기악 반주로 이루어지며, 이야기를 구성하는 가사의 내용에 따라 세속 칸타타와 교회 칸타타로 나뉨

[재수록]

• 『누군가 나에게 물었다』(民音社, 1982.), 「샹펭」
• 『평화롭게』(高麗苑, 1984.), 「샹펭」

制作

세자아르 프랑크의 바리아숑
夜間電磁波

도스토예프스키와
헬렌켈러 여사에게도 直結되었다.

(『世界의文學』, 1981. 여름.)

• 동일 제목으로 『新風土 〈新風土詩集 Ⅰ〉』(白磁社, 1959.)에 現代文學』(1981. 10.)에 발표되고 『누군가 나에게 물었다』(民音社, 1982.), 『평화롭게』(高麗苑, 1984.)에 재수록 됨. 내용은 다름

• **制作(제작)** : 규정이나 법식 따위를 생각하여 정함. 고대 그리스어로 'ποίησις(poiēsis)는 '만드는 것(제작, 생산)'을 뜻함. 시(詩, poem)의 어원이 되는 낱말 'ποίημα(poiēma)'는 여기에서 비롯했으며, 본디 '작자'나 '작품'을 뜻함(엮은이풀이)

• **세자아르 프랑크** : 세자르 프랑크(César Auguste Franck, 1822~1890). 벨기에 출신의 프랑스 작곡가이자 오르간 연주자. 유능한 피아노 연주자였지만 오르간 연주자로 활동을 더 많이 했음. 오르간 작품은 12곡 밖에 없지만 오르간 즉흥 연주가 뛰어나 요한 세바스티안 게츠비 이래 가장 뛰어난 오르간 작곡가로 여김(『위키백과』)

• **바리아숑**: 세자르 프랑크가 작곡한 곡 〈전주곡, 푸가, 변주곡(prélude, fugue et variation)〉(1884) 또는 〈교향적 변주곡(variations symphoniques)〉(1885) 등으로 추정(엮은이풀이)

• 夜間(야간)

• **電磁波(전자파)** : 전자기파. 공간에서 전기장과 자기장이 주기적으로 변화하면서 전달되는 파동

• **도스토예프스키** : 표도르 도스토예프스키(Fyodor Mikhailovich Dostoevsky, 1821~1881). 제정 러시아 소설가. 러시아 민중의 신앙과 자비에 근간한 모성적 대지숭배, 만유재신론 등의 우주적 신비주의를 표현

• **헬렌켈러(Helen Adams Keller, 1880~1968)** : 미국 작가, 교육자, 사회주의 운동가. 인문계 학사를 받은 최초의 시각·청각 중복 장애인. 신비주의 신학자인 에마누엘 스베텐보리의 가르침을 지지함. 여성 참정권론자이자 평화주의자(『위키백과』)

• **直結(직결)** : 사이에 다른 것이 개입되지 않고 직접 연결됨. 또는 사이에 다른 것을 개입 하지 않고 직접 연결함

實記

나의 막역한 친구
볼프강 아마데우스 모짜르트가
병고를 치르다가 죽었다 향년 32세
장의비가 없었다
동네에서 비용을 거두었다
부인이 보이지 않았다

묘지로 운구 도중
비바람이 번지고 있었다
점점 심해지고 있었다
하나 하나 도망치기 시작했다
한 사람도 남지않고 다 도망치고 말았다

볼프강 아마데우스 모짜르트.

(『世界의文學』, 1981. 여름)

•『月刊文學』(1984. 9.)에 같은 제목으로 발표함. 내용은 '베토벤'을 대상

•3행의 '32세'는 시선집 『평화롭게』(高麗苑, 1984.)에서는 '35'세로 수정됨.

•**實記(실기)**: 실제의 사실을 있는 그대로 적은 기록

•**볼프강 아마데우스 모짜르트** : 볼프강 아마데우스 모차르트(Wolfgang Amadeus Mozart, 1756~1791). 오스트리아의 작곡가. 하이든과 18세기의 빈 고전파를 대표하는 한 사람. 고전파의 양식을 확립. 40여 곡의 교향곡, 각종 협주곡, 가곡, 피아노곡, 실내악, 종교곡이 있으며, 오페라 〈피가로의 결혼〉, 〈돈조반니〉, 〈마적〉 따위가 있음

[재수록]

•『누군가 나에게 물었다』(民音社, 1982.), 「實記」

•『평화롭게』(高麗苑, 1984.), 「實記」

高原地帶

죽음의 기쁨도 있지만
살아가는 즐거움도 있다
이 하루도 즐겁게 살아간다
두어 때 食事와 가끔 담배를 태면서
가난만이 交叉된다해도
나는 그렇다
이 세상에선
부러운것이라곤 하나도 없다
그렇구나
71세의 佳人
마더 테레사가 부럽구나.

(『東亞日報』, 1981. 7. 11.)

- **高原地帶(고원지대)** : 고원을 이루고 있는 지대. '고원'은 보통 해발 고도 600미터 이상에 있는 넓은 벌판
- **食事(식사)**
- **交叉(교차)**
- **佳人(가인)** : 아름다운 사람
- **마더 테레사** : 테레사 수녀(Mother Teresa, 1910~1997). 인도의 로마 가톨릭교회 수녀로, 1950년에 인도의 콜카타에서 사랑의 선교회라는 기독교 계통 비정부기구를 설립. 이후 45년간 사랑의 선교회를 통하여 빈민, 병자, 고아, 죽어가 는 이들을 위해 인도와 다른 나라들에서 헌신. 1979년 노벨 평화상을 받음(『위키백과』)

간이 교회당이 있는 동네

야쿠르트 아줌마가 지나가고 있다.

나는 이 동네에서 산다.

우중충한 간이 종합병원도 있다. 그 병원엔 간혹 새 棺이 실려 들어가곤 했다.

야쿠르트 아줌마가 병실에서 나와 지나가고 있다.

총총걸음으로 조심스럽게

(『月刊文學』, 1981. 8.)

• 棺(관)

[재수록]

• 『누군가 나에게 물었다』(民音社, 1982.), 「간이 교회당이 있는 동네」
• 『평화롭게』(高麗苑, 1984.), 「간이 교회당이 있는 동네」

앤니 로리

아름다운 여인
롯테 레만의 노래가 배인 곳
아이들과
즐거운 강아지와
펼쳐진 평야와
어여쁜 집들과
만발한 꽃들과
얕은 푸른 산
초록빛 산이
항상 보이도다.

(『月刊文學』, 1981. 8.)

- 『世代』(1978. 5.), 『現代文學』(1979. 10.), 『누군가 나에게 물었다』(民音社, 1982.) 『평화롭게』(高麗苑, 1984.)에 같은 제목으로 발표, 재수록 됨. 내용은 다름
- **앤니 로리** : 애니 로리(Annie Laurie). 존 스콧 작곡, 윌리엄 더글라스 작사의 스코틀랜드의 곡으로 티 없이 곱고 아름다운 소녀를 그리워하며 부르는 5음 음계의 곡(『두산백과』)
- **롯테 레만** : 로테 레만(Lotte Lehmann, 1888~1976). 독일 소프라노. 페를레베르크에서 태어나 마틸데 마링거에게 사사. 1909년 함부르크에서 〈마술피리〉의 제1동자로 데뷔를 하여 1914년에서 1938년까지 빈 국립가극장에서 활약. 나치 독일이 1938년 오스트리아를 합병하기 이전 미국으로 이주. 입양한 아이들의 친어머니가 유태인이었기 때문. 1934에서 1945년까지는 뉴욕의 메트로폴리탄 가극장에서 활약하는 한편, 세인트 바바라에서 문하의 교육에 힘쓰고 훗날 미국에 귀화하여 많은 후배를 지도(『위키백과』)

[재수록]

- 『평화롭게』(高麗苑, 1984.), 「동산」

聖堂

이 地上의
聖堂
나는 잘 모른다

높은 石山
밤하늘
헨델의 메시아를 듣고 있었다

(『現代文學』, 1981. 8.)

- 聖堂(성당)
- 地上(지상)
- 石山(석산)
- 헨델 : 게오르크 프리드리히 헨델(Georg Friedrich Händel, 1685~1759). 독일 태생의 영국 작곡가. 후기 바로크 음악의 거장으로, 간명한 기법에 의하여 웅장한 곡을 작곡하였으며 런던을 중심으로 이탈리아 오페라, 오라토리오 따위를 발표. 작품에 〈메시아(Messiah)〉, 〈수상(水上)의 음악〉 따위가 있음
- 메시아(Messiah) : 헨델이 작곡한 오라토리오. 그의 작품 중 가장 많이 알려진 곡. 복음서와 이사야서, 시편을 바탕으로 그리스도의 탄생과 삶, 수난을 담았음. 작품번호는 HWV.56 전체 곡 중에서 〈주의 영광〉과 〈할렐루야〉가 가장 유명(『위키백과』)

制作

그렇다
非詩일지라도 나의 職場은 詩이다.

나는
진눈깨비 날리는 질짝한 周邊이고
가동中인
夜間鍛造工廠.

깊어가리마치 깊어가는 欠谷.

(『現代文學』, 1981. 10.)

• 동일 제목으로 『世界의文學』(1981. 여름.)에 발표됨. 내용은 다름
• 102쪽) 「制作」(『新風土 〈新風土詩集 Ⅰ〉』, 白磁社, 1959.)의 시어 풀이 참조

[처음발표]

• 『新風土 〈新風土詩集 Ⅰ〉』(白磁社, 1959.), 「制作」

[재수록]

• 『누군가 나에게 물었다』(民音社, 1982.), 「制作」
• 『평화롭게』(高麗苑, 1984.), 「制作」

장편

작년 1월 7일
나의 형 종문이가 위독하다는 전달을 받았다
추운 새벽이었다
골목길을 내려가고 있었다
허술한 차림의 사람이 다가왔다
한미병원을 찾는다고 했다
그 병원에서 두 딸아이가 죽었다고 한다
부여에서 왔다고 한다
연탄가스 중독이라고 한다
나이는 스물 둘, 열 아홉
함께 가며 주고 받은 몇 마디였다
시체실 불이 켜져 있었다
관리실에서 성명들을 확인하였다
어서 들어가 보라고 한즉
조금 있다가 본다고 하였다.

(『文學思想』, 1982. 2.)

散文 / **이어지는 短文**

한시바삐 고려대학 부속병원 중환실로 가야만 했다.

특별치료병동이라는 델 들어섰다.

나의 형은 숨진 뒤였다.

간막이도 없는 지저분하고 넓다란 간이 병실이었다.

나의 형이 숨지기 전 어린 아이가

숨졌다 한다. 수련의들은 기다렸다는 듯 그 자리에서 어린 것을 해부하였다 한다.

나의 형은 그러한 참상을 보면서 죽어갔다.

나의 형은 심장경색증이었다.(金 宗 三)

- **장편(掌篇)** : 손바닥만 한 크기의 작품이라는 뜻
- **종문** : 김종문(金宗文, 1919~1981). 시인. 초기에는 모더니즘을 추구하였으나 차츰 신선한 감성을 가미하여 짜임새 있는 시를 많이 남겼음. 시집에 『벽』, 『불안한 토요일』 따위가 있음
- **한미병원** : 대구 수성구에 있는 병원(엮은이풀이)
- **散文(산문)**
- **短文(단문)**

[재수록]

- 『누군가 나에게 물었다』(民音社, 1982.), 「掌篇」
- 『평화롭게』(高麗苑, 1984.), 「掌篇·5」

前程

나는 지금 살아있다 건재하다
다시 말해
누구보다도 더 힘차게 살아가고 있다
그러나 언제 죽을지 모른다
그러므로 생각이 흩어지기 전
거기에 對備
무엇인가를 감지해 내야만 하겠다.

(『新東亞』, 1982. 4.)

• 동일 제목으로 『文學思想』(1984. 11.)에 발표됨. 내용은 다름
• 前程(전정) : 앞길. 앞으로 가야 할 길
• 對備(대비)

소리

連山 上空에 뜬
구름속에서 무슨 소리가 난다
무슨 소리가 난다
아지 못할 單一樂器이기도 하고
평화스런 和音이기도 하다
어떤 때엔 天上으로
어떤 때엔 地上으로
먼이가 된 나에게도
무슨 신호처럼 보내져 오곤했다
죽었다던 神의 소리인가
무슨 소리인가
38 以遠
모두가 녹슬고 살벌한 고향 땅
죽은 옛 친구들
너희들 소리인가
무슨 소리인가
너희들 이후론 친구도 없다.

(『東亞日報』, 1982. 7. 24.)

- 連山(연산) : 죽 잇대어 있는 산
- 上空(상공)
- 아지 못할 : '알지 못할'의 예스러운 표현(엮은이풀이)
- 單一樂器(단일악기) : 단 하나의 악기(엮은이풀이)
- 和音(화음)
- 天上(천상)
- 地上(지상)
- 먼이 : 시선집『평화롭게』(高麗苑, 1984.)에서 '바보'로 수정되었음(엮은이풀이)
- 神(신)
- 以遠(이원) : 어떤 지점으로부터 저쪽(철도·항공로 등에 관해 일컬음). 그러므로 '38 以遠'은 '38선부터 저쪽'으로 풀이(엮은이풀이)
- 13~18행은「山과 나」(『世界의文學』, 1983. 여름.)에 그대로 실림

[재수록]

- 『평화롭게』(高麗苑, 1984.),「소리」
- 『밤의 숲에서 등불을 들고』(영학출판사, 1984.),「소리」

한 골짜기에서

한 골짜기에서
앉은뱅이 한 그루의 나무를
보았다
잎새들은 풍성하였고
색채 또한 찬연하였다
인간의 생명은 잠깐이라지만

(『世界의文學』, 1982. 여름.)

[재수록]

- 『누군가 나에게 물었다』(民音社, 1982.), 「한 골짜기에서」
- 『평화롭게』(高麗苑, 1984.), 「한 골짜기에서」

검은 門

어쩌다가 바보가 되곤 한다
그런 때면 슬슬 걷는다
덕수궁 담장 옆은 다른 곳보다
조용하기 때문이다
貞洞敎會 뜰안
두 그루의 古木과
大法院 正面이 나타나곤 한다
그 오른 쪽
培材學堂 때
담장 앞과 직결되었던
검은 門
애환과 참담과
無實의 죄수들도
실려 드나들던
검은 門
길과 길들이 整然하다
차츰 分明해지는 것이 있다
나는 무엇인가
나의 罪科는 무엇인가.

(『文藝中央』, 1982. 여름.)

詩作노트

나는 죄인이라는 생각뿐이다. 〈나는 죄인이로소이다〉라는 말이 이제 내 입에서 기도문이 되었다. 이 말 이외에는 묵묵부답, 또는 눈을 감고 살고 싶은데 그렇게만 되질 않는다. 몸도 마음도 모두 쇠진해버린 내가 만약 머리를 들어올릴 기운이 있으면 하늘을 향해 웃음지을 수 있을까.

- **門(문)**
- **詩作(시작)**
- **貞洞敎會(정동교회)** : 정동제일교회는 조선 말기인 1885년에 설립된 한국 최초의 감리교 교회 중 하나. 덕수궁 옆인 중구 정동길 46 (정동)에 있음. 정동제일교회의 벧엘예배당은 1897년에 건축되어 한국 최초의 서양식 개신교 교회로 불리며 대한민국의 사적 제256호로 지정. 한국 최초의 파이프 오르간도 1918년에 이 교회에 봉헌, 개화기에 많은 음악가를 배출하였음. 1887년에 설립된 정동부인병원은 한국 최초의 어린이와 부녀자 전용 병원. 정동에는 초기 개신교 학교인 배재학당과 이화학당이 설립되어 개화기 신교육의 발상지(『위키백과』)
- **古木(고목)**
- **大法院(대법원)**
- **正面(정면)**
- **培材學堂(배재학당)** : 조선 고종 22년(1885)에 미국의 북감리회 선교사인 아펜젤러가 서울에 세운 우리나라 최초의 근대식 사립학교. 지금의 배재 중·고등학교의 전신
- **無實(무실)** : 사실이나 실상이 없음
- **整然(정연)** : 가지런하고 질서가 있음
- **分明(분명)**
- **罪科(죄과)** : 죄와 허물을 아울러 이르는 말

장님

장님들은 언제나 착하게 보이었다
가파른 계단을 올라가면서도
지팡이와 함께 하늘을 향해 웃음 짓는다

가파른 계단을 조심스럽게
내려오면서도 지팡이와 함께
하늘을 향해 웃음 짓는다.

(『文藝中央』, 1982. 여름.)

全昌根 선생님

조금이라도 진실을 찾아야 겠다
全昌根 선생님은
이 나라에서 진실을 찾으시던
唯一의
巨人이었읍니다
저만 알고 있습니다

(『文藝中央』, 1982. 여름.)

• **全昌根(전창근, 1908~1973)** : 한국 영화감독·시나리오 작가·배우·연극 연출가. 함경북도 회령(會寧)에서 태어남. 1938년 고려영화사에서 자신이 시나리오를 쓰고 감독·주연을 맡은 「복지만리(福地萬里)」 제작에 들어가 1941년에 개봉, 이 작품 때문에 일제 경찰에 잡혀 3개월간 옥고를 치름. 한국전쟁 직후부터 각본·감독 또는 주연으로 활동하면서 「단종애사(端宗哀史)」(1956)·「마의태자」(1956)·「고종황제와 의사 안중근」(1959)·「삼일독립운동」(1959)·「아아, 백범 김구선생」(1960) 등을 제작(『위키백과』)

• **唯一(유일)** : 오직 하나밖에 없음

• **巨人(거인)**

『누군가 나에게 물었다』 시

刑

여긴 또 어드메냐
목이 마르다
길이 있다는
물이 있다는 그 곳을 향하여
罪가 많다는 이 불구의 영혼을 이끌고 가 보자
그치지 않는 전신의 고통이 하늘에 닿았다

(『누군가 나에게 물었다』, 民音社, 1982.)

- 刑(형): 형벌
- 罪(죄)

[발표]

- 『월간문학』(1978. 5.), 「刑」

[재수록]

- 『三省版 韓國現代文學全集 38 詩選集 II』(三省出版社, 1978.), 「刑」
- 『누군가 나에게 물었다』(民音社, 1982.), 「刑」
- 『평화롭게』(高麗苑, 1984.), 「刑」

앤니로리

노랑나비야
메리야
한결같이 아름다운
자연 속에
한결같이 마음이 고운 이들이
산다는 곳을
노랑나비야
메리야 메리야
너는 아느냐.

(『누군가 나에게 물었다』, 民音社, 1982.)

- 『月刊文學』(1981. 8.)에 같은 제목으로 발표함. 내용은 다름
- 앤니 로리 : 애니 로리(Annie Laurie). 존 스콧 작곡, 윌리엄 더글라스 작사의 스코틀랜드의 곡으로 티 없이 곱고 아름다운 소녀를 그리워하며 부르는 5음 음계의 곡(『두산백과』)

[처음발표]
- 『世代』(1978. 5.),「앤니 로리」

[재발표]
- 『現代文學』(1979. 10.), 「앤니로리」

[재수록]
- 『누군가 나에게 물었다』(民音社, 1982.), 「앤니로리」
- 『평화롭게』(高麗苑, 1984.), 「앤니로리」

또 한번 날자꾸나

내가 죽어가던 아침나절 벌떡 일어나
날계란 열 개와 우유 두 홉을 한꺼번에 먹어댔다.
그리고 들로 나가 우물물을 짐승처럼 먹어댔다.
얕은 지형지물들을 굽어보면서 천천히 날아갔다.
착하게 살다가 죽은 이의 죽음도 빌려 보자는
생각도 하면서 천천히
더욱 천천히

(『누군가 나에게 물었다』, 民音社, 1982.)

[발표]

• 『韓國文學』(1981. 4.), 「또 한번 날자꾸나」

[재수록]

• 『평화롭게』(高麗苑, 1984.), 「또 한 번 날자꾸나」

샹펭

어느 산록 아래 평지에
넓직한 방갈로 한채가 있었다
사방으로 펼쳐진
잔디밭으론
가즈런한
나무마다 제각기 이글거리는
색채를 나타내이고 있었다

세잔느인듯한 노인네가
커피 칸타타를 즐기며
벙어리 아낙네와 손짓으로
대화를 나누고 있었다
가까이 가 말참견을 하려해도
거리가 좁히어지지 않았다.

(『누군가 나에게 물었다』, 民音社, 1982.)

• 604쪽) 「샹펭」(『世界의文學』, 1981. 여름.)의 시어 풀이 참조

[발표]

• 『世界의文學』(1981. 여름.), 「샹펭」

[재수록]

• 『평화롭게』(高麗苑, 1984.), 「샹펭」

내가 죽던 날

눈발이 날리고 있었다
주먹만하다 집채만하다
쌓이었다가 녹는다
교황청 문 닫히는 소리가 육중
하였다 냉엄하였다
거리를 돌아다니다가
다비드像 아랫도리를 만져보다가
관리인에게 붙잡혀 얻어터지고 있었다

(『누군가 나에게 물었다』, 民音社, 1982.)

• 다비드像(상) : 르네상스 시대의 이탈리아 예술가 미켈란젤로가 1501년과 1504년 사이에 조각한 대리석상. 높이는 5.17m. 미켈란젤로는 이스라엘의 위대한 왕 다윗의 청년의 모습을 예술적으로 위엄 있게 표현(『위키백과』)

[발표]

• 『現代文學』(1980. 4.), 「내가 죽던 날」

[재수록]

• 『누군가 나에게 물었다』(民音社, 1982.), 「내가 죽던 날」
• 『평화롭게』(高麗苑, 1984.), 「내가 죽던 날」

라산스카

바로크 시대 음악들을 때마다
팔레스트리나들을 때마다
그 시대 풍경 다가올 때마다
하늘나라 다가올 때마다
맑은 물가 다가올 때마다
라산스카
나 지은 죄 많아
죽어서도
영혼이
없으리

(『누군가 나에게 물었다』, 民音社, 1982.)

• 1행의 경우 시 선집 『평화롭게』(高麗苑, 1984)에서 '바로크 시대 음악들을 들을 때마다'로 수정됨
• 2행의 경우 시 선집 『평화롭게』(高麗苑, 1984)에서 '팔레스트리나를 들을 때마다'로 수정됨
• **바로크(baroque)** : 16세기 말부터 18세기 중엽에 걸쳐 유럽에서 유행한 예술 양식. 르네상스 양식에 비하여 파격적이고, 감각적 효과를 노린 동적인 표현이 특징. 본래는 극적인 공간 표현, 축선(軸線)의 강조, 풍부한 장식 따위를 특색으로 하는 건축을 이르던 말로, 격심한 정서 표현을 가진 동시대의 미술, 문학, 음악의 경향까지 이름
• **팔레스트리나(Giovanni Pierluigi da Palestrina, 1525~1594)** : 이탈리아 작곡가. 약 105곡의 미사곡을 비롯하여 많은 모테토, 찬가 등의 종교 음악을 남김. 로마악파(16세기경에 로마를 중심으로 확립한 교회 음악의 한 악파)의 시조로 일컬어짐. 오늘날에도 가톨릭 교회음악의 한 규범으로 여김. 거의 무반주의 성악곡이며 4~5성의 작품이 압도적으로 많음(『위키백과』)

[재수록]

• 『평화롭게』(高麗苑, 1984), 「라산스카」

꿈이었던가

그 언제부터인가
나는 罪人
수億年間
주검의 連鎖에서
惡靈들과 昆蟲들에게 시달려왔다
다시 계속된다는 것이다

(『누군가 나에게 물었다』, 民音社, 1982.)

- 罪人(죄인)
- 億年間(억년간)
- 連鎖(연쇄)
- 惡靈(악령) : 원한을 품고 사람에게 재앙을 내리는 못된 영혼
- 昆蟲(곤충)

[발표]

- 『現代文學』(1981. 1.), 「꿈이었던가」

[재수록]

- 『평화롭게』(高麗苑, 1984.), 「꿈이었던가」

헨쎌라 그레텔

오라토리오 떠 오를 때면 遼遠한 동안 된다
牧草를 뜯는
몇 마리 羊과
天空의
最古의 城
바라보는 동안 된다.

(『누군가 나에게 물었다』, 民音社, 1982.)

- **헨셀라 그레텔** : 「헨젤과 그레텔(Hänsel und Gretel)」. 시 제목의 '라'는 '과'를 잘못 읽은 것. 독일의 민화로 그림 형제가 수집한 독일 동화의 하나. 15세기부터 독일 각지에서 파다하게 퍼진 영아 살해 관련 민담과 1647년 7월 독일 슈페스아르트의 엥겔스베르그에서 있었던 카타리나 슈라더린 암살 사건 등을 모티브로 하여 지은 이야기. 독일 작곡가 엥겔베르트 훔퍼딩크(Engelbert Humperdinck)가 이 동화를 바탕으로 오페라 〈헨젤과 그레텔〉을 작곡(『위키백과』)
- **오라토리오(oratorio)** : 16세기 무렵에 로마에서 시작한 종교 음악. 성경의 장면을 음악과 연출한 교회극에서 발달하여 오페라의 요소를 가미한 영창, 중창, 합창, 관현악으로 연주함. 헨델의 〈메시아〉, 하이든의 〈천지창조〉
- **〈사계〉가 특히 유명**
- **遼遠(요원)** : 아득히 멈
- **牧草(목초)**
- **羊(양)**
- **天空(천공)** : 끝없이 열린 하늘
- **最古(최고)**
- **城(성)**

[발표]

- 『文學과知性』(1980, 여름.), 「헨셀라 그레텔」

[재수록]

- 『평화롭게』(高麗苑, 1984.), 「헨셀과 그레텔」

새

또 언제 올지 모르는
또 언제 올지 모르는
새 한 마리가 가까이 와 지저귀고 있다.
이 세상에선 들을 수 없는
고운 소리가
천체에 반짝이곤 한다.
나는 인왕산 한 기슭
납작집에 사는 산사람이다.

(『누군가 나에게 물었다』, 民音社, 1982.)

• **천체(天體)** : 우주에 존재하는 모든 물체. 항성, 행성, 위성, 혜성, 성단, 성운, 성간 물질, 인공위성 따위를 통틀어 이르는 말

[발표]

• 『心象』(1977. 1.), 「새」

[재수록]

• 『평화롭게』(高麗苑, 1984.), 「새」

새벽

모두들 잠들었다.
연민의 나라
인정이 찾아가지 못했던 나라
따사로운 풍광의 나라
추억의 나라에서
趙芝薰과
朴木月
張萬榮과
金洙暎
가끔
크라비 코드 소리가 희미하다.

(『누군가 나에게 물었다』, 民音社, 1982.)

•601쪽) 「새벽」(『月刊朝鮮』, 1981. 3.)의 시어 풀이 참조

[발표]

•『月刊朝鮮』(1981. 3.), 「새벽」

[재수록]

•『평화롭게』(高麗苑, 1984.), 「새벽」

實記

나의 막역한 친구
볼프강 아마데우스 모짜르트가
병고를 치르다가 죽었다 향년 32세
장의비가 없었다
동네에서 비용을 거두었다
부인이 보이지 않았다

묘지로 운구 도중
비바람이 번지고 있었다
점점 심해지고 있었다
하나 하나 도망치기 시작했다
한 사람도 남지않고 다 도망치고 말았다

볼프강 아마데우스 모차르트.

(『누군가 나에게 물었다』, 民音社, 1982.)

• 607쪽) 「實記」(『世界의文學』, 1981. 여름)의 시어 풀이 참조

[발표]

• 『世界의文學』(1981. 여름), 「實記」

[재수록]

• 『평화롭게』(高麗苑, 1984.), 「實記」

추모합니다

작곡가 尹龍河씨는
언제나 찬연한 꽃 나라
언제나 자비스런 나라
언제나 인정이 넘치는 나라
음악의 나라 기쁨의 나라에서
살고 있을 것입니다.

遺品이라곤 遺産이라곤
五線紙 몇 장이었읍니다
허름한 등산모자 하나였읍니다
허름한 이부자리 한 채였읍니다
몇 권의 책이었읍니다

날마다 추모 합니다.

(『누군가 나에게 물었다』, 民音社, 1982.)

• 568쪽) 「추모합니다」(『心象』, 1979. 5.)의 시어 풀이 참조

[발표]

• 『心象』(1979. 5.), 「추모합니다」

[재수록]

• 『평화롭게』(高麗苑, 1984.), 「추모합니다」

鬪病記

다시 끝없는 荒野가 되었을 때
하늘과 땅 사이에
밝은 화살이 박힐 때
나는 坐客이 되었다
신발만은 잘 간수해야겠다
큰 비가 내릴 것 같다.

(『누군가 나에게 물었다』, 民音社, 1982.)

- 鬪病記(투병기) : 병과 싸워 가는 과정을 쓴 글
- 荒野(황야) : 버려두어 거친 들판
- 坐客(좌객) : '하반신 장애인'을 달리 이르는 말

[발표]

- 『文學과知性』(1974. 겨울.), 「鬪病記·2」

[재수록]

- 『평화롭게』(高麗苑, 1984.), 「鬪病記」

소곰 바다

나도 낡고 신발도 낡았다
누가 버리고 간 오두막 한채
지붕도 바람에 낡았다
물 한방울 없다
아지 못할 봉우리 하나가
햇볕에 반사될 뿐
鳥類도 없다
아무 것도 아무도 물기도 없는
소곰 바다
　　주검의 갈림길도 없다.

(『누군가 나에게 물었다』, 民音社, 1982.)

- 소곰 : '소금'의 옛말
- 鳥類(조류) : 새무리

[발표]

- 『世界의文學』(1980. 가을.), 「소곰 바다」

[재수록]

- 『평화롭게』(高麗苑, 1984.), 「소곰 바다」

그라나드의 밤
—黃東奎에게

드뷔시 프렐뤼드

씌어지지 않는

散文의 源泉

(『누군가 나에게 물었다』, 民音社, 1982.)

• 595쪽) 「그라나드의 밤-黃東奎에게」 (『世界의文學』, 1980. 가을)의 시어 풀이 참조

[발표]

• 『世界의文學』(1980. 가을), 「그라나드의 밤-黃東奎에게」

[재수록]

• 『평화롭게』(高麗苑, 1984.), 「그라나드의 밤-黃東奎에게」

연주회

두 사람의 생애는 너무 비참하였다. 그러므로 그들에겐 신에게서 베풀어지는 기적으로 하여 살아갔다 한다. 때로는 살아갈 만한 희열도 있었다 한다. 환희도 있었다 한다. 영원 불멸의 인간다운 아름다움의 내면세계도 있었다 한다. 딴따라처럼 둔갑하는 지휘자가 우스꽝스럽다. 후란츠 슈베르트 · 루드비히 반 베토벤—

(『누군가 나에게 물었다』, 民音社, 1982.)

• 600쪽) 「연주회」(『月刊文學』, 1981. 1.)의 시어 풀이 참조

[발표]

• 『月刊文學』(1981. 1.), 「연주회」

[재수록]

• 『평화롭게』(高麗苑, 1984.), 「연주회」

풍경

싱그러운 巨木들 언덕은 언제나 천천히 가고 있었다

나는 누구나 한번 가는 길을
어슬렁어슬렁 가고 있었다

세상에 나오지 않은
樂器를 가진 아이와
손쥐고 가고 있었다

너무 조용하다.

(『누군가 나에게 물었다』, 民音社, 1982.)

• 巨木(거목)
• 樂器(악기)

[발표]

• 『現代文學』(1978. 2.), 「풍경」

[재수록]

• 『평화롭게』(高麗苑, 1984.), 「풍경」

운동장

열서너살 때
〈午正砲〉가 울린 다음
점심을 먹고
두살인가 세살 되던
동생애를 데리고
평양고등보통학교 운동장에 놀러갔읍니다
넓다란 운동장이 텅텅
비어 있었읍니다
그애는 저를 마다하고 혼자 놀고 있었읍니다 중얼거리며 신나게
놀고 있었읍니다
저는 먼 발치
철봉대에 기대어
그애를 지켜보다가
시간 가는 줄 모르고
기초철봉을 익히고 있었읍니다
그애가 보이지 않았읍니다
그애는 교문을 나가 뒤도 돌아보지 않고 울다가 그치고 울다가
그치곤 하였읍니다
저는 그 일을 잊지 못하고 있읍니다
그애는 저보다 먼저 죽었기 때문입니다

돌아올 때
그애가 즐겨먹던 것을 사주어도
받아 들기만 하고
먹지 않았습니다.

(『누군가 나에게 물었다』, 民音社, 1982.)

• 午正砲(오정포) : 낮 열두 시를 알리는 대포

[발표]

• 『韓國文學』(1978. 2.), 「운동장」

[재수록]

• 『평화롭게』(高麗苑, 1984.), 「운동장」

掌篇

어지간히 추운 날이었다
눈발이 날리고 한파 몰아치는 꺼먼 날이었다
친구가 편집장인 아리랑 잡지사에 일거리 구하러 가 있었다
한 노인이 원고를 가져 왔다
담당자는 맷수가 적다고 난색을 나타냈다
삼십이매 원고료를 주선하는 동안
그 노인은 연약하게 보이고 있었다
쇠잔한 분으로 보이고 있었다
얼마 안 되어 보이는 고료를 받아든 노인의 손이 조금 경련을 일으키는 것 같았다.
계단을 조심스럽게 내려가는 노인의 걸음거리가 시원치 않았다

이십 여년이 지난 어느 추운 날 길 거리에서 그 당시의 친구를 만났다 문득 생각나 물었다
그 친군 안 됐다는 듯
그분이 方仁根씨였다고.

(『누군가 나에게 물었다』, 民音社, 1982.)

• 589쪽) 「掌篇」(『文學과知性』, 1980, 여름.)의 시어 풀이 참조

[발표]

• 『文學과知性』(1980, 여름.), 「掌篇」

[재수록]

• 『평화롭게』(高麗苑, 1984.), 「掌篇」

制作

그렇다
非詩일지라도 나의 職場은 詩이다.

나는
진눈깨비 날리는 질짝한 周邊이고
가동中인
夜間鍛造工廠.

깊어가리마치 깊어가는 欠谷.

(『누군가 나에게 물었다』, 民音社, 1982.)

• 613쪽) 「制作」(『現代文學』, 1981. 10.)의 시어 풀이 참조

[처음발표]

• 『新風土 〈新風土詩集 Ⅰ〉』(白磁社, 1959.), 「制作」

[재발표]

• 『現代文學』(1981. 10.), 「制作」

[재수록]

• 『평화롭게』(高麗苑, 1984.), 「制作」

外出

밤이 깊었다
또 外出하자

나는 飛翔할 수 있는 超能力의 怪物體이다

노트르담寺院
서서히 지나자 側面으로 한바퀴 돌자 차분하게

和蘭
루벤스의 尨大한 天井畵가 있는
大寺院이다

畵面 全體 밝은 불빛을 받고 있다 한귀퉁이 거미줄 쓸은 곳이
있다

부다페스트

죽은 神들이
點綴된
膝黑의

마스크

外出은 短命하다.

(『누군가 나에게 물었다』, 民音社, 1982.)

• 460쪽) 「外出」(『現代文學』, 1977. 8.)의 시어 풀이 참조

[발표]

• 『現代文學』(1977. 8.), 「外出」

[재수록]

• 『평화롭게』(高麗苑, 1984.), 「外出」

글짓기

소년기에 노닐던
그 동뚝 아래
호숫가에서
고요의
피아노 소리가
지금도 들리다가 그친다

사이를 두었다가
먼 사이를 두었다가
뜸북이던
뜸부기 소리도
지금도 들리다가 그친다

나는 나에게 말한다
죽으면 먼저 그 곳으로 가라고.

(『누군가 나에게 물었다』, 民音社, 1982.)

• 동뚝 : '동(垌)둑'의 북한말. 크게 쌓은 둑(『우리말샘』)

[발표]

• 『心象』(1980. 5.), 「글짓기」

[재수록]

• 『평화롭게』(高麗苑, 1984.), 「글짓기」

最後의 音樂

세자아르 프랑크의 音樂 〈바리아숑〉은
夜間 波長
神의 電源
深淵의 大溪谷으로 울려퍼진다

밀레의 고장 바르비종과
그 뒷장을 넘기면
暗然의 邊方과 連山
멀리는
내 영혼의
城廓

(『누군가 나에게 물었다』, 民音社, 1982.)

• 566쪽) 「最後의 音樂」(『現代文學』, 1979. 2.)의 시어 풀이 참조

[발표]

• 『現代文學』(1979. 2.), 「最後의 音樂」

[재수록]

• 『평화롭게』(高麗苑, 1984.), 「最後의 音樂」

六七年 一月

조용한 바다와
한가한 精米所와
敎會堂과
앉은방이 낡은 石塔과 같은 어머니와
어진 사람들이 사는 洞里지만 嚴冬이다.

얼마전 아버지가 묻혔다.
한달만에 어머니가 묻히었다.
十여년전 海軍에 가 있던 동생은 火葬하였다고 한다.
가난한 친구의 아내와 얘기하다 본즉 西山이다.

(『누군가 나에게 물었다』, 民音社, 1982.)

• 368쪽) 「六七年 一月」(『現代詩學』, 1970. 5.)의 시어 풀이 참조

[발표]

• 『現代詩學』(1970. 5.), 「六七年 一月」

[재수록]

• 『평화롭게』(高麗苑, 1984.), 「六七年 一月」

연인의 마을

서까래 밑으로 쌓여진 굳어진 눈도
지붕너머 포플라 나무 중간에 얹혀진 까치집도
등성이도 공동묘지도 연인의 흔적이다.

(『누군가 나에게 물었다』, 民音社, 1982.)

• 서까래 : 마룻대에서 도리 또는 보에 걸쳐 지른 나무. 그 위에 산자를 얹음

[발표]

• 『現代文學』(1970. 5.), 「연인의 마을」

[재수록]

• 『평화롭게』(高麗苑, 1984.), 「연인의 마을」

아데라이데

나 꼬마 때 평양에 있을 때
기독병원이라는 큰 병원이 있었다
뜰이 더 넓고 푸름이 가득차 있었다
나의 할머니가 입원하고 있었다
입원실마다 복도마다 계단마다
언제나 깨끗하고 조용하였다
서양 사람이 설립하였다 한다
어느 날 일층 복도끝에서
왼편으로 꼬부라지는 곳으로 가 보았다
출입문이 반쯤 열려 있었다
아무도 없었다 맑은 하늘색같은 커튼을 미풍이 건드리고 있었다.
가끔 건드리고 있었다
바깥으론 몇 군데 장미꽃이 피어 있었다
까만 것도 있었다
실내엔 색깔이 선명한
예수의 초상화가 걸려 있었고
넓직하고 길다란 하얀 탁자 하나와 몇 개의 나무의자가 놓여져 있었다.
먼지라곤 조금도 찾아볼 수 없었다
딴 나라에 온것 같았다

자주 드나들면서

매끈거리는 의자에 앉아 보기도하고 과자조각을 먹으면서 탁자 위에 딩굴기도 했다,

고두기 (경비원)한테 덜미를 잡혔다

덜미를 잡힌 채 끌려 나갔다

거기가 어딘줄 아느냐고

『안치실』 연거퍼 머리를 쥐어박히면서 무슨 말인지 몰랐다.

*아데라이데 : 젊은 나이에 요절한 볼프강 아마데우스 모짜르트가 일곱살 때 작곡한 曲名이며 바이얼린 協奏曲이다. 共鳴될 때가 많았다.

(『누군가 나에게 물었다』, 民音社, 1982.)

- **아데라이데** : 아델라이데 협주곡(Adelaide Concerto), 모차르트 K.294a(Anh.294a). 위작 판명(엮은이풀이)
- **평양연합기독병원** : 해방 무렵까지 관서(關西)에서 제일 큰 병원. 1940년 3월부터 11월까지 의사이자 인도주의자인 장기려(張起呂)가 외과 과장을 역임. 패망 직전에 일제는 고당(古堂) 조만식(曺晩植)을 박해하고 회유하다가 사정이 여의치 않자 그를 기독병원 격리병동에 입원시킨 바 있음(『한국민족문화대백과』)
- '딩굴기도 했다,(21행)'의 ','은 '.'의 오기일 수 있음(엮은이풀이)
- **曲名(곡명)**
- **協奏曲(협주곡)** : 독주 악기와 관현악이 합주하면서 독주 악기의 기교를 충분히 발휘하도록 작곡한 소나타 형식의 악곡
- **共鳴(공명)** : 남의 사상이나 감정, 행동 따위에 공감하여 자기도 그와 같이 따르려 함

[재수록]

- 『평화롭게』(高麗苑, 1984.), 「아데라이데」

내가 재벌이라면

내가 재벌이라면
메마른
양로원 뜰마다
고아원 뜰마다 푸르게 하리니
참담한 나날을 사는 그 사람들을
눈물 지우는 어린 것들을
이끌어 주리니
슬기로움을 안겨 주리니
기쁨 주리니.

(『누군가 나에게 물었다』, 民音社, 1982.)

[발표]

- 『韓國文學』(1980. 9.), 「내가 재벌이라면」

[재수록]

- 『평화롭게』(高麗苑, 1984.), 「내가 재벌이라면」

평화롭게

하루를 살아도
온 세상이 평화롭게
이틀을 살더라도
사흘을 살더라도 평화롭게

그런 날들이
그날들이
영원토록 평화롭게-

(『누군가 나에게 물었다』, 民音社, 1982.)

소공동 지하 상가

두 소녀가 가즈런히
쇼 윈도우 안에 든 여자용
손목시계들을 들여다 보고 있었다.
하나같이 얼굴이 동그랗고
하나같이 키가 작다
먼 발치에서 돌아다 보았을 때에도
조금도 움직이지 않고 들여다 보고 있었다
쇼 윈도우 안을 정답게 들여다 보던
두 소녀의 가난한 모습이
며칠째 심심할 때면
떠 오른다
하나같이 동그랗고
하나같이 작은.

(『누군가 나에게 물었다』, 民音社, 1982.)

• **소공동 지하 상가** : 서울특별시 중구에 속한 동. 동 이름은 조선 태종의 둘째 딸인 경정공주(慶貞公主)의 궁이 있어 작은공주골, 한자로 소공주동(小公主洞)으로 부른 데서 유래. 1960년대 이후부터 은행거리라고 불릴 만큼 많은 은행이 들어섰고 소공지하상가가 형성(『두산백과』)

[재수록]

•『평화롭게』(高麗苑, 1984.), 「소공동 지하 상가」

겨울 피크닉

철저하게 얼어붙었다
나무와
계곡과
바위와
하늘
그리고 산봉우리까지도

우지끈 무너져 내린
돌덩어리들이 도망치는
나에게 날아오고 있었다
어떤 것들은 굴러오고 있었다

얌마 너는 좀 빠져 꺼져
죽은 내 친구
내 친구
목소리였다.

(『누군가 나에게 물었다』, 民音社, 1982.)

[재수록]

• 『평화롭게』(高麗苑, 1984.), 「겨울 피크닉」

아침

나는 죽어가고 있었다
며칠째 지옥으로 끌리어가는 최악의 고통을 겪으며
죽음에 이르고 있었다.
집사람은
임박했다고
흩어진 물건들을 정리하고
골방 구석구석을 청소하고
식은땀을 닦아주고 나가 버렸다
며칠째 먹지 못한 빈 속에
큼직큼직한 수면제 여덟 개를 먹었다
잠시 후 두 개를 더 먹었다
일미리 아티반 열 개를 먹었다
잠들면 깨어나지 않으려고 많이 먹었다

낮은 몇 순간
밤보다 새벽이 더 길었다
손가락 하나가 뒷잔등을 꼬옥 찔렀다
죽은 아우 「宗洙」의
파아란 한 쪽 눈이 나를 지켜보고 있었다
오랫동안 나에게서 잠시도 떠나지 않고 노려보고 있었다

자동차 발동거는 소리가 들렸다

갑자기 아무거나 먹고 싶어졌다

아침이다

이틀만에 깨어난 것이다

고되인 걸음이 시작되었다

앞으로 앞으로

(『누군가 나에게 물었다』, 民音社, 1982.)

•570쪽) 「아침」(『文學思想』, 1979. 6.)의 시어 풀이 참조

[발표]

•『文學思想』(1979. 6.), 「아침」

[재수록]

•『평화롭게』(高麗苑, 1984.), 「아침」

音一宗文兄에게

나는 音域들의 影響을 받았다
구스타프 말러와
끌로드 드뷔시도 포함되어 있다
그들의 傾向과 距離는
멀고 그 또한
구름빛도 다르지만……

(『누군가 나에게 물었다』, 民音社, 1982.)

- 音(음)
- 宗文兄(종문형) : 김종문(金宗文, 1919~1981). 시인. 김종삼의 친형. 초기에는 모더니즘을 추구하였으나 차츰 신선한 감성을 가미하여 짜임새 있는 시를 많이 남겼음. 시집에 『벽』, 『불안한 토요일』 따위가 있음
- 音域(음역) : 1. 음넓이(사람의 목소리나 악기가 낼 수 있는 최저 음에서 최고 음까지의 넓이) 2. [북한어] 어떤 악곡에 사용되는 소리 높이의 범위
- 影響(영향)
- 구스타프 말러(Gustav Mahler, 1860~1911) : 오스트리아의 작곡가, 지휘자. 바그너의 음악에 영향을 받았음. 작품에 교향곡 〈부활〉, 가곡 〈대지의 노래〉 따위가 있음. 낭만파적인 교향곡의 마지막 작곡가로 〈죽은 아이를 위한 노래 Kindertotenlieder(1905)〉 작곡
- 끌로드 드뷔시 : 클로드 드뷔시(Claude-Achille Debussy, 1862~1918). 프랑스의 작곡가. 바그너와 상징파 시인의 영향으로 몽환(夢幻)의 경지를 그리는 인상파 음악을 창시.작품에 오페라 「펠레아스와 멜리장드」, 관현악곡 「목신의 오후에의 전주곡」따위가 있음
- 傾向(경향)
- 距離(거리)

[재발표]

- 『現代詩學』(1982. 12.), 「音-宗文兄에게」

[재수록]

- 『평화롭게』(高麗苑, 1984.), 「音-宗文兄에게」

행복

오늘은 용돈이 든든하다
낡은 신발이나마 닦아 신자
헌 옷이나마 다려 입자 털어 입자
산책을 하자
북한산성행 버스를 타 보자
안양행도 타 보자
나는 행복하다
혼자가 더 행복하다
이 세상이 고맙다 예쁘다

긴 능선 너머
중첩된 저 산더미 산더미 너머
끝 없이 펼쳐지는
멘델스존의 로렐라이 아베마리아의
아름다운 선율처럼.

(『누군가 나에게 물었다』, 民音社, 1982.)

• 547쪽) 「행복」(『文學思想』, 1978. 2.)의 시어 풀이 참조

[발표]

• 『文學思想』(1978. 2.), 「행복」

[재수록]

• 『평화롭게』(高麗苑, 1984.), 「행복」

掌篇

작년 1월 7일
나의 형 종문이가 위독하다는 전달을 받았다
추운 새벽이었다
골목길을 내려가고 있었다
허술한 차림의 사람이 다가왔다
한미병원을 찾는다고 했다
그 병원에서 두 딸아이가 죽었다고 한다
부여에서 왔다고 한다
연탄가스 중독이라고 한다
나이는 스물 둘, 열 아홉
함께 가며 주고 받은 몇 마디였다
시체실 불이 켜져 있었다
관리실에서 성명들을 확인하였다
어서 들어가 보라고 한즉

(『누군가 나에게 물었다』, 民音社, 1982.)

•614쪽) 「掌篇」(『文學思想』, 1982. 2.)의 시어 풀이 참조

[발표]

•『文學思想』(1982. 2.), 「掌篇」

[재수록]

•『평화롭게』(高麗苑, 1984.), 「掌篇·5」

간이 교회당이 있는 동네

야쿠르트 아줌마가 지나가고 있다.
나는 이 동네에서 산다.
우중충한 간이 종합병원도 있다. 그 병원엔 간혹 새 棺이 실려 들어가곤 했다.
야쿠르트 아줌마가 병실에서 나와 지나가고 있다.
총총걸음으로 조심스럽게

(『누군가 나에게 물었다』, 民音社, 1982.)

• 시집 차례에서 제목은 「간이교회당이 있는 동네」로 표기. '간이 교회당' 띄어쓰기 안 됨
• 棺(관)

[발표]

• 『月刊文學』(1981. 8.), 「간이 교회당이 있는 동네」

[재수록]

• 『평화롭게』(高麗苑, 1984.), 「간이 교회당이 있는 동네」

여름성경학교

베데스다 연못가
넓은 평야의 나라
하기 성경학곤
우거진 숲속에 있었다

한 소년은 동화책에 나오는 그림처럼
메가폰을 입에 대고 뛰어다니기도 했다
오라 오라
하기 성경학교로 오라고.

(『누군가 나에게 물었다』, 民音社, 1982.)

• 베데스다 연못(pool of Bethesda) : 아람어 '베트 헤스다'의 헬라어 음역으로 '자비(은혜)의 집'이란 뜻. 예루살렘 동북쪽 양문(베냐민 문) 곁에 있던 못. 이 못은 주기적으로 물이 그쳤다 이어졌다 하는 간헐천(間歇泉)으로, 못의 물이 끓어오른 뒤 제일 먼저 들어가는 자는 병을 고친다는 전설이 있음. 그래서 많은 병자들이 이곳에 모여 있었음. 예수가 여기서 38년 된 중풍병자의 병을 고쳐 주었음(『라이프성경사전』)
• 메가폰(megaphone) : 손확성기. 음성이 멀리까지 들리게 하기 위하여 입에 대고 말하는 나팔처럼 만든 기구

[재수록]

• 『평화롭게』(高麗苑, 1984.), 「여름 성경 학교」

한 골짜기에서

한 골짜기에서
앉은뱅이 한 그루의 나무를
보았다
잎새들은 풍성하였고
색채 또한 찬연하였다
인간의 생명은 잠깐이라지만

(『누군가 나에게 물었다』, 民音社, 1982.)

[발표]

• 『世界의文學』(1982. 여름.), 「한 골짜기에서」

[재수록]

• 『평화롭게』(高麗苑, 1984.), 「한 골짜기에서」

난해한 음악들

나에겐 너무 어렵다. 난해하다.
이 세기에 찬란하다는
인기가요라는 것들, 팝송이라는 것들,

그런 것들이
대자연의 영광을 누리는 산에서도
볼륨 높이 들릴때가 있다.

그런 때엔
메식거리다가
미친놈처럼 뇌파가 출렁거린다.

(『누군가 나에게 물었다』, 民音社, 1982.)

[발표]

- 『心象』(1981. 1.), 「난해한 음악들」

[재수록]

- 『평화롭게』(高麗苑, 1984.), 「난해한 음악들」

女囚

다섯살인가 되던 해
보모를 따라가고 있었다.

자혜병원이라는 앞문이
멀어 보이었다.
며칠 전에 자동차가 이 길을
어디론가 지나갔다 한다.

길이 꼬부라지는 담장 옆에
높다랗고 네모진 자동차가
서 있었다.
얼굴이 가려씌워진 팽가지들을 본 것은
그 날이 아닌 것처럼 女囚라고 하였던
들은 말도 그 전이 아니면 그 후였다.

느린 박자 올갠이 빤 하였다
소학교 교정이 말끔하게 비어 있었다
길 끝으로 어린 兒孩가 어린 兒孩를
업고 가는 모습이었다.

보모가 간 집은 얕은 울타리
나무가 많은 벽돌집이었다
가늘고 오뚝한 窓門이 낯설었다
해가 들지않는 아뜨리에 같은데서
두 女人이 만났다. 커다란 두 손과
두 손이 연거퍼 쥐어졌다
두부파는 종이 땡가당거렸다

돌아올 때엔 작은 손에
커다란 배 한 알이 쥐어졌다.
맞이한 女人의 손이
커다란 손이었다.

(『누군가 나에게 물었다』, 民音社, 1982.)

- **女囚(여수)** : 여자 죄수
- **자혜병원** : 자혜의원(慈惠醫院). 대한제국 1909년(융희 3) 지방에 설치된 근대식 병원. 주로 빈곤한 사람들의 질병을 치료하는 데 목적을 두었음. 제중원(濟衆院, 1885), 대한의원(大韓醫院, 1907)에 뒤이어 세 번째로 세워진 국립병원. 처음에는 함경남도 함흥군, 충청북도 청주군, 전라북도 전주군 등 3곳에 설치·운영. 아픈 이들이 몰려와 이듬해인 1910년에는 13도의 총 14곳에 자혜의원을 설치. 평양·대구의 두 동인의원(同仁醫院)은 자혜병원으로 계승. 신설된 곳은 광주·수원·진주·공주·춘천·의주·해주·경성(鏡城)·회령 등지였음(『위키백과』)
- **팽가지** : '팽나무의 가지'라는 의미로 추정. 시의 앞뒤 문맥을 미루어볼 때, 죄수의 얼굴을 보지 못하도록 머리에 씌우는 둥근 통 같은 기구를 팽나무의 가지로 만든 것(엮은이풀이)
- **兒孩(아해)** : '아이'의 옛말
- **窓門(창문)**
- **女人(여인)**

[재수록]

- 『평화롭게』(高麗苑, 1984.), 「女囚」

地

어디서 듣던
奏鳴曲의 좁은
鐵橋를 지나면서 그 밑의
鐵路를 굽어보면서
典當舖와 채마밭이 있던
곳을 지나면서

畵人으로 태어난 나의 層層階의 簡易의 房을 찾아가면서
무엇을 먼저 祈求할 바를 모르면서

어두워지는 風景은
모진 생애를 겪은
어머니 무덤
큰 거미의 껍질

(『누군가 나에게 물었다』, 民音社, 1982.)

- 361쪽) 「地-옛 벗 全鳳來에게」(『現代詩學』, 1969. 7.)의 시어 풀이 참조
- 典當舖(전당포) : 1984년 시선집 『평화롭게』에서 '典當舖'를 '典當鋪'로 고침(엮은이풀이)

[발표]

- 『現代詩學』(1969. 7.), 「地-옛 벗 全鳳來에게」

[재수록]

- 『평화롭게』(高麗苑, 1984.), 「地」

따뜻한 곳

남루를 입고 가도 차별이 없었던 시절
슈벨트의 歌曲이 어울리던 다방이 그립다

눈내리면 추위가
계속되었고
아름다운 햇볕이
놀고 있었다

(『누군가 나에게 물었다』, 民音社, 1982.)

• 남루(襤褸) : 낡아 해진 옷
• 슈벨트 : 프란츠 슈베르트(Franz Peter Schubert, 1797~1828). 오스트리아의 작곡가. 초기 독일 낭만파의 대표적 작곡가의 한 사람이며 근대 독일 가곡의 창시자. 600여 곡의 독일 가곡과 실내악곡, 교향곡 따위를 남김. 작품에 〈아름다운 물레 방앗간의 아가씨〉, 〈겨울 나그네〉, 〈백조의 노래〉 따위가 있음
• 歌曲(가곡) : 시에 곡을 붙인 성악곡

[발표]

• 『月刊文學』(1975. 4.), 「따듯한 곳」

[재수록]

• 『평화롭게』(高麗苑, 1984.), 「따듯한 곳」

누군가 나에게 물었다

누군가 나에게 물었다. 시가 뭐냐고
나는 시인이 못됨으로 잘 모른다고 대답하였다.
무교동과 종로와 명동과 남산과
서울역 앞을 걸었다.
저녁녘 남대문 시장안에서
빈대떡을 먹을 때 생각나고 있었다.
그런 사람들이
엄청난 고생 되어도
순하고 명랑하고 맘 좋고 인정이
있으므로 슬기롭게 사는 사람들이
그런 사람들이
이 세상에서 알파이고
고귀한 인류이고
영원한 광명이고
다름아닌 시인이라고.

(『누군가 나에게 물었다』, 民音社, 1982.)

• 알파(alpha) : 그리스 문자의 첫째 자모. 'A, α'로 쓴다. "나는 알파와 오메가요 처음과 나중이요 시작과 끝이라(「요한계시록」 22장 13절)."(엮은이풀이)

[재수록]

• 『평화롭게』(高麗苑, 1984.), 「누군가 나에게 물었다」

지면발표(1982. 9. ~ 1984. 5. 20.) 시

登山客

어른거리는 斑點들이 크다

친구와 내 친구와 함께

여러번 온 곳이다

또 다시

마당 바위

여러 형태의 바위들이

즐비하다

峻嶺의 夕陽녘

옆으로 길게 퍼진

금빛 구름 작대기들

꺼먼 구름 작대기도 볼만하다

나는 살아갈 수 없는 중환자이다

죽으러 온 것이다

어른거리는 검은 斑點들이

무겁다

(『月刊文學』, 1982. 9.)

- 登山客(등산객)
- 斑點(반점) : 동식물 따위의 몸에 박혀 있는 얼룩얼룩한 점
- 峻嶺(준령) : 높고 가파른 고개
- 夕陽(석양)

[재수록]

- 『평화롭게』(高麗苑, 1984.), 「登山客」

나의 主

그 날도
저 地點까지도
죽어가던 나를
主님이 이끌어 주었다
그 다음부터도
오늘에 이르기까지도
이 時刻까지도 이끌어 준다
뻔뻔스런 罪人을

(『文學思想』, 1982. 10.)

散文 / **이어지는 短文**

작년 여름이었다. 깨어보니 새벽인지 밤인지 낮인지 알 수 없었다. 대패질을 하지 않은 나무침대였다. 看病人인 듯한 여자가 나가라고 했다. 주소와 이름을 쓰고 지장을 찍으라고 했다. 그 병원 문을 나오자마자 쓰러졌다. 누군가 나를 깨웠다. 조금 정신이 드는 듯했다. 그 병원의 간판을 보았다. 동부시립병원이었다. 십여일 동안 술만 먹었다. 술이 주식이었다.(金 宗 三)

- 主(주)
- 地點(지점)
- 時刻(시각)
- 罪人(죄인)
- 散文(산문)
- 短文(단문)
- 看病人(간병인) : 병자를 간호하는 사람
- 동부시립병원 : 서울시 동대문구 용두동에 있는 종합병원. 1929년 지금의 국립의료원 자리에 부민병원으로 설립, 1957년 5월 현재의 위치로 이전하면서 시립동부병원으로 개칭. 1,2종 의료보호환자를 구청·보건소와 연계, 유치하고, 행려환자 및 노숙자 전문진료 병원으로서 행려보호시설 환자를 은평의 마을과 협의하여 유치(『한국민족문화대백과』)

[재수록]

- 『평화롭게』(高麗苑, 1984.), 「나의 主」

관악산 능선에서

아무 생각도 안 난다
지금 내가 風景과 함께
살아 있음을 느낄 뿐 아무
생각도 나지 않는다
몇 마디 말을 하자면
허황된 꿈일지라도
그래도 살아 보겠다는 가난한
不具者 돕기 운동이 펼쳐졌으면 좋겠다.

옛 聖賢들이 깜짝 놀라
목화송이 같은 미소를 짓도록 말이다.

(『主婦生活』, 1982. 11.)

- 風景(풍경)
- 不具者(불구자)
- 聖賢(성현)

極刑

빗방울이 제법 굵어진다
길바닥에 주저앉아
먼 산 너머 솟아오르는
나의 永園을 바라보다가
구멍가게에 기어들어가
소주 한 병을 도둑질했다
마누라한테 덜미를 잡혔다
주머니에 들어 있던 토큰 몇 개와
반쯤 남은 술병도 몰수당했다
비는 더욱 쏟아지고
몇 줄기 光彩와 함께
벼락이 친다
强打
連打

(『現代文學』, 1982. 12.)

• 極刑(극형) : 가장 무거운 형벌이라는 뜻으로, '사형'을 이르는 말
• 永園(영원) : 김종삼의 조어. '영원한 정원'을 뜻함. 김종삼이 방점을 일부러 찍어서 강조한 바를 미루어보면 '永遠(영원)'의 오기라고 보기는 어려움(엮은이풀이)
• 光彩(광채) : 아름답고 찬란한 빛
• 强打(강타)
• 連打(연타)

[재수록]

• 『평화롭게』(高麗苑, 1984.), 「極刑」

音—宗文兄에게

나는 音域들의 影響을 받았다
구스타프 말러와
끌로드 드뷔시도 포함되어 있다
그들의 傾向과 距離는
멀고 그 또한
구름빛도 다르지만……

(『現代詩學』, 1982. 12.)

• 667쪽)「音-宗文兄에게」(『누군가 나에게 물었다』, 民音社, 1982.)의 시어 풀이 참조

[처음수록]

• 『누군가 나에게 물었다』(民音社, 1982.), 「音-宗文兄에게」

[재수록]

• 『평화롭게』(高麗苑, 1984.), 「音-宗文兄에게」

오늘

여러 날동안 여러 갈래의 사경을 헤매이다가
살아서 퇴원하였다.
나처럼 가난한 이들도 명랑하게 살고 있음을
다시 볼 수 있음도
익어가는 가을 햇볕과
초겨울의 햇볕을 즐길 수 있음도
반갑게 어른거리는
옛 벗들의 모습을 다시 볼 수 있음도
主의 은총이다.

나의 詩心 : 나에겐 술 먹으면 죽는다는 불치의 지병이 있다. 그런 줄 알면서도 몇달만에 한번 일념에 두어 서너번 발동이 걸린다. 조금 먹고 만다는 것이 무엇에 빨려드는지 폭주로 돌변한다. 지병이 악화되어 무시 무시한 육신의 고통속에서 헤어날 수 없이 된다. 돌파구는 한시 바삐 죽어야 한다고 다짐 했었다.

(『여성中央』, 1983. 1.)

• 主(주)
• 詩心(시심)

白髮의 에즈라 파운드

深夜의
城砦
덩치가 큰 날짐승이 둘레를 徐徐히
떠돌고 있다
가까이 날아와 멎더니
長身의 白髮이 된다
에즈라 파운드이다
잠시 후 그 사람은 다른 데로 떠나갔다

(『現代文學』, 1983. 5.)

- **白髮(백발)**
- **에즈라 파운드(Ezra Pound, 1885~1972)** : 미국의 시인. 파리와 런던에서 이미지즘과 신문학 운동을 주도하여 엘리어트 등에게 큰 영향을 주었음. 작품에 시집 『환희』, 『휴 셀윈 모벌리』가 있고, 미완성의 실험시 「캔토스」 따위가 있음
- **深夜(심야)** : 깊은 밤
- **城砦(성채)** : 성과 요새를 아울러 이르는 말
- **徐徐(서서)** : 천천히(동작이나 태도가 급하지 아니하고 느리게)
- **長身(장신)**

[재수록]

- 『평화롭게』(高麗苑, 1984.), 「白髮의 에즈라 파운드」
- 『큰소리로 살아있다 외쳐라/「現代詩」 1984』(청하, 1984.), 「白髮의 에즈라 파운드」

길

나는 넘을 수 없는 산을 넘고 있었다 길 잃고 오랜 동안 헤매이
다가 길을 다시 찾아내인 것처럼 나의 날짜를 다시 찾아내인 것
이다
앞당겨지는 죽음의 날짜가 넓다.

(『月刊文學』, 1983. 6.)

[재수록]

- 『평화롭게』(高麗苑, 1984.), 「길」
- 『큰소리로 살아있다 외쳐라/「現代詩」 1984』(청하, 1984.), 「길」

나무의 무리도 슬기롭다

누구나 살아가고 있음이 즐겁기만 하다
껌 팔러 다니는 꼬부랑 할머니도
살아가고 있음이 마냥 즐겁기만 하다
열며칠전 내가 누운 병실 천정과
복도와 시체실에선 내 죽음의 짙은 냄새가 퍼지고 있었다
나는 지금 달리는 車輛속에 앉아 있다
남산 도서관 앞을 지나고 있다
요한 S의 칸타타가 듣고 싶구나.

(『世界의文學』, 1983. 여름.)

- **車輛(차량)**
- **요한 S** : 요한 제바스티안 바흐(Johann Sebastian Bach, 1685~1750). 독일의 작곡가. 많은 종교곡, 기악곡 소나타, 협주곡, 관현악 모음곡 따위를 썼고, 대위법 음악을 완성하여 바로크 음악의 정상에 오름. 작품으로 〈마태 수난곡〉, 〈브란덴부르크 협주곡〉, 〈부활제〉 따위가 있음
- **칸타타(cantata)** : 17세기에서 18세기까지 바로크 시대에 발전한 성악곡의 한 형식. 독창·중창·합창과 기악 반주로 이루어지며, 이야기를 구성하는 가사의 내용에 따라 세속 칸타타와 교회 칸타타로 나뉨

山과 나

마음이 넓어지는 것 같다
마음이 활짝 열리어지는 것 같다
활력이 솟아 오르는 것 같다
아름드리 나무 가지 사이
햇빛 비추이니 마음도 밝아지는 것 같다.
그러나
38 以遠 옛 친구들
죽은 내 친구들
어른거리는 내 친구들
너희들 이후론 친구도 없다.

(『世界의文學』, 1983. 여름.)

- 山(산)
- 以遠(이원) : 어떤 지점으로부터 저쪽(철도·항공로 등에 관해 일컬음). 그러므로 '38 以遠'은 '38선부터 저쪽'으로 풀이(엮은이풀이)
- 7~10행은「소리」(『東亞日報』, 1982. 7. 24.)에 그대로 실림

벼랑바위

까마득한 벼랑바위
하늘과 땅이 기울었다가
바로 잡히곤 한다

하나님은 어느 누구의 祈禱도 듣지 않는다 한다
죽은 이들의 祈禱만 듣는다 한다.

(『文藝中央』, 1983. 가을.)

• **벼랑바위** : 벼랑을 이루는 험한 바위
• **祈禱(기도)**

[재수록]

• 『평화롭게』(高麗苑, 1984.), 「벼랑바위」

非詩

그때의 내가 아니다

밋숀계라는 간이 종합병원에서이다

나는 넝마같은 환자복을 입고 있었다

고통스러워 난폭하게 죽어가고 있었다

하루 이틀 다른 병원으로 옮기어 질 때까지

시간을 끌고 있었다

벼랑바위가 자주 나타나곤 했다

어제처럼 그제처럼

목숨이 이어져 가고 있음은

아무리 생각하여도

시궁창에서 산다 해도

主의 은혜이다.

(『文藝中央』, 1983. 가을.)

- **非詩(비시)** : 김종삼의 조어. 시가 아닌 것
- **밋숀계** : 선교사(mission) 계열. '기독교 단체에서 운영하는'의 뜻(엮은이풀이)
- **벼랑바위** : 벼랑을 이루는 험한 바위
- **主(주)**

[재수록]

- 『평화롭게』(高麗苑, 1984.), 「非詩」

어머니

불쌍한 어머니
나의 어머니 아들 넷을 낳았다
그것들 때문에 모진 고생만 하다가
죽었다 아우는 비명에 죽었고
형은 64세때 죽었다
나는 불치의 지병 여러 번 중태에 빠지곤 했다
나는 속으로 치열하게 외친다
부인터 공동묘지를 향하여
어머니 나는 아직 살아 있다고
세상에 남길 만한
몇줄의 글이라도 쓰고 죽는다고
그러나
아직도 못썼다고

불쌍한 어머니
나의 어머니

詩作 노트 / 金宗三

예순이 넘어서야 시에 대해 조금 순뜨기 시작했다 함부로 써선 안된다 누군가 뭐라고 하겠지

이런 것도 시냐고 나는 나를 잘 알고 있다 시 문턱에도 가 있지 못함을.

(『文藝中央』, 1983. 가을.)

• 詩作(시작)
• 순뜨기 : '눈뜨기'의 오기인 듯(엮은이풀이)

[재수록]

• 『평화롭게』(高麗苑, 1984.), 「어머니」

꿈 속의 향기

金素月 성님을 만났다
어느 산촌에서
아담한 기와집 몇 채 있는 곳에서
싱그러운 한 그루
나무가 있는 곳에서
산들바람 부는 곳에서
상냥한 女人이 있는 곳에서.

(『月刊文學』, 1983. 11.)

• 金素月(김소월) : 시인(1902~1934). 본명은 정식(廷湜). 김억의 영향으로 문단에 등단하였고, 1922년에 『개벽』에 대표작 「진달래꽃」을 발표하였다. 민요적인 서정시를 썼으며 작품에 「산유화(山有花)」, 「접동새」따위가 있고 시집 『진달래꽃』, 『소월 시집』 따위가 있음
• 女人(여인)

[재수록]

• 『평화롭게』(高麗苑, 1984.), 「꿈 속의 향기」
• 『큰소리로 살아있다 외쳐라/「現代詩」 1984』(청하, 1984.), 「꿈속의 향기」

죽음을 향하여

또 죽음의 발동이 걸렸다

술 먹으면 죽는다는 지병이 악화 되었다 날짜 가는 줄 모르고 폭주를 계속하다가 중환자실에 幽閉되었다 무시무시한 육신의 고통 속에서 허우적거린다 고통스러워 한시바삐 죽기를 바랄 뿐이다.

희미한 전깃불도 자꾸만 고통스럽게 보이곤

했다

해괴한 팔짜이다 또 죽지 않았다

뭔가 그적거려 보았자 아무 이치도 없는

(『月刊文學』, 1983. 11.)

• **幽閉(유폐)** : 아주 깊숙이 가두어 둠

死別

저는 투병하면서 걸레 같은 옷을 걸치고 돌아다닐 때가 많았읍니다

이승과 저승이 다를 바 없다고 중얼거리면서 죽어도 밖에서 죽자고 중얼거리면서 오늘 날짜로 죽자고 중얼거리면서

金炳翼

吳圭原

崔夏林

鄭玄宗

朴堤千

金鐘海가 여러번 보살펴 주었읍니다. 죽을 날이 가까왔다고 걱정해 주던 나의 형 金宗文이가 저보다 먼저 죽었읍니다

저는 날마다 애도합니다

죽은 지 오래 된 아우와

어머니를

그리고 金冠植을.

(『現代文學』, 1983. 11.)

- **金炳翼(김병익, 1938~)** : 문학평론가. 1970년『문학과지성』편집동인으로 참여. 1977년부터 문학과지성사를 운영에 참여(엮은이풀이)
- **吳圭原(오규원, 1941~2007)** : 시인
- **崔夏林(최하림, 1939~2010)** : 시인. 평론가 김현(金炫)과 그의 동기인 소설가 김승옥(金承鈺), 평론가 김치수(金治洙) 등과 '산문시대' 동인으로 활동(엮은이풀이)
- **鄭玄宗(정현종, 1939~)** : 시인
- **朴堤千(박제천, 1945~)** : 시인
- **金鐘海(김종해, 1941~)** : 시인
- **金宗文(김종문, 1919~1981)** : 시인. 김종삼의 친형. 초기에는 모더니즘을 추구하였으나 차츰 신선한 감성을 가미하여 짜임새 있는 시를 많이 남겼음. 시집에『벽』,『불안한 토요일』따위가 있음
- **金冠植(김관식, 1934~1970)** : 시인(1934~1970). 호는 추수(秋水)·만오(晩悟)·우현(又玄). 1955년『현대문학』을 통하여 등단. 박학한 한학을 바탕으로 동양인의 서정 세계를 노래. 시집에『김관식 시선』,『낙화집(落花集)』, 역서(譯書)에『서경(書經)』따위가 있음

1984

1984라는 번호는
꿈속에서 드리워졌던
온 누리에 드리워졌던
방대한 번호이기도 하고
예수의 번호이기도 하고
태어나는 아기들의 번호이기도 하고
평화 평화 불멸의 평화가
확립 될 대망의 번호이기도 하고
또한 새 빛의 번호이기도 하다
1984.

(『東亞日報』, 1984. 2. 11.)

• 1984 : 『1984년』은 1949년 출판된 조지 오웰의 디스토피아 소설. 1984년을 전체주의가 극도화된 사회로 상정하고 쓴 미래 소설인 작품 속에서 세계는 거대한 초국가들로 분화되어 있고 이들은 영구적인 전쟁 상태. 1984년 1월 1일에는 한국 전위예술가 백남준(白南準)이 〈굿모닝 미스터 오웰〉을 세계적으로 방영하여 오웰의 예언에 반박하였음(엮은이풀이)

꿈의 나라

무척이나 먼
언제나 먼
스티븐 포스터의 나라를 찾아가 보았다
조그마한 통나무집들과
초목들도 정답다 애틋하다
스티븐을 찾아다니고 있었다
같이 한잔하려고.

散文 / **이어지는 短文**

그분도 볼프강 아마데우스 모짜르트처럼 프란츠 슈베르트처럼 애석하게도 젊은 나이에 죽었다 알콜 중독으로 폐인이 되어서 방황하다가 죽었다 그가 남긴 가곡들은 애련하기도 하고 우아하기도 하고(金 宗 三)

(『文學思想』, 1984. 3.)

• **스티븐 포스터(Stephen Collins Foster, 1826~1864)** : 스티븐 포스터(Stephen Collins Foster, 1826~1864). 미국의 작곡가. 전원 풍경과 남부 흑인을 소재로 한 많은 가곡을 작곡. 작품에 〈시골의 경마(競馬)〉, 〈스와니강〉, 〈금발의 제니〉, 〈오 수재나〉, 〈올드 블랙 조〉 따위가 있음

• **散文(산문)**

• **短文(단문)**

• **볼프강 아마데우스 모짜르트** : 볼프강 아마데우스 모차르트(Wolfgang Amadeus Mozart, 1756~1791). 오스트리아의 작곡가. 하이든과 18세기의 빈 고전파를 대표하는 한 사람. 고전파의 양식을 확립. 40여 곡의 교향곡, 각종 협주곡, 가곡, 피아노곡, 실내악, 종교곡이 있으며, 오페라 〈피가로의 결혼〉, 〈돈 조반니〉, 〈마적〉 따위가 있음

• **프란츠 슈베르트(Franz Peter Schubert, 1797~1828)** : 오스트리아의 작곡가. 초기 독일 낭만파의 대표적 작곡가의 한 사람이며 근대 독일 가곡의 창시자. 600여 곡의 독일가곡과 실내악곡, 교향곡 따위를 남김. 작품에 〈아름다운 물레방앗간의 아가씨〉, 〈겨울 나그네〉, 〈백조의 노래〉 따위가 있음

이산(離散)가족

한 離散가족의 경우를 보았다.

다 늙고 가난과 질병과 상흔에 찌들린
서로의 참담한 모습이 畵面에 비치자,
울부짖다가
부축을 받는
흔들림을
보았다.
그렇다.
죽음만이 참사가 아니다.

(『學園』, 1984. 5.)

• 畵面(화면)

심야(深夜)

또 症勢가 발작되었다 거대한 岩壁의 한 측면이 된다 분열되는 팟사갈리아 遁走曲이 메아리치곤 한다 나는 견고하게 조립된 한 個의 위축된 물체가 된다 위축된 怪力이 되어 電磁波처럼 超速으로 흘러가는 광막한 宇宙 空間이 된다 腦波가 고갈되었으므로 아무 생각도 하지 못한다.

(『學園』, 1984. 5.)

- **症勢(증세)**
- **岩壁(암벽)**
- **팟사갈리아 遁走曲(둔주곡)** : 바흐의 〈파사칼리아와 푸가 C단조〉를 가리킴(BWV582). 파사칼리아는 16세기 중엽에 유행한 파사칼레(pasacalle)라는 2박자계, 4~8마디의 행진곡이 무곡이 된 것. 둔주곡은 푸가(fuga)로서 모방대위법에 의한 악곡형식(樂曲形式) 및 그 작법. 원래는 '도주(逃走)'의 뜻인데, 음악용어로는 둔주곡(遁走曲)·추복곡(追覆曲) 등으로 번역(엮은이풀이)
- **個(개)**
- **怪力(괴력)**
- **電磁波(전자파)**
- **超速(초속)** : 초속도. 보통보다 훨씬 빠른 속도
- **宇宙(우주)**
- **空間(공간)**
- **腦波(뇌파)**

오늘

이 하루도 살아가고 있다. 토큰 열여덟개를 사서 주머니에 깊숙이 넣었다. 며칠 동안은 넉넉하다.

나는 덕지 덕지한 늙은
아마추어 시인이다.
조그마치라도
덕지 덕지함을 탈피해 보자.
그 골짜기로 가 보자.
앉기 좋은 그 바위에 또 앉아 보자.
두홉들이 소주 반만 먹자. 반은 버리자.

(『學園』, 1984. 5.)

한 계곡에서

교황 요한 바오로2세가 이 땅을 다녀가자
다시금
위대한
미켈란젤로의 남루한 옷 자락이 와 닿는다.
여러 날 단식도 하면서 여러 번 죽음을
걸었던 그의
彫刻 〈力作〉들과
웅대한
天井畵는 다시금
빛을 나타내이고 있다.

냉철하게 보이는
몇 덩어리 怪岩들과
굴곡이 있는
아름드리 나무 밑동을 보면서
머저리가 되고 있었다.

(『한국일보』, 1984. 5. 20.)

- **교황 요한 바오로 2세(1978~2005)** : 제264대 교황. 기독교 역사상 하드리아노 6세 이래 455년만의 비(非) 이탈리아 출신 교황이자 최초의 슬라브계 교황. 세계여행을 가장 많이 한 교황. 세계 평화와 반전을 호소. 1984년 5월 6일 한국 방문(『위키백과』)
- **미켈란젤로(Michelangelo di Lodovico Buonarroti Simoni, 1475~1564)** : 이탈리아의 화가 · 조각가 · 건축가 · 시인. 작품에 조각 〈다비드〉, 〈모세〉, 〈최후의 심판〉 따위가 있으며, 건축가로서 산피에트로 대성당의 설계를 맡았고 많은 시작(詩作)도 남김
- **彫刻(조각)**
- **力作(역작)** : 온 힘을 기울여 작품을 만듦. 또는 그 작품
- **天井畵(천정화)** : 천장에 그린 그림. '천정(天井)'은 '천장(天障, 반자의 겉면)'의 북한어. 시스티나성당 천정화를 가리킴(엮은이풀이)
- **怪岩(괴암)** : 괴상하게 생긴 바위

『평화롭게』 시

白髮의 에즈라 파운드

深夜의
城砦
덩지가 큰 날짐승이 둘레를 徐徐히
떠돌고 있다
가까이 날아와 멎더니
長身의 白髮이 된다
에즈라 파운드이다
잠시 후 그 사람은 다른 데로 떠나갔다

(『평화롭게』, 高麗苑, 1984.)

• 695쪽) 「白髮의 에즈라 파운드」(『現代文學』, 1983. 5.)의 시어 풀이 참조
• 3행의 '덩지'는 '덩치'의 오기(엮은이풀이)

[발표]

• 『現代文學』(1983. 5.), 「白髮의 에즈라 파운드」

[재수록]

• 『큰소리로 살아있다 외쳐라/「現代詩」 1984』(청하, 1984.), 「白髮의 에즈라 파운드」

평화롭게

하루를 살더라도
혼 세상이 평화롭게
이틀을 살더라도
사흘을 살더라도 평화롭게

그런 날들이
그날들이
영원토록 평화롭게-

(『평화롭게』, 高麗苑, 1984.)

한 마리의 새

새 한마린 날마다 그맘때
한 나무에서만 지저귀고 있었다

어제처럼
세 개의 가시덤불이 찬연하다
하나는
어머니의 무덤
하나는
아우의 무덤

새 한마린 날마다 그맘때
한 나무에서만 지저귀고 있었다

(『평화롭게』, 高麗苑, 1984.)

[발표]

- 『月刊文學』(1974. 9.), 「한 마리의 새」

[재수록]

- 『詩人學校』(新現實社, 1977.), 「한 마리의 새」
- 『주머니 속의 詩』(悅話堂, 1977.), 「한 마리의 새」
- 『三省版 韓國現代文學全集 38 詩選集 II』(三省出版社, 1978.), 「한 마리의 새」

聖河

잔잔한 聖河의 흐름은

비나 눈 내리는 밤이면

더 환하다.

(『평화롭게』, 高麗苑, 1984.)

• **聖河(성하)** : 성스러운 강물. 신앙심과 연결됨. 인도 힌두교의 성하(聖河) 갠지스강, 그리스신화의 스틱스강, 기독교의 요르단강, 불교의 삼도천 등 '삶과 죽음을 가르는 개념'으로 인식돼온 강(엮은이풀이)

[발표]

• 『文學과知性』(1977. 봄.), 「聖河」

[재수록]

• 『詩人學校』(新現實社, 1977.), 「聖河」

물桶

희미한
風琴 소리가
툭 툭 끊어지고
있었다

그 동안 무엇을 하였느냐는 물음에 대해

다름 아닌 人間을 찾아다니며 물 몇 桶 길어다 준 일밖에 없다고

머나먼 廣野의 한복판 얕은
하늘 밑으로
영롱한 날빛으로
하여금 따우에선

(『평화롭게』, 高麗苑, 1984.)

• 180쪽) 「舊稿」(『現代詩』 第1輯, 1962. 6.)의 시어 풀이 참조

[발표]

• 『現代詩』 第1輯(1962. 6.), 「舊稿」

[재수록]

• 『本籍地』(成文閣, 1968.), 「물桶」
• 『十二音階』(三愛社, 1969.), 「물桶」
• 『新韓國文學全集 37 詩選集 3』(語文閣, 1974.), 「물桶」
• 『주머니 속의 詩』(悅話堂, 1977.), 「물桶」

墨畵

물 먹는 소 목덜미에
할머니 손이 얹혀졌다
이 하루도
함께 지났다고
서로 발잔등이 부었다고
서로 적막하다고

(『평화롭게』, 高麗苑, 1984.)

• 墨畵(묵화) : 수묵화. 먹으로 짙고 옅음을 이용하여 그린 그림

[발표]

• 『月刊文學』(1969. 6.), 「墨畵」

[재수록]

• 『十二音階』(三愛社, 1969.), 「墨畵」
• 『新韓國文學全集 37 詩選集 3』(語文閣, 1974.), 「墨畵」
• 『詩人學校』(新現實社, 1977.), 「墨畵」
• 『三省版 韓國現代文學全集 38 詩選集 II』(三省出版社, 1978.), 「墨畵」

民間人

1947년 봄
深夜
黃海道 海州의 바다
以南과 以北의 境界線 용당浦.

사공은 조심 조심 노를 저어가고 있었다.
울음을 터뜨린 한 嬰兒를 삼킨 곳.
스무 몇 해나 지나서도 누구나 그 水深을 모른다.

(『평화롭게』, 高麗苑, 1984.)

•371쪽) 「民間人」(『現代詩學』, 1970. 11.)의 시어 풀이 참조

[발표]

•『現代詩學』(1970. 11.), 「民間人」

[재수록]

•『詩人學校』(新現實社, 1977.), 「民間人」

기동차가 다니던 철둑길

할아버지 하나가 나어린 손자 하나를
데리고 살고 있었다.
할아버진 아침마다 손때 묻은 작은 남비,
나어린 손자를 데리고
아침을 재미있게 끓이곤 했다.
날마다 신명께 감사를 드릴 줄 아는 이들은
그들만인 것처럼
애정과 희망을 가지고 사는 이들은
그들만인 것처럼
때로는 하늘 끝머리에서
벌판에서 흘러오고 흘러가는 이들처럼

이들은 기동차가 다니는 철둑길
옆에서 살고 있었다.

(『평화롭게』, 高麗苑, 1984.)

[발표]

- 『現代詩』 第5輯(1963. 12.), 「이사람을」

[재수록]

- 『詩人學校』(新現實社, 1977.), 「기동차가 다니던 철둑길」

生日

꿈에서 본 몇 집밖에 안 되는 화사한 小邑을 지나면서
아름드리 나무보다도 큰 독수리가 날아가는 것을 보면서

來日에 나를 만날 수 없는
未來를 갔다

소리 없이 출렁이는 물결을 보면서
돌부리가 많은 廣野를 지나

(『평화롭게』, 高麗苑, 1984.)

•221쪽) 「生日」(『文學春秋』, 1965. 11.)의 시어 풀이 참조

[발표]

•『文學春秋』(1965. 11.), 「生日」

[재수록]

•『本籍地』(成文閣, 1968.), 「生日」
•『十二音階』(三愛社, 1969.), 「生日」
•『주머니 속의 詩』(悅話堂, 1977.), 「生日」

虛空

사면은 잡초만 우거진 무인지경이다
자그마한 판자집 안에선 어린 코끼리가
옆으로 누운 채 곤히 잠들어 있다
자세히 보았다
15년 전에 죽은 반가운 동생이다
더 자라고 둬 두자
먹을 게 없을까

(『평화롭게』, 高麗苑, 1984.)

• 虛空(허공) : 텅 빈 공중

[발표]

• 『文學思想』(1975. 7.), 「虛空」

[재수록]

• 『詩人學校』(新現實社, 1977.), 「虛空」

북치는 소년

내용 없는 아름다움처럼

가난한 아희에게 온
서양 나라에서 온
아름다운 크리스마스 카드처럼

어린 羊들의 등성이에 반짝이는
진눈깨비처럼

(『평화롭게』, 高麗苑, 1984.)

• 羊(양)
• **진눈깨비** : 비가 섞여 내리는 눈

[처음수록]

• 『現代韓國文學全集 18·52人詩集』(新丘文化社, 1967.), 「북치는 소년」

[재수록]

• 『十二音階』(三愛社, 1969.), 「북치는 소년」
• 『詩人學校』(新現實社, 1977.), 「북치는 소년」

고향

예수는 어떻게 살아갔으며
어떻게 죽었을까
죽을 때엔 뭐라고 하였을까

흘러가는 요단의 물결과
하늘나라가 그의 고향이었을까
철따라 옮아다니는 고운 소리를 낼 줄 아는
새들이었을까
저물어가는 잔잔한 물결이었을까

(『평화롭게』, 高麗苑, 1984.)

• **요단** : 요단江(Jordan江). '요르단강'을 성경에서 부르는 이름

[발표]

• 『文學思想』(1973. 3.), 「고향」

[재수록]

• 『詩人學校』(新現實社, 1977.), 「고향」

길

나는 넘을 수 없는 산을 넘고 있었다 길 잃고 오랜 동안 헤매이다가 길을 다시 찾아내인 것처럼 나의 날짜를 다시 찾아내인 것이다

앞당겨지는 죽음의 날짜가 넓다.

(『평화롭게』, 高麗苑, 1984.)

[발표]

•『月刊文學』(1983. 6.), 「길」

[재수록]

•『큰소리로 살아있다 외쳐라/현대시』(청하, 1984), 「길」

꿈 속의 향기

金素月 성님을 만났다
어느 산촌에서
아담한 기와집 몇 채 있는 곳에서
싱그러운 한 그루
나무가 있는 곳에서
산들바람 부는 곳에서
상냥한 女人이 있는 곳에서.

(『평화롭게』, 高麗苑, 1984.)

• **金素月(김소월)** : 시인(1902~1934). 본명은 정식(廷湜). 김억의 영향으로 문단에 등단하였고, 1922년에 『개벽』에 대표작 「진달래꽃」을 발표하였다. 민요적인 서정시를 썼으며 작품에 「산유화(山有花)」, 「접동새」따위가 있고 시집 『진달래꽃』, 『소월 시집』 따위가 있음
• 女人(여인)

[발표]

• 『月刊文學』(1983. 11.), 「꿈 속의 향기」

[재수록]

• 『큰소리로 살아있다 외쳐라/「現代詩」 1984』(청하, 1984.), 「꿈속의 향기」

登山客

어른거리는 斑點들이 크다

친구와 내 친구와 함께

여러 번 온 곳이다

또 다시

마당 바위

여러 형태의 바위들이

즐비하다

峻嶺의 夕陽녘

옆으로 길게 퍼진

금빛 구름 작대기들

꺼먼 구름 작대기도 볼 만하다

나는 살아갈 수 없는 중환자이다

죽으러 온 것이다

어른거리는 검은 斑點들이

무겁다

(『평화롭게』, 高麗苑, 1984.)

- **登山客(등산객)**
- **斑點(반점)**: 동식물 따위의 몸에 박혀 있는 얼룩얼룩한 점
- **峻嶺(준령)**: 높고 가파른 고개
- **夕陽(석양)**

[발표]

- 『月刊文學』(1982. 9.), 「登山客」

벼랑바위

까마득한 벼랑바위
하늘과 땅이 기울었다가
바로잡히곤 한다

하나님은 어느 누구의 祈禱도 듣지 않는다 한다
죽은 이들의 祈禱만 듣는다 한다.

(『평화롭게』, 高麗苑, 1984.)

• 벼랑바위 : 벼랑을 이루는 험한 바위
• 祈禱(기도)

[발표]

• 『文藝中央』(1983. 가을.), 「벼랑바위」

非詩

그때의 내가 아니다
미션계라는 간이 종합병원에서이다
나는 넝마 같은 환자복을 입고 있었다
고통스러워 난폭하게 죽어가고 있었다
하루 이틀 다른 병원으로 옮기어질 때까지
시간을 끌고 있었다
벼랑바위가 자주 나타나곤 했다

어제처럼 그제처럼
목숨이 이어져가고 있음은
아무리 생각하여도
시궁창에서 산다 해도
主의 은혜이다.

(『평화롭게』, 高麗苑, 1984.)

• **非詩(비시)**: 김종삼의 조어. 시가 아닌 것
• **밋숀계**: 선교사(mission) 계열. '기독교 단체에서 운영하는'의 뜻(엮은이풀이)
• **벼랑바위**: 벼랑을 이루는 험한 바위
• **主(주)**

[발표]

•『文藝中央』(1983. 가을.), 「非詩」

어머니

불쌍한 어머니
나의 어머니 아들 넷을 낳았다
그것들 때문에 모진 고생만 하다가
죽었다 아우는 비명에 죽었고
형은 64세 때 죽었다
나는 불치의 지병으로 여러 번 중태에 빠지곤 했다
나는 속으로 치열하게 외친다
부인터 공동 묘지를 향하여
어머니 나는 아직 살아 있다고
세상에 남길 만한
몇 줄의 글이라도 쓰고 죽는다고
그러나
아직도 못 썼다고

불쌍한 어머니
나의 어머니

(『평화롭게』, 高麗苑, 1984.)

[발표]

• 『文藝中央』(1983. 가을.), 「어머니」

헨셀과 그레텔

오라토리오 떠오를 때면 遼遠한 동안 된다
牧草를 뜯는
몇 마리 羊과
天空의
最古의 城
바라보는 동안 된다.

(『평화롭게』, 高麗苑, 1984.)

• 588쪽) 「헨셀라 그레텔」(『文學과知性』, 1980, 여름.)의 시어 풀이 참조

[발표]

• 『文學과知性』(1980, 여름.), 「헨셀라 그레텔」

[재수록]

• 『누군가 나에게 물었다』(民音社, 1982.), 「헨셀라 그레텔」

꿈이었던가

그 언제부터인가
나는 罪人
수億年間
주검의 連鎖에서
惡靈들과 昆蟲들에게 시달려 왔다
다시 계속된다는 것이다

(『평화롭게』, 高麗苑, 1984.)

- 罪人(죄인)
- 億年間(억년간)
- 連鎖(연쇄)
- 惡靈(악령) : 원한을 품고 사람에게 재앙을 내리는 못된 영혼
- 昆蟲(곤충)

[발표]

- 『現代文學』(1981. 1.), 「꿈이었던가」

[재수록]

- 『누군가 나에게 물었다』(民音社, 1982.), 「꿈이었던가」

소리

連山 上空에 뜬
구름 속에서 무슨 소리가 난다
무슨 소리가 난다
아지 못할 單一樂器이기도 하고
평화스런 和音이기도 하다
어떤 때엔 天上으로
어떤 때엔 地上으로 바보가 된 나에게도
무슨 신호처럼 보내져 오곤 했다

(『평화롭게』, 高麗苑, 1984.)

• 617쪽) 「소리」(『東亞日報』, 1982. 7. 24.)의 시어 풀이 참조
• 「소리」(『東亞日報』, 1982. 7. 24.)의 앞 8행 만 실림

[발표]

• 『東亞日報』(1982. 7. 24.), 「소리」

[재수록]

• 『밤의 숲에서 등불을 들고』(영학출판사, 1984.), 「소리」

그라나드의 밤
—黃東奎에게

드뷔시 프렐뤼드

씌어지지 않는

散文의 源泉

(『평화롭게』, 高麗苑, 1984.)

• 595쪽) 「그라나드의 밤-黃東奎에게」(『世界의文學』, 1980. 가을)의 시어 풀이 참조

[발표]

• 『世界의文學』(1980. 가을), 「그라나드의 밤-黃東奎에게」

[재수록]

• 『누군가 나에게 물었다』(民音社, 1982.), 「그라나드의 밤-黃東奎에게」

G. 마이나

물
닿은 곳

神羔의
구름 밑

그늘이 앉고

杳然한
옛
G. 마이나

(『평화롭게』, 高麗苑, 1984.)

• 20쪽) 「全鳳來에게-G마이나」(『코메트』, 1954. 6.)의 시어 풀이 참조

[발표]

• 『코메트』(1954. 6.), 「全鳳來에게-G마이나」

[재수록]

• 『連帶詩集 · 戰爭과音樂과希望과』(自由世界社, 1957.), 「G·마이나」
• 『韓國文學全集 35 詩集 (下)』(民衆書舘, 1959.), 「G·마이나」
• 『本籍地』(成文閣, 1968.), 「G 마이나」
• 『十二音階』(三愛社, 1969.), 「G·마이나-全鳳來兄에게」
• 『주머니 속의 詩』(悅話堂, 1977.), 「G 마이나-全鳳來兄에게」

또 한 번 날자꾸나

내가 죽어가던 아침나절 벌떡 일어나
날계란 열 개와 우유 두 홉을 한꺼번에 먹어댔다.
그리고 들로 나가 우물물을 짐승처럼 먹어댔다.
얕은 지형 지물들을 굽어보면서 천천히 날아갔다.
착하게 살다가 죽은 이의 죽음도 빌려 보자는
생각도 하면서 천천히
더욱 천천히

(『평화롭게』, 高麗苑, 1984.)

[발표]

- 『韓國文學』(1981. 4.), 「또 한번 날자꾸나」

[재수록]

- 『누군가 나에게 물었다』(民音社, 1982.), 「또 한번 날자꾸나」

샹펭

어느 산록 아래 평지에
넓직한 방갈로 한 채가 있었다
사방으로 펼쳐진
잔디밭으론
가지런한
나무마다 제각기 이글거리는
색채를 나타내이고 있었다

세잔느인 듯한 노인네가
커피, 칸타타를 즐기며
벙어리 아낙네와 손짓으로
대화를 나누고 있었다
가까이 가 말참견을 하려 해도
거리가 좁히어지지 않았다.

(『평화롭게』, 高麗苑, 1984.)

• 604쪽) 「샹펭」(『世界의文學』, 1981. 여름.)의 시어 풀이 참조

[발표]

• 『世界의文學』(1981. 여름.), 「샹펭」

[재수록]

• 『누군가 나에게 물었다』(民音社, 1982.), 「샹펭」

라산스카

바로크 시대 음악들을 들을 때마다
팔레스트리나를 들을 때마다
그 시대 풍경 다가올 때마다
하늘나라 다가올 때마다
맑은 물가 다가올 때마다
라산스카
나 지은 죄 많아
죽어서도
영혼이
없으리

(『평화롭게』, 高麗苑, 1984.)

• 631쪽) 「라산스카」(『누군가 나에게 물었다』, 民音社, 1982.)의 시어 풀이 참조

[처음수록]

• 『누군가 나에게 물었다』(民音社, 1982.), 「라산스카」

極刑

빗방울이 제법 굵어진다
길바닥에 주저앉아
먼 산 너머 솟아오르는
나의 永園을 바라보다가
구멍가게에 기어들어가
소주 한 병을 도둑질했다
마누라한테 덜미를 잡혔다
주머니에 들어 있던 토큰 몇 개와
반쯤 남은 술병도 몰수당했다
비는 더욱 쏟아지고
몇 줄기 光彩와 함께
벼락이 친다
强打
連打

(『평화롭게』, 高麗苑, 1984.)

• 691쪽) 「極刑」(『現代文學』, 1982. 12.)의 시어 풀이 참조

[발표]

• 『現代文學』(1982. 12.), 「極刑」

올페

올페는 죽을 때
나의 직업은 시라고 하였다
後世 사람들이 만든 얘기다

나는 죽어서도
나의 직업은 시가 못 된다
宇宙服처럼 月谷에 둥둥 떠 있다
귀환 時刻 未定

(『평화롭게』, 高麗苑, 1984.)

• 389쪽) 「올페」(『心象』, 1973. 12.)의 시어 풀이 참조

[발표]

• 『心象』(1973. 12.), 「올페」

[재수록]

• 『詩人學校』(新現實社, 1977.), 「올페」

5학년 1반

5학년 1반입니다.

저는 교외에서 살고 있기 때문에 저의 학교도 교외에 있읍니다.

오늘은 운동회가 열리는 날이므로 오랜만에 즐거운 날입니다.

북치는 날입니다.

우리 학교는

높은 포플러 나뭇줄기로 반쯤 가리어져 있읍니다.

아까부터 남의 밭에서 품팔이하는 제 어머니가 가물가물하게 바라다보입니다.

운동 경기가 한창입니다.

구경 온 제 또래의 장님이 하늘을 향해 웃음지었읍니다.

점심때가 되었읍니다.

어머니가 가져온 보자기 속엔 신문지에 싼 도시락과 삶은 고구마 몇 개와 사과 몇 개가 들어 있었읍니다.

먹을 것을 옮겨 놓는 어머니의 손은 남들과 같이 즐거워 약간 떨리고 있읍니다.

어머니가 품팔이 하던

밭이랑을 지나가고 있었읍니다. 고구마 이삭 몇 개를 주워 들었읍니다.

어머니의 모습은 잠시나마 하느님보다도 숭고하게 이 땅 위에 떠오르고 있었읍니다.

어제 구경 왔던 제 또래의 장님은 따뜻한 이웃처럼 여겨졌읍니다.

(『평화롭게』, 高麗苑, 1984.)

[발표]

- 『現代詩學』(1966. 7.), 「五학년 一반」

[재수록]

- 『現代韓國文學全集 18·52人詩集』(新丘文化社, 1967.), 「五학년 一반」

개똥이

—일곱 살 때의 개똥이

뜸부기가
뜸북이던

동 둑

길
나무들은
먼 사이를 두고
이어갑니다

하나
있는 곳과

연달아 있고

높은 나무 가지들 사이에
물방울을 떨어뜨립니다

병막에 가 있던
개똥이는 머리 위에
불개미알만 싣고 어지럽다고
갔읍니다

소매가 짧았읍니다

산당 꼭대기
해가 구물구물하다 보며는

웃도리가 가지런한
소나무 하나가
깡충합니다

꿩 한 마리가
까닥 합니다

(『평화롭게』, 高麗苑, 1984.)

• 27쪽) 「개똥이」(『戰時 韓國文學選 詩篇』, 國防部政訓局, 1955.)의 시어 풀이 참조

[처음수록]

• 『戰時 韓國文學選 詩篇』(國防部政訓局, 1955.), 「개똥이」

[재수록]

• 『連帶詩集 · 戰爭과音樂과希望과』(自由世界社, 1957.), 「개똥이-일곱살 되던 해의 개똥이의 이름」
• 『現代韓國文學全集 18·52人詩集』(新丘文化社, 1967.), 「개똥이-일곱 살 되던 해의 개똥이의 이름」

주름 간 大理石

—한 모퉁이는 달빛 드는 낡은 構造의 大理石. 그 마당〔寺院〕 한구석—

잎사귀가 한 잎 두 잎 내려앉았다.

(『평화롭게』, 高麗苑, 1984.)

- 大理石(대리석) : 대리암, 석회암이 높은 온도와 센 압력을 받아 변질된 돌. 흔히 흰색을 띠나 검은색, 붉은색, 누런색 따위를 띠는 것도 있으며, 세공(細工)이 쉬워 장식용이나 건축, 조각 따위에 많이 쓰인다. 중국 윈난성(雲南省)의 다리(大理)에서 많이 나는 것에서 유래
- 構造(구조)
- 寺院(사원) : 종교의 교당을 통틀어 이르는 말

[발표]

- 『現代文學』(1960. 11.), 「주름간 大理石」

[재수록]

- 『韓國戰後問題詩集』(新丘文化社, 1961.), 「주름간 大理石」
- 『本籍地』(成文閣, 1968.), 「주름간 大理石」
- 『詩人學校』(新現實社, 1977.) 「주름간 大理石」

實記

나의 막역한 친구
볼프강 아마데우스 모짜르트가
병고를 치르다가 죽었다 향년 35세
장의비가 없었다
동네에서 비용을 거두었다
부인이 보이지 않았다

묘지로 운구 도중
비바람이 번지고 있었다
점점 심해지고 있었다
하나 하나 도망치기 시작했다
한 사람도 남지않고 다 도망치고 말았다

볼프강 아마데우스 모차르트.

(『평화롭게』, 高麗苑, 1984.)

- 3행의 '35세'는 1981년 『세계의 문학』에 발표 때는 '32세'였음. 모차르트의 생몰연대가 1756년에서 1791년 이므로 한국나이로 수정한 듯함
- 이하 시어 풀이는 607쪽) 「實記」(『世界의文學』, 1981. 여름)를 참조

[발표]

- 『世界의文學』(1981. 여름), 「實記」

[재수록]

- 『누군가 나에게 물었다』(民音社, 1982.), 「實記」

추모합니다

작곡가 尹龍河씨는
언제나 찬연한 꽃나라
언제나 자비스런 나라
언제나 인정이 넘치는 나라
음악의 나라 기쁨의 나라에서
살고 있을 것입니다.

遺品이라곤 遺産이라곤
五線紙 몇 장이었읍니다
허름한 등산 모자 하나였읍니다
허름한 이부자리 한 채였읍니다
몇 권의 책이었읍니다.

날마다 추모합니다.

(『평화롭게』, 高麗苑, 1984.)

• 568쪽) 「추모합니다」(『心象』, 1979. 5.)의 시어 풀이 참조

[발표]

• 『心象』(1979. 5.), 「추모합니다」

[재수록]

• 『누군가 나에게 물었다』(民音社, 1982.), 「추모합니다」

鬪病記

다시 끝없는 荒野가 되었을 때
하늘과 땅 사이에
밝은 화살이 박힐 때
나는 坐客이 되었다
신발만은 잘 간수해야겠다
큰 비가 내릴 것 같다.

(『평화롭게』, 高麗苑, 1984.)

• 鬪病記(투병기) : 병과 싸워 가는 과정을 쓴 글
• 荒野(황야) : 버려두어 거친 들판
• 坐客(좌객) : '하반신 장애인'을 달리 이르는 말

[발표]

• 『文學과知性』(1974. 겨울.) ,「鬪病記·2」

[재수록]

• 『누군가 나에게 물었다』(民音社, 1982.), 「鬪病記」

소금 바다

나도 낡고 신발도 낡았다
누가 버리고 간 오두막 한 채
지붕도 바람에 낡았다
물 한 방울 없다
아지 못할 봉우리 하나가
햇볕에 반사될 뿐
鳥類도 없다
아무것도 아무도 물기도 없는
소금 바다
주검의 갈림길도 없다.

(『평화롭게』, 高麗苑, 1984.)

• 鳥類(조류) : 새무리

[발표]

• 『世界의文學』(1980. 가을.), 「소곰 바다」

[재수록]

• 『누군가 나에게 물었다』(民音社, 1982.), 「소곰 바다」

돌각담

廣漠한地帶이다기울기
시작했다잠시꺼밋했다
十字型의칼이바로꽂혔
다堅固하고자그마했다
흰옷포기가포겨놓였다
돌담이무너졌다다시쌓
았다쌓았다쌓았다돌각
담이쌓이고바람이자고
틈을타凍昏이잦아들었
다포겨놓이던세번째가
비었다.

(『평화롭게』, 高麗苑, 1984.)

• 18쪽) 「돌」(『現代藝術』, 1954. 6.)의 시어 풀이 참조

[발표]

• 『現代藝術』(1954. 6.), 「돌」

[재수록]

• 『連帶詩集 • 戰爭과音樂과希望과』(自由世界社, 1957. 5.), 「돌각담-하나의 前程 備置」
• 『韓國戰後問題詩集』(新丘文化社, 1961.), 「돌각담」
• 『十二音階』(三愛社, 1969.), 「돌각담」
• 『詩人學校』(新現實社, 1977.), 「돌각담」
• 『주머니 속의 詩』(悅話堂, 1977.), 「돌각담」

刑

여긴 또 어드메냐
목이 마르다
길이 있다는
물이 있다는 그 곳을 향하여
罪가 많다는 이 불구의 영혼을 이끌고 가 보자
그치지 않는 전신의 고통이 하늘에 닿았다

(『평화롭게』, 高麗苑, 1984.)

· 刑(형) : 형벌
· 罪(죄)

[발표]

· 『월간문학』(1978. 5.), 「刑」

[재수록]

· 『三省版 韓國現代文學全集 38 詩選集 II』(三省出版社, 1978.), 「刑」
· 『누군가 나에게 물었다』(民音社, 1982.), 「刑」

앤니로리

노랑나비야
메리야
한결같이 아름다운
자연 속에
한결같이 마음이 고운 이들이
산다는 곳을
노랑나비야
메리야
너는 아느냐

(『평화롭게』, 高麗苑, 1984.)

• 『月刊文學』(1981. 8.)에 같은 제목으로 발표함. 내용은 다름
• 앤니 로리 : 애니 로리(Annie Laurie). 존 스콧 작곡, 윌리엄 더글라스 작사의 스코틀랜드의 곡으로 티 없이 곱고 아름다운 소녀를 그리워하며 부르는 5음 음계의 곡(『두산백과』)

[처음발표]

• 『世代』(1978. 5.), 「앤니 로리」

[재발표]

• 『現代文學』(1979. 10.), 「앤니로리」

[재수록]

• 『누군가 나에게 물었다』(民音社, 1982.), 「앤니로리」

술래잡기

심청일 웃겨 보자고 시작한 것이
술래잡기였다.
꿈 속에서도 언제나 외로왔던 심청인
오랜만에 제 또래의 애들과
뜀박질을 하였다.

붙잡혔다
술래가 되었다.

얼마 후 심청은
눈 가리개 헝겊을 맨 채
한동안 서 있었다.
술래잡기 하던 애들은 안됐다는 듯
심청을 위로해 주고 있었다.

(『평화롭게』, 高麗苑, 1984.)

[발표]

• 『母音』(1965. 6.), 「술래잡기 하던 애들」

[재수록]

• 『十二音階』(三愛社, 1969.), 「술래잡기」
• 『新韓國文學全集 37 詩選集 3』(語文閣, 1974.), 「술래잡기」
• 『詩人學校』(現實社, 1977.), 「술래잡기」

復活節

城壁에 日光이 들고 있었다.
육중한 소리를 내는 그림자가 지났다

그리스도는 나의 산계급이었다고
죄없는 무리들의 주검 옆에 조용하다고

내 호주머니 속엔 밤 몇 톨이 들어
있는 줄 알면서
그 오랜 동안 전해 내려온 전설의
돌층계를 올라가서
낯 모를 아희들이 모여 있는 안쪽으로
들어섰다 무거운 거울 속에 든 꽃잎처럼
이름이 적혀지는 아이들에게
밤 한 톨씩 나누어 주었다

(『평화롭게』, 高麗苑, 1984.)

• 156쪽) 「復活節」(『韓國戰後問題詩集』, 新丘文化社, 1961.)의 시어 풀이 참조

[처음수록]

• 『韓國戰後問題詩集』, (新丘文化社, 1961.), 「復活節」

[재수록]

• 『十二音階』(三愛社, 1969.), 「復活節」
• 『新韓國文學全集 37 詩選集 3』(語文閣, 1974.), 「復活節」

새

또 언제 올지 모르는
또 언제 올지 모르는
새 한 마리가 가까이 와 지저귀고 있다.
이 세상에선 들을 수 없는
고운 소리가
천체에 반짝이곤 한다.
나는 인왕산 한 기슭
납짝집에 사는 산사람이다.

(『평화롭게』, 高麗苑, 1984.)

• **천체(天體)** : 우주에 존재하는 모든 물체. 항성, 행성, 위성, 혜성, 성단, 성운, 성간 물질, 인공위성 따위를 통틀어 이르는 말

[발표]

• 『心象』(1977. 1.), 「새」

[재수록]

• 『누군가 나에게 물었다』(民音社, 1982.), 「새」

새벽

모두들 잠들었다.
연민의 나라
인정이 찾아가지 못했던 나라
따사로운 풍광의 나라
추억의 나라에서
趙芝薰과
朴木月
張萬榮과
金洙暎
가끔
크라비 코드 소리가 희미하다.

(『평화롭게』, 高麗苑, 1984.)

•601쪽) 「새벽」(『月刊朝鮮』, 1981. 3.)의 시어 풀이 참조

[발표]

•『月刊朝鮮』(1981. 3.), 「새벽」

[재수록]

•『누군가 나에게 물었다』(民音社, 1982.), 「새벽」

무슨 曜日일까

醫人이 없는 病院 뜰이 넓다.
사람들의 영혼과 같이 介在된 푸름이 한가하다.
빈 乳母車 한 臺가 놓여졌다.
말을 잘 할 줄 모르는 하느님의 것일까.
버리고 간 것일까.
어디메도 없는 戀人이 그립다.
窓門이 열리어진 파아란 커튼들이
바람 한 점 없다.
오늘은 무슨 曜日일까.

(『평화롭게』, 高麗苑, 1984.)

• 218쪽) 「무슨 曜日일까」(『現代文學』, 1965. 8.)의 시어 풀이 참조

[발표]

• 『現代文學』(1965. 8.), 「무슨 曜日일까」

[재수록]

• 『本籍地』(成文閣, 1968.), 「무슨 曜日일까」
• 『十二音階』(三愛社, 1969.), 「무슨 曜日일까」
• 『주머니 속의 詩』(悅話堂, 1977.), 「무슨 曜日일까」

미사에 參席한 李仲燮씨

내가 많은 돈이 되어서
선량하고 가난한 사람들을 위해 맘 놓고 살아갈 수 있는
터전을 마련해 주리니

내가 처음 일으키는 微風이 되어서
내가 不滅의 平和가 되어서
내가 天使가 되어서 아름다운 音樂만을 싣고 가리니
내가 자비스런 神父가 되어서
그들을 한번씩 訪問하리니

(『평화롭게』, 高麗苑, 1984.)

•272쪽) 「미사에 參席한 李仲燮氏」(『現代文學』, 1968. 8.)의 시어 풀이 참조

[발표]

•『現代文學』(1968. 8.), 「미사에 參席한 李仲燮氏」

[재수록]

•『本籍地』(成文閣, 1968.), 「미사에 參席한 李仲燮氏」
•『十二音階』(三愛社, 1969.), 「미사에 參席한 李仲燮氏」
•『新韓國文學全集 37 詩選集 3』(語文閣, 1974.), 「미사에 參席한 李仲燮氏」

가을

亞熱帶에서 죽을 힘 다하여 살아온 나에게
햇볕 깊은 높은 山이 보였다
그 옆으론
大鐵橋의 架設
어디로 이어진지 모를
大鐵橋 마디 마디는
요한의 칸타타이다
어지러운 文明 속에 날은 어두워졌다

(『평화롭게』, 高麗苑, 1984.)

• 429쪽) 「가을」(『新東亞』, 1975. 12.)의 시어 풀이 참조

[발표]

• 『新東亞』(1975. 12.), 「가을」

[재수록]

• 『詩人學校』(新現實社, 1977.), 「가을」

풍경

싱그러운 巨木들 언덕은 언제나 천천히 가고 있었다

나는 누구나 한 번 가는 길을
어슬렁어슬렁 가고 있었다

세상에 나오지 않은
樂器를 가진 아이와
손쥐고 가고 있었다

너무 조용하다.

(『평화롭게』, 高麗苑, 1984.)

• 巨木(거목)
• 樂器(악기)

[발표]

• 『現代文學』(1978. 2.), 「풍경」

[재수록]

• 『누군가 나에게 물었다』(民音社, 1982.), 「풍경」

운동장

열 서너 살 때
午正砲가 울린 다음
점심을 먹고
두 살인가 세 살 되던
동생애를 데리고
평양고등보통학교 운동장에 놀러 갔습니다
넓다란 운동장이 텅텅
비어 있었습니다
그애는 저를 마다하고 혼자 놀고 있었습니다 중얼거리며 신나게
놀고 있었습니다
저는 먼 발치
철봉대에 기대어
그애를 지켜보다가
시간 가는 줄 모르고
기초 철봉을 익히고 있었습니다
그애가 보이지 않았습니다
그애는 교문을 나가 뒤도 돌아보지 않고 울다가
그치고 울다가
그치곤 하였습니다

저는 그 일을 잊지 못하고 있읍니다
그애는 저보다 먼저 죽었기 때문입니다

돌아올 때
그애가 즐겨 먹던 것을 사주어도
받아들기만 하고
먹지 않았습니다.

(『평화롭게』, 高麗苑, 1984.)

• 午正砲(오정포) : 낮 열두 시를 알리는 대포

[발표]

• 『韓國文學』(1978. 2.), 「운동장」

[재수록]

• 『누군가 나에게 물었다』(民音社, 1982.), 「운동장」

掌篇

어지간히 추운 날이었다

눈발이 날리고 한파 몰아치는 꺼먼 날이었다

친구가 편집장인 아리랑 잡지사에 일거리 구하러 가 있었다

한 노인이 원고를 가져왔다

담당자는 매수가 적다고 난색을 나타냈다

삼십 이 매 원고료를 주선하는 동안

그 노인은 연약하게 보이고 있었다

쇠잔한 분으로 보이고 있었다

얼마 안 되어 보이는 고료를 받아 든 노인의 손이 조금 경련을 일으키는 것 같았다.

계단을 조심스럽게 내려가는 노인의 걸음걸이가 시원치 않았다

이십여 년이 지난 어느 추운 날 길 거리에서 그 당시의 친구를 만났다 문득 생각나 물었다

그 친군 안됐다는 듯

그분이 方仁根씨였다고.

(『평화롭게』, 高麗苑, 1984.)

• 589쪽) 「掌篇」(『文學과知性』, 1980, 여름.)의 시어 풀이 참조

[발표]

• 『文學과知性』(1980, 여름.), 「掌篇」

[재수록]

• 『누군가 나에게 물었다』(民音社, 1982.), 「掌篇」

制作

그렇다
非詩일지라도 나의 職場은 詩이다.

나는
진눈깨비 날리는 질짝한 周邊이고
가동 中인
夜間鍛造工廠.

깊어가리만큼 깊어가는 欠谷

(『평화롭게』, 高麗苑, 1984.)

• 613쪽) 「制作」(『現代文學』, 1981. 10.)의 시어 풀이 참조

[처음발표]

• 『新風土 〈新風土詩集 Ⅰ〉』(白磁社, 1959.), 「制作」

[재발표]

• 『現代文學』(1981. 10.), 「制作」

[재수록]

• 『누군가 나에게 물었다』(民音社, 1982.), 「制作」

앙포르멜

나의 無知는 어제 속에 잠든 亡骸 쎄자아르 프랑크가 살던 寺院 주변에 머물렀다.

나의 無知는 스떼판 말라르메가 살던 本家에 머물렀다

그가 태던 곰방댈 훔쳐 내었다
훔쳐낸 곰방댈 물고서
나의 하잘것이 없는 無知는
반 고호가 다니던 가을의 近郊 길바닥에 머물렀다.
그의 발바닥만한 낙엽이 흩어졌다.
어느 곳은 쌓이었다.

나의 하잘것이 없는 無知는
쟝 뽈 싸르트르가 經營하는 煉炭工場의 職工이 되었다.
罷免되었다

(『평화롭게』, 高麗苑, 1984.)

•

• 226쪽) 「앙포르멜」(『現代詩學』, 1966. 2.)의 시어 풀이 참조

[발표]

• 『現代詩學』(1966. 2.), 「앙포르멜」

[재수록]

• 『現代韓國文學全集 18·52人詩集』(新丘文化社, 1967.), 「앙포르멜」
• 『十二音階』(三愛社, 1969.), 「앙포르멜」
• 『詩人學校』(新現實社, 1977.), 「앙포르멜」

연주회

두 사람의 생애는 너무 비참하였다. 그러므로 그들에겐 신에게서 베풀어지는 기적으로 하여 살아갔다 한다. 때로는 살아갈 만한 희열도 있었다 한다. 환희도 있었다 한다. 영원 불멸의 인간다운 아름다움의 내면 세계도 있었다 한다. 딴따라처럼 둔갑하는 지휘자가 우스꽝스럽다. 후란츠 슈베르트 · 루드비히 반 베토벤—

(『평화롭게』, 高麗苑, 1984.)

• 600쪽) 「연주회」(『月刊文學』, 1981. 1.)의 시어 풀이 참조

[발표]

• 『月刊文學』(1981. 1.), 「연주회」

[재수록]

• 『누군가 나에게 물었다』(民音社, 1982.), 「연주회」

글짓기

소년기에 노닐던
그 동 둑 아래
호수가에서
고요의
피아노 소리가
지금도 들리다가 그친다

사이를 두었다가
먼 사이를 두었다가
뜸북이던
뜸부기 소리도
지금도 들리다가 그친다

나는 나에게 말한다
죽으면 먼저 그곳으로 가라고.

(『평화롭게』, 高麗苑, 1984.)

• 동뚝 : '동(垌)둑'의 북한말. 크게 쌓은 둑(참고 : 『우리말샘』, 국립국어연구원)

[발표]

• 『心象』(1980. 5.), 「글짓기」

[재수록]

• 『누군가 나에게 물었다』(民音社, 1982.), 「글짓기」

나의 本籍

나의 本籍은 늦가을 햇볕 쪼이는 마른 잎이다. 밟으면 깨어지는 소리가 난다.

나의 本籍은 巨大한 溪谷이다.

나무 잎새다.

나의 本籍은 푸른 눈을 가진 한 여인의 영원히 맑은 거울이다.

나의 本籍은 次元을 넘어다니지 못하는 독수리다.

나의 本籍은

몇 사람밖에 안 되는 고장

겨울이 온 教會堂 한 모퉁이다.

나의 本籍은 人類의 짚신이고 맨발이다.

(『평화롭게』, 高麗苑, 1984.)

• 199쪽) 「나의 本籍」(『現代文學』, 1964. 1.)의 시어 풀이 참조

[발표]

• 『現代文學』(1964. 1.), 「나의 本籍」

[재수록]

• 『本籍地』(成文閣, 1968.), 「나의 本籍」
• 『十二音階』(三愛社, 1969.), 「나의 本籍」
• 『詩人學校』(新現實社, 1977.), 「나의 本籍」

平和

고아원 마당에서 풀을 뽑고 있었다.
선교사가 심었던 수십 년 되는 나무가 많다.

아직
허리는 쑤시지 않았다

잘 먹이지도 입히지도 못하지만
잠 깨는 아침마다 오늘 아침에도
어린것들은 행복한 얼굴을 지었다.

(『평화롭게』, 高麗苑, 1984.)

• 平和(평화)

[처음수록]

• 『十二音階』(三愛社, 1969.), 「平和」

스와니江이랑 요단江이랑

그해엔 눈이 많이 나리었다. 나이 어린
소년은 초가집에서 살고 있었다.
스와니江이랑 요단江이랑 어디메 있다는
이야길 들은 적이 있었다.
눈이 많이 나려 쌓이었다.
바람이 일면 심심하여지면 먼 고장만을
생각하게 되었던 눈더미 눈더미 앞으로
한 사람이 그림처럼 앞질러 갔다.

(『평화롭게』, 高麗苑, 1984.)

•247쪽) 「스와니江이랑 요단江이랑」(『現代韓國文學全集 18·52人詩集』, 新丘文化社, 1967.)의 시어 풀이 참조

[처음수록]

•『現代韓國文學全集 18·52人詩集』(新丘文化社, 1967.), 「스와니江이랑 요단江이랑」

[재수록]

•『十二音階』(三愛社, 1969.), 「스와니江이랑 요단江이랑」

소공동 지하 상가

두 소녀가 가지런히
쇼 윈도우 안에 든 여자용
손목시계들을 들여다보고 있었다.
하나같이 얼굴이 동그랗고
하나같이 키가 작다
먼 발치에서 돌아다보았을 때에도
조금도 움직이지 않고 들여다보고 있었다
쇼 윈도우 안을 정답게 들여다보던
두 소녀의 가난한 모습이
며칠째 심심할 때면
떠오른다
하나같이 동그랗고
하나같이 작은.

(『평화롭게』, 高麗苑, 1984.)

• **소공동 지하 상가** : 서울특별시 중구에 속한 동. 동 이름은 조선 태종의 둘째 딸인 경정공주(慶貞公主)의 궁이 있어 작은공주골, 한자로 소공주동(小公主洞)으로 부른 데서 유래. 1960년대 이후부터 은행거리라고 불릴 만큼 많은 은행이 들어섰고 소공지하상가가 형성(『두산백과』)

[처음수록]

• 『누군가 나에게 물었다』(民音社, 1982.), 「소공동 지하 상가」

겨울 피크닉

철저하게 얼어붙었다
나무와
계곡과
바위와
하늘
그리고 산봉우리까지도

우지끈 무너져 내린
돌덩어리들이 도망치는
나에게 날아오고 있었다
어떤 것들은 굴러오고 있었다

얌마 너는 좀 빠져 꺼져
죽은 내 친구
내 친구
목소리였다.

(『평화롭게』, 高麗苑, 1984.)

[처음수록]

• 『누군가 나에게 물었다』(民音社, 1982.), 「겨울 피크닉」

아침

나는 죽어가고 있었다.
며칠째 지옥으로 끌리어가는 최악의 고통을 겪으며
죽음에 이르고 있었다.
집사람은
임박했다고
흩어진 물건들을 정리하고
골방 구석구석을 청소하고
식은땀을 닦아 주고 나가 버렸다
며칠째 먹지 못한 빈 속에
큼직큼직한 수면제 여덟 개를 먹었다
잠시 후 두 개를 더 먹었다
일 미리 아티반 열 개를 먹었다
잠들면 깨어나지 않으려고 많이 먹었다

낮은 몇 순간
밤보다 새벽이 더 길었다
손가락 하나가 뒷잔등을 꼬옥 찔렀다
죽은 아우 宗洙의
파아란 한 쪽 눈이 나를 지켜보고 있었다
오랫동안 나에게서 잠시도 떠나지 않고 노려보고 있었다

자동차 발동 거는 소리가 들렸다
갑자기 아무거나 먹고 싶어졌다
닥치는 대로 먹었다
아침이다
이틀만에 깨어난 것이다
고되인 걸음이 시작되었다
앞으로 앞으로

(『평화롭게』, 高麗苑, 1984.)

• 570쪽) 「아침」(『文學思想』, 1979. 6.)의 시어 풀이 참조

[발표]

• 『文學思想』(1979. 6.), 「아침」

[재수록]

• 『누군가 나에게 물었다』(民音社, 1982.), 「아침」

漁夫

바닷가에 매어 둔
작은 고깃배
날마다 출렁거린다
풍랑에 뒤집일 때도 있다
화사한 날을 기다리고 있다
머얼리 노를 저어 나가서
헤밍웨이의 바다와 老人이 되어서
중얼거리려고

살아온 기적이 살아갈 기적이 된다고
사노라면
많은 기쁨이 있다고

(『평화롭게』, 高麗苑, 1984.)

• 424쪽) 「漁夫」(『詩文學』, 1975. 9.)의 시어 풀이 참조

[발표]

• 『詩文學』(1975. 9.), 「漁夫」

[재수록]

• 『詩人學校』(新現實社, 1977.), 「漁夫」

내가 죽던 날

눈발이 날리고 있었다
주먹만하다 집채만하다
쌓이었다가 녹는다
교황청 문 닫히는 소리가 육중
하였다 냉엄하였다
거리를 돌아다니다가
다비드像 아랫도리를 만져 보다가
관리인에게 붙잡혀 얻어터지고 있었다

(『평화롭게』, 高麗苑, 1984.)

• **다비드像(상)** : 르네상스 시대의 이탈리아 예술가 미켈란젤로가 1501년과 1504년 사이에 조각한 대리석상. 높이는 5.17m. 미켈란젤로는 이스라엘의 위대한 왕 다윗의 청년의 모습을 예술적으로 위엄 있게 표현(『위키백과』)

[발표]

• 『現代文學』(1980. 4.), 「내가 죽던 날」

[재수록]

• 『누군가 나에게 물었다』(民音社, 1982.), 「내가 죽던 날」

掌篇 · 1

아작아작 크고 작은 두 마리의 염소가 캬베쓰를 먹고 있다.
똑똑 걸음과 울음 소리가 더 재미있다
인파 속으로 열심히 따라가고 있다
나 같으면 어떤 일이 있어서도 녀석들을 죽이지 않겠다.

(『평화롭게』, 高麗苑, 1984.)

- **掌篇(장편)** : 손바닥만 한 크기의 작품이라는 뜻
- **캬베쓰** : 양배추(cabbage)

[발표]

- 『詩文學』(1975. 4.), 「掌篇」

[재수록]

- 『詩人學校』(新現實社, 1977.), 「掌篇①」

掌篇 · 2

조선총독부가 있을 때
청계川邊 一○錢均一床 밥집 문턱엔
거지 소녀가 거지 장님 어버이를
이끌고 와 서 있었다
주인 영감이 소리를 질렀으나
태연하였다
어린 소녀는 어버이의 생일이라고
一○錢짜리 두 개를 보였다.

(『평화롭게』, 高麗苑, 1984.)

• 419쪽) 「掌篇」(『詩文學』, 1975. 9.)의 시어 풀이 참조

[발표]

• 『詩文學』(1975. 9.), 「掌篇」

[재수록]

• 『詩人學校』(新現實社, 1977.), 「掌篇②」
• 『三省版 韓國現代文學全集 38 詩選集 II』(三省出版社, 1978.), 「掌篇」

掌篇 · 3

사람은 죽은 다음
천국이나 지옥에 간다 하지만
나는 틀린다
여러 번 죽음을 겪어야 할
아무도 가본 일 없는
바다이고
사막이다

작고한 心友銘
全鳳來 詩
金洙暎 詩
林肯載 文學評論家
鄭 圭 畵家

(『평화롭게』, 高麗苑, 1984.)

•439쪽) 「掌篇」(『月刊文學』, 1976. 11.)의 시어 풀이 참조

[발표]

•『月刊文學』(1976. 11.), 「掌篇」

[재수록]

•『詩人學校』(新現實社, 1977.), 「掌篇③」

掌篇 · 4

정신병원에서 밀려 나서
며칠이 지나는 동안 살아가던
가시밭길과 죽음이 오고 가던
길목의 광채가 도망쳤다.
다만 몇 그루의 나무가 있는
邊方과 시간의 次元이 없는 古稀의
계단과 복도와 엘리자베스 슈만의
높은 天井을 느낀다

(『평화롭게』, 高麗苑, 1984.)

• 433쪽) 「掌篇」(『詩文學』, 1976. 4.)의 시어 풀이 참조

[발표]

• 『詩文學』(176. 4.), 「掌篇」

[재수록]

• 『詩人學校』(新現實社, 1977.), 「掌篇④」

掌篇 · 5

작년 1월 7일
나의 형 종문이가 위독하다는 전달을 받았다
추운 새벽이었다
골목길을 내려가고 있었다
허술한 차림의 사람이 다가왔다
한미병원을 찾는다고 했다
그 병원에서 두 딸아이가 죽었다고 한다
부여에서 왔다고 한다
연탄 가스 중독이라고 한다
나이는 스물 둘, 열 아홉
함께 가며 주고 받은 몇 마디였다
시체실 불이 켜져 있었다
관리실에서 성명들을 확인하였다
어서 들어가 보라고 한즉
조금 있다가 본다고 하였다.

(『평화롭게』, 高麗苑, 1984.)

•614쪽) 「掌篇」(『文學思想』, 1982. 2.)의 시어 풀이 참조

[발표]

•『文學思想』(1982. 2.), 「掌篇」

[재수록]

•『누군가 나에게 물었다』(民音社, 1982.), 「掌篇」

音域
—宗文兄에게

나는 音域들의 影響을 받았다
구스타프 말러와
끌로드 드뷔시도 포함되어 있다
그들의 傾向과 距離는
멀고 그 또한
구름빛도 다르지만……

(『평화롭게』, 高麗苑, 1984.)

• 667쪽) 「音-宗文兄에게」(『누군가 나에게 물었다』, 民音社, 1982.)의 시어 풀이 참조

[처음수록]

• 『누군가 나에게 물었다』(民音社, 1982.), 「音-宗文兄에게」

[재발표]

• 『現代詩學』(1982. 12.), 「音-宗文兄에게」

아데라이데

나 꼬마 때 평양에 있을 때
기독병원이라는 큰 병원이 있었다
뜰이 더 넓고 푸름이 가득 차 있었다
나의 할머니가 입원하고 있었다
입원실마다 복도마다 계단마다
언제나 깨끗하고 조용하였다
서양 사람이 설립하였다 한다
어느 날 일 층 복도 끝에서
왼편으로 꼬부라지는 곳으로 가 보았다
출입문이 반쯤 열려 있었다
아무도 없었다 맑은 하늘색 같은 커튼을 미풍이 건드리고 있었다.
가끔 건드리고 있었다
바깥으론 몇 군데 장미꽃이 피어 있었다
까만 것도 있었다
실내엔 색깔이 선명한
예수의 초상화가 걸려 있었고
넓직하고 기다란 하얀 탁자 하나와 몇 개의 나무 의자가 놓여져 있었다.
먼지라곤 조금도 찾아볼 수 없었다

딴 나라에 온 것 같았다

자주 드나들면서

매끈거리는 의자에 앉아 보기도 하고 과자 조각을 먹으면서 탁자 위에 딩굴기도 했다.

고두기(경비원)한테 덜미를 잡혔다

덜미를 잡힌 채 끌려 나갔다

거기가 어딘 줄 아느냐고

〈안치실〉 연거푸 머리를 쥐어박히면서 무슨 말인지 몰랐다.

＊아데라이데 : 젊은 나이에 요절한 볼프강 아마데우스 모짜르트가 일곱 살 때 작곡한 曲名이며 바이얼린 協奏曲이다. 共鳴될 때가 많았다.

(『평화롭게』, 高麗苑, 1984.)

•659쪽) 「아데라이데」(『누군가 나에게 물었다』, 民音社, 1982.)의 시어 풀이 참조

[처음수록]

•『누군가 나에게 물었다』(民音社, 1982.), 「아데라이데」

라산스카

집이라곤 비인 오두막 하나밖에 없는
草木의 나라

새로 낳은
한 줄기의 거미줄처럼
水邊의
라산스카

라산스카
인간되었던 모진 시련 모든 추함 다 겪고서
작대기를 집고서.

(『평화롭게』, 高麗苑, 1984.)

• 라산스카 : 152쪽) 「라산스카」 (『現代文學』, 1961. 7.)의 시어 풀이 참조
• 草木(초목) : 풀과 나무를 아울러 이르는 말
• 水邊(수변) : 물가(바다, 강, 못 따위와 같이 물이 있는 곳의 가장자리)

[발표]

• 『現代詩』 第4輯(1963. 6.), 「라산스카」

[재발표]

• 『풀과 별』(1973. 7.), 「라산스카」

六七年 一月

조용한 바다와
한가한 精米所와
敎會堂과
앉은뱅이 낡은 石塔과 같은 어머니와
어진 사람들이 사는 洞里지만 嚴冬이다.

얼마 전 아버지가 묻혔다.
한 달만에 어머니가 묻히었다.
十여년 전 海軍에 가 있던 동생은 火葬하였다고 한다.
가난한 친구의 아내와 애기하다 본즉 西山이다.

(『평화롭게』, 高麗苑, 1984.)

• 368쪽) 「六七年 一月」(『現代詩學』, 1970. 5.)의 시어 풀이 참조

[발표]

• 『現代詩學』(1970. 5.), 「六七年 一月」

[재수록]

• 『누군가 나에게 물었다』(民音社, 1982.), 「六七年 一月」

연인의 마을

서까래 밑으로 쌓여진 굳어진 눈도
지붕 너머 포플러 나무 중간에 얹혀진 까치집도
등성이도 공동 묘지도 연인의 흔적이다.

(『평화롭게』, 高麗苑, 1984.)

• 서까래 : 마룻대에서 도리 또는 보에 걸쳐 지른 나무. 그 위에 산자를 얹음

[발표]

• 『現代文學』(1970. 5.), 「연인의 마을」

[재수록]

• 『누군가 나에게 물었다』(民音社, 1982.), 「연인의 마을」

詩作 노우트

담배 붙이고 난 성냥개비불이 꺼지지 않는다 불어도 흔들어도 꺼지지 않는다 손가락에서 떨어지지도 않는다.

새벽이 되어서 꺼졌다

이 時刻까지 무엇을 하며 살아왔느냐다 무엇을 하며 살아왔느냐다 무엇 하나 변변히 한 것도 없다.

오늘은 찾아가 보리라

死海로 향한

아담橋를 지나

거기서 몇 줄의 글을 감지하리라

瞭然한 유카리나무 하나.

(『평화롭게』, 高麗苑, 1984.)

• 556쪽) 「詩作 노우트」(『三省版 韓國現代文學全集 38 詩選集 II』, 三省出版社, 1978.)의 시어 풀이 참조

[처음수록]

• 『三省版 韓國現代文學全集 38 詩選集 II』(三省出版社, 1978.), 「詩作 노우트」

[발표]

• 『現代文學』(1978. 9.), 「詩作 노우트」

往十里

새로 도배한
삼간 초옥 한 간 房에 묵고 있었다.
時計가 없었다
人力거가 잘 다니지 않았다.

하루는
도드라진 電車길 옆으로 챠리 챠플린氏와
羅雲奎氏의 마라톤이 다가오고 있었다.
金素月氏도 나와서 구경하고 있었다.

며칠 뒤
누가 찾아왔다고 했다
나가 본즉 앉은뱅이 좁은
굴뚝길밖에 없었다.

(『평화롭게』, 高麗苑, 1984.)

• 307쪽) 「往十里」(『十二音階』, 三愛社, 1969.)의 시어 풀이 참조

[처음 수록]

• 『十二音階』(三愛社, 1969.), 「往十里」

園頭幕

비 바람이 훼청거린다
매우 거세다.

간혹 보이던
논두락 매던 사람이 멀다.

산 마루에 우산
받고 지나가는 사람이
느리다.

무엇인지 모르게
평화를 가져다 준다.

머지 않아 園頭幕이
비게 되었다.

(『평화롭게』, 高麗苑, 1984.)

• 園頭幕(원두막) : 오이, 참외, 수박, 호박 따위를 심은 밭을 지키기 위하여 밭머리에 지은 막
• 논두락 : '논뜨럭'. '논두렁'의 방언. 물이 괴어 있도록 논의 가장자리를 흙으로 둘러막은 두둑

[처음수록]

• 『韓國戰後問題詩集』(新丘文化社, 1961.), 「園頭幕」

[재수록]

• 『十二音階』(三愛社, 1969.), 「園頭幕」
• 『주머니 속의 詩』(悅話堂, 1977.), 「園頭幕」

두꺼비의 轢死

갈 곳이 없었다

비가 쏟아지고 있었다
버스를 기다리고 있었다

두꺼비 한 마리가 맞은편으로 어기적 뻐기적 기어가고 있었다
연신 엉덩이를 들썩거리며 기어가고 있었다 차량들은 적당한 시속으로 달리고 있었다
수없는 차량 밑을 무사 돌파해가고 있으므로 재미있게 보였다.

....

大型 연탄차 바퀴에 깔리는 순간의 擴散 소리가 아스팔트길을 진동시켰다 비는 더욱 쏟아지고 있었다
무교동에 가서 소주 한 잔과 설농탕이 먹고 싶었다

(『평화롭게』, 高麗苑, 1984.)

- 轢死(역사) : 차에 치여 죽음
- 大型(대형)
- 擴散(확산) : 흩어져 널리 퍼짐

[발표]

- 『現代文學』(1971. 8.), 「두꺼비의 轢死」

[재발표]

- 『詩文學』(1977. 6.), 「掌篇」

[재수록]

- 『詩人學校』(新現實社, 1977.), 「두꺼비의 轢死」
- 『주머니 속의 詩』(悅話堂, 1977.), 「두꺼비의 轢死」

바다

바닷가 한낮이 가고 있었다
바다는 넓다고 하지만
세상에 태어나 첨 즐기고 있지만
철서덕 또 철서덕 바위에 부딪친다

텐트로 돌아갈 시간이 아득하다
全鳳健이가 쓴
마카로니 웨스턴이 큰 덩어리 그림자들이 두레박 줄이
한가하다
나는 쏘주는 먹을 줄 알지만
하모니카는 불 줄 모른다

(『평화롭게』, 高麗苑, 1984.)

• 509쪽) 「바다」(『詩人學校』, 新現實社, 1977.) 의 시어 풀이 참조

[처음수록]

• 『詩人學校』(新現實社, 1977.), 「바다」

[재수록]

• 『주머니 속의 詩』(悅話堂, 1977.), 「바다」

행복

오늘은 용돈이 든든하다
낡은 신발이나마 닦아 신자
헌 옷이나마 다려 입자 털어 입자
산책을 하자
북한산성행 버스를 타 보자
안양행도 타 보자
나는 행복하다
혼자가 더 행복하다
이 세상이 고맙다 예쁘다

긴 능선 너머
중첩된 저 산더미 산더미 너머
끝 없이 펼쳐지는
멘델스존의 로렐라이 아베마리아의
아름다운 선율처럼.

(『평화롭게』, 高麗苑, 1984.)

• 547쪽) 「행복」(『文學思想』, 1978. 2.)의 시어 풀이 참조

[발표]

• 『文學思想』(1978. 2.), 「행복」

[재수록]

• 『누군가 나에게 물었다』(民音社, 1982.), 「행복」

간이 교회당이 있는 동네

야쿠르트 아줌마가 지나가고 있다
나는 이 동네에서 산다
우중충한 간이 종합병원도 있다 그 병원엔
간혹 새 棺이 실려 들어가곤 했다
야쿠르트 아줌마가 병실에서 나와 지나가고 있다
총총걸음으로 조심스럽게

(『평화롭게』, 高麗苑, 1984.)

• 棺(관)

[발표]

• 『月刊文學』(1981. 8.), 「간이 교회당이 있는 동네」

[재수록]

• 『누군가 나에게 물었다』(民音社, 1982.), 「간이 교회당이 있는 동네」

따뜻한 곳

남루를 입고 가도 차별이 없었던 시절
슈베르트의 歌曲이 어울리던 다방이 그립다

눈 내리면 추위가
계속되었고
아름다운 햇볕이
놀고 있었다

(『평화롭게』, 高麗苑, 1984.)

• **남루(襤褸)** : 낡아 해진 옷
• **슈벨트** : 프란츠 슈베르트(Franz Peter Schubert, 1797~1828). 오스트리아의 작곡가. 초기 독일 낭만파의 대표적 작곡가의 한 사람이며 근대 독일 가곡의 창시자. 600여 곡의 독일 가곡과 실내악곡, 교향곡 따위를 남김. 작품에 〈아름다운 물레방앗간의 아가씨〉, 〈겨울 나그네〉, 〈백조의 노래〉 따위가 있음
• **歌曲(가곡)** : 시에 곡을 붙인 성악곡

[발표]

• 『月刊文學』(1975. 4.), 「따듯한 곳」

[재수록]

• 『누군가 나에게 물었다』(民音社, 1982.), 「따뜻한 곳」

누군가 나에게 물었다

누군가 나에게 물었다. 시가 뭐냐고
나는 시인이 못 되므로 잘 모른다고 대답하였다.
무교동과 종로와 명동과 남산과
서울역 앞을 걸었다.
저녁녘 남대문 시장 안에서
빈대떡을 먹을 때 생각나고 있었다.
그런 사람들이
엄청난 고생 되어도
순하고 명랑하고 맘 좋고 인정이
있으므로 슬기롭게 사는 사람들이
그런 사람들이
이 세상에서 알파이고
고귀한 인류이고
영원한 광명이고
다름 아닌 시인이라고.

(『평화롭게』, 高麗苑, 1984.)

• **알파(alpha)** : 그리스 문자의 첫째 자모. 'A, α'로 쓴다. "나는 알파와 오메가요 처음과 나중이요 시작과 끝이라(「요한계시록」 22장 13절)."(엮은이풀이)

[처음수록]

• 『누군가 나에게 물었다』(民音社, 1982.), 「누군가 나에게 물었다」

여름 성경 학교

베데스다 연못가
넓은 평야의 나라
하기 성경 학곤
우거진 숲속에 있었다

한 소년은 동화책에 나오는 그림처럼
메가폰을 입에 대고 뛰어다니기도 했다
오라 오라
하기 성경 학교로 오라고.

(『평화롭게』, 高麗苑, 1984.)

• 674쪽) 「여름성경학교」(『누군가 나에게 물었다』, 民音社, 1982.)의 시어 풀이 참조

[처음수록]

• 『누군가 나에게 물었다』(民音社, 1982.), 「여름성경학교」

한 골짜기에서

한 골짜기에서
앉은뱅이 한 그루의 나무를
보았다
잎새들은 풍성하였고
색채 또한 찬연하였다
인간의 생명은 잠깐이라지만

(『평화롭게』, 高麗苑, 1984.)

[발표]

- 『世界의文學』(1982. 여름.), 「한 골짜기에서」

[재수록]

- 『누군가 나에게 물었다』(民音社, 1982.), 「한 골짜기에서」

동산

아름다운 여인
롯테 레만의 노래가 자리잡힌 곳
아희들과
즐거운 강아지와
어여쁜 집들과
만발한 꽃들과
얕은 푸른 산
초록빛 산이
항상 보이도다.

(『평화롭게』, 高麗苑, 1984.)

• 611쪽) 「앤니 로리」(『月刊文學』, 1981. 8.)의 시어 풀이 참조

[발표]

• 『月刊文學』(1981. 8.), 「앤니 로리」

園丁

苹果 나무 소독이 있어
모기 새끼가 드물다는 몇 날 후인
어느 날이 되었다.

며칠만에 한 번이라도 어진
말솜씨였던 그인데
오늘은 몇 번째나 나에게 없어서는
안 된다는 길을 기어이 가리켜 주고야 마는 것이다

아직 이쪽에는 열리지 않는 果樹밭
사이인
수무나무 가시 울타리
긴 줄기를 벗어나
그이가 말한 대로 얼만가를 더 갔다.

구름 덩어리 얕은 언저리
植物이 풍기어 오는 유리 溫室이 있는
언덕 쪽을 향하여 갔다.

안쪽과 周圍라면 아무런

기척이 없고 無邊하였다.

안쪽 흙 바닥에는
떡갈나무 잎사귀들의 언저리와 뿌롱드 빛깔의 果實들이 평탄하게 가득 차 있었다.

몇 개째를 집어 보아도 놓였던 자리가
썩어 있지 않으면 벌레가 먹고 있었다.
그렇지 않은 것도 집기만 하면 썩어 갔다.

거기를 지킨다는 사람이 들어와
내가 하려던 말을 빼앗듯이 말했다.

당신 아닌 사람이 집으면 그럴 리가 없다고—

(『평화롭게』, 高麗苑, 1984.)

• 34쪽) 「園丁」(『新世界』(1956. 3.)의 시어 풀이 참조

[발표]

• 『新世界』(1956. 3.), 「園丁」

[재수록]

• 『連帶詩集 • 戰爭과音樂과希望과』(自由世界社, 1957.), 「園丁」
• 『韓國文學全集 35 詩集 (下)』(民衆書館, 1959.), 「園丁」
• 『現代韓國文學全集 18·52人詩集』(新丘文化社, 1967.), 「園丁」
• 『十二音階』(三愛社, 1969.), 「園丁」

아우슈뷔츠 Ⅰ

밤하늘 湖水가엔 한 家族이
앉아 있었다.
평화스럽게 보이었다.

家族 하나하나가 뒤로 자빠지고
있었다.
크고 작은 人形 같은 屍體들이다
횟가루가 묻어 있었다.
언니가 동생 이름을 부르고 있다
모기 소리만 하게

(『평화롭게』, 高麗苑, 1984.)

- **아우슈비츠(Auschwitz)** : 아우슈비츠는 폴란드 남부, 크라쿠프(Kraków) 지방에 있는 화학 공업 도시. 제2차 세계 대전 때 나치스의 강제 수용소가 설치되어 400만 명 이상의 유태인 및 폴란드인이 학살된 곳
- **湖水(호수)**
- **家族(가족)**
- **人形(인형)**
- **屍體(시체)**

[발표]

- 『韓國文學』(1977. 1.), 「아우슈비츠 라게르」

[재수록]

- 『詩人學校』(新現實社, 1977.), 「아우슈뷔츠 Ⅰ」

아우슈뷔츠 Ⅱ

어린 校門이 보이고 있었다
한 기슭엔 雜草가

죽음을 털고 일어나면
어린 校門이 가까왔다.

한 기슭엔
如前 雜草가,
아침 메뉴를 들고
校門에서 뛰어나온 學童이
學父兄을 반기는 그림처럼
복실 강아지가 그 뒤에서 조그맣게 쳐다보고 있었다
아우슈뷔츠 收容所 鐵條網
기슭엔
雜草가 무성해가고 있었다

(『평화롭게』, 高麗苑, 1984.)

• 195쪽) 「아우슈뷔치」(『現代詩』 第5輯, 1963. 12.)의 시어 풀이 참조

[발표]

• 『現代詩』 第5輯, (1963. 12.), 「아우슈뷔치」

[재수록]

• 『本籍地』(成文閣, 1968.), 「아우슈뷔치」
• 『十二音階』, (三愛社, 1969.), 「아우슈뷔츠 Ⅰ」
• 『詩人學校』(新現實社, 1977.), 「아우슈뷔츠 Ⅱ」

休暇

바닷가에서 낚시줄을 던지고 앉았다
잘 잡히지 않았다

날갯죽지가 두껍고 윤기 때문에 반짝이는 물새 두 마리가 날아와 앉았다
대기하고 있었다
살금 살금 포복 하였다

....
......
...

살아갈 앞날을 탓하면서
한잔 해야겠다

겨냥하는 동안 자식들은 앉았던 자릴 急速度로 여러 번 뜨곤 했다
접근하노라고 시간이 많이 흘렀다
미친 놈과 같이 중얼거렸다
자식들도 평소의 나만큼 빠르고 바쁘다

숨죽인 하늘이 동그랗다
한 놈은 빵소니치고

한 놈은 여름 속에 잡아먹히고 있었다.
사람의 손발과 같이 모가지와 같이 너펄거리는 나무가 있는 바닷가에서

(『평화롭게』, 高麗苑, 1984.)

- 休假(휴가)
- 포복(匍匐) : 배를 땅에 대고 김
- 急速度(급속도)

[발표]

- 『東亞日報』(1968. 9. 5.), 「休暇」

[재수록]

- 『十二音階』(三愛社, 1969.), 「休暇」

산

샘물이 맑다 차갑다 해발 3천 피이트이다
온통
절경이다
새들의 상냥스런 지저귐 속에
항상 마음씨 고왔던
연인의 모습이 개입한다
나는 또 다시
가슴 에이는 머저리가 된다

(『평화롭게』, 高麗苑, 1984.)

[발표]

- 『月刊文學』(1978. 10.), 「산」

背音

몇 그루의 소나무가
얕이한 언덕엔
배가 다니지 않는 바다,
구름 바다가 언제나 내다보였다

나비가 걸어오고 있었다

줄여야만 하는 생각들이 다가오는 대낮이 되었다.
어제의 나를 만나지 않는 날이 계속되었다.

골짜구니 大學建物은
귀가 먼 늙은 石殿은
언제 보아도 말이 없었다.

어느 位置엔
누가 그린지 모를
風景의 背音이 있으므로
나는 세상에 나오지 않은
樂器를 가진 아이와
손쥐고 가고 있었다.

(『평화롭게』, 高麗苑, 1984.)

• 228쪽) 「背音」(『現代文學』, 1966. 2.)의 시어 풀이 참조

[발표]

• 『現代文學』(1966. 2.), 「背音」

[재수록]

• 『本籍地』(成文閣, 1968.), 「背音」
• 『十二音階』(三愛社, 1969.), 「背音」

샹펭

술을 먹지 않았다.
가파른 산을 올라가고 있었다.
산과 하늘이 한 바퀴 쉬입게
뒤집히었다.

다른 산등성이로 바뀌어졌다.
뒤집힌 산덩어린 구름을 뿜은 채 하늘 중턱에
있었다.

뉴스인 듯한 라디오가 들리다 말았다.
드물게 심어진 잡초가 깔리어진 보리밭은
사방으로 펼치어져 하늬바람이 서서히 일었다.
한 사람이 앞장서 가고 있었다.

좀 가노라니까
낭떠러지 쪽으로
큰 유리로 만든 자그만 스카이 라운지가 비탈지었다
言語에 지장을 일으키는
난쟁이 畵家 로트레끄氏가
화를 내고 있었다.

(『평화롭게』, 高麗苑, 1984.)

•224쪽) 「샹뼁」(『新東亞』, 1966. 1.)의 시어 풀이 참조

[발표]

•『新東亞』, (1966. 1.), 「샹뼁」

[재수록]

•『現代韓國文學全集 18·52人詩集』(新丘文化社, 1967.), 「샹뼁」
•『十二音階』(三愛社, 1969.), 「샹뼁」

音樂
—마라의 〈죽은 아이를 追慕하는 노래〉에 부쳐서

日月은 가느니라
아비는 石工노릇을 하느니라
낮이면 大地에 피어난
만발한 뭉게구름도 우리로다

가깝고도 머언
검푸른
산줄기도 사철도 우리로다
만물이 소생하는 철도 우리로다
이 하루를 보내는 아비의 술잔도 늬 엄마가 다루는 그릇 소리도 우리로다

밤이면 大海를 가는 물거품도
흘러가는 化石도 우리로다

불현듯 돌 쪼는 소리가 나느니라 아비의 귓전을 스치는 찬 바람이 솟아나느니라
늬 棺 속에 넣었던 악기로다
넣어 주었던 늬 피리로다

잔잔한 온 누리
늬 어린 모습이로다 아비가 애통하는 늬 신비로다 아비로다
늬 소릴 찾으려 하면 검은 구름이 뇌성이 비바람이 일었느니라 아비가 가졌던 기인 칼로 하늘을 수없이 쳐서 잘랐느니라
그것들도 나중엔 기진해지느니라
아비의 노망기가 가시어지느니라
돌쪼는 소리가
간혹 나느니라

맑은 아침이로다

맑은 하늘은 내려앉고

늬가 노닐던 뜰 위에
어린 草木들 사이에
神器와 같이 반짝이는
늬 피리 위에
나비가
나래를 폈느니라

하늘나라에선
자라나면 죄 짓는다고
자라나기 전에 데려간다 하느니라

죄 많은 아비는 따 우에
남아야 하느니라
방울 달린 은 피리 둘을
만들었느니라
정성들였느니라
하나는
늬 棺속에
하나는 간직하였느니라
아비가 살아가는 동안
만지작거리느니라.

(『평화롭게』, 高麗苑, 1984.)

• 212쪽) 「近作詩篇 音樂-마라의 「죽은 아이를 追慕하는 노래」에 부쳐서」(『文學春秋』, 1964. 12.)의 시어 풀이 참조

[발표]

• 『文學春秋』(1964. 12.), 「近作詩篇 音樂-마라의 「죽은 아이를 追慕하는 노래」에 부쳐서」

[재수록]

• 『本籍地』(成文閣, 1968.), 「音樂-마라의 「죽은 아이를 追慕하는 노래」에 부쳐서」
• 『十二音階』(三愛社, 1969.), 「音樂-마라의 「죽은 아이를 追慕하는 노래」에 부쳐서」
• 『新韓國文學全集 37 詩選集 3』(語文閣, 1974.), 「音樂」

十二音階의 層層臺

石膏를 뒤집어 쓴 얼굴은
어두운 晝間.
旱魃을 만난 구름일수록
움직이는 나의 하루살이 떼들의 市場.
짙은 煙氣가 나는 뒷간.
주검 一步直前에 無辜한 마네킹들이 化粧한 陳列窓.
死産.
소리 나지 않는 完璧.

(『평화롭게』, 高麗苑, 1984.)

• 140쪽) 「小品 - 十二音階의 層層臺, 주름간 大理石」(『現代文學』, 1960. 11.)의 시어 풀이 참조

[발표]

• 『現代文學』(1960. 11.), 「小品 - 十二音階의 層層臺, 주름간 大理石」

[재수록]

• 『韓國戰後問題詩集』(新丘文化社, 1961.), 「十二音階의 層層臺」
• 『十二音階』(三愛社, 1969.), 「十二音階의 層層臺」

피카소의 落書

뿔과 뿔 사이의 처량한 박치기다 서로 몇 군데 명중되었다 명중될 때마다 산 속에서 아름드리 나무 밑동에 박히는 도끼의 소리다.

도끼 소리가 날 때마다 구경꾼들이 하나씩
나자빠졌다.

연거푸 나무 밑동에 박히는 도끼 소리.

(『평화롭게』, 高麗苑, 1984.)

•383쪽) 「피카소의 洛書」(『月刊文學』, 1973. 6.)의 시어 풀이 참조

[발표]

•月刊文學』(1973. 6.), 「피카소의 洛書」

[재수록]

•『詩人學校』(新現實社, 1977.), 「피카소의 洛書」
•『주머니 속의 詩』(悅話堂, 1977.), 「피카소의 洛書」

뾰죽집

뾰죽집이 바라보이는 언덕에
아롱진 구름장들이 뜨싯하게 대인다

嬰兒는 앞만 가린 채 보드라운
먼지를 타박거리고 있다. 놀고 있다.

뾰죽집 언덕 아래에 아치 같은
넓은 門이 트인다

嬰兒는 나팔 부는 시늉을 했다

장난감 같은
뾰죽집 언덕에
자주빛 그늘이
와 앉았다.

(『평화롭게』, 高麗苑, 1984.)

•22쪽) 「뵤죽집이 바라보이는」(『新映画』, 1954. 11.)의 시어 풀이 참조

[발표]

•『新映画』(1954. 11.), 「뵤죽집이 바라보이는」

[재수록]

•『連帶詩集 · 戰爭과音樂과希望과』(自由世界社, 1957.), 「뵤죽집이 바라보이는」
•『現代韓國文學全集 18·52人詩集』(新丘文化社, 1967.), 「뵤죽집이 바라보이는」
•『十二音階』(三愛社, 1969.), 「뵤죽집」

난해한 음악들

나에겐 너무 어렵다. 난해하다.
이 세기에 찬란하다는
인기가요라는 것들, 팝송이라는 것들,

그런 것들이
대자연의 영광을 누리는 산에서도
볼륨 높이 들릴 때가 있다.

그런 때엔
메식거리다가
미친놈처럼 뇌파가 출렁거린다.

(『평화롭게』, 高麗苑, 1984.)

[발표]

• 『心象』(1981. 1.), 「난해한 음악들」

[재수록]

• 『누군가 나에게 물었다』(民音社, 1982.), 「난해한 음악들」

女囚

다섯 살인가 되던 해
보모를 따라가고 있었다.

자혜병원이라는 앞문이
멀어 보이었다.
며칠 전에 자동차가 이 길을
어디론가 지나갔다 한다.

길이 꼬부라지는 담장 옆에
높다랗고 네모진 자동차가
서 있었다.
얼굴이 가려씌워진 팽가지들을 본 것은
그 날이 아닌 것처럼 女囚라고 하였던
들은 말도 그 전이 아니면 그 후였다.

느린 박자 올갠이 빤하였다
소학교 교정이 말끔하게 비어 있었다
길 끝으로 어린 兒孩가 어린 兒孩를
업고 가는 모습이었다.

보모가 간 집은 얕은 울타리
나무가 많은 벽돌집이었다
가늘고 오뚝한 窓門이 낯설었다
해가 들지 않는 아뜨리에 같은 데서
두 女人이 만났다. 커다란 두 손과
두 손이 연거푸 쥐어졌다
두부 파는 종이 땡가당거렸다

돌아올 때엔 작은 손에
커다란 배 한 알이 쥐어졌다.
맞이한 女人의 손이
커다란 손이었다.

(『평화롭게』, 高麗苑, 1984.)

• 677쪽) 「女囚」(『누군가 나에게 물었다』, 民音社, 1982.)의 시어 풀이 참조

[처음수록]

• 『누군가 나에게 물었다』(民音社, 1982.), 「女囚」

地

어디서 듣던
奏鳴曲의 좁은
鐵橋를 지나면서 그 밑의
鐵路를 굽어보면서
典當舖와 채마밭이 있던
곳을 지나면서

畵人으로 태어난 나의 層層階의 簡易의 房을 찾아가면서
무엇을 먼저 祈求할 바를 모르면서

어두워지는 風景은
모진 생애를 겪은
어머니 무덤
큰 거미의 껍질

(『평화롭게』, 高麗苑, 1984.)

• 361쪽) 「地-옛 벗 全鳳來에게」(『現代詩學』, 1969. 7.)의 시어 풀이 참조

[발표]

• 『現代詩學』(1969. 7.), 「地-옛 벗 全鳳來에게」

[재수록]

• 『누군가 나에게 물었다』(民音社, 1982.), 「地」

序詩

헬리콥터가 지나자
밭이랑이랑
들꽃들이랑
하늬바람을 일으킨다
상쾌하다
이곳도 전쟁이 스치어 갔으리라.

(『평화롭게』, 高麗苑, 1984.)

- 『詩人學校』(新現實社, 1977.)에 제목 없이 실림
- **序詩(서시)** : 책의 첫머리에 서문 대신 쓴 시

[처음수록]

- 『詩人學校』(新現實社, 1977.)

앞날을 향하여

나는 입원하여도 곧 죽을 줄 알았다.

십여 일 여러 갈래의 사경을 헤매이다가 살아나 있었다.

현기증이 심했다.

마실을 다니기 시작했다.

시체실 주위를 배회하거나

죽어가는 사람의 침대 옆에 가 죽어가는 얼굴을 들여다보다가

긴 복도를 왔다갔다 하였다.

특별 치료 병동 중환자 보호자 대기실에 놀러 가곤 했다.

시체실로 직결된 후문 옆에 있었다.

중환자실 후문인 철문이 덜커덩 소릴 내며 열리면 모두 후다닥 몰려 나가는 곳이 중환자 보호자 대기실이었다.

한 아낙과 어린것을 안은 여인이 나를 유심히 보고 있었다. 나는 냉큼 손짓으로 인사하였다.

그들은 차츰 웃음을 짓고 있었다. 말벗이 되었다.

그인 살아나야만 한다고 하였고 오래된 저혈압인데 친구분들과 술추렴하다가 쓰러졌다 한다.

산소 호흡 마스크를 입에 댄 채 이틀이 지나며 산소 호흡기 사용료는 한 시간에 오천원이며 보증금은 삼만원 들여 놓았다며

팔려고 내놓은 판자집이 팔리더라도 진료비 절반도 못된다며, 살아나 주기만 바란다고 하였다.

나는 그들을 만날 때마다 반겼다 그들도 나를 그랬다.

십 구 일 동안이나 의식 불명이 되었다가 살아난 사람도 있는데 뭘 그러느냐고 큰소리치면 그들은 그저 만면에 즐거운 미소를 지었다.

며칠이 지난 새벽녘이었다.

아래층으로 내려가는 좁은 계단을 내려가고 있을 때, 어둠한 계단 벽에 기대고 앉아 잠든 아낙이 낯익었다.

가망이 없다는 통고를 받았다는 것이다.

그이가 생존할 때까지 돈이 아무리 들어도

그이에게서 산소 호흡기를 떼어서는 안 된다고 조용히 말하고 있었다.

되풀이하여 조용히 조용히 말하고 있었다.

(『평화롭게』, 高麗苑, 1984.)

[발표]

• 『心象』(1978. 8.), 「앞날을 향하여」

스와니江

스와니江가엔 바람이 불고 있었다.
스티븐 포스터의 허리춤에는 먹다 남은
술병이 매달리어 있었다
날이 어두워지자

그는
앞서 가고 있었다.

영원한 江가 스와니
그리운
스티븐

(『평화롭게』, 高麗苑, 1984.)

•386쪽) 「스와니 江」(『東亞日報』, 1973. 7. 7.)의 시어 풀이 참조

[발표]

•『東亞日報』(1973. 7. 7.), 「스와니 江」

[재수록]

•『詩人學校』(新現實社, 1977.), 「스와니 江」

몇 해 전에

자전거포가 있는 길가에서
자전걸 멈추었다.
바람 나간 튜브를 봐 달라고 일렀다.
등성이 낡은 木造 建物들의
골목을 따라 올라간다.
새벽 같은 초저녁이다.
아무도 없다.
맨 위 한 집은 조금만 다쳐도
무너지게 생겼다.
빗방울이 번졌다.
가져갔던 角木과 나무 조각들 속에 연장을 찾다가
잠을 깨었다.

(『평화롭게』, 高麗苑, 1984.)

• 204쪽) 「몇해 전에」(『現代詩』 第6輯, 1964. 11.)의 시어 풀이 참조

[발표]

• 『現代詩』 第6輯(1964. 11.), 「몇해 전에」

[재수록]

• 『十二音階』, (三愛社, 1969.), 「몇 해 전에」

샤이안

一八六五년 와이오밍 콜라우드 山 아래

뙤약볕 아래
망아지 한 마리
맴돌고 있다

다 죽었다 까라꾸라 마부리 까당가 살았다

날마다 날갯죽지 소리 거칠다
머얼리 번득일 때 있다
넓은 天地 호치카* 먹는다

* 호치카 : 뱀

(『평화롭게』, 高麗苑, 1984.)

• 447쪽) 「샤이안」(『詩文學』, 1977. 2.)의 시어 풀이 참조

[발표]

• 『詩文學』(1977. 2.), 「샤이안」

[재수록]

• 『詩人學校』(新現實社, 1977.), 「샤이안」

꿈 속의 나라

한 귀퉁이

꿈 나라의 나라
한 귀퉁이

나도향
한하운씨가
꿈 속의 나라에서

뜬구름 위에선
꽃들이 만발한 한 귀퉁이에선

지그문트 프로이트가
구스타프 말러가
말을 주고받다가
부서지다가
영롱한 날빛으로 바뀌어지다가

(『평화롭게』, 高麗苑, 1984.)

• 436쪽) 「꿈속의 나라」(『現代文學』, 1976. 11.)의 시어 풀이 참조

[발표]

• 『現代文學』(1976. 11.), 「꿈속의 나라」

[재수록]

• 『詩人學校』(新現實社, 1977.), 「꿈속의 나라」
• 『주머니 속의 詩』(悅話堂, 1977.), 「꿈속의 나라」

西部의 여인

한 여인이 병들어가고 있었다
그녀의 남자도 병들어가고 있었다
일 년 후 다시 만나기로 하고 헤어졌다
그 일 년은 너무 기일었다

그녀는 다시 술집에 전락되었다가 죽었다
한 여인의 죽음의 門은
西部 한복판
돌막 몇 개 뚜렷한
어느 平野로 열리고

주인 없는
馬는 엉금엉금 가고 있었다

그 남잔 샤이안 族이
그녀는 牧師가 묻어 주었다.

(『평화롭게』, 高麗苑, 1984.)

• 491쪽) 「西部의 여인」(『詩人學校』, 新現實社, 1977.)의 시어 풀이 참조

[처음수록]

• 『詩人學校』(新現實社, 1977.), 「西部의 여인」

[재수록]

• 『주머니 속의 詩』(悅話堂, 1977.), 「西部의 여인」

外出

밤이 깊었다
또 外出하자

나는 飛翔할 수 있는 超能力의 怪物體이다

노트르담寺院
서서히 지나자 側面으로 한 바퀴 돌자 차분하게

和蘭
루벤스의 尨大한 天井畵가 있는
大寺院이다

畵面 全體 밝은 불빛을 받고 있다 한 귀퉁이 거미줄 슬은 곳이
있다

부다페스트
죽은 神들이
點綴된

膝黑의

마스크

外出은 短命하다.

(『평화롭게』, 高麗苑, 1984.)

• 460쪽) 「外出」(『現代文學』, 1977. 8.)의 시어 풀이 참조

[발표]

• 『現代文學』(1977. 8.), 「外出」

[재수록]

• 『누군가 나에게 물었다』(民音社, 1982.), 「外出」

미켈란젤로의 한낮

巨岩들의 光明
大自然 속
독수리 한 놈 떠 있고
한 그림자는 드리워지고 있었다.

(『평화롭게』, 高麗苑, 1984.)

• 451쪽) 「미켈란젤로의 한낮」(『文學과知性』, 1977. 봄.)의 시어 풀이 참조

[발표]

• 『文學과知性』(1977. 봄.), 「미켈란젤로의 한낮」

[재수록]

• 『詩人學校』(新現實社, 1977.), 「미켈란젤로의 한낮」

詩人學校

公告

오늘 講師陣

음악 部門
모리스 · 라벨

미술 部門
폴 · 세잔느

시 部門
에즈라 · 파운드
모두
缺講.

金冠植, 쌍놈의 새끼들이라고 소리지름. 持參한 막걸리를 먹음. 敎室內에 쌓인 두터운 먼지가 다정스러움.

金素月
金洙暎 休學屆

全鳳來
金宗三 한 귀퉁이에 서서 조심스럽게 소주를 나눔. 브란덴브르그 협주곡 제五번을 기다리고 있음.

校舍.
아름다운 레바논 골짜기에 있음.

(『평화롭게』, 高麗苑, 1984.)

• 380쪽) 「詩人學校」(『詩文學』, 1973. 4.)의 시어 풀이 참조

[발표]

• 『詩文學』(1973. 4.), 「詩人學校」

[재수록]

• 『詩人學校』(新現實社, 1977.), 「詩人學校」

소리

산마루에서 한참 내려다보이는
초가집
몇 채

하늘이 너무 멀다.

얕은 소릴 내이는
초가집
몇 채

가는 연기들이

지난 일들은 삶을 치르느라고
죽고 사는 일들이
지금은 죽은 듯이
잊혀졌다는 듯이
얕은 소릴 내이는
초가집
몇 채
가는 연기들이

(『평화롭게』, 高麗苑, 1984.)

[발표]

• 『조선일보』(1965. 12. 5.), 「소리」

[재수록]

• 『現代韓國文學全集 18·52人詩集』(新丘文化社, 1967.), 「소리」
• 『十二音階』(三愛社, 1969.), 「소리」

文章修業

헬리콥터가 떠 간다
철뚝길이 펼쳐진 연변으론
저녁 먹고 나와 있는 아이들이 서 있다
누군가 담배를 태는 것 같다
헬리콥터 여운이 띄엄하다
김매던 사람들이 제 집으로 돌아간다
고무신짝 끄는 소리가 난다
디젤 기관차 기적이 서서히 꺼진다

(『평화롭게』, 高麗苑, 1984.)

- **文章修業(문장수업)** : 문장을 익히는 수업
- **연변(沿邊)** : 국경, 강, 철도, 도로 따위를 끼고 따라가는 언저리 일대

[발표]

- 『文學春秋』(1964. 12.), 「近作詩篇 文章 修業」

[재수록]

- 『現代韓國文學全集 18·52人詩集』(新丘文化社, 1967.), 「文章修業」
- 『十二音階』(三愛社, 1969.), 「文章修業」
- 『詩人學校』(新現實社, 1977.), 「文章 修業」

내가 재벌이라면

내가 재벌이라면
메마른
양로원 뜰마다
고아원 뜰마다 푸르게 하리니
참담한 나날을 사는 그 사람들을
눈물 지우는 어린것들을
이끌어 주리니
슬기로움을 안겨 주리니
기쁨 주리니.

(『평화롭게』, 高麗苑, 1984.)

[발표]

- 『韓國文學』(1980. 9.), 「내가 재벌이라면」

[재수록]

- 『누군가 나에게 물었다』(民音社, 1982.), 「내가 재벌이라면」

드뷔시 山莊

결정짓기 어려웠던 구멍가게 하나를 내어 놓았다.

〈한푼어치도 팔리지 않았음은 물론이고〉

오늘도 지나간 것은 분명 차 한 대 밖에—

그새
키 작고 현격한 간격의 바위들과
도토리나무들이
어두움을 타 드러앉고
꺼먼 시공뿐.
선회되었던 차례의 아침이 설레이다.

—드뷔시 산장 부근

(『평화롭게』, 高麗苑, 1984.)

• 95쪽) 「드빗시 산장 부근」(『思想界』, 1959. 2.)의 시어 풀이 참조

[발표]

• 『思想界』(1959. 2.), 「드빗시 산장 부근」

[재수록]

• 『韓國文學全集 35 詩集 (下)』(民衆書舘, 1959.), 「드빗시 산장 부근」
• 『現代韓國文學全集 18·52人詩集』(新丘文化社, 1967.), 「드빗시 산장 부근」
• 『十二音階』(三愛社, 1969.), 「드빗시 山莊」
• 『詩人學校』, (新現實社, 1977.), 「드빗시 山莊」

라산스카

미구에 이른
아침

하늘을
파헤치는
스콥소리

(『평화롭게』, 高麗苑, 1984.)

•152쪽) 「라산스카」(『現代文學』, 1961. 7.)의 시어 풀이 참조

[발표]

•『現代文學』(1961. 7.), 「라산스카」

[재수록]

•『本籍地』(成文閣, 1968.), 「라산스카」
•『詩人學校』(新現實社, 1977.), 「라산스카」

對話

두이노城 안팎을 나무다리가 되어서
다니고 있었다 소리가 난다

간혹

죽은 친지들이 보이다가 날이 밝았다
모차르트 銅像을 쳐다보고 있었다
아인슈타인에게 인간의 죽음이 뭐냐고
묻는 이에게 모차르트를 못 듣게 된다고
모두 모두 平和하냐고 모두 모두.

(『평화롭게』, 高麗苑, 1984.)

• 416쪽) 「꿈나라」(『心象』(1975. 4.)의 시어 풀이 참조

[발표]

• 『心象』(1975. 4.), 「꿈나라」

[재수록]

• 『詩人學校』(新現實社, 1977.), 「對話」

걷자

방대한
공해 속을 걷자
술 없는
황야를 다시 걷자

(『평화롭게』, 高麗苑, 1984.)

[발표]

• 『現代詩學』(1977. 1.), 「걷자」

[재수록]

• 『詩人學校』(新現實社, 1977.), 「걷자」

最後의 音樂

세자아르 프랑크의 音樂 〈바리아숑〉은
夜間 波長
神의 電源
深淵의 大溪谷으로 울려퍼진다

밀레의 고장 바르비종과
그 뒷장을 넘기면
暗然의 邊方과 連山
멀리는
내 영혼의
城廓

(『평화롭게』, 高麗苑, 1984.)

• 566쪽) 「最後의 音樂」(『現代文學』, 1979. 2.)의 시어 풀이 참조

[발표]

• 『現代文學』(1979. 2.), 「最後의 音樂」

[재수록]

• 『누군가 나에게 물었다』(民音社, 1982.), 「最後의 音樂」

나의 主

나에게도 살아가라 하시는
주님의 말씀은 무성하였던
잡초밭 흔적이고
어둠의 골짜기 모진 바람만
일고 있읍니다
기구하게 살다가 죽어간
내 친구를
기억하소서.

(『평화롭게』, 高麗苑, 1984.)

• 主(주)

[발표]

• 『文學思想』(1982. 10.), 「나의 主」

『큰소리로 살아있다 외쳐라/ 「현대시」 1984 · 24인 시집』 시

길

나는 넘을 수 없는 산을 넘고 있었다 길 잃고 오랜 동안 헤매이다가 길을 다시 찾아내인 것처럼 나의 날짜를 다시 찾아내인 것이다

앞당겨지는 죽음의 날짜가 넓다.

(『큰소리로 살아있다 외쳐라/「現代詩」 1984』, 청하, 1984.)

[발표]

• 『月刊文學』(1983. 6.), 「길」

[재수록]

• 『평화롭게』(高麗苑, 1984.), 「길」

白髮의 에즈라 파운드

深夜의

城砦

덩치가 큰 날짐승이 둘레를 徐徐히 떠돌고 있다

가까이 날아와 멎더니

長身의 白髮이 된다

에즈라 파운드이다

잠시 후 그 사람은 다른 데로 떠나갔다

(『큰소리로 살아있다 외쳐라/「現代詩」 1984』, 청하, 1984.)

• 695쪽) 「白髮의 에즈라 파운드」(『現代文學』, 1983. 5.)의 시어 풀이 참조

[발표]

• 『現代文學』(1983. 5.), 「白髮의 에즈라 파운드」

[재수록]

• 『평화롭게』(高麗苑, 1984.), 「白髮의 에즈라 파운드」

꿈속의 향기

金素月 성님을 만났다
어느 산촌에서
아담한 기와집 몇 채 있는 곳에서
싱그러운 한 그루
나무가 있는 곳에서
산들바람 부는 곳에서
상냥한 女人이 있는 곳에서.

(『큰소리로 살아있다 외쳐라/「現代詩」 1984』, 청하, 1984.)

• 金素月(김소월) : 시인(1902~1934). 본명은 정식(廷湜). 김억의 영향으로 문단에 등단하였고, 1922년에 『개벽』에 대표작 「진달래꽃」을 발표하였다. 민요적인 서정시를 썼으며 작품에 「산유화(山有花)」, 「접동새」 따위가 있고 시집 『진달래꽃』,『소월 시집』 따위가 있음

• 女人(여인)

[발표]

• 『月刊文學』(1983. 11.), 「꿈 속의 향기」

[재수록]

• 『평화롭게』(高麗苑, 1984.), 「꿈 속의 향기」

지면발표(1984. 6. ~ 1985. 3.) 시

記事

수무 몇해나 단골이었던 그 다방도 달라졌다 지저분한 곳이 되었다 주방이라는 구석도 불결하게 보이곤 했다. 메식메식한 가요 나부랭이가 울려퍼질 때도 있다.

그곳은 작고하신 선배님들이 쉬었다가 가시던 곳이다

趙芝薰

張萬榮 선배님도 오시던 곳이다

죽음을 의식할 때마다

나의 音域이 되는

바하와

헨델을, 들을만한 곳도 없다

있다 하더라도 청소년들이 차지한다

고정된 볼륨이 폭발적이다

볼륨 조절이 안돼 있다 청소년들의 취미에 맞는 것들이 요란하게 판치고 있다

나의 벗,

全鳳健이여 말해다오.

(『韓國文學』, 1984. 6.)

- **記事(기사)**
- **趙芝薰(조지훈)** : 시인 · 국문학자(1920~1968). 본명은 동탁(東卓). 청록파 시인의 한 사람으로 초기에는 민족적 전통이 깃든 시를 썼으며 6 · 25 전쟁 이후에는 조국의 역사적 현실을 담은 시 작품과 평론을 주로 발표. 저서에 『조지훈시선』, 『시의 원리』 따위가 있음
- **張萬榮(장만영)** : 시인(1914~1975). 호는 초애(草涯). 1932년에 「봄노래」로 등단. 도시의 문명을 떠나 전원적 제재를 현대적 감성으로 읊은 사상파(寫像派) 시인. 작품에 「마을의 여름밤」, 「병실에서」, 「광화문 빌딩」 따위가 있음
- **音域(음역)** : 1. 음넓이. 사람의 목소리나 악기가 낼 수 있는 최저 음에서 최고 음까지의 넓이 2. 북한말로 어떤 악곡에 사용되는 소리 높이의 범위
- **바하** : 요한 제바스티안 바흐(Johann Sebastian Bach, 1685~1750). 독일의 작곡가. 많은 종교곡, 기악곡 소나타, 협주곡, 관현악 모음곡 따위를 썼고, 대위법 음악을 완성하여 바로크 음악의 정상에 오름. 작품으로 〈마태수난곡〉, 〈브란덴부르크협주곡〉, 〈부활제〉 따위가 있음
- **헨델** : 게오르크 프리드리히 헨델(Georg Friedrich Händel, 1685~1759). 독일 태생의 영국 작곡가. 후기 바로크 음악의 거장으로, 간명한 기법에 의하여 웅장한 곡을 작곡하였으며 런던을 중심으로 이탈리아 오페라, 오라토리오 따위를 발표. 작품에 〈메시아(Messiah)〉, 〈수상(水上)의 음악〉 따위가 있음
- **全鳳健(전봉건, 1928~1988)** : 평안남도 안주(安州)에서 출생. 평양 숭인상업고등학교를 졸업하고, 광복 후 남하, 교원생활을 하면서 시작(詩作)에 몰두, 1950년 「사월(四月)」, 「축도(祝禱)」 등을 『문예(文藝)』에 발표, 추천을 받음으로써 문단에 등단. 6·25전쟁 때 참전한 경험을 살려, 김종삼(金宗三) 등과 연대시집 『전쟁과 음악과 희망과』를 간행. 6·25전쟁 이후 출판계에 몸담고, 『문학춘추』, 『여상(女像)』의 편집장, 『현대시학(現代詩學)』의 주간을 맡음. 시집으로 『전봉건 시선』, 『피리』, 『북의 고향』 등이 있고, 평론에 『시의 비평에 대하여』등이 있음(『두산백과』)

연인

나의 연인은
고지대 빈터
돌축대이다.
나의 연인은 어느 철둑길 연변에
높이 자란
어둠한 잡초밭이다.
나의 연인은 내가 살아가는 날짜들이다.

(『現代文學』, 1984. 7.)

아름다움의 깊은 뿌리

모짜르트의 플룻과 하프를 위한 협주곡은
단순한 아름다움의 극치였을까
무슨 말이 담겨져 있을까
분명, 담겨져 있을까
그 아름다움의 깊은 뿌리는
아름다운 동산의 설정이었을까
모든 신비의 벗이었을까
그 아름다움의 깊은 뿌리는
불행한 이들을 위해 생겨났을까

(『世界의文學』, 1984. 가을.)

- **모짜르트** : 볼프강 아마데우스 모차르트(Wolfgang Amadeus Mozart, 1756~1791). 오스트리아의 작곡가. 하이든과 18세기의 빈 고전파를 대표하는 한 사람. 고전파의 양식을 확립. 40여 곡의 교향곡, 각종 협주곡, 가곡, 피아노곡, 실내악, 종교곡이 있으며, 오페라 〈피가로의 결혼〉, 〈돈 조반니〉, 〈마적〉 따위가 있음
- **플룻과 하프를 위한 협주곡** : 플루트, 하프, 오케스트라를 위한 협주곡 C장조(Concerto for Flute, Harp and Orchestra In C Major K.299). 볼프강 아마데우스 모차르트가 1778년에 파리에서 작곡한 협주곡. 플룻을 연주하던 귀느 공작과 하프를 연주하던 그의 딸(의 결혼)을 위해 작곡된 곡이라고 전해짐. 이 곡에서 하프는 화려하게 기교적인 글리산도를 들려주지는 않음. 모든 악장에 카덴차가 있는 것이 특징(『위키백과』)
- **설정(設定)** : 새로 만들어 정해 둠

掌篇

쉬르레알리슴의 시를 쓰던

나의 형

宗文은 내가 여러 번 입원하였던 병원에서 심장경색증으로 몇 해 전에 죽었다.

나는 지병이 악화되어 입원할 때마다 사경을 헤매이면서 한 시 바삐 죽어지길 바라곤 했다. 내가 죽고 살고 싶어 했던 그가 살았어야 했을 것이다.

그는 이런 말을 한 적이 있었다.

한 편의 시를 쓰려면 각고도 각고이려니와 비용이 많이 든다고,

여행도 해야 하며 술도 많이 먹어야 한다고,

그의 말에 공감은 되었건만 왠지 모르게

그의 시를 한 번도 탐독한 적이 없었다.

아우는 스물 두 살 때 결핵으로 죽었다.

나는 그때부터 술꾼이 되었다.

혼자 왔다가 혼자 가는 것들,

나도 가까와지고 있다.

(『世界의文學』, 1984. 가을.)

- **掌篇(장편)** : 손바닥만 한 크기의 작품이라는 뜻
- **쉬르레알리슴(Surrealism)** : 초현실주의. 제일 차 세계 대전 뒤에 다다이즘의 격렬한 파괴 운동을 수정하여 발전시킨 예술 운동. 인간을 이성의 굴레에서 해방하고 파괴와 창조가 함께 존재할 수 있는 '최고점'을 얻으려고 하였음. 문학의 경우에 이성의 속박에서 벗어나 비합리적인 것이나 의식 속에 숨어 있는 비현실의 세계를 자동 기술법과 같은 수법으로 표현하였음
- **宗文(종문)** : 김종문(金宗文, 1919~1981). 시인. 초기에는 모더니즘을 추구하였으나 차츰 신선한 감성을 가미하여 짜임새 있는 시를 많이 남겼음. 시집에 『벽』, 『불안한 토요일』 따위가 있음

實記

베토벤을 따르던 한 소년이 있었지
그 소년과 산책을 하다가 어느 점포를 기웃거리다가
맥주 몇 모금씩을 얻어 마셨지
소년의 머리를 쓰다듬으며 끽끽거렸지
우리는 맥주를 마시긴 마셨지 하면서 끽끽거렸지
그는 田園交響曲을 쓰고 있을 때이다.
귀가 멀어져
새들의 지저귐도
듣지 못할 때이다.

루드비히 반 베토벤.

(『月刊文學』, 1984. 9.)

• 『世界의文學』(1981. 여름)에 같은 제목으로 발표함. 내용은 '모차르트'를 대상
• **實記(실기)** : 실제의 사실을 있는 그대로 적은 기록
• **루드비히 반 베토벤** : 루트비히 판 베토벤(Ludwig van Beethoven, 1770~1827). 독일의 음악가. 하이든, 모차르트의 영향과 루돌프 대공(大公) 등의 도움으로 작곡가로서의 지위를 확립. 고전파 말기에 나와 낭만주의 음악의 선구가 됨. 작품에 아홉 개의 교향곡과 교향곡과 현악 사중주곡 〈라주모브스키〉, 피아노 소나타 〈열정(熱情)〉, 〈월광 (月光)〉 따위가 있음
• **田園交響曲(전원교향곡)** : 베토벤이 1808년에 작곡한 교향곡 제6번의 이름. 각 악장마다 목가적 느낌과 정경을 나타내는 표제가 있음

소리

連山 上空에 뜬
구름속에서 무슨 소리가 난다
무슨 소리가 난다
아지 못할 單一樂器이기도 하고
평화스런 和音이기도 하다
어떤 때엔 天上으로
어떤 때엔 地上으로 바보가 된 나에게도
무슨 신호처럼 보내져 오곤 했다

(『밤의 숲에서 등불을 들고』, 영학출판사, 1984.)

- 617쪽) 「소리」(『東亞日報』, 1982. 7. 24.)의 시어 풀이 참조
- 「소리」(『東亞日報』, 1982. 7. 24.)의 앞 8행 만 실림

[발표]

- 『東亞日報』(1982. 7. 24.), 「소리」

[재수록]

- 『평화롭게』(高麗苑, 1984.), 「소리」

前程

나는 무척 늙었다 그러므로
나는 죽음과 친근하다 유일한 벗이다
함께 다닐 때도 있었다
오늘처럼 서늘한 바람이 선들거리는
가을철에도
겨울철에도 함께 다니었다
포근한 눈송이 내리는 날이면
죽음과 더욱 친근하였다 인자하였던
어머니의 모습처럼 그리고는 찬연한
바티칸 시스틴의, 한 壁畵처럼.

散文 / **이어지는 短文**

구질구질하게 너무 오래 살았다 더 늙기 전에 더 누추해지기 전에 죽음만이 극치가 될지도 모른다 익어가는 가을햇볕 속에 작고한 선배님들이 반갑게 아른거린다.(金 宗 三)

(『文學思想』, 1984. 11.)

• **前程(전정)** : 앞길. 앞으로 가야 할 길
• **바티칸 시스틴** : 시스티나 성당(Aedicula Sixtina)은 바티칸 시국에 있는 교황의 관저인 사도 궁전 안에 있는 성당. 미켈란젤로, 라파엘로, 산드로 보티첼리 등 르네상스 시대의 예술가들이 그린 프레스코 벽화가 구석구석에 있음. 그 가운데서도 미켈란젤로는 교황 율리오 2세의 후원을 받으면서 1508년에서부터 1512년 사이에 성당의 천장에 12,000점의 그림을 그렸음(『위키백과』)
• **壁畵(벽화)**
• **散文(산문)**
• **短文(단문)**

金宗三遺稿詩 아리랑고개 外3篇
—나

이름이 있다면
나이가 있다면
나이는 넘어야 하는 山脈들이었고
이름(筆名)은
아직 없다.

(『文學思想』, 1985. 3.)

- '金宗三遺稿詩 아리랑고개 外3篇'에서 '3편'이 아니고 '4편'임
- 遺稿詩(유고시): 죽은 사람이 생전에 써서 남긴 시 원고
- 山脈(산맥)
- 筆名(필명)

金宗三遺稿詩 아리랑고개 外3篇
—北녘

아무리 아름다운 자연의
풍경이라 할지라도 나에겐
참담하게 보이곤 했다
어느덧
서른 여덟 해
그녀가 살아 있다면
나처럼 무척 늙었겠지
죽었다면 어떤 곳에 묻히었을까
순진하였던 그녀가
가난하여도 효성이 지극하였던 그녀가

(『文學思想』, 1985. 3.)

• **遺稿詩(유고시)** : 죽은 사람이 생전에 써서 남긴 시 원고
• **北(북)녘** : 북쪽

金宗三遺稿詩 아리랑고개 外3篇

아리랑고개 밑 5번버스를 타러 가고 있다.
나도향
김소월
나운규를 떠올리면서
5번버스로 아리랑고개를 넘어간다
그때엔
황토먼지의 아리랑고개를 넘어간
5번버스로 오늘도
(一無題)

(『文學思想』, 1985. 3.)

- **遺稿詩(유고시)** : 죽은 사람이 생전에 써서 남긴 시 원고
- **아리랑고개** : 돈암 사거리를 기점으로 서쪽으로 동소문동, 동쪽으로 동선동을 지나 돈암동, 정릉길과 교차하는 아리랑시장 앞까지의 도로. 춘사 나운규는 이곳에서 촬영한 영화 〈아리랑〉을 1926년에 발표 (『성북문화원』)
- **나도향(羅稻香)** : 소설가(1902~1926). 본명은 경손(慶孫). 필명은 빈(彬). 1921년에 『백조』동인으로 등단. 객관적 사실주의 경향의 작품을 썼음. 작품에 「물레방아」, 「뽕」, 「벙어리 삼룡이」 따위가 있음
- **김소월(金素月)** : 시인(1902~1934). 본명은 정식(廷湜). 김억의 영향으로 문단에 등단하였고, 1922년에 『개벽』에 대표작 「진달래꽃」을 발표하였다. 민요적인 서정시를 썼으며 작품에 「산유화(山有花)」, 「접동새」따위가 있고 시집 『진달래꽃』, 『소월 시집』 따위가 있음
- **나운규(羅雲奎)** : 영화감독 · 배우(1902~1937). 호는 춘사(春史). 한국 영화의 선구자로 23세 때부터 영화계에서 활약하였으며, 작품에 〈금붕어〉, 〈아리랑〉, 〈벙어리 삼룡이〉 따위가 있음
- **無題(무제)**

金宗三遺稿詩 아리랑고개 外3篇

이세상 모두가 부드럽다면
얼마나 좋을까
오랜만에 사마시는
부드러운 맥주의 거품처럼
高電壓 地帶에서 여러번 죽었다가
살아나서처럼
누구나 축복받은 사람들처럼

여름이면 누구나 맞고 다닐 수 있는
보슬비처럼
겨울이면 포근한 눈송이처럼

나는 이세상에
계속해 온 참상들을
보려고 온 사람이 아니다.
(—無題)

(『文學思想』, 1985. 3.)

- **遺稿詩(유고시)** : 죽은 사람이 생전에 써서 남긴 시 원고
- **高電壓(고전압)** : 높은 전압
- **地帶(지대)** : 자연적, 또는 인위적으로 한정된 일정 구역
- **無題(무제)** : 제목이 없음

金宗三遺稿詩 아리랑고개 外3篇
—아리랑고개

우리나라 영화의 선구자
羅雲奎가 활동사진 만들던 곳
아리랑고개,
지금은 내가 사는 동네
5번버스 노선에 속한다
오늘도 정처없이
5번버스로
아리랑고개를 넘어간다
젊은 나이에 죽은
그분을 애도하면서.

(『文學思想』, 1985. 3.)

- **遺稿詩(유고시)** : 죽은 사람이 생전에 써서 남긴 시 원고
- **아리랑고개** : 돈암 사거리를 기점으로 서쪽으로 동소문동, 동쪽으로 동선동을 지나 돈암동, 정릉길과 교차하는 아리랑시장 앞까지의 도로. 춘사 나운규는 이곳에서 촬영한 영화 〈아리랑〉을 1926년에 발표 (『성북문화원』)
- **나운규(羅雲奎)** : 영화감독 · 배우(1902~1937). 호는 춘사(春史). 한국 영화의 선구자로 23세 때부터 영화계에서 활약하였으며, 작품에 〈금붕어〉, 〈아리랑〉, 〈벙어리 삼룡이〉 따위가 있음

『김종삼 전집』 시

또 어디였던가

걷고 있다 어느 古宮 담장옆을

옛 고향땅
녹음이 짙어가던 崇實中學과
崇實專門 校庭과
崇義女高 뜨락
장미 꽃포기들의 사이 길을

흰 구름 떠 있던
光成高普
正義女高 담장옆을
酒岩山 그림자가 드리워진
대동강 상류쪽을

또 어디였던가.

(출처 미상, 『김종삼전집』, 나남, 2005)

- **古宮(고궁)**
- **崇實中學(숭실중학)** : 1897년 미국 북장로교 선교사 베어드(W. M. Baird, 한국어 이름 배위량)가 평양 신양리 26번지 사택 사랑방에서 13명의 학생으로 개교. 1901년 평양 신양리 39번지에 2층 한옥교사와 기숙사를 신축하여 이전하고 교명을 숭실학당(崇實學堂)으로 정함. 1915년 조선총독부가 사립학교교칙을 제정하여 성경과목을 교수하지 못하게 하였으나 이에 굴하지 않고 고등보통학교 인가를 거부하고 숭실학교로 존속. 1919년 서울에서 밀송한 독립선언문을 본교 기계창에서 3천매 인쇄하여 평양 독립만세 시위 군중에게 배포. 1938년 신사참배거부로 강제 폐교(『숭실중학교』)
- **崇實專門(숭실전문)** : 1897년 평안남도 평양부 신양동에서 개교한 숭실학당(현 평양직할시 중구역 보통문동)은 1900년에 정식 중등교육을 실시하고, 1905년 대학부 설치로 한반도에서 최초의 고등교육 실시. 1912년 조선총독부 학무국이 학교 인가를 했으나, 1925년 대조선 교육방침(문화통치)으로 숭실대학의 격을 전문학교로 낮춤. 1938년 일제 신사참배에 반대한 숭실전문학교는 자진 폐교 결정(『위키백과』)
- **校庭(교정)** : 학교의 마당이나 운동장.
- **崇義女高(숭의여고)** : 1903년 미국 북장로회 선교부 마펫(S. A. Moffett, 한국어 이름 마포삼열) 선교사가 평양에서 숭의여학교로 설립. 1938년 일제 신사참배 강요에 불복하여 폐교(『한국민족문화대백과』)
- **光成高普(광성고보)** : 김종삼이 나온 학교. 1894년 평양에서 홀 선교사(Rev. William James Hall M. D)가 기독교 선교와 교육을 위한 사숙으로 창립. 1903년 선교사 문요한 박사(Dr. John Z. Moore)가 평양성 서문밖 가맛골에 2층 양옥으로 격물학당 (格物學堂)을 건립. 1918년 사립 광성 고등보통학교로 인가를 받음. 1921년 평양 경창리에 교사 및 기숙사 준공(『한국민족문화대백과』)
- **正義女高(정의여고)** : 1896년 매티 노블(Mattie W. Noble)을 비롯한 미국 감리교 선교부가 평양에 세운 중등 수준의 기독교계 여자사립학교. 1899년 북감리교 선교사 폴웰(Mrs. E. Douglas Follwell)이 선교부의 여자교육 사업을 이어받아 정의여학교로 운영. 제1차 조선교육령에 의거해 1918년 정의여자고등보통학교로 인가. 1938년 제3차 조선교육령에 따라 정의고등여학교로 명칭을 변경(『한국민족문화대백과』)
- **酒岩山(주암산)** : 평양 근교에 위치한 산(『위키백과』)

음악

볼프강 아마데우스 모짜르트의
아름다운 플루트 협주곡이
녹음이 짙어가는
초여름 햇볕 속에
어느 산간 지방에
어느 고원지대에
가난하여도 착하게 사는 이들 사이에
떠 오르고 있다
빛나고 있다
이런 때면 인간에게 불멸의 광명이라는
것이 무엇인가를
조그마치라도 알아 낼 수는 없지만
그저, 상쾌하기만 하다.

(출처 미상, 『김종삼전집』, 나남, 2005)

• **볼프강 아마데우스 모짜르트**: 볼프강 아마데우스 모차르트(Wolfgang Amadeus Mozart, 1756~1791). 오스트리아의 작곡가. 하이든과 18세기의 빈 고전파를 대표하는 한 사람. 고전파의 양식을 확립. 40여 곡의 교향곡, 각종 협주곡, 가곡, 피아노곡, 실내악, 종교곡이 있으며, 오페라 〈피가로의 결혼〉, 〈돈조반니〉, 〈마적〉 따위가 있음

• **플루트 협주곡**: 모차르트가 1777년 말에서 1778년 초에 걸쳐 만하임에서 작곡한 일련의 플루트 곡. 만하임에서 모차르트는 네덜란드의 부유한 음악애호가인 드장의 의뢰로 '플루트 협주곡'을 두 곡, '플루트 4중주곡'을 세 곡 썼음. 그 중 〈플루트 협주곡 제1번 G장조〉는 〈플루트 4중주곡 제1번 D장조〉와 더불어 플루트의 매력을 가장 잘 살려낸 명작으로 평가받음(『네이버 지식백과-클래식 명곡 명연주』)

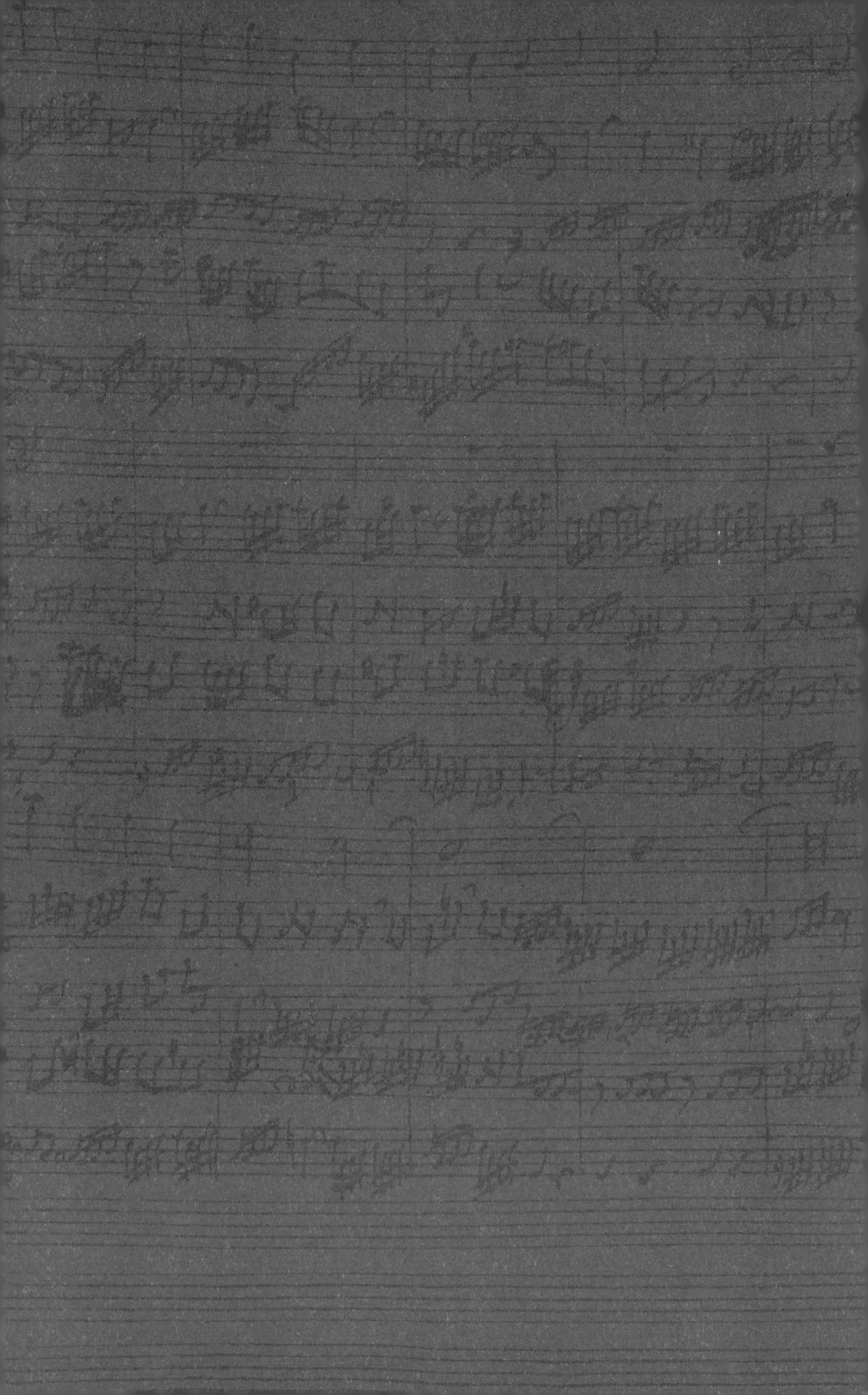

2부

산문

김광림金光林 1) 시집詩集 『상심(傷心)하는 접목(接木)』

시작(試作)되는 현대시(現代詩)가 꼼짝할수 없이 부닥친 난점(難點)이 시집(詩集) 『상심(傷心)하는 접목(接木)』에서 규명되고 있는 듯싶다

완전(完全)한 작품(作品)으로서 현대시(現代詩)가 만들어질수 있는 무리없는 과굴(過屈)[2]을 누가 거치어 왔는지 의문시(疑問視)되기때문이다 시작(詩作)하는 사람으로서 모든 지식(知識)이 겸비되었다 할지라도 평범한 노력(努力)으로써는 좀체로 현대시(現代詩)가 부닥친 이 중첩(重疊)한 난점(難點)을 극복해 내기가 어려운 것이다

이시인(詩人)(김광림(金光林))은 일찌기 보지못한 『메타포』의 묘기(妙技)를 살린 새로운시도(試圖)를하고 있다

이러한 실험(實驗)은 흔히 제이의적(第二義的)인 시적가치(詩的價値)에 편중(偏重)하는데 그치기 쉬운것인데 그는 찾아보기 어려운 서정(抒情)의 비평정신(批評精神)에 입각하여 이와같은 지난한 실험을 무난히 성공적(成功的)인 방향(方向)으로 이끌어가고있다

육이오(六 · 二五)이후 군인으로서 실천(實踐)의 경험(經驗)을 가진 그는 남다른 처절한 경험을 독특한 압축된 서정(抒情)의 테두리 안에서 살려 가면서 젊은 세대(世代)의 대변인(代辯人)으로서의 역할(役割)을 진지(眞摯)하게 추구(追求)하였다

(『서울신문』, 1959. 11. 25.)

---

1) 김광림(金光林) 金光林(김광림, 1929~) : 시인. 함남 원산 출생. 1942년부터 각지를 편력, 면학하고 시를 씀. 1948년 연합신문의 『민중 문화』동인으로 시를 발표. 6 · 25전쟁이 발발하자 군 입대 참전, 군정 업무에 종사하고 1956년 제대, 월간 『자유세계』,『주부생활』 편집, 1957년 전봉건 · 김종삼과 더불어 시집 『전쟁과 음악과 희망』출간(『인명사전』)

2) 지나치게 굽힘

적(吊)[1]! 차근호(車根鎬)[2] 형(兄)

처음 차형(車兄)이 약을 먹었다는 말을 들었을때 나는 농담이라고 생각했다. 그처럼 의욕에 불타던 사람이 설계하던 그일들에 침식을 잊고 열중했던사람이 차마약을 먹을수야 있겠는가 도시 믿기지않는 얘기였다.

그러나 그는 약을 먹었고 인사불성(人事不省)으로 「림보」[3]의 경지를방황하던 사흘후엔 불귀(不歸)의 황천객이 되고야말았다.

자살(自殺)은 설명(說明)할수없는것이다.

더욱이나 친구의죽음을 앞에두고 이제 여기서 무슨말을 하여야좋은가.

아직도 그가 죽었다는 생각은 공소한 기억처럼 머리에 머물어있을뿐 스며드는 슬프ㅁ[4] 으로 익지를않는다.

그가 죽어야할이유가있는가.

아까운 조각가(彫刻家)한사람이, 인재(人才)가 빈곤한 위에 부덕(不德)하기까지한 우리예술계(藝術界)에선 한사람이 아쉬운 유능(有能)한 양식인(良識人) 한사람이 스스로 목숨을 거두어야할 이유는 무엇인가?

일밖에 모르던 강직한 그가 앞으로할 일은 너무나 많았다. 추상(抽象)에서 다시

1) 조문함
2) 차근호(車根鎬) : 1925년~1960년. 평양 미술전문학교를 졸업하고 1950년 6·25 전쟁 때 남한으로 와서 을지문덕상(乙支文德像)과 육군사관학교 화랑상(花郞像), 광주 학생탑(學生塔) 등을 조각하였음 제1회, 제2회 현대작가조각전(現代作家彫刻展) 심사위원을 하고 서라벌 예술대학 조각과 교수를 역임. 4·19 학생의거 기념탑 현상모집에 응모했다 실패한 후 자살 (「근대문화유산 조각분야 목록화 조사연구 보고서」)
3) 고성소(古聖所). 1. 구약 시대의 조상들이 예수가 강생하여 세상을 구할 때까지 기다리는 곳(limbus) 2.세례를 받지 못하고 죽은 유아의 경우처럼 원죄 상태로 죽었으나 죄를 지은 적이 없는 사람들이 머무르는 곳
4) '슬픔' 의 오기인 듯

진지한 구상(構想)으로 자세(姿勢)를 바꾸려는 노력(努力)을 그의 주변에서 흐무ㅅ[5] 이 보아오던 우리들의 희열(喜悅)은 하루아침에 사라져간 꿈이란 말인가?

다시 그의 음성을 드ㄷ기[6] 어려워지고 그와 술자리를 나눌수 없다는 사소한 슬픔에앞서 그무한(無限)한 가능성(可能性)을 약속해주던젊은 예술가의 손과가슴을 한꺼번에 잃어버렸다는 분노가 치민다.

철저하게 위선을배격하던 그가 사기(死期)를 잘못지ㅍ어 마치상업조각(商業彫刻)에 목숨을건 위인(爲人)처럼 기억되는것이친구들에게는 제일커다란 슬픔인것이다.

세속적인것에 초연하려다 마침내 그집요한 세속의 함정에 빠지고만 불운(不運)한예술가(藝術家)의 영전(靈前)에 나는항의(抗議)하고싶다.

『왜 너절한 사이비예술품(似而非藝術作品)이 범람하는 이예술이전(藝術以前)의 풍토(風土)에서 귀족적(貴族的)인 망명(亡命)을 했느냐』고

(詩人)
(『平和新聞』, 1960. 12. 23.)

5) '흐뭇'의 오기인 듯
6) '듣기'의 오기인 듯

선의(善意)에찬 구름 줄기만이

얼마전에 H씨(氏)로 부터 뜻하지 않은 편지를 받았으므로 다음과 같이 답장을 적어 보냈다.

H귀하

오래간만에 소식을 알겠읍니다. 언젠가는 잊어졌던 이름 모를 첨단의 열매처럼 선명하게 비치이는 귀하의 반영이었읍니다. 그리고 귀하의 편지는 좀처럼 보기 드믄 정신면에 놓여지는 유일한 선물이 되었읍니다.

귀하는 지금 도시의 조각난 생활을 청산하시고 시골의 일각 (一角)인 보육원 보모의 직분으로써 밖앗 울타리를 쌓아셨다니 나의 선의(善意)의 찬 구름줄기만이 그 쪽을 경유(徑由)할 뿐입니다.

서로 백리이상의 사이를 두자는 귀하가 가로막듯이 지금 귀하는 검소한 섭리만을 일삼는 귀하의 안광(眼光)에 나는 지배되고 있는것만 같읍니다. 귀하의 뜻이 그러하듯이 세상을 다시 자라려는 숭고하게 보여지는 소녀로 보여지기 때문입니다.

앞으로는 귀하가 지금 기거하고 있는 그 변두리엔 마치 미지에 속하는 어느때엔 쌓이어지고 쌓여졌던 낙엽들은 바람이 일면 밀리어가다가는 몇번이구 빵그르 돌았다는 소식 밖에는 없겠지요. 이는 의연(毅然)해 지려는 인간들의 환상의 한토막인지도 모르겠읍니다.

귀하가 써 보낸 편지가 그러하듯이 가끔 날씨가 풀리려는 따시한 가장자리에 흐리는 애조(哀調) 따위를 초월 해야만 한다는 귀하의 사연을 동조 하렵니다.

그렇게 다감 하시었던 귀하를 한번만이라고[1] 모호 하게나마 확실하게 한번만이라도 대해 보고 싶은 심정이 둔주(遁走)하고 있는 것입니다. 그즈음엔 마음이 왜 그리 자꾸만 바빠 졌는지 모두가 귀하의 탓이었읍니다.

그때의 귀하는 구원 받지 못할 악령의 미태이었읍니다. 지금은 경건한 마음으로 이끼가 끼이기 일수인 돌에 귀하가 색여지듯이 가중(加重)되어 가는 경건한 마음의 태세를 가추려는 것입니다.

생각 해 보면 우리들도 시시 각각으로 어긋나기 쉬었던 인간들간(間)에 변모(變貌)이었던 것이었읍니다.

그때의 귀하는 항상 나와는 정 반대되는 의견들이 많았던 것입니다.

한 예를 들면 음악 다방이랍시구 드러앉으면 한쪽은 평범하여서 좋은 실내악이라도 듣고 싶다면 귀하는 곧 실증나기 쉬운 사치한 랑만 아류의 무슨 오페라 가운데 발취곡이니 소리 높은 아리아곡 같은 것을 즐겨듣는 습성이었읍니다. 귀하하군 도무지 취미도 생활 감정도 동 떠러져 있었으므로 다투기도 많이 하였던 것입니다. 그러면서도 사년이라는 세월을 두고 자주 만나다시피 하였던 것은 서로 연모하는 사이는 아니였건만 만나지지 않는 날이면 귀하는 연모의 대상 이었읍니다. 그런 날이면 귀하가 안타까히 그리워지는 것이었읍니다. 그러다가도 만나지면 별 것 없는 이성을 등진 사람들 같이 원상복구가 되는 것이었읍니다.

그때는 귀하를 H씨(氏)사로[2] 하였읍니다.

어떤날 갑자기 요사스러운 게집 〈여신(女神)〉이 웃는 꼴을 나는 똑똑히 보았던 것입니다. 그것은 바로 지금의 귀하였지요. 어떤 중년신사와 함께 귀하는 생긴 그대로의 알맞는 차림이 었고 말쑥하게 가꾸어진 하이어는 대로를 미끄러지듯이 지나갔던 것이었읍니다.

그로부터 귀하는 한동안 보이지 않았던 것이었읍니다. 얼마간 지나간 후에 만나지면 나를 무척 반겨주었던것 이었읍니다. 몇번이구 한동안 보이지 않다가는 나타나는 것입니다. 그럴때마다 나는 고급한 소비면으로 귀하에게 끌리어 갔던 것이었읍니다.

1) '한번만이라도'의 오기인 듯
2) 무슨 뜻인지 알 수 없음

시골에 다녀 왔으니 한턱 한다는 것이었지만 그럴수록 미심스러운 귀하를 놓치지 않으려고 귀하를 저주하고 미워했던 것이었읍니다.

아니나 다를까 그후 무교동쪽을 지나려니까 그날밤 나는 조곰전에 귀하와 헤여지고 집으로 도라가는 참이였지요.

귀하는(자)짜가 달린 찝차를 타려는 것이었읍니다. 나는 찝차안을 들여다 보고 서슴치 않고 만류하였던 것이었읍니다. 찝차 뒷자리엔 사자(使者)일까?의[3] 한 사나이와 어디에서 본 기억이 있는 한 여인이 앉아 있었고 귀하가 그 여인보다는 잘생긴 탓인지 귀하가 앉을 앞자리가 비어 있었던 것이었읍니다. 그때의 나는 다시 한번 귀하에게 타인으로써 탄원하듯이 내려 달라고 말했던 것입니다. 찝차 안에 세사람은 나를 없애 버릴듯이 노려보고 있었고 귀하는 굳이 내리지 않았던 것이었읍니다.

그후 귀하를 만났을 때 귀하는 싸늘한 미소를 띄고 있지 않았읍니까.

나는 그때 귀하의 손을 처음으로 가벼히 잡아 보았던 것이었읍니다. 귀하는 가벼히 잡힌 손을 한참 동안이나 그대로 내버려 두었던 것입니다.

결별이었던 것입니다.

이 편지를 쓰면서 마침 어떤 옛사람의 얘기 한줄이 생각 납니다.

하나의 일출(日出)이 또 하나의 일출(日出)을 바라 보듯이—.

(成耆兆 엮음, 『사랑의 구름다리』, 現代社, 1960.)

---

3) '의'는 빼야 뜻이 통함

작가(作家)는 말한다
—의미(意味)의 백서(白書)

멀리 아물거리는 아지랑이, 자라나는 꽃순들, 바람이 일지않는 봄의 갈앉은 속삭임들. 그러한 자연의 온갖 사상(事象)들은 나의 안막(眼幕)에 와 닿는다.

나는 사진사(寫眞師)처럼 그러한 아무도 봐주지 않는 토막풍경(風景)들의 「샷터」를 눌러서 마구 팔아먹는 요새 시인(詩人)들의 그릇된 버릇들을 노상 고약하게 생각해 내려오는 터이나 시단(詩壇)의 「헤게모니」는 우리들의 경우에 있어서 더욱이 이 고약한 풍속(風俗) 속에 누적(累積)되어 가는 것이니 이것은 비단 내 혼자만의 탄식(歎息)은 아닐 것이다.

어쨌든 나는 자연(自然)을 복사(複寫)해 버리는 낡은 사진사(寫眞師)들의 틈바구니에 끼어서 그래도 시(詩)랍시고 몇 줄의 글을 써 왔던 경력(經歷)을 몹시 부끄럽게 생각하고는 있다뿐이지 그 이상 별수를 내지 못했으니 또 별수없이 이 시작(詩作)노오트에 손을 대게 된 셈이다.

어쨌든 노동(勞動)의 뒤에 오는 휴식(休息)을 찾아 나는 인적(人跡)없는 오솔길을 더듬어 걸어가며 유럽에서 건너온 꼬직식(式) 건물(建物)들이 보이는 수풀 그 속을 재재거리며 넘나드는 이름 모를 산(山)새들의 지저귀는 시간(時間)을 거닐면서 나의 마음의 행복(幸福)과 「이미쥐」의 방적(紡績)을 짜보는 것을 나의 정신(精神)의 정리(整理)라고 생각하고 그러한 나의 소위(所爲)를 몹시 사랑하고 있다.

「바레리」는 개아(個我)와 타아(他我)가 제 각기 지니는 정신면(精神面)의 제현상(諸現象)을 조절(調節)하는 정신(精神)의 기능(機能)을 정신(精神)의 정치학(政治學)이라는 분야(分野)에서 해결(解決)지으려고 하지만 나는 그와 같이 위대(偉大)한 시인(詩人)이 아니어서 그런지 개아(個我)와 타아(他我)가 벗어지고 서로 얽혀져서 혼잡(混雜)을 이루는 시(詩)

의 잡답(雜踏) 속에서 언제나 한 발자욱 물러서서 나의 시(詩)의 경내(境內)에서 나의 이미쥐의 관조(觀照)에 시간(時間)을 보내기를 더 소중(所重)히 여기고 있는 것이 사실(事實)이다.

이러한 방향(方向)으로 나를 밀어주는 동기(動機)가 나의 정신생리상(精神生理上)의 소치(所致)라 하겠으나 어쨌든 나는 소란(騷亂)스런 그릇(용기(容器)) 속에서 물결처럼 흔들리는 과정(過程)에서 내가 닦고 있는 언어(言語)에 때가 묻어버리면 큰일이라고 생각하는 일종(一種)의 「퓨리탄」에 속(屬)하는 것이 사실(事實)이다.

모처럼 애써서 키운 나의 몇 줄의 언어(言語)가 떠들어대는 뭇 시인(詩人)들과 평가(評家)들 사이에 무자비(無慈悲)한 발꿈치에 짓밟혀 먼지를 뒤집어 쓰고 있거나 혹은 다쳐서 숨을 거두고 있거나 하는 춘사(椿事)가 일어난다면 나의 시(詩)는 아주 병신(病身)이 될 것이 몹시 두려운 것이다.

나는 「리르케」가 말한—새로운 언어(言語) 개념(概念)에 대해서 경건(敬虔)히 머리를 수그리는 기쁨을 오늘에 이르기까지도 잊어버리지는 않고 있다.

그는 말하기를 새로운 언어(言語)란 언어(言語)의 도끼가 아직도 들어가 보지 못한 깊은 수림(樹林) 속에서 홀로 숨쉬고 있다고 말했다.

말하자면 함부로 지껄이는 언어(言語)들은 대개가 아름다운 정신(精神)을 찍어서 불 태워 버리는 이른바 언어(言語)의 도끼와 같은 수단(手段)에 지나지 않으므로 그와 같은 언어(言語) 속에는 새로운 말이라는 것이 없다는게 우리들의 「라이나·마리아·리르케」의 지론(持論)이다.

여기서 언어(言語)의 도끼라고 「리르케」가 쓰고 있는 「리르케」의 비유(比喩)가 도끼와 같은 언어(言語)라는 뜻임은 구태여 주석(註釋)을 붙일 것도 없으리라.

아닌게 아니라 새로운 경지(境地)로서의 새로운 시(詩)의 언어(言語)라는 것이 참새와 같이 지저귀는 언어(言語)의 때묻은 집단(集團)의 소란(騷亂) 속에는 없을 것이 분명(分明)하다.

만약에 있다고 우기는 사람이 있다면 그것은 이미 낡아버린 언어(言語) 속에 시드른 말들을 새로운 것이라고 생각하는 개념상(概念上)의 착오(錯誤)에서 저질러지는 이외(以外)에 그 아무것도 아닐 것이다.

그러기에 「리르케」는 자기의 사랑하는 「크라라·리르케」와도 헤어져 (물론(勿論)로당의 비서(秘書)도 집어치우고) 고풍(古風)한 성벽(城壁) 속에서 새 움이 트이려는 역사(歷史)의 소리에 귀를 기울여 가면서 홀로 촛불 밑으로 모여오는 아무도 발견(發見)해 보지 못하고 또한 맞이해 본 일 없는 언어(言語)들과 이야기를 주고 받으며 때로는 그들을 쓰다듬어 가면서 그의 만년(晩年)을 보냈던 것이다.

어떤 의미(意味)에서 시(詩)는 사랑의 손길이 오고 가는 아지랑이의 세계(世界)처럼 시인(詩人)의 안막(眼幕)에 내려와 앉는 나비인지도 모르는 것이다.

어쨌든 장미(薔薇)의 가지에 찔리운 것이 도화선(導火線)이 되어 드디어 죽어버린 시인(詩人) 「리르케」의 지론(持論)은 나의 시작상(詩作上)의 좌우명(座右銘)이기도 하다.

나는 위에서 말한 바와 같이 고풍(古風)한 꼬직식건물(式建物)들이 수풀 사이로 띄엄띄엄 바라다 보이는 언덕길에서 교회(教會)의 종(鐘)소리가 나의 「이미쥐」의 파장(波長)을 쳐오면 거기서 노니는 어린것들과 그들이 재잘거리는 세계(世界)에 꽃씨를 뿌리는 원정(園丁)과도 같이 무엇인가 꿈꾸어 보는 것이다.

그 꿈 위에 내가 놓아주는 한떨기의 꽃다발 〈의미(意味)의 세계(世界)〉 그것이 나에게 있어서 버릴 수 없는 시(詩)의 세계(世界)임을 나는 이러한 기회(機會)에 고백(告白)하고저 함에 있어 조곰도 주저하고 싶지는 않다.

봄이 오고 하늘을 날으는 새들이 나에게 자유(自由)를 자랑한다는 것은 나에게 시(詩)의 세계(世界)의 문(門)을 두드리라는 경고(警告)인 것이다.

봄이 이와 같이 나의 시작(詩作)의 태만(怠慢)에 경고(警告)를 주는 계절(季節)이라면 겨울의 설경(雪景)은 나에게 「아라비안·나잇」의 야화(夜話)와 동심(童心)을 운수(運輸)해주는 싼타·크로즈 할아버지인지도 모른다. 우거진 수풀의 여름을 돌아서 가을에 직면(直面)하면 나는 나의 세월(歲月)에 주름이 잡히는 낙조(落照)의 세계(世界) 「씨네·포엠」의 기록(記錄)을 읽으면서 우수(憂愁)에 잠기는 것이다.

나의 시(詩)는 이와 같이 춘하추동(春夏秋冬) 사절(四節)을 한결같이 나의 의미(意味)의 궤도(軌道)를 한 발자욱도 벗어남이 없이 걸어가며 일종(一種)의 불가항력성(不可抗力性)을 어쩔 수 없이 지니고 있는 것이다.

피어난 꽃은 이읏고 지리지 우리 무엇을 또 이야기하랴—나는, 그러한 류(流)의 무상(無常)이나 반(反) 유럽적(的)인 허무(虛無)와는 관계(關係)없이 나의 류(流)의 의미(意味)를 사랑하면서 그것을 원정(園丁)처럼 가꾸며 정신(精神)의 자외선(紫外線)을 그것들에게 비쳐주면서 죽는 날까지 이 작업(作業)을 계속하겠다는 것이 말하자면 나의 신조(信條)라 하겠다.

만유애(萬有愛)와도 절연(絕緣)된 나의 의미(意味)의 백서(白書) 위에 노니는 이미쥐의 어린이들, 환상(幻想)의 영토(領土)에 자라나는 식물(植物)들, 그것은 나의 귀중(貴重)한 시(詩)의 소재(素材)들이다.

略歷 一九二二年 平南平壤出生, 日本東京 文化學院 文學科二年中退, 舞臺生活多年間(演出部의 일을 보다), 韓國詩人協會會員

主要作品「G마이나」「돌각담」「園丁」「다리밑」「해가 머물러 있다」「드빗시山莊 부근」「十二音階의 層層臺」

住所 서울特別市鍾路區都染洞五三

(『韓國戰後問題詩集』, 新丘文化社, 1961.)

신화세계(神話世界)에의 향수(鄕愁)—「흑인(黑人)올훼」

「아카데미」 수상작품(受賞作品)이니 수상자거장(受賞者巨匠)감독 누구니수상명우(受賞名優)아무개니 떠들썩함을흔히보아왔고 그부류(部類)의 사람들의 「필름」을많이보아왔다 그러나 볼때뿐이지 보고나와서 아무리 명작물(名作物)이라고하여도화장실(化粧室)에한번 다녀 나오면 그만이었다 보고난 단상(短想)이나마남는것이없다는것이다

그러나 이처음 대하는이름도없는 흑인(黑人) 배우들은 언제토록잊혀지지 않는나의자매(姉妹) 가된것이다

「테마」라는것은대수롭지 않은희랍신화중(希臘神話中)의 「올훼」와그의애인(愛人) 「유리디스」의 이야기를 현대적(現代的)인신화(神話)로 꾸며 놓았을뿐이다 이러한「테마」를가지고 편견(偏見)으로왜곡(歪曲)되기쉬운백인(白人)들에게로가져가지않고 인류중(人類中) 에서 가장 도외시(度外視)되어있는 흑인(黑人)들의 생태(生態)속에 가져갔다는것이 이영화(映畵)의중요(重要)한「포인트」이다

이것을「미ᄀ스」[1)]

한이름없는 감독(監督)「마르세르·까뮤」[2)]는 평범(平凡)한 가운데 아무런 긴장(誇張)도 없이 그러면서도 인색치않게 각(各)상황을 설정(設定)한점(點)이 무한(無限)한 감명(感銘)을 준다

고달픈 인간(人間)들이 풍기는 「톤」이고기복(起伏)이고 상징(象徵)이기때문에남미(南美)어느 항구도시(港口都市)의 흑인부락(黑人部落) 그곳에 사는 흑인(黑人)들에게는현대문

1) 믹스(Mix), 섞음, 혼합

2) 마르셀 카뮈(Marcel Camus, 1912~1982), 프랑스 영화 감독. 1959년 칸 영화제에서 황금종려상을 수상한 『흑인 오르페우스』와 1960년 아카데미 외국어 영화상을 수상한 것으로 잘 알려짐(『위키피디아』)

명(現代文明)을눈아래내려다 보면서도 수평선(水平線)에서 떠오르는 태양(太陽)을 신화(神話)의세계(世界)에서마주보고사는것이다

이소박(素朴)한흑인(黑人)들의 생활(生活)속에 꾸며진 신화(神話)이기에 우리의 감성(感性)에파고드는것일까

연고자가 없으므로 의학도(醫學徒)들의 실험해부(實驗解剖) 용(用)으로 쓰이게 되었던 애인(愛人) 「유리디스」의시체(屍體)를 찾아들고 안도(安堵)와 행복(幸福)에젖는『흑인(黑人)「올훼」』의「라스트·신」은 언제까지나 내망막(網膜)에서사라질성싶지않다

(詩人)

(「大韓日報」, 1962. 10. 4.)

특집(特輯) · 작고문인 회고(作故文人回顧)
—피난때 연도(年度) 전봉래(全鳳來)

나의 다우(茶友) 시인(詩人) 전봉래(全鳳來)가 죽음의 뚜껑을 열고 우리완 영원(永遠)한 두절(杜絕)의 세계(世界)로 비약(飛躍)해 간지도 어언(於焉) 십여년(十餘年)의 세월(歲月)이 지나 갔다.

잊을 수도 없는 부산 피난때 스타아 다방(茶房)의 계단(階段)! 나는 그의 죽음을 뒤늦게 알고 달려갔을 때의 설레이던 가슴의 고동(鼓動)을 지금도 잊을 수가 없다.

이제 志却[1]된 그의 죽음의 십(十)여년이 흐른 뒤에 붓을 들고 보니 나는 뭉클해져 오는 가슴을 진정(鎭定)시키기 힘든다[2]

그는 흔히 있는 시단(詩壇)의 생리(生理)와는 맞지 않는 즉 자기(自己) 자신(自身)의 생존(生存)의 존속(存續)을 위해 눈이 뒤집혀 미쳐버리는 그러한 생활자(生活者)가 아니었다.

말하자면 시인(詩人)을 이마에 명함(名啣)처럼 달고 다니는 반시적(反詩的)인 상인(商人)은 아니었다.

잔잔하게 흐르는 시냇가의 목가(牧歌)와도 같이 정직(正直)한 자연(自然)의 침묵(沈默)에 귀를 기울일 줄 알았고 악(惡)의 극치(極致)에서 열리는 새로운 미학(美學)의 풍경(風景)을 그릴 줄 아는 뎃쌍을 그는 그의 시(詩)에 있어서의 하나의 체격(體格)으로 마련해 이미 소유(所有)하고 있었던 것이다.

그가 뽀오드레르의 반항(反抗)의 미학(美學)을 체득(體得)하고 바레리의 지적(知的) 투시화법(透視畵法) 속에서 시(詩)를 비치는 미적(美的) 장신술(裝身術)을 지니게 된 것은 이

1) '망각(忘却)'의 오기인 듯
2) '힘들다'의 오기인 듯

와 같은 그의 체격(體格)과 미적(美的) 쾌락(快樂)의 진미(眞味)를 아는 정신작용(精神作用)에 그 거점(據點)을 두고 있었던 것이 지금 새삼스럽게도 짐작이 간다.

시(詩)와 에고이즘의 이차원(二元論)이 빚어놓은 별개(別個)의 체취(體臭), 그것은 로오랑드·르네빌[3] 이 말한 바와도 같이 시인(詩人)이 아닌 사람에 의(依)해서 기획(企劃)된 의욕(意欲)의 불가피(不可避)한 귀속현상(歸屬現象)이었다면 우리와 같은 문단현실(文壇現實) 속에서 전봉래(全鳳來)의 죽음은 오히려 당연(當然)했을는지 모른다.

따라서 그의 죽음은 오늘날 우리 시단(詩壇)에 아직도 깊이 뿌리박고 있는 비시적(非詩的)인 시인(詩人)들의 비인간적(非人間的)인 생리(生理) 일반(一般)과는 절대(絕對) 무관(無關)한 곳에 위치(位置)하는 준벽(峻壁)의 붕괴였으며 육·이오동란(六·二五動亂)이 지닌 바 비극적(悲劇的)인 성격(性格)의 소산(所産)이 아닐 수 없다.

이러한 의미(意味)에서 봉래(鳳來)는 원고용지(原稿用紙) 따위에 쓰는 그러한 류(類)의 시(詩)를 쓰는 것이 아니라 가장 고귀(高貴)하고 가장 최후(最後)의 유작(遺作)이라고 일컬을 만한 죽음이라는 작품(作品)을 쓴—동란이후(動亂以後) 최초(最初)이자 최후(最後)의 시인(詩人)이라고 나는 다시 한번 상기(想起)하는 것이다.

폭탄(爆彈)에 마구 불타버리는 현실(現實)과 생명(生命)을 보고서도 눈을 감고 오히려 다른 에고이즘의 위장(僞裝)을 꾸미기에 바빴던 타기(唾棄)할 만한 시인(詩人)들을 나는 아직도 역력(歷歷)하게 기억(記憶)하고 있다.

봉래(鳳來)는 그럴 수는 도저(到底)히 없었던 것이다. 그의 일선(一線) 종군(從軍)이 그의 마지막을 결의(決意)케 했다면 이유(理由)야 보는 사람에 따라서 여러가지 있을 수 있겠지만 순전(純全)히 그가 지닌 휴매니즘의 바탕과 정통적(正統的)인 시(詩)의 생리(生理)의 부하자(負荷者)였다는 데 있었다 할 것이다.

봉래(鳳來)의 죽음이 우리에게 던지는 의의(意義)는 실(實)로 이러한 각도(角度)에서 우리를 되돌아보게 하고 우리의 생리(生理)를 비치는 하나의 거울이 되게 하는데 있

3) 앙드레 롤랑 드 르네빌(André Rolland de Renéville, 1903~1962) : 프랑스의 시인·에세이스트. 1929년에 에세이 「견자(見者) 랭보」로 초현실주의자들의 주목을 받음. 그러나 초현실주의를 배격하고 신비주의 시론을 지속적으로 주장. 그가 1938년에 출간한 저작 *L'Expérience poétique, ou le Feu secret du langage*를 1943년에 오오시마 히로코오(大島博光)가 「詩的 體驗」이라는 제목의 일본어 번역본으로 펴냄(엮은이풀이)

음은 더 말할 나위도 없다.

허나 역시 남은 사람은 슬프고 간 사람의 자리는 비어 허전한 것이 어느새 우리 현실(現實)의 법칙(法則)이 되어버렸으니 얼마나 비극적(悲劇的)인 현실(現實)인가.

오늘도 시인(詩人)들은 상인(商人)처럼 먼지를 쓰고 돌아다니기에 바쁘고 발표(發表)한 작품(作品)을 읽는 독자(讀者)들 앞에서만 으젓하다.

어디서 배운 버릇일까? 결코 봉래(鳳來)는 이먼[4] 류(類)의 시인(詩人)이 아니었다. 봉래(鳳來)가 시적(詩的)인 시인(詩人)이었다는 사실(事實)은 오늘도 나로하여금 그를 잊게 하지 못하는 자물쇠가 되고 있다.

대포집에서 자기(自己)의 옷을 주파(酒婆)에게 벗어 주어 가면서 친구(親舊)들에게 술을 받아주던 공격정신(突擊精神) 그것은 위장(僞裝)과 위장(僞裝)에 쓰여지는 뭇 도구(道具)만을 인간(人間)보다 더 소중(所重)히 여기는 인간(人間)들에 대(對)한 커다란 반항(反抗)이 아니고 무엇이었으랴.

한박눈[5]이 나리는 이 밤에 봉래(鳳來)를 생각하는 나의 회상(回想)도 이제 그의 죽음과 더불어 십이(十二)년의 세월(歲月)이 흘렀고나.

이만 이 글을 막아두자.

(『現代文學』, 1963. 2.)

4) '이런'의 오기인 듯
5) '함박눈'의 오기인 듯

이 공백(空白)을

무슨 얘길 써야 할지 생각이 잘 나가지 않는다. 오매(五枚)라는 공백(空白)을 메워야 겠고 쓰고 싶지 않은 몇 마디를 두서없이 적어 보겠다.

살아 가노라면 어디서나 굴욕 따위를 맞볼 때가 있다. 그런 날이면 되건 안되건 무엇인가 그적거리고 싶었다.

무엇인가 장난삼아 그적거리고 싶다. 한동안 일과 빚에 쫓기다가 단 하루라도 휴식이 얻어지면 죽음에서 소생(蘇生)하는 찰나와 같은 맑은 공기가 주위를 감돌았다. 혈연(血緣)처럼 신선한 바람이 빰을 치는 상쾌한 기분이었다. 기독인(基督人)이면 기도할 마음이 생기듯이 나 역시 되건 안되건 무엇인가 천천히 그적거리고 싶었다. 나의 좁은 창고(倉庫) 속에서 끄집어내는 몇 줄의 메모를 나열(羅列)해 보는 것이다.

거지같이 피로했던 지난 몇 달, 몇 주(週) 동안의 자신을 정리해 보는 셈이다. 기계처럼 자신을 재정비(再整備)해 보자는 것이다. 이런 식의 연장(延長)은 끈덕진 나의 짧은 기간(期間)을 유지해 갈 것이다.

이 공백을 마저 채워 보려고 생각하다 잠에 떨어졌다.

꿈이었다.

해안(海岸)을 지나던 반짝이는 최신형(最新型)의 세이버가 추락하였다. 깜짝 놀랐다. 무수한 물거품과 화염(火焰)이 산더미처럼 몇 번이고 솟구쳤다. 조종사는 불붙은 낙하산으로 직하(直下)했다.

불붙은 그의 잔등을 꺼 주었다. 젊은 조종사는 내 손을 꼬옥 쥔 채 죽어 갔다.

그런데 앞으론 무엇을 더 써야 할 것인가?

略歷 一九二一년 平南 平壤 출생. 日本 東京 文化學院 文學科 二년 중퇴. 舞臺生活 다년간, 柳致眞씨 밑에서 演出部의 일을 봄. 韓國詩人協會 회원.

(『現代韓國文學全集 18·52人詩集』, 新丘文化社, 1967.)

수상소감(受賞所感)

소학교 때부터 낙제하기 일쑤였다. 중학에 가서도 마찬가지였다. 내 평생의 전반이었다.

휴스턴[1]보다는 스티븐 · 포스터[2]가 더 위대(偉大)하다.

쎄자르 · 프랑크[3]와 에즈라 · 파운드[4]를 경외(敬畏)하면서 아름드리 큰 나무들을 찍고 싶었다

박두진씨(朴斗鎭氏)는 시인들은 시인 부락(部落)에서 살자고 했다. 그 집들에서 울리는 못박는 소리가 즐거웠다.

나와같이 무질서한 사고(思考)의 사나이에게 상을 준다니 분에 넘친다.

(『現代詩學』 1971. 10.)

---

1) 린든 B. 존슨 우주 센터(Lyndon B. Johnson Space Center)는 미국 텍사스 주 휴스턴에 있는 우주 센터. 미국의 모든 유인 우주 계획을 총괄하는 본부로서 미국 항공우주국에서 운영. 1961년 11월 1일에 설립되어, 1964년에 미국유인우주선계획의 본부가 됨. 1969년 7월에 우주비행사들의 첫 번째 달착륙을 지휘한 이곳은 미국의 우주비행사를 훈련시키는 총본부(『위키백과』)

2) 스티븐 포스터(Stephen Collins Foster, 1826~1864) : 미국 작곡가. 미국의 전원 풍경과 남부 흑인을 소재로 많은 가곡을 작곡

3) 세자르 프랑크(César Auguste Franck, 1822~1890) : 벨기에 출신의 프랑스 작곡가 이자 오르간 연주자. 유능한 피아노 연주자였지만 오르간 연주자로 활동을 더 많이 했음. 오르간 작품은 12곡 밖에 없지만 오르간 즉흥 연주가 뛰어나 요한 세바스티안 게츠비 이래 가장 뛰어난 오르간 작곡가로 여김(『위키백과』)

4) 에즈라 파운드(Ezra Loomis Pound, 1885~1972) : 미국 시인. 1909년 영국 런던으로 건너간 뒤에는 신문학 운동의 중심인물이 되어 T. S. 엘리엇과 제임스 조이스 등을 세상에 소개. 1920년 프랑스 파리로 이사 간 뒤에는 현대 예술 전반에 혁명을 불러일으키고 있던 예술가, 음악가, 작가의 클럽에서 활동. T. E. 흄(Thomas Ernest Hulme)과 더불어 '이미지즘'을 발전시켰으며 영국 전위예술 운동 '소용돌이파(vorticism)'를 이끌었음(엮은이풀이)

먼「시인(詩人)의 영역(領域)」

고향

예수는 어떻게 살아갔으며 어떻게 죽었을까
죽을 때엔 뭐라고 하였을까

흘러가는 요단의 물결과
하늘나라가 그의 고향이었을까 철따라
옮아다니는 고운 소릴 내일줄 아는 새들이었을까
저물어가는 잔잔한 물결이었을까

앞에 내놓은 〈고향〉이란 글은 죽은 파운드랄까, 포레의 〈레큐엠〉에서 얻은 넋두리이다. 나는 결코 신(神)의 존재(存在)를 믿지 못하는 터이지만 그러나 예수에 대한 궁금증과 관심을 억누를 수는 없었다.

내가 무신론자인지만치 신(神)의 아들로서의 예수가 아니라 선량하고 고민하는 한 인간으로서의 예수를 생각해 보고 싶었던 것이다.

그러나 나처럼 선량하지 못한 자가 선량의 극(極)에 이르렀던 예수를 생각해 보려던 것이 잘못이었을까.

역시 〈고향〉도 나의 다른 스케치들이 그렇듯이 미완성 스케치로 끝나 버린 느낌이다.

송구스럽다.

내가 지금까지 소위「시작(詩作)」이란 것을 해오면서 지니고 있는 한 가지 변함 없는 소신(所信)은「시(詩)란 그것을 보는 편에서, 쉽게 씌어진 듯이 쉽게 읽힐 수 있는 것이라야 한다」는 것이다.

나는 시론(詩論)이란 것을 못 쓴다. 써 봤자 객설(客說)이 되기 십상일 테니까.

또 나는 시인(詩人)이라고 자처해 본 적이 단 한 번도 없다. 굳이 꼬집어 말한다면 시론(詩論)나부랑이를 중얼댈 형편이 못되는「엉터리 시인(詩人)」이라고나 할까.

스스로 반성할진대「시인(詩人)의 영역(領域)」에 도달하기엔 터무니없는 인간인 때문인지도 모른다.

시(詩)란 무엇인가? 나는 이 어려운 문제에 답하기보다 내가 시를 쓰는 모티브를 말하고자 한다. 나는 살아가다가「불쾌」해지거나,「노여움」을 느낄 때 바로 시를 쓰고 싶어진다. 시(詩)를 일단 쓰기 시작하면 어휘선택에 지독하게 신경을 쓰며 골머리를 앓지만 써 놓고 난 뒤엔 역시「작품(作品)」이니「시(詩)」니 할 만하지가 못하기 십상이다. 그래서 나는 시(詩)를 한「편(篇)」두「편(篇)」하고 따지지를 못한다. 쓰고 난 뒤엔 한낱「물건」으로 타락해 버리기 때문이다.

그래서 나는 내가 쓴 것들을 한「개」두「개」라고 셈할 수밖에 없다. 내 처녀작(?)이라 할 수 있는 것을 써 내놓은 것은 6 · 25직전, 내가 서른을 갓 넘었을 때 쓴 것으로 〈돌각담〉이 있다. 지금까지 쓴 1백여 개 가운데서 이 〈돌각담〉 〈앙포르멜〉 〈드뷔시 산장부근〉등 3, 4개 정도가 고작 내 마음에 찬다고 할 수 있을까?

내가 시작(詩作)에 임할 때 내게 뮤즈 구실을 해주는 네 요소(要素)가 있다.

명곡(名曲) 〈목신의 오후(午後)〉의 작사자인 스테판 말라르메[1]의 준엄한 채찍질 화가(畵家) 반 고호[2]의 광기(狂氣)어린, 열정(熱情), 불란서의 건달 장폴 사르트르[3]의 풍자와 아이러니칼한 요설(饒舌), 프랑스악단(樂團)의 세자르 프랑크[4]의 고전적(古典的) 체취—이들이 곧 나를 도취시키고, 고무하고, 채찍질하고, 시(詩)를 사랑하게 하고, 쓰게 하는 힘이다.

스테판 말라르메가 그러했듯이 시(詩)는 소박하고, 더부룩해야 하고 또 무엇보다도 거짓말이 끼여들지 않아야겠다.

그러나 나 자신은 참말 거짓을 갖지 않고 있는가? 아니다, 나 자신도 거짓에 잠겨 있고 그 거짓에 사로잡혀 고역(苦役)을 치르고 있다.

때문에 내가 쓴 시(詩)가 참으로 시(詩)의 경지에 이르질 못하는 것이 아니겠는가.

시인(詩人)의 참 자세는 남대문(南大門)시장에서 포목장사를 하더라도 거짓부렁 없이 물건을 팔 수 있어야 된다고 믿는다. 그러나……

공연히 시인(詩人)을 자처하는 자(者)들이 영탄조의 노래를 읊조리거나, 자기 과장의 목소리로 수다를 떠는 것을 보면 메슥메슥해서 견디기 어렵다. 시(詩)가 영탄이나, 허영의 소리여서는, 또 자기 합리화의 수단이어서는 안된다고 믿는다.

이미 내 나이 쉰 셋. 시(詩)는 쉽사리 잡히지 않고「시인(詩人)의 영역」은 아주 먼곳에, 결코 도달할 수 없이 먼곳에 있다는 느낌뿐이다……

(『文學思想』, 1973. 3.)

---

1) 말라르메(Mallarmé, Stéphane, 1842~1898). 프랑스의 시인. 그의 살롱인 화요회(火曜會)에서 지드, 클로델, 발레리 등 20세기 초의 대표적 문학가들이 태어났음. 작품에 『목신(牧神)의 오후』『주사위 던지기』 따위가 있음

2) 빈센트 반 고흐(Vincent Willem van Gogh, 1853~1890). 네덜란드의 후기 인상주의 작가. 선명한 색채와 정서적인 감화로 20세기 미술에 지대한 영향을 끼침. 작품에「감자를 먹는 사람」,「해바라기」,「자화상」 따위가 있음

3) 장 폴 사르트르(Sartre, Jean paul, 1905-1980). 프랑스의 현대 철학자, 작가, 실존주의사상의 대표자 중 한 명. 그의 대표저서인『존재와 무』는 인간의식의 현상학적 분석으로부터 출발함

4) 세자르 프랑크(César Auguste Franck, 1822~1890). 벨기에 출신의 프랑스 작곡가이자 오르간 연주자. 유능한 피아노 연주자였지만 오르간 연주자로 활동을 더 많이 했음. 오르간 작품은 12곡 밖에 없지만 오르간 즉흥 연주가 뛰어나 요한 세바스티안 바흐 이래 가장 뛰어난 오르간 작곡가로 여김(『 위키백과』)

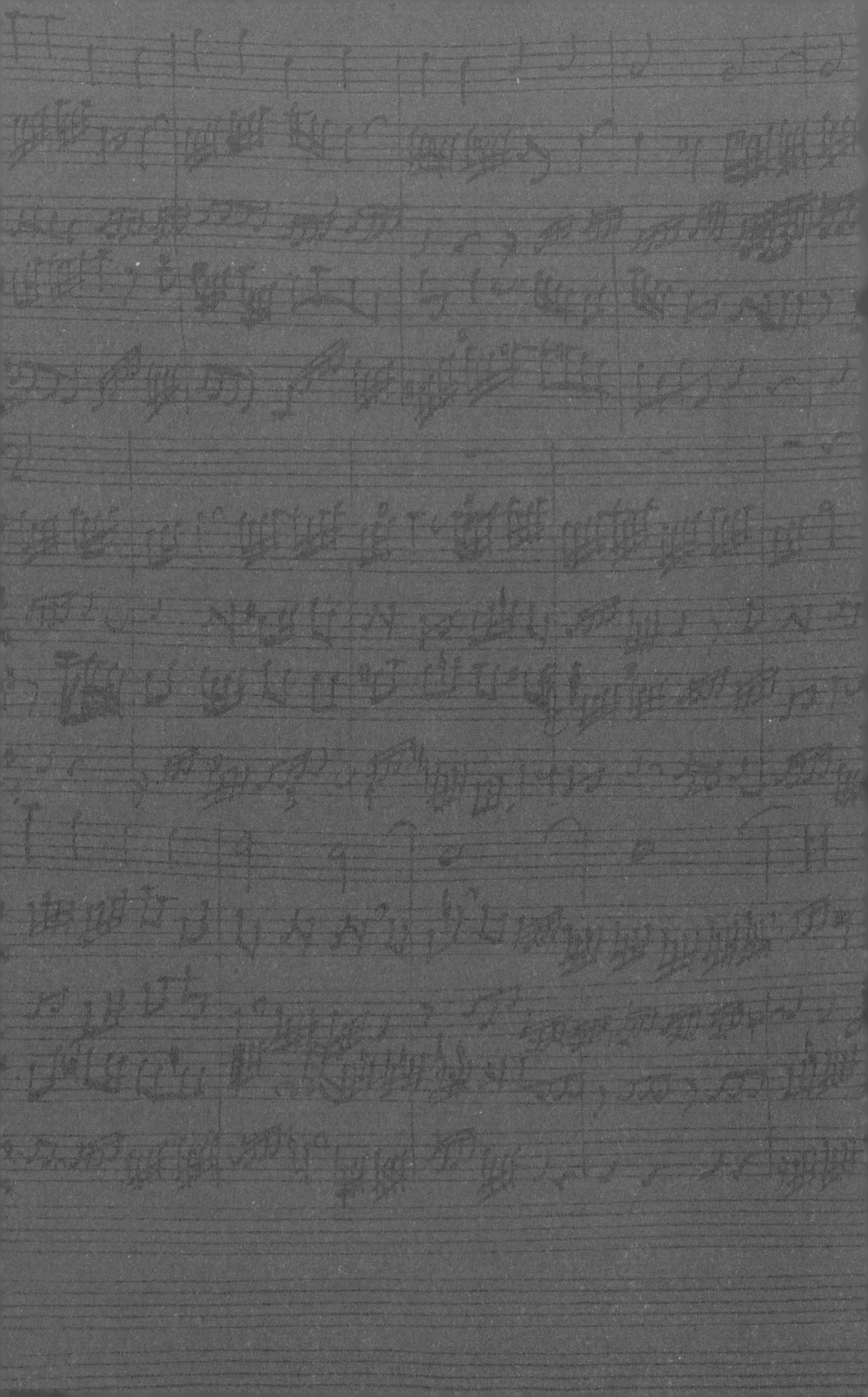

3부

당대평론

이활(李活), 「시집(詩集) 전쟁과 음악(音樂)과 희망(希望)과」

「○★ 시집(詩集)★ ……………… ○

전쟁(戰爭)과 음악(音樂)과 희망(希望)과

○ ………………………… ○

세개의 명사(名詞)와 (전 쟁(戰爭) · 음악(音樂) · 희망(希望)) 세날의 DNA(과)가하나의 합성어(合成語)로서 안내(案內)되는 시(詩)의 「애쓰푸리」의지대(地帶) 거기에핀 아름다운꽃이름들을 나는 하나 하나 설명(說明)할 나의 강당(講堂)은 없다

김종삼씨(金宗三氏)의 작품(作品)이 가지는 「이메—지」의 「레—루[1]」가 적소(謫所)에 세우고 있는 언어(言語)의 스테이슌(포인트)은 「그리운 아니 · 로 · 리」에서 거의 전형적(典型的)으로나타나고 있다

다만 이 시(詩)가 어떠한 사람에게도 「오부제—」에 가까운 미소(微笑)를 자아내게 하고있는 아름다운 마술(魔術)의 소재(所在)가있다는 그것은 아마도「이메—지」의 「레-루」에 씌어진 원재(原材)가 철재(鐵材)가 아니라 어떻게 보면 목재(木材)로 재미있게 꾸며진 궤도(軌道)인때문인지도 모른다

씨(氏)는 허위(虛僞)의 사마귀를 꼬집는진실(眞實)의 곡예(曲藝)에서 시(詩)의소재(素材)를 가져온다는 특징(特徵)이있는데 이것은 작품「G · 마이너」가 가지고있는 몇개의 어휘(語彙)가 말하고있으리라

김광림씨(金光林氏)의 「노고산종점(老姑山終點)」은 겸허(謙虛)한교양(敎養)이 시(詩)의감

---

1) '레일'의 북한말. 일본어 '레루 (rêru)'

정(感情)에도입(導入)되어이를다루는격동(激動)되는「템포」가 씨(氏)가 가진 시(詩)의양식(樣式)을집대성(集大成)한「모뉴멘탈」한작품(作品)이라고보겠다

씨(氏)는 이 연대시집(連帶詩集)에 수록(收錄)된「노고산종점(老姑山終點(」에서 「상심(傷心)하는 접목(接木)」에까지 이른바 소재(素材)의 단일성(單一性)에서 소재(素材)의 복합성(複合性)에까지 시(詩)의안목(眼目)을 확충(擴充)해가고있는데 요즈음의 씨(氏)의 작업(作業)인점주목(注目)되는 바있고이작업(作業)은「꽃과잃어버린신(神)」에서와 같이 지평선상(地平線上)에배치(配置)한감정(憾情)의「포스트」를느끼던경험지대(經驗地帶)에다가수직(垂直)의직교(直交)에 의(依)한양식적(樣式的)인 공간(空間)을 기획(企劃)하는전봉건씨(全鳳健氏) 철조망(鐵條網)이나 M 1총(銃)이 가졌던 질서(秩序)와 다른 요소(要素)가 이번시집(詩集)에증가(增加)되었다면「레드릭크[2]」의 무리(無理)를 동화적감정(童話的憾情)의 여러개의면(面)으로 확대(擴大)시켰다는점(點)일 것이다

씨(氏)의 「이메—지」의중복(重複)된 투사(投射)가「스피—춰」로 나타나서「템포」를 이루고 있는 것은 주(主)로 이 점(點)에 기인(起因)하겠거니와 많은 지역(地域)이 통털어 시(詩)의 소재영역(素材領域)이 되었다는 것도 이번 시집(詩集)에서 가지는 씨(氏)의 입장(立場)인것같다

(李 活,『京鄉新聞』, 1957. 7. 17.)

---

2) 수사법(rhetoric)

음악(音樂)을 좋아하는 사람들

어떻든 문단을 대표할만한 그 열 손가락에도 차지 않는 희귀한 음악팬들 중에서 또 대표 자격을 선택해 낸다면 아무래도 김 종삼씨가 될 것이다.

내가 김 종삼씨를 처음 만난 것은 구 · 이구(九 · 二九) 수복 후 폐허가 된 서울의 명동 어느 지하다방(지금은 이름을 잊었다)에서였다.

추운 겨울날, 밤이었다. 다방엔 촛불이 켜 있었지만 어두웠다. 그때 씨는 몽둥이처럼 긴 흰 엿 몇개를 사들고 있었는데, 옆구리엔 레코드 · 북이 끼어 있었다. 다음에 내가 또 김 종삼씨를 만난 것은 피난지 대구에서 였다. 여기선 씨와 오래 사귀었는데, 이 대구시절에 씨가 나에게 선물로 준 레코드 두장이 있었다. 시게티와 후렛슈가 연주하는 바하의 두개의 바이얼린을 위한 협주곡이다.

나하고 이러한 일이 있는 김 종삼씨는 요사이도 레코드를 줄곧 옆구리에 끼고 다닌다. 지금은 팬이 아니라 푸로로서다. 레코드와의 유달리 깊었던 씨의 친근관계는 씨로 하여금 동아방송 음악과에서 직을 맡아보게 한 것이다. 이쯤 되는 씨가 대표자가 아니될 수 없는 것이다.

그러나 어떻든 나는 지금도 누가 바하의 음악은 자꾸 하늘로 솟는 것만 같은 것이라고 하면 참 그렇구나……. 누가 또 드뷔시의 왜 그것은 말라르메의 삽화 정도구 정말 말라르메의 시 문학과 통하는 것은 후랑크지 하면, 참 그렇군……할 정도밖에 못된다.

필자와 음악 사이에 다리를 놓아 준 사람은 필자의 형(지금은 이 세상에 없는)

전 봉래와 지금 유념한 작품으로 특이한 위치를 차지하고 있는 시인 김 종삼씨다.

김 종삼씨는 레코드 음악에 관한 본격적 전문가로 아마 우리 문단이나 예술계에서 그를 뛰어넘을 만한 사람은 없는 것으로 나는 안다.

그의 시에 공통되는 독특한 환상은 그가 오랜 시일을 두고 친해 온 음악의 숲속의 샘에서 펴 낸 가장 신선하고 투명하고 영롱한 물방울의 결합체다.

(全鳳健, 『말하라 사랑이 어떻게 왔는가를』, 弘益出版社, 1967.)

이달의 시

이해도 저물어간다. 십일월의 때이른 눈보라와 조기방학등의 이상에도 불구하고 그 어느해보다도 많은 시가 발표된 해였고 또 몇몇시인들이 「기술적인시」의 틀을 벗고 직접 생(生)과의 부딪침속에서 자기 공간을 획득하기 시작한 해였다.

이 달에는 속칭 언어파(言語派)로 알려진 김춘수 김종삼 노향림의 시를 한꺼번에 대하게 되었다. 그러나 우선 다른몇 시인을 살펴보기로 하자.

천상병씨의 시는 신선감을 준다. 「선경(仙境) · 풀」(현대문학)이 언어구조도 노래하는 대상도 평범하지만 신선감을주는 이유는 그의 달관 때문일 것이다. 「이 풀의 키는약 일척이나 된다. /잎을 미묘히 늘어뜨린 모양은, 일궁녀(一宮女) 같기도 하고 황후(皇后)같기도 하다」로 시작되는 이 시는 그의 동년배 시인들이 자주 빠지는 사소설적인 유혹을끝까지 물리치고 있다.

「눈이 내린다」(문학과지성)의 이시영씨는 정열과 그 절제로 자기의 시적틀을 채우고있다. 「아무도 살지않는 나라」들로 이어지는 주제와 변주는 엄격하다. 엄격함 속에서 그의 시대적아픔은 빛을 낸다. 같이 실린 다른 시편의 군데군데서 발견되는것처럼 절제가 약해지면 강한 언어일수록 힘이 약해진다는 사실만 체득한다면 진정한 시인 하나를 새로 갖는 기쁨을 우리가 누리게될것이다.

김춘수씨의 「두개의 꽃잎」(신동아)은 남편의 외출중에는 창녀가 되고 돌아와서는 정숙한 뷘이 되는 영화「벨 드 주르」의 여주인공「세브리느」의 내면이 주제로 되어있다. 윤리와 새로운 공간에서의 만남이라는 점에서 그의「처용」 계열에 속하는 작품이다. 그러나 그의 시에서 알맹이는 언제나 문제되지 않는다.

총알은 느닷없이/너를 길바닥에 쓰러뜨린다. /홍건한 피와 심장 하나를/사람들이 밟고 가고/너는 눈을 뜬다. (첫 오 행(五行))

총탄이 준비되어 있는 생(生)이 「느닷없이」라는 부사(副詞)로 압축되고 「세브리느」의 몸부림이 「사람들이 밟고 가고/너는 눈을 뜬다」로 표현되는 그의 구도자적인 언어의 헤아림이 감동을 주는것이다. 그것은 김종삼씨의 「올페」(심상)에도 적용된다.

올페는 죽을 때/나의 직업은 시라고 하였다/후세 사람들이 만든 얘기다.

나는 죽어서도/나의 직업은 시가 못된다/우주복처럼 월곡에 둥둥 떠있다/귀환시각 미정. (전문(全文))

「오르페우스」처럼 진정한 시인이 될수있는 시대가 아님을 한탄하는것이 이 시에서 무슨 문제가 되겠는가. 원색(原色)의 달 표면에 귀환미정으로 부각되고있는 우주복이 지닌 시각적 아름다움 그리고 그 모든것이 신화의 시인 「오르페우스」로 환치(換置)되어 우리에게 조명되는 아름다움이 문제인 것이다.

오래간만에 다섯편이나 만나게 되는 노향림씨의 시들(현대시학)도 마찬가지다. 「K읍기행」의 첫머리를 살펴보자.

오랜만에 만나는 분위기/하나의 선이 되어 평야가 들어눕는다.

일대는 무우밭이 되어/회색집들을 드문드문/햇빛 속에 묻어놓고

몇 트럭씩 논밭으로 실려나가는/묶인 고뇌와/고장난 시간들. (앞팔 행(八行))

「몇 트럭씩 논밭으로 실려나가는」 사람들의 고뇌와 시골의 무료한 시간같은 아

픔도 하나의 선으로 누워있는 평야, 햇빛 속에 심은 것처럼 보이는 회색빛 집들의 시각속에 감추어져 선과 색의 일부가 되는것이다.

위 세 시인의 장점은 감상(感傷)에 빠지지않는다는점이다.

그리고 지금까지 진부한것으로 생각되었던 언어들이 새로운 빛에 조명을 받을 때 얼마나 깨끗하고 아름다운것이 되는 것인가도 때로 보여준다.

그러나 이런 반감상(反感傷) 훈련은 늘 비인간화라는 위험을 안고 있다. 이들의 미학은양민학살을 명령한자의 만찬에 초대되었을때 그가 연주하는 피아노연주 기술만에 찬탄을 보낼 수 있는 미학인 것이다. 그리고 감상(感傷)을 솎아내기 위한 작업에 감정 자체가솎아진다는 사실도 간파할 수 없을 것이다. 김춘수씨의「총알과 피」, 김종삼씨의「귀환미정」, 노향림씨의「묶인 고뇌」는 얼마나 아프지않게 느껴지는가.

또 한가지 생각해야할 것은 위의 세 시인이나 그들과 같은 방향을 가는 시인들은 너무도 이국취미를 갖고 있다는 점이다. 분위기를 위해 이국풍물이 거듭 동원될때 절실한 체험도 분위기만을 위해 동원될 위험을지니게된다. 어쨌든 노향림씨가 이번에 김광균씨의 영향에서 벗어나 자기자신의 시야를 갖게 된것을 우선 높이 사고 싶다. 〈시인 · 서울대조교수〉

(황동규, 『東亞日報』, 1973. 12. 10.)

이달의시

요즘 발표되는 시들을 읽어 보면 아주 두드러진 특징이 하나 있는데 대체로 「넋두리」가 되어 가고 있다는게 그것이다. 우리의 어조나 노래의 가락을 지배해온 것으로 생각되는 저 한(恨)으로부터 넋두리는 나오는 것일텐데 우리가 사석의 넋두리도 대개는 듣기 거북하다는 점에 비추어 시가 자꾸 넋두리로 되어가고 있다는 것은 그것이 어떤 이념이나 대의명분 아래 쓰여진 것이라고 하더라도 매우 지리한 노릇이라고 생각된다.

시행(詩行)들이 흔히 한탄조 애원조 권유조 명령조 등으로 끝나고있는 이들 작품들은 현실을 충실히 반영한다는 뜻에서 사실주의적이라고까지 할수 있는데 이것은 매우 우려할만한 일이 아닐수없다. 왜냐하면 시는 가령 소설에 비교해서 생각할 때 (물론 소설도 소설 나름이어서 가령 「마르셀 프루스트」는 그의 「잃어버린 시간을 찾아서」에서 리얼리즘을 비판하고 있지만) 사실주의적이 되면 예술의 한 탁월한 형식으로서 존재하기를 그치기 때문이다. 에컨대 이념적 정열을갖고 시를 쓴다고 하더라도 여하한 「억압으로부터도 자유로운」 마음으로 노래하야 한다는것은 좋은 시를 낳기위한 퍽 중요한 조건임에 틀림없다.

위와 같은 사정에 비추어 김종삼의 「시작 노우트」(현대문학 9월호)와 유자효의 「정(釘) Ⅰ」(〃)은 시가 줄수 있는 감동을 맛보게 하는 드문 작품들이다.

〈담배 붙이고난 성냥개비불이 꺼지지 않는다 불어도 흔들어도 꺼지지 않는다 손가락에서 떨어지지도 않는다/새벽이 되어서 꺼졌다/이 시각까지 무엇을 하며 살아왔느냐다 무엇 하나 변변히 한것도 없다/오늘은 찾아가보리라/사해(死海)로 향한/아담교(橋)를 지나 거기서 몇줄의 글을 감지하리라 요연(遼然)한 유카리나무 하나〉

이것은 「시작노우트」의 전문(全文)이다. 첫연(聯)의 처음3행이 하고있는 말을 풀어서 간단히 얘기하면 밤새도록 줄담배를 피면서 이때까지 무얼하면서 살았느냐를 반성한다는 얘기다. 이런 얘기가 시로서 성공적으로 노래된 까닭은 줄담배를, 성냥개비 불이 불어도 흔들어도 꺼지지않고 심지어 손가락에서 떨어지지도 않는다고했기 때문이다. 이것은 그의 생각(반성)의 골똘함과 뜨거움의 밀도를 아주 적절히 표현하고있다.

그리고 사해(死海)란 아마 죽음을 뜻하는 듯한데 그렇다면 죽음이 보이는 지점(내면공간의 시공(時空)) 에 이르러 거기서 몇줄의 글을 감지하리라고 말한다. 그리하여 우리는 몇 줄의 글을 읽게 되는데 그것이 「요연한 유카리나무 하나」요 동시에 이 작품이다. 시가 노래하는 것이 사랑이든 분노이든 한(恨)이든 시의 공간이 너무 각박하고 시끄러워져갈 때 이 나무의 이미지는 시사하는바 크다고 할 만하다.

「정(釘) Ⅰ」도 극도로 절제된 언어의 힘을 잘 보여주는 작품이다.

〈햇빛은 말한다/여위어라/여위고 여위어/점으로 남으면/그 점이/더욱 여위어/사라지지 않으면/사라지지않으면/단단하리라〉

이 짧은 작품은 정신의 단련, 혹은 극기에 관한 극약과도 같은 금언(金言)이다. 이 금욕적 자기단련의 이미지는 또한 시작(詩作)과정이나 태도에 관한 말로도 이해될 수 있다. 제목을 「못」이라고 하지 않고 「정(釘)」이라고 한 것도 「정」이라는 소리의 울림이 낳는 효과를 생각하면 적절한 선택으로 보인다. 〈시인〉

(정현종, 『東亞日報』, 1978. 9. 5.)

이달의시

김종삼과 천상병은 특이한 체질의 시인들이다. 시의 육성(肉聲)도 그렇거니와 외모 또한 그렇다. 천이백원짜리 등산모를 머리에 얹고 다니는 김종삼은 그의 초기시 「묵화」에 나오는 「물먹은 소」 같이 언제나 적막하다. 김종삼이 적막을 이겨내는 방법은 몇 가지로 추측이 가능한데 정년퇴직전까지는 마치 우리가 공복감을 느끼면 식사를 하듯 음악을 경청했던 것과 시를 쓰고 (그의 표현을 빌자면 돼먹지 않은 잡소리의 나열) 소주를 마시는 일과였다. 그런데 요즘 그의 근황을 살펴보면 음악에 귀를 기울일 기회마저 없어지고 폭주(暴酒)로 위까지 상했으니 그나마 적막을 이겨내는 방법은 시작(詩作)뿐이다.

천상병의 사철 기미가 낀 얼굴은 사귀가 틀어진 창살 같다. 몸이 불편해서도 그렇거니와 무작정 허무하고 기댈곳 없어보이는 그가 큰 대로를 옆으로 기울어지듯 걸어갈 때는 몰락한 「로트렉」이 연상되곤 한다.

김종삼 천상병 시선이 「오늘의 시인총서」로 민음사에서 나란히 상재되었다. 김종삼시선집 「북치는 소년」을 정독해 보면 그가 계속 관계를 유지해왔던 음악의 경도(傾倒)와 조우하게 된다.

「잔잔한 성하(聖河)의 흐름은/비나 눈 내리는 밤이면/더 환하다」 「성하(聖河)」라는 이 짧은 3행시의 배경 또는 배음(背音)은 「센베르크」의 현악6중주 「정야(靜夜)」가 연상된다. 또하나 김종삼과 관계를 지속하고 있는 것은 슬픔이다. 「물통」 「돌각담」 등에 슬픔의 이끼는 그대로 묻어난다. 이런 슬픔의 체취나 흔적들은 그러나 슬픔만 만드는 공장이 있다고 가정한다면 그 공장의 대량생산품은 하나도 슬프지 않을 것 같은 감이 든다. 일정한 규격으로 찍혀나오는 슬픔은 복제화(複製畵)와 다른 것이 없기 때문이다. 김종삼의 슬픔이나 구원, 혹은 「라르게토」[1] 혹은 「짤막한 비가(悲歌)」들은 과거보다 현재 미래보다 오늘 그가 지나가고 있는 생존공간이다. 「G 마이너」나 「그리운 안니 로리」에서 한 아이의 죽음을 예감할 때만 하더라도 그의 슬픔의 그의 슬픔의 길이는 스쳐가는 마음의 동요(動搖)였다.

시선집 말고 김종삼은 이달에도 「장편」(월간문학) 「아침」」(문학사상) 「추모합니다」(심상)를 발표하고 있다. 앞의 두 작품에는 죽은 아우 종수(宗洙)가 꿈 속에 나타나고 「추모합니다」에는 생전에 다같이 가난했기 때문에 서로 의지할 수 밖에 없었던 작곡가 윤용하가 사는 저승이 잠시 비치다가 유품의 명세가 나오는데 오선지 몇장 등산모 이부자리 책 몇 권이 유품의 전부다. 독립된 끝 행은 「날마다 추모합니다」로 경의를 표하고 있다. 우연한 일치인지는 모르나 오선지를 원고지 몇장으로 바꾼다면 이 두 슬픔의 무게를 저울에 달 때 수평을 유지할거라는 확신이 든다. 죽음과 낯을 익히기 시작하며 명부(冥府)로 그가 한 발을 내딛고 있는 것 같아 다소 꺼림칙하나, 타인의 추모조차 아름다운 마음이 엿보이고 있다.

천상병의 천진함은 「나의 가난은」 같은 시에서 「사랑하는 내 아들딸들아/내 무덤가 무성한 풀섶으로 때론 와서/괴로왔음 그런대로 산 인생 여기 잠들다 라고/씽씽 바람 불어라…」 같이 구김살 없는 맑은 목청을 들려준다. 하지만 천상병의 천진함, 후기 시 「항복」에 나타나는 저돌성도 근원은 슬픔이다. 김우창의 지적대로 천상병의 슬픔은 김종삼의 여백 대신에 「거칠고 가난한 대로의 삶에 대한 긍정과 자긍」으로 표출된다. 「누가 나에게 집을 사주지 않겠는가?」 「내집」에서 그는 이렇게 현실과 유리된 응석을 떨기도하고 「비 · 7」에서 가보지못한 제주도를 상상하며 「마치 「런던」 옆에나있는것이 아니냐」는 갑갑함을 달래기도하며, 「동그라미는 여자고 사각은 남자다」라는 뜻밖의 감성을 번득이기도 한다. 천상병이 「편지」에서 조지훈 김수영 최계락[2] 같은 사자(死者)들을 대하는 외경(畏敬)은 그의 뚝심과 사랑을

---

1) 라르게토(larghetto): 악보에서 라르고보다 조금 빠르게 연주하라는 말. 아다지오보다는 느린 속도, 또는 그런 속도의 악장이나 악곡

2) 최계락(崔啓洛, 1930~1970) : 시인·동시인. 경상남도 진양(晋陽) 출생. 1952년 『문예』로 등단. 『경남일보』·『전선문학(戰線文學)』·『소년세계』·『희망』 등의 편집기자를 거쳐, 『국제신보』 문화부장·정경부장·부국장 등을 역임

증명하는 명구(名句)에 해당된다「아침햇빛보다/더 맑았고/전세계보다/더 복잡했고/어둠보다 더 괴로왔던」사자(死者)들을 전송하며 그가 숙연해 질때.

오규원의「登村童話」(현대문학)에 나오는 사내는「떨어진 단추같이 끝없이 쭙ㅅ이/동그랗게 조그맣게」산다.「그러나 단단하게 단추답게」산다고 으쓱댄다. 작년도 아주 오랜 옛날같이 망각증세, 마비일념(痲痹一念)으로 사는데 (여기서 삶의 영위는 연명이나 다름없다) 으쓱댐뒤에 가려 있는 멍청함이 곧 우리가 사는 방식이다.〈시인〉

(김영태,『東亞日報』, 1979. 6. 8.)

이달의시—「인간회복」의 열망

시집 「북치는 소년」에서 그동안의 작업을 집약해 보여준 김종삼은 이 달에 아름다운 시 「앤니로리」(현대문학10)를 발표한다. 시집에서도 읽을 수 있었던 것처럼 그는 남들의 추종을 불허하는 매우 이색적이고 독창적인 시인이다. 최근처럼 부쩍 획일화된 상상력이 판을 치는 한국시단에 그는 조용한 충격으로 다가온다.

그의 시편들을 진하게 물들이는 반복적 주제는 한마디로 사람이 사람답게 살아야 된다는 자각이다. 문명이나 싸움으로 표상되는 현실속에서 그는 끊임없이 상실되는 사람의 착한바탕을 그리워 한다. 그러한 그리움이 그러나 산문적인 논리가 아니라 시적인 논리로 다가오는것은 그의 독특한 형상화의 방법때문이다. 「앤니로리」에서 시 속의 화자는 〈한결같이 아름다운/자연 속에/한결같이 마음이 고운이들이/산다는 곳〉을 아느냐고 노랑나비와 「메리」에게 묻는다. 그러나 이러한 물음은 이미 어떤대답도 전제되지 않는 물음이다. 어떤 이론가의 표현에따르면 그것은 이미 사물이되어버린 물음이다. 시라는 독특한 진술의 양식은 이러한 물음속에 드러난다. 「앤니로리」라는 「스코틀랜드」 민요가 환기하는 정서를 심층구조로 제시하는것 역시 그렇다.

전봉건의 「여름 예수」(현대문학10)가 보여주는 세계 역시 크게는 김종삼의 그것과 유사하다. 장시 「청춘연가」나 「속의 바다」에서 탁월한 시적 기량을 보여준 그는 한결같이 강렬한 생명의 공간을 갈망한다. 「여름 예수」에서 우리가 읽는것 역시 그러한 생명에의 갈망이다.

그러한 갈망이 시의 심층구조로 나타나기 때문에 상처나 죽음으로 표상되는 「예수」는 독특한 시적 이미지가 된다. 특히 「여름」과 「예수」가 결합됨으로써 이 시는 매우 복합적인 주제를 제시한다.

〈당신은 상처다/당신의 상처는 너무 크고/상처인 당신은 너무 크다/나는 뭐라 고 손짓도 하지 못한다. 말도 하지 못한다〉에서 과연 우리가 어떤 산문적인 메시지를 읽을수 있단 말인가. 우리는 다만 여름과 상처와 예수가 한데 어울려 빚는 복합적인 인식의 세계를 맛볼 뿐이다. 그것은 삶의 참뜻, 세계에 사람이 산다는 사실이 무엇을 의미하는가에 대한 새삼스러운 인식이다.

삶의 참뜻을 잊고 살수밖에 없는 사람들의 초상을 박성룡은「표정」(세계의 문학 가을)에서 소박하게 노래한다. 소박하다는 것은 그의경우 시의 기법이 매우 순화되었음을 의미한다. 기법에대한 남다른 집착이 눈에 띄지않는다. 또한 시 속의 화자가 하는말 역시 이 시대를 함께 사는 사람이면 누구나 생각하는 그러한 내용으로 이루어진다. 〈우리들은 이미/우리들의 표정을 잃고 있다〉라든지 〈우리들의 얼굴은 이미/우리들의 자화상이 아니다〉라는 시행들에서 우리가 읽는 것은 한마디로 자기소외의식이다. 참된 자기로부터 따돌림 당했다는 이러한 침통한 의식은 마침내 삶의 획일성, 삶의 닮은꼴을 떠올리며 결국은 어떤 웃음도 울음도 거짓일 뿐이라는 허탈감과 만난다.

식자들이 흔히 쓰는 산업사회 속의 인간상을 그는 차분하게 노래하는 것 같다. 그러나 이 시는 동시에 자기가 자기임을 증명하려는 안스러운 몸짓을 거느린다.

자기의 자기다움을 증명하는 방법에는 여러가지가 있을 수 있지만 최근에 선보인 젊은 시인 김승희의 시집「태양미사」는 그러한 방법 가운데 하나로 동경이나 환상의 양식을 보여준다. 크게는 김종삼이나 전봉건같은 시인들의 지적인 세계이지만 그의 시편들에서 우리는 강한 관념의 노출을 본다. 그것은 지상에서 사라지는「순결」을 움켜쥐고싶은 욕망과 접합되어 신화적 이미저리로 제시되기도 한다.

서구적 상상력이 따로있고 동양적 상상력이 따로있다면 그의 세계를 지배하는 것은 전자인 것같다. 그러나 문제는 그의 상상력이 서구적이라는 사실에 있다기보다는 어째서 오늘 이땅의 한 젊은 시인이 그것을 물고 늘어질 수밖에 없는가에 있다. 복고적인것이 바로 민족적인것으로 오해되거나 먹고사는 이야기만이 시의 전부인것처럼 오도되는 한국시단에 〈나는 다 안다/누구나 아침 식탁에서는/한 마리씩/죽은 바다의 파란 고기를 먹는다〉같은 못소리는 무시될 여지가많다. 충분히 익지않은 관념의 압박같은것을 때로 느끼겐하지만 그가 펼치는 상상력이나 자기 증명에의 열망은 일단 논의의 대상이된다. 〈시인〉

(이승훈, 『東亞日報』, 1979. 9. 28.)

김종삼(金宗三)의 시(詩)

이 글을 쓰고 있는 시간에, 모더니즘의 추구자며 〈인간조형(人間造型)〉의 균형 잡힌 지성을 바탕으로 폭넓은 현대적인 감성을 시작으로 보여준 김종문(金宗文) 씨의 부음의 소식을 들었다.

그리고 작년 11월에 〈강아지풀〉을 남기고 홀연히 간 박용래(朴龍來) 씨하며 우리 한국 시단을 누구보다도 인간다운 아름다움으로 빛나게 하던 시인들이 유명을 달리하는 모습을 볼 때, 같은 길을 가는 시인으로서 아쉬움과 서글픔을, 이 매서운 추위 속에 더 느끼게 한다.

그래서 그런지 요즘 몇몇 시인들의 작품 속에 〈주검의 연쇄(連鎖)〉니 〈눈 내리는 무덤 속에 누운 혼 하나〉니 하는 시구절을 보게 된다. 이런 칙칙한 삶의 허망한 물방울과 죽음의 그림자를 엿볼 수 있는 것은 비단 필자만의 과민 때문일까.

이런 적절한 실례를 김종삼(金宗三)의 「연주회」(월간문학(月刊文學) 1월(月) 호)에서 만날 수 있다.

두 사람의 생애는 너무 비참하였다. 그러므로 그
들에겐 신에게서 베풀어지는 기적으로 하여 살
아갔다 한다. 때로는 살아갈만한 희열도 있었다
한다. 환희도 있었다 한다. 영원 불멸의 인간다
운 아름다움의 내면세계도 있었다 한다. 딴
따라처럼 둔갑하는 지휘자가 우스꽝스럽다. 후란츠
슈베르트 · 루드비히 반 베토벤— 〈전문(全文)〉

풍부한 시적 감정과 간소하고 우아한 미로써 표현된 수백곡의 가요와 미완성 교향곡을 남기고 빈곤과 허약 속에서 독신으로 살다가 31세에 죽은 슈베르트와 귀가 먹었으나 불같은 고집으로 극히 깊은 경지에까지 도달하여 아홉개의 교향곡과 장엄미사의 걸작을 남긴 베토벤이 김종삼(金宗三)이 설정한 연주회 무대에 등장한다.

때로는 그들에게 살아갈만한 희열과 환희와 아름다움의 내면세계도 있었지만 두 사람의 생애는 김종삼(金宗三)의 시적 표현이 지적하는 것처럼 너무나 비참하였다.

지휘자는 딴따라가 되어 그들의 고뇌를 우스꽝스럽게 반주하고 있다. 그럼 딴따라는 누구인가? 같이 생각해볼 문제이다. 객석에는 슈베르트와 베토벤외에 김종삼(金宗三)도 옆에 앉아 있다.

그들의 비참한 생애 속에서 나온 인간다운 환희의 내면세계를 담담히 같이 음미하고 있다. 우리는 여기에서 온갖 삶의 어려움과 괴로움 속에서 시달리다 기진맥진한 한 사람의 시인을 볼 수 있다. 자기 삶의 풍상의 상처를 연주하고 있는, 반복하고 있는 김종삼(金宗三)의 칼날같은 문화적 저항에 부딪치게 된다.

오늘날 특히 예술인이란 현실에 소외되고, 적응하지 못하고 항상 실의에 찬 사람들 가운데 이들도 배제할 수 없지 않을까. 이들은 사회적 현실을 이겨내지 못하고 밀려나서 불안과 일상 생활의 주변에서 방황하며 헤매이게 된다. 이런 불완전한 세계에서 살아남으려는 어리석음을 김종삼(金宗三)은 극복하고 있는 듯하다.

이것은 물론 시인 스스로의 삶의 자각에서 온 것인지도 모른다. 대승기신론(大乘起信論) 소별기(疏別記)에서

〈무른 마음의 본성이란 본래 생멸의 상을 떠나 있으나 무명이 있어 그 스스로의 마음의 본성을 미혹하게 한다. 그리하여 마음의 본성에 위배되어 적정(寂靜)함을 떠나게 된다. 따라서 망념의 사상을 발생케 하여 움직이게 한다. 이 사상은 무명의 화합력(和合力)이기 때문에 능히 마음의 본체를 생(生) · 주(住) · 이(異) · 멸(滅)케 한다〉

여기서 보면 항상 마음이란 영원한 미래에 있고 업(業)의 힘으로 간다고 했다. 김

종삼(金宗三)의 최근 작품에서 구상화되는 시적세계는 한 삶에 대한 자각이 삶의 단말마적인 절규로써 표현되고 있고 그의 유니크한 문화적 저항의 한 방법으로 나타나기도 하지만 작품의 곳곳에서 감지되는 삶에 대한 의욕과 향수보다 이제는 권태와 허무의 각(角)을 이룬 피곤한 공간의 진폭을 아울러 듣게 된다.

김종삼(金宗三)의 초기시 「개똥이」 「G · 마이나」 「돌각담」에서 볼 수 있는 쉬르레알리즘의 영향이 보이는 내면 소재와 이국 풍경, 그리고 표현 방법의 비약과 단절들은 우리 현대인에게 절망 의식을 던져주고 때로 난해성을 수반하지만 변증법적 상상력으로 표출되며 상징화의 묘미를 보여준다.

동심의 세계에서 울려나오는 감상적이고 유미적인 향수가 때로는 압축된 절제 속에 그의 시적 공간을 만들어 과작인 그에게 발표할 때마다 주목을 끌게 한 것도 사실이다.

김종삼(金宗三)의 작품은 대부분 단시(短詩)이며 특히 이미지의 비약과 의미의 단절이 다른 시인보다 강했다.

쉬르의 영향을 받았지만 그는 누구보다도 출중한 이미지스트이다. 서술적 이미지를 배제하고 영화적 수법에서 도입한 오버랩 같은 장면전환으로 독자들의 시적 상상력을 이끌고 간다.

풍경을 그린 듯하면서 풍경 뒤의 상황을 그린 〈배면(背面)의 세계〉라고 김광림(金光林)은 말하고 있다.

이런 점에서 박용래(朴龍來)와 비슷한 맥락 위에 설 수 있다. 박용래(朴龍來)가 풍경 앞의 세계를 즐겨 그린 반면에 김종삼(金宗三)는[1] 풍경 뒤의 세계를 메이크업 하는데 이바지한다. 전자가 향토적인 풍경의 즉물화라면 후자는 도시적인 풍경의 조형화라고 할까.

과작이었던 김종삼(金宗三)이 근래 활발히 작품을 발표하고 있다. 그가 요즘 추구하는 시적 소재는 삶에 대한 참회와 원망, 예술가의 고달픈 삶에 대한 애정어린 음미가 많이 나타나 있다.

---

1) '金宗三는'은 '金宗三은'의 오기

그 언제부터인가
나는 죄인(罪人)
주검의 연쇄(連鎖)에서
악령(惡靈)들과 곤충(昆蟲)들에게 시달려왔다
다시 계속된다는 것이다

「꿈이었던가」(현대문학(現代文學)1월(月)호)의 전문이다. 이 작품에서도 〈나는 죄인(罪人)〉이라는 원죄의식과 주검과의 싸움에서 시달리는 형이상학적 불안과 그것에 대한 고뇌가 이미지의 비약 속에 전개되어 있다. 허망한 삶에 대한 참회와 회한과 욕망의 파편들이 침통한 소리를 내고 있다.

이제는 그에게서 가끔 볼 수 있었던 물기어린 순수한 동심의 세계를 찾아 볼 수 없을 것인가. 그는 그 순수세계와 작별하고 잃어버린 삶과 그 허망한 삶에 대한 도전을 시도한다.

이것은 김종삼(金宗三)의 시세계를 더욱 다져주는 자아확산과 자아수용의 과정인지 모른다.

그러나 요즘 자주 발표되는 그의 작품에서 노출되는 이미지의 심한 단절은 때로 시행(詩行)과 시행에서 파생되는 여운보다 혼돈을 몰아오기도 한다. 너무 줄이 팽팽하여 조금만 소리쳐도 끊어질 것 같다. 삶의 단말마적인 비애와 절규가 개인의 감상의 차원을 떠나 모든 어렵고 소외된 삶을 살아가는 사람들에게 신음과 비명으로 끝냄이 아니라 탄력 있게 생명감을 던져주는 반사작용이 되어야 할 것이다.

항상 지적이며 절도 있는 풍경의 배음을 김종삼(金宗三)은 우리에게 보여주고 있다. 멀지않아 겨울이 가고 봄이 올 것이다. 그의 드라이한 죽음의식이 봄과 더불어 삽상하게 회춘되기를 빌고 싶다.

(崔元圭, 『月刊文學』, 1981. 2.)

비평가(批評家)의 평문(評文)으로 엮는 이달의 문제작(問題作)과 그 쟁점(爭點)—일상세계의 시학

김종삼(金宗三)의 〈꿈의 나라〉(《문학사상(文學思想)》3월호)는 최근에 그가 보여주던 일상세계에 대한 심도있는 의식의 수준에서 다소 떨어지는 작품이 아닌가 싶다. 다소 떨어지는 것 같다는 말은 어디까지나 그의 시세계를 염두에 두고 하는 말이다. 그가 이제까지 보여준 시의 수준이란 사실 남다른 데가 있다. 특히 그의 시를 초기부터 최근까지 찬찬히 살펴볼 기회가 있었던 필자로서는 그가 전후 한국시단에서 차지하는 남다른 몫을 구체적으로 예증할 수 있었다. 그의 시는, 김춘수(金春洙)의 표현에 의하면, 「존재자로서의 일상인의 슬픔」을 강력하게 드러낸다. 존재자로서의 일상인의 슬픔은 그럭저럭 지내는 많은 일상인들의 슬픔을 의미하지 않는다. 그것은 일종의 형이상학적 정열을 지니고, 그러한 정열을 지녔기 때문에 느낄 수밖에 없는 일상인의 슬픔이다. 그의 시가 보여주는 이러한 슬픔은 그러나 몇개의 시기로 나뉘어 조금씩 다른 양상을 띤다. 좀더 구체적으로 말하면 그것은 초기시에서 「내용 없는 아름다움」의 세계, 중기시에서 「라벨 · 세잔느 · 파운드에의 경도」로 물드는 세계, 후기시에서 「소박한 일상」의 세계로 요약된다. 그가 노래하는 존재자로서의 일상인의 슬픔은 대상이 없는 아름다움의 세계, 다시 말하면 탈(脫)일상성의 세계에서 출발하여 마침내 시집《누군가 나에게 물었다》에 오면 안스러운 일상성의 세계와 만난다. 그는 후기시에서 일상세계를 노래하지만 그 세계는 어떤 탈(脫)일상성의 세계와도 배반되지 않는 그러한 경지를 노래한다. 이미 일상성과 탈(脫)일상성의 대립 같은 게 존재하지 않게 된 것이다.

이 달에 읽게 되는 〈꿈의 나라〉가 그의 시세계에서 다소 떨어지는 것 같다는 말은 이러한 사정을 염두에 두고 하는 말이다. 그동안의 그의 시작을 염두에 두지 않고 말한다면 〈꿈의 나라〉 정도의 시도 최근 이 땅 시단에는 그렇게 흔치 않은 것 같다. 이 시에서 그가 노래하는 것은 「애석하게도 젊은 나이에 알콜중독으로 폐인이 되어서 방황하다가」 죽은 음악가 스티븐 포스터에 대한 그리움이다. 그의 중기시에 자주 나타나던 예술가에의 경도 혹은 일상세계의 고통을 환상에 의하여 순간적으로 극복하려는 태도를 읽을 수 있다. 환상에 의한 순간적인 구원을 소개한다는 점에서 이 시는 그가 후기에 보여준 일상세계의 대담한 수용 및 그러한 수용이 바로 구원일 수 있다는 의식에서 다소 벗어난다. 그렇지만 이 시는

무척이나 먼
언제나 먼
스티븐 포스터의 나라를 찾아가 보았다
조그마한 통나무집들과
초목들도 정답다 애틋하다
스티븐을 찾아다니고 있었다
같이 한잔하려고

에서 읽을 수 있듯이 단순히 환상이나 꿈의 세계로만 머물지 않고 소박한 일상의 차원이 대담하게 첨가된다. 「같이 한잔하려고」라는 진술이 그렇다. 화자는 꿈속에서 스티븐을 찾아다닌다. 왜냐하면 그와 한잔 나누고 싶어서이다. 누구와 한잔 나누고 싶다는 의식은 그야말로 우리의 일상세계를 물들이는 가장 아름다운 의식일 것이다. 김종삼의 후기시에서 우리가 읽게 되는 가난하지만 소박하고 인정이 있는 삶, 「엄청난 고생 되어도/ 순하고 명랑하고 맘 좋고 인정이/ 있으므로 슬기롭게 사는 사람들」(〈누군가 나에게 물었다〉)의 세계가 이 시에도, 환상의 세계를 통해서이지만 쓸쓸하게 드러나고 있다.

(李昇薰, 『文學思想』, 1984. 4.)

비평가(批評家)의 평문(評文)으로 엮는 이달의 문제작(問題作)과 그 쟁점(爭點)
—새로운 의미(意味)의 발견과 가락

김종삼(金宗三)의 〈아름다움의 깊은 뿌리〉(《세계(世界)의문학(文學)》 가을호)와 박성룡(朴成龍)의 〈해당화〉(《세계(世界)의문학(文學)》 가을호)를 통해서 우리는 제재를 다루는 솜씨와 말법이 시에 어떤 효과를 주는가를 엿볼 수 있다. 〈아름다움의 깊은 뿌리〉가 제재로 잡고 있는 것은 모짜르트의 협주곡이다. 이 작품에서 그것은 독특한 내용을 가지는 감각적 실체로 파악되어 있다.

모짜르트의 플륫과 하프를 위한 협주곡은
단순한 아름다움의 극치였을까
무슨 말이 담겨져 있을까
분명, 담겨져 있을까
그 아름다움의 깊은 뿌리는
아름다운 동산의 설정이었을까
모든 신비의 벗이었을까
그 아름다움의 깊은 뿌리는
불행한 이들을 위해 생겨났을까.

일상적인 세계, 상식의 차원에서라면 음악은 그저 귀로 듣는 예술의 한갈래일 뿐이다. 그리고 그 선율은 우리를 즐겁게 해주며 독특한 체험을 지니게 만든다. 그런데 이 작품에서는 음악이 식물 또는 동산 등의 심상을 지님으로써 감각적 실체가 되어 있다. 뿐만 아니라 여기서는 그에 겹쳐서 형이상적인 의미까지가 빚어졌다. 단순하게 음악을 뿌리나 동산에 비유하는 것과 다시 그것을 「신비의 벗」, 「불행」 등에 결부시키는 것은 그 효과가 크게 달라진다. 전자는 그저 물리적인 세계를 제시하는 데 그친다. 그러나 후자의 경우가 되면 거기에는 정신 내지 사상의 무게가 가해지는 것이다. 이것은 이 작품이 그 속뜻에 정신의 깊이를 거느리고 있음을 의미한다.

또한 우리는 이 작품이 사용하고 있는 말법에도 주의해야겠다. 얼핏 보아도 나타나는 바와같이 이 작품의 각 문장들은 의문문으로 되어 있다. 그리고 의문문은 그 기능으로 보아 단정이나 감정의 노출, 가정을 하는 게 아니라 판단을 보류하는 상태다. 그러나 그를 통해 제시되는 심상이 선명한 경우, 이런 말법을 통해서도 시의 의미내용은 얼마든지 적확한 게 될 수 있다. 또한 이 작품의 말법을 통해서 우리는 일종의 여운을 느끼게 된다. 판단이 보류된 상태에서 선명한 심상이 제시되면 자연 우리는 정서나 감흥에 젖는다. 그리고 이때 감흥이 그대로 지속되면서 말법이 여운을 갖게 되는 것이다. 이런 경우 우리에게 좋은 보기가 되는 것이 한용운의 〈알 수 없어요〉다. 널리 알려진 바와같이 만해(萬海)의 이 작품은 그 여러 문장이 의문어미로 끝난다. 그리고 그들은 모두가 선명한 심상과 형이상적인 단면을 지니고 있다. 그리하여 일종의 신비스러운 느낌과 함께 우리 가슴을 적셔가는 가락을 느끼게 한다. 어느 의미에서 〈아름다움의 깊은 뿌리〉는 〈알 수 없어요〉의 80년대판 내지 그 변주에 해당된다. 그런 의미에서 우리는 이 작품을 이달의 가작으로 손꼽는 데 인색할 수가 없다.

(金容稷, 『文學思想』, 1984. 11.)

고(故) 김종삼(金宗三) 시인(詩人)을 추모하는 비망록 —비상회귀(飛翔回歸) 칸타타

창 밑 벽면에 풀로 붙여논 그림이 두 장 보인다. 한 장은 타블로이드판 신문에서 오려낸 최영림 화백의 작품이었고, 또 하나는《현대문학》'84년 7월호에 곁들여진 장이석(張利錫)씨의 그림엽서다. 쪽을 지른 아낙이 가슴을 드러낸 채 아이를 업고 있는 뒤쪽으로 이중섭의 〈군동(群童)〉을 연상시키는 「아희」들의 모습이 8절지 크기의 화면을 채우고 있다. 엽서는 황혼의 바다풍경. 짙은 놀에 잠긴 일몰의 바다 가운데, 크게 부각시킨 삼각 파도의 흰빛이 강렬하다. 엽서의 여백에는 몇몇 전화번호가 적혀 있다. 이름 없이 단지 번호만을. 아 내가 아는 번호도 있다. 783—4491~5. KBS 별관 전화다. 선생은 프로듀서 최상현씨와 아주 가깝다고 정여사가 귀띔해준다. 미망인은 모처럼 방문해준 나를 위해, 「이건 특별이야!」라면서 장롱 속에서 무얼 꺼낸다. 옻칠에 금속장식을 박은, 보기에도 견고한 나무상자다. 혜경(큰따님)은 얼른, 「사주단자 보내는 함으로 많이들 사간대요」 한다. 첫눈에 그것이 선생의 유품임을 알았다. 가운데에 가죽 허리띠 두개가 보인다. 30년 매신 허리띠예요! 혜경의 설명을 들으며 만져 본다. 한개는 좀더 넓적하고 또 하나는 보다 가늘다. 가녘에 미세한 보풀이 났는가 하면 등은 맨들맨들 닳아 윤이 난다. 혁대 옆에, 꼭두서니빛 플래스틱 손잡이 접칼이 있다. 다용도 스위스제 과도인데 끈에 꿰어 목에 걸고 다니기도 하시면서 아무도 못쓰게 했다는 얘기다. 라이터 두개. 앏상하게 생긴 금색 라이터에는 「대우자동차」라고 씌어 있다. 파카볼펜. 바둑무늬로 테두리를 친 송아지색 가죽지갑은 아직 새것이었다. 혜경은 자기 남자친구가 준 건데, 파키스탄제라고 한다. 난 직접 펴 보진 않았지만, 지갑 속엔 지전과 동전이 만 천 이백 원 들어 있었다고 한다. 아빠는 작고 특이하고 예쁜걸 좋아해요……. 함은 이층으로 되어 있었다. 밑의 칸에는 베레모 세개가 들어 있다. 좀 작은 깜장 베레모, 올리브색 베레모, 그리고 김종문(金宗文) 형(兄)이 프랑스에서 가져온 거라는 큼직한 플란넬 모자도 검정이다. 「이게 전부예요?」 하고 채 묻기도 전에, 사모님은 서랍장에서 여러개의 모자를 꺼낸다. 시집 《평화롭게》에 실린 선생의 프로필 사진에서 보던, 검은 끈 장식의 감색 등산모는 같은 게 세개나 된다. 다 챙이 밑으로 처진 모양의 것인데, 코발트 블루, 주황색 골덴, 체크무늬 회색도 있다. 이들과는 좀 다른 스타일의 카키색 모자는, 혜경의 표현대로라면 「카우보이 모자」다. 목 밑으로 길게 늘어지는 끈이 달려 있다. 대충 헤아려 보니, 방바닥에 나와 있는 모자는 모두 열 한개쯤 되었다. 허리띠와 과도와 라이터와 파카볼펜, 또 가죽지갑, 그리고 베레모 · 등산모들이 시인의 유품 전부다. 함을 챙기고 있는 미망인의 손길을 물끄러미 내려다보고 있는데, 포개진 베레모 귀퉁이에 손목시계가 눈에 띈다. 보태야 할 품목이다. 들고 들여다보니, SEIKO, Automatic, KS, Hi-Beat의 영자(英字)가 차례로 다가온다. 시계는 멎어 있었다. 11월 29일 3시 47분에. 11월 29일은 무슨 날인가? 3시 47분은? 그러니까, 선생이 돌아가신 날이 12월 8일이니, 꼭 9일 전이다. 초침이 멈춘 시각으로부터 장지(葬地)로 떠나던 12월 11일 오전 11시까지의 사실들을 따라가기 전에, 나의 사유는 잠시 한 편의 시에 머뭇거린다. 1984년 2월 11일 《동아일보》에 발표하신 선생의 〈1984〉에. 작품은 인간의 의식을 그대로 지탱하면서, 의식의 온갖 모험을 고착시키는 유일한 기회라던가(카뮈). 시인은 가고, 운명의 해 〈1984〉는 지금 우리 앞에 있다.

1984라는 번호는
꿈속에서 드리워졌던
방대한 번호이기도 하고
예수의 번호이기도 하고
태어나는 아기들의 번호이기도 하고
평화 평화 불멸의 평화가
확립될 대망의 번호이기도 하고

또한 새 빛의 번호이기도 하다

1984.

—〈1984〉 전문

돌아가시기 한달 전, 《문학사상(文學思想)》 11월호에 실린 선생의 시 〈전정(前程)〉의 노트, 「이어지는 단문(短文)」은 이러했다. 「구질구질하게 너무 오래 살았다. 더 늙기 전에 더 누추해지기 전에 죽음만이 극치가 될지도 모른다 익어가는 가을햇볕 속에 작고한 선배님들이 반갑게 아른거린다.」(상점 필자) 죽음의 「극치」가 되기 위하여 「1984」는 「꿈속에서 드리워졌던 방대한 번호」, 「대망의 번호」, 「새 빛의 번호」이어야 했던가! 마치 카산드라처럼, 이토록 적중하는 예감을 가지고 선생은 죽음을 선취했던 것일까. 「살아남은 자들의 맹세를 정화(淨化)하는 완성된 죽음」을 죽기 위하여!

시침(時針)이 멈춘 11월 29일, 선생은 일년 반 동안, 비교적 잠잠하던 지병(持病)의 마수에 다시 붙들렸다. 이하 유족의 증언에 따라, 가능한 한 소상하게, 위에 언급한 기간의 일들을 적어보기로 한다.

11월 29일 오후 3시, 선생은 문예진흥원 본관건물, '84년 「대한민국문학상」 시상식장에 있었다. 《누군가 나에게 물었다》로, '83년 그 장소에서 우수상을 수상한 바 있는 당신께서, 그날은 초대에 응하신 것이다. 재작년 11월 20일께에 본인의 수상소식을 전해듣고는, 아이처럼 마냥 기뻐하시더라고, 그렇게 좋아하시는 모습은 생전 첨 본 것 같다고, 사모님은 나지막이 한숨을 토하신다. 선생은 시상식이 끝나고, 1층 로비에서 베풀어지는 리셉션엔 참석 않고 바로 집으로 돌아오셨다. 4시 30분쯤, 늦은 점심으로 밀크코피에 토스트 두 쪽을 드시고 다시 외출하였다. 평소에 하시던 대로, 해질 무렵 버스를 타고 시내로 들어가서는 몇군데 찻집에 들르셨을 거라고 한다. 근래에는 「아리랑」엔 안가셨고, 명륜동의 「장미촌」에 잘 가신 걸로 안다고 혜경은 말한다. 「장미촌」엔 음악이 없고 매우 조용하다고. 「산에서도 볼륨 높이 들리는」 인기가요, 팝송 때문에 「메식거리다가 미친놈처럼 뇌파가 출렁거린다」라고 시 〈난해한 음악들〉은 전한다. 「구름 속에서」 난다는 「단일악기(單一樂器)

· 평화스런 화음」(〈소리〉)을 듣는 시인의 초감성적인 귀에, 버스만 타도 울리는 음악은 못견딜 공해였던가 보았다. 거리의 산책에서 돌아오신 시각은 밤 9시 30분. 세면을 하고 자리에 누우신 뒤 곧바로, 그러니까 10시쯤 된 때에 돌연 통증의 발작이 시작되었다. 가슴이 빠개지는 것같이 아파왔던 것이다. 혜화동 고대 부속 병원에서 정기적으로 타다 먹는 약을 한꺼번에 세 봉지나 들었다. 그래도 통증이 멎을 기미가 안보이자 아내는 약방에 달려가, 우황청심환을 사왔다. 미지근한 물로 환약을 삼키고 누웠으나, 「고통이 하늘에 닿았다」(〈형(刑)〉). 아무래도 안되겠어서 자정이 넘은 시각에 병원에 가려고 문을 열고 나섰으나 기운이 없어 도로 들어와 누웠다. 새벽 3시가 다 되도록 계속 되던 가슴의 통증이 점점 희미해지더니 일단 멈추었다. 아픔이 가시긴 했으나 전신에 기운이 없어 꼼짝없이 누웠다. 하루, 이틀, 사흘……돌아가시던 날까지 선생은 자리르[1] 뜨지 못했다.—그 열흘 동안은 진지도 잘 못드셨어요. 날계란 두개에 우유를 드시는 게 고작이었죠. 아님 잣죽에다 굴국 같은 거……평소엔 하루에 네다섯 잔씩 드시던 커피도 우유에 조금 타는 정도로 그치셨구, 그리고 「솔」에서 「은하수」로 바꾼 담배도 얼마 안피셨어요. 혜경의 얘기다. 「우족(牛足)이 먹고 싶다」고 했다가, 정작 사러 가려 하자 「니글거려」 싫다고 하셨단다. 생선초밥을 매우 즐기시던 양반이라, 네 차례 사다 드렸다고 하시면서, 사모님은 돌아가시던 날, 12월 8일의 일을 떠올린다.

그날은 김장하는 날이었다. 친구 딸 결혼식이 2시에 있어서, 오전중에 서둘러 김장을 마쳤다. 종로 5가 충신교회에서 결혼식을 보고 교보빌딩 1층 일식집 「학(鶴)」에 가 회초밥을 샀다. 8개에 3천 5백 원 주고. 집에 도착하니 6시. 선생은 초밥을 세개 드셨다. 엎드린 채 이불 밑에서 말이다.—엄마, 혜원이랑 내가 점심 먹을 때, 돼지고기를 볶았거든. 근데 아버지께서 잡숫구 싶으시대. 그래, 김장속하고, 돼지고기하고구, 굴국을 차려드렸었어. 고기 한 다섯 저름쯤 잡수셨을까 그래요. 이어 혜경이 덧붙이는 말에 의하면 「곶감」이 또 잡숫고 싶다 하셨단다. 낮에 그러시던 선생은 6시 30분쯤, 그러니까 초밥 세개를 드신 후, 감(연시(軟柿))이 또 먹고

1) '자리를'의 오기

싶다면서 사오라고 하셨다. 「말랑말랑하고 예쁜 것」으로. 혜경이 사러 나갔다. 몇 군데 가게를 거치도록 그날따라 홍시가 안보였다. 가까스로 한 집에서 찾아내긴 했으나 쭈글쭈글하고 미운, 맛없어 보이는 것이었다. 집에 전화를 걸었다. 이런 거라도 사갈까 보냐고. 수화기를 들고, 「그냥 사오려므나」 하는데 등뒤에서 흐으윽 흐으윽 하고 흐느끼는 소리가 두번 들렸다. 황급히 돌아서 다가가니, 숨을 두번 크게 몰아쉰 선생의 눈은 감겨 있고 이미 의식이 없는 상태였다. 시계는 8시 40분을 가리키고 있었다. 맥박을 짚어보니, 가늘게 뛰고 있었다. 이때 들어선 혜경은 망연자실, 감 두개를 쥔 채 방 한가운데 서서 아버지를 내려다본다. 코 윗부분, 눈, 이마까지 거무스름하게 그늘져 있었다, 엄마는 119로 다이얼을 돌린다. 5분쯤 지났을까 구급차가 왔다. 앰뷸런스 속에서 남자담당원은 맥을 짚었다. 선생의 주치의 현박사는 혜화동 고대부속병원에 있었지만, 「시간이 없다, 매우 급하다」는 청년의 말에 제일 가까운 데 있는 강북 성모병원으로 갔다. 응급실 침대에 누이고 담당의시[2] 가 왔을 때는, 선생은 이미 운명하신 뒤였다. 곧바로 영안실로 옮겨진 시신을 두고, 미망인은 집으로 달려왔다. 급하게 가는바람에 돈을 가져가지 못했으므로 오면서 생각한다. 닷새 전, 혜원이가 알부민을 주사해드릴 때, 혈관을 못 찾아 한참 애를 쓴 일을 말이다. 십년을 끌어온 지병으로 해 쇠잔해질대로 쇠잔해진 선생은 이제 영 불지의 객이 되고 말아, 당신의 시(詩)에서처럼 「따뜻한 풍광(風光)의 나라」로 가신 것이다. 「학원사(學園社)」라고 인쇄된 원고지 뒷면에, 왔다갔다하는 흔들리는 글씨체로, 몇편의 시가 선생의 머리맡에서 찾아졌다. 거기, 「왜들 그렇게 가셨지/조지훈(趙芝薰)/박목월(朴木月) 선배님을 비롯/쓰레기 같은 나만/살아 있는 것/같다」는 〈단장(斷章)〉도 들어 있다. 다른 유고에는 나운규(羅雲奎) · 김소월(金素月) · 나도향(羅稻香)의 이름도 나온다. 「작고한 선배님들이 반갑게 아른거린다」더니, 그 시작(詩作) 노트를 쓴 지 한달 만에, 그들 곁으로 기어이 가고 말았다.

누워계신 마지막 9일 동안도, 기진(氣盡)한 중에 선생은 붓을 놓지 않으셨다. 「오

2) '담당의사'의 오기

늘이 무슨 요일이냐?」고, 당신의 시 제목처럼 매일매일 딸에게 묻더란다. 멍하니 생각에 잠겨 눈감고 계시다가 돌쳐눕곤 하셨는데, 무얼 적으시는 모습은 한번도 본 적이 없다는 게 모녀의 말이고 보면, 어느 때나 투명한 음계(音階)의 고독이 도와주러 오는 그분 시작(詩作)의 의미를 알 것 같았다. 「창조는 정신적 완전성의 최고 급수를 자기 일 속에서 성취시키는 행위이다」라고, 우나무노는 그의 저서 《생(生)의 비극적(悲劇的) 의미》에 정언(定言)해놓았다. 또, 「흠 없는 한 페이지의 글을 쓴다는 것은, 아니 단 한 문장이라도 쓴다는 것은 생성과 그 부패에서 벗어나는 것, 죽음에 초월하는 것」이라고 《붕괴개론》의 저자 시오랑은 말한다. 선생은 유고에 적고 있다. 「나는 이 세상에/ 계속해온 참상들을/ 보려고 온/ 사람이 아니다」라고. 따라서, 선생은 이세상의 악과 고통, 질병과 죽음이라는 저주의 무게에 대항하는 「미학적 평형추」로서의 시(詩)가 필요했다. 이 평형추에 해당하는 포에지의 극점에 놓이는 작품이 바로 〈라산스카〉라고 나는 생각한다. 〈라산스카〉는 같은 제목 아래, 각기 다른 세 편이 있다. 그중 제일 먼저 씌어진 것이 다음 작품이라고 혜경은 일러준다.

미구에 이른
아침

하늘을
파헤치는
스콥소리

스콥(schop)의 사전적 의미는, 「가루 모래 덩어리 등을 담아 올리거나 또는 섞는 데 쓰는 숟가락처럼 생긴 삽」이다. 그러면, 「하늘을 파헤치는 스콥소리」에 대응되는 〈소리〉를 보기로 하자. 「연산(連山) 상공(上空)에 뜬/구름 속에서 무슨 소리가 난다/무슨 소리가 난다/아지 못할 단일악기(單一樂器)이기도 하고/평화스런 화음이기도 하다/어떤 때엔 천상(天上)으로/어떤 때엔 지상(地上)으로 바보가 된 나에게도/무슨 신호처럼 보내져오곤 했다」(〈소리〉 전문(全文)). 어떤 날 아침, 동안이 오래지 않은(미구(未久)) 사이, 마치 「신호」처럼 들려오는 상공(上空)의 소리가 있다. 「하늘을 파헤치는」 삽질 소리이다. 그것은 「단일악기(單一樂器)」, 〈배음(背音)〉이 보여주는 그 「세상에 나오지 않은 악기(樂器)」이며, 「평화스런 화음」을 내는 악기이다. 말하자면, 시인이 「비나 눈 내리는 밤이면 더 환하」게 듣는다는 「잔잔한 성하(聖河)의 흐름」과, 그런 흐름을 초의식적으로 감촉하는 지순(至純)한 영혼의 상태, 그 메타포가 바로 「라산스카」인 것이다. 「라 토스카」가 사람의 이름이듯, 「라산스카」는 김종삼(金宗三)의, 현실적 저주의 무게에 대항하는 미학주의자의 시적(詩的) 자아, 그 가장 고양된 형태의 음악적 명칭인 것이다. 「음악적」이라고 한 것은, 어떤 이태리 곡명(曲名)의 음차(音借)일 듯싶은 어감상의 유사성 때문이기도 하고 다음과 같은 시인의 발언 때문이기도 하다. 「음악은 사실 화려한 것이 아니지요. 나의 시에서 자주 음악이 나온다면, 그것은 음악이 가지고 있는 화려하지 않은 분위기와 종교적이라 할 만한 정화력(淨化力) 때문이겠지요……」('81년 1월 13일 《한국일보》인터뷰, 상점 필자). 〈라산스카〉 시편들이나, 시 〈성하(聖河)〉가 보여주는 것은 「죄를 심히 죄되게 하는」(롬 7:13) 성찰의 「밝은 눈」과 가위 「종교적이라 할 만한 정화력」이다. 〈미사에 참석(參席)한 이중섭(李仲燮)씨〉에서 시인은 보여준다. 「자기중심성」이라는 원죄의 뇌옥(牢獄)에서 풀려난 영혼에게 찾아온 우주적인 사이즈의 사랑을. 「……내가 처음 일으키는 미풍(微風)이 되어서/내가 불멸(不滅)의 평화(平和)가 되어서/내가 천사가 되어서 아름다운 음악(音樂)만을 싣고 가리니/내가 자비스런 신부(神父)가 되어서/그들을 한번씩 방문(訪問)하리니」. 그러니까 다시 말해서, 「아름다운 음악만을 싣고」 오는 천사로 고양된 자아 이미지를 김종삼(金宗三)의 문법으로 드러낸 것이 〈라산스카〉이다. 따라서, 가장 고양되고 또한 가장 낮아진 시인의 통회는 또 그만큼 절절하다. 작고한 「심우(心友)」들이 머무는 「따사로운 풍광(風光)의 나라」, 「언제나 찬연한 꽃나라, 언제나 자비스런 나라, 음악의 나라, 기쁨의 나라」(〈추모합니다〉)에 자신은 갈 수 없을 거라고 〈라산스카〉의 일절에 쓰고 있다. 「나 지은 죄 많아/죽어서도/영혼이/없으리」라고. 책임의 현실, 관계의 현실에서 자신을 오려내는 예술가의 에고이즘 자체가 〈성하(聖河)〉적(的) 감수성, 그 민감한 영적 눈뜸 앞에서 크낙한 타죄(墮罪)로 알아차려졌을 것이다. 너무 종교적으로 몰아가는 발상인가. 그렇지만

〈헨젤과 그레텔〉의 「양(羊)」과 「최고(最古)의 성(城)」은, 비록 「동안」이긴 하지만, 성서적 「천성(天城)」의 비전을 보는 시인을 목도하게 된다. 겨울날씨답지 않게 포근하고 맑은 12월 11일 장례일, 미아리 「길음성당」의 김(金) 보니파시오(충수(忠洙)) 신부는 「대세(代洗)」로 「김베드로」가 된 시인의 관 위에 성수(聖水)를 뿌리며 고별식 끝기도 문를(?)[1] 봉독하고 있었다. 1984년, 12월 11일, 오전 11시.

천사들이여 이 교우를 천상낙원으로 데려가시고
순교자들이여 이 교우를 영접하여 거룩한 도시
천상 예루살렘으로 인도하소서—.

주여 그에게 영원한 안식을 주소서—.
영원한 빛을 그에게 비추소서—.

(『文學思想』, 1985. 3.)

1) '끝기도문을(?)'의 오기

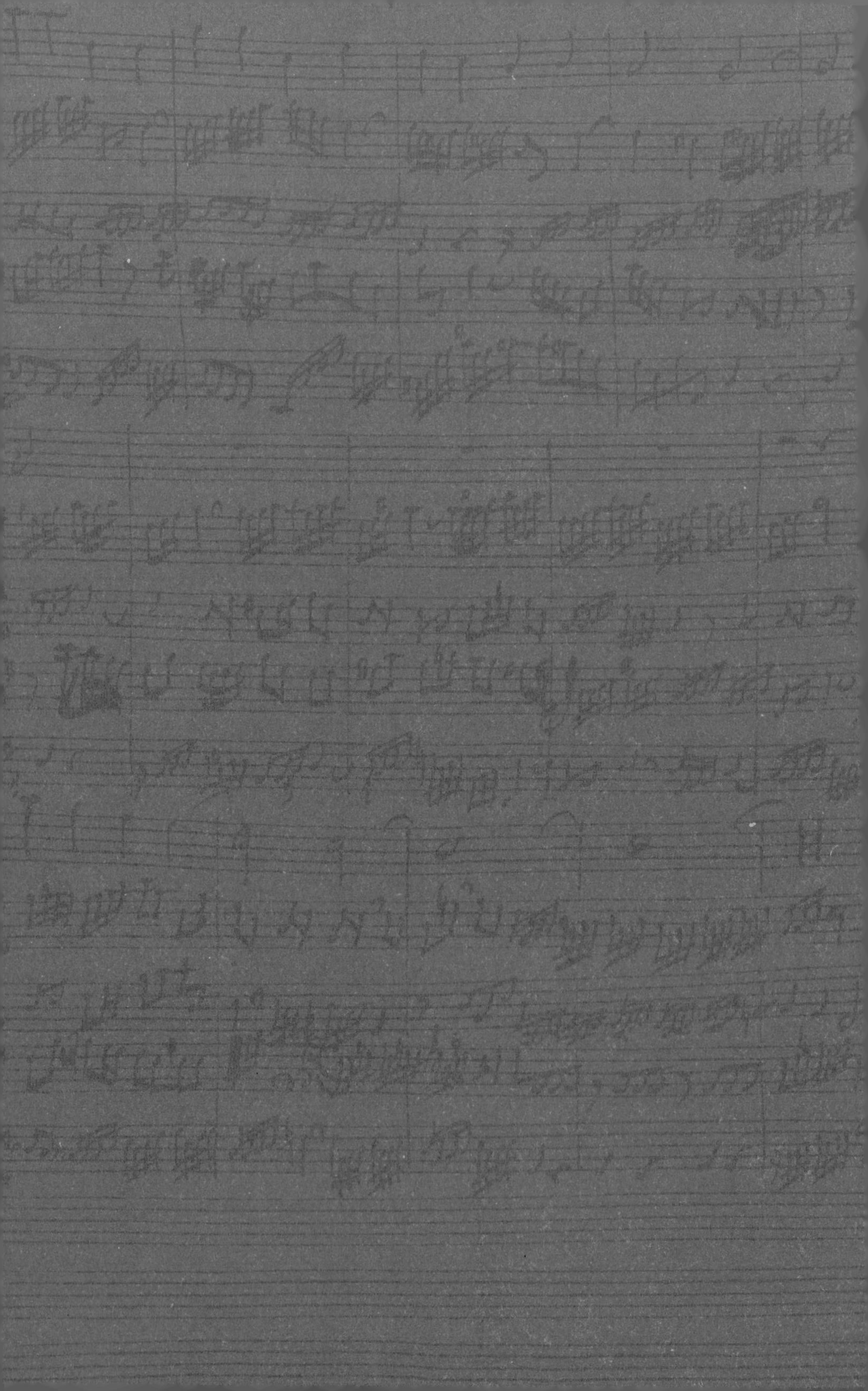

4부

관련자료

:: 인터뷰 ::

김종삼(金宗三)을 찾아서

그는 10여년이 넘게 동아방송에서 음악효과를 담당하고 있다. 여러 번 전화를 건 후에야 간신히 그와 통화를 할 수 있었다. 그는 시간을 좀 내 주셨으면 좋겠다는 나의 부탁을 듣고 한참을 더듬더듬 하더니 그럼 차나 한 잔 하지요 라고 대답을 했고 그래서 우리는 무교동의 커피맛 좋기로 이름난 한 찻집에서 만났다. 만나기로 약속한 시간에 그는 나오지 않았고 그를 기다리면서 나는 초여름 오후의 이상스러운 권태감 속에 빠져들어 갔다. 그 권태감까지도 사실은 사치스러운 의식인의 노름이 아닐까 하는 생각을 하기도 하였지만 그 생각마저도 나는 포기해 버리고, 머리를 텅 비워 놓은 채 그를 기다렸다. 그를 기다렸다기보다는 그냥 앉아 있었다는 것이 더 올바른 것이다. 그는 약속시간에서 한 시간이 넘은 시각에 나타났다. 여전히 잠바차림에 벙거지라고 부른다면 약간 실례가 되겠지만 그것에 비슷한 모자를 쓰고, 잔뜩 지친 듯한 표정으로 그는 찻집에 들어왔다. 그리고는 의자에 앉자마자 드링크류의 약병 하나와 아마도 술깨는 약이 분명한 알약들을 탁자 위에 늘어놓더니, 섬세하게 약병의 마개를 따고 알약을 하나씩 입에 털어 넣었다. 그 전날 너무 술을 마셨다는 것이었다. 그리고는 계속 무료하다는 표정이다. 그와 처음으로 사석에서 만나는 나로서는 꽤 당황하였고, 나이가 쉰살이 넘으니까 이제는 모든게 다 재미없어요 라고 그가 갑자기 한 옥타브 높은 소리로 말했다

혼자서 안주는 거의 들지 않고 마신다는 소주도 이제는 시들하다는 것이었고, 김영태 씨의 말을 들으면 밤 열 두 시 이후에 듣는 음악이라야 제맛이 난다고까지 말할 정도로 음악광인데도 음악을 듣는 것도 그렇다는 것이었다. 나이와 취미에 관해서 그가 말을 꺼낸 틈을 타서, 나는 그의 출생년도가 어느 책에는 21년으로 되

어 있고, 어느 책에는 22년으로 되어 있는데 어느 것이 맞느냐고 물어 봤더니, 그는 21년이 옳다고 대답했다. 갑자기 나이 얘기로 질문을 받을 줄은 전연 몰랐다는 표정으로 어리둥절해 있는 그에게 나는 글쓰는 것도 시들합니까 라고 다시 물었다. 그때 그는 눈을 크게 뜨고 나를 바라다보았다. 그리고는 엉뚱하게 자기가 어떻게 시를 발표하게 되었는가에 대해 예의 한 옥타브 높은 목소리로 빠르게 말하기 시작했다.

그의 말에 의하면 쓰지 않을 수 없어서 쓰기 시작한 시라는 물건을 처음에는 김윤성 씨가 『문예(文藝)』에 추천받게 해 주겠노라고 세 편을 가져 갔는데, 심사위원들의 눈에 들지 않아 추천을 거절당했다는 것이다. 꽃과 이슬을 노래하지 않았기 때문이라는 것이었고 지나치게 난해하다는 것이었다. 그의 그 말은 나에게 50년대 시인의 가슴아픈 비극적 정황을 상기시켜 주었다. 그 세대는 몇년의 시차 때문에 일본 식민지 치하에서 한국어로 시를 쓸 기회를 잃어버리고 해방 후에는 정치적 정황 때문에 의지할 만한 상당수의 선배들을 빼앗겨 버린 세대이다. 그 세대에 속하는 김춘수, 김수영, 박인환, 김구용 등의 일급 시인들은 대개 추천을 받지 않고 동인지나 시집으로 시단에 데뷔한다. 그것은 이중의 의미를 띤다. 하나는 그들이 그들에 의해 단련을 받고, 전통의 맛을 익혀야 될 선배시인들을 갖지 못했다는 사실이다. 그들이 선배라고 생각해야 될 시인들은 그들과 거의 비슷한 연배의 서정주, 박목월, 박두진, 조지훈 등이었던 것이다. 또 하나는 그것과 밀접한 관계를 갖고 있겠지만, 그들이 전통을 부정적인 측면에서만 관찰하게 되었다는 사실이다. 김구용의 초현실주의 시론, 김춘수의 넌센스시론, 김수영의 반시론 등으로 대표될 수 있는 그 세대의 시론들은 전통과의 싸움보다는 그것의 부정 혹은 무시에 더 액센트가 주어져 있다. 그 세대야말로 시작(詩作)의 초기에 있어 무질서와 혼란을 뼈아프게 체험한 세대인 것이다. 그 세대를 휩쓸었던 시론없는 시인은 시인이 아니다 라는 해괴한 주장은 선배와 전통에게서 뿌리뽑힌 시인들의 아픈 탄식소리이다.

그가 발표한 최초의 시는 「원정(園丁)」[1)]인데, 그것을 통해 그 시인의 진가를 발견한 것은 김춘수 씨이다. 그의 고평(高評)에 힘입어서 그럭저럭 시를 발표할 수 있었다는 것이다. 「원정(園丁)」(『신세계(新世界)』)에는 그의 그 이 후의 시작(詩作)을 예고하는 몇 가지 요소가 숨어 있다. 제일 두드러진 것은 묘사의 과거체사용이다. 한국시에 가장 흔하게 드러나는 정경묘사는 종결어미를 생략하고 대상을 병치시키는 류(박목월(朴木月), 박용래(朴龍來))나 현재형〈—이다〉나 〈—러라〉 등을 사용하는 류이다. 종결어미를 생략하고 대상을 병치시키는 정경묘사는 전통적인 동양화 수법에 가깝다. 현재형의 사용은 시에 구체성보다는 상징성을 더 부여한다. 그러나 과거체로 정경을 묘사할 때에, 시는 단단한 구체성, 더 산문적인 표현을 쓰자면 설화성을 띠게 된다. 과거체를 사용한 그의 상당수의 시편들이 그의 혹은 그 주변의 체험을 바탕으로 하고 있는 것은 그런 관점에서 분석되지 않으면 안된다. 「그리운 아니 · 로 · 리」「어디메 있을 너」「부활절(復活節)」「문짝」「이 짧은 이야기」「여인」「쑥내음 속의 동화(童話)」「아우슈뷔츠」 그리고 그로 하여금 제 2 회 현대시학 작품상을 수상케 한 「민간인(民間人)」「육십칠년 일월(六七年 一月)」 등이 그렇다. 그는 그러나 전부를 설명하지는 않는다. 그의 유년시절을 주로 회상하고 있는 그의 초기시편들이나 그가 성인이 되어 겪게 된 비극적인 체험들을 보여주고 있는 그의 후기 시편들이나, 그것들은 다같이 절제라는 미덕을 갖고 있다. 그 절제를 통해 그의 시의 설화성은 그 산문적 성격을 극복한다. 시에 구체성을 부여하면서 설명한다는 산문적 성격을 배제시키는 어려운 작업을 그의 과거체 시편들은 담당하고 있다.

1947년 봄
심야(深夜)
황해도(黃海道) 해주(海州)의 바다
이남(以南)과 이북(以北)의 경계선(境界線) 용당포(浦)

사공은 조심조심 노를 저어가고 있었다.
울음을 터뜨린 한 영아(嬰兒)를 삼킨 곳,

---

1)이러한 김현의 판단은 정확하지 않다. 현재까지 김종삼의 등단작은 1954년『현대예술 (現代藝術)』6월호에 발표한「돌」로 확인된 바 있다.

스무몇 해나 지나서도 누구나 그 수심(水深)을 모른다.

—「민간인(民間人)」

이 시의 뒤를 흐르고 있는 것은 비참한 민족상잔의 비극이다. 그는 1947년 봄이라는 구체적 시간과 용당포라는 구체적 장소, 그리고 월남민들을 싣고 가는 배를 독자에게 보여 준다. 그리고 마침내는 부모들이 살기 위해서 울음우는 아이를 강물 속에 집어 넣는 잔인한 그리고 가슴아픈 행위를 진술한다. 시인은 그러나 울거나 한탄하거나 분노하지 않는다. 자기 감정을 적절하게 규제하여 그것을 그는 상징적인 민족분단 인식으로 승화시킨다.

「원정(園丁)」에서 보여지는 또 하나의 그의 특징은 그의 비극적 세계인식이다. 비극적 세계인식이란 그와 세계 사이의 간극을 그가 비화해적인 것으로 보고 있다는 뜻이다.

안악과 주위(周圍)라면은(주위(周圍)사면은의 오식이 아닌지 모르겠다—인용자 주) 아무런 기척이 없고 무변(無邊) 하였다. 안악 흙 바닥에는 떡갈 나무 잎사귀들의 언저리와「뿌롱드」빛갈의 과실(果實)들이 평탄하게 가득 차 있었다.

몇개째를 집어 보아도 놓이었던 자리가 썩어있지 않으면 벌레가 먹고 있었다.
그렇지 않은 것도 집기만하면 썩어 갔다

거기를 직힌다는 사람이 드러와
내가 하려던 말을 빼았듯이 말했다.

당신아닌 사람이 집으면 그럴리가 없다고—.

과수원에서 자기가 집은 과일마다 썩어 있다거나 벌레먹은 것이라는 발견은 썩지 않은 것도 자기가 집으면 썩는다는 비극적인 생각으로 발전해 나간다. 다른 사람이 집으면 그럴 리가 없다 라는 「원정(園丁)」의 단정적 발언은 그의 세계와의 불화를 객관적으로 판정한다. 그 세계와의 불화는 흔히 부모없는 불행한 아이들의 놀이로 표상된다.

i) 그런데
한 아이는
처마 밑에서 한 걸음도
나오지 않고
리봉이 너무 길다랗다고
짜징을 내고 있는데
그 아이는
얼마 못가서 죽을 아이라고

—「그리운 안니·로·리」

ii) 영아(嬰兒)가앞만 가린 채 보드라운
먼지를 타박거리고 있다 놀고 있다

—「뵤죽집」

iii) 저기
어두워 오는
북문은 놀러 갔던
아이들을 잡아 먹고도
남아 있읍니다.

—「개똥이」

iv) 가난한 아희에게 온
서양나라에서 온
아름다운 크리스마스 카드처럼
—「북치는 소년」

그의 시에 나오는 아이들은 보통의 아이들과 다르게 항상 혼자서 가난하게 죽음을 예감하며 혹은 그것을 선고받고 살고 있다. 그 아이들은 부모들과 타인들, 다시 말해서 사회에서 완전히 소외되어 있으며, 동시에 성장이 중지되어 있다. 그 아이들은 그의 세계에서 그 시인의 세계와의 불화를 표상하고 있다.

비극적 세계인식은 그러나 세계에서의 도피를 뜻하는 것이 아니다. 그것은 오히려 긍정적인 세계를 열망하기 때문에 얻어지는 아픈 소리이다. 그는 그의 긍정적 세계를 관념적으로 표출하지는 않는다. 그가 보여 주는 긍정적 세계는 타인의 아픔을 폭넓게 수락하고 그것을 얼싸안으려는 잡초의 의지로 표상된다.

어린 교문(校門)이 보이고 있었다.
한 기슭엔 잡초(雜草)가

죽음을 털고 일어나면
어린 교문(校門)이 가까웠다.

한 기슭엔
여전(如前) 잡초(雜草)가, 아침 메뉴를 들고
교문(校門)에서 뛰어나온 학동(學童)이 학부형(學父兄)을 반기는 그림처럼
복실 강아지가 그 뒤에서 조고맣게 쳐다 보고 있었다.
아우슈뷔츠 수용소(收容所) 철조망(鐵條網) 기슭엔 잡초(雜草)가 무성해 가고 있었다.
—「아우슈뷔츠」

그는 〈죽음을 털고 일어나서〉 강인하게 생존해 있는 잡초를 본다. 그 잡초는 그에게 비극적 세계인식을 더욱 강요하지만 동시에 화해불가능한 세계를 껴안게도 하는 것이다.

비극적 세계인식은 현실도피를 뜻하는 것은 아니다. 그러나 거기에는 세계의 중심에 자기기 서 있지 않다는 자각이 숨어 있다. 자기의 의사대로 세계를 만들어 갈 수 없다. 아니 세계를 변화시킬 수 없다. 그렇지만 혼란한 세계를 그대로 수락할 수는 없다. 그가 할 수 있는 것은 그래서 방황뿐이다.

나의 무지(無知)는 어제 속에 잠든 망해(亡骸)
쎄자아르 프랑크가 살던 사원(寺院) 주변에 머물렀다.

나의 무지(無知)는 스떼판 말라르메가 살던
목가(木家)에 머물렀다.

그가 태던 곰방댈 훔쳐 내었다.
훔쳐낸 곰방댈 물고서
나의 하잘것이 없는 무지(無知)는
방 고호가 다니던 가을의 근교(近郊)
길바닥에 머물렀다.
그의 발바닥만한 낙엽이 흩어졌다.
어느 곳은 쌓이었다.

나의 하잘것이 없는 무지(無知)는 장뽈 싸르트르가
경영(經營)하는 연탄공장(煉炭工場)의 직공(職工)이 되었다
파면(罷免)되었다.

—「앙포르멜」

그의 가장 좋은 시편중의 하나인 이 시에는 그의 방황이 어떠한 것인가가 명백하게 드러나 있다. 세계를 자기식으로 변화시킬 수 없다는 것을 그는 무지(無知)라는 말로 표현하고 있지만, 그는 그럼에도 불구하고 그럴 가능성을 찾아 방황한다. 그 방황은 인간에게 물을 길어주는 행위와 마찬가지다.

그동안 무엇을 하였느냐는
물음에 대해
다름아닌 인간(人間)을 찾아다니며
물 몇 통(桶) 길어다 준 일밖에 없다고

—「물통(桶)」

그의 글쓰기는 그러한 방황의 표시이다. 글쓰기를 통해 그는 그의 방황의 의미를 다시 천착하는 것이다. 그 글쓰기가 즐겁고 평화로운 것일 리 없다. 그것은 〈내용이 없는 아름다움〉일지는 모르기 때문이다. 그의 「북치는 소년」에는 그런 의문이 노골적으로는 아니지만 음험하게 표현되어 있다. 가난한 아이에게 서양의 크리스마스 카드가 온다. 그에게 그 카드란 내용없는 아름다움이 아닌가? 살 만한 곳에서 살지 못하는 사람들에게 글이란 내용없는 아름다움이 아닐까? 라고 그 질문이 바뀌어질 수 있다는 진술이다. 내가 글쓰기도 시들하냐고 물었을 때 그가 갑작스럽게 그의 시작 초기에 대해서 이야기를 꺼낸 것은 그가 아직도 방황하고 있어 뚜렷한 대답을 거기에 하여줄 수 없음을 나타내는 것이었다. 그의 글쓰기가 그의 방황의 표현이라는 것을 그는 짧은 산문 속에 이미 피력한 적이 있다. 〈살아가노라면 어디서나 굴욕 따위를 맛볼 때가 있다. 그런 날이면 되건 안 되건 무엇인가 끄적거리고 싶었다. 무엇인가 장난삼아 끄적거리고 싶었다. 한 동안 일과 빚에 쫓기다가 단 하루라도 휴식이 얻어지면 죽음에서 소생하는 찰나와 같은 맑은 공기가 주위를 감돌았다. 혈연처럼 신선한 바람이 뺨을 치는 상쾌한 기분이었다. 기독인이면 기도할 마음이 생기듯이 나 역시 되건 안 되건 무엇인가 천천히 끄적거리고 싶었다. 〔……〕 그런데 앞으로 무엇을 더 써야 알 것인가?〉(「이 공백(空白)」, 신구문화사(新丘

文化社) 간(刊), 현대한국문학전집(現代韓國文學全集) 18) 그런데 앞으로 무엇을 더 써야 할 것인가? 그의 탄식은 계속되고 있다.

그런 그에게 나는 그의 유년시절과 학교 관계 그리고 직장 관계에 관해서 물어 보는 것을 포기해 버렸다. 방황하는 사람에게는 그에게 합당한 예의를 베풀어야 하지 않겠는가? 그는 약을 마시듯 천천히 커피를 마셨다. 그리고는 내가 묻는 질문에 진절머리가 난다는 듯한 태도로 갑작스럽게 대답하곤 하였다. 나는 그에게 릴케의 영향을 많이 받았다고 어디엔가 쓰고 있는데, 그것이 사실이며, 그의 어느 점에 영향을 받았는가를 물어 보았다. 그는 난데없이 자기의 기호는 자꾸 변한다고 대답했다. 17,8세 때에는 베토벤을 가장 좋아했고, 그 외에는 음악가가 없는 줄 알았지만, 바하와 모차르트를 들은 후부터는 그를 거의 듣지 않는다는 것이었고, 쎄자르 후랑크나 라벨, 드빗시 같은 음악가를 즐겨 듣는다고 덧붙였다. 그리고 나서는 생각이 그때야 난다는 듯한 태도로 젊었을 때에 열심히 읽은 것은 보들레르였지만, 릴케를 읽으면서 그를 곧 떠났다고 말하고, 릴케에게는 그의 진실을 배웠다고 덧붙였다. 릴케의 진실이 무엇이냐는 중학생과 같은 나의 질문에 그는 아무 대답도 하지 않았다. 그러나 그는 그의 시론에서 릴케의 정신을 이렇게 설명했다. 〈그는 말하기를 새로운 언어란 언어의 도끼가 아직도 들어가 보지 못한 깊은 수림 속에서 숨쉬고 있다고 말했다. 말하자면 함부로 지껄이는 언어들은 대개가 아름다운 정신을 찍어서 불태워 버리는 이른바 언어의 도끼와 같은 수단에 지나지 않으므로 그와 같은 언어 속에서 새로운 말이라는 게 없다는 것이 우리들의 라이나 마리아 릴케의 시론이다(「의미(意味)의 백서(白書)」, 한국전후문제시집(韓國戰後問題詩集) 신구문화사(新丘文化社)).〉 그는 아름다운 정신을 도끼 아닌 새로운 언어로 표출하는 것을 릴케의 정신이라고 표현한 것이다. 그러나 그것이야말로 얼마나 어려운 일인가? 그래서 그는 계속 방황하는 것인지도 모른다.

그는 계속해서 자기는 그들의 후기 시편들을 싫어한다고 미리 전제하고서 서정주와 청록파의 초기시편들과 전봉건, 박성룡, 마종기, 정현종 등의 시를 즐겨 읽는다고 말했다. 거기에서도 나는 그의 비밀중의 하나를 보았다. 그는 서정주와 청록파 이전의 시인들에 대해서는 단 한 마디도 언급하지 않은 것이었다. 선배없는 세대의 비극이 다시 나의 머리를 차지해 왔다.

나는 그에게 마지막으로 그가 프랑스 음악가들에게 경도하고 있는 이유가 무엇이냐고 물어 봤다. 그는 한참을 가만히 있다가 그들의 작품은 싫증을 내게 하지 않는다고 동어반복과 비슷한 말을 했다. 나는 그의 말을 그들의 작품들은 다양하게 해석할 여지를 주고 있기 때문에 싫증을 내게 하지 않는다고 해석했다. 그렇다면 그것은 그의 시에도 해당되는 말일 것이었다. 그의 시야말로 단일적인 해석을 부인하게 하는 암시력을 그 구체성 뒤에 숨겨가고 있기 때문이다.

초여름의 황혼빛을 받으며 우리는 헤어졌다. 그는 기름을 잘 치지 않은 철제인형과 같이 빽빽한 걸음걸이로 인파 속으로 사라졌다. 그와 헤어지는 순간에 그의 시에 왜 사원, 교회당이라는 어휘가 그토록 많이 나오는가를 물어 보지 못했다는 점에 나의 생각이 미치었다. 그러나 나는 다시 그를 쫓아가지 않았다. 아니 못 했다. 방랑하는 자에게 사원에서 기도를 드리는 순간마저 없다면 그의 삶을 위로해 줄 것이 무엇이겠는가라는 생각이 곧 떠올랐기 때문이었다.

(김현, 『시인을 찾아서』, 민음사, 1975)

문학(文學)의 산실(産室) ㉝ 시인 김종삼(金宗三)씨

『올페는 죽을때/나의 직업은 시라고 하였다/후세(後世) 사람들이 만든 얘기다.

나는 죽어서도/나의 직업은 시가 못된다/우주복(宇宙服)처럼 월곡(月谷)에 둥둥 떠 있다/귀환 시각(時刻) 미정(未定)』(「올페」 전문(全文))

자작시 「올페」 에서처럼 죽어서라도 시인은 『못된다』 고 미리 못을 박는 글을 남기는 시인 김종삼(金宗三)씨(58).

자신은 그렇듯 고집하나 그의 글을 읽어온 사람들은 그를 일컬어 『아직 우리주위에 남아있는 절대적 로맨티스트이며, 한국 현대시단에서 가장훌륭한 시인중의 한사람』 이라고 거리낌 없이 고백한다.

때문에 최근출판된 시집 〈북치는 소년〉도 그의작업을 안타까이 바라온 후배시인이 글을 모으고 출판사와의 연락을맡는등 잔일을 도맡아서 겨우 완성을 보게 된 것이다.

서울 광화문(光化門)네거리 뒤쪽 한다방에 20년을 한결같이 찾아주는 손님인 그와 마주 앉아 두서너마디 설명을하던 기자는 『그냥돌아가라』는 말을 듣고서도 두시간을 버텨낸끝에 몇마디대화를 나눌수 있었다.

—고향이 어디인가요.

• 황해도(黃海道) 은율(殷栗)에서 돼지새끼 나듯 태어나 자랐지요.

—돼지새끼 같다는건 귀엽다는 뜻인가요?

• 돼지새끼가 귀엽기는 하지만 이내 버려지듯 방치되고 그뒤엔 억척스럽게 먹어대기만하면 그만 아닙니까.

—그러면 교육을 어디까지 받았나요—.

• 미션계통인 광성고보(光成高普)를 다녔고 일본에건너가동경문화학원(東京文化學院)엘 다닌다고 했지만 실은 세계문학전집(世界文學全集)밖에 읽고온것이 없죠.

—「어린날의 추억에 차 있는 시가많다」 고 평론가들이 말하는데—.

• 사실 그래요. 선교사가 살던 지붕이 뾰족한 벽돌집이나 내가 너무도 좋아한 스티븐 · 포스터의 가락들이 그대로 드러나죠.

포스터의 노래는 작사는 조금 유치하지만 곡은 참으로 좋지 않아요? 나는 지금도 우주선(宇宙船)제조본부인 휴스턴보다도 위대해 보입니다.

—처음에 시는 왜 쓰게 되었나요!

• 포스터의 노래를 듣고 짙은감상에 빠져든때가 아마 사춘기였던가 봐요. 처음의 시작(試作) (그는 굳이 이렇게 표기해줄것을 당부했다) 혹은 습작은 가당찮은 요구만 하는 아버지 밑에서 노예처럼 일하는 어머니의 불쌍함, 그러니 학교도 의미가 없고 집은 더욱 싫고 하던 울분을 내 속에서 삭여내느라 글을 썼던 것 같애요. 물론 공식적인 추천을 위해 쓴 일도 있읍니다만 꽃이나 이슬의 얘기가 아니라 해서 무시되었죠. 한참 나이때인 52년의 일입니다.

—포스터의 노래와 시는 어떤 관련이있읍니까—

• 이상해요. 아니, 내게는 당연한 일인것 같지만 음악을 들을때에야 비로소 생각을 할수있게 돼요. 덧붙여 설명하자면 그립다거나 슬프다거나 운다든가하는 감정의 소용돌이에서완전히떠나는 평정에 다다를 수있다는 말이죠.

실연을 당했으니 가슴이 터지는듯 슬프다. 오! 하는 정신적인 희열의 상태에서 글을써야 시가 된다는 생각은 아주엉터리가하는생각입니다.

—음악은 어떤류를 좋아하고 대개어디서 듣나요. 집에서인가요?

• 허…모르는말씀. 얼마전까지살던 종로구옥인동(鍾路區玉仁洞)의 판잣집이 헐려서 정릉(貞陵) 산꼭대기에 셋방을살고 있는데 무슨재주로 집에서 음악을 들어요?

몇해 전에는 모 방송국 제작부에서 일한덕분에 충분히 들을수 있었지만…

나는 모차르트와 J · S · 바하를, 그리고 드비시와 구스타프 · 말러의 곡을 좋아해요. 음악이 없으면 그나마 글 한줄도 못썼을 겁니다.

요즘은 다방이나 버스나 옆방에서 계속 꿍꽝거리는 치사스러운 노래소리에 귀가 멀고 싶을 지경입니다.

—요즘은 어떻게 지내고 앞으로는 어떤 글을 쓰고자 합니까—.

• 글은 정말로 잘 쓸 자신이 없고 쓰고 싶은 욕심을 못 가집니다. 더구나요즘은 음악도 들을수 없으니.

가끔 친구들이 맡기는일본어(日本語) 번역일로 용돈을 좀 만들면 같은 또래 친구들과 어울려 슬슬 등산하는 것이 고작이지요. 맑은 바람 쐬러 갔다가 도리어 청년들이나 아줌마들 노는모습에 기분이 상하기 일쑤이지만.

어떻게 살아오는지도 모르는 동안 이럭저럭 써온 글들이 모아진걸 보면 내겐 과분하다는 생각이 들어요. (박인숙(朴仁淑)기자)

(『일간 스포츠』, 1979. 9. 27.)

문명의 배에서 침몰하는 토끼

「아침부터 저녁까지 무엇을 하십니까?」

「나 자신을 견딥니다.」

— E·M 시오랑

시인에 관한 말 중 인상적인 것이 하나 있는데 시인을 토끼에 비유한 말이다. 잠수함에는 늘 토끼가 승선해 있다 한다. 산소량을 측정하기 위해서이다. 산소 희박을 인간이 알아챌 정도면 더 이상 손쓸 수 없는 악화된 상태여서 토끼의 호흡으로 그 경계선이 측정된다. 산소가 모자랄 때 토끼가 먼저 질식하기 때문이다.

시인을 잠수함의 토끼에 비유한 것은 두 가지 측면에서일 것이다. 하나는 문명이나 그 어느 것에도 물들지 않은 본질의 생명을 시의 몫으로 돌려왔던 고전적 해석에 다름 아니고 또 하나는 속죄양의 측면에서이다.

시인이 삶의 높이, 그 척도가 된다는 것은 큰 은총이리라. 그러나 그것은 또한 형벌이기도 하다. 오염된 현실에서 시인은 누구보다 먼저 고통의 제물이 될 것이므로. 지식인이라는 측면에서 쓴 것이지만 김수영(金洙暎)의 말도 같은 방향에서 음미해 볼 만하다.

……가장 진지한 시의 행위는 형무소에 갇혀 있는 수인(囚人)의 행동이 극치가 될 것이다. 아니면 폐인이나 광인……

진정한 시인이란 은총과 형벌의 숙명을 진 사람이 아닌지, 그러나 시인도 소시민으로 안주해 가는 현대에선 이것도 고전적 해석인지 모르겠다.

우리에게 시인의 신화에 대한 그리움이 있다면, 이런 의미에서 존재가 더 두드러져 보이는 시인을 가까이서 찾을 수 있다. 어쩌면 이 시대의 마지막 사람일지도 모르는……

그는 늘 모자를 쓰고 다닌다. 중절모, 베레모, 등산모 등 여러 개의 모자가 있다. 모자는 어릴 때부터 좋아해서 밥을 먹을 때도 모자를 썼다. 아이적부터 모자를 써야 〈나〉였다.

모자란 의상 중에서도 가장 장식적인 것이다. 옷에 비해 쓸모야 없겠지만 그는 지금도 옷보다는 모자를 택할 것이다. 와이셔츠 하나도 마음에 드는 것을 사기 위해 온 시내를 돌아다녔던 심미가이가도 하지만 다른 사람에게 쓸모없는 모자가 그에겐 존재의 한 부분이며 이니셜이 된다.

그의 모자처럼 자신을 나타내는 것은 글씨이다. 종이가 패일 지경으로 직선으로 긋는 글씨. 도장 대신 쓰는 그의 사인도 어김없는 직선이다. 〈종(宗)〉에다 확고하게 사각을 두르는 사인. 이것도 바로 그의 성격을 나타낸다. 타협을 모르는 자기 정직.

해방 뒤다. 그는 이북 출신의 한 문인을 명동에서라도 만나면 한 대 치려고 별렀다. 그는 이북에서 공산정권을 견디지 못해 월남했는데 그 문인은 공산정권의 한 인물을 찬양하는 시를 썼다. 신념으로 썼다면 이해하겠지만 자유인 기질의 그 문인은 그럴 인물이 아니었다. 물론 「살아야 하니까 그랬겠지.」 그것은 이해하지만 그가 같은 입장이 됐다면 「도망갈거야.」

모자나 글씨처럼 눈에 띄는 것이 또 하나 있다. 그의 귀는 유난히 긴 편이다. 귀만 보고도 그를 가려 낼 수 있을 정도인데 순수로만 열려 있는 그의 큰 귀는 잡음 많은 현실에서 경련을 일으킨다.

그는 전에 13년간 방송국에 근무한 적이 있다. 독특한 음악효과로 그 직종에선 유능인었으나 큰 귀 때문에 방송 현실에 적응하지 못했다.

소위 말하는 황금시간엔 팝송과 대중가요가 나간다. 상업방송이니 그렇다 하더라도 〈썩었다.〉 방송국 안엔 어디든 스피커가 있어 듣지 않을 수 없었고 그는 이것을 견디지 못해 밖에 나가 술을 마시곤 했다.

방송국 시절 그가 가장 행복했던 시간이 있었다면 퇴근 후이다. 그는 남들이 사무실을 나설 때 사무실로 들어갔다. 의아해 하는 수위에게 손을 번쩍 들며 「시그널 몇 개 만들려고.」「시그널 만들기는 뭘 만들어.」 그는 아무도 없는 레코드실에 들어가 차고 있던 소주병을 따고 음악을 들었다.

그는 음악에 신들린 사람으로 알려져 있다. 곡 하나를 며칠 몇 달씩 듣기도 한다. 그에게 〈인간의 죽음이 뭐냐고〉 묻는다면 〈모짜르트를 못 듣게 된다고.〉

이런 그여서 모짜르트나 음악가를 잘 모르는 사람을 보면 「저런, 야단났군」 중얼거린다.

몇 년 전 베토벤의 대가 피아니스트 빌헤름 바카우스가 죽었을 때 일간지에 그 기사가 〈쬐꼬맣게〉 실렸다. 여느 사람들이야 이름도 제대로 보지 않고 스쳤을 테지만 그는 「못난 놈들」하고 내뱉았다. 그의 관점으로는 대음악가의 죽음을 그렇게 소홀히 다룰 수 없는 것이다.

현실에서도 쓸모없다는 예술, 그중에서도 정수라 할 음악을 귀가 큰 그는 생의 가장 높은 가치에 둔다. 이것은 살아가는데 과히 편리한 신념이라 할 수 없다. 13년간의 방송국 근무에도 그 흔한 차장자리 한 번 돌아오지 않은 것은 이런 순수편집증 때문이리라. 음악이 그의 삶에 절대 필요충분 조건이 되기 때문에 생활은 들으나마나한 교양과목 같은 것이 될 수밖에.

적막한 한 폭의 그림 같은 「드빗시산장(山莊)」을 보자.

결정짓기 어려웠던 구멍가게 하나를 내어 놓았다.

〈한푼어치로 팔리지 않았음은 물론이고〉

오늘에도 지나간 것은 분명 차 한대밖에—

그새,

키 작고 현격한 간격의 바위들과 도토리나무들이

어두움을 타 드러앉고
꺼밋한 시공 뿐.

어느새,
선회되었던 차례의 아침이 설레이다.

—드빗시 산장 부근

사람마다 자기만의 비밀스러운 피안이 있지만 음악은 그의 큰 귀와 더불어 실존의 한 부분이다. 〈유치한 얘기지만 불행했다. 그때마다 음악이 가장 위안이 되었다.〉 음악에 몰두하고 세상을 잊었다. 〈현실이 더러우니까.〉

우리는 지구에 사는 한 필링이 상할 수밖에 없다. 태어난다는 것은 공간의 충돌을 예비하는 것인데 이것은 타인과 사회와의 충돌이다. 〈상처받기 쉬운 능력을 탐구하는 제물〉인 시인에게 있어 그 충돌은 필연이기까지 하다.

독립된 영혼으로서 아이가 처음으로 부딪치는 공간은 가정이다. 그의 아버지는 신문기자를 지낸 언론인이었다. 『평양공론』 발행인이기도 했던 지식층이었으나 아이는 자라나면서 아버지가 〈시시합디다.〉 멋쟁이였던 아버지완 정이 없었고, 불쌍하게 여겨졌던 어머니와는 친구처럼 지냈다. 연민 많은 아이였던 것 같다.

그 나이 또래의 어느 소년들처럼 그도 사내답게 자랐다. 대동강을 헤엄치던 실력으로 평양고보 시절엔 백 미터 자유형 수영선수까지 했다. 또 싸움도 잘했다. 〈평양사람들이 원래 싸움을 잘한다〉지만 충돌이 많았다는 얘기도 된다.

그가 일본으로 건너간 것은 고보를 중퇴하고서다. 종문(宗文)(시인 · 작고)형도 일본에 유학가 있었지만 그는 자신이 하고 싶은 것을 찾기 위해 훌쩍 떠났다.

그는 동경문화학원 문예과에 기웃했다. 처음엔 작곡을 하려고 음악 공부를 했으나 그것을 알고 아버지가 송금을 끊었다. 어느 아버지처럼 법대나 상대에 가길 원했고 구름 잡는 것 같은 예술공부를 하려면 한국에 나오지 말라고 했다.

해방 전까지 그는 7년간 고학을 하며 일본에 머물렀다. 신문팔이며 막노동을 했다. 부두에 배가 들어오면 짐이 땅에 닿기 전에 잡아채 내려 놓는 일은 아주 힘들었다. 일꾼들이 중간에 포기할 정도였지만 그는 일단 맡으면 끝까지 해냈다. 일이 힘든 만큼 일당도 많아서 지금 돈 5만원 정도를 받았다.

「그거면 얼마간 살지. 책도 사 보고.」

동경시절의 수확이 있었다면 풍부한 독서를 했다는 점이다. 볼 만한 책은 다 보았다. 그때 진한 감동을 준 도스토예프스키는 지금도 가장 좋아하고 바이런, 하이네, 발레리 등 시집도 늘 들여다보았다. 「춘희」 같은 대중소설까지 읽었다.

막노동을 하며 살았지만 동경시절은 〈문화와의 접촉〉 시기였다. 그가 다닌 동경문화학원은 귀족이 다니던 학교였다. 교복도 입지 않는 자유분위기여서 여학생들은 미니 스커트를 입고 담배를 피우기도 했었다. 「거, 보기 괜찮던데.」

음악도 동경시절에 더 깊이 빠질 수 있었다. 그는 거의 매일 르네상스 다방에 갔다. 분위기가 좋아서 방해받지 않고 온종일 음악을 듣기도 했다. 오래 있다고 눈살 찌푸리는 일은 물론 없었고 다방 아가씨는 소리가 날까봐 찻잔도 조심스럽게 갖다 놓았다.

「격이 높다 낮다가 아니고 격이 있어요. 껌을 씹으면서 찻잔을 소리나게 내려 놓는 것과 달라요. 문화는 우리가 일본에 뒤떨어져요.」

무정부주의적이며 자유인어서 일본의 문화적 분위기를 수용한 것은 아니다. 평양사람답게 싸움을 잘하는 그는 일본서도 경찰서에 많이 드나들었다. 일본인들과 싸웠다. 「민족의식이란 게 있읍디다. 같은 한국사람끼리는 친하게 지내지 안 싸워요.」

그렇더라도 그가 일본에서 나왔을 땐 한국에 적응하기 어려웠다. 「나오지 말걸.」 한국은 일제의 식민정책으로 피폐해진 데다가 해방 뒤엔 이념의 혼란에 휩싸였다. 문화부재 시대였고 이 정신의 황무지에서 그는 또다시 이방인처럼 헤맸을 것이다.

그가 시를 쓴 것은 피난민 시절이다. 부산, 대구엔 많은 예술가들이 모여 들어 전시중에 독특한 분위기가 형성됐다. 그와 가까웠던 불문학도 전봉래(全鳳來)는 남포동 스타다방에서 자살함으로써 그 시대의 시인을 대변하였다.

그가 시를 썼던 것은 대구 시절이다. 「바탕도 없이 그냥 써봤다」 한두 장의 시 원고지는 꼬깃꼬깃 접힌 채 그즈음 늘 바지 뒷주머니에 찔려 있었다.

그가 시를 쓰는 것을 알고 시인 김윤성(金潤成) 씨가 『문예(文藝)』에 추천해 주겠다고 했다. 세 편을 가져 갔는데 심사에서 밀려 났다. 〈꽃과 이슬을 쓰지 않았다고〉 난해하다는 것이다. 퇴짜를 맞고 나니 써보고 싶어졌다. 그래, 53년도 평론가 임긍재가 주간을 맡아 있던 종합잡지 『신세계(新世界)』에 「원정(園丁)」을 발표했다.

김춘수(金春洙) 씨가 이 시의 진가를 발견하여 극찬하는 평을 썼다지만 「원정(園丁)」은 뒷발까지 그의 시세계를 이해하는데 중요한 시다.

평과(苹果) 나무 소독이 있어
모기 새끼가 드믈다는 몇날후인
어느 날이 되었다.

며칠만의 한번만이라도 어진
말솜씨였던 그인데
오늘은 몇번째나 나에게 없어서는 않된다는 마련 되 있다는 길을 기어히 가르켜 주고야 마는 것이다.

아직 이쪽에는 열리지 않는 사과(果樹)밭 사이인
수무나무가시 울타리
길 줄기를 버서 나
그이가 말한대로 얼만가를 더 갔다.

구름 덩어리 야튼 언저리
식물(植物)이 풍기어 오는
유리 온실(溫室)이 있는

언덕쪽을 향하여 갔다.

안악과 주위(周圍)라면은 아무런 기척이 없고 무변(無邊) 하였다 .안악 흙 바닥에는

떡갈 나무 잎사귀들의 언저리와

「뿌롱드」 빛갈의 과실(果實)들이 평탄하게

가득 차 있었다.

몇개째를 집어 보아도 놓이었던 자리가 썩어있지 않으면 벌레가 먹고 있었다.

그렇지 않은 것도 집기만 하면 썩어 갔다.

거기를 직힌다는 사람이 드러와

내가 하려던 말을 빼았듯이 말했다.

당신아닌 사람이 집으면 그럴리가 없다고—.

원정(園丁)은 시인과 세계를 이어 줄 가교역할을 하는 사람이다. 시인과도 과히 사이가 좋지 않은 듯하지만 시인에게 〈길〉을 가리켜 준다. 과실들이 가득 차 있는 언덕쪽 길을 그 과실들은 일상의 질서이기도 하고 보편적 진리이기도 한데 집어 보면 모두 썩어 있다. 다름아닌 그가 집었기 때문에 자기 운명에 대한 무서운 예감 혹은 통찰. 이것은 김현 씨의 평대로 〈그와 세계 사이의 간극을 그가 비화해적인 것으로 복 있다는 뜻〉이 된다.

그의 시의 또 하나의 특성은 적나라한 단순함에 있다. 「글짓기」란 제목도 있거니와 그의 시는 아이들의 정직한 서술체 같기도 하다. 그러나 그것은 절제라는 여과지에 걸러져 보다 심화되고 우리가 객관적으로 바라볼 수 있는 거리를 준다. 제 2 회 현대시학 작품상을 수상케한 「민간인(民間人)」도 민족비극을 그 원질(原質)로 보

여 준다.

1947년 봄
심야(深夜)
황해도(黃海道) 해주(海州)의 바다
이남(以南)과 이북(以北)의 경계선(境界線) 용당포(浦)

사공은 조심 조심 노를 저어가고 있었다.

울음을 터뜨린 한 영아(嬰兒)를 삼킨 곳.
스무몇 해나 지나서도 누구나 그 수심(水深)을 모른다.

이미지의 눈부신 소묘, 「북치는 소년」 같은 시는 말라르메의 표현을 빌면 〈아주 순화되어 추위를 발산〉하는 듯한데 주제의 기화(氣化), 이 양식화야말로 예술가로서의 그의 창조력이다.

그 특성을 보다 잘 이해하자면 그의 음악편력을 들여다보는 것이 좋다.

그는 처음 음악을 듣기 시작할 때 베토벤에 심취했다. 17, 8세 때였는데 베토벤 외에는 음악가가 없는 줄 알았다. 「물론 위대하지.」

그러나 모짜르트를 듣기 시작하면서부터 베토벤이 가슴에 닿아 오지 않았다. 베토벤은 소나타도 궁상맞고 감정의 매너리즘에 빠졌다. 모짜르트가 깊이 있다. 우아한 선율의 「아데라이데」는 지금도 간절히 듣고 싶은 곡인데 〈모짜르트가 있으면 해골이라도 쓰다듬고 싶다.〉 그만큼 친근감을 느낀다.

또 그가 좋아하는 음악가는 말러, 드뷔시, 세자르 후랑크이다. 베토벤에서 바그너에 이르기까지 낭만파 음악가들은 개인적 표현으로 심리적 감염을 한다. 느낌을 강요하는데 〈나는 느끼는 게 싫거든〉 드뷔시는 귀족적 신중함으로 음악을 객관화해서 순화시켰다. 회화적이고 냉정하다.

낭만파 음악을 싫어하는 그는 시에서 감정이 그대로 드러나는 어휘를 싫어한다.

〈삭막〉〈회상〉〈사랑〉〈~여〉 등. 〈~여〉가 들어맞는 시는 김소월의 「초혼」은 정말 좋은 시다.

「사랑이란 단어도 함부로 쓰는 게 아닙니다. 남녀의 사랑도 그렇지 그게 오래 갑니까? 오래 가야 일 년 삼개월이지.」

어느 작가는 감정의 군더더기 없이 짧은 그의 시를 〈오징어 같다〉 기교없이 표현했는데 〈길게 쓰면 싱거워지니까〉 짧게 쓴다. 압축한 만큼 시는 보다 선명해져 그의 시를 읽으면 영상처럼, 판토마임처럼 장면이 떠오르는 것이다.

그의 시의 특성으로 이국정서를 또 하나 들 수 있다. 「그리운 안니 · 로 · 리」 「샹펭」 「라산스카」 등의 제목만 봐도 그렇지만 그의 시엔 미션병원, 〈맥웰〉이라는 노의(老醫), 시인학교(詩人學校) 교사(校舍)로 아름다운 레바논 골짜기가 그려져 있다. 배경이건 인물이건 이들은 시 속에서 공기처럼 숨쉬고 있고, 그래서 전혀 낯설지 않다.

이 점도 그만의 창조력이고 마력이다. 외국어까지도 모방이 아니라 자기 것으로 소화시키는 그는 전에 모자를 〈샤뽀〉라는 불어로 즐겨 불렀지만 이런 그를 딜레탕트라 역겨워할 사람은 없으리라.

그의 집안은 할아버지 때부터 기독교를 믿었다. 그도 세례를 받았고 14세때까지 교회에 나갔다. 교회에 가지 않으면 야단을 맞지만 〈미션계 분위기가 좋았다.〉

미션과의 만남으로 이국정서가 자연스럽게 스며든 것일까? 우연일 수도 있다. 그는 〈어쩐지 한국적인 것이 싫다.〉 국악이 싫고 무용도 고전발레가 좋다.

「자기 나라 걸 먼저 알고 남의 걸 알아야 하는데 돼먹지 못했지.」

육순이 된 지금도 〈파리 뒷골목 로트렉이 살던 곳 같은 데선 살 수 있다.〉 그의 혼은 〈어제 속에 잠든 망해(亡骸) 세자르 후랑크가 살던 사원(寺院) 주변에〉 머무르고 〈스테판 말라르메가 살던 목가(木家)에〉 머무른다. 말라르메가 태던 곰방댈 훔쳐 물고서 〈반 고호가 다니던 가을의 근교(近郊) 길바닥에〉도 머무른다.

정신의 피안을 찾아 헤매는 그의 혼을 시인 자신은 「앙포르멜」 속에서 〈나의 하잘것이 없은 무지〉라고 표현했다.

「앤니로리, 라산스카, 소녀 시 같잖아? 젊은 사람들은 치열하게 쓰니까 나를 시인으로 안 봐요. 그런 말 들을 만하지. 앤니로리는 뭐야, 앤니로리가. 그것도 장난

몇 번 했지.」

김수영(金洙暎)이 살아있을 때다. 자주 만나 술을 마셨지만 시 애기 같은 건 서로가 하는 법이 없었다. 그런 건 모른다는 듯이, 김수영이 딱 한 번 이런 말을 한 적이 있다. 너한테선 왜 버터 냄새가 나느냐고. 시가 아니라 사람이.

「정직하라는 애기지. 후라이 까지 말라는 애기지.」

그도 스스로를 빈정대고 있지만 그에게 국적의 틀을 끼우려는 것은 무의하다.

나의 본적(本籍)은 푸른 눈을 가진 한 여인의 영원히 맑은 거울이다.

—「나의 본적(本籍)」중에서

그래 시인은 정신의 〈외출(外出)〉만 하는 것이 아니라 맑은 거울로 세계와 사회도 비추어 본다. 〈가족 하나하나가 서로 자빠지고〉 있는 〈아우슈뷔츠〉 수용소를 비추고 아작아작 크고 작은 두 마리의 염소가 캬베쓰를 먹고 인파 속으로 열심히 따라가는 것을 좇기도 한다. 〈나 같으면 어떤 일이 있어서도 녀석들을 죽이기 않겠다〉고 말하면서.

조선총독부가 있을 때
청계천변(川邊) 십전균일상(一○錢均一床) 밥집 문턱엔
거지 소녀가 거지 장님 어버이를
이끌고 와 서 있었다
주인 영감이 소리를 질렀으나
태연하였다

어린 소녀는 어버이의 생일이라고
십전(一○錢)짜리 두 개를 보였다.

그의 어느 시처럼 「장편(掌篇) · 2」에도 시인의 연민이 땅거미처럼 깔려 있다. 그러나 더 이상 베어 낼 데 없는 사실체가 연민을 뛰어 넘어 문명비판을 한다. 맑은 거울에 찍힌 사회사진.

얼마 전 광화문 아리랑 다방에서 시인 박경용(朴敬用) 씨를 만났을 때다. 박경용 씨는 반가와하며 선생께 공손히 술을 함께 들자 했다. 선생은 건강 때문에 거절하고 박경용 씨가 밖으로 나가자 혼잣말처럼 물었다.「저 사람이 박경용이지? 박경용이지. 호감이 가요.」

이삼 년 전, 형님 김종문 씨가 〈인간회복〉이란 주제로 세미나를 했다. 그때 박경용 씨가 신문에 반박의 글을 썼다. 시인치고 인간회복을 말하고 싶지 않은 사람이 어디 있느냐고.「뒤떨어진 얘기라는 거지. 맞는 얘기예요.」

신작시집『누군가 나에게 물었다』에 실린 50여 편의 시들은 거의 죽음을 주제로 다루었다. 죽음에 시달리는 육체적 고통이 여기저기서 보이는데 그는 실제로 2,3년 전부터 고통스런 병에 시달려 왔다. 〈술병〉이라 해도 좋을 만큼 폭음으로 인해 얻은 병인데 그 증세는 십여 년 전부터 시작됐다.

가슴이 폭발할 듯한 고통이 시작되면 씻지도 눕지도 못한다. 걸어야 한다. 〈무엇을 먼저 기구할 바를 모르면서〉 어기적거리는 걸음으로 인욕의 〈지(地)〉를 한없이 헤매야 한다.

견딜 수 없었던 어느날은 수면제 스무 알을 먹었다. 며칠째 먹지 못한 빈 속에 차라리 죽는 게 났다 싶었지만 이틀만에 깨어났다.

병이 터지면 중환자실에 입원해야 한다. 하루에 반 이상이 죽어 나가는 곳이다. 중환자실엔 간호원이 아니라 우악스런 중년여자 간병인이 지키고 있다. 온종일 링겔을 팔에 꽂은 채 꼼짝도 못하게 감시한다. 조금만 움직이려 하면「아직 덜 아파서 그러나」쏘아붙인다. 링겔은 대상에 따라서 5시간도 가고 7시간도 가는데 빨리 떨어질 땐 가슴이 답답하다.

소화기 내과의 담당의사 표현에 의하면 그의 상태는 깨진 바가지를 꿰매 놓은 것 같다는데 술만 먹지 않으면 현상태로 간다고.「급성이면 죽는데 만성이라 죽지도 않아.」찌르듯 통증이 오면 술로 속을 달래야 했으므로 악순환이었다.

〈술병〉이 도지면 눈에 술밖에 보이는 게 없다. 아내는 환자가 밖에 나가지 못하게 돈은 물론 토큰까지 뺏아가지만 그는 무작정 나선다. 동네 가게에서 외상으로라도 술을 마셔야 했다. 그러나 미리 당부를 받은 가게주인은 가라고 소리친다. 그는 쫓겨나듯 아내의 발길이 미치지 못한 윗동네 가게로 가서 무작정 소주를 딴다. 〈돈은 나중에〉라고 말하게 되면 상대쪽에선 당연히 욕이 튀어 나왔다.

「사람꼴도 아니지 뭐.」

소주를 훔친 적도 있다. 돈은 나중에 갖다 주었다. 책을 들고 나가 헌책방에 넘기고 주는 대로 존을 받기도 했고 동네 세탁소에 돈을 꾸어달라고 손을 내밀기도 했다. 세탁소 주인은 「깔끔하시던 분이 왜 그러십니까.」 혀를 찼다. 그는 피난민 시절에도 하숙방의 더러운 요와 베개를 신문지로 싸서 사용했던 사람이었다.

문단에서도 그의 기행은 잘 알려져 있다. 그가 〈술병. 상태에서 잡지사나 출판사에도 도깨비처럼 나타나면 그가 찾아간 사람은 군말없이 얼마의 돈을 내놓는다. 「선생님 병원에 가십시요」 하는 말도 하지만 그는 그것으로 술을 사 병째 들고 마신다.

어느날은 길에서 우연히 아는 작가를 만났다. 걱정스럽다는 듯한 표정의 그녀에게 고개만 끄덕이고 돌아서다가 그는 아차 했다. 「돈 좀 달라고 할 걸.」 평상시엔 차 한 잔 대접받기도 싫어하는 사람이.

술은 언제부터 많이 마셨는지 그도 정확히 말할 수 없다. 현실에서 부대끼면 안정을 하려고 마셨다. 그가 쓴 산문에도 있듯 〈살아가노라면 어디서나 굴욕 따위를 맛볼 대가 있다.〉 화가 나서 마시고 어째서 마시고 했지만 한 마디로 〈절제를 못 했다.〉 일종의 현실도피였다.

그를 가리켜 어떤 이는 〈선천적으로 현실을 헤쳐 나갈 힘이 없는 사람〉이라 한다. 철저하게 현실외면을 했고 그것은 또 거부였다.

그러나 그도 한때는 치열하게 살았던 적이 있다. 일본에서 청년기를 보낼 때였다. 오로지 힘들어 몇 단계로 나뉘어져 있는 후지산(富士山)에 그는 자기의지를 시험하기 위해 밤새 걸어 끝까지 올랐다. 부두에서 거리에서 힘든 막일을 하며 이국에서 일곱 해를 팽팽하게 버티었다.

「그러나 그게 지금 아무 소용이 없어. 남은 게 없어.」

인생에 공식이 있을까? 〈그런 거지〉 생각해 보기도 한다.

나의 막역한 친구 볼프강 아마데우스 모짜르트는 죽을 때도 장의비가 없었다. 부인도 보이지 않았다. 동네에서 비용을 거두어 친구들이 묘지로 시체를 운구하는 날 비바람이 번졌다. 하나 둘, 그러다 모두 다 도망치고 말았다.

베토벤도 슈벨트도 너무 비참하였다. 고호도 고갱도 「죽은 다음에 값 올라가면 뭐해.」 비참하였던 사람들을 생각해 보아도 지금 그의 심정은 말로 표현할 수 없다. 「허무니 절박이니 좌절, 슬픔, 모멸 같은 말은 여유가 있어서 하는 말이다.」

운명이라면 거창하고 사람마다 다 팔자가 있다. 그는 〈팔자가 사나와서〉 팔자 좋은 사람이 부럽다. 그러면서도 자가용 타고 태평하게 사는 사람들을 보면 〈넌센스 같다.〉 직위 같은 것도 우습다. 장관을 시켜 주지도 않겠지만 〈장관이 되느니 다방 레지가 되겠다.〉

그는 방송국을 정년퇴직한 후 그나마 이어져 있던 현실의 고삐에서 풀려나 철저하게 시인으로만 남았다. 음악효과 일만으로도 판자집 셋방 가정을 지탱하기 힘들었지만 달리 어쩔 수가 없었다. 가족 생활비는 고사하고 자신의 하루 기본 용돈—거피값, 담배값, 버스값—도 마련해야 할 형편이었다.

이런 선생이 답답하게 보였는지 시인 정현종 씨가 자신이 재직해 있는 학교에 강사로 나와 주십사, 연락했다. 그는 거절했다. 집에 와선, 〈할 자신이 없다〉 얘기했다. 아내는 자신이고 뭐고 안 어울리니 할 생각도 하지 마라, 내가 두 끼는 먹여 주겠다, 했다.

자신의 말대로 그는 〈생활이 없다.〉 현실의 무산자(無産者)이면서 시인으로만 남았다. 시는 그에게 있어 오직 하나의 실존이건만 그는 이 것마저도 부정한다.

시에는 이치가 있어야 한다. 좋다 나쁘다가 아니라 싱겁지 않고 편견이 없어야 한다. 그가 보는 자신의 시는 〈이치도 없고 편견에서 벗어나지 못했다.〉 편견에서 벗어나지 못했다는 것은 딱지가 덜 떨어졌다는 것. 또 그는 〈인간회복을 말할 능력도 없다.〉

무엇보다 사는 바탕이 있고 겸비된 것이 있어야 한다. 바탕도 없이 무슨 시를 쓰느냐? 「내 시, 그게 어디 십니까?」 자기 같은 사람이 시인이라 불리므로 〈한국 문

단도 썩었다〉

이 말은 시인 전체에게 향하는 비판도 되지 않을까. 김종문 씨는 생전에 초현실주의 시를 선언한 시인이지만 〈초현실이 그냥 나오나? 초현실 속의 생활을 알아야지.〉

요즘 들어 시낭독회가 간간이 눈에 띈다. 시인들이 TV에도 나와 낭독을 했다는데 〈그게 어디 할 짓이냐? 약장사냐?〉

그는 한 출판사와 시선집을 내기로 응했지만 계약금만 받고 〈막연히 보류〉해 두었다. 다시 돌아다보기가 싫어서. 〈계약금을 돌려 주나……〉 이런 결벽증을 가진 그여서 시낭독회가 우스꽝스럽게 보인다. 〈더구나 자기 시를.〉

어떤 시인은 시가 구원이라고 하지만 그는 그런 말을 들으면 무언가 치민다. 〈시가 무슨 구원이 됩니까.〉 그는 취미로 시를 쓴다. 〈따분하고 심심해서.〉

이런 자조는 고통의 희화같이 느껴진다. 시와의 싸움에서 나가떨어져 본, 그만큼 치열했던 시인만이 할 수 있는 역설. 올페는 죽을 때 나의 직업은 시라고 했다. 그는 〈죽어서도 나의 직업은 시가 못 된다.〉

〈우주복(宇宙服)처럼 월곡(月谷)에 둥둥〉 떠 있던 시인은 그러나 그 뒤

그렇다
비시(非詩)일지라도 나의 직장(職場)은 시(詩)이다

—「제작(制作)」에서

하며 귀환했다. 이제 시인은 시와 화해했는가? 안주한 것인가.

「돼먹지 않은 소리! 어째서 시가 직장이 됩니까?」

헨델은 「메시아」를 작곡할 때 일 주일간 굶었다. 가정부도 들어오지 못하도록 문을 잠근 채. 「식욕도 못 느꼈던 거지.」 미켈란젤로도 작품을 제작할 때 「입맛이 떨어져, 없어.」 식음을 전폐하다시피 했다.

「그 정도는 돼야 예술가라 할 수 있지. 끊임없이 실험을 했던 에즈라파운드나. 옛날엔 생활이 처절했어요. 전봉래, 윤용하(尹龍河)가 있었던 시대. 시대가 그랬지.」

누가 그를 〈시인 김종삼 씨.라고 소개하면 무언가 머리끝까지 치민다. 그냥 김종삼이면 김종삼이지, 시인은 뭐냐.

〈나는 시인이 못 된다.〉 시인은 먼저 인간이 돼야 한다. 「나같이 인간도 덜된 놈이 무슨 시인이냐. 건달이다, 후라이나 까고.」

위악적이기까지 하지만 우리는 그 말 속으로 한 발 더 들어설 필요가 있다. 시인의 자기부정 속에 그것에 대한 해답이 있기 때문이다. 그의 중요한 시 한 편을 보자. 이 시는 거창하게 구호를 내세우는 동시대의 시인에게도 진정한 시 정신이 무엇인가를 보여 준다.

누군가 나에게 물었다. 시가 뭐냐고
나는 시인이 못됨으로 잘 모른다고 대답하였다.
무교동과 종로와 명동과 남산과
서울역 앞을 걸었다.
저녁녘 남대문 시장안에서
빈대떡을 먹을 때 생각나고 있었다.
그런 사람들이
엄청난 고생 되어도
순하고 명랑하고 맘 좋고 인정이
있으므로 슬기롭게 사는 사람들이
그런 사람들이
이 세상에서 알파이고
고귀한 인류이고
영원한 광명이고
다름아닌 시인이라고.

—「누군가 나에게 물었다」

어떤 분야의 창작에서도 그렇지만 시는 바로 시인 자신이다. 작품 속에 그때그

때 시인의 의식이 반영된다.

그의 근래 시를 보면 〈죄〉라는 단어가 이따금씩 눈에 띈다. 신작 시집에도 〈그 언제가부터 나는 죄인(罪人)〉〈죄가 많다는 이 불구의 영혼을 이끌고 가보자〉〈나 지은 죄 많아 죽어서도 영혼이 없으리〉 등이 보인다.

인간이 자기 죄를 말할 때는 큰 고통을 치렀거나 자기성찰을 깊이 했을 때이다. 그도 병상에서 죽음을 헤매면서 〈죄〉와 대면한 듯한데 「죄 많이 지었지.」 무슨 죄인가는 말할 수 없지만 그 죄란 〈인간이 할 바를 못 한〉 죄이다.

그가 음악광인 것은 널리 알려진 사실이다. 일찌기 그를 아는 사람들은 레코드판을 끼고 다니는 그의 모습을 익히 기억하고 있다. 그는 수복 뒤 폐허의 명동에서도 레코드 판을 끼고 다녔고 피비린내 나는 전란중에도 있는 돈 없는 돈을 털어서 레코드 판을 거두어 들였다.

시인 전봉건 씨는 이런 그를 〈현실에 대응하는 감각은 전혀 보유하지 아니한 사람〉이라고 「어느 시인의 몰락」이란 수필에 쓴 바 있다. 전쟁의 마당에서 레코드 판에만 집착하였다는 사실은 〈현실적 목숨부지에 대한 철저한 외면〉이었다.

「무정부주의적인 데가 있어요.」 무정부주의자에게는 의무라든가 책임이라는 말은 의미가 없다. 사회가 인정하는 질서의식이 없다. 이런 면에서 그는 유치원생 같은 데가 있는데 오십이 된 나이에도 어머니를 찾아가 〈오마니, 돈 내라우〉 떼를 쓸 수 있는 것이다.

이러니만큼 가장의식 같은 것도 가지지 못했으리라. 뿐 아니라 현실에 대한 그의 생리적 무관심 때문에 가족이 피해를 받았을지 모른다. 겉으로 드러난 결과는 다 아는 사실인데 셋방을 늘 면지 못했다는 것이다.

그와 함께 피폐해진 가족에게 그는 이제 〈죄〉를 느끼는지도 모른다. 〈술병〉도 그만 치러야지 마음먹는다. 「할망구하고 애들 불쌍해서.」 그가 집기만 하면 과일이 썩어 가는 것은 자기의 죄라고 생각하는지도 모른다.

그는 자기 자신이 싫다. 자기 생명의 있음도 마땅치 않다. 보헤미안 기질을 나타내는 그의 이국정서에 대해 얘기가 미쳤을 때도 주저없이 내뱉았다. 「한국에 잘못 태어난 게 아니라 어디든지 태어나지 말았어야 한다. 노르웨이건 핀란드건.」

자기자신부터 싫은 사람이라 호감가는 사람도 별로 없지만 그는 아이들을 사랑한다. 인간의 생명으로 가장 순수한 것은 아이들이다. 음악처럼 순수하다. 그래서 그는 아이들을 그리워하고 그의 시엔 아이들이 많이 나온다.

앞만 가린 채 보드라운 먼지를 타박거리며 노는 뾰죽집 아이, 북치는 소년, 자그마한 판자집에서 어린 코끼리처럼 누워 잠든 죽은 동생, 또 〈세상에 태어나지 않은 악기를 가진 아이〉도 시에 나온다. 이들은 성장이 중지—자라나면 죄지으므로—된 듯한, 영원한 아이들이며 시인의 〈세계와의 비화해〉 그 표상이기도 하다. 아이들은 우리가 넘을 수 없는 유리벽 저편에 산다.

이 아이들이 사는 나라는 현실에 질식한 시인의 은밀한 피난처다. 괴로와하며 〈내가 죽던 날〉에도 교황청 문은 냉엄하게 닫혔다. 「교황도 우상같이 보여요. 진창에서도 살아 봐야지.」 시인은 세상이, 교황청이 가르쳐 주지 않는 것을 아이학교에 와서 묻기도 한다.

한결같이 마음이 고운 이들이
산다는 곳을
노랑나비야
메리야
너는 아느냐,

이외에도 시인은 또 자신만이 아는 암호와 대화한다.

「라산스카가 뭐냐고? 밑천을 왜 드러내. 그걸로 또 장사할 건데. 묻는 사람이 여럿 있어요. 안 가르쳐 줘요.」

얼마 전에도 병원에서 나왔지만 건강이 좋지 않다. 아침엔 잘 일어나지 못해서 오후 서너 시가 지나야 시내에 나온다. 볼 일이라고 병원이나 출판사, 잡지사를 들르는 정도. 시를 쓰는 일이 유일한 행위이다.

시는 30여 년 간 써왔으나 언제부턴가 벽에 부딪치고 있다. 되든 안되든 시 한

편 쓰고 나면 다시는 시를 못 쓸 것 같은 생각이 든다. 하이네나 바이런 보다 못할 것 없는, 소월 같은 진짜 시인도 좋은 시는 열 개 미만이지만 그는 〈좋은 시를 못 쓰고 갈 것 같다.〉

오후 4시 이후 그는 광화문 아리스(지금은 아리랑이다)다방에 들른다. 방송국을 퇴직한 뒤부터 거의 매일 나간다. 특별한 일 없이 담배를 꽁초 끝까지 피우며 아리스의 세트처럼 자리를 지킨다. 아는 사람이 들어오면 뻿뻿하게 손을 들어 알겠다는 표시를 할 뿐.

예전엔 이곳에 목월(木月)영감, 조지훈 씨, 장만영 씨가 잘 나왔다. 가버린 사람들. 그들이, 김수영(金洙暎)이 그립다.

영어번역을 잘했지만 조금도 아는 체 하지 않았던 수영.

하루는 김수영이 그에게 「볼펜 구라브라 뭐냐?」 물었다. 가만 생각하니 펜 클럽을 말하는 것 같았다. 「펜 클럽 말이냐」 김수영이 다시 그의 말을 받았다. 「거기가 뭐하는 데냐?」 두 사람 다 펜 클럽에 가입하지 않은 시인이었다.

그는 오늘도 아리스에서 추억의 모자를 쓰고 커피를 마신다. 집에서 벌써 두 잔을 마시고 나왔지만 다방 커피가 작다고 소리친다.

모처럼 그를 찾아온 사람과 잡담하다 옛날 연애한 얘기가 나왔다. 일본 시절에 일본 여자를 좋아한 적이 있는데 발길로 채였다고 차는 시늉까지 해보였다. 영리하고 정숙한 여자였다. 지금도 가끔 생각날 정도로 순진한 연애였다. 몇 번 만나긴 만났지만 결국 채였고 그때 죽고 싶었다.

「그걸 보면 나도 목석은 아냐.」

그를 보고 목석이라고 할 사람은 아무도 없는데, 그와 한동안 얘기하다 보면 그것이 그의 화법인 것을 알게 된다. 상대방이 그의 시에 깔린 연민에 대해 얘기하자 「연민 많은 체 하겠지.」

언젠가 한번 그는 시인 김영태 씨 사무실에 들러 레코드 한 장을 불쑥 내놓고 갔다. 존 레논의 노래집으로 쟈켓에는 존 레논과 요꼬의 나체사진이 박혀 있었다. 제대로 들을 수도 없을 만큼 낡은 판이었으나 구하기 힘든 원판이었다.

이렇듯 애정표현도 그만의 〈생략법〉으로 하는 사람인데 〈아무 의욕이 없다〉는 시인의 근황으로 얘기가 옮겨지자 정색을 하고「나는 폐인이요」말한다.

그를 잘 아는 전봉건 시인이 옆에 있었다면 신파다, 한 마디 했을 것이다. 군더더기 없는 사람이 무슨 군더더기냐고.

그는 자신이 덧붙이듯 폐인도 건달도 아니다. 다만 그 자신일 뿐이며, 시인일 뿐.

용돈이 든든한 날, 〈낡은 신발이나마 닦아 신고 안양행 버스를 타보자〉 행복해하는 밝은 보헤미안. 그러면서 매일매일 〈스스로 죽는 죽음을 확실하게 되풀이〉하는 시인 그것만이 자기정직이며 잠수함의 토끼인 시인으로 죽는 길임을 그가 잘 알기에.

그가 가난한 윤용하 씨를 추모하듯 우리도 먼 훗날 그를 추모할지 모르겠다. 문명에 길들여지지 않은 도깨비, 나팔꽃처럼 귀를 열고 오염되지 않은 시인의 길을 걸어간 마지막 사람을,

시대의 저 끝으로 한 사람이 게처럼 걸어가고 있다.

스와니강(江)가엔 바람이 불고 있었다
스티븐 포스터의 허리춤에는 먹다 남은
술병이 매달리어 있었다
날이 어두워지자

그는
앞서 가고 있었다

영원한 강(江)가 스와니
그리운
스티븐

—「스와니강(江)」

(강석경, 『김종삼 전집』, 청하, 1988)

:: 신문기사 ::

『朝鮮日報』(1956. 8. 13.)

신문학오십년사상(新文學伍十年史上)에 빛나는
나도향명작영화화(羅稻香名作映畵化)! 인간(人間)의 욕정(慾情)과
애환(哀歡)을 묘파(描破)한 감동(感動)의 문제작(問題作)!

대망(待望)의 문예영화(文藝映畵)
전영화계(全映畵界) 주시리(注視裡)에 수상영결정(遂上映決定)

원작(原作)에대(對)하여
예술원회원(藝術院會員) 소설가(小說家) 박종화(朴鍾和)

나도향원작(羅稻香原作)『물레방아』는
싸늘하도록티어서 마치쌀쌀한 가을날을대하는듯한 느낌을주게한다

도루찾은전통적(傳統的)인「스타일」
소설가(小說家) 조흔파(趙欣坡)

상실(喪失)한지 오랜한국영화계(韓國映畵界)의 전통적(傳統的)인스타일을 도루 찾아놓은 것같다. 이영화(映畵)에는 우리 풍토(風土), 우리의생리(生理)가 약동(躍動)하고 있다

현대극영화(現代劇映畵)의새방향(方向)을발굴(發掘)
문학평론가(文學評論家) 임긍재(林肯載)

가식(假飾)과 허세(虛勢)에찬 도시배경(都市背景)을 피(避)한 현대극영화(現代劇映畵)의 한 방향(方向)을발굴(發掘)해 놓았다는의미(意味)에서 나는 이 영화(映畵)의 성과(成果)를 빗싸게평가(評價)한다

황홀감(恍惚感)까지 준다
여류수필가(女流隨筆家) 조경희(趙敬姬)

영화(映畵)에 나오는인물(人物)들이 꺼리낌없이 사랑을 맺고 또 마음껏미워하는 조야(粗野)한 생활감정(生活感情)은 도시(都市)에서 사는 우리에게 일종(一種)의 황홀감(恍惚感)까지 준다

「메리메」의「칼멘」을 방불(彷佛)
조선일보(朝鮮日報) 문화부장(文化部長) 윤고종(尹鼓鐘)

아내를 주인(主人)에게 빼앗긴 머슴이 그아내를죽이는 애정(愛情)과 격정(激情)의 낭만주의(浪漫主義)가 깃들어있는 이영화(映畵)는 마치『메리메』의『칼멘』과도 같다

문예작품(文藝作品) 영화(映畵)의 성공(成功)
경향신문(京鄕新聞) 사회부장(社會部長) 박성환(朴聖煥)

문학작품(文藝作品)의 영화화(映畵化)로서 일대성공(一大成功)이다. 무한히가엾고 무한히슯은 인간(人間)의 모습들을 이 영화(映畵)에서 보고 나는울었다.

인간극장(人間悲劇)의 절정(絶頂)이다
한국일보(韓國日報) 편집국장(編輯局長) 임창수(林昌洙)

이영화(映畵)가 묘사(描寫)한 냉혹(冷酷)한 낙착(落着)은 인간비극(人間悲劇)의절정(絕頂)이다

큰악한감동(感動)을
희망사(希望社) 사장(社長) 김종완(金鍾琬)

일제중엽(日帝中葉)을 배경(背景)으로한 이영화(映畵)는 비운(悲運)에 몸부림치는젊은이

의형상(形相)을 그려내어 큰악한감동(感動)을 준다

약자(弱者)의 운명적(運命的)인 서러움을 부조(浮彫)!
만화춘추사(漫畵春秋社) 사장(社長) 임순묵(林淳默)

강자(强者)의심리(心理)와 약자(弱者)의운명적(運命的)인서러움을 각명(刻明)하게 부조(浮彫)시켜놓은『텃취』는 놀날만하다

양운(梁雲)과 나애심(羅愛心)의 열연(熱演)!
영화평론가(映畵評論家) 허백년(許栢年)

방원역(芳源役)의 양운(梁雲)과 계집역(役)의 나애심(羅愛心)은 절찬(絕讃)이다 하절(夏節)에서 동절(冬節)에걸친 조심스러운 장기(長期)『로케』를 일관(一貫)하여 그들은 이잡역(雜役)을 훌륭히 감당하였다

「벙어리삼룡(三龍)이」의 감명(感銘)을새롭게
영화제작가(映畵製作家) 나조화(羅朝和)

같은 원작자(原作者)에의(依)한 왕시(往時)의명화(名畵)『벙어리삼룡(三龍)이』에서 받은감명(感銘)을 새롭게 해주는걸작(傑作)이다

생명(生命)의 영화(映畵)
시인(詩人) 공중인(孔仲仁)

『생명(生命)의문학(文學)』을 논(論)하는 것과같은 의미(意味)에서 나는 이영화(映畵)를 보고『생명(生命)의영화(映畵)』라고 느끼지않을수없다

스탭

원작(原作)…나도향(羅稻香)

각본(脚本)…이정선(李貞善)

감독(監督)…이 현(李 賢)

촬영(撮影)…박영환(朴永煥)

녹음(錄音)…이경순(李敬淳)

음악(音樂)…박제춘(朴是春)

〃 …김종삼(金宗三)

미술(美術)…박석인(朴石人)

조명(照明)…이한찬(李漢瓚)

주 연(主 演)

양운(梁雲) 나애심(羅愛心)

임운학(林雲鶴) 노재신(盧載信)

노 강(魯 綱) 손 홍(孫 興)

고선애(高善愛) 정애란(鄭愛蘭)

◇해설(解說)◇

『물레방아』는 일제 강점기(日帝時代)의 어느산촌(山村)을 배경(背景)으로 하여전개(展開)되는 숨막히는풍속도(風俗圖)라고도할 특이(特異)한소재(素材)로 영화한(映畵化)한 야심적문예걸작(野心的文藝傑作) 숨돌릴사이없이 겹쳐지고 포개지는 현실사회(現實社會)의 압력(壓力)과 작희(作戲)! 그것이약(弱)하고외로운사람들일쑤록 운명적(運命的)인서러움이요깨어나지않는 악몽(惡夢)이라한다면거기에굽힐줄모르고 피투성이가되어 싸우다가 마침내 희롱(戱弄)당하고마는 냉혹(冷酷)한낙착(落着)은 마치채찍으로처서 패○패○돌리다가 쓸어뜰이는 패○이와도 같은인간극장(人間悲劇)의 절정(絕頂)이아닐수없다 더우기 이영화(映畵)의 주제(主題)를 이루고있는 이와같은 비극(悲劇)의물결을 꿰뚫는애욕(愛慾)과격정(激情)의 세계(世界)는 어느시대(時代)거나인간(人間)이살아가는동안에는 피(避)치못할진실(眞實)일지모르겠다

작원(作原)은 천구백이십육년삼월호(一九二六年三月號)(조선문단(朝鮮文壇))지(誌)에 발표

(發表)되었다가 최근(最近)에다시『사상계(思想界)』지(誌) 십일월호(十日月號)(천구백오십오년(一九五五年))와『현대한국문학전집(現代韓國文學全集)』(창인사판(創人社版))에수록(收錄)된 도향(稻香) · 나빈(羅彬)의 · 영화(映畵)와동명(同名)의단편소설(短篇小說)이다

나도향(羅稻香)은 이십세전후(二十歲前後)의짧은 문단생애(文壇生涯)를통(通)하여장편(長篇)『어머니』『환희(幻戲)』(동아일보연재(東亞日報連載))와 단편『뽕』『벙어리삼룡(三龍)이』(영화화(映畵化)=나운규(羅雲奎) · 주연감독(主演監督)) 등(等)의많은주옥편(珠玉篇)을남기어우리신문학오십년사(新文學五十年史)위에귀재(鬼才)로서손꼽는 작가(作家)이거니와 소설(小說)『물레방아』는 낭만주의(浪漫主義)에서사실주의(寫實主義)로 극단(極端)에서또하나의 극단(極端)으로작품경향양분(作品傾向兩分)하였던 그의후반기대표작(後期代表作)인 것이다.「씨나리오」는『옥단춘(玉丹春)』『천추(千秋)의한(恨)』『왕자호동(王子好童)과낙랑공주(樂浪公主)』등(等)의이정선(李貞善)이담당(擔當)하였고 감독(監督)에는「대영(大映)」촬영소출신(撮影所出身)의 신예이현(新銳李賢). 촬영(撮影)은양화가(洋畵家)이면서「캬매라 · 맨」인박영환(朴永煥). 녹음(錄音)은『피아골』『옥단춘(玉丹春)』『단종애사(端宗哀史)』등의이경순(李敬淳)—이들「컴비」가 짜내는강렬(强烈)한 예술적향훈(藝術的香薰)과재지(才智)는 괄목(括目)할만하다. 주연(主演)에는『현대극장(現代劇場)』『고협(高協)』『아랑(阿娘)』의 무대배우(舞臺俳優)였다가『꿈』에서 은막(銀幕)으로 전환(轉換)하여 단려(端麗)하고도 견실(堅實)한풍격(風格)을과시(誇示)한호한(好漢) · 양운(梁雲)과『미망인(未亡人)』『불사조(不死鳥)에언덕』『단종애사(端宗哀史)』등(等)에서 청렬(淸冽) · 분방(奔放)한매력(魅力)을 드러낸 신성나애심(新星羅愛心)이성적(性的) 방종(放縱)한하층계급(下層階級)의『계집』으로분(扮)하여 박진(迫眞)의 연기(演技)를보여주었고 이밖에우리영화계창시이래(映畵界創始以來)의 중진(重鎭) 임운학(林雲鶴) · 노재신(盧載信) · 노강(魯綱)과고선애(高善愛) · 손홍(孫興) · 정애란(鄭愛蘭)등(等)의「베테란」급(級)의공연(共演)

오극(惡棘)한 세도(勢道)! 음란(淫亂)한 계집의 행장(行狀)에 분노(憤怒)하는 젊은이의 형상(形相)!

단연(斷然)! 이채(異彩)로운 문예영화(文藝映畵)!

「칼멘」을 압도(壓倒)하는 정치(情痴)의 불길!

숨막히는 흥분(興奮)……풍속비극(風俗悲劇)의 최고봉(最高峰)

한국영화공사(韓國映畵公社) 작품(作品)

주연(主演) 양 운(梁 雲)

나애심(羅愛心)

부산(釜山) · 대구(大邱) · 인천(仁川) · 일제개봉(一齊開封)

17일(日) 개봉(開封)

중앙(中央)극장

독점개봉(獨占開封)

『경향신문』(1956. 11. 9.)

「문화단편(文化短片) 「현대시회(現代詩會)」 발족(發足)」

팔(八) · 일오(一五) 해방후(解放後) 진출(進出)한 시인(詩人)들의 모임으로서 「현대시회(現代詩會)」가발족(發足)되었는바 동회(同會)에서는 앞으로여러가지 활발(活潑)한 움직임을 전개(展開)하리라 하는데 우선 H · L · K · Y[1] 를통(通)해 정기적(定期的)인 시낭독(詩朗讀)의시간을가지리라며회원(會員)은 다음과 같다

김윤성(金潤成) 김관식(金冠植) 김종길(金宗吉) 김종삼(金宗三) 김수영(金洙暎) 김남조(金南祚) 김요섭 박성룡(朴成龍) 박봉우(朴鳳宇) 박희(朴喜)진 박양균(朴陽均) 이철균(李轍均)

이철범(李哲範) 이상노(李相魯) 송 욱 · 이동주(李東柱) 송영택(宋永擇) 신경림(申庚林) 성찬경(成贊慶) 신동집(申瞳集) 천상병(千祥炳) 민재식(閔在植) 정한모(鄭漢模) 전영경(全榮慶)

전봉건(全鳳健) (무순(無順))

1) CBS 기독교방송의 호출부호(콜사인)

『東亞日報』, 1961. 12. 26.

두창작극(創作劇)을소개(紹介)
KV『인생극장(人生劇場)』·『예술극장(藝術劇場)』

문화방송(文化放送)(KV)에서는 매주화요(每週火曜)에 『인생극장(人生劇場)』, 목요일에 『예술극장』이라는 「타이틀」 아래 비교적(比較的) 무게있는 작가(作家)의 창작극(創作劇)을 골라 보내고 있다. KV개국이래(開局以來) 밤 아홉시(九時) 십분(一○分)부터 삼십분간(三○分間) 보내는 방송극(放送劇)은 타국(他局)과의 중복(重複)을피한 적정(適正)한 시간배정(時間配定)으로 극(劇) 팬들은 「골든 아워」의 방속극(放送劇)을 「다이알」을 돌려가며 즐길 수 있게 한다는 것이다.

이번주(週) 『인생극장(人生劇場)』과 『예술극장(藝術劇場)』의 작품(作品)과 배역(配役)은 다음과 같다.

26일후(日後) 9 · 10-9 · 40

『인생극장(人生劇場)』

『사랑과 절정(絕望)의 그늘에서』

김중희작(金重熙作) 허지영연출(許志英演出)

건달인 덕호는 이웃집 처녀와 사업가를 빙자하여 결혼한 후 절도 생활로 돈벌이를 했다. 여러번 감옥생활을 한 덕호로부터 남편의 정체를 안 아내는 도망갔다. 이제는 지난날의 생활을 청산한 덕호의 출옥후 참회록.

【배역(配役)】 덕호에 주상현(周尙鉉) 금례에 서계영(徐桂英)(덕호의 처(妻)) 한여사에 이혜(李惠)경 (금례 모(母)) 박서방에 전운 (형무소친구)

28일후(日後) 9 · 1-9 · 40

『예술극장』『모음의 탄생』

장호작(章浩作) · 김종삼(金宗三) 연출(演出)

애인과 길을 걷고있던 상수는 차에 칠번한 낮모를 노파를 구하려다 대신 부상을 입는다. 병상의 몸이 된 상수는 지금까지 자기자신이 『사랑하는 이의 생명의 희생위에 이어온 생명』임을 새삼깨닫고 감격어린 그날들을 더듬으며 잠을 못이룬다.

〖연출(出演)〗 상수에 최성진(崔聖眞) 진이에 윤미림(尹美林)(상수의 옛애인) 명이에 김소원(金素媛)(상수의 현애인) 어머니 백성희(白星姬)(상수의) 의사에 구민(具珉), 간호원 김(金)애리사.

(『東亞日報』, 1961. 12. 26.)

『동아일보』, 1962. 7. 8.

동인지현대시(同人誌現代詩) 제일집(第一輯)을발간(發刊)

시동인지(詩同人誌)「현대시(現代詩)」제일집(第一輯)(두달격간)이 나왔다. 그 편집위원(編輯委員)은 유치환(柳致環) 정지용(鄭芝溶) 박남수(朴南秀) 삼씨(三氏)

이며 동인(同人)은 다음과 같다. 김광림(金光林) 김요섭(金耀燮) 김종삼(金宗三) 박태진(朴泰鎭) 박양균(朴暘均) 신동집(申瞳集) 이중(李中) 임진수(林眞樹) 전봉건(全鳳健) 주문숙(朱文淑)

『동아일보』, 1963. 4. 9.

방송가요(放送歌謠) 신작(新作) 첫 발표회(發表會) 9일(日)밤, 국립극장(國立劇場)서

제1회 방송신작가요발표회(放送新作歌謠發表會)가 9일하오 7시 국립극장(國立劇場)에서 열린다. 서울중앙방송국이 마련한 이번 발표회에서 새로제정된 「라디오」가요, 신민요, 우리가곡 등 이(二)십사(四)곡이 발표되는데 작사는 박남수(朴南洙) 장만영(張萬榮) 김종삼(金宗三) 박목월(朴木月)씨 등 신인[1] 이(二)십사(四)명, 작곡은 김동진(金東振) 이흥렬(李興烈) 이남수(李南洙) 황문평(黃文平)씨등 저명한 작곡가 이(二)십이(二)명이 담당하였다.

이번에 새로 제정된 작곡은 「라디오」가요, 신민요를 제一부, 우리가곡, 신민요를 제二부로 나누어 발표되며 이어 제三부는 노래와 경음악으로 엮어진다.

노래에는 이인숙 이귀임 김문자 조영호 김동필 권혜경 한명숙 김치켓등 십九명이 출연, 합창을 KBS합창단과 은종합창단, 반주는 KBS 관현악단(管絃樂團)과 경음악단(輕音樂團)이 담당한다.

---

1) '시인'의 오기인 듯

『동아일보』, 1963. 8. 12.

『시극(詩劇)』 동인발족(同人會發足)
이론(理論) · 창작(創作) · 연출(演出) 등 연구(研究)

시극(詩劇)의 연구 창작(創作)의 발표활동을 목적으로 한 시극동인회(詩劇同人會)가 발족을 보았다. 시극(詩劇)의 이론(理論), 창작(創作) 연출(演出), 연기(演技) 미술(美術), 조명(照明), 음악(音樂), 무용(舞踊) 등을 연구하거나 이에 종사하는 동인(同人)들의 모임인 동회(同會)에서는 ▶월일회(月一回)의 정기연구(定期研究) 및 합평회(合評會) ▶연이회(年二回) 시극(詩劇)에 관한 일반공개강좌 ▶시극(詩劇)무대공연 ▶동인지시극(同人誌詩劇)발간 ▶월일회(月一回)이상의 방송(放送)을 통한 시극(詩劇)발표등 사업계획을 세우고 있다.

동회(同會)에서는 제일(一)회 8월 정기연구및 합평회를 24일 (土) 하오 5시부터 중앙공보관(中央公報館)에서 여는데 이인석(李仁石) (현대예술(現代藝術)과 시극(詩劇))의 발표와 장호작(章湖作) 「열쇠장수」에대한합평(合評)이진행된다.

희극동인회의 역원(役員)과 회원(會員)은 다음과 같다.

▶대표간사(代表幹事) 박용구(朴容九) ▶창작간사(創作幹事) 장호(章湖) ▶사무간사(事務幹事) 최재복(崔載福) ▶연출간사(演出幹事) 김정옥(金正鈺) ▶기획간산(企劃幹事) 고원(高遠) ▶연기간사(演技幹事) 최명수(崔明洙) ▶회원(會員) 이인석(李仁石) 김원태(金元泰) 이흥우(李興雨) 김요섭(金耀燮), 오학영(吳學榮), 박정온(朴定穩), 최일수(崔一秀), 최창봉(崔彰鳳), 차범석(車凡錫), 김종삼(金宗三), 박환섭(朴桓燮), 김경(金耕), 임성남(林聖男), 최상현(崔相鉉), 윤미림(尹美林), 김소원(金素媛), 나옥주(羅玉珠), 오현주(吳賢珠), 김훈미(金薰美), 최란희(崔蘭姬), 임종국(任鐘國), 송혁(宋赫), 신기선(申基宣), 장국진(張國鎭), 김열규(金烈圭)

『경향신문』, 1966. 2. 21.

시극동인회공연(詩劇同人會公演)
26 · 27일(日) 국립극장(國立劇場)서

시극동인회(詩劇同人會)는 26 · 27 이틀동안 국립극장(國立劇場)에서 제2회 공연을 갖는다. 시인(詩人)들의 창작시극(創作詩劇) 3편(編)을 선정, 〈아시아〉재단의 원조로 공연을 갖는데 방금 〈리허설〉이 한창이다. 〈레퍼트리〉는 홍윤숙(洪允淑)작 한재수(韓在壽) 연출인『여자(女子)의 공원(公園)』, 신동엽(申東曄)작 최일수(崔一秀) 연출인 『그입술에패인그늘』이인석(李仁石)작 최재복(崔載福) 연출인 『사다리위의 인형(人形)』등 단막시극(單幕詩劇)이다.

「스텝」진은 무대감독 황휘(黃輝), 안무 임성남(林聖男), 음악 김종삼(金宗三) · 최연섭(崔永燮), 미술 김영덕(金永德) · 정우택(鄭禹澤), 조명 고천산(高天山), 효과 공성원(孔聖源)제씨.

시극동인회(詩劇同人會)는 63년 8월에 발족, 같은 해 10월에 장호(章湖)작 『바다가 없는 항구(港口)』로 창립공연(創立公演)을 가진바있고 그후 4회의 연구발표회를 열었다.

앞으로도 연(年)2회(回)이상의 정기연구공연과 시극지(詩劇誌) 발간(發刊)등을 기획하고 있다.

『중앙일보』, 1966. 2. 18.

시정신(詩精神) 기둥 삼은 공감(共感)의 영토(嶺土) 넓혀 제(第)2회(回)「시극(詩劇)」공연(公演)

「시극동인회(詩劇同人會)」(대표 · 박용구(朴容九)씨)에서는 창작시극단막물(創作詩劇單幕物)세편을 갖고 26~27일 국립극장(國立劇場)에서 제2회 공연을 갖는다.

『재래의 자연주의(自然主義)무대가 빚어놓은 인습적(因襲的)인 편칙(編則)을 거부하고 시정신(詩精神)을 기둥삼아 미술과 음악과 무용, 그리고「드라머」가 그들의 공감(共感)의 영토를 넓힐수 있는 새로운 차원(次元)의 종합예술을 지향한다』는 기치(旗幟)아래 소장(小壯) 시인(詩人) · 연출가 · 무용가 · 미술인들이모여 63년8월에 발족, 10월에 최초의 시극(詩劇)을 공연했던 이들은 그동안 재정난(財政難)으로 14회의 연구「세미나」만 갖다가 이번「아시아」재단(財團)의 원조로 다시 무대에 서게 된 것이다. 이번 공연의 작품및출연자는 다음과 같다.

■「여자(女子)의 공원(公園)」(홍윤숙(洪允淑)작 · 한재수(韓在壽)연출)＝이유정(李侑貞) 한재수(韓在壽) 조미남(趙美男) 박희숙(朴熙淑) 김봉근(金鳳根) 유종춘(柳鍾春) 박용(朴湧) 정민희(鄭敏姬)

■「그 입술에 패인 그늘」(신동엽(申東曄)작 · 최일수(崔一秀)연출)＝최불암(崔佛岩) 김애리사(金愛利士) 최현(崔賢) 문오장(文五長)

■「사다리 위의 인형(人形)」(이인석(李仁石)작 최재복(崔載福)연출) 김우정(金祐貞) 김희준(金喜俊) 이성웅(李成雄) 박정자(朴貞子) 김상영(金相榮) 이창구(李昌九)

이밖에「스탭」은 ▶무대감독＝황휘(黃輝) ▶안무(按舞)＝임성남(林聖男) ▶음악＝김종삼(金宗三) 최영섭(崔永燮) ▶미술＝김영덕(金永德) 정우택(鄭禹澤) ▶조명＝고천산(高天山) ▶효과＝공성원(孔星源) ■사진＝「여자(女子)의 공원(公園)」연습장면

『경향신문』, 1966. 5. 23.

비판받는 시극(詩劇)운동
시(詩)도 극(劇)도 아니라는 혹평(酷評)
연극(演劇)으로서 반성(反省)필요하단 중론(衆論)

시극(詩劇)이란 시(詩)인가? 극(劇)인가? 『시형(詩形)으로꾸민 연극(演劇)』한글학회의 큰사전에는 시극(詩劇)을 이렇게정의하고 있다. 그런가하면 을유문화사의 표준국어사전은『시(詩)로 각본을 써서 꾸민 연극(演劇)』이라고 말하고 있다. 우선 우리나라에선 아직낯선 이 시극(詩劇)의 시비점(是非點)은 무엇인가?

우리나라에서 시극(詩劇)이 정작 작품(作品)으로서 대중앞에 나타난 것은 불과 3년전의 일이다. 1963년 6월 29일 고원(高遠), 장호(章湖), 최일수(崔一秀)씨 등이 중심이되어 시극동인회(詩劇同人會)를 결성, 그해방송시극(放送詩劇)『열쇠장수』를 비롯해 2차의 연구발표회 및 공연을 가졌다. 제(第)1회(回)공연(公演)은『바다가 없는 항구(港口)』로 장호작(章湖作) 박용구(朴容九)연출로 진행되었는데 관중도 한산했을뿐 아니라 반응도 성공적인 것이 못되었다.

30여명의 회원을 갖고있는 동인회(同人會)는 신기선(申基宣), 이흥우(李興雨), 김종삼(金宗三), 송혁(宋赫), 윤미림(尹美林)등 작가와무대예술인을 등장시켜 수차(數次)에 걸쳐 연구발표회를 해왔다. 그러나 연구발표회(研究發表會)는 아직 미개척(未開拓)의 그것이라하지만 생경한 논의의 반복에 그쳐왔다는 세평(世評)을샀다.

시극(詩劇)은 원래 극(劇)의출발이 그것이었듯이 무대(舞臺)를 중심으로 행해진 무대예술(舞臺藝術)이다. 극(劇)은 17세기전 원래 교회의 찬송가를 배경으로 詩로서 시작되었음은 잘알려진일이다. 당시 극(劇)이라면시극(詩劇)을 곧의미하였다. 극(劇)이 산문극(散文劇)으로 바뀐것은 〈입센〉이후 현대(現代)로 들어서면서부터이며 〈벤틀드 · 브레히트〉가 주창한 소위 서사극(敍事劇)이 나타났다.

그리하여 극(劇)이라하면 현대에서 분명한 소재(素材)와내용을가진 연극(演劇)이어야한다는 것으로 대중에익혀왔다. 또 이러한 형식의 무대예술로서나 대중을 극장(劇場)으로 이끌수 있도록 시대(時代)는 산문화(散文化)하여왔다. 이를테면 대중(大衆)에 팔리기 시작한것이다. 그러던 것이 다시 시극(詩劇)의 논의가 꺼내졌다. 〈엘리어트〉의 출현으로 시극(詩劇)은 갑자기 영미극단(英美劇壇)의 일각(一角)에서 매력적으로 애호된 것이다.

1960년 미국에서 〈히트〉를 친 〈맥크리시〉의 『J.B』는 시극(詩劇)이 대중에게 〈어필〉할수 있다는점에서 당시 상당한 성과를 올린적이 있다. 영미(英美)의 현황도 김우창(金禹昌)(서울문리대(文理大)교수, 미국문학(美國文學))씨가전하듯이 『시(詩)냐? 극(劇)이냐로 한마디로 자를수없는 상태』를 보이고있는 형편. 단지 김(金)씨는 영미(英美)에서만해도 시극(詩劇)이 대중과벗해 존재할수있는근거를 〈드라머틱〉한 극적(劇的)요소에서 찾아내고 있다.

우리나라에서 그나마 시극(詩劇)문제가 관심을 끌기시작하기는 지난2월 국립극장(國立劇場)에서 열린 시극동인회(詩劇同人會)주체 제2회공연(公演)이 『시(詩)도아니고 극(劇)도 아니고 뭐가 뭔지 모르겠다』는 관중들의 불평을 사면서부터 본격화했다.

가뜩이나 얼마안되는 연극인구(演劇人口)와 시독자(詩讀者)의 호기심 가운데 열린 3개의 작품이 등장인물들의 생경(生硬)한 〈세리프〉에 지나지 않았다는 비난과 『그것이 바로 시극(詩劇)』이라는주장이 엇갈리는속에 끝났다. 『여자(女子)의 공원(公園)』, 『사다리위의 인형(人形)』, 『그입술에파인그늘』이 모두기대에 어긋났다는 공론에 묻혀버렸다.

극작가이근삼(劇作家李根三)씨는 이공연(公演)을 비롯한 우리의 시극(詩劇)운동을 가리켜 『관중이보아주지않는 관념(觀念)의 독백(獨白), 막연히 시적(詩的)인 분위기에만 빠져 이야기가 없다』고 혹평하고 있다.

그러나 시극(詩劇)운동의 유일한 집단임을자부하는 시극동인회(詩劇同人會)의 반론도 만만치않다.

『시극(詩劇)은 흔히 오해하듯이 시(詩)로쓴 극(劇)도아니고 극형식(劇形式)에의한 시(詩)도아니다. 그것은 〈포에지〉로 일관된 또다른 예술양식이다.』

이것이 동인회(同人會)의 주장이다. 최일수(崔一秀)씨는 여기에 부연하여 이른바

『제3의소리』라는 가설(假說)을 덧붙이고 있다. 『서정(抒情)의 주관성, 서사(敍事)의 객관성을 지양한형태』 그것은 시(詩)도 극(劇)도 아닌 새로운 〈장르〉로 정립해야 한다는 이야기다. 그러나 시극동인회(詩劇同人會)가 표방하는 〈슬로건〉의 근본이 〈포에지〉 정신이듯이 아무래도 시(詩)의 승화(昇華)된 개념으로서 더 〈액선트〉를 두고있는 느낌을 준다. 시인(詩人) – 김종문(金宗文)씨도 시(詩)의 가장 이상적인 발현(發現)은 시극(詩劇)이라는 지론을 내세우고 있다.

아뭏든 우리의현실은 관중이 『재미없다』고 외면하는 이유의 깊숙한곳에서 시(詩)로서의 강음부를 띠고 볼 수 있다.

이러한 현상은 김우창(金禹昌)씨의 견해에따르면 『우리나라에서 시극(詩劇)을 이해하고있는 눈은 상징주의파(象徵主義派)의 그것에 흡사하며 따라서 부진의원인은 극적인 요인의 결핍』에 기인하는 것이 틀림없어 보인다.

21일 동인회(同人會)는 일본(日本)에서 귀국한 최백(崔栢)씨가 녹음(錄音)해온 그쪽의 형편을듣고 16차(次)연구발표회(研究發表會)를 가졌다. 장소는 역시 예술회관(藝術會館)의 조그마한 방(房). 모인 사람도 10여명 정도.

신동엽(申東曄), 최일수(崔一秀)씨등은 「시인극장(詩人劇場)」(가칭)의 발기를 서두르고 있다.

아무리 연구(研究)발표회를해도 일반의 흥미를 모으고 작품(作品)으로서 대중에인식시켜 나가는길은 공연(公演)에있음을 발견했달까.

그러나 시극(詩劇)을 논의하는 자리가 드문 현실에서 하나밖에없는 시극동인회(詩劇同人會)가 「연극(演劇)으로서의 반성(反省)에 눈을돌리지 않는다면 과연 어떻게 존립(存立)할수 있을까. 의문을 나타내는 것이 극계(劇界)와 학계(學界)의 중론이다. 시극(詩劇)은 정말 새로운 〈장르〉로 정립할 것인가? 또는 우리현실과는 먼 상징주의(象徵主義)의 주변을 헤맬 것인가…〈Y〉

『조선일보』, 1971. 8. 22.

현대시학사 2회「작품상」에 김종삼씨—수상작「민간인」

1974년 봄/심야(深夜)/황해도 해주(海州)의 바다/이남(以南)과이북(以北)의 경계선(境界線) 용당포(浦)

사공은/조심 조심 노를저어가고 있다. 울음을 터뜨린 한 영아(嬰兒)를삼킨곳,

스무몇해나 지나서도 누구나 그 수심(水深)을 모른다.

—「민간인(民間人)」

김종삼씨는 작품「민간인」등으로 현대시학사의 제2회 「작품상」 (70년도분)을 타게됐다.

『나 같은 무질서한 사고(思考)의 사나이에게 상을 준다니 분에 넘칩니다… 난 소학교때부터 낙제하기가 일쑤였죠. 중학에 가서도 마찬가지. 내 평생의 절반이 그랬읍니다. 세자르프랑크와 에즈라파운드를 경외하면서 아름드리 큰나무들을 찍고 싶었는데…』

이것이 그의 수상소감이다. 황해도 은율출생(21년), 일본 동경문화학원에서 수학하고 오랫동안 무대생활을 했으며 유치진씨밑에서 연출도 공부했다. 심사를 맡았던 박남수 조병화 박태진씨등은『작품「본적지」이후로 그의 작품의 결함이기도 했던 단편성이 어느정도 가셨고 표현은 더 순화되었다. 이번 작품「민간인」70/5 [1] =[2] 〈67년 1월〉70/5, 〈연인의마을〉70/5등은 그길이에 비해 벅찬 체험을 지적으로 감칠맛있게 잘처리했다』고 하면서『자신의길에 열중하는시인』이라고말했다.

1) '70/5'는 문예지『현대시학』의 70년 5월호를 의미
2) '='는 ','의 오기인 듯

작품상을 주관하는 현대시학사 (주간 전봉건) 는 3년전부터 순수시전문지(詩專門誌)를 내면서 작년에 박용래씨에게 작품상을 주었고 이번에 김씨를 선정, 우리시단의 작품본위 수상제(授賞制)를 시도하고 있다.

작품상관리위원인 박목월 구상 김종길씨는 9월중에 부상으로 20만원의 연구비를 주겠다고 발표했다. 김씨는 「십이음계」, 「본적지」 등의 시집을 갖고 있으며 현재 동아방송국 제작과에 근무하고 있다.

『동아일보』, 1978. 1. 5.

「15시인선집(人詩選集) 주머니속의 시(詩)」

김수영(金洙暎) 김춘수(金春洙) 김종삼(金宗三) 박용래(朴龍來) 박재삼(朴在森) 신경림(申庚林) 김영태(金榮泰) 황동규(黃東奎) 허영자(許英子) 마종기(馬鍾基) 정현종(鄭玄宗) 이성부(李盛夫) 오규원(吳圭原) 신대철 강은교(姜恩喬)씨의 작품 1백60여편을 뽑아 모은것.

〈열화당(悅話堂)간(刊)·248면·1,000원〉

『한국일보』, 1981. 1. 23.

시인(詩人) 김종삼(金宗三)

김종삼(金宗三) 씨의 시집(詩集) 속에서는 음악(音樂)의 공기(空氣)를 품은 시작품(詩作品)을 자주 만날수있다. 이달에 발표된 그의시(詩)「연주회(演奏會)」「난해(難解)한 음악(音樂)들」등도음악(音樂)의 분위기를 담고있는작품들이다.

『음악은 사실 화려한것이 아니에요. 나의 시(詩)에서 자주 음악이 나온다면 그것은 음악이 가지고 있는 화려하지 않은 분위기와 종교적(宗教的)이라할만한 정화력(淨化力) 때문이겠지요. 다른 인생(人生)들도 그렇겠지만, 특히 나처럼 덕지덕지 살아온 인생(人生)으로서는 음악에서 감정을 정화(淨化)시킬수가있지요. 나같이 어지럽게 사는 사람에겐 음악은 지상의 양식(糧食)같은 거지요』

그러나 그는「음악이라고 다좋은 것은 아니다」라고 말한다. 젊었을때는 낭만주의 작품을 즐겨들은편이었지만, 지금은 고전주의작품(古典主義作品)과 실내악(室內樂)에만 집착하고있다. 낭만성(浪漫性)이 전혀 배어있지 않은 고전파악곡(古典派樂曲)만을 택해서 듣고있다.

『나의 시(詩)에 대해선항상 회의를 느껴요.이제까지 작품(作品)다운작품(作品)을 한번도 써본적이없기때문이에요. 내가 쓴 시(詩)에 대해서 단 한번도 자신(自信)을 가져 본 일이 없어요. 자기가 쓴 시(詩)를 아끼고 사랑해야하는 것인데, 난 나의 시(詩)를 한번도 아끼거나 사랑하질 못했지요』

그는문예지에서작품(作品)다운작품을쓴 시인(詩人)을 간혹 만나기도한다. 그런 시작품(詩作品)을 만나면 그작품을 쓴 사람을부럽게 여기곤 한다. 앞으로도「시(詩)다운 시(詩)를 쓰고 싶어 애쓰겠지만 그런 시(詩)가나올 수 있을지 역시 자신(自信)이 없다」고 말한다.

『한번도 시(詩)에 대해 자신을 갖지 못하면서도 시(詩)를 쓰고 시집(詩集)도 두어권 엮어보고 하는 것은 순전히 내생활탓이지요.

그저 사는 것이 따분하고 지리해질 때 흐리고 탁한「뜨물같은 시(詩)」나 써보곤 하는 것, 그 뿐입니다』

그는 우리나라의 많은 시인(詩人)들이 도저히 양립(兩立)시킬수 없는 두 가지 일을 양립시키려는「어리석음」을 저지르고 있다고생각한다.「생활(生活)도 윤택해야 한다」「시(詩)도 좋아야 한다」는두가지 문제를 함께 해결해 가지려는 시인(詩人)들을 그는「어리석은 무리」라고 생각한다.「생활의 윤택」과「시(詩)의 광채(光彩)」는 서로 양립될 수 없는 상극(相克)의 존재이기 때문에, 두 가지중에서 한 가지만 취해야 한다고 믿고 있다.

김종삼(金宗三)씨는 얼마전에 작고한 시인(詩人) 김종문(金宗文)씨의 동생으로, 그의 형(兄)의 주지적(主知的) 경향의 시작품(詩作品)과는 대조(對照)를 이루는 작품관(作品觀)을 지니고있다.

『동아일보』, 1984. 3. 21.

「교우록(交友錄)」
피난살이 시름잊게한 김종삼(金宗三)

1950년9월28일에 서울은 수복됐으나 곳곳이 폐허였다. 물론 명동도 예외가 아니었다. 지상에 즐비했던 건물들이 다 파괴되어 자취가 없었으며 코피나 막걸리를 찾자면 땅밑으로 기어들어야 했다. 전화에 살아남은지하실이 다방이나 대폿집으로 탈바꿈을했던 것이다. 내가 김종삼(金宗三)을 처음 만난것은 그러한 어느 지하다방이었다. 그날밤 카바이드불을 밝힌 다방에 독특한 게걸음으로 나타난 그는 옆구리에 레코드북 하나를 끼고 있었다.

그뒤 나는 군에 입대, 부상을 하고 통영서 제대를 하자 곧바로 부산으로 향했다. 행방을 알수없는 가족들을 수소문하기 위해서였다. 그런데 내가 부산에서 들은 첫 소식은 불란서문학을 전공하던 형님(全鳳來)의 자살이었다. 장소는 남포동의 지하다방 스타였다. 형님이 치사량의 페노발비탈을 먹고 '바하'를 들으면서 눈을 감았다는 바로 그자리에 잠시 앉았다가 돌아나가는데 카운터에 쌓인 몇권의 레코드북이 눈에 띄었다. 맨 윗것을 들쳐보니 「바하」의 BURANDENBURG였다. 카운터의 아가씨는 레코드의 주인이 단골손님이라고 일러주었다. 알고보니 그 단골은 김종삼(金宗三)이었다. 형님은 벗이 아끼는 판(바하)을 틀어놓고서 저승으로 간것이었다.

애초에 그는 형님과 벗이었다. 그러니까 나는 그의 벗의 아우에 불과했다. 그러한 내가 그와 벗하고 지낼수 있었던 것은 그의 성격이 탈속적으로 대범한 탓이었거니와 본격적인 교류가 이뤄진 것은 무대가 부산서 대구로 옮겨진 뒤의 일이었다. 많은 음악 가운데서도 「바하」「모짜르트」「세라르 프랭크」「말러」 등의 것을 아주 좋아하는 점에서 그리고 성악을 싫어하되 「스레자크」가 낮은 목소리로 부르는 「겨울나그네」만은 그렇지가 아니한 점에서 우리는 따뜻이 맞았으니 그와 만나면 나는 그저 즐거워 춥고 배고픈 피난살이 시름도 잊는 한때를 누릴수 있었다. 시를 무척 사랑하기는 하면서도 쓰기에는 관심이 없는듯했던 그가

폐허(廢墟)에도 시(詩)와음악(音樂)즐긴 형제(兄弟)의 정(情)

하루는 바지 뒷주머니에서 꼬기꼬기 접은 종이 한장을 꺼내놓은 것도 환도하기 약1년전의 일이었던가. 거기에는 그의 매우 짧은 최초의 시 한편이 죽죽 뻗는 큰 글씨로 적혀있었다. 그후 우리는 또 시로해서 더욱 가까운 사이가되어 환도뒤에도 하루가 멀다하고 서로 찾는 긴 세월을 함께 지냈으나 10여년전부터는 그도 병들고 나도 병들어 1년에 한번 만날까 말까한 그렇듯 소원한 처지가 되고말았다.

그러나 나는 지금도 그를 문득 문득 떠올리는 날이 많다. 그는 내가 저 폐허의 명동을 잊지못하는 한 함께 잊지못하는 벗이 아니던가. 마침내 이시대의 가장 유니크한 시인이라는 평가를 받으면서도 넉넉하니 안주할 방 한간 없어 늙고 병든 몸으로 광화문 아리랑 다방에 나와

석고처럼 앉았다가 쓸쓸히 사라지곤 한다는 벗이여. 이제는 「도깨비」라는 애칭으로 불러주는 벗도 없는 김종삼(金宗三)이여, 내 형뻘 되는 것이여, 부디 더좋은 시 쓰고 부디 몸 조심 하시라. 〈시인〉(전봉건(全鳳健))

:: 시집 후기 ::

김종삼(金宗三) · 김광림(金光林) · 김봉건(全鳳健), 「후기(後記)」

김종삼(金宗三)의 작품은 이것이 그의 거의 전부의 작품이다. 1950(一九五○)년부터 현재에 이르는 동안 그는 이 몇안되는 작품을 생산한 뿐이었는데, 그의 시법(詩法)에서도 엿볼수 있는 바와같이, 이와같은 과작은 영낙없이 음악가「세잘 · 후랑크」와 그의 작품의 몇안되는 수를 연상케한다.

이 시집의 이름「전쟁(戰爭)과 음악(音樂)과 희망(希望)과」가 세사람의 모든 작품의 내용을 종합적으로 표현하고 있는것이지만 독자를 위해서 그 상관(相關)을 일일히 설명할 마당의 이자리가 아니기 때문에 성략한다. 다만 지금「연대책임」을 수행하는 제일(一)보는 시인에게 있어선 그가「전쟁」과 「음악」과 「희망」을 동시에 지니고 그 사실을 자각 할 수 있는 능력을 그자신이 가질때 비로서 시작되는 것이라고 우리는 믿고있다는 것을 표기하여 끝머리에 쓰는 이 몇마디의 맺음으로삼는다.

1957(一九五七), 4(四), 4(四)

(『連帶詩集·戰爭과音樂과希望과』, 自由世界社, 1957.)

생애연보

1921(1세) : 4월 25일(음력 3월 19일), 황해도 은율(殷栗)에서 아버지 김서영(金瑞永)과 어머니 김신애(金信愛) 사이에서 4남 중 차남으로 태어났다. 본관은 안산(安山)이며, 아호나 필명은 따로 없고, 주로 본명으로 작품활동을 하다. 아버지는 평양에서 동아일보지국을 운영했으며, 어머니는 기독교 집안의 외동딸로 한경직(韓景職) 목사와 인연이 있었다. 형 김종문(金宗文)에 따르면 아버지는 극단적으로 엄격하고 무서웠다. 반면 어머니는 자식들을 욕한 일이라곤 한 번도 없었다. 아버지가 자식들의 종아리를 칠 때면 목 놓아 울었다. 아버지가 평양으로 이사한 후 김종삼(金宗三)은 은율에 남아 다른 형제들과 떨어져 외갓집에서 어린 시절을 보냈다. 형 김종문(金宗文)은 평양에서 자랐으며 후에 군인 겸 시인이 된다. 동생 김종린(金宗麟)은 일본에 거주하다 2004년 무렵에 사망했으며, 김종수(金宗洙)는 결핵을 앓다가 22세에 스스로 목숨을 끊었다. 이후 김종삼의 시에서 막내 동생 종수의 죽음은 큰 부분을 차지한다. 원적은 황해도로서 정확한 지번을 확인할 수 없다. 본적은 서울시 성북구 성북동 164-1로 되어 있다.

1934(13세) : 3월, 평양 광성보통학교를 졸업하다. 4월, 평양 숭실중학교에 입학하다.

1937(16세) : 7월, 숭실중학교를 중퇴하다. 1971년 현대시학사 작품상 수상소감에 따르면, 소학교때부터 낙제하기 일쑤였고, 중학교에 가서도 마찬가지였음을 토로하고 있다.

1938(17세) : 4월, 일본에 가 있던 형 김종문을 따라 도일하여 동경 도요시마(豊島) 상업학교에 편입학하다.

1940(19세) : 3월, 도요시마상업 학교를 졸업하다.

1942(21세) : 4월, 일본 동경문화학원 문학과에 입학하다. 야간학부로서 낮에는 막노동을 하며 밤에 공부하는 시절을 보냈다.

1944(23세) : 6월, 동경문화학원을 중퇴하고, 영화인과 접촉하면서 조감독직으로 일하다. 동경출판배급주식회사에 입사했으나, 그 해 12월에 회사를 그만두었다.

1945(24세) : 8월, 해방이 되자 곧바로 일본에서 귀국하여 형 김종문의 집에 머물러 살았다. 조카 영한에 따르면 당시 김종문은 군사영어학교에 입교하여 국방관사에서 기거했다고 한다.

1947(26세) : 2월, 유치진(柳致眞)을 사사하면서 최창봉(崔彰鳳)의 소개로 극단 '극예술협회'에 입회하여 연출부에서 음악을 담당하다. 이 무렵 시인 전봉건(全鳳健)의 형인 전봉래(全鳳來) 등과 교류하게 된다.

1953(32세) : 5월, 형 김종문 시인의 소개로 군 다이제스트 편집부에 입사하다. 시인 김윤성(金潤成)의 추천으로 『문예』지에 등단 절차를 밟으려 했으나 거부당하다. '꽃과 이슬을 쓰지 않았고', 시가 '난해하다'는 이유에서였다.

1954(33세) : 6월, 시작품 「돌」을 『현대예술』에 발표하다. 김시철 시인에 따르면 이 작품이 김종삼의 등단작이다.

1955(34세) : 12월, 국방부 정훈국 방송과에서 음악담당으로 일하기 시작하다. 이후 10년간 그 곳의 상임 연출자로 근무하다.

1956(35세) : 4월, 형 김종문 시인의 주선으로 석계양의 수양녀 친구였던 27세의 정귀례(鄭貴禮)와 결혼하다. 신부는 경기 화성 출신으로 수원여고를 나와 수도여자사범대학을 졸업한 후 직장생활을 하고 있었다. 석계양은 당시 문인들과 교분이 많았던 인사였다.
이현(李賢) 감독, 양운(梁雲), 나애심(羅愛心)주연의 영화 「물레방아」의 음악담당 스텝으로 일하다. 이 영화는 8월 17일 중앙극장에서 개봉되었다.
11월 9일 「현대시회(現代詩會)」발족에 참여하다. 이 시회는 해방 후 등단한 시인들의 모임으로 김관식(金冠植), 김수영(金洙暎), 박봉우(朴鳳宇), 송욱, 신경림(申庚林), 천상병(千祥炳), 전봉건(全鳳健) 등이 회원이다.
11월, 『문학예술』과 『자유세계』에 시 「해가 머물러 있다」와 「현실의 석간」 등을 각각 발표하다.

1957(36세) : 4월, 김광림(金光林)·전봉건(全鳳健) 등과 3인 연대시집 『전쟁과 음악과 희망과』를 자유세계사에서 발간하였다. 그는 이 시집에 「개똥이」외 9편의 작품을 수록하였다. 5월에 『문학예술』에 「종달린 자전거」를, 9월에 『자유문학』에 「배음의 전통」 등을 발표하다.

1958(37세) : 10월, 장녀 혜경(惠卿)이 성북구 성북동 164-1에서 출생하다. 부인 정귀례는

서울 상계동 12단지 7동 805호에 장녀 혜경 가족들과 살다가 현재(2018년)는 경기도 남양주시 별내면 청학리 소재 요양원에서 남은 생을 보내고 있다. 혜경이 근처 경기도 남양주시 별내면 청학리 주공아파트 604동 301호에 살며 봉양하고 있다. 4월 25일 국립극단 「가족(이용찬 희곡, 이원경 연출)」 공연에 음악담당으로 참여. 이 작품은 아서 밀러의 「세일즈맨의 죽음」과 구도와 내용이 비슷한 작품으로 평가됨. 시작품 「시사회」와 「쑥내음 속의 동화」를 『자유문학』과 『지성』에 각각 발표하다.

1959(38세) : 시작품 「다리밑」, 「드빗시 산장부근」, 「원색」 등을 『자유문학』과 『사상계』에 각각 발표하다. 11월 25일자 『서울신문』에 김광림 시집 『상심하는 접목』의 해설을 쓰다

1960(39세) : 시작품 「토끼똥·꽃」, 「십이음계의 층층대」, 「주름간 대리석」 등을 『현대문학』지에 발표하다. 12월 23일자 『평화신문』에 자살한 조각가 차근호의 조사를 쓰다.

1961(40세) : 4월, 차녀 혜원(惠媛)이 종로구 도염동 53번지에서 출생하다. 시 「전주곡」과 「라산스카」를 발표하다.

12월 18일 문화방송(KV) 『예술극장』에 장호(章浩)작 「모음의 탄생」을 창작 연출하여 방송하다.

1962(43세) : 6월, 격월간 동인지 「현대시」발간에 참여하다. 여기에 시「舊稿」, 「肖像·失踪」을 발표하다.

10월 4일자 『대한일보』에 「신화세계에의 향수」라는 제목으로 영화 「흑인 올훼」의 평론을 쓰다.

1963(42세) : 현재의 KBS 제2 방송인 동아방송 총무국에 촉탁으로 입사하다.

2월에 『현대문학』에 전봉래를 회고하는 글 「피난때 년도 전봉래」를 싣다.

4월 9일, 서울중앙방속국이 마련한 제1회 방송신작가요발표회에 박남수(朴南洙), 장만영(張萬榮), 박목월(朴木月)과 작사가로 참여하다.

6월 29일, 시극 연구 창작과 발표활동을 목적으로 한 『시극』동인회 발족에 참여하다.

8월 24일, 중앙공보관에서 열린 제1회 정기연구 및 합평회에 참석하다.

1964(43세) : 10월, 신구문화사에서 발간된 34인 공동시집 『전후문제시집』에 시 「주름간 大理石」외 14편 수록이 수록되다. 12월, 시작품 「발자국」 등을 『문학춘추』에 발표하다.

1965(44세) : 시작품 「무슨요일일까」, 「생일」 등을 『현대문학』과 『문학춘추』에 각각

발표하다.

1966(45세) : 시작품 「샹뼁」, 「背音」, 「地帶」 등을 『신동아』, 『현대문학』, 『현대시학』 등에 각각 발표하다.
2월 26, 27일 국립극장에서 올린 시극동인회 제2회 공연에 음악감독으로 참여하다. 공연작품은 홍윤숙(洪允淑)작, 한재수(韓在壽) 연출의 「여자의 공원」, 신동엽(申東曄)작, 최일수(崔一秀) 연출의 「그 입술에 패인 그늘」, 이인석(李仁石)작, 최재복(崔載福) 연출의 「사다리 위의 인형」이다.

1967(46세) : 4월, 동아방송 제작부에서 일반사원으로 취직하여 근무하다. 배경음악을 담당하였다. 1월, 신구문화사에서 발간된 『52인 시집』에 「앙포르멜」외 12편의 시작품을 발표하다.

1968(47세) : 11월, 김광림, 문덕수 등과 성문각에서 3인 시집 『本籍地』를 발간하다. 이 시집에 그는 「물桶」외 7편의 작품을 수록하고 있다.

1969(48세) : 6월, 첫 개인시집 『十二音階』를 삼애사에서 출판하다. 이 시집에는 「平和」 외 34편의 작품을 수록하고 있다.

1970(49세) : 시작품 「민간인」, 「연인의 마을」 등을 『현대문학』과 『현대시학』 등에 각각 발표하다.

1971(50세) : 10월, 시작품 「민간인」, 「연인의 마을」, 「67년 1월」 등으로 제2회 현대시학 작품상을 수상하다. 부상으로 연구비 20만원이 주어졌고, 심사위원은 박남수, 조병화, 박태진이었다. 시작품 「개체」, 「엄마」 등을 『현대문학』과 『현대시학』 등에 각각 발표하다.

1973(52세) : 시작품 「고향」, 「시인학교」, 「첼로와 PABLO CASALS」 등을 『문학사상』, 『시문학』, 『현대시학』 등에 각각 발표하다.

1974(53세) : 시작품 「유성기」, 「투병기」 등을 『현대시학』, 『문학과 지성』 등에 각각 발표하다.

1975(54세) : 시작품 「투병기」, 「산」, 「허공」 등을 『현대문학』, 『시문학』, 『문학사상』 등에 발표하다.

1976(55세) : 5월, 방송국에서 정년 퇴임하다.
시작품 「궂은 날」, 「꿈속의 나라」 등을 『월간문학』, 『현대문학』 등에 각각 발표하다.

1977(56세) : 8월, 두 번째 시집 『시인학교』를 신현실사에서 300부 한정판으로 출간하다. 이 시 집에는 「기동차가 다니던 철뚝길」 외 38편의 작품을 수록하고 있다. 시작품 「걷자」, 「掌篇」 등을 『현대시학』, 『심상』 등에 각각 발표하다.

1978(57세) : 시 작품 「행복」, 「운동장」 등을 『문학사상』, 『한국문학』 등에 각각 발표하다. 3월 25일, 한국시인협회상을 수상하다. 시작품 「앞날을 向하여」, 「산」 등을 『심상』, 『월간문학』 등에 각각 발표하다.

1979(58세) : 5월, 민음사에서 시선집 『북치는 소년』을 발간하다. 이 시선집에는 시작품 「물통」 외 59편을 수록하고 있다. 시작품 「최후의 음악」, 「아침」 등을 『현대문학』, 『문학사상』 등에 각각 발표하다.

1980(59세) : 시작품 「그날이 오며는」, 「헨셀과 그레텔」 등을 『시문학』, 『문학과 지성』 등에 각각 발표하다.

1981(60세) : 시작품 「연주회」, 「實記」 등을 『월간문학』, 『세계의 문학』 등에 각각 발표하다.

1982(61세) : 9월, 세 번째 시집 『누군가 나에게 물었다』를 민음사에서 간행하다. 이 시집에는 「刑」외 41편의 작품을 수록하고 있다. 시작품 「등산객」, 「極刑」 등을『문학사상』, 『현대문학』 등에 각각 발표하다.

1983(62세) : 12월 26일, 시집 『누군가 나에게 물었다』로 대한민국 문학상 우수상을 수상하다. 시작품 「백발의 에즈라 파운드」, 「죽음을 향하여」 등을 『현대문학』, 『월간문학』 등에 각각 발표하다.

1984(63세) : 시작품 「꿈의 나라」, 「이산가족」 등이 『문학사상』, 『학원』 등에 각각 발표되다. 12월 8일, 간경화로 미아리 소재 상수병원에서 사망하다. 유품으로 현대시학 작품상 상패, 혁대 2점, 도민증 1점, 볼펜 1점, 물통 1개, 모자 1점, 체크무늬 남방 1벌, 본인 시집 2권이 전부였다. 그의 유해는 경기도 송추 울대리 소재의 길음성당 묘지에 안장되었다. 묘소에는 '安山金氏宗三베르로之墓'라는 비명(碑銘)을 새긴 묘비가 세워져 있었다. 그런데 지금은 홍수피해(1996)로 같은 성당 묘지의 다른 곳으로 이장하였다.

1985 : 유고시 「나」, 「北녁」 등 5편이 『문학사상』에 발표되다.

1988 : 12월, 박중식 시인이 김광림 시인의 도움을 받아 청하에서 『김종삼 전집』을 출간하다. 장석주편으로서 시 180편과 산문 2편, 생애와 작품 연보 등이 수록되어 있다.

1989 : 8월, 시선집 『그리운 안니·로리』가 문학과 비평사에서 출간되다. 이 시선집에는 「스와니江이랑 요단江이랑」 외 103편의 작품을 수록하고 있다.

1991 : 도서출판 '청하'에서 발행하는 『현대시세계』에서 '김종삼문학상'을 제정했으나, 출판사의 도산으로 무실하게 되었다. 11월, 시선집 『스와니江이랑 요단江이랑』이 미래사에서 출간되다. 이 시선집에는 「다리 밑」 외 115편의 작품을 수록하고 있다.

1992 : 12월 7일, 김종삼시인의 8주년 기일에 광릉 수목원 중부임업시험장 앞 '수목원 가든'이라는 음식점 앞 길가에 시비를 건립하다. 시비 건립은 박중식 시인을 비롯한 39인의 선후배 문인들이 시비건립을 위한 모금전시회를 통해 이루어졌다. 시비의 글씨는 서예가박양재가 조각은 조각가 최옥영이 담당했다. 시비의 윗면에는 「북치는 소년」이, 옆면에는 「民間人」이 새겨져 있다. 이 시비는 2011년 12월 21일 경기도 포천군 소흘읍 고모리 저수지 수변공원으로 이전하였다.

1996 : 1996년 여름, 홍수 피해로 묘지의 봉분과 시비가 유실되다. 그런데 평소 김종삼 시인을 사숙(私淑)했던 시인 박중식의 도움으로 같은 성당묘지의 다른 곳으로 옮겼다. 유실된 시비에는 「북치는 소년」이 새겨져 있었다고 한다.

작품연보

연도	작품	게재지(월일)	구분
1954	돌	現代藝術(6)	시
	全鳳來에게-G마이나	코메트(6)	시
	뾰죽집이 바라보이는	新映画(11)	시
1955	베르카·마스크	戰時 韓國文學選 詩篇(6)	시
	개똥이	戰時 韓國文學選 詩篇(6)	시
	어디메 있을 너	東亞日報(8. 25.)	시
1956	園丁	新世界(3)	시
	하나의 죽음-故 全鳳來앞에-	朝鮮日報(4. 14.)	시
	소년	女性界(8)	시
	오동나무가 많은 부락입니다	新世界(10)	시
	해가 머물러 있다	文學藝術(11)	시
	現實의 夕刊	自由世界(11)	시
1957	連帶詩集·戰爭과音樂과希望과	自由世界社(4)	연대시집
	그리운 안니·로·리	連帶詩集·戰爭과音樂과希望과(4)	시
	G·마이나	連帶詩集·戰爭과音樂과希望과(4)	시
	돌각담-하나의 前程 備置-	連帶詩集·戰爭과音樂과希望과(4)	시
	뾰죽집이 바라보이는	連帶詩集·戰爭과音樂과希望과(4)	시
	園丁	連帶詩集·戰爭과音樂과希望과(4)	시
	해가 머물러 있다	連帶詩集·戰爭과音樂과希望과(4)	시
	全鳳來	連帶詩集·戰爭과音樂과希望과(4)	시
	받기 어려운 선물처럼	連帶詩集·戰爭과音樂과希望과(4)	시
	어디메 있을 너	連帶詩集·戰爭과音樂과希望과(4)	시
	개똥이-일곱살 되던 해의 개똥이의 이름-	連帶詩集·戰爭과音樂과希望과(4)	시
	종 달린 자전거	文學藝術(5)	시
	빛갈 깊은 꽃 피어있는 시절에 대한 이야기	朝鮮日報(5. 15.)	시
	擬音의 傳統	自由文學(9)	시
1958	試寫會	自由文學(4)	시
	追加의 그림자	朝鮮日報(6. 13.)	시
	쑥내음 속의 童話	知性(가을)	시
	夕間	新群像(12)	시

1959	다리밑-방·고흐의境地	自由文學(1)	시
	베들레헴	小說界』(2)	시
	드빗시 산장 부근	思想界(2)	시
	試寫會	1959年 詞華集·詩論(4)	시
	詞華集· 新風土-新風土詩集 I	白磁社(6)	사화집
	制作	新風土詩集 I(6)	시
	드빗시	新風土詩集 I(6)	시
	베루가마스크	新風土詩集 I(6)	시
	… 하나쯤	文化時報(9. 5.)	시
	눈시울	小說界(10)	시
	책 파는 소녀	自由公論(10)	시
	金光林詩集『傷心하는 接木』	서울신문(11. 25.)	산문
	韓國文學全集 35 詩集(下)	民衆書館(11)	공동시집
	베들레헴	韓國文學全集 35 詩集(下)(11)	시
	園丁	韓國文學全集 35 詩集(下)(11)	시
	드빗시 산장 부근	韓國文學全集 35 詩集(下)(11)	시
	그리운 안니·로·리	韓國文學全集 35 詩集(下)(11)	시
	G·마이나	韓國文學全集 35 詩集(下)(11)	시
	原色	自由文學(12)	시
1960	善意에찬 구름 줄기만이	사랑의 구름다리	산문
	히국이는 바보	東亞日報, (1. 17.)	시
	올훼의 유니폼	새벽(4)	시
	토끼똥·꽃	現代文學(5)	시
	五月	아리랑(5)	시
	어두움속에서 온 소리	京鄕新聞(9. 23.)	시
	小品-十二音階의 層層臺	現代文學(11)	시
	小品-주름간 大理石	現代文學(11)	시
	문짝	自由文學(12)	시
	吊!車根鎬兄	平和新聞(12. 23.)	산문
1961	새해의 希望·風景	小說界(1)	시
	SARAH. BERNHARDT 옆길	아리랑(4)	시
	여인	京鄕新聞(석간)(4. 27.)	시
	前奏曲	現代文學(7)	시
	라산스카	現代文學(7)	시
	韓國戰後問題詩集	新丘文化社(10)	공동시집
	주름간 大理石	韓國戰後問題詩集(10)	시
	復活節	韓國戰後問題詩集(10)	시

1961	문짝	韓國戰後問題詩集(10)	시
	五月의 토끼똥·꽃	韓國戰後問題詩集(10)	시
	마음의 울타리	韓國戰後問題詩集(10)	시
	어둠 속에서 온 소리	韓國戰後問題詩集(10)	시
	돌각담	韓國戰後問題詩集(10)	시
	原色	韓國戰後問題詩集(10)	시
	十二音階의 層層臺	韓國戰後問題詩集(10)	시
	올훼의 유니폼	韓國戰後問題詩集(10)	시
	園頭幕	韓國戰後問題詩集(10)	시
	遁走曲	韓國戰後問題詩集(10)	시
	이 짧은 이야기	韓國戰後問題詩集(10)	시
	여인	韓國戰後問題詩集(10)	시
	쑥 내음 속의 童話	韓國戰後問題詩集(10)	시
	作家는 말한다-意味의 白書	韓國戰後問題詩集(10)	산문
	라산스카	自由文學(12)	시
1962	舊稿	現代詩 第1輯(6)	시
	肖像·失踪	現代詩 第1輯(6)	시
	검은 올페	自由文學(7·8.)	시
	日氣豫報	現代詩 第2輯(10)	시
	하루	現代詩 第2輯(10)	시
	모세의 지팡이	現代詩 第2輯(10)	시
	神話世界에의 鄕愁-「黑人올훼」	大韓日報(10. 4.)	산문
1963	피크닉	現代詩 第3輯(1)	시
	音	現代詩 第3輯(1)	시
	特輯·作故文人回顧-피난때 年度 全鳳來	現代文學(2)	산문
	라산스카	現代詩 第4輯(6)	시
	요한 쎄바스챤	現代詩 第4輯(6)	시
	아우슈뷔치	現代詩 第5輯(12)	시
	短母音	現代詩 第5輯(12)	시
	이사람을	現代詩 第5輯(12)	시
	나의 本籍	現代文學(1)	시
	「쎄잘·프랑크」의 音	知性界(7)	시
	童詩-오빤 슈샤인	現代詩 第6輯(11)	동시

1964	몇해 전에	現代詩』第6輯(11)	시
	近作詩篇 畵室 幻想	文學春秋(12)	시
	近作詩篇 발자국	文學春秋(12)	시
	近作詩篇 文章 修業	文學春秋(12)	시
	近作詩篇 나의 本	文學春秋(12)	시
	近作詩篇 終着驛 아우슈뷔치	文學春秋(12)	시
	近作詩篇 音樂-마라의 「죽은 아이를 追慕하는 노래」에 부쳐서	文學春秋(12)	시
1965	오보의 야튼 音이	母音(2)	시
	술래잡기 하던 애들	母音(6)	시
	무슨 요일일까	現代文學(8)	시
	평화	女像(9)	시
	한 줄기 넝쿨의 기럭지랑	女像(9)	시
	生日	文學春秋(11)	시
	소리	朝鮮日報(12. 5.)	시
1966	샹뼁	新東亞(1)	시
	앙포르멜	現代詩學(2)	시
	배음	現代文學(2)	시
	봄의 序曲 울타리	東亞日報(3. 8.)	시
	五학년 一반	現代詩學(7)	시
	地帶	現代詩學(7)	시
	나	自由公論(7)	시
	배	自由公論(7)	시
	어느 고아의 수기	京鄕新聞(7. 18.)	시
1967	現代韓國文學全集 18·52人詩集	新丘文化社(1)	공동시집
	앙포르멜	現代韓國文學全集 18·52人詩集(1)	시
	개똥이-일곱 살 되던 해의 개똥이의 이름	現代韓國文學全集 18·52人詩集(1)	시
	五학년 一반	現代韓國文學全集 18·52人詩集(1)	시
	스와니江이랑 요단江이랑	現代韓國文學全集 18·52人詩集(1)	시
	그리운 안니·로·리	現代韓國文學全集 18·52人詩集(1)	시
	소리	現代韓國文學全集 18·52人詩集(1)	시
	文章修業	現代韓國文學全集 18·52人詩集(1)	시
	해가 머물러 있다	現代韓國文學全集 18·52人詩集(1)	시
	뵤죽집이 바라보이는	現代韓國文學全集 18·52人詩集(1)	시

	園丁	現代韓國文學全集 18·52人詩集(1)	시
	드빗시 산장 부근	現代韓國文學全集 18·52人詩集(1)	시
	샹뼁	現代韓國文學全集 18·52人詩集(1)	시
1967	地帶	現代韓國文學全集 18·52人詩集(1)	시
	북치는 소년	現代韓國文學全集 18·52人詩集(1)	시
	作家는 말한다-이 空白을	現代韓國文學全集 18·52人詩集(1)	산문
	달구지 길	朝鮮日報(10. 1.)	시
	라산스카	新東亞(10)	시
	屍體室	現代文學(11)	시
1968	미사에 참석한 이중섭씨	現代文學(8)	시
	休暇	東亞日報(9. 5.)	시
	童詩	韓國詩選(10. 1.)	시
	올페의 유니폼	韓國詩選(10. 1.)	시
	本籍地	成文閣(11)	연대시집
	물桶	本籍地(11)	시
	라산스카	本籍地(11)	시
	나의 本籍	本籍地(11)	시
	背音	本籍地(11)	시
	주름간 大理石	本籍地(11)	시
	무슨 曜日일까	本籍地(11)	시
	아우슈뷔츠	本籍地(11)	시
	미사에 參席한 李仲燮氏	本籍地(11)	시
	生日	本籍地(11)	시
	G 마이나	本籍地(11)	시
	音樂-마라의 「죽은 아이를 追慕하는 노래」에 부쳐서	本籍地(11)	시
	墨畵	月刊文學(6. 1.)	시
	十二音階	三愛社(6)	개인시집
	平和	十二音階(6)	시
	아뜨리에 幻想	十二音階(6)	시
	屍體室	十二音階(6)	시
	墨畵	十二音階(6)	시
	스와니江이랑 요단江이랑	十二音階(6)	시
	북치는 소년	十二音階(6)	시

1969	往十里	十二音階(6)	시
	잿더미가 있던 마을	十二音階(6)	시
	비옷을 빌어입고	十二音階(6)	시
	술래잡기	十二音階(6)	시
	園頭幕	十二音階(6)	시
	文章修業	十二音階(6)	시
	소리	十二音階(6)	시
	復活節	十二音階(6)	시
	올페의 유니폼	十二音階(6)	시
	休暇	十二音階(6)	시
	마음의 울타리	十二音階(6)	시
	그리운 안니·로·리	十二音階(6)	시
	뵤죽집	十二音階(6)	시
	샹뼁	十二音階(6)	시
	앙포르멜	十二音階(6)	시
	드빗시 山莊	十二音階(6)	시
	미사에 參席한 李仲燮氏	十二音階(6)	시
	무슨 曜日일까	十二音階(6)	시
	背音	十二音階(6)	시
	園丁	十二音階(6)	시
	물桶	十二音階(6)	시
	아우슈뷔츠 I	十二音階(6)	시
	아우슈뷔츠 II	十二音階(6)	시
	몇 해 전에	十二音階(6)	시
	十二音階의 層層臺	十二音階(6)	시
	生日	十二音階(6)	시
	音樂-마라의 「죽은 아이를 追慕하는 노래」에 부쳐서	十二音階(6)	시
	돌각담	十二音階(6)	시
	나의 本籍	十二音階(6)	시
	G·마이나-全鳳來兄에게	十二音階(6)	시

	地-옛 벗 全鳳來에게	現代詩學(7)	시
1970	六七年 一月	現代詩學(5)	시
	연인의 마을	現代文學(5)	시
	民間人	現代詩學(11)	시
1971	個體	月刊文學(5)	시
	두꺼비의 轢死	現代文學(8)	시
	엄마	現代詩學(9)	시
	고장난 機體	現代詩學(9)	시
1973	고향	文學思想(3)	시
	먼 「詩人의 領域」	文學思想(3)	산문
	詩人學校	詩文學(4)	시
	피카소의 落書	月刊文學(6)	시
	트럼펫	詩文學(7)	시
	라산스카	풀과별(7)	시
	스와니 江	東亞日報(7. 7.)	시
	첼로의 PABLO CASALS	現代詩學(9)	시
	올페	心象(12)	시
1974	留聲機	現代詩學(3)	시
	新韓國文學全集 37	語文閣(9)	공동시선집
	라산스카	新韓國文學全集 37 詩選集 3(9)	시
	音樂	新韓國文學全集 37 詩選集 3(9)	시
	물桶	新韓國文學全集 37 詩選集 3(9)	시
	復活節	新韓國文學全集 37 詩選集 3(9)	시
	墨畵	新韓國文學全集 37 詩選集 3(9)	시
	비옷을 빌어입고	新韓國文學全集 37 詩選集 3(9)	시
	미사에 參席한 李仲燮氏	新韓國文學全集 37 詩選集 3(9)	시
	술래잡기	新韓國文學全集 37 詩選集 3(9)	시
	한 마리의 새	月刊文學(9)	시
	鬪病記 2	文學과知性(겨울)	시

	鬪病記 3	文學과知性(겨울)	시
	달 뜰 때까지	文學과知性(겨울)	시
	鬪病記	現代文學(1)	시
1975	戀人	現代詩學(2)	시
	꿈나라	心象(4)	시
	따뜻한 곳	月刊文學(4)	시
	山	詩文學(4)	시
	掌篇	詩文學(4)	시
	園丁	朝鮮日報(6. 4.)	시
	虛空(散文/피난길)	文學思想(7)	시
	漁夫	詩文學(9)	시
	掌篇	詩文學(9)	시
	불개미	詩와意識(9)	시
	올페	詩와意識(9)	시
	가을	新東亞(12)	시
1976	궂은 날	月刊文學(1)	시
	발자국	詩文學(4)	시
	掌篇	詩文學(4)	시
	掌篇	心象(5)	시
	꿈속의 나라	現代文學(11)	시
	라산스카	月刊文學(11)	시
	掌篇	月刊文學(11)	시
	새	心象(1)	시
	掌篇	心象(1)	시
	걷자	現代詩學(1)	시
	아우슈비츠 라게르	韓國文學(1)	시
	샤이안	詩文學(2)	시
	내일은 꼭	詩文學(2)	시
	평범한 이야기	新東亞(2)	시

	미켈란젤로의 한낮	文學과知性(봄)	시
	實錄	文學과知性(봄)	시
	聖河	文學과知性(봄)	시
	破片-金春洙氏에게	月刊文學(6)	시
	동트는 지평선	詩文學(6)	시
	掌篇	詩文學(6)	시
	外出	現代文學(8)	시
	詩人學校	新現實社(8)	개인시집
	無題	詩人學校(8)	시
	기동차가 다니던 철뚝길	詩人學校(8)	시
	虛空	詩人學校(8)	시
	掌篇①	詩人學校(8)	시
1977	가을	詩人學校(8)	시
	올페	詩人學校(8)	시
	掌篇②	詩人學校(8)	시
	걷자	詩人學校(8)	시
	북치는 소년	詩人學校(8)	시
	墨畵	詩人學校(8)	시
	스와니 江	詩人學校(8)	시
	아뜨리에 幻想	詩人學校(8)	시
	드빗시 山莊	詩人學校(8)	시
	文章 修業	詩人學校(8)	시
	對話	詩人學校(8)	시
	꿈속의 나라	詩人學校(8)	시
	民間人	詩人學校(8)	시
	샤이안	詩人學校(8)	시
	고향	詩人學校(8)	시
	술래잡기	詩人學校(8)	시
	漁夫	詩人學校(8)	시

1977	주름간 大理石	詩人學校(8)	시
	라산스카	詩人學校(8)	시
	피카소의 落書	詩人學校(8)	시
	西部의 여인	詩人學校(8)	시
	한 마리의 새	詩人學校(8)	시
	앙포르멜	詩人學校(8)	시
	나의 本籍	詩人學校(8)	시
	破片-金 春 洙 氏에게	詩人學校(8)	시
	돌각담	詩人學校(8)	시
	아우슈뷔츠 I	詩人學校(8)	시
	아우슈뷔츠 II	詩人學校(8)	시
	미켈란젤로의 한낮	詩人學校(8)	시
	聖河	詩人學校(8)	시
	掌篇③	詩人學校(8)	시
	바다	詩人學校(8)	시
	동트는 地平線	詩人學校(8)	시
	掌篇④	詩人學校(8)	시
	두꺼비의 轢死	詩人學校(8)	시
	詩人學校	詩人學校(8)	시
	주머니 속의 詩	悅話堂(11)	공동시선집
	북치는 소년	주머니 속의 詩(11)	시
	돌각담	주머니 속의 詩(11)	시
	스와니江이랑 요단江이랑	주머니 속의 詩(11)	시
	生日	주머니 속의 詩(11)	시
	무슨 曜日일까	주머니 속의 詩(11)	시
	물桶	주머니 속의 詩(11)	시
	올페의 유니폼	주머니 속의 詩(11)	시
	G 마이나	주머니 속의 詩(11)	시
	園頭幕	주머니 속의 詩(11)	시

	한 마리의 새	주머니 속의 詩(11)	시
	라산스카	주머니 속의 詩(11)	시
	꿈속의 나라	주머니 속의 詩(11)	시
	피카소의 落書	주머니 속의 詩(11)	시
	西部의 여인	주머니 속의 詩(11)	시
	바다	주머니 속의 詩(11)	시
	두꺼비의 轢死	주머니 속의 詩(11)	시
1978	뜬구름	月刊文學(1)	시
	운동장	韓國文學(2)	시
	풍경	現代文學(2)	시
	행복	文學思想(2)	시
	刑	月刊文學(5)	시
	앤니 로리	世代(5)	시
	韓國現代文學全集 38 詩選集 II	三省出版社(7)	공동시선집
	墨畵	三省版 韓國現代文學全集 38 詩選集 II(7)	시
	掌篇	三省版 韓國現代文學全集 38 詩選集 II(7)	시
	한 마리의 새	三省版 韓國現代文學全集 38 詩選集 II(7)	시
	詩作 노우트	三省版 韓國現代文學全集 38 詩選集 II(7)	시
	刑	三省版 韓國現代文學全集 38 詩選集 II(7)	시
	앞날을 향하여	心象(8)	시
	詩作 노우트	現代文學(9)	시
	산	月刊文學(10)	시
	사람들	詩文學(10)	시
1979	뜬구름	月刊文學(1)	시
	운동장	韓國文學(2)	시
	풍경	現代文學(2)	시
	행복	文學思想(2)	시

	刑	月刊文學(5)	시
	앤니 로리	世代(5)	시
	그날이 오며는	詩文學(1)	시
1980	내가 죽던 날	現代文學(4)	시
	글짓기	心象(5)	시
	나	心象(5)	시
	그럭저럭	文學思想(5)	시
	헨젤라 그레텔	文學과知性(여름)	시
	掌篇	文學과知性(여름)	시
	맙소사	文學과知性(여름)	시
	詩作 노우트	月刊文學(9)	시
	소곰 바다	世界의文學(가을)	시
	그라나드의 밤-黃東奎에게	世界의文學(가을)	시
	내가 재벌이라면	韓國文學(9)	시
1981	꿈이었던가	現代文學(1)	시
	不朽의 戀人	心象(1)	시
	난해한 음악들	心象(1)	시
	연주회	月刊文學(1)	시
	새벽	月刊朝鮮(3)	시
	또 한번 날자꾸나	韓國文學(4)	시
	샹펭	世界의文學(여름)	시
	制作	世界의文學(여름)	시
	實記	世界의文學(여름)	시
	高原地帶	東亞日報(7. 11.)	시
	간이 교회당이 있는 동네	月刊文學(8)	시
	앤니 로리	月刊文學(8)	시
	聖堂	現代文學(8)	시
	制作	現代文學(10)	시

	장편	文學思想(2)	시
	前程	新東亞(4)	시
	소리	東亞日報(7. 24.)	시
	한 골짜기에서	世界의文學(여름)	시
	검은 門	文藝中央(여름)	시
	장님	文藝中央(여름)	시
	全昌根 선생님	文藝中央(여름)	시
	누군가 나에게 물었다	民音社(9)	개인시집
	刑	누군가 나에게 물었다(9)	시
	앤니로리	누군가 나에게 물었다(9)	시
	또 한번 날자꾸나	누군가 나에게 물었다(9)	시
	샹펭	누군가 나에게 물었다(9)	시
	내가 죽던 날	누군가 나에게 물었다(9)	시
1982	라산스카	누군가 나에게 물었다(9)	시
	꿈이었던가	누군가 나에게 물었다(9)	시
	헨셀라 그레텔	누군가 나에게 물었다(9)	시
	새	누군가 나에게 물었다(9)	시
	새벽	누군가 나에게 물었다(9)	시
	實記	누군가 나에게 물었다(9)	시
	추모합니다	누군가 나에게 물었다(9)	시
	鬪病記	누군가 나에게 물었다(9)	시
	소곰 바다	누군가 나에게 물었다(9)	시
	그라나드의 밤-黃東奎에게	누군가 나에게 물었다(9)	시
	연주회	누군가 나에게 물었다(9)	시
	풍경	누군가 나에게 물었다(9)	시
	운동장	누군가 나에게 물었다(9)	시
	掌篇	누군가 나에게 물었다(9)	시
	制作	누군가 나에게 물었다(9)	시
	外出	누군가 나에게 물었다(9)	시

	글짓기	누군가 나에게 물었다(9)	시
	最後의 音樂	누군가 나에게 물었다(9)	시
	六七年 一月	누군가 나에게 물었다(9)	시
	연인의 마을	누군가 나에게 물었다(9)	시
	아데라이데	누군가 나에게 물었다(9)	시
	내가 재벌이라면	누군가 나에게 물었다(9)	시
	평화롭게	누군가 나에게 물었다(9)	시
	소공동 지하 상가	누군가 나에게 물었다(9)	시
	겨울 피크닉	누군가 나에게 물었다(9)	시
	아침	누군가 나에게 물었다(9)	시
	音-宗文兄에게	누군가 나에게 물었다(9)	시
	행복	누군가 나에게 물었다(9)	시
	掌篇	누군가 나에게 물었다(9)	시
	간이 교회당이 있는 동네	누군가 나에게 물었다(9)	시
	여름성경학교	누군가 나에게 물었다(9)	시
	한 골짜기에서	누군가 나에게 물었다(9)	시
	난해한 음악들	누군가 나에게 물었다(9)	시
	女囚	누군가 나에게 물었다(9)	시
	地	누군가 나에게 물었다(9)	시
	따뜻한 곳	누군가 나에게 물었다(9)	시
	누군가 나에게 물었다	누군가 나에게 물었다(9)	시
	登山客	月刊文學(9)	시
	나의 主	文學思想(10)	시
	관악산 능선에서	主婦生活(11)	시
	極刑	現代文學(12)	시
	音-宗文兄에게	現代詩學(12)	시
	오늘	여성中央(1)	시
	白髮의 에즈라 파운드	現代文學(5)	시
	길	月刊文學(6)	시

1983	나무의 무리도 슬기롭다	世界의文學(여름)	시
	山과 나	世界의文學(여름)	시
	벼랑바위	文藝中央(가을)	시
	非詩	文藝中央(가을)	시
	어머니	文藝中央(가을)	시
	꿈 속의 향기	月刊文學(11)	시
	죽음을 향하여	月刊文學(11)	시
	死別	現代文學(11)	시
1984	1984	東亞日報(2. 11.)	시
	꿈의 나라	文學思想(3)	시
	이산(離散)가족	學園(5)	시
	심야(深夜)	學園(5)	시
	오늘	學園(5)	시
	한 계곡에서	한국일보(5. 20.)	시
	평화롭게	高麗苑(5)	개인시선집
	白髮의 에즈라 파운드	평화롭게(5)	시
	평화롭게	평화롭게(5)	시
	한 마리의 새	평화롭게(5)	시
	聖河	평화롭게(5)	시
	물桶	평화롭게(5)	시
	墨畵	평화롭게(5)	시
	民間人	평화롭게(5)	시
	기동차가 다니던 철둑길	평화롭게(5)	시
	生日	평화롭게(5)	시
	虛空	평화롭게(5)	시
	북치는 소년	평화롭게(5)	시
	고향	평화롭게(5)	시
	길	평화롭게(5)	시
	꿈 속의 향기	평화롭게(5)	시

1984	登山客	평화롭게(5)	시
	벼랑바위	평화롭게(5)	시
	非詩	평화롭게(5)	시
	어머니	평화롭게(5)	시
	헨셀과 그레텔	평화롭게(5)	시
	꿈이었던가	평화롭게(5)	시
	소리	평화롭게(5)	시
	그라나드의 밤-黃東奎에게	평화롭게(5)	시
	G. 마이나	평화롭게(5)	시
	또 한 번 날자꾸나	평화롭게(5)	시
	샹펭	평화롭게(5)	시
	라산스카	평화롭게(5)	시
	極刑	평화롭게(5)	시
	올페	평화롭게(5)	시
	5학년 1반	평화롭게(5)	시
	개똥이	평화롭게(5)	시
	주름 간 大理石	평화롭게(5)	시
	實記	평화롭게(5)	시
	추모합니다	평화롭게(5)	시
	鬪病記	평화롭게(5)	시
	소금 바다	평화롭게(5)	시
	돌각담	평화롭게(5)	시
	刑	평화롭게(5)	시
	앤니로리	평화롭게(5)	시
	술래잡기	평화롭게(5)	시
	復活節	평화롭게(5)	시
	새	평화롭게(5)	시
	새벽	평화롭게(5)	시
	무슨 曜日일까	평화롭게(5)	시

1984	미사에 參席한 李仲燮씨	평화롭게(5)	시
	가을	평화롭게(5)	시
	풍경	평화롭게(5)	시
	운동장	평화롭게(5)	시
	掌篇	평화롭게(5)	시
	制作	평화롭게(5)	시
	앙포르멜	평화롭게(5)	시
	연주회	평화롭게(5)	시
	글짓기	평화롭게(5)	시
	나의 本籍	평화롭게(5)	시
	平和	평화롭게(5)	시
	스와니江이랑 요단江이랑	평화롭게(5)	시
	소공동 지하 상가	평화롭게(5)	시
	겨울 피크닉	평화롭게(5)	시
	아침	평화롭게(5)	시
	漁夫	평화롭게(5)	시
	내가 죽던 날	평화롭게(5)	시
	掌篇·1	평화롭게(5)	시
	掌篇·2	평화롭게(5)	시
	掌篇·3	평화롭게(5)	시
	掌篇·4	평화롭게(5)	시
	掌篇·5	평화롭게(5)	시
	音域	평화롭게(5)	시
	아데라이데	평화롭게(5)	시
	라산스카	평화롭게(5)	시
	六七年 一月	평화롭게(5)	시
	연인의 마을	평화롭게(5)	시
	詩作 노우트	평화롭게(5)	시
	往十里	평화롭게(5)	시

1984	園頭幕	평화롭게(5)	시
	두꺼비의 轢死	평화롭게(5)	시
	바다	평화롭게(5)	시
	행복	평화롭게(5)	시
	간이 교회당이 있는 동네	평화롭게(5)	시
	따뜻한 곳	평화롭게(5)	시
	누군가 나에게 물었다	평화롭게(5)	시
	여름 성경 학교	평화롭게(5)	시
	한 골짜기에서	평화롭게(5)	시
	동산	평화롭게(5)	시
	園丁	평화롭게(5)	시
	아우슈뷔츠 I	평화롭게(5)	시
	아우슈뷔츠 II	평화롭게(5)	시
	休暇	평화롭게(5)	시
	산	평화롭게(5)	시
	背音	평화롭게(5)	시
	샹펭	평화롭게(5)	시
	音樂	평화롭게(5)	시
	十二音階의 層層臺	평화롭게(5)	시
	피카소의 落書	평화롭게(5)	시
	뾰죽집	평화롭게(5)	시
	난해한 음악들	평화롭게(5)	시
	女囚	평화롭게(5)	시
	地	평화롭게(5)	시
	序詩	평화롭게(5)	시
	앞날을 향하여	평화롭게(5)	시
	스와니江	평화롭게(5)	시
	몇 해 전에	평화롭게(5)	시
	샤이안	평화롭게(5)	시

1984	꿈 속의 나라	평화롭게(5)	시
	西部의 여인	평화롭게(5)	시
	外出	평화롭게(5)	시
	미켈란젤로의 한낮	평화롭게(5)	시
	詩人學校	평화롭게(5)	시
	소리	평화롭게(5)	시
	文章修業	평화롭게(5)	시
	내가 재벌이라면	평화롭게(5)	시
	드뷔시 山莊	평화롭게(5)	시
	라산스카	평화롭게(5)	시
	對話	평화롭게(5)	시
	걷자	평화롭게(5)	시
	最後의 音樂	평화롭게(5)	시
	나의 主	평화롭게(5)	시
	큰소리로 살아있다 외쳐라/ 「현대시」 1984 · 24인 시집	청하(5)	공동시집
	길	큰소리로 살아있다 외쳐라(5)	시
	白髮의 에즈라 파운드	큰소리로 살아있다 외쳐라(5)	시
	꿈속의 향기	큰소리로 살아있다 외쳐라(5)	시
	記事	韓國文學(6)	시
	연인	現代文學(7)	시
	아름다움의 깊은 뿌리	世界의文學(가을)	시
	掌篇	世界의文學(가을)	시
	實記	月刊文學(9)	시
	소리	밤의 숲에서 등불을 들고(10)	시
	前程	文學思想(11)	시
1985	나	文學思想(3)	유고시
	북녘	文學思想(3)	유고시
	무제	文學思想(3)	유고시
	무제	文學思想(3)	유고시

	아리랑고개	文學思想(3)	유고시
1988	金宗三全集	청하(12)	전집
2005	김종삼 전집	나남(10)	전집
	또 어디였던가	김종삼 전집(10) (출처미상)	시
	음악	김종삼 전집(10) (출처미상)	시

찾아보기

ㄱ

ㄹ

ㅁ

ㅇ

ㅎ

김종삼정집

1판 1쇄 펴낸날 | 2018년 11월 10일

지은이 | 김종삼
펴낸이 | 이민호
펴낸곳 | 북치는소년
출판사신고번호 | 제2017-23호
주소 | (우) 10442 경기도 고양시 일산동구 일산로 142. 427호
(백석동, 유니테크벤처타운)
전화 : 02-6264-9669
팩스 : 0504-342-8061
전자우편 : book-so@naver.com
제작진행 | 알파인웍스
디자인 | 최상곤
인쇄 | 에이피프린팅

ISBN 979-11-965212-0-2(03810)

—